*Für
Christoph*

Vanessa Heintz

# IM REGEN VERBRANNT
## Band 1

## Liliana Trilogie

Rabenwald Verlag

IMPRESSUM

Auflage 1

Überarbeitete Fassung der Erstauflage von 2013

»IM REGEN VERBRANNT – Liliana Trilogie (Band 1)« von Vanessa Heintz

Copyright © 2018 Rabenwald Verlag

Saarbrücker Straße 220, 66125 Saarbrücken

Vervielfältigung und Verbreitung (auch in Ausschnitten) ist ausdrücklich untersagt. Missachtung wird geahndet.

Bestellung und Vertrieb:
Nova MD GmbH, Vachendorf

Druckerei:
Sowa Sp. z o.o.
ul. Raszynska 13
05-500 Piaseczno, Polska

Coverdesign: Farblichtspiel.de

Coverfoto: ©Africa Studio & Aleksey Stemmer @shutterstock

Korrektorat und Lektorat: Rabenwald Verlag

ISBN: 978-3-96111-944-8

# Kapitel 1

*In dem stillen Augenblick, in dem dir bewusst wird, dass deine vertraute Welt, deine geliebte Familie und ein Teil von dir in lodernden Flammen verbrannt sind, kannst du dich der Realität geschlagen geben oder du kämpfst, denn: Es gibt immer einen Grund, um aufzustehen und zu leben.*

*Melina*

Tage wie dieser sollten das pure Glück sein. Zumindest wenn man Glück in Geld umrechnen könnte. Scheinbar war dies jedoch die vertretene Meinung an diesem frühen Abend.

Es herrschte geschäftiges Treiben auf der Gartenterrasse, die einen wundervollen Blick auf den im Tal fließenden Rhein freigab. Der angrenzende Hanggarten war mit prächtigen Blumen und perfekt gepflegten Sträuchern überzogen.

Fleißige Kellner schwebten umher und boten den Gästen Champagner und edle Leckereien an. Lautes Lachen und angeregte Gespräche waren auf dem gesamten Grundstück der Familie von Falkenberg zu hören.

Alles war tadellos. Die Herren in ihren besten Anzügen, die anmutig gekleideten Damen, das reichhaltige Buffet und sogar der wolkenfreie Himmel. Nur ein kleines, aber sehr wichtiges Detail fehlte dieser wunderschönen Momentaufnahme: Melina.

Sie saß einige hundert Meter von dem bunten Treiben entfernt und warf kleine Kieselsteine in den schmalen Bach, der kurz hinter der Grundstücksgrenze in den anliegenden Wald floss. Wohin wusste sie nicht. Sie hatte nie in diesem Wald gespielt, obwohl er doch so nah war. Ihre langen, dunkelblonden Haare waren zu einer perfekten Hochsteckfrisur toupiert. Sie lehnte in Gedanken versunken in ihrem sündhaft teuren roten Kleid gegen eine alte, dicke Eiche und starrte ins Leere.

So hatte sie sich ihren sechzehnten Geburtstag nicht vorgestellt. Die ganze Familie war da. Ja, das freute sie. Familientreffen waren in dieser geschäftigen und hektischen Zeit zur seltenen Rarität geworden. Neben der Verwandtschaft waren aber auch zahlreiche Geschäftspartner ihres Vaters zugegen sowie sogenannte *Freunde* der Familie. Was hatte sie mit diesen Leuten zu tun? Sie gehörten nicht hierher. Sie gehörten nicht zu ihr. Diese elitäre Gruppe, deren Erfolgserwartungen die höchsten Berge überfliegen könnten, würde man ihnen Flügel geben.

Melina verabscheute das Geschäft. Sie hasste den stetigen Erfolgsdruck und sie fand es unerträglich, eine hübsche, tadellose Puppe zu sein, die von allen geliebt werden sollte. Sie wollte nicht zu dieser Feier. Zu ihrer Feier. Sie hatte sich eine Party mit ihren Freunden gewünscht, aber so etwas war undenkbar. Jungs, laute Musik und Alkohol. Das entsprach so gar nicht den Vorstellungen ihrer Eltern. Melina hatte sehr früh gelernt, dass der äußere Schein mehr wert ist, als ihr Glück. Dass das Ansehen der Familie wichtiger ist, als der Einzelne. Sie beugte sich ihrem Schicksal, nachdem jeder Widerstand zu dieser Feier im Keime erstickt worden war. Man muss die Geschäftskontakte und den guten Ruf wahren. Sie wusste genau, was von ihr erwartet wurde. Nach der geheuchelt freundlichen Begrüßung und den hohlen Gesprächen mit allen Anwesenden müsste sie Klavier spielen. Sie hasste dieses Instrument und mit ziemlicher Sicherheit würde sie sich verspielen und ihre Eltern enttäuschen. Folgen würden die ganzen Diskussionen über Politik und Zukunft. Welches Studium? Welcher Auslandsaufenthalt? Wie viele Fremdsprachen? Sie hatte diese Themen satt. Sie war sechzehn Jahre alt und interessierte sich nicht für solche Fragen.

Melina drehte den Kieselstein in ihrer Hand hin und her und betrachtete ihn so angestrengt, als könnte er ihr die Lösung für ihr Problem geben.

»Die Gästeliste entspricht wohl nicht gerade deinen Erwartungen«, hörte sie eine vertraute Stimme hinter sich sagen.

Sie drehte den Kopf nach rechts. »Nein, Merlin. Ganz und gar nicht.« Sie lächelte zum ersten Mal an diesem Tag, sprang auf und nahm ihren älteren Bruder in den Arm.

»Schön, dass du wieder da bist. Du hast mir gefehlt.« Sie gab ihm einen Kuss auf die Wange.

Mit einem scheinbar besorgten Lächeln schaute er sie eindringlich an. »Alle warten auf dich. Ohne den Ehrengast kann das Buffet nicht eröffnet werden und die feinen Herrschaften können sich in gar keiner Weise darüber auslassen, wer sich zu viel auf den Teller packt. Sie scharren schon ungeduldig mit den Hufen. Die Gerüchteküche muss heiß bleiben.«

Melina sah ihn an. Diesen attraktiven, jungen Mann. Zwölf Jahre älter als sie. Erfolgreich, intelligent und charmant. Er hatte eine Schulklasse übersprungen und sein Abitur vorgezogen, damit er durch sein Auslandsjahr in England keine Studienzeit verlieren musste. Er war Jahrgangsbester und hatte natürlich auch sein Jurastudium in kürzester Zeit erfolggekrönt beendet. Es stand wohl nie zur Diskussion, wer später die Firma leiten würde. Sie zog ihn oft mit seinem Namen und der Artus-Sage auf. Für sie war er wirklich ein Magier. Alles schien ihm wie von Zauberhand zu gelingen. Merlin war genau das, was von ihm erwartet wurde. *Er* war das perfekte Kind.

Melina wusste, dass sie niemals so sein würde wie er. So diszipliniert und willensstark. Tief in ihrem Inneren war ihr auch klar, dass sie es auch nicht sein wollte. Sie hatte viele Jahre lang versucht, ihm nachzueifern, aber nie war sie in irgendetwas gut genug, um mit ihm überhaupt nur im Geringsten konkurrieren zu können. Dennoch war sie nie eifersüchtig auf ihren Bruder gewesen. Sie liebte ihn von ganzem Herzen. Er war der Einzige, der nie Erwartungen an sie gestellt hatte, sondern sie immer so akzeptierte, wie sie eben war.

Als sie über all dies nachdachte, was er erreicht hatte und sie wohl nie erreichen würde, bemerkte sie, dass ihr Bruder sie immer noch fragend ansah. »Was denn?«,

Er grinste und seine blauen Augen strahlten ihr entgegen. »Da rede ich und rede und meine Schwester hört gar nicht zu.« Er schüttelte lächelnd den Kopf.

»Entschuldige, ich war wohl in Gedanken.«

Merlin legte beide Hände auf ihre Schultern und schaute sie freudig an. »Schwesterlein, nächstes Wochenende wirst du bei mir eine Geburtstagsparty mit deiner eigenen Gästeliste feiern. Mein Geschenk an dich. Lade ein, wen du möchtest und feiert bis in den Morgen. Ich kümmere mich um alles. Herzlichen Glückwunsch zum Geburtstag, Melina. Was sagst du? Brüderchen gut gemacht?«, fragte er neckisch und schien ein Lob zu erwarten.

Sie war einen kurzen Moment sprachlos und sah ihn mit großen Augen an. Sie durfte noch nie eine Party feiern, niemals Freunde einladen und jetzt wurde es Wirklichkeit. Sie fiel ihrem Bruder um den Hals und drückte ihn an sich. »Brüderchen sehr gut gemacht!«

»Das bleibt aber unter uns. Ich habe Mama gesagt, dass du am Wochenende mit mir für deine Prüfungen lernst. Und jetzt komm. Setz dein Bilderbuchlächeln auf, heb den Kopf und lass dich von den versnobten Kapitalisten bewundern. Du siehst wunderschön aus.«

»Ich komme sofort. Geh nur vor.« Sie biss sich auf die Unterlippe und wartete nervös seine Reaktion ab.

»Wartest du auf jemanden?«

»Na ja, nicht direkt. Ein Freund aus der Schule wollte mir etwas bringen und Papa sollte ihn nicht sehen. Er müsste gleich hier sein. Sagst du den Leuten Bescheid, dass ich in zehn Minuten da bin?«

Merlin gefiel es wohl nicht, dass er sie allein lassen sollte. Er legte die Stirn in Falten. »Soll ich lieber mit dir warten? Ich weiß nicht, ob es gut ist, wenn du in diesem Aufzug allein am Waldrand stehst.« Er grinste und rückte den Träger ihres Kleides zurecht.

»Danke Bruderherz, aber ich kann schon ganz gut auf mich aufpassen. Und wenn der böse schwarze Mann mich in den Wald zerrt, weiß ich ja, dass du mich retten wirst.« Sie drückte ihn an sich und gab ihm ein unmissverständliches Zeichen, dass er sie allein lassen sollte.

Merlin respektierte die Entscheidung seiner Schwester, auch wenn sie ihm sichtlich missfiel. Melina schaute ihm nach, bis er aus ihrem Blickfeld verschwunden war.

\*

Melina wurde immer nervöser. Sie hatte ihren Bruder noch

nie angelogen und so tänzelte sie von einem Bein auf das andere. Sie biss sich immer wieder auf die Lippe. Ein ungutes Gefühl beschlich sie. Ihre Augen starrten ängstlich auf den Waldrand. Irgendetwas in ihr wollte, dass sie so schnell wie möglich die Flucht ergriff. Eine undefinierbare Unruhe stieg in ihr auf, bis sie dem Verlangen schließlich nachgab. Weg. Einfach nur weg.

Sie drehte sich hektisch nach rechts und prallte mit einem Mann zusammen, den sie zuvor nicht bemerkt hatte. Vor lauter Panik stieß sie ihn von sich und stolperte über die Wurzeln der Eiche. Halt suchte sie vergebens und so stürzte sie ungebremst auf den Boden. Panisch zwang sie sich, den Blick zu heben.

»Du bist aber stürmisch.«

Melina atmete durch. Keine Bedrohung. Kein Ungeheuer. Nur ihr erwarteter Besuch. »Oh Philippe. Warum musst du mich denn so erschrecken? Ich dachte schon, du bist der schwarze Mann.«

»Und wenn es so wäre?«, fragte der hochgewachsene, schlanke Typ mit den dunklen Haaren.

»Dann müsste ich jetzt meinen Bruder zur Hilfe rufen.« Sie lachte, ergriff seine Hand, die er ihr entgegenstreckte und ließ sich von ihm hochziehen.

»Da wäre ich mir nicht ganz so sicher, dass dein elitärer Bruder gegen den schwarzen Mann eine Chance hätte.«

»Ich dachte schon, du hättest mich vergessen.« Sie klopfte sich den Staub aus dem Kleid.

»Eine so schöne Frau würde ich niemals vergessen.«

Sie wurde leicht rot. Komplimente von einem Erwachsenen hatte sie noch nie bekommen. Philippe war gut gekleidet. Er trug eine schwarze Hose und ein dunkelblaues Hemd.

Eine durchaus attraktive Erscheinung wie Melina fand. Er war viele Jahre älter als sie, aber genau das machte ihn so kolossal interessant. Er war nicht wie ihre albernen Klassenkameraden oder Jungs aus den Sportvereinen. Er war ein Mann. Es kam ihr so vor, als würde er alles von ihr wissen. Er schien sie zu durchleuchten und sie fühlte sich geschmeichelt. Noch nie hatte sich jemand so viele Gedanken um sie gemacht. Sie fragte sich insgeheim, warum dieser charmante Mann nicht mit einer genauso perfekten Frau verheiratet war.

Das Einzige, was dem Idealbild im Wege stand, war die lange Narbe, die Philippes linke Gesichtshälfte zierte. Sie war Melina unheimlich. Als sie ihn neulich darauf ansprach, nannte er es: *einen unbedeutenden Zwischenfall*. Ihm sei ein kleiner Fehler unterlaufen, den er möglichst bald korrigieren müsse. Ein kurzer Moment der Unachtsamkeit. Melina hatte nicht weiter nachgefragt. Sie spürte instinktiv, dass das ein schlechtes Thema für das zweite Treffen war.

Irgendein seltsamer Typ hatte versucht, ihre Handtasche zu stehlen, und Philippe hatte ihn aufgehalten. Wie ein richtiger Held hatte er sich dem Täter entgegengestellt. Aus Dankbarkeit hatte Melina ihn zu einem Kaffee eingeladen und aus diesem wurde einige Tage später ein Eisbecher und die heimliche Einladung zu ihrem Geburtstag.

Um den Hals trug Philippe ein dünnes schwarzes Lederband, an dessen Ende sich eine blonde Haarsträhne befand. Melina betrachtete dieses ihr bereits bekannte Accessoire argwöhnisch und grinste. »Du trägst wohl immer diesen sehr merkwürdigen *Glücksbringer* mit dir umher.«

Er lächelte knapp und ließ die Haarsträhne durch seine Finger gleiten. »Ja. Ein Andenken. Zumindest, solange bis ich wieder etwas Besseres habe.«

»Eine andere Frau spukt dir also noch im Kopf herum.«

Er erwiderte nichts, sondern schien plötzlich in seinen Gedanken verloren, während er weiter mit der Strähne spielte.

Melina wurde immer unsicherer, aber sie wollte jetzt nicht wie ein kleines Kind wirken. »Sie muss wirklich etwas ganz Besonderes gewesen sein. Was ist aus ihr geworden? Wollte sie dich nicht? Oder hat sie dir etwa den hübschen Kratzer im Gesicht verpasst, als du ihr die Haare abschneiden wolltest?« War sie jetzt zu weit gegangen? Sie wusste es nicht.

Sein Blick verharrte immer noch auf der Haarsträhne in seiner Hand, aber seine Augen waren auf einmal wie zu Eis erstarrt. Plötzlich sah er zu Melina auf, als wäre ihm eingefallen, warum er eigentlich gekommen war. Etwas hatte sich scheinbar in den letzten Sekunden verändert. Er ließ die Strähne aus seiner Hand gleiten und ging auf Melina zu.

Jede Stelle ihres Körpers schien er akribisch zu mustern. Es fühlte sich an, als wolle er sie mit seinen stahlgrauen Augen ausziehen.

Sie machte einen Schritt rückwärts. Die Unruhe in ihr war zurück und sie spürte ihr Blut in den Adern pochen. Sie war sich nicht sicher, ob sie etwas Falsches gesagt hatte. Zögernd sah sie sich nach einer Fluchtmöglichkeit um.

Philippe war ihre Reaktion wohl nicht entgangen. »Alles Gute zum Geburtstag, mein Engel. Ich habe ein ganz besonderes Geschenk für dich.«

Melina blickte ihn skeptisch an und war nicht in der Lage etwas zu sagen.

»Du bist aber gar nicht fröhlich an deinem Geburtstag. Das ändern wir jetzt. Heute ist der schönste Tag deines Lebens, denn ich hole dich von hier weg. Du kommst einfach mit zu mir. Was sagst du? Kein Lernen mehr, keine Eltern. Nur du und ich. *Happy Birthday*, Kleines.«

Geschockt über die Nachricht lief sie unruhig auf und ab. Sie wusste nicht, wie sie sich verhalten sollte. »Das ist nett, dass du mir helfen willst«, sagte Melina höflich. »Aber ich möchte hierbleiben. Ich liebe meine Familie und dich kenne ich doch erst ein paar Tage. Das geht etwas schnell«. Die Panik kroch immer weiter in ihr hoch. Melina versuchte, an ihrem Gegenüber vorbeizukommen. »Ich muss jetzt zurück. Alle warten auf mich. War nett, dass du gekommen bist. Hat mich gefreut.« Das Zittern in ihrer eigenen Stimme gruselte sie. In ihrem ganzen Leben hatte sie sich noch nie zu unwohl gefühlt.

Er reagierte nicht. Nur das Plätschern des Baches durchdrang die Stille. Melina schlich an ihm vorbei. Langsam, aber gleichmäßig bewegte sie sich in Richtung ihres Gartens. In Richtung Sicherheit. Sie spürte die Blicke in ihrem Rücken und plötzlich blieb sie stehen. Warum ging sie weg? Da stand ein toller Kerl und bot ihr an, bei ihm zu wohnen. Sonst hatte er doch nichts getan, oder? Das kann man auch wie eine Erwachsene regeln. Und die Strähne ist bestimmt von seiner Mutter oder einer alten Liebe. Nichts Ungewöhnliches. Sie atmete tief durch. Na ja, irgendwie schon, aber wer war sie, um einen anderen Menschen und seine liebgewonnenen Angewohnheiten zu verurteilen? Er hat sicherlich seine Gründe, die er ihr vielleicht irgendwann offenbaren wird.

Sie kämpfte noch einen Augenblick mit sich selbst, aber dann stand ihr Entschluss fest. »Das ist doch albern. Es tut mir leid. Du kommst extra hierher und willst mir helfen und ich …« Sie drehte sich um, aber Philippe war weg. Die

Gänsehaut, die sich unweigerlich auf ihrem Arm bildete, trug ihr innerliches Unbehagen sichtbar nach außen. Melinas Blicke tasteten jeden Fleck ihrer Umgebung ab. Kein Laut, kein Mensch, kein Philippe. Sie stand regungslos neben der dicken Eiche.

Das Nächste, was sie spürte, war ein fester, schmerzhafter Druck um ihren Hals, der aus dem nichts zu kommen schien. Sie konnte nicht mehr atmen, nicht schreien. Mit Schwung wurde sie gegen den Baum geschleudert. Ein heftiger Schmerz durchfuhr ihren Körper. Sie versuchte, sich zu orientieren. Es gab aber nur eines in diesem Augenblick: die bedrohlich funkelnden Augen ihres angeblichen Retters.

Philippe drückte sie mit seinem Körper gegen den Baum und umklammerte mit seiner rechten Hand ihren Hals. »Für den kurzen Rest deines erbärmlichen Lebens werden wir beide viel Spaß haben. Zumindest ich.« Er leckte ihr quer über die Wange. Mit der linken Hand streichelte er ihr von Tränen nasses Gesicht. In Höhe ihres rechten Ohres hielt er inne. »Solche Zierde hast du doch nicht nötig.« Seine Hand ergriff den Kristallohrring, den ihr Vater ihr geschenkt hatte.

Immer noch drückte er ihr die Luft ab. Kein Laut konnte ihren Mund verlassen. Philippe begann in aller Ruhe an dem Schmuckstück zu ziehen. Melina konnte nicht schreien, schaffte es aber auch nicht, ihn von sich weg zu drücken. Langsam floss das erste Blut ihren Hals hinunter, als der Stecker ihr Ohrläppchen zerschnitt. Kurz vor dessen unterer Kante riss Philippe mit einem heftigen Ruck den Ohrstecker heraus. Das andere Ohr erlitt dieselbe Prozedur. Er warf die blutverschmierten Ohrringe auf den Boden und strich ihr mit seinen blutigen Fingern über ihr Gesicht. Lächelnd nahm er die Hand langsam von ihrem Hals. Sie rang nach Luft. Ihr gesamter Körper zitterte unkontrolliert.

Philippe ergriff fast sanft ihr Kinn, sah ihr tief in die weit aufgerissenen Augen und zog ihren Kopf leicht nach vorne. »Das nächste Spiel beginnt. Auf dich habe ich schon viel zu lange gewartet.«

Er erhöhte den Druck, sodass Melina für einen Moment dachte, ihr würde der Kiefer zerspringen. Kurz darauf schlug er ihren Kopf mit voller Wucht gegen den Baumstamm. Bewusstlos sank sie in sich zusammen.

# Kapitel 2

*Merlin*

Nach und nach verstummte auch das letzte fröhliche Gelächter auf der Terrasse und ging in fragendes Gemurmel über. Eine weitere halbe Stunde war vergangen und das Geburtstagskind war nicht in Sicht.

Merlin bereute schon seit einigen Minuten, dass er seine Schwester allein gelassen hatte, und wippte unruhig mit dem Fuß auf und ab.

»Schaust du noch mal nach ihr?«, fragte seine Mutter ihn.

Er nickte und machte sich auf den Weg zurück zum Bachlauf. Je näher er dem Wasser kam, umso schneller bewegte er sich vorwärts, bis er schließlich rannte. Panik stieg in ihm auf. Kurz vor der Mündung hielt er inne und verlangsamte seine Schritte wieder. Keine Spur von seiner Schwester.

»Melina! Melina, wo bist du? *Melina!*«

Seine Rufe blieben unbeantwortet. Er wollte sich gerade umdrehen und zurückgehen, als er aus dem Augenwinkel etwas im Sonnenlicht funkeln sah. Er drehte sich um und ging darauf zu. Er erkannte Melinas Kristallohrringe, die zwischen den Kieselsteinen lagen. Merlin hob den Schmuck auf und schaute ihn verstört an. War das *Blut* an seinen Händen? Er sah sich genauer um. Auf den weißen Kieselsteinen befanden sich ebenfalls frische Blutstropfen. Sein Herz raste und machte ihm das Atmen schwer. Tausende Gedanken schossen gleichzeitig durch seinen Kopf.

Seine Beine gaben nach und er sank langsam auf den Boden. Fassungslos betrachtete er die blutigen Steine und hielt die Ohrstecker fest umklammert. In seinem Kopf hörte er die Stimme seiner Schwester: *Wenn der schwarze Mann mich in den Wald zerrt, wirst du mich ja retten.*

Er sah hinüber zum Waldrand und schüttelte ungläubig den Kopf. Seit Kindertagen hatten sie diesen Satz immer wieder gesagt und sie mussten jedes Mal schallend lachen. Real war eine solche Vorstellung niemals in ihren Köpfen gewesen.

»Melina? Merlin?«, unterbrach eine Stimme seine Gedanken.

Sein Vater kam den kleinen Pfad zum Bach hinunter. »Was ist? Warum sitzt du auf dem Boden, Merlin? Wo ist deine Schwester?«

Merlin zitterte und brachte kein Wort hervor.

Johann kam näher. »Was ist denn heute nur los mit euch allen, Herrgott? Ihr verhaltet euch alle, als ...«

Merlin stützte die Arme auf den steinigen Boden, drückte sich hoch und stand auf. Sein harter Blick hatte seinen Vater wohl verstummen lassen.

Es dauerte mehrere Atemzüge, bis er wieder Worte fand. »Papa, bleib jetzt ruhig. Melina ist irgendetwas passiert. Schick die Gäste nach Hause. Ich rufe die Polizei.« Merlin legte seinem verstörten Vater die Hand auf die Schulter und gab ihm die blutigen Ohrringe.

\*

Es war ein kalter, nasser Februar. Der Regen hämmerte seit Tagen erbarmungslos gegen die Scheiben. Sogar die Natur schien alle Hoffnung auf bessere Zeiten aufgegeben zu haben. Eine hässliche Schicht aus Schneematsch bedeckte die Erde. Wer an diesem Tag nicht vor die Tür musste, tat es sicherlich auch nicht.

Merlin saß schweigend an seinem weißen Flügel. Seine Finger berührten keine Taste. Seit dem Verschwinden seiner Schwester hatte er als sonst leidenschaftlicher Pianist keinen Ton mehr gespielt. In traurigen Momenten war es immer die Musik, die ihm Trost gespendet hatte, aber nicht dieses Mal. Er hatte Melina so oft vorgespielt. Sie liebte es, ihm zuzuhören. In regelmäßigen Abständen hatte er versucht, ihr das Instrument näher zu bringen, aber das musikalische Talent war einseitig vererbt worden. Merlin lächelte. Er erinnerte sich an die glücklichen Momente, in denen seine Schwester keinen einzigen richtigen Ton traf. Sie lachte immer über sich selbst und sagte, dass sie ja im Notfall den reichen Sohn eines Geschäftspartners heiraten könnte, falls sie weiter so *talentfrei* bleiben sollte. Dabei hatte sie so viele kleine, versteckte Talente. Ihre Gegenwart war heilend. Ihr Lächeln war ansteckend und ihre Hilfsbereitschaft war bewundernswert. Nichts war ihr je zu viel gewesen. Merlin seufzte. Wo könnte sie jetzt nur sein? Gedankenverloren blickte er aus dem Fenster hinaus in den Regen.

»Welches Kleid soll ich heute Abend anziehen. Schau doch endlich mal!«

Die Stimme von Anna Maria schallte durch die modern eingerichtete Wohnung. Merlin fuhr zusammen. *Anna Maria.* Nun waren sie also verlobt. Heute Abend sollte offiziell gefeiert werden und ihm war so gar nicht nach Feiern zumute. Er wusste nicht einmal, ob er Anna Maria heiraten wollte. Alle Gedanken drehten sich um seine geliebte Schwester.

Seine Verlobte indes kümmerte das alles wenig. Sie hatte kurz vor Melinas Verschwinden entschieden, dass sie heiraten möchte und sich beim Juwelier einen in ihren Augen angemessenen Verlobungsring anfertigen lassen. Merlin bereute bereits jetzt, dass er seine Kreditkarten nicht besser versteckt hatte. Die Hochzeit war beschlossene Sache gewesen, ohne, dass man ihn jemals wirklich gefragt hätte. Seine Eltern, seine Schwiegereltern, alle hatten Bescheid gewusst. Nur er als zukünftiger Bräutigam nicht.

Er verdrängte die Erinnerung an diesen Tag, um nicht auch noch einen Streit mit Anna Maria zu provozieren. Nicht heute. Nicht jetzt. Sie hatte seit Wochen gedrängt, dass die Feier jetzt endlich nachgeholt werden müsse. Die Familie sollte sich wieder zu einem fröhlichen Anlass treffen. Melina hätte das so gewollt.

Ja. Melina wollte mit Sicherheit, dass ihr Bruder glücklich wird, aber konnte er das wirklich mit dieser Frau? Melina und Anna Maria mochten sich nicht. Gemeinsame Unternehmungen hatten immer in einer heftigen Auseinandersetzung geendet. Und Merlin hatte genau zwischen den beiden Frauen gestanden, die er eigentlich lieben sollte. Bei seiner Schwester hatte er diese Liebe auch nicht einen Tag in Frage gestellt. Bei Anna Maria wollte er erst gar nicht darüber nachdenken.

»Mein Gott, du siehst ja wieder aus, als hättest du dein ganzes Geld verspielt. Heute ist endlich mal wieder ein schöner Tag. Wir werden heiraten. Ist das nicht wundervoll? Dann können wir auch bald in eine Altbauvilla ziehen. Raus aus dieser kleinen engen Wohnung.« Sie drehte sich im Kreis und breitete die Arme aus. »Ich habe dir Sachen rausgelegt, die du anziehen kannst. Das machst du doch für mich, oder? Das rote oder das cremefarbene Kleid?« Sie seufzte theatralisch laut. »Merlin!«

Er atmete tief durch und ignorierte die bösartige Antwort,

die er seiner Verlobten gerne entgegengeschmettert hätte und die so heiß in ihm brannte.

Er stand auf und fasste sie stattdessen um die Hüften. »Ich liebe dich. Es tut mir leid. Es ist alles etwas viel für mich. Ich weiß, dass du mehr Aufmerksamkeit brauchst als ich momentan geben kann.« Er legte seine Stirn versöhnend an ihre.

Sie drehte sich weg und schaute ihn scheinbar verständnislos an. »Zu viel? Dir ist doch alles egal.« Schwungvoll warf sie ihre dunklen Locken nach hinten. »Die ganze Planung habe ich gemacht und dann ist es doch nicht zu viel verlangt, dass du dich einmal um mich kümmerst. Ich verstehe dich nicht. Jeder andere Mann würde sich glücklich schätzen, wenn er heute an meiner Seite in den Saal schreiten dürfte. Hör endlich mit dem Jammern auf. Sie kommt schon wieder. Wahrscheinlich war das alles ein Fake, weil sie deinem Vater eine Lektion erteilen wollte. Das kleine Luder. Würde ihr ähnlich sehen. Rebellisches Verhalten stand bei ihr ja auf der Tagesordnung.«

Mit diesen Worten verschwand sie im Schlafzimmer. Merlin blieb von ihren Worten zutiefst verletzt allein zurück. Sollte sie wirklich so herzlos sein? Einen kurzen Augenblick fragte er sich, warum er sich in Anna Maria *verliebt* hatte. Sie war eine sehr hübsche, junge Frau. Fünfundzwanzig Jahre alt und gesegnet mit einer dunklen Haarpracht, einer reizvollen Figur und zarten Gesichtszügen, die nicht wirklich auf ihren durchaus fragwürdigen Charakter schließen ließen. Sie hatten sich vor drei Jahren bei einem Geschäftsessen ihrer Eltern kennengelernt. Nur wenige Wochen später hatte man sie bereits als Paar bei allen Freunden und Partnern vorgestellt. Aber auch nach all der Zeit konnte Merlin nicht sagen, ob er zu wenig von seiner zukünftigen Frau wusste, oder ob es nichts Tiefgründigeres an ihr zu erforschen gab. Verständnis und Wärme waren ihr fremd. Allerdings hatte sie etwas Wichtigeres als innere Werte. Sie konnte sich perfekt der feinen Gesellschaft anpassen und wusste sofort, wann ein Heucheln und wann ein Einschleimen erforderlich war, um ihre Ziele zu erreichen. Die Vorzeigefrau auf langweiligen Banketts. Merlin hoffte weiterhin, dass das nur ihre äußere Fassade war, aber seine Zweifel nagten immer stärker an ihm.

Die Tür flog mit einem Ruck auf und Anna Maria fluchte wie immer in solchen Tönen, dass die Sonne sich wohl für lange Zeit noch nicht blicken lassen würde. Sie rannte zum Telefon, wohl, um ihre beste Freundin für die schlechte Kleiderwahl verantwortlich zu machen. Merlin nutzte die Gelegenheit, um heimlich die Wohnung zu verlassen und weiterem Gekeife zu entgehen. Zumindest für den Augenblick.

*

Er lief die Straße entlang und kehrte in ein kleines ihm wohl bekanntes Café ein. Dort bestellte er einen Kaffee und war für einen Moment froh, dass er nicht mehr Anna Marias laut kreischende Stimme ertragen musste. Er beneidete ihre Freundin nicht, die hoffentlich so klug war, gar nicht erst abzuheben. Um sich wieder zu beruhigen, nippte er an seinem Kaffee und lauschte den leisen Jazzklängen im Hintergrund.

»Schon vor der Hochzeit auf der Flucht vor deiner Frau?«, hörte er eine vertraute Stimme hinter sich sagen.

Er musste sich nicht umdrehen, um zu wissen, dass es sein Vater war, der ihn eiskalt erwischt hatte. »Du auch hier, Papa? Du sollst bei diesem Wetter doch nicht vor die Tür gehen. Was machst du hier?«

»Ich bin schon verheiratet. Was denkst du denn?« Johann lachte. »Ich bin auf der Flucht vor *meiner* Frau.«

Merlin stand auf und schob den zweiten Stuhl zur Seite, sodass sein Vater Platz für seinen Rollstuhl hatte. »Schön, dass du deinen Sinn für Humor nicht verloren hast.«

»Ich habe schon genug verloren«, sagte er mit gesenktem Kopf und leiser Stimme. »Ich bin hier einmal die Woche mit deiner Schwester gewesen. Immer freitags nach der Schule. Diese Tage waren mir heilig. Ihr vermutlich lästig, aber der alte Herr wollte nun einmal Zeit mit seiner pubertierenden Tochter verbringen.« Er lächelte wehmütig. »Heute ist Freitag. Darum bin ich hier.«

Merlin erkannte das Glitzern in den Augen seines Vaters. Er war schon wieder den Tränen nah.

Tröstend ergriff er seine Hand. »Ich weiß, Papa. Ich weiß.«,

Da saß er nun: der stolze Unternehmer. An den Rollstuhl gefesselt, auf dem linken Auge blind und am ganzen Körper von Narben überzogen. Er war nur noch ein Schatten seiner selbst, wie er so zusammengekauert weinend in seinem Rollstuhl hing.

»Ich hätte sie retten müssen«, sagte Johann mehr zu sich selbst als zu seinem Sohn. »Ich hätte mein kleines Mädchen beschützen müssen, verdammt. Ich hätte sie finden müssen.«

Merlin sah ihn voller Mitgefühl an. »Du hast alles getan, was du tun konntest.«

Seit Melinas plötzlichem Verschwinden hatte Johann jeden einzelnen Tag nach seiner Tochter gesucht. Er hatte stundenlang mit den Polizeibehörden telefoniert, mehrtägige Suchaktionen organisiert und unendlich viel Geld in Privatermittler investiert gehabt. Ohne Erfolg.

»Willst du die ganze Geschichte hören?«, fragte Johann plötzlich.

Merlin verspürte einen Stich in der Magengrube, aber er nickte. Sein Vater hatte ihm bisher immer noch Bruchstücke von dem Tag offenbart, der sein Leben so rapid verändert hatte.

»Okay.« Johann nahm einen tiefen Atemzug und begann, von der schrecklichsten Nacht seines Lebens zu erzählen. »Du weißt ja, dass ich nach knappen fünf Wochen die Nerven verloren und mich selbst auf die Suche gemacht hatte. Auf die Suche nach meinem Kind. Ich bin überall gewesen. In Bordellen. Am Straßenstrich. In dunklen Ecken und Kneipen. Die Chance, dass sie einem Menschenhändler in die Hände gefallen ist, ist ja nach wie vor nicht auszuschließen, aber das würde auch bedeuten, dass sie noch lebt.« Johann rieb sich mit der linken Hand sein Auge. »Keiner wollte mir helfen. Niemand.«

»Was ist dann passiert?« Merlin hielt seine Kaffeetasse umklammert, als könne sie ihm jetzt Halt geben.

Johann seufzte. »Ich habe so viel Geld ausgegeben für nutzlose Informationen und dann traf ich auf diese Typen. Sie waren furchteinflößend, aber was hatte ich noch zu verlieren? Es waren vier und noch ein spindeldürrer Kerl, der stetig hin und her lief. Irgendwie schien es, als würde er tänzeln. Ganz seltsam. Unheimlich.« Johann begann zu zittern. »Und dann zeigte mir der dünne, blonde Mann Melinas Halskette. Ich war wie hypnotisiert. Ich dachte wirklich, dass er weiß, wo mein Kind ist.«

»Wollten sie Geld?«, fragte Merlin, als sein Vater nicht weitersprach.

»Ja, eine ganze Menge und irgendwie fanden sie meine Verzweiflung urkomisch. Ich war so abgelenkt von dem Gedanken, dass ich sie mit Hilfe dieser Schläger finden könnte, dass ich gar nicht gemerkt habe, wie sie sich um mich herum positionierten. Mir wurde gesagt, dass ich nerve und dass man das in diesen Kreisen nicht dulden würde. Ich wäre wie eine Fliege, ein Insekt und so etwas würde der Boss nicht dulden. Jetzt wäre Zeit für den Kammerjäger, um lästiges Getier auszuräuchern.«

Merlin schüttelte den Kopf, lächelte die Kellnerin kurz an und machte sich innerlich bereit für den nächsten Teil der Geschichte.

Johann schien in Gedanken meilenweit wegzusein. »Sie haben mich festgehalten, und dieses blonde Scheusal hat mir mit seiner Zigarette dreist grinsend das Auge ausgebrannt, bevor sie immer wieder auf mich eingeschlagen und eingestochen haben. Ich war mir so sicher, dass ich sterben würde. Als sie aufhörten, kam er.«

Merlin legte die Stirn in Falten und schob seine Tasse ein Stück zurück. »Wer kam dann, Papa?«

»Dieses *Ding*.« Johann schüttelte sich. »Ich hörte nur das metallische Kratzen, bevor ich sah, dass der fünfte Mann, diese dünne Gestalt mit den strähnigen Haaren auf mich zukam. Er schleifte eine Eisenstange mit einem Fleischerhaken am Ende über die Gasse. Ich wollte irgendwo aufstehen, aber es ging nicht. Diese Ausgeburt der Hölle setzte sich direkt vor mich und starrte mich nur mit weit aufgerissenen Augen an. Schwarze Augen, vollkommen leblos.« Er hielt inne und sein intaktes Augen bewegte sich ständig unruhig hin und her. »Dieses Grinsen. Ich werde niemals wieder dieses diabolische Grinsen aus meinem Kopf bekommen.

Diese gelben, verfaulten Zähne. Das war kein Mensch mehr, das war ein Monster. Er spukte mir seine widerliche Rotze ins Gesicht und als ich wieder klar sehen konnte, war er verschwunden. Dachte ich. Zumindest, bis er mir den Haken unter die Haut an meinem Rücken jagte und mich damit bis zum nächsten Treppenabsatz schleifte. Mein Gott. Ich sah nur die Tiefe, dachte an Melina und alles wurde schwarz.«

Merlin war mittlerweile speiübel. Dass der Aufschlag auf dem Treppengeländer das Rückgrat seines Vaters gebrochen hatte, verstand er bis heute nicht. Nein, er wollte es nur einfach nicht wahrhaben.

»Wir müssen diesen elenden Bastard finden und dann werde ich ihm jeden Knochen einzeln brechen, diesem miesen Schwein.« Johann zitterte immer noch.

Die Stimme seines Vaters holte Merlin aus der Erinnerung zurück. »Nur einer mutigen Prostituierten war es zu verdanken gewesen, dass ich rechtzeitig ins Krankenhaus gekommen bin. Ihre Leiche wurde nur wenige Tage später in der gleichen Gasse gefunden. Man hatte ihr die Hände abgehackt und sie erwürgt.«

»Du darfst dich nicht so aufregen, Papa.«

»Ich habe alles verloren. Alles. Meine geliebte Tochter ist verschwunden und ich bin ein Krüppel. Es ist nur noch eine Frage der Zeit, bis auch Helena mich verlässt. Sieh mich doch an! Was für ein Mann bin ich denn noch? Ich fühle ab der Hüfte abwärts nichts mehr. Ich kann mir nicht mal richtig den Arsch abwischen!«, schrie er durch das kleine Café.

Die anderen Gäste drehten sich zu ihnen um.

»Sieh dir das an. Niemand ist verärgert, weil ich solche Wörter sage. Ich könnte auch *Nutte* und *Fotze* rufen und das Einzige, was diese Arschlöcher hier tun, ist mich mitleidig anzugaffen. Ja, gafft nur! Ich bin richtig hübsch, was?«

Johann hatte sich nicht mehr unter Kontrolle. Merlin hatte seinen Vater noch nie so erlebt. Nie hatte er auch nur ein lautes Wort, geschweige denn, ein ordinäres von ihm gehört. Er stand auf, löste die Bremse des Rollstuhls und schob seinen fluchenden Vater in Richtung des Ausgangs. Im Vorbeigehen zog er seine Brieftasche hervor und gab der Kellnerin ein paar Scheine. Er nickte ihr entschuldigend zu. Die junge Frau sah ihrem ehemaligen Stammgast nur mitleidig hinterher.

\*

Es regnete immer noch heftig, als Merlin seinen Vater in die Eingangshalle des mehrstöckigen Wohnhauses schob. Trotz Schirm waren beide völlig durchnässt.

»Bist du jetzt zufrieden?«, fragte Merlin, als sich die Türen des Fahrstuhls schlossen.

»Bist *du* es?«

Darauf hatte er keine Antwort. Er beobachtete schweigend die Lichter in der Fahrstuhlkabine. Zweiter Stock ...

»Ich werde heute Abend nicht zu eurer Feier kommen«, durchbrach Johanns Stimme die lähmende Stille.

Die Tür des Aufzugs öffnete sich im dritten Stock. Merlin machte keine Anstalten, sich zu bewegen.

»Bleiben wir jetzt den Rest des Abends in dem Fahrstuhl oder ist es zu viel verlangt, dass du deinem klatschnassen Vater ein Handtuch anbietest?« Johann lächelte und schlug seinem Sohn sanft auf den Rücken.

Er löste die Bremse seines Rollstuhls und fuhr aus der Fahrstuhlkabine. Merlin folgte ihm widerwillig.

»Warum nicht?«, rief er Johann nach, der bereits einige

Meter entfernt war.

Er hielt inne und wartete, bis sein Sohn ihn eingeholt hatte. Merlin ging vor seinem Vater in die Hocke und blickte zu ihm auf.

»Es soll ein schönes Fest werden, Merlin. Ihr sollt endlich wieder fröhlich sein. Mir fehlt das herzhafte Lachen meiner Familie, meiner Freunde. Wenn ich da bin, werden mich alle anstarren und niemand wird sich trauen, auch nur zu lächeln. Ich würde euch den Abend ruinieren.«

Johann rang sichtlich mit sich selbst, um seine Fassung nicht zu verlieren. Merlin dachte einen Augenblick über die Worte seines Vaters nach.

Er legte die Hand auf seinen Arm und drückte ihn sanft. »Es ist mir egal, wie du aussiehst. Es ist mir egal, was die Anderen sagen. Es ist mir egal, ob du aufrecht schreitest oder in diesem Stuhl sitzt. Die Welt hat dir viel genommen, aber sie konnte dir nicht deine Würde nehmen. Niemand kann dir deine Würde nehmen, außer du dir selbst. Also hör' auf dich selbst zu bemitleiden und sei heute Abend an der Seite deines Sohnes. Denn da gehörst du hin und wehe dir, deine berühmten Witze bleiben aus – Ich liebe dich, Papa. Ich muss diesen Abend schon ohne Melina verbringen. Ich will ihn nicht auch noch ohne dich verbringen müssen.«

Johann nickte. Er nahm seine Brieftasche hervor und strich zärtlich über das Foto seiner Tochter. »Es tut mir so leid. Ich habe bei der ganzen Trauer um Melina vergessen, dass ich noch ein Kind habe.«

Merlin stand auf und schob seinen Vater Richtung Wohnungstür. Für alle war dieser Tag mehr als schwierig, aber sie mussten ihn irgendwie überstehen.

Er seufzte.

»Was ist?«, fragte Johann und drückte den Rücken durch.

»Wenn ich endlich zur Vernunft komme und die *Liebe meines Lebens* am Altar stehen lasse, können wir mit deinem Rollstuhl schneller fliehen, wenn du Gas gibst.«

»Hmm, dann werde ich wohl zukünftig auf ein Sportmodell umstellen müssen.«

Hinter der Tür war schon Anna Marias hektische Stimme zu hören. Merlin holte tief Luft, bevor er die Wohnungstür öffnete.

Seine Verlobte kam nur Sekunden später stürmisch auf ihn zu. »Wo zum Teufel warst du?«

»Wenn ich es recht bedenke, sollte ich noch einen Raketenantrieb installieren lassen«, scherzte Johann und schaute seine zukünftige Schwiegertochter mit großen Augen an.

Anna Maria stemmte die Hände in die Hüften. »Was? Was redet der da? Was macht er eigentlich hier?«

Merlin griff sie am Arm und zog sie mit sich ins Arbeitszimmer. Er schloss die Tür und ließ schwungvoll Anna Marias Arm los. Bücher, Ordner und ein großer Schreibtisch. Mehr hatte der Raum, den Merlin mehr nutzte als all die anderen in seiner Wohnung, nicht zu bieten. Mehr brauchte er aber auch nicht.

Jetzt fand er aber auch hier keinen Frieden. »Das ist mein Vater. Was fällt dir ein, so mit ihm zu reden?«

»Verzeihung, aber ich warte schon ewig auf dich. Wir müssen in zwei Stunden los und du hast nichts Besseres zu tun, als mit deinem Vater durch die Gegend zu spazieren. Nein, wohl eher fahren«, keifte sie zurück. »Wie siehst du eigentlich aus. Du bist ja vollkommen durchnässt.« Sie ging auf ihn zu und wollte ihm das Jackett abnehmen.

»Fass mich nicht an, Anna Maria. Es geht nicht immer

alles nach deinem Kopf, verdammt.«

Sie ging auf ihn zu und nahm sein Gesicht in ihre Hände. »Du bist so angespannt in letzter Zeit. Heute ist doch unser Abend. Fahr deinen Vater nach Hause, dusch dich und zieh dich an. Dann können wir los«, sagte sie mit freundlicherem Tonfall.

»Ich werde meinen Vater nicht nach Hause bringen. Ich rufe jetzt meine Mutter an. Sie soll herkommen und ihm seine Abendgarderobe mitbringen. Er kann sich hier fertigmachen.«

»Fertigmachen? Wofür?« Merlin glaubte, die pure Entgeisterung in ihrem Gesicht zu erkennen.

»Lass mich kurz überlegen – für diesen *extrem* wichtigen Abend, mein Liebling. Dachtest du, dass ich meine Verlobung ohne meinen Vater feiere? Auch, wenn ich mir nicht sicher bin, ob das wirklich ein Grund zum Feiern ist.«

Das war eindeutig zu viel. Anna Maria griff nach dem Bilderrahmen auf Merlins Schreibtisch, in dem sich ein Foto von Melina befand und zerschmetterte ihn an der Wand. Kommentarlos stürmte sie aus dem Zimmer und schlug die Tür hinter sich zu.

Merlin schloss für einen Moment die Augen und atmete durch, bevor er die Fotografie aufhob. Das Glas des Rahmens war zerbrochen.

Er sah sich das Bild seiner Schwester an. »Du konntest sie noch nie leiden, ich weiß.«

Er legte das Foto vorsichtig auf den Schreibtisch. Um das Scherbenchaos würde er sich morgen kümmern. Heute fehlte ihm irgendwie die Kraft dazu. Sein Vater kam ihm wieder in den Sinn. Hastig marschierte Merlin zurück ins Wohnzimmer, holte seinem Vater ein Handtuch und half ihm aus der Jacke.

»Du musst sie nicht heiraten«, sagte Johann unerwartet.

»Muss ich nicht, Vater? Ganz sicher?«, Merlin legte die Stirn in Falten. »Das wird deinen Partnern gar nicht gefallen. Du hast doch immer gesagt, dass man Opfer bringen muss für den Erfolg der Firma und – für seine Familie. Es ist, wie es ist. Und jetzt rufe ich Mama an. Sie soll dir etwas zum Anziehen vorbeibringen.«

# Kapitel 3

Über zweihundert Gäste waren Anna Marias Ruf gefolgt. Es wurde getanzt und getrunken. Die Stimmung war großartig. Die zukünftige Braut stand im Mittelpunkt und ließ sich bewundern. Sie fuchtelte wie wild mit ihrem Diamantring, damit jeder Gast gezwungen wurde, sie danach zu fragen.

Merlin betrachtete seine zukünftige Frau aus einiger Entfernung. Nein, sie war nicht auffällig. Sie war eher unscheinbar. Anna Maria musste sich stets produzieren, um wahrgenommen zu werden. Sie war zweifellos hübsch und gab einen netten Anblick in ihrem mit brillantenbesetzten roten Kleid ab, aber das allein konnte keinen Mann aus der Reserve locken. Merlin fand es fast amüsant, wie sie sich anstrengen musste, um beachtet zu werden. Ihre Mutter leistete ihr tatkräftige Unterstützung. Magdalena kam aus ärmlichen Verhältnissen, aber im Gegensatz zu ihrer Tochter wusste sie, was Männer wollten, sodass es Merlin nicht verwunderte, dass sie einen recht erfolgreichen Mann geheiratet hatte. Aber das reichte wohl nicht. Ihre Tochter sollte noch höher hinaus. Es musste der Adelstitel sein und es musste Merlin sein. Das hatte sie sich in den Kopf gesetzt.

Was seiner zukünftigen Schwiegermutter an Attraktivität fehlte, machte sie mit ihrer imposanten Erscheinung wieder wett. Die harten Gesichtszüge unter den schulterlangen, dunklen Haaren erinnerten an eine Hexe. Ihre dunklen Augen verhießen einem jedoch das Paradies. Zumindest erweckten sie den Anschein, dass eine Nacht mit Magdalena durchaus lohnenswert wäre. Heute Abend schien sie jedoch nicht auf Männerjagd zu sein. Vielleicht lag es daran, dass ihr Ehemann anwesend war.

Merlin beobachtete das bunte Treiben und strich sich mit dem Zeigefinger über die Lippe. Der Veranstaltungssaal war voller Menschen. Anna Maria und ihre Mutter im Kreise wichtiger Geschäftspartner, Politiker, Neureicher und dem ganzen elitären Abschaum, versammelt unter dem Dach des Familienunternehmens.

Merlin wurde wieder schmerzlich bewusst, wie gefangen er sich in dem Leben, das er sich selbst erwählt hatte, tatsächlich fühlte. Was für ihn einst das Größte war, erschien ihm seit dem Verschwinden seiner Schwester so bedeutungslos. Die Karriere, die Geschäftskontakte, der gute Ruf. Schall und Rauch. Inmitten dieser Menschen stand er allein. Früher hatte Melina bei solchen Ereignissen an seiner Seite gestanden. Sein bester Freund Felix hatte seine Einladung abgelehnt, nachdem Anna Maria ihm unmissverständlich zu verstehen gegeben hatte, dass er nicht erwünscht sei.

Gedankenverloren schaute Merlin aus dem Fenster. Den ganzen Abend über gab der Himmel ein bizarres Bild ab. Erst regnete es. Dann schneite es und jetzt zog sogar ein Gewitter heran. Ungewöhnlich für Februar. Er bemerkte den Kellner, der vor ihm stand, erst als dieser in ansprach.

»Herr von Falkenberg?«

»Bitte?« Merlin kam allmählich aus seiner Trance. »Gibt es ein Problem?«

»Draußen. Im Eingangsbereich ...« Er biss sich auf die Lippe und wankte von einem Bein auf das andere.

»Was ist draußen im Eingangsbereich, Peter?«

Der Mann blieb stumm. Merlin schüttelte den Kopf und ging an ihm vorbei Richtung Eingangshalle. Es war ihm ganz recht, dass er die Feier verlassen konnte. Er blickte nicht auf. Er beeilte sich auch nicht. Bis er bemerkte, dass eine Gruppe von Menschen am Empfang der Firma standen und sich anschwiegen.

Merlin blieb stehen und blickte in jedes einzelne Gesicht. »Was ist los mit Ihnen?«, fragte er mit energischer Stimme.

Eine der Angestellten brach in Tränen aus und wurde von ihrer Kollegin in den Arm genommen. In der Ferne hörte man den Klang von Polizeisirenen, die allmählich näher kamen.

»Draußen. Auf der Treppe ...«, hörte er eine ganz leise Stimme hinter sich sagen.

Was war hier eigentlich los? Merlin zögerte nicht länger, drückte die Glastür auf und schritt in die kalte Nacht. Auf der Treppe lag eine Gestalt in einen schwarzen Umhang gehüllt. Merlin blieb abrupt stehen und versuchte, die Konturen zu deuten. Er erschrak heftig, als ein Blitz die Nacht taghell erleuchtete. Der Donner folgte auf dem Fuße.

Zögerlich näherte er sich der schwarzen Gestalt auf den unteren Treppenstufen. Es donnerte erneut und die nächsten Regentropfen fanden ihren Weg auf die Erde. Die zusammengesackte Person wirkte in diesem diffusen Licht bedrohlich und Merlins Herz schlug so heftig in seiner Brust, dass es fast wehtat.

Die Blitze kamen nun im Sekundentakt und das Grollen des Himmels wollte nicht mehr verstummen. Der Regen prasselte auf die Marmorstufen, als wolle er eine Warnung aussprechen. Merlin nahm seinen ganzen Mut zusammen und schob die Kapuze, die das Gesicht der leblosen Gestalt verdeckte, nach hinten. Im selben Moment erhellte erneut ein Blitz die Dunkelheit und Merlin schaute in die weit aufgerissenen, toten Augen seiner Schwester.

*Auf meinen Bruder kann ich mich verlassen.*
Sie hatte dabei immer gelächelt. Dieses Lächeln, das die tiefste Nacht erleuchten konnte.
*Du beschützt mich ja vor dem schwarzen Mann.*

\*

Drei Tage waren nun vergangen. Merlin saß bewegungslos auf dem Polizeirevier und blickte starr auf den Schreibtisch des ermittelnden Beamten. *Herr Hager* stand auf dem kantigen, goldenen Schild auf der Tischplatte. Das Büro war klein und unaufgeräumt. Überall lagen lose Blätter und Büroartikel herum. Die grelle Lampe an der Decke verstärkte den ungemütlichen Gesamteindruck. Nach schier endlosen Minuten öffnete sich die Tür, und ein kleiner, dicklicher Mann mit Halbglatze betrat den Raum.
Wie einen nassen Sack ließ er sich auf seinen Schreibtischstuhl plumpsen. »Tja. Das war's dann mal wieder.«

»Was war was?«, fragte Merlin mit hochgezogenen Augenbrauen.

»Die Männer, die Ihren Vater in den Rollstuhl gebracht haben, arbeiten vermutlich für den Mann, der ihre Schwester getötet hat.«

»Ja, danke. So weit war ich auch schon. Was können Sie mir über diesen Kerl sagen? Was wissen Sie über ihn? Wann werden Sie ihn fassen?«

Kommissar Hager grinste. Er lehnte sich mit den Ellenbogen auf den Schreibtisch und sah sein Gegenüber eindringlich an. »Nichts. Wir wissen nichts von ihm. Menschen verschwinden und tauchen entweder verstümmelt oder tot wieder auf. Die Verletzungen sind dabei recht unterschiedlich, aber was soll ich sagen? Außer faszinierender Kreativität bei seinen Foltermethoden können wir dem Mistkerl bisher nichts zuordnen. Keine Zeugen. Keine Motive. Eben nichts.«

»Und was genau ist an Folter so faszinierend, Herr Kommissar?«

Hagers dämliches Grinsen verschwand aus seinem Gesicht. Er erwiderte nichts auf Merlins Provokation, sondern lehnte sich wieder in seinem Schreibtischstuhl zurück.

»Wie ist sie gestorben? Oder wissen Sie das etwa auch nicht?«

»Sie wurde ertränkt.« Hager kratzte sich am Kinn. »Sie wurde erst vor wenigen Tagen umgebracht.«

Ertränkt? Das konnte nicht sein Ernst sein.

»Sie hatte schreckliche Angst vor dem Wasser gehabt. Als kleines Kind wäre sie beinahe in unserem Teich ertrunken. Ihre Puppe war hineingefallen und sie wollte sie rausholen, als sie das Gleichgewicht verlor und ins Wasser stürzte. Sie war gerade vier Jahre alt gewesen.«

»Laut Gutachten muss sie über Monate misshandelt und vergewaltigt worden sein. Dieses Muster ist uns bereits bekannt. Allerdings liegen meistens deutlich kürzere Zeitspannen zwischen Verschwinden und dem Auffinden der Leichen. Sie hat sich wohl ziemlich gewehrt. Alle Achtung für ein Mädchen aus reichem Hause.«

Merlin starrte ihn mit offenem Mund an. Wie konnte die Polizei so wenig über diesen Täter wissen. »Wie viele?«

»Opfer?« Hager seufzte. »Na ja, wir haben momentan zwölf in den letzten drei Jahren, auf die dieses Schema passt. Vermutlich sind es einige mehr. Die meisten waren aber eher unbedeutend. Nutten, Ausreißer, Sie verstehen.«

»Zwölf? Und warum wurde die Öffentlichkeit nicht gewarnt, dass da draußen ein Irrer rumläuft?«

»Die Opfer sind in ganz Deutschland verstreut. Er ist nicht ortsgebunden. Das erschwert die Suche. Warum die Pferde scheu machen, wenn wir doch nichts Genaues wissen.«

Merlin rieb sich die Augen und stützte seinen Kopf in seine Hände. »Also, Sie wissen, dass da irgendeiner regelmäßig, Frauen tötet und Menschen verkrüppelt, haben aber keine Ahnung, wo er leben könnte, wie er aussieht oder was genau er tut.«

»Leider ja. Wir bekommen die Vermisstenanzeige. Dann suchen wir alles ab und am Ende finden wir sie alle wieder. Nur der Zustand ist meist nicht mehr so ansehnlich.«

Merlin wurde speiübel. »Was hat er mit ihr gemacht?«

»Glauben Sie mir, es ist besser, wenn sie keine Details erfahren. Quälen Sie sich nicht unnötig. Er hat wohl absichtlich Ihre Verlobungsfeier abgewartet und die Leiche so lange aufbewahrt. Er liebt solche, nennen wir es mal *großen Auftritte*. Gehen Sie nach Hause. Ihre Familie braucht Sie. Überlassen Sie alles andere der Polizei. Wir werden ihn schon fassen. Früher oder später macht er einen Fehler. Sie müssen Geduld haben.«

»Geduld? Was soll mir Geduld bringen? Meine Schwester kommt auch mit der größten Geduld nicht zurück. Sie tun bei Weitem nicht alles, sonst hätten sie dieses dreiste Dreckschwein schon lange gefunden. Gefunden, bevor ihr etwas zugestoßen wäre«, fuhr Merlin den Kommissar an.

Hager stand auf, stolzierte an seinem Besucher vorbei und öffnete provokativ die Tür.

Merlin stand auf und ging in den Flur. Das hier war eh vollkommen sinnlos.

Er suchte noch einmal den Blickkontakt zu Hager. »Sie

haben Angst. Sie wollen diesen Kerl überhaupt nicht finden. Warum weiß ich nicht. Ich weiß nicht, ob Sie einfach nur feige oder korrupt sind. Können Sie morgens überhaupt noch in den Spiegel sehen?«, sagte Merlin scharf, winkte ab und verließ nachdenklich das Polizeirevier.

# Kapitel 4

Merlin lief die Straße entlang. Ohne Ziel. Tausende Fragen strömten stetig wie ein Fluss durch seinen Kopf. Auf wen hatte Melina gewartet? Er musste es gewesen sein. Der erwartete Geburtstagsgast.

Der Tag lag in den letzten Zügen. Merlin fühlte sich einsamer denn je. Er wusste nicht einmal, wo er wirklich war. Ziellos irrte er durch die Straßen von Mainz. Alles war besser als Anna Maria an diesem Abend.

Er sah sich um und entdeckte eine kleine Bar am Ende einer Nebenstraße. »Irgendwann ist immer das erste Mal«, sprach er sich selbst Mut zu und ging auf die Kneipe mit dem einladenden Namen *Schnapsdrossel* zu.

Ein seltsam herber Geruch empfing ihn ebenso wie zahlreiche Augenpaare. Zum ersten Mal in seinem Leben war es ihm vollkommen egal, wie er wahrgenommen wurde. Mit sicherem Schritt ging er auf den Tresen zu und setzte sich auf einen der alten, schäbigen Barhocker.

Der Barkeeper, ein alter faltiger Mann mit zahlreichen Brandnarben legte kurz die Stirn in Falten, betrachtete den Neuankömmling einmal von oben nach unten und trat dann näher. »Ein Bier für den feinen Herrn?«

Merlin stutzte und sah an sich hinunter. Er trug einen schwarzen Nadelstreifenanzug. Kein passendes Outfit für dieses Ambiente, und er war sich plötzlich nicht mehr sicher, ob er das Richtige getan hatte. Die anderen Gäste schienen sich nicht mal zu fragen, ob sie ihn bestehlen sollten, sondern nur wann.

Er verwarf den Gedanken. »Nein. Whisky. Und am besten

lassen Sie die Flasche in der Nähe.«

Der Barkeeper nickte, nahm eine Flasche Scotch aus dem Regal und schenkte Merlin ein Glas ein. Er stellte es mit lautem Krachen vor ihn auf den Tresen. »Harten Tag gehabt, Kleiner?«

»Jeder Tag in der Hölle ist hart.«

»So einer wie du verirrt sich sonst nicht zu einfachen Kerlen wie uns. Da muss das Leben dich schon richtig gefickt haben.«

Merlin verzog kurz die Mundwinkel zu einem gequälten Grinsen. So hätte er es nicht ausgedrückt, aber eine passendere Umschreibung fand er selbst auch nicht.

»Ja, scheint so.« Er trank das Glas mit einem Zug aus.

Der Barkeeper wirkte verwundert, als er Merlins Aufforderung zum Nachschenken nachkam.

Ein kleiner dünner Mann, der aussah, als hätte ihn das Glück gänzlich verlassen, setzte sich auf den Barhocker um die Ecke und schaute Merlin eindringlich an. »Hey Schickimicki. Wollten die Ölmultis keine Aktien kaufen oder warum säufst du dir die Birne weg?«

»Geht's dich was an? Glaubt ihr, dass nur *ihr* Probleme habt?«, sagte Merlin lauter, als er es wollte.

»Wen meinst du denn mit *ihr*?«

»Verdammt, lasst den Kleinen in Ruhe. Bei mir darf sich jeder, der zahlt die Leber in Fetzen saufen«, drang die Stimme des Barkeepers durch die Kneipe. »Übrigens, ich bin Pit.« Er reichte Merlin seine vernarbte Hand.

\*

Den Rest des Abends hatte Merlin seine Ruhe und trank ein Glas nach dem anderen. Die Bar leerte sich immer mehr.

Pit spülte fleißig Gläser und sah immer wieder zu seinem neuen Gast hinüber.

Merlin hielt Melinas Bild in den Händen und fragte sich immer und immer wieder, was eigentlich passiert war.

»Hat sie dich verlassen, Kumpel?«, fragte der merkwürdige Kerl, der immer noch an der Ecke der Theke saß und deutete mit einem Kopfnicken auf das Bild.

»Ja. Aber nicht so, wie du denkst. Das ist meine Schwester und – sie ist tot«.

»Oh scheiße. Das tut mir echt leid, Alter. Total. Was'n passiert?«

Merlin hatte seit dem Verschwinden seiner Schwester kaum ein Wort über sie verloren. Er versuchte stets, sich seine Sorgen nicht anmerken zu lassen. Aber hier war es anders. Niemand kannte ihn. Es war egal, was er erzählte. Der Alkohol würde jede Erinnerung am nächsten Morgen verblassen lassen. Seine eigene und auch die seiner Zuhörer.

»Jemand hat sie ermordet«, hörte er sich selbst sagen.

»Das tut mir ehrlich leid«, sagte Pit und legte Merlin für einen kurzen Moment die Hand auf den linken Unterarm. »Ich habe meine Enkelin verloren vor einem knappen Jahr. Die Welt ist grausam.«

»Nicht die Welt, sondern die Menschen«, entgegnete Merlin.

»Haben sie das Schwein erwischt?«

»Nein. Aber damit werde ich mich nicht zufriedengeben. Dieses arrogante Dreckschwein hat meine Schwester auf dem Gewissen und meinen Vater zum Krüppel gemacht. Ich habe nicht die geringste Ahnung, wen oder was ich eigentlich suche, aber ich werde meine Antworten schon finden.«

»Hört sich wirklich nach einer Tragödie an. Trinken wir

lieber noch einen. Darf ich das Bild mal sehen?«

Merlin reichte Pit das Foto.

»Hübsches Mädchen. Es ist eine Schande.«

»Zeig her!«, meldete sich der schlanke Kerl zu Wort.

»Michel, benimm dich. Du hast schon genug geschluckt heute«, wies Pit ihn zurecht. Er reichte ihm dennoch das Foto.

Michel drehte das Bild hin und her und beäugte es kritisch. »Hmm, die Kette kenn ich. Dieser dreckige Tony hat die neulich herumgezeigt. Es wäre eine Trophäe, hat er gesagt.«

Merlin war mit einem Schlag hellwach. »Du kennst die Kette?«

»Ja. Wieso? Sagte ich doch. Der Wichser von Tony hat sie gehabt.«

»Wer ist Tony und wo kann ich den finden?«

»Langsam, Kleiner«, sagte Pit. »Mit Tony ist nicht zu spaßen. Der arbeitet für echt üble Typen. Lass die Finger davon.« Er seufzte und schüttelte den Kopf. »Verdammt. So ein Mist. Ausgerechnet diese Schweine. Hört das denn nie auf?« Pit schlug resignierend auf den Tresen.

»Wenn er die Kette meiner Schwester hat, dann weiß er vielleicht auch, was mit ihr passiert ist. Ich muss ihn finden.«

»Jeder hier weiß, was mit deiner Schwester passiert ist«, hörte Merlin plötzlich eine Stimme hinter sich sagen.

Er drehte sich um und brauchte eine Weile, bis seine Augen sich an das schwache Licht gewöhnt hatten. Anscheinend saß doch noch jemand im hinteren Teil der Kneipe. Merlin konnte die Umrisse eines Mannes erkennen.

»Hör nicht auf diesen Spinner. Der bringt dich in Teufels Küche«, warnte Pit.

Merlin ignorierte die Worte des Barkeepers, nahm sein Glas und rutschte vom Barhocker, um sich schwankend in Bewegung zu setzen. Langsam näherte er sich der dunklen Gestalt.

»Setz dich, mein Freund«, begrüßte ihn der Fremde.

Setzen war eine gute Idee. Merlin war kaum noch in der Lage aufrecht zu stehen. Der Stuhl rettete ihn vor einer unsanften Landung auf dem anscheinend noch nie geputzten Fußboden. Er nahm sich zusammen und schaute sein Gegenüber an. Der schlanke Mann hatte ein äußerst kantiges Gesicht. Seine langen Haare waren zu einem Pferdeschwanz zusammengebunden und auf seinem Kopf schimmerten bereits grauen Strähnen. Die spitze Nase in Kombination mit seinen dünnen Lippen erinnerten Merlin an eine Ratte.

»Was weißt du von meiner Schwester?«

»Ich kenne deine Schwester nicht, mein Lieber, aber alles, was du erzählt hast – und wenn Tony damit zu tun hat – ist ziemlich klar, was hier passiert ist.«

»Halt dein Schandmaul, Oliver!«, rief Pit. »Ich will ein solches Gespräch nicht in meiner Bar haben. *Nicht hier!*«

Merlin war verwundert. Pit wirkte den gesamten Abend sehr ruhig und gefasst. Jetzt sprach die reine Angst aus seiner Stimme.

»Reg' dich ab. Niemand ist hier. Wir haben uns das lange genug gefallen lassen von diesen Gaunern. Allein schon deine Enkelin müsste es dir wert sein, der Sache ein Ende zu setzen.«

»Halt meine Sophie da raus, du elender Bastard. Erwähne sie nie wieder.« Pit warf seinen Putzlappen in die Ecke und verschwand in einem Nebenraum der Bar.

»Armer, alter Narr«, sagte Oliver und trank einen Schluck

Whisky. »Weißt du, seine Enkelin wurde auch von diesem perversen Schwein getötet.«

»Von diesem Tony?«

»Tony? Nein. Tony erledigt nur die Drecksarbeit. Na ja, eigentlich beaufsichtigt er nur die Drecksarbeit, der feine Pinkel. Alle anderen müssen sich um *ihn* drehen, als wäre er das Zentrum des Universums. Nein, wir haben den Typ *Hunter* getauft. Keiner hat ihn je gesehen. Irgendetwas ist bei dem Typ wohl schief gelaufen und er ist durchgedreht.« Oliver machte eine theatralische Pause und blickte geheimnisvoll drein. Er beugte sich weit über den Tisch und sprach flüsternd weiter: »Er scheint überall zu sein und alles zu wissen. Er jagt Menschen, bevorzugt Frauen. Mit denen macht's ja auch mehr Spaß, wenn du verstehst, was ich meine.« Er lachte hämisch.

»Das ist doch absoluter Quatsch. Du bist noch betrunkener als ich.« Merlin stand langsam auf. Er stützte sich an der Tischkante ab. »Wo finde ich diesen Tony?«

»Keine Sorge. Tony findet dich oder sein komischer irrer Schoßhund.« Oliver grinste und trank sein Glas aus.

Merlin hatte genug. Genug Alkohol und genug dummes Geschwätz. Er wankte zum Tresen, legte Pit einhundert Euro auf den Tresen und wollte die Bar verlassen.

»Warte, Kleiner.«

Merlin lächelte Pit an und schüttelte den Kopf. »Behalten Sie den Rest. Schon okay.«

»Komm mal mit, Junge.«

Merlin folgte dem alten Barkeeper in ein kleines, schmales Hinterzimmer. Darin stand ein alter Holztisch mit zwei Stühlen. Gemütlich sah anders aus. Pit bot ihm an, sich zu setzen. Leicht entnervt kam Merlin der Aufforderung nach.

Pit setzte sich ihm gegenüber. »Der Verrückte da draußen hat Recht. Ständig hört man von neuen Leichen. Wir haben uns hier schon fast daran gewöhnt. Sei vorsichtig, Kleiner. Du spielst mit dem Feuer.«

»Wenn dieser Kerl und seine Taten hier so bekannt sind, warum unternimmt dann niemand etwas?«, fragte Merlin entgeistert.

»Die Macht schläft mit dem Geld und Angst macht stumm«, antwortete Pit. »Ich kann dir nicht sagen, was genau passiert. Ich weiß nur, dass dieser *Hunter* kein Anfänger ist und Freunde bei der Polizei und in der Politik hat. Warum auch immer man so einem Teufel hilft. Niemand hier tut etwas. Der Kerl hat absolute Narrenfreiheit, als wäre er Gott.«

»Sie haben Ihre Enkelin verloren. Sie müssen doch irgendetwas tun wollen.«

Pit knöpfte langsam sein Hemd auf. Sein kompletter Oberkörper war überzogen von hässlichen Brandnarben.

»Ich habe alles getan, um sie zu retten. Jetzt will ich nur noch mich selbst retten. Meine Frau hat mich verlassen, da nicht nur mein Oberkörper verbrannt ist, sondern auch der Rest von mir. Meine Kinder wollen nichts mehr mit mir zu tun haben, weil sie mir die Schuld an Sophies Tod geben. Sie verschwand, als sie hier in der Bar ausgeholfen hatte. Sie wollte sich noch mit einem Schulfreund treffen, den ihre Eltern nicht kennen durften. Ich sehe noch ihr bettelndes Gesicht und ihre strahlenden Augen vor mir, als ich ihr erlaubte, zu gehen. Mein Sohn hat mir das nie verziehen. Mach nicht denselben Fehler wie ich. Du kannst sie nicht zurückholen und Rache ist eine hinterhältige, gemeine Geliebte. Sie verspricht dir Erlösung und reißt dich doch nur in den Abgrund. Lass die Sache ruhen und erinnere dich an deine Schwester, wie sie gewesen ist. Hör' auf den Rat eines alten gebrochenen Mannes.« Tränen sammelten sich in seinen Augenwinkeln. »Die Polizei hat absichtlich langsam und schlampig ermittelt. Ich wollte an die Öffentlichkeit gehen. Das sagte ich auch auf dem Polizeirevier in meiner Wut und endlosen Naivität. Wenige Stunden später kamen sechs Kerle in meine Kneipe und zertrümmerten alles. Fünf prügelten auf mich ein. Sie zerschlugen alle Flaschen, die hinter mir im Regal standen und die Scherben prasselten auf mich nieder, als ich mich kauernd hinter dem Tresen versteckte. Dann hörten sie plötzlich auf und verließen den Raum. Als ich nach oben blickte, saß ein weiterer, ein spindeldürrer kleiner Mann, im Schneidersitz auf dem Tresen. Er hatte ein breites Grinsen auf dem Gesicht und seine Augen.« Pit strich mit seinen Fingerkuppen über die verkratzte Tischplatte. »Oh Gott. Ich werde nie diesen wahnsinnigen Ausdruck in diesen dunklen, toten Augen vergessen können. Das Blut rann mir über das Gesicht. Ich wischte es mit meinem Ärmel ab, und nachdem ich wieder klar sehen konnte, erkannte ich, dass der Verrückte ein Zippo-Feuerzeug in der Hand hielt. Da erst wurde mir bewusst, dass meine Kleidung von hochprozentigem Alkohol durchtränkt war. Er sah mir direkt in die Augen, zog sein Grinsen noch etwas weiter und zündete das Feuerzeug an. Den Rest kannst du dir ja denken.«

Pit war in sich zusammengesackt. Seine vernarbten Hände zitterten.

Merlin berührte die Geschichte des Mannes zutiefst, aber er konnte jetzt nicht einfach die Segel streichen. »Wo finde ich diesen Tony?« Er hatte eine Spur gefunden und er würde ihr nachgehen.

»Du findest nur den Tod, wenn du weiter suchst. Niemand überlebt einen Krieg mit dem *Hunter*. *Niemand!*« Pit stand auf und verließ kommentarlos den Raum.

Merlin folgte ihm wankend. Die Bar war leer.

»Danke für die Hilfe.« Er ging zur Tür. Ein Stück weit öffnete er sie, bis er verharrte und sich wieder zu Pit drehte. »Welcher Beamte hat die Ermittlungen durchgeführt bei Sophie?«

»Immer ein Anderer. Mal war es ein Müller und dann ein Schäfer und wieder an einem anderen Tag ein Hager. Was weiß ich?«

Merlin hatte genug gehört. Er verabschiedete sich und trat auf die Straße. In seinen Gedanken überschlugen sich die Informationen geradezu. Ein Schulfreund? Auch seine Schwester wartete auf einen ominösen Freund. Sophie und Melina kannten ihren Mörder und sie schienen ihn zu mögen. Wie war es möglich, dass alle Bescheid wussten, aber dieses Dreckschwein weiter ungestört Leben zerstören konnte? Sophie kam aus einer komplett anderen Gesellschaftsschicht. Es wurde wohl auch hier kein Geld erpresst. Das machte alles keinen Sinn.

»Hey! Warte!«, hörte er eine Stimme aus der Dunkelheit rufen.

Im Schatten einer Hauswand stand eine schwarze Gestalt. Merlin ging langsam und zögerlich auf sie zu. Zu bekannt war ihm die Situation aus Erzählungen seines Vaters. Der Mann setzte sich ebenfalls in Bewegung. Im Lichte einer Straßenlaterne blieb er stehen und hob den Kopf. Erleichtert erkannte Merlin das rattenartige Gesicht von Oliver, der sich an der Laterne festhalten musste, um nicht umzufallen.

»Hier«, stammelte er und hielt Merlin eine Karte entgegen. »Da findest du, was du suchst oder besser gesagt, was der *Hunter* sucht. Er ist wie besessen davon, es zu finden. Wenn du schneller bist, hast du gute Chancen auf Antworten.« Er grinste geheimnisvoll. »Pit hat dir sicherlich gesagt, dass niemand dem *Hunter* entkommen ist, oder? Na ja, das stimmt nicht ganz. Einmal war er wohl zu schlampig. Aber das weißt du nicht von mir.«

Er wankte davon. Merlin blickte ihm verwundert nach. Dann besann er sich und schaute sich die Karte an.

*Caprice des Dieux.*

»Na wunderbar. Mörder, Psychopathen, Alkoholiker und jetzt soll ich mich auch noch der *Laune der Götter* aussetzen. Das Leben ist schön.«

# Kapitel 5

Merlin hatte einen langen Rückweg vor sich, aber die kalte Luft dieser Februarnacht tat ihm gut. Zu viele Gedanken gingen ihm durch den Kopf. Der Mörder seiner Schwester war also bereits überall bekannt. Es gab mehrere Opfer und keiner hatte bisher etwas unternommen. Hatten sie Angst? Wurden sie bestochen?

Merlin überlegte hin und her, was er mit seinen neuen Informationen jetzt anfangen sollte. Er entschloss sich, erst einmal nichts der Polizei zu erzählen. Er konnte sich nicht vorstellen, dass sie diesen Kerl nicht auch schon unter Verdacht hatten.

Es war kurz vor der Dämmerung, als er seine Wohnung betrat. Alles war still. Wie ungewöhnlich. Merlin schmunzelte. In den letzten Wochen kam er fast nie nach Hause, ohne von Anna Marias lautem Gekeife überfallen zu werden. Ruhe. Welch ein seltener Luxus. Müde und betrunken sackte er auf dem Sofa vor dem Kamin zusammen.

\*

Die Kopfschmerzen weckten Merlin einige Stunden später. Er hatte wohl doch viel zu tief ins Glas geschaut gehabt. Erste Zweifel kamen auf. War das wirklich passiert? Hatte er sich alles nur eingebildet? Zumindest lag er komplett angezogen mit brummendem Schädel auf dem Sofa. Das war schon einmal ein Indiz dafür, dass er die ganze Sache nicht geträumt hatte. Die Sonne schien zum ersten Mal seit Tagen und er hielt sein Gesicht in die warmen Strahlen. Eine Spur. Eine Chance. Nein, es war noch nicht zu Ende. Er würde nicht aufgeben. Nicht mit dieser Ungewissheit. Nicht, ohne diesen Mann zu finden, der seiner Familie so unsagbares Leid zugefügt hatte. Das war er ihnen schuldig.

»*Wo zum Teufel warst du?!*«

Er zuckte zusammen. Anna Maria. Die hatte er ganz vergessen. Er war in diesem Aufzug natürlich ein gefundenes Fressen für sie.

»Wie siehst du denn aus? Wo warst du? Wo verdammt noch mal hast du dich rumgetrieben? Ich habe mir schreckliche Sorgen gemacht?«, kreischte sie mit ihrer schrillen Stimme.

Merlin schloss kurz die Augen und wartete, bis die Schmerzen in seinem Kopf etwas nachließen. Er hätte gern gesehen, wie Anna Maria sich Sorgen machte. Wahrscheinlich hatte sie wohlig schlummernd im Bett gelegen.

»Ich habe nach dem Kerl gesucht, der Melina getötet hat und *ja*, es ist später geworden und *ja,* ich habe getrunken. Zufrieden?«

»Melina hier, Melina da und was ist mit mir? Ich bin noch nicht tot! Aber du bald, wenn du so weiter machst. Deinen Alten haben sie schon verkrüppelt. Legst du es jetzt auch noch darauf an? Ich möchte nicht mit einem Krüppel zusammenleben, damit dir das klar ist.«

Das war ihm klar. Sie war nicht die Art von Frau, die an die bedingungslose Liebe glaubte. Was sie unter *Liebe* verstand, war immer an Bedingungen geknüpft. Schenk mir Schmuck, geh mit mir Essen, kauf mir neue Kleider und ja, ich liebe dich.

Merlin seufzte. »Na ja, wenn das Geld noch stimmt und der Titel würdest du mich wohl auch als Krüppel nehmen.«

»Du elender Mistkerl! Wie stellst du mich denn hin? Ich

habe mich nicht die gesamte Nacht in der Dunkelheit herumgetrieben. Wer weiß, was du alles getan hast. Allein die Vorstellung ist widerlich. Geh erst mal duschen. Du siehst wie ein Penner aus.«

Sie drehte sich auf dem Absatz um und ging in ihr sogenanntes Beautyzimmer. Ausnahmsweise hatte sie aber Recht. Er sah wirklich nicht besonders ansehnlich aus und eine kalte Dusche würde ihm sehr guttun.

Langsam wankte er ins Bad und nahm zwei Aspirin aus dem Medizinschrank, bevor er sich auszog und duschte. Das kalte Wasser versetzte ihm einen kurzen Schock und brachte seine Lebensgeister zurück. Während der Wasserstrahl über seine Haut glitt, begann er nachzudenken. Sollte er nicht doch die Polizei in Kenntnis setzen? Sollte er wieder zu Pit gehen und ihm mehr Fragen stellen? Sollte er diesen Tony suchen? Was hätte er für Antworten auf diese Fragen gegeben, aber sie blieben ihm verwehrt und so musste er wie so oft in seinem Leben allein eine Entscheidung treffen. Er stellte das Wasser ab und trocknete sich ab. Danach blickte er lange gedankenverloren in den Spiegel. Er musste mit jemandem sprechen. Das wusste er. Anna Maria. Ihm war nicht wohl bei dem Gedanken.

»Du heiratest diese Frau. Dann solltest du ja auch in der Lage sein mit ihr über alles – *fast* alles – zu sprechen«, sagte er aufbauend zu sich selbst.

Das Bad war vom Schlafzimmer aus begehbar, sodass Merlin sich schnell frische Sachen anziehen konnte, ohne Anna Maria begegnen zu müssen. Langsam knöpfte er sein Hemd zu und trat ins Esszimmer.

Anna Maria saß am Frühstückstisch. Merlin setzte sich ihr gegenüber und schenkte sich eine Tasse Kaffee ein. Sie würdigte ihn keines Blickes.

»Ich muss mit dir reden«, sprach er seine Verlobte direkt an.

Sie schaute nicht auf, sondern bestrich ruppig die zweite Hälfte des Brötchens mit Magerquark.

»Es geht um letzte Nacht«, ergänzte er.

Mit einem Ruck ließ sie das Messer auf den Teller fallen. Der laute Aufschlag verdeutlichte Merlin wie heftig seine Kopfschmerzen wirklich waren.

Anna Maria starrte ihn an wie eine Katze die Maus, kurz vor ihrem tödlichen Biss. »Was war letzte Nacht?«

»Bitte unterbrich mich jetzt nicht. Nur dieses eine Mal. Ich muss selbst erst meine Gedanken ordnen.«

»Wie heißt die Schlampe?«

»Bitte? Von wem redest du?«

»Bei welchem Miststück hast du dich ins Bett geschlichen, während ich hier vor Sorgen fast verrückt geworden bin? Ich … «

»Anna Maria. Bitte. Zuhören geht anders.«

»Dann rede auch endlich.«

Tatsächlich verstummte sie nach dieser Aussage. Merlin atmete tief durch und erzählte ihr von seinen Erlebnissen in der *Schnapsdrossel*. Von Pit und dessen Enkelin.

»Du musst zur Polizei gehen. Dann ist das doch ganz einfach, den Typen einzubuchten«, sagte sie scheinbar wenig beeindruckt von der Geschichte. »Ruf Hager an und erzähle ihm alles, und dann höre endlich auf, die Arbeit der Polizei zu machen. Die sitzen eh nur den ganzen Tag auf ihren fetten Hintern.«

»Nein, ich bin mir sicher, dass die Polizei alles weiß und absichtlich nichts unternimmt«, entgegnete Merlin, der bereute dieses Gespräch überhaupt führen zu müssen.

»Dann musst du ihnen mal Dampf machen. Wissen die nicht, wer du bist? Du könntest sie alle verklagen. Arrogantes, faules Pack. Ansonsten rufe ich da an und dann werden die schon spuren.«

Das war das Letzte, was Merlin wollte. »Danke, aber das schaffe ich schon alleine. Ich denke, wir sollten mit Bedacht mit der Polizei hier kommunizieren.«

»Na ja, gut. Wenn das alles ist, was letzte Nacht passiert ist, werde ich wohl noch mal ein Auge zudrücken können, aber du kommst mir nicht mehr betrunken morgens nach Hause. Das ist ekelhaft.« Sie stand auf und ließ ihn einfach am Tisch sitzen.

»Was soll das denn jetzt? Wo willst du hin? Wir wollten doch über die Sache sprechen.« Merlin verstand ihre Reaktion mal wieder nicht.

»Du wolltest reden und das hast du doch getan. Was willst du noch von mir?« Sie schloss die Schlafzimmertür hinter sich.

»Verständnis, Hilfe und vielleicht ein bisschen Mitgefühl«, murmelte er.

\*

Einige Tage später saß Merlin an dem kleinen Tresen, der den Abschluss seiner offenen Küche bildete, und schaute Anna Maria zu, wie sie sich einen Molke-Vitamin-Shake mixte. Sie war mit ihrer Freundin zum Pilates verabredet. Und wie immer redete sie und redete sie. Und wie immer hörte Merlin nicht zu. Es war fast beängstigend, mit welcher Brutalität sie die Orangen zerschnitt und ausquetschte. Erwartungsvoll sah sie ihn an. »Du musst doch heute Abend sicher noch weg, oder?«

»Warum? Willst du mich loswerden?«, witzelte er.

»Ehrlich gesagt: ja. Ich habe die Mädels eingeladen. Nach dem Sport machen wir es uns hier gemütlich und na ja, du würdest halt stören.«

»Aha, ich störe in meiner eigenen Wohnung? Das ist mir neu.«

»Tu es für mich. Bitte. Ich hab mich schon so gefreut. Du kannst ja noch ins Büro und ein bisschen Arbeit wegschaffen. Dann können wir vielleicht mal ein paar Tage wegfahren. Danke, Schatz.« Sie gab ihm einen flüchtigen Kuss auf die Wange und wandte sich wieder ihrem Shake zu. »Ich muss jetzt los.«

»Und wer macht die Schweinerei in der Küche weg?«

»Oh. Wärest du so lieb? Ich muss wirklich los. So darf es ja nicht aussehen, wenn meine Freundinnen kommen. Danke. Ich liebe dich.«

Nur Minuten später war sie verschwunden.

Merlin schüttelte den Kopf. »Melina hatte Recht. Ich *bin* ein Pantoffelheld. Irgendetwas läuft hier verdammt schief.«

Nachdem er akribisch die Küche aufgeräumt und geputzt hatte, ging er in den Flur und zog seine Jacke an. Auf einen weiteren Streit mit Anna Maria hatte er keine Lust. Lieber verließ er die Wohnung, um den Frieden zu wahren. Auf der Suche nach seinem Autoschlüssel griff er in die linke Jackentasche und zog das Papier hervor, das Oliver ihm gegeben hatte. Er blickte nachdenklich auf die schwarz-rote Visitenkarte. Schlicht und dennoch elegant.

Seine Mundwinkel verzogen sich zu einem Lächeln. »Was immer im *Caprice des Dieux* ist - Anna Maria wird es hassen. Worauf warte ich also noch?«

In der Lobby des Wohnhauses angekommen wurde er von einem dunkelhaarigen Mann hinter dem Tresen begrüßt.

»So spät noch unterwegs, Herr von Falkenberg? Ich hoffe, Sie müssen nicht noch arbeiten«, sagte Jens, der heute die Nachtschicht in der Lobby übernahm.

»Nein, mein Lieber. Heute Abend bin ich verabredet.«

»Wo geht's denn hin? Ich kann mir kaum vorstellen, dass ich dort nicht schon gewesen bin.« Er grinste schelmisch wie ein Schuljunge, der sich gerade einen neuen Streich ausgedacht hatte.

Merlin reichte ihm die Karte in der Hoffnung auf weitere Informationen.

»Ah. Gute Wahl. Sehr gute Wahl. Jetzt bin ich etwas neidisch. Sie waren noch nie da?«

Merlin schüttelte den Kopf.

»Das kann ich kaum glauben. Ich bin ein großer Fan dieses Etablissements. Da gibt es die schönsten Tänzerinnen und die besten Burlesque-Shows. Es ist der absolute Wahnsinn. Leider kann ich mir das bei meinem Gehalt nicht so häufig leisten, aber hin und wieder muss das sein. Champagner und wunderschöne Frauen. Ich wünsche Ihnen viel Spaß.«

»Danke. Gute Schicht und bestellen Sie sich etwas zu essen.« Merlin gab Jens ein paar Geldscheine.

»Vielen Dank. Sie sind der Größte«, rief Jens ihm nach.

Ein Burlesqueclub also. Natürlich würde Merlin dort finden, was der *Hunter* suchte: schöne Frauen. Der Hinweis schien absolut unnütz. Dennoch hatte er nichts Besseres vor und er wusste, dass es Anna Maria zur Weißglut treiben würde. Und darauf ließ er es gerne ankommen.

\*

Nach zwanzig Minuten hatte Merlin sein Ziel erreicht. Der

Türsteher begrüßte ihn freundlich und wünschte ihm einen angenehmen Abend. Langsam und zögerlich betrat Merlin den Eingangsbereich. Eine Vase, aus der ein großer Palmwedel ragte, erinnerte ihn an Filme längst vergangener Zeiten. Unmittelbar nach der Eingangstür folgte ein roter Vorhang. Dieser bewegte sich leicht hin und her und ein Frauenbein in hohen gleichfarbigen Pumps und in Netzstrümpfen kam zum Vorschein. Es wippte neckisch auf und ab, bis die Stoffbahn komplett zur Seite gezogen wurde. Eine sehr hübsche, junge Dame trat ins Licht. Sie trug Hotpants aus Leder und eine rote Weste mit tiefem Ausschnitt. Eine kurze, schwarze Perücke verlieh ihrem Antlitz einen verführerischen Touch.

»Ich bin Angelique. Willkommen im *Caprice des Dieux*. Folgen Sie mir bitte.«

Merlin folgte der schlanken Gestalt ins Innere des Clubs. Auf seinem Weg hierher war er sehr skeptisch gewesen. Er war sich sicher einen Hinterhofschuppen vorzufinden mit korpulenten Damen, die mehr oder weniger grazil an der Stange tanzten. Aber das Gegenteil war der Fall. Das *Caprice des Dieux* erinnerte an die zwanziger Jahre. Zahlreiche runde Tische mit wunderschönen Kerzenleuchtern zierten den Raum. An der hohen Holzdecke hing ein riesiger Kandelaber. Links befand sich eine alte, elegante Holztheke, an der der Barkeeper trickreich Cocktails mixte und nebenbei mit den anwesenden Damen flirtete.

Das Herzstück war die große Bühne auf der anderen Seite des Raumes. Zahlreiche Scheinwerfer sorgten für immer wechselndes Licht und beeindruckende Effekte. Allein die Beleuchtung musste ein Vermögen gekostet haben. Nein, ein normaler Nachtclub war das nicht. Hier hatte sich jemand mehr als nur ein paar Gedanken gemacht. Die Gäste waren alle gut gekleidet und schienen sich prächtig zu amüsieren. Zahlreiche Kellnerinnen flitzten von Tisch zu Tisch und servierten mit charmantem Lächeln Champagner.

»Sinnliche Verführung mit Niveau«, erklärte Angelique, die Merlins bewundernde Blicke wohl bemerkt hatte.

Sie führte ihn zur Bar, während er die unterschiedlichen Altersstufen der Gäste einzuschätzen versuchte.

»Hey Steven. Unser attraktiver, junger Freund ist neu hier. Sorg dafür, dass er sich wohl fühlt«, sagte sie zum Barkeeper und zwinkerte Merlin zu. »Wenn ich noch irgendetwas für Sie tun kann, zögern Sie nicht, mich oder eine meiner Kolleginnen zu fragen. Stets zu Ihren Diensten.« Sie zwinkerte ihm abermals verführerisch zu und ging wieder zurück zum Eingangsbereich.

Merlin setzte sich auf einen der stilvollen Barhocker, die mit rotem Samt bezogen waren, und hatte sofort die ungeteilte Aufmerksamkeit von Steven.

»Was darf es denn sein?«, fragte der Barkeeper freundlich.

»Scotch, bitte.«

»Sehr gerne, der Herr.«

Obwohl sich bereits zahlreiche Menschen im Raum befanden, wirkte die Atmosphäre ruhig und gemütlich. Kein trauriges Gesicht war zu erblicken. Männer, Frauen, Pärchen.

»Bitte sehr.« Steven stellte ein Glas Scotch vor Merlin auf dem Tresen ab. »Sie sind zum ersten Mal hier?«

»Ja. Ein Freund hat mir die Adresse empfohlen.«

»Das glaube ich gerne. Die meisten unserer Gäste erfahren so von uns und empfehlen uns weiter. So spart man sich die Werbung.«

Steven war vermutlich Mitte dreißig und hatte dichte braune Haare, die er mit Gel gestylt hatte. Seine Arbeit erledigte er beeindruckend schnell mit nur wenigen Handgriffen. Hier und da ein kleiner neckischer Scherz mit den unzweifelhaft attraktiven Kellnerinnen, ein stilvoller Cocktail, ein perfekt gezapftes Bier und nebenbei eine kleine Plauderei mit Merlin.

»Machen Sie den Job schon lange?«

»Seit fünf Jahren. Also seit der Wiedereröffnung und Renovierung. Das Arbeitsklima ist hervorragend und die Kolleginnen ein Geschenk Gottes und na ja, als Barkeeper hat man bei den Mädels auch verbesserte Trefferquoten, wenn Sie verstehen.«

Merlin war fasziniert von Steven. Die beiden Männer unterhielten sich lange, während der Barmann scheinbar mühelos seiner Arbeit nachkam. Steven führte ein faszinierendes Leben, und schien sehr glücklich zu sein. Er erzählte von seinen wechselnden Freundinnen, die natürlich nichts voneinander wissen durften, von Gästen mit abstrusen Weltanschauungen, von Alkoholexzessen und wilden Sexgeschichten. Er schien keine Hemmungen zu kennen. Keine Zwänge.

In diesem Moment wurde Merlin schmerzlich bewusst, dass er in den letzten Jahren nicht annähernd etwas Aufregendes erlebt hatte und es stimmte ihn nachdenklich. Erfolg, ja. Zweifellos. Geld, ja. Das war immer so. Leben? Seit Melinas Tod hatte er sehr viel über sich, seine Stellung und sein Leben nachgedacht, aber in dieser Nacht fragte er sich zum ersten Mal, ob er so weiter machen wollte. Mit Anna Maria. Mit dem Erfolgsdruck. Mit den Wochenenden im Büro. Er nippte an seinem Glas und beschloss, seine Gedanken für diesen Abend zurückzustellen, da er wohl jetzt keine Antworten finden würde.

Er sprach mit einigen Kellnerinnen und Tänzerinnen, aber keine äußerte Bedenken oder hatte Angst. Niemandem sagte der Name *Hunter* etwas. Wieder schien Merlin weit entfernt von seiner ersehnten Lösung zu sein. So saß er verloren an der Bar und wartete auf einen Funken Hoffnung.

\*

Die Show war großartig. Das musste er bewundernd anerkennen. Wunderschöne Frauen in atemberaubenden Kostümen, die mehr Haut als Stoff zeigten, sangen und tanzten in den unterschiedlichsten Variationen. Die Gäste wurden ins alte Ägypten geführt, um sich gleich danach in glitzernden Eiswelten wieder zu finden. Jeder neue Auftritt war eine Überraschung. Die tänzerisch sowie akrobatisch anspruchsvollen Darbietungen schienen mühelos zu gelingen. Die Lichteffekte und die Musik waren bis auf das kleinste Detail mit dem Geschehen auf der Bühne abgestimmt. Hier wurden Schönheit, Talent und Unterhaltung in höchster Perfektion geboten. Jens hatte wirklich nicht zu viel versprochen.

Trotz der hocherotischen Darbietungen auf der Bühne bekam Merlin nur einen Bruchteil der Show mit. Seine Gedanken wollten ihn nicht frei lassen. Er nippte hin und wieder an seinem Scotch, bis Steven ihn nach einiger Zeit aus seiner Melancholie riss.

»Das sollten Sie sich jetzt aber wirklich nicht entgehen lassen.« Er deutete mit einer Kopfbewegung zur Bühne und grinste in sich hinein.

Merlin tat wie ihm geheißen und drehte sich langsam mit dem Oberkörper zur Bühne. Eine kleine Ablenkung würde schon nicht schaden. Die komplette Beleuchtung verdunkelte sich. Der Rand der Bühne fing allmählich von außen nach innen an, zu brennen. In der Mitte wurde es langsam hell und hinter einer Leinwand wurde etwas sichtbar. Afrikanische Musik setzte ein. Der Schatten war nun als Umriss einer Frau zu erkennen, die sich zum Klang der Trommeln bewegte. Es war irgendwie hypnotisierend. Die wundervoll geformte Silhouette ließ wohl alle Männer im Raum in Ehrfurcht erstarren.

Die Musik wurde ruhiger und plötzlich war es vollständig dunkel und still im ganzen Saal. Nur der Bühnenrand stand weiterhin in Flammen. Sekunden später mit einem lauten Trommelschlag und zwei Feuerfontänen setzte die Musik wieder ein und die Tänzerin tauchte aus einer Rauchschwade auf der Bühne auf. Merlin vergaß für einen Moment, zu atmen, als ihn der durchdringende Blick der jungen Frau auf der Bühne traf. Ihr knappes Outfit im Safarilook wurde von zwei dünnen Bändern im Nacken zusammengehalten. Die langen blonden Haare rundeten die wilde Dschungeloptik ab.

Es gab hier viele schöne Frauen, aber gemessen an dem, was Merlin auf der Bühne erblickte, waren alle anderen langweilig und unscheinbar. Der wilde Tanz zum Trommelklang wurde durch eine Feuershow ergänzt. Immer wieder griffen die Flammen auf den Körper der Tänzerin über. Ein toller Effekt. Beängstigend, aber hocherotisch. Merlin hatte vor einiger Zeit einmal gehört, dass diese Selbstentzündungen mit diversen Brennpasten möglich sind, aber es war ihm nicht klar, dass dies auch außerhalb der Filmindustrie eingesetzt wurde. Hier wurde wirklich mit allen Tricks gearbeitet. Außergewöhnlich. Ihr Bauch, ihre Arme ... alles schien zu brennen und wurde durch eine geschickte Handbewegung wieder zum Erlöschen gebracht, um wenige Sekunden später erneut zu entflammen. Es gab nur diesen Tanz, das Feuer und – sie. Die Temperatur stieg nicht nur aufgrund der Feuershow erheblich an. Die Tänzerin bewegte sich grazil, als wäre sie eins mit den lodernden Flammen. Nach dem letzten Entzünden ihrer Haut und den emporsteigenden Feuersäulen fing es plötzlich auf der Bühne an, zu regnen. Das Wasser rann über ihren makellosen Körper und mit einem letzten lasziven Blick, der Merlin gewidmet zu sein schien, stieg eine erneute Rauchsäule auf und sie war verschwunden. Die Musik verstummte mit einem kräftigen Trommelschlag.

Langsam tauchte die normale Bühnenbeleuchtung den Raum wieder in sein diffuses Licht. Für einige Sekunden herrschte weiterhin absolute Stille. Niemand bewegte sich, bis die Menge plötzlich in rauschenden Applaus ausbrach. Nur einer saß immer noch regungslos auf seinem Barhocker.

»Ich hab's ja gesagt«, lächelte Steven. »Einfach der Wahnsinn. Die Kleine macht selbst den Müdesten wieder munter. Verdammt heiß, was?«

»Ja«, war das Einzige, das Merlin über die Lippen brachte.

Das war ihm noch nie passiert. Noch nie hatte ihn eine Frau so in ihren Bann gezogen. Er hatte die Männer immer belächelt, die sich von einer anderen Person verführen ließen. Wie sie in Striptease-Clubs rannten und dort ihr hart verdientes Geld in die Unterwäsche fremder Damen steckten oder sich deren Liebe erkauften. In seinen Augen waren sie schwach und triebgesteuert. Er war sich sicher gewesen, dass ihn keine Frau allein durch ihre Erscheinung hinter dem Ofen hervorlocken könnte, aber jetzt hätte auch er eine kühle Dusche vertragen können.

»Ja, unsere *Pretty* ist schon was Besonderes.«

»Der Name ist Programm«, ergänzte Merlin. Auch wenn er ihn zweifellos untertrieben fand. »Wäre es möglich, dass ich mal mit dem Chef spreche?«, fragte er, als er langsam wieder zu Sinnen kam.

»Stimmt etwas nicht, mein Herr?«

»Nein, es ist alles in Ordnung, aber ich bin eigentlich nicht nur hier, um mir die Show anzusehen. Was durchaus lohnenswert ist, wie ich feststelle. Aber ich hätte ein paar Fragen.«

»Sind Sie Polizist?« Steven legte die Stirn in Falten.

»Nein. Nein, ganz bestimmt nicht. Ich bin schon lange kein Freund der Polizei mehr. Ich suche Hilfe für ein persönliches Problem. Allerdings weiß ich noch nicht, wie diese aussehen könnte.«

»Aha, okay. Wenn es um eine Frau geht, sind Sie hier richtig. Ansonsten glaube ich zwar nicht, dass Sie hier weiterkommen, aber ich frage für Sie nach.«

»Danke, sehr nett.«

»Mache ich sehr gerne für Sie. Bin gleich zurück.«

Steven verschwand zügig hinter der Bar. Vielleicht gab es doch noch eine Chance. Aus einem undefinierbaren Grund hatte Merlin neue Hoffnung geschöpft. Er wusste nicht, ob der wilde, erotische Tanz seine Lebensgeister zurückgerufen hatte oder ob es der Scotch war. Aber das spielte keine Rolle. Er wollte Antworten.

Der Betreiber des *Caprice des Dieux* schien sich sehr gut um seine Mädels zu kümmern. Sie lachten ständig und scherzten miteinander. Flirteten mit den Gästen oder mit Steven und schienen alle sehr zufrieden zu sein. Und das Wichtigste war: Sie schienen keine Angst zu haben. Merlin war sich sicher, wer einen solchen Club führt, muss auch etwas von den verschwundenen Mädchen und Frauen wissen. Einen Versuch war es wert.

Steven kam nach zwei Minuten zurück und lächelte. »Sie haben Glück. Einen kleinen Moment noch.«

»Danke. Vielen Dank.«

# Kapitel 6

Als Merlin wartete, kamen ihm erneut Zweifel. Ob er hier wieder so eine traurige Geschichte wie die von Pit erfahren würde? Seine Nervosität stieg. Er dachte an seinen Vater. Auch er hatte geglaubt, endlich die erlösenden Informationen zu erhalten. Er hatte es teuer bezahlt.

Es verging eine Viertelstunde. Die Show war vorbei und es setzte flotte Musik ein. Die Mädchen tanzten ausgelassen mit den Gästen. Diese lachten und sangen. Es schien, als würden einige ihre zweite Jugend erleben. Männer, Frauen, Ehepaare, Singles. Alle zusammen vergnügt auf der Tanzfläche vor der Bühne und einige Wagemutige auch auf den Tischen. Andere lagen wild knutschend in den Ecken. Glas zersprang. Halbnackte Menschen umarmten sich und feierten das Leben. Niemand schien sich an dem ungehörigen Treiben zu stören.

Merlin musste grinsen. Wie lange war es her, dass er selbst so frei gefeiert hatte? Ohne Regeln. Ohne Beobachtung. Hatte er es je getan?

Er drehte sich auf seinem Hocker nach hinten, um dem bunten Treiben besser zusehen zu können. In Bruchteilen einer Sekunde erstarrte er. Er hatte nicht bemerkt, dass jemand hinter ihm stand. Das Einzige, was er in diesem Moment wahrnahm, waren funkelnde grüne Augen, die ihn frech anblitzten. Einen kurzen Augenblick rang er nach Atem und versuchte, sich selbst zurück in die Realität zu holen.

Die Tänzerin, die ihn vor wenigen Minuten noch fest in ihrem Bann hatte, stand direkt vor ihm. Ihre hohen Wangenknochen und die vollen Lippen verliehen ihrem Gesicht edle Züge. Sie schien geradewegs einem Hochglanzmagazin entsprungen zu sein. Sie war zu perfekt, um real zu sein.

»Mache ich Sie nervös?«, fragte sie leicht grinsend mit kaum auffallendem Akzent, den Merlin englischer Natur einstufte.

Sie hatte seinen kleinen Schock offenbar bemerkt und schmunzelte. Merlin war klar, dass eine Frau wie sie eine solche Reaktion gewöhnt sein musste. Die engen Lederleggings schmiegten sich um ihre Beine und verschwanden in hohen schwarzen Stiefeln. Ihr dunkelrotes Top mit dem tiefen Ausschnitt passte sich perfekt der Optik des *Caprice des Dieux* an.

»Ja, nennen wir es einfach *nervös*«, gab er lächelnd zurück. »Wie ich sehe, haben Sie sich nicht verbrannt. Das sah gefährlich aus.«

»Gefährlich? Wenn Sie das schon für gefährlich halten, kann ihr Leben nicht sehr aufregend sein. Keine Sorge. Ich kenne mich mit Feuer aus, und nur, weil man sich hin und wieder verbrennt, heißt das noch lange nicht, dass man aufhören sollte. Ein kleiner Schmerz macht das Ganze doch erst interessant.« Sie zwinkerte Merlin zu.

Er hatte auf einmal Wortfindungsstörungen, die er sonst nicht kannte.

Sie betrachtete ihn von oben nach unten, setzte sich auf den Hocker rechts neben ihm und schaute argwöhnisch auf das Whiskyglas. Ihre Beine schlug sie übereinander und lehnte sich an die Theke.

»Steven«, rief sie den Barkeeper herbei. Sie deutete mit einer Kopfbewegung auf das Glas. »Da haben wir doch etwas Besseres im Keller. Wir haben hohen Besuch.«

Steven verschwand rasch wieder hinter der Bar.

Merlin schaute sie verblüfft an. Irgendwie konnte er diese Frau so gar nicht einschätzen.

»Keine Sorge. Kleine Aufmerksamkeit des Hauses. Ich bin nicht daran interessiert, Sie auszuziehen. Zumindest nicht finanziell.« Ihr lasziver Blick wanderte an ihm herab. »Ich weiß unsere Preise führen in regelmäßigen Abständen zur Schockstarre, genau wie unsere Shows, aber exklusiver Geschmack war schon immer etwas kostspieliger.«

Merlin wurde leicht verlegen und bemühte sich wieder um Worte. »Ich hoffe, Sie bekommen meinetwegen keinen Ärger mit Ihrem Chef, wenn Sie seinen noblen Scotch kostenlos unter die Leute bringen.«

Sie zog leicht die linke Augenbraue hoch und sah ihn scheinbar amüsiert an. »Unwahrscheinlich. Wir verstehen uns nämlich recht gut. Eine Liebe, die nie enden wird.« Sie strich sich die Haare aus dem Gesicht. »Mein Scotch. Meine Regeln. Mein *Caprice des Dieux*. Sie wollten mich sprechen?«

Merlin schluckte. Damit hatte er nicht gerechnet. Peinlich berührt kratzte er sich am Kinn. »Oh. Das tut mir leid. Ich wollte Ihnen nicht zu Nahe treten. Ich hatte nur …«

»Merlin, richtig?«, unterbrach sie ihn.

Er war schon wieder verwirrt. Woher kannte sie seinen Namen? »Ja, richtig. Aber woher …?«

»Sie haben die Augen Ihres Vaters«, antwortete sie, bevor er die Frage zu Ende bringen konnte. Für einen kurzen Moment wirkte sie wie in ihre Gedanken versunken.

»Und Sie sind …?«

»Es wert. Kleiner Spaß. Ich bin, wer immer Sie wollen. Ich habe viele Namen. Suchen Sie sich einen aus.« Sie schaute sich kurz um und atmete durch. »Übrigens, die Sache mit ihrer Schwester und Ihrem Vater tut mir sehr leid. Mein aufrichtiges Mitgefühl.«

Merlin überlegte, ob er sie von irgendwo her kannte. Aber er war sich sicher, dass er solch eine Frau nicht vergessen hätte. »Danke. Sehr freundlich. Ich bin mir nicht sicher, woher ...«

»Die Zeitungen, die Nachrichten. Alle haben über Ihren tragischen Fall berichtet, Herr von Falkenberg. Merkwürdig, Sie jetzt hier zu treffen. Zufall?« Sie schien ihn praktisch zu durchleuchten.

Er zögerte kurz, bevor er antwortete: »Nein, kein Zufall.«

Kaum merklich nickte sie, als hätte sie genau diese Antwort befürchtet. »Jeder Mensch, der in unser Leben tritt, ist entweder ein Test, eine Strafe oder ein Geschenk. Wir werden sehen, als was Sie sich entpuppen.« Sie zwinkerte zwei Kellnerinnen zu und wandte sich dann wieder an Merlin. »Was kann ich für Sie tun? Soweit ich weiß, sind Sie verlobt. Daher kann ich Ihnen wohl nicht mit meinen Mädels aushelfen oder vielleicht gerade doch?«

Steven war zurück, füllte zwei Kristallgläser mit Scotch und stellte sie auf den Tresen. Nach einem kurzen Blickkontakt mit seiner Chefin ging er wieder zum anderen Ende der Bar.

»Sie scheinen hier alles gut im Griff zu haben. Die Shows, die Damen, das Ambiente. Ich bin wahrlich beeindruckt. Es ist ungewöhnlich, dass eine so junge und zweifellos attraktive Frau solch einen großen Betrieb führt. Und das, wenn ich bemerken darf, wohl anscheinend auch sehr erfolgreich.«

»Seien Sie sich einer Tatsache bewusst ...« Sie kam leicht näher und Merlin drohte erneut bei ihrem Anblick zu vergessen, warum er hier war. »An mir ist absolut nichts *gewöhnlich*.« Sie blickte ihm tief in die Augen. »Und soweit ich weiß, sind Sie auch nicht gerade schlecht positioniert in Ihrer Firma. Sie sind nicht der Einzige unter Dreißig, der weiß, wie man mit den Bedürfnissen der Menschen jede Menge Geld machen kann.«

Der Zynismus war Merlin nicht entgangen und seine Aussage war ihm peinlich. Sie dürfte nicht viel jünger als er sein und sie hatte Recht mit ihrer Vermutung. Er war das jüngste Vorstandsmitglied des Millionenunternehmens, das Sicherheitssysteme für Firmen und Privatpersonen herstellte.

Sie nahm ihr Glas und prostete ihm zu. »Auf Ihre Familie.«

»Auf Ihre. Wie alt ist der Scotch, wenn man fragen darf?«
»Älter als Sie.«
»So alt also?« Merlin grinste. »Sie wissen wohl einiges über mich. Die Zeitungen waren gründlich.« Als er einen Schluck des vorzüglichen Whiskys getrunken hatte, besann er sich. »Irgendwie habe ich das Gefühl, dass Sie ganz genau wissen, warum ich hier bin. Wahrscheinlich wissen Sie es sogar besser als ich.«

Sie atmete einmal tief durch und stellte ihr Glas ab. »Da Sie nicht wegen der Show, den Mädchen oder meinem Scotch hier sind, nehme ich an, dass sie Antworten suchen. Kurzum, hier werden Sie weder Antworten noch Hilfe finden. Man lebt länger und ruhiger, wenn man nicht alles sagt, was man weiß, nicht alles glaubt, was man hört und ansonsten einfach nur lächelt. Genießen Sie lieber Ihren Whisky und plaudern Sie mit den Mädels. Sie werden Ihnen gefallen.«

Merlin sah sie verdutzt an. Mit einer solch spontanen Abfuhr hatte er nicht gerechnet.

»Seien Sie kein Narr wie Ihr Vater.« Sie hatte merklich die Stimme gesenkt. »Hören Sie damit auf, den Helden spielen zu wollen. Sie laufen seit Ewigkeiten durch die Gegend und machen auf sich und Ihre Familie aufmerksam. Unnötig. Haben Sie überhaupt auch nur den Hauch einer Ahnung, was Sie alles aufs Spiel setzen? Ihr Vater hat bereits teuer dafür bezahlt. Es ist ihm kein gutes Leben geblieben, aber es ist ein Leben. So viel Glück werden Sie nicht haben. Ihre Schwester bringt Ihnen niemand wieder. Keine Rache hat je die Toten zurückgeholt. Also führen Sie keinen Krieg, den sie nur verlieren können. Es gibt nämlich nichts zu gewinnen. Es gibt keine Sieger in diesem Spiel.« Sie strich mit den Fingerkuppen ihrer rechten Hand über den Holztresen. »Kommen Sie wieder zu sich und fangen Sie gefälligst wieder an, zu leben. Für Ihre Familie. Für Ihre Schwester und vor allem für sich selbst. Sie hätte es sicherlich so gewollt. Vertrauen Sie mir. Sie wollen mit Sicherheit nicht finden, was Sie so akribisch suchen, denn da liegt kein Segen drauf.« Sie wich ein Stück zurück und lehnte sich mit ihrer rechten Körperseite wieder gegen die Theke, während sie die Beine in die andere Richtung übereinanderschlug.

»Sie wissen, wer meine Schwester getötet hat, oder?«, fragte Merlin, ohne auf ihre Worte Rücksicht zu nehmen. Er wollte Antworten und jetzt war er sich sicher, dass er sie hier finden würde. Das verärgerte Aufblitzen ihrer Augen zeigte ihm, dass er wohl Recht hatte.

Sie biss sich auf die Lippe und lächelte ihn wieder freundlich an. »Ich weiß, wer *Sie* töten wird. Und ehrlich gesagt wäre das doch wirklich schade um so ein hübsches Kerlchen wie Sie.«

Ihr durchdringender Blick löste ein Kribbeln in Merlins Bauch aus. »Flirten Sie etwa mit mir?«

»Machen Sie sich darüber mal keine Sorgen. Wenn ich mit Ihnen flirte, werden Sie nicht erst nachfragen müssen, ob ich es tue.« Ihr ernster Ton war verschwunden und sie zwinkerte ihm zu.

»Betreiben Sie den Laden schon lange?«, fragte er, um das Thema zu wechseln. Er wollte sie auf keinen Fall verlieren, indem er sie mit seinen Fragen in die Ecke drängte.

»Seit fünf Jahren. Es wäre eine Verschwendung gewesen, dieses herrliche alte Gebäude verkommen zu lassen.«

»Ich bin tief beeindruckt. Nicht nur die Umgebung, sondern auch die Umsetzung des Burlesque-Themas ist fantastisch. Respekt. Sie haben Großes geleistet.«

Sie schüttelte lächelnd den Kopf. »Beleidigen Sie nicht meine Intelligenz, Herr von Falkenberg. Es ist mir bewusst, dass Ihnen momentan die Umgebung und die Show vollkommen egal sind. Das bedauere ich sehr. Unter anderen Umständen hätten wir beide auch durchaus einen netten Abend verbringen können, aber jetzt sagen Sie mir, welcher elende Tölpel Sie auf der Suche nach Antworten ausgerechnet zu mir geschickt hat.«

Merlin spürte, dass sein Ausweichen nicht zum gewünschten Erfolg führen würde. Im Gegensatz zu ihm war sie durchaus dazu in der Lage, genau die Auskunft zu erhalten, die sie wollte. »Er hieß Oliver, glaube ich. Ich hatte an diesem Abend wohl etwas viel getrunken, als ich ihn in einer Bar kennenlernte.«

»Ja. Ja, natürlich. Olli. Wer sonst.« Sie wirkte genervt und winkte mit der linken Hand ab.

Steven schenkte wie automatisiert nach. Die Gefühlsregung seiner Chefin war ihm wohl nicht entgangen. Merlin betrachtete die junge Frau einen Augenblick genauer, als sie sich ihrem Barkeeper zuwandte und ruckartig das Glas leerte. Sein Blick fiel auf ihre schlanken Hände. Die Handgelenke sowie die Mittelhand waren erheblich vernarbt. Selbst die zahlreichen Armbänder konnten die Narben nicht ausreichend kaschieren. Jetzt bemerkte er auch die Narben an ihrem Hals. Kaum sichtbar unter dem Make-up.

Seinem Gegenüber war seine Neugier scheinbar nicht entgangen. Sie nahm schnell die Hände vom Tresen und wandte sich ihm wieder frontal zu. »Gut. Machen wir eine Bestandsaufnahme: Oliver, okay. Wohl tot. Was soll's. Kein großer Verlust. Der war eh zu überhaupt nichts zu gebrauchen. Mit wem haben Sie noch gesprochen?«

»Tot? Bitte sagen Sie nicht so etwas.« Merlin wurde unruhig. *Tot?* Meinte sie das ernst?

Sie sah ihn fragend an und er verdrängte seine negativen Gedanken für diesen Moment. »Ich habe auch mit dem Barkeeper gesprochen. Pit. Er hat mir von Sophie, seiner Enkelin, erzählt. Er ...«

»*Mit Pit?*«, wurde er barsch unterbrochen. Sie strich sich wieder die Haare aus dem Gesicht. »Welch unschöne Wendung. Der alte törichte Trottel. Wie naiv. Das sieht ihm gar nicht ähnlich.« Sie überlegte einen Augenblick. »Also gut. Mit Oliver. Mit Pit. Vielleicht zum krönenden Abschluss auch noch mit der Polizei?«

»Nein. Nur mit meiner Verlobten«, entgegnete Merlin abwehrend. »Ich werde mich hüten, irgendetwas der Polizei zu erzählen. Ich glaube nicht, dass das die beste Anlaufstelle ist. Schon lange nicht mehr.«

Sie sah ihn eindringlich an. Ihr Blick schien ihn geradewegs zu durchbohren. Er konnte ihn nicht deuten, so sehr er es auch versuchte. Er war sich sicher, dass sie ihn wie ein Stoppschild lesen konnte. Sie dagegen schien ihm eine längst vergessene Sprache zu sein.

»Dann wollen wir hoffen, dass ihr Liebchen kein Goldkehlchen ist. Zumindest wäre das wünschenswert. Aber das Glück ist bekanntlich mit den Dummen.« Nachdenklich drehte sie sich zum Eingang und betrachtete die neuen Gäste. »Ich denke, dass es besser ist, wenn Sie jetzt gehen. Was immer Sie auch gesucht haben, Sie werden es nicht finden. Nicht hier und nicht woanders.« Sie rutschte vom Barhocker und ließ ihn einfach sitzen.

»Warum wollen Sie mir nicht helfen? Sagen Sie mir wenigstens den Grund. Das sind Sie mir schuldig«, rief Merlin ihr nach.

Sie blieb stehen, verharrte einen Moment und drehte sich wieder zu ihm um. Das Funkeln ihrer Augen war erloschen und eine Eiseskälte strahlte Merlin entgegen.

»Ich bin die *Letzte*, die Ihnen oder Ihrer Familie irgendetwas schuldig ist«, fuhr sie ihn an. Sie seufzte, kam näher und flüsterte Merlin ins Ohr: »Noch können Sie zurück. Es war ihr Schicksal mich zu finden und jetzt hören Sie auch auf meinen Rat. Sie allein bestimmen Ihren Weg. Wollen wir hoffen, dass es für Sie noch nicht zu spät ist und bereits ein anderer entschieden hat, ob Sie leben oder sterben werden. Sie haben keine Vorstellung davon, was Sie in Bewegung setzen, wenn Sie ausgerechnet *meine* Hilfe suchen. Halten Sie sich von mir fern und jetzt gehen Sie nach Hause. Von mir können Sie keine Hilfe erwarten. Und halten Sie verdammt nochmal Ihren Erzählungsdrang im Zaum, wenn Ihnen das irgendwie möglich sein sollte.« Sie drehte sich auf dem Absatz um und verschwand in der Menge.

Merlin war wie in Trance, als er ihr nachblickte. Nein, Fernhalten war das Letzte, was er von dieser Frau wollte. Zum ersten Mal verspürte er keine Angst mehr. Zum ersten Mal nach all den langen, schmerzhaften Monaten erinnerte er sich daran, dass es auch noch etwas anderes außer Leid und Tod gab.

Der Duft ihrer Haare lag noch für einige Sekunden in der Luft und er fragte sich, ob sie Recht hatte. Sollte er wirklich aufhören zu suchen und wieder anfangen zu leben, bevor er alles noch schlimmer machte? Würde er alles noch schlimmer machen? Er dachte an seinen Vater. Er dachte an seine Mutter, die nur noch ein Schatten ihrer selbst war. Merlin saß noch einige Zeit in Gedanken versunken an der Bar.

Stevens Stimme durchbrach das Schweigen an der Theke: »Tun Sie sich selbst einen Gefallen und hören Sie auf die Chefin.«

Der Barkeeper musste das Gespräch wohl aus einiger Entfernung mitbekommen haben.

»Vor wem hat sie solche Angst?«, fragte Merlin.

»Es gibt einen Unterschied zwischen Furcht und Vernunft, mein Herr.«

Merlin gab sich mit dieser Antwort für den Moment zufrieden. Es würde alles nichts nützen.

»Wir lassen Sie gerne nach Hause bringen, wenn Sie das möchten«, bot Steven an.

»Noch eine kleine Aufmerksamkeit des Hauses?«

»Ich habe Anweisung, mich gut um Sie zu kümmern. Sie haben bei unserer *Pretty* wohl einen Stein im Brett.«

»Daran kann ich nach dieser Abfuhr nicht wirklich glauben.«

# Kapitel 7

Einige Tage danach kam Merlin spät aus dem Büro. Er hatte nur noch Arbeit im Sinn. Ablenkung. Nach schlaflosen Nächten hatte er sich dazu entschlossen, seine Suche für einige Zeit ruhen zu lassen. Er wollte sich daran erinnern, wie sein Leben vor Melinas Tod war. Der Job war immer ein fester Bestandteil und Anna Maria. Vielleicht hatte er sich wirklich nicht genug um sie gekümmert und es in seinem Wahn nicht einmal bemerkt.

Auf dem Esszimmertisch lag ein Zettel von ihr.

*Ich bin mit Susi im Wellnesshotel. Bin am Sonntag wieder da. Habe deine Kreditkarte dabei. Kuss.*

Merlin lächelte schwach und zerriss das lieblose Geschreibsel. Susi war eine gute Freundin von Anna Maria. Genauso verwöhnt wie sie selbst und auch genauso eingebildet. Eigentlich hatte Merlin einen gemütlichen Abend mit Anna Maria im Sinn gehabt, aber da sie nicht da war, dürfte diesem Plan ja nichts entgegenstehen.

Er ging ins Schlafzimmer und hängte die Krawatte in den Schrank. Merkwürdig. Es störte ihn nicht, dass sie nicht da war. In seinem Kopf war seit Tagen nur die Tänzerin aus dem *Caprice des Dieux* und er musste sie wiedersehen. Egal, zu welchem Preis. Da hatte er schon eine wunderschöne Frau als Verlobte und war in Gedanken bei einer Fremden, die nicht gerade nett zu ihm war. Er konnte es nicht erklären, was genau diese Faszination ausgelöst hatte, aber er wusste, dass sie ihn so schnell nicht wieder loslassen würde. Sie war so anders als Anna Maria. Anders als alles, was er kannte.

Merlin ging ins Bad und betrachtete sich im Spiegel. Müde

sah er aus. Ausgebrannt. Langsam öffnete er die obersten Knöpfe seines weißen Hemdes und drehte den Wasserhahn auf. Er formte seine Hände zu einer Schale und schöpfte sich das kühle Wasser ins Gesicht.

Glas zersprang und es gab einen heftigen Knall. Merlin zuckte zusammen und stand für einige Sekunden regungslos vor dem Waschbecken. Er drehte das Wasser ab. Langsam schlich er aus dem Badezimmer. Die Wohnung war dunkel. Das wollte er auch für den Moment nicht ändern. Er bewegte sich leise vorwärts, bis er ein Knirschen unter seinen Schuhen hörte. Glasscherben. Der große Spiegel neben dem Flügel war in zahlreiche Scherben zersprungen. Wie konnte das sein? Niemand war hier und auch Spiegel zersprangen wohl nicht von selbst. Kopfschüttelnd betrachtete er das bizarre Bild, als er plötzlich eine dunkle Gestalt in einer der Glasscherben erblickte. Er drehte sich ruckartig um, aber das unheimlich grinsende Gesicht war nirgends zu erkennen.

»Werde ich langsam verrückt?«

Sein Blick wanderte durch den Raum. Er wandte sich nach links und wollte das Licht anschalten, als ihm plötzlich ein stechender Schmerz in den Unterschenkel fuhr und ihn zusammensacken ließ. Panisch schaute er an sich herab. Eine Glasscherbe steckte in seiner rechten Wade. Merlin wurde übel. Was ging hier vor sich?

Als er sie herausziehen wollte, blickte er direkt in das düster grinsende Gesicht eines sehr dünnen Mannes, der unmittelbar vor ihm stand und mit einer scharfkantigen Scherbe vor seinem eigenen Gesicht hin und her fuchtelte.

Merlin versuchte, rutschend Abstand zwischen sich und die finstere Gestalt zu bringen. Diese kam langsam auf ihn zu. Den Blick felsenfest auf ihn gerichtet. Als Merlin hinter sich griff, konnte er das Stuhlbein des Tresenhockers vor der Küchenzeile greifen und zog sich langsam und kontrolliert an diesem hoch, ohne, den immer noch grinsenden Mann aus den Augen zu lassen.

»Was wollen Sie hier?«

Keine Antwort. Der Angreifer blieb mit wenigen Metern Abstand stehen. Er drehte den Kopf von der linken auf die rechte Seite und wieder zurück. Merlin glaubte, unter dem Blick des Fremden vor Kälte zu erstarren. Sekunden der absoluten Stille. Nichts passierte. Keine Bewegung. Kein Laut. Tausende Fluchtmöglichkeiten ging er in Sekundenschnelle in seinem Kopf durch. Dieser Kerl. An wen erinnerte er ihn? Ja, natürlich. Klein. Drahtig. Total verrückt. Das musste der Mann sein, der seinen Vater zum Krüppel geschlagen hatte.

Als hätte der Fremde bemerkt, dass Merlin ihn erkannt hatte, legte er die Scherbe in seine linke Hand und schnitt sich tief ins eigene Fleisch. Er erhob sie und zeigte Merlin die Wunde, bevor er sie ableckte. Der Anblick des blutverschmierten Gesichts verstärkte Merlins Übelkeit. Langsam setzte er einen Fuß nach hinten. Das war zu viel.

Blitzschnell hatte ihn der Fremde erreicht, packte ihn am Hemd und schleuderte ihn mit einer unglaublichen Wucht in die hinter ihm stehende Glasvitrine. Die Splitter schnitten in Merlins Haut, als er mit Teilen der Vitrine zu Boden stürzte. Er konnte kaum noch atmen. Sein Angreifer saß ruhig auf ihm, die Ellenbogen auf seinem Brustkorb abgestützt. Das blutige Gesicht nur wenige Zentimeter von dem seinen entfernt. Die Haare klebten ihm in fettigen Strähnen am Kopf und er grinste Merlin mit seinen gelben, fauligen Zähnen an. Seine dunklen Augen waren weit aufgerissen. Kein Leben. Kein Hauch von Menschlichkeit.

Er hob die Glasscherbe in seiner linken Hand. Merlin schaffte es, mit seiner Rechten das Handgelenk des Verrückten zu packen und einen Stich abzuwehren. Doch er spürte seine Kraft schwinden. Immer noch saß sein Gegner auf ihm und drückte ihn mit seinem Gewicht zu Boden. Die Scherbe war nur wenige Millimeter von Merlins Hals entfernt, als ihm bewusst wurde, dass er dem Druck nicht länger standhalten könnte. Er schloss die Augen und dachte an Melina.

Unerwartet entfuhr seinem Angreifer ein schriller Schmerzensschrei. Mit einem Schlag verschwand der Druck und Merlin konnte wieder durchatmen. Die knochige Gestalt war aufgesprungen und saß winselnd unter dem Esszimmertisch. Sie hielt ihren rechten Oberschenkel umklammert.

Merlin setzte sich auf und erkannte die Umrisse einer weiteren Person im Raum. Nur das schwache Licht aus dem Schlafzimmer drang durch den Türspalt. Die schemenhaft zu erkennende Gestalt kam langsam näher und ihre Silhouette wurde deutlicher. Sehr schlank. Ja, fast zierlich erschien sie. Sie ging vor dem Esszimmertisch in die Hocke und breitete die Arme seitlich aus. Merlin verstand nicht, was er da sah. Er wollte etwas sagen, aber ihm wurde durch eine Handbewegung deutlich gemacht, dass er schweigen sollte. Langsam kroch der Mann, der ihn noch vor wenigen Sekunden töten wollte unter dem Tisch hervor. Gemächlich umkreiste er die Gestalt, die regungslos vor ihm hockte, auf den Knien. Zaghaft berührte er sie am rechten Arm, am Hals. Mit ruhiger Hand löste die unbekannte Frau ihr Haarband und die langen Haare fielen wellengleich auf ihren Rücken. Jetzt sprang er ganz nah an sie heran und legte seine Hände an ihre Wangen. »Lilly. Lilly. Lilly.« Er sprang auf, humpelte zur weit geöffneten Balkontür und verschwand in der Nacht.

Merlin hatte ihn mit seinen Blicken verfolgt, während sein rasendes Herz ihm die Luft nahm. Als er sich wieder zum Esstisch drehte, war niemand mehr zu sehen. Ein Schatten huschte an ihm vorbei. Er kniff die Augen zusammen, als das Licht anging. Jemand zog ihn hoch.

»Alles in Ordnung?«

Merlin erkannte den dezenten englischen Akzent sofort und beruhigte sich.

Er blickte auf und sah die grünen Augen, die ihn seit dem Tag im *Caprice des Dieux* in seinen Gedanken verfolgten.

»Ja. Danke. Es geht mir gut.«

»Sie sahen schon mal besser aus, wenn ich das bemerken darf.« Sie nahm ihr rotes Halstuch ab und band es Merlin um den Unterschenkel oberhalb der klaffenden Wunde. Dann stand sie auf und wollte scheinbar gehen.

»Warten Sie! Bitte.«

Sie blieb stehen und drehte sich zu ihm um.

»Wer war das? Wer ist dieser Irre?«

»Ach das, das war Noel. Nette Persönlichkeit, nicht? Nur für Körperpflege hat er nicht so viel übrig.«

»Was will dieser Wahnsinnige von mir?«

Sie seufzte und band sich die Haare wieder zu einem Pferdeschwanz zusammen. »Machen Sie sich keine Sorgen. *Jetzt* will er nichts mehr von *Ihnen*.«

»Warum helfen Sie mir auf einmal?« Merlin war vollkommen durch den Wind.

»Das habe ich auch letztes Mal getan, aber Sie wollten es nicht wahrhaben. Außerdem weiß ich sehr wohl, wie es sich anfühlt, wenn man keine Hilfe bekommt.«

Eine Traurigkeit klang aus ihrer Stimme, die Merlin nicht einordnen konnte. Ein knappes Lächeln huschte über ihre

Lippen und sie ging weiter in Richtung der Balkontür.

»Danke, Lilly«, rief Merlin ihr nach.

Sie hielt inne. »Liliana«, sagte sie, ohne sich umzudrehen, und verschwand in der Nacht.

»Liliana«, flüsterte Merlin mit einem Lächeln.

# Kapitel 8

Im Morgengrauen des anbrechenden Tages verließ Merlin in Begleitung seines besten Freundes Felix das städtische Krankenhaus.

»Jetzt musst du mir endlich mal in Ruhe erklären, wie du in die Glasvitrine gefallen bist.«

Merlin ignorierte die Aufforderung seines Freundes. »Tust du mir einen Gefallen?«

»Ja, klar. Jeden.«

»Glaub einfach daran, dass ich zu viel getrunken und meine Wohnung demoliert habe.«

»Aber das stimmt nicht. Ich kenne dich. Und ...«

»Und nichts«, unterbrach Merlin ihn barsch.

»Schon okay. Du bist betrunken in die Glasvitrine gefallen, nachdem du den Spiegel zerschlagen hattest, weil du vor dir selbst erschrocken bist, und bist dann blutend unter den Esstisch gekrochen. Alles klar. Tolle Geschichte. So glaubwürdig. Klingt ganz nach dir.«

»Ja, du hast Recht. Klingt wirklich merkwürdig, wenn du sie erzählst.«

»Hey, wenn du in irgendwelchen Schwierigkeiten steckst, ich bin für dich da. Okay? Belassen wir es dabei. Und jetzt räumen wir zuallererst mal die Schweinerei in deiner Bude auf.«

»Danke, Felix.«

Felix klopfte Merlin auf die Schulter und zwinkerte ihm zu. »Nicht der Rede wert. Du wirst deine Gründe haben. Nach dem Aufräumen ist hoffentlich eine Einladung zum Frühstück für mich drin.«

Merlin nickte und war unsagbar dankbar für seinen besten Freund.

\*

Anna Marias Aufstand wegen der kaputten Glasvitrine war bühnenreif. Zwei Tage hatte sie kein anderes Thema. Auch an diesem Mittwochmorgen schien keine Beruhigung in Sicht. Merlin hörte ihr schon lange nicht mehr zu. Sie durchstöberte die Zeitungen und zog zwei Möbelmagazine aus dem Stapel. Dabei fiel die Tageszeitung auf den Boden. Unbeeindruckt ließ sie sie liegen, nahm ihr Glas Orangensaft und setzte sich nörgelnd auf die Couch.

Kommentarlos griff Merlin nach der aktuellen Ausgabe auf dem Boden und wollte sie gerade zurück auf den Haufen legen, als ihm das Titelblatt ins Auge fiel. Wie versteinert hielt er die Zeitung in der Hand. Ein Großbrand?

»Nein. Was hab ich nur getan«, sagte er lauter, als er wollte.

»Du hast meine geliebte Designervitrine in deinem Suff kaputtgemacht. Vielleicht erinnert der Herr sich«, keifte Anna Maria.

Merlin würdigte sie keines Blickes. Er setzte sich wieder an den Tisch und versank in dem Zeitungsartikel. Das *Caprice des Dieux* war bis auf die Grundmauern niedergebrannt. Er konnte es nicht fassen. Das konnte kein Zufall sein. Wortlos stand er auf, nahm seine Schlüssel und verließ seine Wohnung. Er ignorierte die schrille Stimme von Anna Maria, die ihm nachrief.

Mit dem Aufzug fuhr er nach unten in die Tiefgarage. In Gedanken versunken setzte er sich in sein Auto und blieb regungslos einige Minuten sitzen. Er war wie in Trance. Unzählige Fragen quälten ihn. Er brauchte Antworten. Als er den Motor startete, zitterte er leicht. In Gedanken bei Liliana machte er sich auf den Weg.

Er fuhr die Hauptstraße entlang, als er reges Polizeiaufkommen in einer Seitenstraße bemerkte. Merlin schaute sich um und erinnerte sich, dass sich wohl in einer dieser Nebenstraßen die *Schnapsdrossel* befinden musste. Er wurde langsamer und wendete. Er stellte seinen Aston Martin auf dem Parkplatz einer Videothek ab und ging über die Straße. In einiger Entfernung erblickte er auch den Eingang zur Kneipe. Überall waren Polizisten und die Straße war abgesperrt. Merlin beschlich ein ungutes Gefühl. Er sah sich um und entdeckte Hager, der akribisch darauf achtete, dass keine Passanten einen Blick in die Bar werfen konnten, dabei telefonierte er und fuchtelte hektisch mit seiner freien Hand umher.

Merlin fragte einen der jüngeren Polizisten, was denn passiert sei.

»Wohl Selbstmord. Nichts Ungewöhnliches. Mit viel Alkohol im Kopf macht man schon einmal dummes Zeug«, sagte der Beamte.

Die Lüge stand ihm ins Gesicht geschrieben. Merlin bedankte sich und ging wieder davon. Die Blicke des Beamten folgten ihm. Mit einer schnellen Bewegung sprang er in einem scheinbar unbeobachteten Moment hinter einen Abfallcontainer, als der junge Kriminalbeamte von einem anderen Passanten angesprochen wurde.

Er lief um den Block, um sich der *Schnapsdrossel* von der anderen Seite zu nähern. Er erinnerte sich, dass es ein kleines Fenster im Nebenraum gab, in dem er sich mit Pit unterhalten hatte. Langsam schlich er auf den Hof und stellte sich auf zwei gestapelte Bierkästen. Niemand war im Inneren zu erkennen.

»Wer nicht wagt, der nicht gewinnt«, flüsterte er und kletterte mühselig durch die schmale Öffnung. Die Tür zur Bar war leicht angelehnt. Merlin hörte Stimmen.

»Wir müssen die elenden Gaffer vor der Tür wegschaffen. Wenn irgendjemand etwas merkt, dann ...«

»Niemand merkt etwas. Der alte Barkeeper hat sich selbst ins Jenseits geschickt. Der hat den Verlust seiner kleinen Enkelin nicht ertragen und von dem anderen werden wir nichts erwähnen. Für den finden wir schon ein Plätzchen«, sagte eine weitere Stimme, die Merlin als Kriminalkommissar Hager erkannte.

»Zum Glück hat mich die olle Schnepfe von den reichen Säcken angerufen und mir alles brühwarm erzählt. Die schnippische Kuh. Der dämliche Pit muss dem kleinen von Falkenberg wohl zu viel erzählt haben. Dem Boss hat das gar nicht gefallen.«

»Und was wird jetzt aus dem Falkenberg?«, fragte der Andere.

»Eigentlich sollte sich dieses Problem auch schon erledigt haben, aber ich hörte, dass es jetzt Wichtigeres zu tun gibt. Noel hat unseren süßen Blondschopf gefunden. Der Alte ist vollkommen ausgerastet, als er davon erfahren hat. Sie muss Noel gestern Abend aber wieder entwischt sein.«

»Kam es deshalb zu dem Brand in dem Bordell?«

»Leider war es kein Bordell. Schade, bei den Mädchen. Aber ja. Noel hat es übertrieben und gleich die gesamte Bude abgefackelt. Du weißt doch, Hexen müssen verbrannt werden.« Beide Männer lachten.

Merlin konnte nicht glauben, was er hörte. Hager wusste

also von Anna Maria, dass er hier gewesen war und mit Pit und Oliver gesprochen hatte. Warum hatte sie diesen Typ angerufen? Warum hatte sie ihn nicht vorher gefragt? Eigentlich kannte er die Antwort schon. Sie liebte es, den Polizisten in den Hintern zu treten und sie lächerlich zu machen. Mit den Informationen hatte Merlin sie nur angestachelt. Für Anna Maria existierte so etwas wie Korruption nicht. Die Polizei war lediglich da, um sie zu beschützen. Sonst gab es nichts in ihrer Vorstellung.

»Komm. Wir gehen. Gleich kommt Tony mit dem Putztrupp und räumt die Schweinerei hier weg.«

Merlin hörte, wie die beiden Männer die Kneipe verließen. Er erinnerte sich an das dumpfe Scheppern, wenn die Tür ins Schloss fiel. Er wagte einen flüchtigen Blick durch den Türspalt. Niemand war zu sehen. Er ging durch die schäbige Holztür und schaute sich um. Schaudernd blieb er wenige Meter hinter der Tür stehen. Pit lag hinter dem Tresen. Sein rechter Arm war unnatürlich nach hinten verdreht. Er sah gebrochen aus. Merlin ging langsam auf den leblosen Körper zu. Pit hatte eine Schlinge aus Stacheldraht um seinen Hals gewickelt. Seine weit aufgerissenen Augen waren feuerrot.

Der arme alte Mann tat ihm schrecklich leid. Erst hatte er seine Enkelin auf so furchtbare Art und Weise verloren, seine Familie wollte nichts mehr mit ihm zu tun haben und jetzt ein solches Ende. Was waren das für Menschen? Worum ging es hier? Langsam entfernte er sich von der Leiche. Merlin ging rückwärts, um seinen Fluchtweg stets im Auge zu haben. Plötzlich stieß er gegen ein Hindernis. Er drehte sich vorsichtig um und sprang entsetzt zur Seite.

Oliver. Die Leiche hing an einem dicken Strick baumelnd mitten im Raum. Die Schweine hatten ihn aufgehängt.

Merlin versuchte, seinen Ekel zu unterdrücken, und ging wieder auf den Toten zu. Oliver hatte keine Augen mehr. Sie wurden ausgebrannt. Wie das Auge seines Vaters. Sein ganzer Körper war blutüberströmt.

»Sie hatte Recht«, flüsterte Merlin. »Mein Gott.«

Er blickte an dem leblosen Körper hinab. Auf dem Fußboden entdeckte er ein Stück Papier. Er bückte sich und hob es auf. Sofort erkannte er die rot-schwarze Karte des *Caprice des Dieux*. Daher kannten sie also ihr nächstes Ziel.

Merlin verließ die *Schnapsdrossel* auf demselben Wege, auf dem er gekommen war.

»Das ist alles meine Schuld.«

Angespannt setzte er seinen Weg fort und war überrascht, dass vor dem *Caprice des Dieux* kein Menschenandrang war. Lediglich die Absperrungen der Polizei waren sichtbar. Er parkte in einiger Entfernung und näherte sich seinem Ziel. Es war ein schrecklicher Anblick. Alles war von schwarzem Ruß bedeckt. Kein Glanz mehr. Nur noch pure Zerstörung. Vorsichtig schlich er sich näher heran. Er konnte durch die demolierte Seitentür ins Innere gelangen. Auch hier war niemand zu sehen. Keine Polizei. Keine Feuerwehr. Das verwunderte ihn. So lange war der Brand noch nicht her und eine wirkliche Absicherung stellten die paar Sperrbänder nicht dar. Die schweren Holzbalken lagen verkohlt auf dem Boden. Der prächtige Kronleuchter war in tausende Splitter zerschellt. Die Position der prunkvollen Bühne war lediglich noch zu erahnen. In der Decke klafften große Löcher und der Fußboden war mit Löschwasserpfützen übersät. An einigen wenigen Stellen stieg immer noch Rauch auf.

Merlin stand in der Mitte des großen Saales und sah sich ungläubig um. »Mein Gott.«

»Der hat mich schon lange verlassen«, hörte er eine Stimme hinter sich sagen.

Liliana stand wenige Meter entfernt an einen der letzten, intakten Holzpfeiler gelehnt. In ihrer kurzen, schwarzen Lederjacke bot sie einen verlockenden Anblick.

Erleichterung stieg in Merlin auf. Sie lebte. Langsam kam sie auf ihn zu und wieder vergaß er alles um sich herum, während sein Blick den ihren traf. Der Klang der Absätze ihrer schwarzen Stiefel durchbrach die lähmende Stille. Er wusste nicht, wie er sich verhalten sollte. Er wusste nur, dass er schuld an diesem Desaster war und es war ihm durchaus klar, dass auch sie es wusste. Sie lächelte und reichte ihm ihre Hand. Erleichtert erwiderte er ihren Gruß.

Sie sah sich um und zuckte mit den Schultern. »Entschuldigen Sie, dass ich Ihnen nichts anbieten kann, aber ich bin leider etwas *ausgebrannt* zurzeit.«

Merlin brauchte einige Sekunden, um zu antworten. Ihre smaragdgrünen Augen hielten ihn gefangen. Sie war nur dezent geschminkt. Kein Vergleich zu ihrem ersten Treffen hier und dennoch hatte sie nichts von ihrer Faszination auf ihn eingebüßt.

»Daran bin ich wohl nicht ganz unschuldig«, sagte er wehmütig. »Es tut mir sehr leid, Liliana. Ich ...«

»Machen Sie sich mal keine Sorgen. Sie haben den Laden doch nicht abgefackelt, oder doch?« Sie grinste ihn schelmisch an.

Merlin seufzte. »Sie wissen ganz genau, was ich meine. Die Sache wächst mir über den Kopf.« Er erwartete, dass sie ihm beipflichtete und ihm die Schuld für ihre missliche Lage geben würde, aber sie sagte nichts.

»Kann ich etwas für Sie tun? In finanzieller oder anderer

Hinsicht?«, fragte er verlegen.

Sie schüttelte den Kopf und schien verwirrt über eine solche Frage zu sein. »Was ist denn schon passiert?«

Seine Verwunderung über ihre Aussage stand ihm sicherlich deutlich ins Gesicht geschrieben. Wie konnte sie so etwas sagen?

»Gegenstände sind verbrannt. Na und? Es ist niemand ernsthaft verletzt worden. Nichts was man nicht mit etwas Geduld, Geld und Leidenschaft ersetzen könnte. Man räumt den Schutt weg und baut alles wieder auf. Wieder und wieder und wieder.« Sie biss sich auf die Unterlippe. »Zumindest, solange die Feuerversicherung für Brandstiftung durch Psychopathen aufkommt.«

Merlin verstand ihre Ruhe und ihren Optimismus nicht. Das *Caprice des Dieux* lag ihr sehr am Herzen. Das hatte er deutlich gespürt und jetzt lag alles in Schutt und Asche. Wie konnte sie so gut gelaunt sein?

Ihr blieb seine Verwunderung scheinbar nicht verborgen. »Das ist nicht mein erster Brand und es wird auch nicht mein Letzter gewesen sein, aber warum soll ich jetzt hier stehen und weinen, wenn es so viel Wichtigeres zu tun gibt? Das ist das Schöne an materiellen Dingen: Sie sind fast alle ersetzbar. Es macht keinen Sinn, um sie zu trauern. Man verliert sie nie wirklich. Oh, entschuldigen Sie. Ich vergaß, dass das in Ihrer Familie ja etwas anders ist.« Sie ging an ihm vorbei und setzte sich auf einen am Boden liegenden Stahlträger, der einige der alten Tische unter sich begraben hatte.

Merlin ging ihr nach und setzte sich neben sie. »Wie darf ich das verstehen?«

»Korrigieren Sie mich, wenn ich etwas Falsches sage. Das Motto ihrer Familie war doch, soweit ich mich erinnern kann: *Wir definieren uns über die Dinge, die wir besitzen. Besitzen wir nichts, sind wir auch Nichts.*«

Merlin zuckte zusammen. Sein Großvater hatte ihm das immer gesagt, als er noch ein kleiner Junge gewesen war. »Stand das auch in der Zeitung?«

Sie lachte: »Oh, ein Funken Humor, wie nett. Ich bin überrascht. Ich dachte immer, wer Humor hat, fliegt aus dem Testament.«

»Nein, das wurde geändert. Das wussten Sie also noch nicht. Jetzt bin ich überrascht.«

Sie zupfte eine Spinnwebe von ihrem Ärmel. »Warum sind Sie eigentlich hier? Und die Wahrheit wäre erfrischend.«

»Wie kommen Sie zu der Annahme, dass ich Sie anlügen könnte?«

»Wie sollte ich zu der Annahme kommen, dass Sie es nicht tun?« Sie legte den Kopf leicht schief.

»Sie vertrauen wohl niemandem.«

»Das mit dem Vertrauen ist so eine Sache. Ich habe sehr früh lernen müssen, dass sich Vertrauen nicht auszahlt. Vertrauen macht schwach. Man legt sein Schicksal in die Hände eines Anderen. Er kann es wohl behüten oder mit einem Schlag vernichten. Daher vertraue ich nur genau zwei Dingen: der Klinge meines eigenen Messers und meiner Menschenkenntnis.«

Merlin verschränkte die Arme vor der Brust. »Und was sagt Letztere über mich?«

Sie sah ihn von oben nach unten an. Er fühlte, dass sie ihn genau durchschaute. Unruhig rutschte er hin und her. Er war sich nicht mehr sicher, ob er so viel von sich selbst preisgeben wollte. Seine Nervosität nahm zu.

Sie schien lediglich amüsiert zu sein. Nach quälenden

Sekunden sagte sie schließlich: »Sie kommen aus sehr behüteten Verhältnissen. Ihr Leben war seit Ihrer Geburt klar strukturiert. Ihr Weg war nicht nur vorgezeichnet, sondern bereits gepflastert und beleuchtet. Sie hatten viele Bekannte, aber keine Freunde. Sie hatten viele Frauen, aber keine Leidenschaft. Sie hatten Familie, aber keinen Halt. Sie haben immer funktioniert, aber nicht gelebt. Wenn Sie ehrlich sind, ist ihr Leben vollkommen leer. Jeder Tag entgleitet Ihnen schon, bevor er angefangen hat. Sie fragen sich jeden Morgen, warum Sie aus Ihrer Tür gehen. Wofür sie zwölf bis sechzehn Stunden 365 Tage im Jahr arbeiten. Sie heiraten eine Frau, weil sie es müssen. Nicht aus Liebe. Eine gute Partie. Eine Frau, die die Heißblütigkeit eines Eisberges und die Tiefgründigkeit eines Pappkartons hat«, sie hielt kurz inne, »auch wenn ich dem Pappkarton jetzt nicht zu nahe treten möchte. Sie leisten großartige Dienste. Sie haben Ihr Leben bisher wortlos passieren lassen. All die Jahre. Für die Familie. Für die Firma. Haben perfekt funktioniert im Spiel der Reichen. Bis jetzt. Erst mussten Sie Ihre einzige Verbündete verlieren, um zu erkennen, wie einsam und allein sie doch sind. Wie traurig – und jetzt kommen Sie mit solch einem verpfuschten Leben hierher und fragen ernsthaft, ob Sie *mir* helfen können?« Sie lächelte ihn frech an »Wer von uns braucht wohl dringender Hilfe?«

»Sind Sie jetzt fertig?«, unterbrach Merlin sie patzig. Er wollte sich nicht eingestehen, dass sie Recht hatte. Diese Frau kannte ihn nur wenige Minuten und doch erzählte sie ihm sein ganzes Leben.

»Da hab ich wohl ins Schwarze getroffen. Nein, eigentlich noch nicht ganz. Lassen Sie mich raten: Ihr kleines Frauchen interessiert sich nur für Ihr Geld – und den Titel natürlich.

Wie konnte ich das vergessen? Dürfen Sie an den toten Fisch überhaupt mal ran oder nur an Ihrem Geburtstag und zu Weihnachten?«

Merlin musste sich ein Grinsen verkneifen und erwiderte mit fester Stimme: »Wie reden Sie eigentlich von meiner Verlobten? Auch wenn es Sie absolut nichts angeht, wie kommen Sie auf so eine Vermutung?« Seine Neugier war geweckt.

»Bei allem Respekt, Herr von Falkenberg, ich weiß, wie glückliche Männer aussehen und Sie sind es mit Sicherheit *nicht*. Sie waren es an Ihrem ersten Abend hier nicht und Sie sind es jetzt nicht. Ich verrate Ihnen ein Geheimnis: Es gibt noch mehr im Schlafzimmer als die Missionarsstellung.«

Merlin war nicht gewohnt, dass man so frech mit ihm sprach. »Finden Sie nicht, dass Sie jetzt Ihre Grenzen überschreiten?«

Sie stand auf und ging vor ihm in die Hocke. Ihre Arme legte Sie auf seinen Knien ab. Bei ihrer Berührung durchfuhr ihn ein wohliger Schauer.

»Grenzen?« Sie grinste. »Ja. Ich hörte davon. Sie existieren in den Köpfen mancher Menschen.«

Nach einem tiefen Blick in seine Augen stand sie wieder auf und kehrte ihm den Rücken zu. Seine Unsicherheit wuchs und seine Neugier trieb ihn fast in den Wahnsinn.

»Wer zum Teufel sind Sie?«

Liliana blieb stehen. »Drehen wir den Spieß um. Sagen Sie es mir.«

Merlin stand auf und ging an ihr vorbei. Er baute sich vor ihr auf, aber seine Größe schien sie nicht im Geringsten zu beeindrucken. »Die Kurzfassung?«

Sie nickte und stemmte die Hände in die Hüften.

»Keine Familie, keine Freunde. Vielleicht eine Reihe unbedeutender Liebschaften. Das kann ich nicht beurteilen. Sie ziehen sich aufreizend an und strahlen mit den Sternen um die Wette, weil Sie sich verstecken müssen hinter Ihrer erfundenen Fassade. Sie haben schreckliche Angst davor, auch nur einen Augenblick die Kontrolle zu verlieren. Sich zu verlieren. Dabei würde es niemand merken, da Männer sich wohl kaum für Sie interessieren, sondern nur für die Tatsache, ob Sie zum Frühstück verschwunden sind, weil Sie sich wieder den wichtigen Dingen in ihrem Leben widmen wollen. Sie sind zweifellos eine wunderschöne Hülle, aber ich bin mir nicht sicher, wer von uns beiden einsamer ist.«

Kaum hatte er den Satz beendet, taten ihm seine Worte schon wieder leid. Er erwartete eine böse Reaktion auf seine Provokation, aber sie zog nur die linke Augenbraue hoch.

»Wer leuchten will, der begibt sich in die Dunkelheit, Herr von Falkenberg, und unter uns gesagt, wären Sie nicht gern einer dieser Männer?«

Ja, er wäre gern einer dieser Männer gewesen. Er hoffte insgeheim, dass sie nicht bemerkte, dass ihm die Hitze in den Kopf schoss. Vielleicht hatte sie wirklich Angst davor, die Kontrolle zu verlieren, aber er fragte sich in diesem Moment, ob dies je geschah. Also lenkte er ein. »Ich bin hier, weil ich wissen wollte, ob es Ihnen gut geht. Ich habe von dem Brand in der Zeitung gelesen. Als ich auf dem Weg hierher war, kam ich an der *Schnapsdrossel* vorbei und ...«

»Kein schöner Anblick. Nicht wahr?«, unterbrach sie ihn.

Natürlich wusste sie davon. Er wusste, dass die Antwort auf all seine Fragen vor ihm stand. Jedoch verstand er sie noch nicht.

»Warum habe ich ständig das Gefühl, dass Sie über mich

lachen?« Warum er das gerade jetzt fragte, konnte er sich auch nicht erklären.

Sie zuckte mit den Schultern. »Ganz einfach: Weil ich es tue.«

»Für Sie ist das alles nur ein Spiel, oder? Da draußen sterben Menschen. Meine Schwester wurde bestialisch ermordet. Wir stehen in einer Ruine aus verbrannten Träumen, und Sie scheinen sich über all das köstlich zu amüsieren.« Er verstummte, als er ihre Hand auf seiner Schulter spürte.

Sie war so nah. Sofort wurde er ruhiger. Der Duft ihres Parfums vernebelte ihm für einige Sekunden die Sinne. Der Drang sie zu berühren stieg unaufhörlich in ihm hoch. Er gab ihm nicht nach. Auch, wenn es ihm mehr als schwerfiel. Er durfte jetzt nicht die Kontrolle verlieren. Wie schön, wie perfekt war diese Frau.

Sie wich einen Schritt zurück, als sie wohl seinen durchdringenden Blick bemerkte.

»Das ganze Leben ist ein Spiel. Diesen Spielzug haben wir verloren, aber das heißt nicht, dass wir auch die gesamte Partie verlieren müssen.«

»*Wir?* Sagen Sie nicht, dass Sie mir plötzlich helfen wollen«, entgegnete Merlin spöttisch.

»Lassen Sie mich zusammenfassen: Pit und Oliver sind tot. Das *Caprice des Dieux* ist dem Erdboden gleichgemacht. Sie werden in ihrer Wohnung von Verrückten angegriffen, die Ihnen die Kehle durchschneiden wollen. Merkwürdige, blonde Frauen tauchen ständig unerwartet auf und erzählen Ihnen mysteriösen Kram und Sie haben immer noch nicht genug?«

Er sah ihr tief in die Augen. »Muss man nicht kämpfen für die Menschen, die man liebt?«

»Manchmal muss man auch absichtlich verlieren, um die zu beschützen, die man liebt.« Nach einer kurzen Pause sprach sie weiter: »Sie waren ehrlich zu mir. Jetzt lassen Sie mich ehrlich zu Ihnen sein. Sie haben nicht die geringste Chance zu überleben, wenn Sie jetzt weitergehen. Sie kennen Ihre Gegner nicht, aber die kennen *Sie* nur zu gut. Ich werde nicht immer in Ihrer Nähe sein können und ich kann Ihnen nicht jedes Mal den Arsch retten. Sie kommen aus einer völlig anderen Welt. Sie werden vielleicht ein paar Antidepressiva brauchen, aber Sie werden die Sache überstehen, wenn Sie sich jetzt leise aus dem Staub machen. Glauben Sie mir, meine Gesellschaft ist durchaus gesundheitsschädlich. Sie denken zwar, dass ich Ihnen nicht helfen will, aber das stimmt nicht. Ich will Sie beschützen. Ich will Ihre Familie beschützen. Das kann ich aber nicht, wenn Sie ständig Blödsinn machen. Gehen Sie zurück an Ihren Schreibtisch. Bleiben Sie in Ihrer Welt und ich in meiner. Verstanden? Sie gehören hier nicht her.«

»Wissen Sie ...«, sagte Merlin ruhig, »... jemand hat mir neulich etwas Interessantes über Grenzen erzählt.«

Erneut zog Liliana die linke Augenbraue hoch und seufzte.

Merlin ging einen Schritt auf sie zu. »Ich werde weiter suchen. Ich werde meine Antworten bekommen und ich werde diese perversen Schweine finden, mit oder ohne Ihre Hilfe.«

»Sie werden nichts außer Leid und Tod finden«, belehrte sie ihn.

»Na das scheint doch genau Ihr Ding zu sein. Sind Sie dabei?«

Liliana streckte resignierend die Arme von sich weg. »Sie wollen einfach nicht auf mich hören. Na gut. Ich habe Sie gewarnt. Gehen Sie spielen.«

»Haben Sie einen Rat für mich? Sie scheinen häufiger mit Psychopathen zu tun zu haben, meine Liebe.« Er drehte sich im Kreis und zeigte auf die Trümmer um sich herum.

Lilianas Augen blitzen ihn frech an. »Gegen Ratschläge sind Sie ja wohl immun. Aber ich schätze jeder muss sich selbst verbrennen, um die Finger vom Feuer zu lassen.« Sie machte eine kurze Pause. »Was soll's. Ich werde das hier zwar sowas von Bereuen, aber – haben Sie heute Abend schon etwas vor?«

Merlin war verwirrt. Damit hatte er nicht gerechnet. »Darf man erfahren, was Sie vorhaben, wenn ich *nein* sage?«

»Das weiß ich vorher nie. Mal sehen, wohin mein zwanghafter Alkoholmissbrauch mich führt.«

»Falls Sie mit mir in ein einsames Waldstück fahren möchten und auf meine Leber spekulieren, haben Sie schlechte Karten. Die gleicht einer Whisky-Destillerie. Leider trinke ich doch etwas häufiger in letzter Zeit.«

»Sie sind Jurist. Sie hätten Ihren Beruf verfehlt, wenn Sie nicht trinken würden und außerdem schlachte ich nur Sportstudenten aus. Bessere Organe bekommt man nicht«, scherzte sie. »Gut, dann komme ich Sie heute Abend gegen 20 Uhr abholen.«

Nach kurzem Zögern entschied Merlin, sich auf das ungewisse Abenteuer einzulassen. »Soll ich die Balkontür offenlassen?«

»Nein. Ich denke, dass ich etwas ganz Ausgefallenes versuchen werde. Man nennt es *klingeln*.«

Lachend gab er zurück: »Sie sind mir vielleicht verdorben und durchtrieben.«

»Sie haben nicht die geringste Vorstellung davon, wie

sehr.«

Als ihr lasziver Blick ihn traf, spürte er erneut die Hitze in sich aufsteigen. Er konnte sich nicht daran erinnern, wann er zum letzten Mal eine Frau so begehrt, geschweige denn, ob er überhaupt jemals etwas Vergleichbares gefühlt hatte. Und es war ihm unendlich peinlich, dass sie ihn allein durch ihre Gegenwart so nervös machen konnte.

Liliana hingegen schien seine auffällige Unruhe mal wieder zu amüsieren. »Sie können Ihrem pizzafutternden Pförtner ja mental auf mein Erscheinen vorbereiten.«

»Sie sind also nebenberuflich Stalkerin. Interessant. Ja, aber vielleicht haben Sie Recht. Ich werde ihm vorsichtshalber ein paar Blutdrucksenker hinlegen und eine Sauerstoffmaske. Ist das ausreichend?«, fragte Merlin neckisch.

»Das kommt ganz darauf an, wie lange Sie mich warten lassen und ich mit ihm allein bin. Man muss die Zeit ja sinnvoll nutzen. Das Leben ist kurz.« Sie wandte sich zum Gehen.

»Ich habe wohl keine Chance, dass Sie mir sagen, wohin es geht?«

»Und mir erzählt er, *ich* habe einen Kontrollzwang. Erinnern Sie sich? Es gibt so eine Sache, nennt sich *Spontanität* und führt meist zu einer anderen Sache. Man munkelt, die Sache hieße *Spaß*.«

»Ja. Schon gut. Ziehen Sie mich nur auf.«

Sie ging Richtung Seitentür und rief ihm zu: »Ich versuch es.«

Merlin verließ ebenfalls das Gebäude, als er ihre Schritte nicht mehr hörte. Seine Kleidung roch wie eine Räucherkammer, aber das störte ihn nicht weiter. Die kühle Luft tat ihm gut und klärte seinen Verstand. Wieder dachte er an Pit.

Das grausige Bild hatte sich eingebrannt. Und an Hager, der alles vertuschen wollte. Warum schützte die Polizei solche Dreckschweine? Und vor allem, wie gelang es ihnen in einem Rechtsstaat?

Liliana. Ein weiteres Rätsel. Was war mit dieser Frau, dass er sich so zu ihr hingezogen fühlte? In seinem ganzen Leben hatte er sich nie von funkelnden Augen blenden lassen. Sie war ohne Zweifel eine Schönheit, aber das alleine war es nicht. Er dachte an Anna Maria, die nicht einmal ein Schatten der schönen Tänzerin war. Sie war ein netter Anblick, aber sie war kalt und ohne jede Ausstrahlung. Nie stand Wärme oder Herzlichkeit in ihrem Gesicht. Selbst ein Lachen wirkte immer gekünstelt.

Merlin musste über den Vergleich mit dem toten Fisch lachen. Es passte wirklich. Zum Glück wusste Liliana nicht, wie sehr sie mit ihrer Einschätzung ins Schwarze getroffen hatte. Kurz überlegte er, ob er Anna Maria von ihr erzählen sollte, aber er verwarf diesen Gedanken schnell. Nicht nur ihr heimlicher Anruf bei Hager ließ ihn schweigen. Ein Treffen mit einer anderen Frau hätte sie die Messer zücken lassen. Alle Freundinnen von Merlin hatte sie in ihrem Wahn bereits verjagt. Sie war krankhaft eifersüchtig. Nein, er musste einen Weg finden, sie für den heutigen Abend loszuwerden. Aber Anna Maria war leicht zu beeindrucken, wenn man ihr genügend Luxus bot.

# Kapitel 9

Merlins Nervosität stieg unweigerlich an, als er sich anzog. Schwarze Hose, weißes Hemd, passendes Jackett. Er betrachtete sich lange im Spiegel und war heilfroh, dass er es wirklich geschafft hatte, Anna Maria loszuwerden. Als Überraschung hatte er für sie und ihre Freundinnen eine Limousine kommen lassen. Seine Verlobte war höchst erfreut gewesen und deutete die kleine Aufmerksamkeit als Entschuldigung für Merlins nächtlichen Streifzug. Er hatte lange überlegt gehabt, wo er die Mädels hinschicken sollte. Schließlich hatte er sich für eine Modenschau am nächsten Tag in Berlin entschlossen.

Einmal mehr war er froh, dass mit genügend Geld alles so einfach war. Zumindest bei einer Frau wie Anna Maria. Niemals hätte Merlin gedacht, dass er solch eine Show veranstalten würde. War der Friede die ganzen Lügen wert?

Das Telefon klingelte und der Pförtner meldete sich: »Guten Abend. Eine junge, attraktive Dame wartet auf Sie, Herr von Falkenberg.«

Sie war wirklich gekommen. Merlin steckte seine Schlüssel ein und schloss die Wohnungstür hinter sich. Im Aufzug nahm er noch einmal tief Luft. Er konnte nicht leugnen, dass er sich freute, sie wiederzusehen, aber das musste ihm ja nicht gleich die ganze Welt ansehen.

Als sich die Tür des Fahrstuhls öffnete, trat er in die Lobby. So aufgeregt war er seit Jahren nicht gewesen. Er fühlte sich wie ein Schuljunge, der auf dem Pausenhof seinem heimlichen Schwarm begegnete.

Liliana saß auf dem Empfangstresen. Die Beine lässig

übereinandergeschlagen. Sie trug ein kurzes, weinrotes Etuikleid mit passendem Bolero und hohe schwarze Stiefel. Wie immer sah sie umwerfend aus. Ihr weißer Wollmantel hing über der Theke. Sie unterhielt sich angeregt mit Jens, was Merlin aus einem undefinierbaren Grund nicht gefiel. Vielleicht wollte er ihn auch nicht näher erforschen.

Dennoch würde es nicht schaden, die traute Zweisamkeit zu unterbrechen. »Heute keine Pizza?«

Der Pförtner fuhr sichtlich erschrocken zusammen. »Nein. Ich habe schon gegessen. Außerdem ist meine Schicht in einer Stunde zu Ende.« Sein Blick wanderte wieder zu Liliana.

»Du weißt, was ich dir gesagt habe, Jens?«

»Ja, natürlich. Kein Wort kommt über diese Lippen.«

Merlin nahm Lilianas Mantel und half ihr beim Anziehen. Wieder vernebelte ihm ihr Duft kurz die Sinne. Kopfschüttelnd musste er lächeln, während sie ihm kess zuzwinkerte.

Sie hing sich bei ihm ein und ließ sich aus der Eingangshalle des Wohnhauses führen.

Als der kalte Wind Merlin um die Nase wehte, hielt er kurz inne. »Ich habe nicht erwartet, dass Sie wirklich hier auftauchen.«

»Und doch haben Sie nur zwei Minuten gebraucht, um fertig angezogen in der Lobby zu sein. Wie kommt das?« Ihr freches Grinsen verriet ihm, dass ihr die Antwort sehr wohl bewusst war.

»Die Hoffnung stirbt zuletzt.«

»So sagt man. Können wir los?«

Liliana kramte ihren Autoschlüssel aus der Manteltasche. Merlin war kurz sprachlos, als er den schwarzen Jaguar XKR erkannte. Er hatte eine Schwäche für Autos und er schien damit nicht allein zu sein. Zumindest fuhr man nicht solch ein Auto, wenn man nicht einen ausgelesenen Geschmack hatte.

»Eine Eigentumswohnung war Ihnen wohl zu spießig, um ihr Geld auszugeben. Wirklich nett. V6?«, fragte er beeindruckt.

»Fünf Liter - V8«, verbesserte sie ihn kühl.

»Natürlich. Verzeihung.«

Sie ging um ihr Auto herum und öffnete die Fahrertür. »Ich darf doch sehr bitten. Man sagte mir, dass Sie ebenfalls eine Schwäche für englische Automobilkunst haben.«

*Nicht nur dafür*, dachte Merlin, als er den Blick nicht von Liliana abwenden konnte. »Wunderschön«, sagte er und erschrak im selben Moment. Er hatte wohl unbeabsichtigt laut gedacht. »Der Wagen natürlich. Wirklich nett.« Er stieg ein und sah sich um. »Geleast?«

»Nein, gestohlen.«

Entsetzt sah er sie an.

Liliana lachte. »Was?« Sie startete den Motor und schüttelte den Kopf. »Sie glauben auch alles, was man Ihnen erzählt, oder?«

»Ehrlich gesagt traue ich Ihnen alles zu.« Der satte Klang des Motors zauberte ihm ein Lächeln ins Gesicht. »*Das Caprice des Dieux* scheint ja einiges abzuwerfen.«

»Ja, sicher. Das *Caprice des Dieux*.« Sie zwinkerte ihm zu. »Dann schauen wir mal, wo uns die Straße hinführt.«

Merlin war nicht überrascht, dass sie scheinbar weitere Einnahmequellen hatte. Die reine Geschäftsfrau nahm er ihr nicht ab. Auch nicht, wenn es sich um solch ein Gewerbe handelte. In Anbetracht der Umstände hielt er es jedoch für klüger, weitere Nachfragen zu unterlassen. Vielleicht hatte sie auch einfach reiche Eltern oder ein beträchtliches Erbe.

Er war beeindruckt, wie die zierliche Gestalt neben ihm den 510 PS starken Sportwagen mühelos im Griff hatte. Es lag also nicht am weiblichen Geschlecht, sondern an Anna Maria, die schon Schwierigkeiten hatte den zweiten Gang zu finden.

Irgendwie hatte er kein Problem, mit Liliana irgendwelche Themen zu finden. Es tat ihm gut, dass er endlich mal wieder frei über Dinge sprechen konnte, die ihn faszinierten.

»Nicht zu fassen.« Er schüttelte den Kopf, als ihm bewusst wurde, wie sehr er sich in den letzten Jahren doch zurückgenommen hatte, um eine Version von sich selbst zu erschaffen, die *er* eigentlich nicht ausstehen konnte. Sehr wohl aber die Gesellschaft, die sich einen Dreck um seine Emotionen scherte.

»625 Newtonmeter. Kein Spaß«, erklärte Liliana, die ihm noch eine Antwort über die Motorenleistung des Jaguars schuldig geblieben war.

Er lachte. »Nein. Das meinte ich nicht. Es ist nur so, dass niemand in meinem Familien- oder Freundeskreis sich auch nur annähernd für Autos interessiert.«

»Banausen. Die wissen ja gar nicht, was ihnen entgeht.«

»Ja, das kleine Stückchen Freiheit, wenn man keinen kreischenden Beifahrer hat«, hauchte Merlin leise.

»Tür auf, Person abschnallen, kräftig stoßen, Tür zu und weiterfahren. So löse ich das Problem mit nervigen Beifahrern. Sollten Sie versuchen. Effektiv und es macht unglaublich Laune, wenn sie Ihnen ungläubig hinterherlaufen.«

Jetzt musste er lachen. »Sie können sich nicht vorstellen, wie oft mir diese Fantasie schon durch den Kopf ging.«

»Ja, ich habe auch viele Fantasien beim Autofahren, aber

die sind meistens von anderer Natur. Vielleicht sollte ich mit dem Trinken aufhören. Sie winkte ab. »Nein, lieber nicht.«

\*

Nach einem leckeren Essen bei einem fragwürdigen Hinterhof-Asiaten, welches jedoch vorzüglich geschmeckt hatte, folgte Merlin Liliana in eine noch dunklere Gasse. Überall lagen Bettler am Straßenrand und Gruppen von jungen Männern stolzierten wie ein Heer durch die Gegend.

Seltsamerweise gingen sie Liliana alle aus dem Weg. Niemand sagte auch nur ein Wort. Merlin sah sich weiter um. Das klägliche Viertel, die gefährlich anmutenden Typen und Liliana, die mit ihrem kurzen Kleid und offenem Mantel die Straße entlang spazierte. Sämtliche Augen waren auf sie gerichtet, aber niemand rührte sich oder wagte es auch nur, einen Laut von sich zu geben.

»Wo genau wollen wir hin?«, fragte Merlin leicht nervös.

»Ich brauche Geld. Und mir ist zum Spielen zumute.«

»Geld? Wenn es hier mal eine Bank gegeben haben sollte, dann ist die lange ausgeraubt. Ich kann auch gerne finanziell aushelfen, wenn ich nicht gleich überfallen werde.«

»Keine Sorge. Hier greift Sie niemand an. Die sind ja nicht lebensmüde.« Sie zwinkerte ihm zu.

Merlin vermied eine Nachfrage. Sie schien schon zu wissen, was sie tat.

Vor einer alten Eisentür blieb sie stehen und klopfte. Plötzlich fand Merlin sich in einer Lagerhalle wieder und spielte Poker mit Menschen, um die er sonst einen großen Bogen gemacht hätte. Einer hatte eine Augenklappe, dem Nächsten fehlten zwei Finger an der rechten Hand. Wieder ein anderer spielte unaufhörlich mit seinem Klappmesser. Es war ein skurriles Bild. Die kräftigen Männer mit ihren Tätowierungen und Liliana und er im feinen Zwirn. Alle vereint an einem Tisch.

Merlin hatte noch nie gepokert. Er fand jedoch recht schnell Gefallen an dem Spiel und an der lustigen Runde, die einen schmutzigen Witz nach dem anderen losließ.

Der Einäugige kratzte sich unentwegt im Schritt und zog nach einiger Zeit die Aufmerksamkeit der anderen Spieler auf sich.

Liliana legte die Stirn in Falten. »Sag mal, Markus, hast du dir irgendwas Ekelhaftes eingefangen oder freust du dich nur, mich zu sehen?«

»Vermutlich beides, verdammt.«

»Er hat mit Sicherheit einen Tripper von der billigen Barschlampe«, feixte der Messerfreund namens Olaf. »Was kann man denn da machen? Lilly, du kennst dich doch mit so etwas aus, oder?«

Erheiterung machte sich breit.

Liliana dagegen blieb unbeeindruckt. »Ich schlafe nicht mit wandelnden Keimherden, deshalb fange ich mir auch nichts ein. Meine Männer haben zumeist geschwollene Brieftaschen, aber keine geschwollenen Eier. Das kommt davon, wenn man nur Sparangebote auf seinen Schniedel lässt, Markus.«

»Ich dachte nur, bei deinem Männerverschleiß solltest du langsam eine Ampel installieren. Dann gibt es weniger Stress zwischen denen, die rauskommen und denen, die rein wollen«, ergänzte Olaf mit süffisantem Grinsen.

»Schade, dass du in der zweiten Schlange stehst.«

»Oh, du brichst mir das Herz.« Er deutete einen Kuss an.

»Na dann habe ich meinem Ruf ja alle Ehre gemacht.«

Markus grinste. »Unter diesen Umständen passt der Kleine ja perfekt in dein Beuteschema.« Er klopfte Merlin auf die Schulter.

»Ja, aber leider ist unser Freund hier glücklich verlobt.«
Blankes Entsetzen durchzog die Runde.

»Was hast du denn für eine Granate, dass du sie unserer Lilly vorziehst?«

»Ja, ich bin wohl ein echter Glückspilz«, heuchelte Merlin.

Olaf schüttelte wie wild den Kopf. »Heirate nur nicht. Die Ehe ist das Ende allen Glückes. Ich weiß das. Ich war dreimal verheiratet.«

»Und er hat immer noch nichts dazugelernt«, verkündete Liliana. »Tja, meine Herren, der Pot geht an mich.«

Markus warf seine Karten auf den Tisch. »Ich habe fünf Mäuler zu stopfen und jede Woche ziehst du mir das Geld aus der Tasche.«

Liliana lächelte und zuckte mit den Schultern. »Und jede Woche kommst du wieder. Eure Geburt war wirklich eine Sternstunde der Evolution, Freunde.«

Merlin machte sich Sorgen um die finanzielle Lage seiner Mitspieler. Er hatte nie Geldprobleme, aber es war ihm durchaus bewusst, dass so viele andere jeden Tag aufs Neue um ihr Überleben kämpfen mussten. Normalerweise saß er aber nicht mit diesen Menschen an einem Tisch.

Als hätte Liliana seine Gedanken gelesen, sagte sie: »Machen Sie sich keine Sorgen. Markus verliert jede Woche gegen mich. Dann kommt er am nächsten Tag zu mir. Ich gebe ihm Geld, damit er seine Brut durchbringen kann und alles ist wieder in bester Ordnung. Er verspricht, es mir zurückzuzahlen. Ich sage okay und wir vergessen es beide.« Sie sammelte die Karten auf dem Tisch ein. »Es ist doch nur ein Spiel. Niemand leidet hier, solange ich aufpasse. Na ja, außer die Primärwaffe von Markus vielleicht, aber damit habe ich nichts zu tun. Auch die Kinder der Straße sind eine große Familie.«

Mit zunehmendem Alkoholkonsum wurden auch die Gespräche schlüpfriger und Merlin bemerkte zum ersten Mal, wie befreiend es war, nicht auf seine Worte achten zu müssen. Hier nahm ihm niemand etwas krumm.

Plötzlich wurde das Gelächter durch das Klingeln eines Handys unterbrochen. Liliana knallte das Schnapsglas auf den Tisch und griff genervt in ihre Manteltasche. Sie entschuldigte sich kurz, bevor sie abnahm, und entfernte sich einige Meter von der Runde.

»Erzähl mal, Zauberer - wie kommt jemand wie du zu Typen wie uns?«, fragte der Mann mit der Augenklappe.

»Ich habe festgestellt, dass es keinen Unterschied zwischen Typen wie euch und Typen wie mir gibt. Wir alle versuchen doch nur, über die Runden zu kommen.«

Schallendes Gelächter durchströmte den Raum und Olaf meinte: »Doch. Mein Konto ist auch am Anfang des Monats leer.« Er kratzte sich scheinbar nachdenklich am Kinn. »Lilly bringt so gut wie nie jemanden mit. Was hast du denn mit ihr zu tun?«

»Wir kennen uns flüchtig.«

»Flüchtig? Ja, klar. Hat dir wohl den Arsch gerettet?«

Merlin nickte. »Ja, auch das.«

»Das ist keine Schande, Kumpel. Mir hat sie meinen Allerwertesten schon fünfmal aus dem Feuer gezogen. Seit sie hier ist, ist alles besser geworden.«

»Nein, nicht alles«, erwiderte der Einäugige. »Früher habe ich nur halb so viel Geld beim Pokern verloren.«

Zustimmend nickten die Anderen.

»Sie ist unser süßer Schutzengel. Bei Gott, sie hat ein Engelsgesicht, aber wenn sie austeilt, verstecken sich sogar die Teufel im tiefsten Loch.«

Liliana kam zurück und fluchte in einer Sprache, die Merlin anfangs nicht verstand. Der Mann mit den fehlenden Fingern antwortete ihr auf Russisch, wie Merlin erkannte. Sie wechselten ein paar kurze Worte, bis der Typ plötzlich aufstand. Als er an ihr vorbei gehen wollte, stellte sie ihm ein Bein und er schlug hart auf dem Boden auf. Schwungvoll entriss sie ihrem Pokerfreund das lange Messer und kniete sich neben den Gestürzten. An seinem Kragen zog sie ihn zu sich hoch und flüsterte ihm etwas zu, während sie das Messer bedrohlich nah an seinen Hals hielt.

»Hey, Lilly«, die Stimme des Einäugigen unterbrach die Situation. »Er ist es nicht wert.«

Sie ließ ihn los und sofort ergriff der Kerl seine Chance und flüchtete.

Sie rief ihm hinterher: »Haben wir uns verstanden?«

»Ja, Liliana. Keine Sorge. Kommt nicht wieder vor«, wimmerte der kräftige Mann und schlüpfte durch die Tür.

Als wäre nichts gewesen, legte sie ihre Arme von hinten um Merlins Schultern. »Was machen wir beide jetzt mit unserem hübschen Gewinn?«

»Was war das eben?«, fragte dieser entgeistert.

Sie ließ ihn los, drehte ihren Stuhl um und setzte sich vor ihn, die Arme auf die Lehne gestützt. »In einer perfekten Welt wäre Gewalt nicht notwendig. Diese Welt ist leider nicht perfekt. Vergessen Sie es einfach. Das hatte nichts mit Ihnen zu tun. Kleiner Streit unter Freunden.«

»Ich bedrohe meine Freunde selten mit einem Messer.«

»Das liegt daran, dass Ihre Freunde in der Regel nicht versuchen, Sie umzubringen.« Sie fuhr mit ihrer rechten Hand langsam über die Klinge des Klappmessers und reichte es an seinen Besitzer zurück.

Markus mischte sich wieder ein: »Ja, Lilly passiert das leider ständig. Aber um die Hexe loszuwerden, braucht es schon einen Holzpflock und Silberkugeln.«

»Falls es dir nicht aufgefallen ist: Ich bin hier und kann dich hören.«

Das schien ihn aber nicht zu interessieren. »Ist doch so. Dauernd will dich irgendjemand umbringen. Gut, geht mir manchmal auch so, aber ich glaube, du solltest deinen Lebensstil mal überdenken. Das kann auf Dauer nicht gesund sein. Die zahlreichen Bettgeschichten. Dein massiver Alkoholkonsum. Die ellenlange Liste der Kerle, die dir an die Wäsche wollen – und das nicht auf die angenehme Art.«

»Trinken, kiffen und vögeln ist ein Lebensstil?«, fragte Olaf.

»Du bist genau wie dein Vater, Lilly. Der hat sein Glück auch immer herausgefordert und ...«

Lilianas scharfer Blick ließ ihn verstummen. »Können wir jetzt gehen?«, fragte sie Merlin freundlich.

Er verstand gerade rein gar nichts. Das Puzzle schien mit jedem Stück komplizierter zu werden, aber er wollte mehr von dieser Frau erfahren, auch wenn es nicht gerade ungefährlich war, wie er feststellen musste.

Als sie die Halle verlassen hatten, fing sie an zu lachen.

»Was ist so komisch?«, fragte Merlin verwundert.

»Ich fand die Drehung super, bevor der Typ sich aufs Maul gelegt hat. Idiot.«

Merlin musste gestehen, dass es wirklich sehr witzig aussah, als der dickliche, besoffene Mann zu Boden ging. Als Kind hatte man ihm beigebracht, dass man über Stürze anderer Leute nicht lacht und dies trotz des Dogmas seiner Kindheit zu tun, tat ihm richtig gut.

Liliana klopfte ihm auf die Schulter. »Er hatte es verdient. Das können Sie mir glauben.«

Nach wenigen Minuten hatte sich Merlins Schock wieder gelegt. Diese raue Welt war ihm noch fremd, aber er wollte sie kennenlernen und Gewalt gehörte nun einmal dazu. Das wusste er, aber die ständige Konfrontation mit ihr machte ihm noch zu schaffen. Wie war er eigentlich in diese Situation geschlittert? Zufall? Schicksal?

Liliana spürte scheinbar sein Unbehagen und legte ihm ihre rechte Hand in den Rücken. »Jetzt wenden wir uns wieder schöneren Dingen zu. Ich versuche auch, mich zu benehmen. Haben Sie Geduld mit mir.«

Er nahm seinen Mut zusammen und legte seinen Arm um ihre Hüfte. Glücklich stellte er fest, dass sie das nicht im Geringsten zu stören schien. »Es tut mir leid. Es steht mir nicht zu, über Sie zu urteilen. Sie werden Ihre Gründe haben.«

Sie nickte kurz und deutete auf die andere Straßenseite.

# Kapitel 10

Gemeinsam gingen Liliana und Merlin in die kleine kubanische Bar, um das gewonnene Geld gerade wieder in Alkohol umzusetzen. Die schwungvolle Salsa-Musik entspannte Merlin. Es gab keine Regeln. Keine Etikette. Es wurde geflucht, getrunken, geraucht und in jeder Ecke waren Pärchen zugange. Niemanden kümmerte es. Niemand interessierte sich für Merlin, sein Geld oder seine Familie. Lediglich ein paar neidische Blicke streiften ihn, aber das war bei Lilianas Anblick auch nicht verwunderlich. Im Gegensatz zu Anna Maria war sie alles andere als unscheinbar. Sie war die Art von Frau, die einem in einer dichten Menschenmenge sofort ins Auge fallen würde. Es war ihre Ausstrahlung, die den Müdesten munter machen konnte.

Merlin betrachtete sie bei jeder Gelegenheit und musste oft schmunzeln. Diese zarte, zierliche Person trank ihn locker unter den Tisch, fluchte wie ein Bauarbeiter und doch tat sie alles mit unglaublicher Anmut. Er war sich sicher, dass sie sich wohl in jeder Art von Gesellschaft bewegen konnte. Ihre Anpassungsfähigkeit war bewundernswert. Aber es gelang ihm nicht, sie in irgendeine Bevölkerungsschicht einzuordnen. Dem Milieu, in dem sie verkehrte, konnte sie nicht entsprungen sein. Dafür sprach sie in vielerlei Hinsicht zu gebildet. Dagegen sprach ihre fast raue und selbstbewusste Art auch nicht dafür, dass sie elitär aufgewachsen wäre. Sie war ihm ein Rätsel. Irgendwie schien sie nirgendwo richtig hineinzupassen.

An diesem Abend interessierte ihn die Frage aber auch nicht weiter. Die Nacht war nicht zum Grübeln da. Er konnte in ihrer Nähe einfach sein, wie er war. Mit zunehmendem Alkoholkonsum wurden die Stimmen in seinem Kopf ruhiger, bis schließlich nichts mehr zählte außer dem Augenblick und dem Füllstand seines Glases.

Sie saßen an der Bar und unterhielten sich über alles Mögliche. Nach und nach erzählte sie auch etwas von sich und ihrem Leben. Sie berichtete von ihren Reisen rund um die Welt. Von Kämpfen mit Krokodilen. Von Fallschirmsprüngen in tiefe Höhlen. Vom Tauchen im Riff. Motorradrennen durch die Wüste. Wanderungen durch den Dschungel. Merlin hing förmlich an ihren Lippen. Sie war jünger als er, zumindest nahm er das an, und sie hatte bereits so viel erlebt und gesehen. Dabei kam es ihm vor, als würde sie keine Angst kennen. Und er fragte sich, was er die ganze Zeit über getan hatte. Genau, er hatte gelernt und gearbeitet. Immer. Tag für Tag. Dass nebenher noch ein Leben stattfand, hatte er ausgeblendet.

Hin und wieder grüßte Liliana einige Bekannte. Mal auf Russisch, dann auf Spanisch und wechselte ein paar Worte mit ihnen.

»Gibt es eigentlich irgendetwas, dass Sie nicht können?«, fragte er nach einiger Zeit neckisch.

Sie lächelte. »Ich hoffe, dass ich das niemals herausfinden werde.«

Ein merkwürdiger, fetter Kerl näherte sich ihnen und stellte sich hinter Liliana.

»Na, Schnecke? Wie wär's mit einem Ritt auf dem alten Jochen?«

Sie drehte sich zu ihm um, sah ihn von oben nach unten an und verzog das Gesicht. »Das würdest du nicht überleben und das wollen wir doch nicht, oder? Sorry, du bist wohl mit deiner Hand allein heute Nacht.«

Als sie sich wieder umdrehen wollte, versuchte Jochen, sie an der Schulter zu greifen. Blitzschnell ergriff sie seinen Arm, drehte sich um ihre eigene Achse und schlug seinen Kopf auf den Tresen.

»Wage es noch einmal, mich anzufassen, und ich versichere dir, dass du für eine sehr lange Zeit deine Hand nicht mal mehr zum Spielen benutzen kannst.« Sie ließ ihn los.

Jochen griff sich an seine schmerzende Stirn und schlich davon.

Merlin schaute sie entgeistert an.

Liliana zuckte mit den Schultern. »Entschuldigen Sie. Ich muss an meiner Beherrschung wirklich noch arbeiten.«

»Passiert Ihnen wohl öfter.«

»Schon möglich. Man gewöhnt sich daran. Kommen Sie. Ich hab eine Idee.« Sie zahlte die Rechnung und zog Merlin aus der Bar.

»Sie wollen noch Auto fahren?«, fragte er verwundert. »Das findet die Polizei wahrscheinlich nicht so toll.«

Sie musste lachen. »Jetzt haben Sie verstanden, warum ich nur schnelle Autos fahre. Im Gegensatz zur deutschen Polizei. Man hat erst ein Problem mit den blauen Männchen, wenn man erwischt wird und selbst dann gibt es Mittel und Wege.«

»Sie fordern ihr Glück gerne heraus, oder?«

»Ja, natürlich. Dafür ist es ja da. Woher soll ich wissen, wie weit ich gehen kann, wenn ich nicht einfach gehe oder fahre?«

Sie ließ den Motor an und Merlin setzte sich zu ihr. Es war mittlerweile tiefste Nacht. Er hatte die Zeit vollständig vergessen in ihrer Gegenwart. Nur die Tatsache, mit einer betrunkenen Fremden am Steuer eines Sportwagens zu sitzen, stimmte ihn etwas nervös. Auf Ausfallerscheinungen beim Fahren wartete er bei ihr allerdings vergebens.

»Sie sind ganz schön trinkfest. Das muss ich Ihnen lassen.«

Sie fuhr auf ein altes, stillgelegtes Fabrikgelände und hielt an. Bei laufendem Motor stieg sie aus und öffnete die Beifahrertür. »Dann zeigen Sie jetzt mal, ob Sie nur reden oder auch fahren können.«

»Ich soll fahren? In meinem Zustand?«

»Nüchtern betrachtet sind Sie nur halb so alkoholisiert wie ich.«

»Ja, aber mir fehlt die Routine, mein Leben aus unsinnigen Gründen fahrlässig aufs Spiel zu setzen.«

»Das lernen Sie ganz schnell. Das ist doch der Sinn des Lebens: Herauszufinden, wie viel Spaß man haben kann, bevor man in die Hölle wandert.« Ihre Augen funkelten ihn an.

Er stieg aus und verharrte einen Augenblick neben ihr. Warum konnte er nur nicht die Augen von dieser Frau lassen? Er riss sich von ihrem Anblick los und stieg auf der Fahrerseite ein.

Liliana saß schon im Auto. Nach einem letzten fragenden Blick auf seine Beifahrerin, die ihm aufmunternd zunickte, fuhr er los. Als er das Gaspedal durchdrückte, fühlte er sich wie ein kleiner Junge, der ein neues Spielzeug bekommen hatte.

Nach einigen Minuten wilder sinnloser Raserei hielt er an, legte den Kopf zurück und lachte. »Mein Gott, das war so unnötig gefährlich und sinnlos. Es war großartig.«

Liliana lächelte. »Wer entscheidet denn, was sinnvoll ist? Wenn ich mit 200 Stundenkilometern über ein stillgelegtes

Firmengelände fahren will, ist das durchaus sinnvoll. Wenn ich es will, hat es auch einen Sinn. Vielleicht nicht für all die Anderen, aber für mich. Was wären wir ohne unseren Willen?«

Er dachte über ihre Worte nach. Nie hatte er seine einstudierten Regeln in Frage gestellt. Bis heute Abend. Es war alles anders und es fühlte sich so gut an. Sie tauschten wieder die Plätze und Liliana fuhr zurück in Richtung Stadt.

\*

In einem Waldstück bog sie plötzlich rechts ab und steuerte das Fahrzeug einen schmalen Weg entlang. Er wurde breiter und Merlin erkannte einen Parkplatz für Wanderer. Sie stieg wortlos aus. Er folgte ihr verwundert. Der Mond schien hell in dieser Nacht und der Weg war gut zu erkennen. Sie gingen schweigend bis zu einem Felsvorsprung. Ein paar Meter unter ihnen lag ein kleiner Waldsee. Ein eisiger Wind wehte Merlin um die Nase.

Sie setzte sich an die Kante und blickte zum Himmel.

Er tat es ihr gleich und betrachtete ihr schönes Gesicht im Mondlicht.

Sie zog ihren Mantel etwas enger, ohne den Blick vom prächtigen Sternenhimmel zu lassen. »Wunderschön. Nicht?«

Ohne zu registrieren, wovon sie sprach, sagte er: »Ja, wunderschön.«

Sie drehte sich zu ihm um, und als ihr Blick Merlin traf, versetzte es ihm einen kleinen Schlag in die Magengrube. Er war wie hypnotisiert von diesen Augen. Er wusste rein gar nichts über sie und doch fühlte es sich an, als würde er sie ewig kennen.

»Also? Was wollen Sie wissen?«, fragte sie plötzlich mit ernstem Tonfall.

Er war erstaunt über ihren unerwarteten Themenwechsel. Der kalte Wind ließ ihn schaudern. Es fiel ihm keine Frage ein. In seinem Kopf herrschten der Alkohol und das Chaos von unbeantworteten Fragen. »Warum jetzt?«

»Ich musste Sie erst etwas besser kennenlernen und vor allem musste ich meinen Alkohollevel erhöhen.«

Mit Antworten hatte er heute Abend nicht mehr gerechnet. Er war auch nicht mehr dazu in der Lage eine klare Frage zu formulieren. Leicht schien ihr dieses Angebot nicht gefallen zu sein.

Liliana biss sich auf die Unterlippe und atmete noch einmal tief durch. »Der Mann, den Sie suchen, heißt Philippe Lavalle. Er ist hochgradig intelligent und mindestens genauso psychopathisch veranlagt.« Sie sah Merlin nicht an, während sie sprach. Ihre Augen fixierten einen Punkt auf der Wasseroberfläche. »Wenn er etwas sieht, dass er begehrt, muss er es haben. Er kennt kein *Nein* und er kennt keinerlei Mitgefühl.«

Merlin fragte vorsichtig: »Was ist mit meiner Schwester passiert, Liliana? Warum Melina?«

»Das kann ich Ihnen nicht sagen. Das kann viele Gründe haben, denn Ihre Familie ist bekannt und Melina war sehr hübsch. Ich bin sicher, dass so einige bereit waren, viel Geld für sie zu bezahlen.« Sie hielt kurz inne und seufzte. »Das Grundmuster ist immer dasselbe. Die Frauen und Mädchen werden angelockt und eingesperrt. Dann werden sie gefoltert und vergewaltigt. Wenn sie zusammenbrechen, kommt Lavalle ins Spiel. Er redet mit ihnen. Macht ihnen Mut und baut sie auf. Er sagt ihnen, dass alles wieder gut wird. Er ist ihr einziger Halt in dieser Hölle. Sie gewinnen Vertrauen und erzählen ihm alles. Ihre Sehnsüchte und ihre Ängste. Sobald er alles weiß und seine Opfer besser kennt, als sie sich selbst, zeigt er sein wahres Gesicht. Er quält sie so lange, bis sie alles tun, was er will. Sie werden zu Marionetten, die darum flehen, ihm die Eier kraulen zu dürfen. Er verspricht ihnen, dass es vorbei ist, wenn sie alles tun, was er verlangt. Keine Schmerzen mehr. Keine Demütigungen. Wasser und Nahrung. Licht und Luft. Die meisten brechen nach wenigen Tagen ein. Andere schon nach einigen Stunden. Wenn er bekommen hat, was er wollte und die Mädchen zu perversen Spielen aller Art gezwungen hat, werden sie ihm langweilig. Sie werden für einige Zeit gut betuchten Geschäftsmännern, Politikern und anderen Machtneurotikern angeboten, die ihre kranken Neigungen lieber an einem jungen Mädchen ausleben als Zuhause bei ihrer züchtigen Frau.« Eine kleine Pause war wohl notwendig. Sie musste sich offensichtlich selbst beruhigen. »Aber das ist nicht seine Haupteinnahmequelle. Das ganze Martyrium endet mit dem großen Finale. Er tötet seine Opfer medienwirksam. Das Wissen um ihre größte Angst wird zentraler Bestandteil dieses kranken Rituals. Hat man Angst erhängt zu werden, wird man erhängt. Hat man Angst vor Schlangen, wird der Biss einer Schlange einen töten.«

»Und wenn man Todesangst vor dem Wasser hat, wird man ertrinken«, sagte Merlin kaum hörbar.

Jetzt sah sie ihn wieder an. »Ja. Es tut mir sehr leid. Die Morde werden gefilmt und teuer an kranke Schweine verkauft, die sich auf die Videos einen runterholen. Wer genug Geld hat, bekommt einen Zuschauerplatz vor Ort und wer sehr viel Kohle investiert, darf die tödliche Handlung selbst vornehmen.«

Merlin versuchte, seine Gedanken zu ordnen. »Warum hält niemand dieses kranke Schwein auf? Er scheint ja überall bekannt zu sein.«

»Wer kann sich denn schon ein Menschenleben leisten?«

Merlin schüttelte den Kopf. Er hatte die Worte *Menschenleben* und *leisten* noch nie in einem Satz benutzt.

Sie sprach weiter: »Wer hat so viel Geld? Großunternehmer, Politiker und der ganze Abschaum, der sich feine Gesellschaft schimpft. Nicht der kleine Penner von der Straße. Diese Geldsäcke schneiden sich sicher nicht ins eigene Fleisch. Die Polizei, die Staatsanwaltschaft, die Gerichte und natürlich die Politik. Alle werden gekauft und bekommen was von den verbrauchten Mädchen ab und sehr, sehr viel Geld. Das Leben ist teuer geworden und durch Schweigen und schlampige Arbeit reich zu werden ist doch nicht schlecht. Man versteht sich schon in diesen Kreisen. Wenn man alles hat und sich alles kaufen kann, braucht man einen neuen Kick. Und die Möglichkeit einmal Gott zu sein, hat eine unglaubliche Faszination auf spaßsüchtige, kranke Gemüter. Die Wenigen, die noch Ideale haben und sich weigern, verschwinden spurlos. Wo kein Kläger, da kein Richter.«

»Melina ist zum Spaß von alten, reichen Säcken gestorben?«, sagte er wie in Trance. »Kann es sein, dass ich mit diesen Leuten schon zusammen gegessen habe? Sind sie vielleicht auf Melina durch *mich* aufmerksam geworden?«

»Hören Sie auf, sich für ihren Tod verantwortlich zu machen. Sie hätten sie nicht retten können. Sie hätten sie nicht beschützen können. Niemand entkommt Lavalles krankem Spiel.«

Merlin betrachtete ihre Hände. Die Narben an ihrem Hals und die weiteren auf ihrer Stirn. »Niemand, außer einer.«

Sie erwiderte nichts, sondern starrte wieder bewegungslos auf den See.

»Wie lange hat er Sie gefangen gehalten? Wie lange haben Sie das ertragen, Liliana?«

Einige Sekunden lang durchbrach nichts die Stille der Nacht. Sie schloss die Augen und atmete tief ein. »Dreizehn Monate und drei Tage«, hauchte sie.

Sie sagte nichts weiter, stand auf und zog den Mantel aus. Dann die Stiefel. Merlin war vollkommen verwirrt. Langsam löste sie den Gürtel ihres Kleides und zog es aus. Für einen kurzen Augenblick war er nicht fähig zu sprechen, als er ihren Körper im Mondlicht betrachtete. Ihre knappe, rote Unterwäsche schimmerte im schwachen Licht.

Sie ging zum Vorsprung und sah hinunter. Wie in Zeitlupe erschienen ihre Bewegungen. Merlin bekam es mit der Angst zu tun. Was war nur passiert und was hatte sie vor?

Sie breitete die Arme seitlich aus. »Wenn Sie sich nicht mehr sicher sind, ob Sie leben oder bereits verstorben sind, Herr von Falkenberg, stellen Sie sich an einen Abgrund und sehen hinunter. Die Angst wird kommen und mit Ihnen in die Tiefe schauen. Genau jetzt dürfen Sie keinen Schritt zurückweichen. Überwinden Sie Ihre Angst. Spüren Sie das Pochen ihres Herzens und springen Sie. Wenn Sie wieder auftauchen, wird sich die Welt verändert haben. Dann wissen Sie wieder, dass Sie noch am Leben sind und wie es sich anfühlt, über seine Angst erhaben zu sein.«

»Oder ich schlage auf einen Stein auf und bin tot«, sagte Merlin und machte sich Sorgen, dass sie es ernst meinen könnte.

»Was macht das noch für einen Unterschied, wenn Sie springen müssen? Was haben Sie dann noch zu verlieren?« Sie stellte sich mit dem Rücken zum Wasser und sah ihm tief in die Augen. »Versprechen Sie mir, dass Sie springen, bevor es für Sie zu spät ist?«

Mit diesen Worten ließ sie sich einfach nach hinten fallen. Merlin versuchte noch, sie zu greifen, vergeblich. Er schaute ihr panisch nach. Sie drehte sich elegant in der Luft und tauchte kopfüber in den See ein. Er sprang auf und lief den schmalen Weg zum Wasser hinunter. Außer Atem kam er unten an und stellte erleichtert fest, dass Liliana bereits zum Ufer schwamm.

»Sind Sie wahnsinnig? Wie können Sie mich so erschrecken?«

Sie kam ruhig aus dem sicherlich eiskalten Wasser und spazierte ohne Eile auf ihn zu. Kurz vor ihm blieb sie stehen und legte ihre rechte Hand auf seine Brust.

»Ihr Herz rast. Spüren Sie das Leben? Wenn Sie gegen Lavalle bestehen wollen, dürfen Sie dieses Gefühl nie verlieren. Ihr Herzschlag ist alles, was Sie noch haben werden«, sagte sie zitternd.

Merlins Herz raste wirklich wie wild. Merkwürdig war nur, dass sein Puls nicht langsamer wurde, obwohl sie sicher am Ufer stand. Er war ihr so nah. Wie gern hätte er sie einfach nur in den Arm genommen, aber er bewegte sich nicht. »Sie haben noch nie darüber gesprochen, oder?«, fragte er. Ihr Blick verriet ihm, dass er Recht hatte.

Sie wandte sich von ihm ab. Erst als sie einige Meter von ihm entfernt war, beruhigte sein Puls sich sichtlich.

»Diese Frau macht mich noch verrückt.« Als er den Berg hinaufgelaufen war, hatte sie bereits ihre Sachen wieder angezogen.

»Wollen Sie immer noch Gerechtigkeit, obwohl Sie Ihren Gegner jetzt kennen?«, fragte sie wieder vollkommen klar mit fester Stimme.

»Ja, und wenn es mein Leben kostet. Dieses Schwein nehme ich mit.«

»Dann sei es so. Schicken wir den Bastard zurück in die Hölle«, erwiderte sie ohne jede Gefühlsregung.

# Kapitel 11

Die ersten Sonnenstrahlen des aufkommenden Frühlings tauchten den Rhein in bizarres Licht. Merlin stand auf dem großen Balkon seiner Wohnung und blickte ins Flusstal. In Gedanken war er bei Liliana. Wie so häufig in der letzten Zeit. Er hatte sie seit ihrer nächtlichen Tour nicht mehr gesehen. Ständig fragte er sich, was dieser Wahnsinnige ihr angetan haben musste.

»*Merlin!*«

Er zuckte zusammen. Nach einem tiefen Atemzug ließ er das Geländer los und betrat die Wohnung. Anna Maria blätterte eifrig in zahlreichen Hochzeitsmagazinen.

»Was kann ich für ihre Majestät tun?«, fragte er genervt.

Ohne aufzublicken, sagte sie: »Susi kommt gleich.«

»Und? Was ist schlimm daran?«

»Gar nichts. Ich wollte dich lediglich informieren. Wir kommen mit der Planung gar nicht nach.«

»Aha.«

Merlins knappe Antwort schien sie zu ärgern. Sie nahm einen Stapel Zeitschriften und schmetterte ihn vor ihm auf den Esstisch. »Bitte sehr.«

»Was genau soll ich jetzt damit, meine Liebste?« Abwehrend verschränkte er die Arme vor der Brust.

»Da kleben überall kleine Zettelchen drin. Die Sachen müsstest du besorgen und organisieren.«

Gelangweilt blätterte Merlin die Zeitschriften durch und konnte sich das Lachen nicht verkneifen.

»Was ist? Was ist so komisch an meinen Wünschen für diesen besonderen Tag?«

Er war selbst erstaunt, dass ihn die Vorstellungen seiner Verlobten noch überraschten. »Das sind keine Wünsche, Anna Maria. Das sind Zumutungen. Das kann nicht dein Ernst sein.«

»Bin ich dir das etwa nicht wert? Habe ich etwa keine Traumhochzeit verdient?

»Und warum hast du das verdient?«

Seine Frage traf sie sicherlich wie ein Blitzschlag. Sie riss den Mund weit auf und starrte ihn ungläubig an. Ihre Augen bewegten sich ständig hin und her.

Um wohl ihre Fassung wieder zu finden, stützte sie die Hände in die Hüften. »Wie meinst du das? Das soll wohl ein Scherz sein? Du hast ja vollkommen den Verstand verloren. Ich habe mit dir alles durchgestanden. Seit Melina weg ist, warst du nicht gerade zu gebrauchen. Ich hab dich nicht einmal verlassen, als dein Vater dieses ... *Etwas* wurde. Du treibst dich nachts in der Gegend rum und ich sitze hier allein und warte auf dich, krank vor Sorge. Was weiß ich, mit wem du dich hinter meinem Rücken triffst. Wahrscheinlich treibst du es mit irgendeinem billigen Flittchen, das es nur auf dein Geld abgesehen hat, während ich als brave Frau zu Hause sitze. Was fällt dir eigentlich ein, mich so etwas zu fragen?«, keifte sie mit weinerlicher Stimme.

Merlin erhob sich von seinem Stuhl und baute sich vor ihr auf. »Du hältst jetzt mal ganz schnell die Luft an. Nein, ich habe keine andere Frau, aber vielleicht sollte ich mir mal eine suchen, da seit Langem keine Art von Leidenschaft mehr im Schlafzimmer aufkeimt. Davon abgesehen, was hast du in den letzten Monaten für mich getan? Du hast gemeckert und dich beschwert bei jeder Gelegenheit. Melina war dir egal. Mein Vater war dir egal. Und bezeichne ihn nie wieder als *Etwas*. Erzähle du mir nichts von Verständnis und Rücksichtnahme. *Du nicht!* Du kennst nur dich, dein Aussehen und *mein* Geld. Langsam frage ich mich, was ich hier eigentlich tue. Andere Frauen haben es vielleicht auch nur auf mein Geld abgesehen, aber ich kann mir vorstellen, dass sie etwas *freundlicher* zu mir wären.«

Sie streifte sich die Haare aus dem Gesicht. »Es geht dir also nur darum? Ich arbeite zufällig sehr hart, um die Firma zu repräsentieren, und da kann ich mich abends nicht anknipsen wie eine billige Lampe, nur weil der feine Herr unkontrollierbare Bedürfnisse hat.«

»Du hast nicht die geringste Ahnung, was das Wort *Arbeit* überhaupt bedeutet.«

»Ach so. Meine Arbeit ist also auch nichts wert. Dann passt sie ja zu mir. Was willst du denn? Dass ich nur arbeite und mich anziehe wie eine graue Maus und Brille trage? Und wahrscheinlich muss ich mich dann umziehen, wenn ich nach Hause komme und das Nutten-Outfit anlegen. Da steht der Herr ja drauf. Du bist widerlich. Was willst du von mir? Ich bemühe mich ohne Ende, dir eine gute Frau zu sein, und ständig hackst du auf mir rum. Findest du das fair? Ich habe dich nur um einen kleinen Gefallen gebeten. Aber bitte – bleib auf deinem Geld sitzen und wir heiraten irgendwo in einer Scheune im Kuhmist.«

»Gute Idee. Machst du mir in der Hochzeitsnacht dann die Bäuerin oder die Kuh, oder muss ich auch dann wieder den Acker allein pflügen?«, fragte er zynisch.

Die Röte stieg ihr ins Gesicht. Er hatte noch nie so mit ihr gesprochen. Bevor sie jedoch lospoltern konnte, klingelte das Telefon. Mit stählernem Blick nahm sie den Anruf entgegen. »Ja, ich komme runter.« Sie knallte das Mobilteil zurück in die Ladestation und ging wortlos an Merlin vorbei.

»Wo willst du jetzt hin?«

»Susi ist da. Sie interessiert sich wenigstens für die Hochzeit. Warte nicht auf mich.« Anna Maria nahm ihre Jacke, ihre Schlüssel und spazierte mit hoch erhobenem Kopf aus der Wohnung.

Als die Tür mit einem lauten Knall ins Schloss fiel, entrann Merlin ein tiefer Seufzer.

Ein leises Lachen durchbrach die Stille. Erschrocken zuckte er zusammen und drehte sich um. Liliana stand gemütlich an die Balkontür gelehnt hinter ihm und lachte jetzt herzhaft. Auch er konnte sich ein Lächeln nicht mehr verkneifen.

Sein Ärger war plötzlich verflogen. »Sie finden das wohl mächtig witzig.«

»Wenn ich ehrlich bin ... ja.« Sie strahlte über das ganze Gesicht.

»Wie lange sind Sie schon hier?«

»Lange genug, um vollends verwirrt zu sein. Ich kenne ja viele verrückte Schnecken, aber die sprengt wirklich den Highscore. Noch einmal für mich in der Kurzfassung: *Das war Anna Maria* – und Sie wollen diese Frau heiraten, *weil* ...?« Sie machte eine theatralische Pause und sah Merlin fragend an. »Lassen Sie mich überlegen. Es muss doch einen plausiblen Grund geben ... ah ... jetzt weiß ich es. Sie sind masochistisch veranlagt, oder? Das ist keine Schande. Das geht vielen Männern so. Allerdings bekommen die auch Peitsche, hohe Stiefel und die Ledermasken im Schlafzimmer zu sehen. Sie dagegen scheinbar nicht einmal ...«

»Schon gut. Ich hab's verstanden«, unterbrach Merlin sie und verschränkte beleidigt die Arme vor der Brust. »Danke für die tiefenpsychologische Analyse. Warum haben Sie die kühne Idee mit dem *Klingeln* wieder verworfen und stalken mich über den Balkon?«

»Wissen Sie, dieser neumodische Kram war doch nicht mein Ding.«

»Was Sie nicht sagen. Kaffee?«

»Ja, gerne.«

Er zeigte mit der rechten Hand einladend auf einen der Stühle am Esstisch. »Schwarz wie ihr Humor?

»Schwarz wie Ihre Zukunft.«

*

Höhnisch grinsend blätterte Liliana in den Hochzeitsmagazinen, die Anna Maria achtlos auf dem Tisch hatte liegen lassen. »Interessant. Mehr Glitzer auf dem Kleid als Synapsen im Hirn, die Damen. Faszinierend.«

Merlin musste erneut lachen und schenkte ihr Kaffee ein, bevor er sich ihr gegenübersetzte.

Als er sie in ihrem engen petrolfarbenen Shirt so betrachtete, fragte er: »Sie sind doch zweifellos eine Frau. Wie stellen Sie sich denn die perfekte Hochzeit vor?«

»Jede Hochzeit ist auf ihre Art perfekt, solange ich nicht die Braut bin«, antwortete sie, ohne aufzusehen.

»Ich dachte, das wäre der Traum einer jeden Frau. Absolut kein Interesse an einem Ehemann?« Er umfasste seine Kaffeetasse und wartete gespannt ihre Antwort ab.

Sie schaute auf und legte den Kopf leicht schief. »Ich habe viele Ehemänner. Warum sollte ich dazu heiraten?«

»Sie sind unmöglich. Kein schlechtes Gewissen den armen hintergangenen Ehefrauen gegenüber?«

Sie schmunzelte. »Nein. Erstens kann ich mir kein Gewissen leisten und zweitens tue ich ihnen damit einen Gefallen.«

Merlin war verwirrt. »Sie schlafen mit ihren Männern und tun den betrogenen Frauen damit einen Gefallen? Das müssen Sie mir erklären.«

Sie legte die Zeitschrift zur Seite. »Das ist ganz einfach. Ich tue mit den Männern die Dinge, um die sie ihre eigenen Frauen niemals bitten würden. Ich erfülle ihnen Wünsche, die ihre Frauen nicht mal erahnen dürfen. Das Problem vieler Beziehungen heutzutage ist einfach, dass die Männer nicht mehr Männer sein dürfen. Sie kommen nach Hause und was finden sie? Richtig, ihre Frau in der bequemen Jogginghose mit kurzen unfrisierten, kurzum pflegeleichten Haaren und dem "*Fass mich ja nicht an, denn ich hatte einen verdammt harten Tag*" Blick.« Sie schaute sich in der Wohnung um. »Was ich sagen will, ist: Diese Männer sterben langsam innerlich. Es geht nicht nur um Sex. Es geht um Leidenschaft und Freiheit. Viele wissen gar nicht mehr, wie es sich anfühlt, kein schlechtes Gewissen haben zu müssen, wenn sie die Dinge tun, die sie mögen. Die meisten Frauen würden sich wundern, wie sich ihre Männer verändern würden, wenn sie aufhören würden, sie verändern zu wollen. Sie sind zweifellos wunderbare Alltagsheldinnen. Sie sind wundervolle Mütter und Freundinnen, aber sie sind keine Frauen mehr. Die Männer finden sich irgendwann damit ab. Die Frauen fühlen sich nicht mehr begehrenswert, und bevor man sich versieht, läuft nichts mehr. Ein Teufelskreis.« Sie stützte sich mit den Ellenbogen auf der Tischplatte ab und sah Merlin in die Augen. »Ich erinnere die Männer daran, dass es nicht so sein muss. Und wenn sie sich an die Nacht mit mir erinnern, um die Leidenschaft wieder in ihre Beziehung zu bringen, dann war der Seitensprung das Beste, was sie tun konnten. Ich bin eine Fantasie, die irgendwann nur noch in ihren Gedanken weiterlebt und keine ernsthafte Konkurrenz für ihre geliebten Gattinnen.« Sie zwinkerte und lehnte sich wieder zurück.

Merlin konnte aus eigener Erfahrung so gut verstehen, was sie meinte. Aus dieser Perspektive hatte er es aber noch nie betrachtet. Es gab für ihn keine Entschuldigung für einen Seitensprung und auch jetzt war er sich sicher, dass es andere Wege geben musste. Er musste sich jedoch eingestehen, dass auch er an sie dachte, wenn er sich abends zu seiner zukünftigen Frau legte. Wenn er sich zu ihr drehte, war es in seinen Gedanken nicht Anna Maria, die er berührte, sondern Liliana. Jedoch wurde er jedes Mal ziemlich schnell in die Realität zurückgeholt, wenn seine Verlobte ihn ankeifte und sich meckernd wegdrehte.

»Sie scheinen genau zu wissen, was ich meine«, unterbrach ihre Stimme seine Gedanken.

»Ja. Aber dennoch glaube ich nicht, dass bedeutungsloser Sex eine Beziehung rettet.«

»Haben Sie es je versucht?«

Vollkommen perplex schüttelte er den Kopf. »Nein, und ich habe es auch in Zukunft nicht vor. Auch, wenn mir das ständig vorgeworfen wird.« Merlin trank einen Schluck Kaffee. Irgendwie wollte die Nervosität nicht weichen.

Ein knappes Lächeln huschte über ihre Lippen: »Schon merkwürdig, oder? Wenn man fremdgeht, ist es falsch. Wenn man nicht fremdgeht, wird vermutet, dass man fremdgeht. Wenn man es dann wirklich tut, haben es alle von vornherein gewusst. Sie sind jetzt schon genauso schuldig, als hätten sie mindestens fünf Frauen nebenher. Zumindest in den Augen

Ihrer Verlobten.«

»Das mag sein, aber ich muss mich nur vor mir selbst rechtfertigen und ich weiß, dass ich mit reinem Gewissen in den Spiegel sehen kann«, gab er selbstsicher zurück. »Sie opfern sich also, um Beziehungen zu retten. Wie ehrenhaft.«

Wie Merlin erwartet hatte, zog sie die linke Augenbraue hoch. Das amüsierte ihn. Es war immer derselbe Blick, wenn er sie herausforderte.

»Ich opfere mich nicht, sondern habe lediglich Spaß an der Freude. Das Leben ist schon düster genug. Man verschenkt keine Gelegenheiten und ich schlafe einfach gern mit Fremden.«

Ihr freches Zwinkern brachte Merlin für einen kurzen Augenblick aus der Fassung. Er musste sich bemühen, sich von den Fantasien, die ständig in ihm aufsteigen wollten, loszureißen. »Ich wundere mich, dass Sie sich von den Kerlen so benutzen lassen. Wenn sie haben, was sie wollen, schmeißen sie Sie doch weg wie ein benutztes Taschentuch.«

»Welch treffender Vergleich«, schmunzelte sie. »Sie müssen dazu wissen, dass 95 Prozent meiner sexuellen Exkursionen rein geschäftlicher Natur sind. Ich lebe von Informationen und nirgends erfährt man so viel über Menschen und ihre Pläne wie im Bett. Nichts ist angreifbarer und steuerbarer als ein Mann, der vor Lust und angeblicher Liebe blind geworden ist. Sie erzählen einem alles, um anzugeben. Die Herren und manchmal auch die Damen denken, dass sie die Größten sind und vergessen, dass ihre Gespielin vielleicht aus dem feindlichen Lager stammen könnte. Wenn sie sich absolut wohlfühlen, fangen sie an, mit ihren Erfolgen und Absichten zu prahlen. Ein bisschen psychologisches Geschick reicht aus, um alles zu erfahren, was ich wissen möchte. Und das Beste daran: Keiner wird verletzt.«

»Die Damen?«, fragte er ungläubig und versuchte, keine Bilder in seinem Kopf entstehen zu lassen.

»Wetten wir, dass ich mit mehr Frauen geschlafen habe als Sie?« Sie strich sich langsam über den Hals, als sie seine Reaktion abwartete.

Er wurde unweigerlich nervös. Das war absolut das falsche Thema mit einer Frau wie ihr. »Ich hoffe, dass Sie nicht vorhaben mich zu den 95 Prozent zu zählen«, sagte er und atmete tief durch.

»Sie haben keine Information, die mich auch nur im Geringsten interessieren würde. Keine Sorge. Ich werde Sie schon nicht verführen, um Sie auszunehmen wie eine Weihnachtsgans.«

Merkwürdigerweise wusste er nicht, ob er sich über diese Aussage freuen sollte. Er war fast ein wenig enttäuscht.

»Nein. Sie würden zu den anderen 5% gehören, die ich als reines persönliches Vergnügen betrachte, wenn Sie nicht so glücklich verlobt wären. Denn mit einer Frau wie Ihrer Anna Maria kann ich es wohl kaum aufnehmen.«

»Ja, stimmt. Da hätten Sie keine Chance«, witzelte er. Er musste schleunigst das Thema wechseln, wenn er sich nicht noch weiter in eine verhängnisvolle Situation manövrieren wollte. Um sich selbst abzulenken, trank er einen weiteren Schluck Kaffee. »Warum sind Sie eigentlich hier?«

Ihr Gesichtsausdruck änderte sich augenblicklich. Das Funkeln ihrer Augen war wie ausgelöscht.

Schweigend griff sie in ihre Hosentasche und holte einen USB-Stick heraus, den sie Merlin reichte. »Ich stelle Ihnen Ihre Gegner vor. Ich denke, dass ich Ihnen einige Antworten schuldig geblieben bin.«

# Kapitel 12

Der Stick enthielt viele verschiedene Dateien, unter anderem auch zahlreiche Fotos. Bilder der Männer, die für Lavalle arbeiteten, von *Kunden* und weiteren ihm wohlgesonnenen Zeitgenossen. Still saß Liliana neben Merlin und fuhr spielerisch mit ihren Fingern über den Rand der Kaffeetasse. Bevor er die Bilddateien öffnete, legte er Liliana die Hand auf die Schulter. Sie zuckte kurz zusammen und kam aus ihrem Trancezustand.

Merlin machte sich Sorgen um sie. Die Leichtigkeit, die sonst mit ihr zu Schwingen schien, war verschwunden. »Schaffen Sie das? Ich weiß, was ich Ihnen hier abverlange.«

Sie schüttelte den Kopf. »Nein, das wissen Sie nicht. Aber machen Sie sich um mich keine Sorgen. Es braucht schon mehr als ein paar simple Computerdateien, um mich kleinzukriegen.«

Da war Merlin sich sicher. Sie drückte auf "*Öffnen*" und das erste Bild erschien. Es zeigte einen Mann, Mitte dreißig, gut gekleidet und gepflegt.

»Das ist Tony.«

Jetzt zuckte Merlin zusammen.

Liliana sprach unbeeindruckt weiter: »Tony ist Mädchen für alles. Er leitet Lavalles Schlägertruppen. Er ist nicht sonderlich schlau, aber was seinem Hirn fehlt, macht er mit Gewalt wieder wett. Er hat auch das Kommando gehabt, als ihr Vater so zugerichtet wurde.«

Merlin erinnerte sich an ihn. Sein Vater hatte von ihm berichtet. Er war es, der ihm die Zigarette ins Auge gedrückt hatte. Die nächsten Bilder zeigten einige von Lavalles Helfern, die Merlin nicht kannte. Dann kam ein dicklicher kleiner Mann mit Brille und weißem Kittel auf dem Bildschirm zum Vorschein.

Liliana atmete tief durch und brauchte einige Sekunden, bis sie ihre Personenbeschreibung fortsetzte: »Das ist der *Doc*. Genau gesagt: Dr. Elmar Schorndorf, Internist. Der *Doc* sorgt dafür, dass niemand vor seiner Zeit abtritt. Es kommt nicht selten vor, dass Lavalle in einem Anfall blinder Wut über sein Ziel hinausschießt. Bevor das Opfer dann verblutet oder sonst wie verreckt, ist der *Doc* am Zug. Er flickt die Verletzten notdürftig zusammen. Meistens reicht es, um sie am Leben zu erhalten. Ihr körperlicher Zustand spielt nur eine Nebenrolle. Hauptsache sie leben und sind einigermaßen ansprechbar, damit sie auch bewusst mitbekommen, was mit ihnen passiert. Als Entschädigung bekommt er hin und wieder eines der Opfer, die für Lavalle uninteressant geworden sind. Häufig auch Männer, für die kein sonstiger *Absatzmarkt* besteht. Er forscht mit ihren Körpern, testet Medikamente oder verkauft einzelne Organe an betuchte *Kunden*. Nichts wird verschwendet, wenn es noch Geld bringen könnte.«

»Das kann nicht Ihr Ernst sein. Das sind Menschen«, unterbrach Merlin sie entgeistert.

»Das sind Waren«, antwortete sie. »Für den *Doc* gibt es nur Objekte. Er kennt nur Geld. Sonst interessiert ihn nichts. Er sagte immer: *Wer hier unten ist, ist eigentlich schon tot und Tote haben keine Rechte.* Er personalisiert niemanden. Namen existieren für ihn nicht. Nur Scheinchen. Lavalles Anliegen sind ihm meist lästig, aber wenn er ihm nicht hilft, war es das mit seinem schönen Leben im Reichtum. Ständig junge, knackige Mädchen, die ihm zu Willen sind und eine erhebliche Stange Geld jeden Monat schwarz in der Tasche. Also fügt er sich.«

Merlin wich sicherlich nach und nach die Farbe aus dem Gesicht. Das blanke Entsetzen machte sich in ihm breit. Er konnte es nicht fassen, dass es wirklich solche Menschen geben konnte.

Als er das nächste Bild öffnete, erschauderte er. Eine leichte Gänsehaut bildete sich auf seinem Arm.

»Den netten, jungen Herrn kennen Sie ja schon«, sagte Liliana zynisch.

Natürlich erkannte Merlin seinen Angreifer. Er würde nie die fauligen Zähne und das paranoide Grinsen vergessen, als der Verrückte versuchte, ihm die Kehle durchzuschneiden. Auch auf dem Foto hatte er auch diesen Ausdruck im Gesicht. Der Wahnsinn in seinen Augen wurde nur durch das kranke Lächeln übertroffen.

»Was soll ich Ihnen über Noel sagen?« Sie biss sich auf die Unterlippe und atmete tief ein. »Noel ist einfach nur psychisch krank und hyperaktiv. Er hat eine schwere Persönlichkeitsstörung, die Lavalle schamlos ausnutzt. Noel liebt es, zu töten. Es ist so eine Art *Hobby*. Ein Leben auszulöschen gibt ihm Macht. Die einzige Macht, die er je besessen hat. Er ist schwer zu kontrollieren und vernichtet alles und jeden, was oder wer ihm irgendwie bedrohlich vorkommt, oder ihm für bedrohlich verkauft wird. Er lernte früh, dass er Leben in Sekunden auslöschen kann.«

»Als er mich angegriffen hat und Sie mir geholfen haben, hat er Sie nur lange angesehen, obwohl Sie ihn verletzt hatten. Warum?«

»Noel und ich haben in der Zeit meiner Gefangenschaft

eine ganz eigene Beziehung aufgebaut. Er kam regelmäßig zu mir, setzte sich vor mich und sah mich nur an. Das konnte einen wahnsinnig machen. Dieses elende Grinsen. Ich kann nicht sagen, wie lange wir uns regungslos gegenübersaßen. Irgendwann habe ich einfach angefangen, mit ihm zu sprechen. Ich habe ihm lauter belanglose Dinge erzählt. Ich wusste ja nicht, ob Lavalle ihn zu mir schickte, oder ob er mich im nächsten Moment angreifen würde. Verletzt und an die Wand gekettet waren meine Verteidigungsoptionen nicht gerade vielseitig gegen dieses gefühlskalte Monster. Eines Tages kam er blutüberströmt zu mir gekrochen. Sein Auge war geschwollen und seine Nase gebrochen. Lavalle musste ihn wieder mal aufs Heftigste verprügelt haben. Er legte seinen Kopf einfach auf meinen Bauch und fing an, schrecklich zu weinen. Ich weiß nicht, wie lange er so da lag. Es kam mir ewig vor. Er hielt sich an mir fest, und ich hatte alle Mühe, gegen die Übelkeit anzukämpfen. Sie haben ihn selbst erlebt. Ich glaube nicht, dass er jemals Seife, geschweige denn eine Zahnbürste gesehen hat.«

Merlin erinnerte sich nur zu gut an Noels widerwärtigen Gestank, seine verfaulten Zähne und strähnigen Haare.

»Gut, ich war zu dieser Zeit auch nicht gerade der Inbegriff der Körperpflege, aber dieses schleimige Etwas, das sich in mich verkrallt hatte, war einfach nur ekelhaft. Irgendwann stand er auf und ging. Wie jedes Mal. Als er einige Zeit später wieder kam, hatte er mir einen kleinen Becher Wasser mitgebracht. Da verstand ich. Er wurde von allen immer nur geschlagen, beleidigt und misshandelt. Ich war wohl die Einzige, die ihn nicht anschrie. Das war meine Chance und tatsächlich brachte er mir nach diesem Ereignis heimlich immer etwas mit. Wasser, Kleinigkeiten zum

Essen, eine Decke. Er erzählte mir sogar Dinge, für die Lavalle ihn wohl totgeschlagen hätte, wenn er jemals davon erfahren hätte. So haben wir auf eine kranke Art und Weise eine kleine Freundschaft aufgebaut. Als Lavalle nach kurzer Zeit unseren Deal durchschaut hatte, nahmen die Besuche stark ab. Auf der einen Seite war ich froh, dass ich ihn nicht mehr ertragen musste, aber ohne die kleinen *Annehmlichkeiten*, die er mir beschert hatte, war das Dasein verdammt hart. Aber vertiefen wir das jetzt nicht. Das tut nichts zur Sache. Kommen wir zum *Highlight*. Philippe Lavalle.«

Es fiel ihr unglaublich schwer, über die Zeit der Gefangenschaft zu reden. Das war ihr deutlich anzumerken. Merlin respektierte ihren plötzlichen Themenwechsel. Er war ohnehin überrascht, dass sie ihm überhaupt etwas erzählte und er war dankbar für ihre Offenheit. Langsam wurde ihm bewusst, dass er sich jetzt mit dem Mann auseinandersetzen musste, der seine Schwester auf so grausame Weise aus dem Leben gerissen hatte.

Das Bild erschien auf dem Laptop. Er krallte sich förmlich an seinen Stuhl, als er sich den Kerl anschaute, der seiner Schwester so unsagbar schlimme Dinge angetan hatte. »Wo haben Sie diese Fotografien her?«

»Man kommt an alles heran, wenn man weiß, wen man bestechen muss. Die Polizei hat die Bilder vernichten lassen. Zum Glück war ich schneller. Ein Freund schuldete mir noch einen Gefallen.«

Merlin spürte, wie hoffnungslos dieser Kampf anscheinend war. Er hätte sich niemals träumen lassen, dass in dem Rechtsstaat, an den er immer geglaubt hatte, so etwas möglich sein könnte.

Liliana strich ihm sanft über den Oberarm. »Lavalle ist

nicht interessiert an Geld oder Ansehen. Er ist ein Spieler. Die Psyche der Menschen ist seine Spielwiese. Das Geschäft ist ihm lästig, aber er braucht Leute, die seine Befehle ausführen und ihn beschützen. Er braucht Verstecke und Schmiergelder, um seine kranken Gelüste befriedigen zu können, und diese Dinge verschlingen Unmengen an Geld. Daher macht er zur Münze, was er nicht mehr benötigt.«

Merlin schaute sich das Foto eindringlich an. Der Mann auf dem Bild war durchaus stattlich. Schick gekleidet. Die Haare perfekt frisiert. Er hätte einer seiner Geschäftspartner sein können. Nur die Narbe in seinem Gesicht störte seine ansonsten ansehnliche Optik.

»Wie alt ist dieses Foto?«, fragte er.

»Auf jeden Fall ist es nicht älter als vier oder fünf Jahre.«

Merlin zoomte das Bild näher heran und betrachtete es skeptisch: »Was hat er da um den Hals? Sind das etwa Haare?« Er sah fragend zu Liliana, die sich provokant grinsend eine Haarsträhne durch die Finger gleiten ließ.

Jetzt wurde ihm klar, was Lavalle um den Hals trug: Eine Strähne der einzigen Frau, die sich ihm je widersetzt hatte. Wie tief musste der Zorn dieses Mannes sitzen, dass er sich ständig an diese Niederlage erinnern wollte? Sie war jeden Tag in seinen Gedanken. Jedes einzelne Mal, wenn er die Haare berührte. Merlin schaute Liliana entgeistert an.

Ein sichtlich gequältes Lächeln zog sich über ihre Lippen. »Machen Sie nicht so ein trübes Gesicht. Ich hab ja noch genug davon und außerdem sind sie mittlerweile nachgewachsen.«

Diese lässige Art kannte er bereits von ihr. Im *Caprice des Dieux* hatte sie denselben, fast fröhlichen Ton an sich. Damals hatte er die Leichtigkeit, mit der sie ihr Schicksal annahm, nicht verstanden. Jetzt wurde ihm bewusst, dass sie gar keine andere Wahl hatte, als den Dingen ihren Schrecken zu nehmen, indem sie sie herunterspielte.

»Er trägt diese verdammten Haare ständig mit sich durch die Gegend. Seine Mutter hatte ihm bereits in Kindertagen eine Haarsträhne von sich abgeschnitten, um immer bei ihrem Liebling zu sein. Dieses Ritual hat er dann wohl auf mich projiziert. Er ist wie besessen davon zu beenden, was er angefangen hat, aber das wird ihm nicht gelingen«, sagte sie leise. »Nicht, solange ich noch atme. Meinen Willen nimmt er mir nicht, egal, mit welchen Mitteln er es versuchen wird.«

»Sie müssen das hier nicht tun, Liliana. Ich hatte wirklich keine Ahnung, als ich Sie aufsuchte«, erwiderte Merlin betroffen.

»*Doch*. Ich *muss* das tun. Ich kann mich nicht den Rest meines Lebens verstecken. Ich bin nicht der Typ Mensch, der sich hinter einer Mauer verkriecht, um nicht verletzt zu werden. Ich hätte lange fliehen können, aber ich hätte ständig damit rechnen müssen, dass er mich findet. Man kann vor seinem Schicksal nicht davonlaufen. Ich habe keine Angst vor dem Sterben, aber ich habe Furcht davor, dass es für mich kein Leben mehr vor dem Tod gibt. Ich muss mich befreien. Ich muss mich von *ihm* befreien. Und«, sie atmete tief ein, »Sie brauchen mich, Merlin. Ohne mich kommen Sie nicht an ihn heran. Und ich komme ohne Sie nicht wieder lebend raus. Wir müssen diesen Weg gemeinsam gehen oder wir beide werden kläglich scheitern. Lavalle lebt sehr abgeschieden und zeigt sich selten. Ich bin die Einzige, die an ihn herankommt. Aber wenn ich erst einmal gefangen bin, werde ich alleine keine Chance mehr haben. Wir brauchen einander, wenn Sie das immer noch durchziehen wollen.«

Er wusste, dass sie absolut Recht hatte. Was hätte er alleine schon ausrichten können? Ohne sie wäre er schon lange tot. »Ich bin jetzt so weit gegangen. Ich kann nicht mehr zurück. Ich denke, Sie verstehen das. Aber ich kann auch nicht verantworten, Sie in eine solche Gefahr zu bringen.«

Sie lachte und Merlin wurde bewusst, wie ironisch seine Bemerkung in ihren Ohren klingen musste.

»Das ist sehr ehrenhaft von Ihnen, aber ich muss Ihnen leider sagen, dass es dafür etwas zu spät ist.«

»Ja, tut mir leid. Ich ...«

»Schon gut«, unterbrach sie ihn. »Das ist keine einfache Situation. Sie müssen sich für nichts entschuldigen. Ich verstehe das.«

Merlin war dankbar für ihr Verständnis, für ihre Hilfe und überhaupt für sie. Er legte für einen kurzen Augenblick sein Gesicht in die Hände und versuchte, seine Gedanken zu beruhigen.

Als er wieder aufsah, sprach er: »Diesmal wird er Sie nicht entkommen lassen. Das wissen Sie genauso gut wie ich.«

»Wer sagt denn, dass ich entkommen will? Sollte der Tod mein Schicksal sein, dann sei es so. Aber wenn ich sterbe, nehme ich dieses Dreckschwein mit in die Hölle. Was habe ich noch zu verlieren?«

In ihren Augen erkannte Merlin, wie ernst sie es meinte. »Sie werden nicht sterben. Das werde ich nicht zulassen.«

»Na dann ist ja alles in bester Ordnung. Ich nehme Sie beim Wort.«

Merlin war klar, dass sie ihm kein einziges Wort glaubte.

Auch er war sich nicht sicher, ob er in der Lage sein würde, sein Versprechen zu halten.

»Auf dem Stick sind allerhand Videos und Fotos, die nicht besonders appetitlich sind. Überlegen Sie sich gut, ob Sie sich das antun möchten«, erklärte Liliana, als sie ihm weitere Unterordner zeigte.

»Ich bin es meiner Schwester schuldig, dass ich mir ansehe, was mit ihr und den anderen passiert ist. Ich kann nicht die Augen verschließen, nur weil ich dann keine Albträume habe. Ich muss sehen, was ich sehen will.«

Sie trommelte sichtlich nervös mit den Fingerspitzen auf der Tischplatte herum. »Ja, das sollten Sie. Je besser Sie Ihre Gegner kennen, umso höher sind ihre Chancen, diesen Kampf zu überleben.«

»Es war kein Zufall, dass ich Sie getroffen habe, oder?«

Sie stützte ihren Kopf in die linke Hand. »Na ja, Sie haben mich gefunden. Sagen Sie es mir.«

Er hatte keine Antwort. Zu viel ging gerade in seinem Kopf vor, »Haben wir auch nur den Hauch einer Chance?«

»Es gibt immer einen Grund, um aufzustehen und zu leben. Sie haben Ihre Familie, für die es sich zu Leben lohnt.«

Interessiert schaute er ihr in die Augen. »Und Sie? Was treibt Sie jeden Tag an?«

»Ich habe ein Versprechen gegeben, das ich beabsichtige, zu halten«, antwortete sie und zog den Stick aus dem Laptop. »Passen Sie gut darauf auf. Der wird uns noch nützlich sein.«

»Was haben Sie vor?«, fragte Merlin, dem die ganze Sache über den Kopf wuchs.

»Wir werden ein neues Spiel beginnen und diesmal bestimmen wir die Regeln. Lavalle wird gut beschützt und zeigt sich kaum noch in der Öffentlichkeit, sonst hätte ich ihn schon lange erwischt. Wir müssen seine Taten bekannt machen. Seine Anhänger öffentlich bloßstellen und die Zahl seiner Helfer drastisch reduzieren. Wir müssen ihn dazu bringen, dass er anfängt, Fehler zu machen.«

»Und wie stellen wir das an? Ich meine, wie machen wir einen abgebrühten Psychopathen nervös?«

»Das werden Sie schon sehen. Ich mache ja sogar einen Wirtschaftsjuristen nervös. Dagegen ist ein Psychopath doch leichte Beute.«

Natürlich hatte sie seine Nervosität bei ihrem kleinen Gespräch vorhin bemerkt und es war ihm unendlich peinlich. »Sie halten wohl nicht viel von meinem Berufsstand.«

»Wir müssen alle tun, was wir für richtig halten oder wofür wir bezahlt werden. Ich glaube nicht, dass ich in der Position bin, mir ein Urteil über Sie oder Ihren Berufsstand zu erlauben.«

»Und was machen Sie, wenn Sie sich nicht brennend auf der Bühne rekeln?«, fragte er provozierend.

Sie überlegte kurz. »Ich glaube, dass es für Sie besser ist, wenn Sie nicht so viel über meine geschäftlichen Interessen wissen. Ich will Sie doch nicht in eine Zwickmühle bringen. Ich weiß, dass Ihnen klar ist, dass ich die Informationen wohl nicht zum Spaß sammle.«

»Na ja, ich habe einen USB-Stick mit Daten, die der Polizei gestohlen wurden, spiele illegal Poker mit Verbrechern, treibe mich in zwielichtigen Bars und Clubs herum und plane einen Mord. Wenn Sie das noch nicht als Zwickmühle zu meiner beruflichen Tätigkeit bezeichnen, weiß ich auch nicht.«

»Ehrlich gesagt, nein. Solche Vorgehensweisen erwarte ich von einem guten Anwalt«, sagte sie spöttisch. »Ich arbeite eng mit einigen Ihrer Kollegen zusammen. Man versteht sich schon.«

Merlin schüttelte den Kopf, erwiderte aber nichts.

»Sie leiten die Rechtsabteilung in der Firma Ihres Vaters. Verwunderlich, dass Sie noch auf dem rechten Wege sind«, fügte sie hinzu.

»Oh, mein Vater ist ein rechtschaffener Mensch. Er würde niemals etwas Gesetzeswidriges tun.«

»Was Sie nicht sagen. Weiß er das denn auch?« Sie grinste frech und erhob ihre Kaffeetasse.

»Ich weiß nicht, was Sie meinen.«

»Das spielt auch keine Rolle. Es würde mich nur wundern, wenn Sie bei der starken Konkurrenz bei ihrem Geschäft durch reine Eigenleistung an der Spitze bleiben könnten.«

Der Vorwurf traf ihn. »Ein paar kluge Köpfe sorgen dafür, dass es nichts Besseres von der Konkurrenz gibt.«

»Und das glauben Sie wirklich?«

»Ich hatte bisher auch keinen Grund, etwas anderes zu tun«, verteidigte er sich.

»Verstehe.« Liliana stellte die Tasse wieder ab und fuhr mit dem Zeigefinger über den Henkel.

»Ich nehme nicht an, dass Sie mir erklären wollen, worauf sie anspielen.« Merlin hätte vor Neugierde platzen können.

»Nein. Das ist nicht meine Aufgabe. Wenn Sie so an Wahrheit und Gerechtigkeit hängen, warum sind Sie dann Jurist geworden?«

Nein, er wollte auf diese erneute Provokation nicht eingehen und entschloss sich dazu, ehrlich zu antworten, auch wenn ihm der Themenwechsel gar nicht passte. »Das ist nicht schwer. Ich hielt es für das sinnvollste Studium, um in die Firma einzusteigen. Es war immer klar, dass ich irgendwann das Geschäft übernehmen werde, und meinen Eltern war es sehr wichtig, dass ich auf diese Aufgabe auch gut vorbereitet bin.«

»Hatten Sie nie einen anderen Traum?«, fragte sie. »Was wollten Sie als Kind werden? Was macht Ihnen bis heute Freude?«

Seine Augen schweiften kurz durch das Zimmer und verharrten für einen Augenblick an der Wand. »Das ist nicht wichtig. Es ist, wie es ist.«

Liliana war seinem Blick gefolgt und stand auf. Sie ging um den Tisch herum und betrachtete die beiden modernen Ölgemälde über dem weißen Sideboard.

Merlin folgte ihr und stellte sich in geringem Abstand hinter sie.

»Die Bilder sind großartig«, flüsterte Liliana.

Er sah sie überrascht an. »Finden Sie? Sie sind die Erste, die das sagt.«

»Dann haben alle anderen keine Ahnung. Meine Familie sammelt schon seit vielen Jahren Kunst und die Leidenschaft habe ich geerbt. Sind die von Ihnen?«

»Erwischt. Ja, in meiner Schulzeit habe ich viel gemalt. Zumindest, bis mein Vater Wind davon bekommen hatte. Er hat mir dann erklärt, was wirklich wichtig ist. Und Kunst war es nicht.«

Sie verschränkte die Arme vor der Brust und legte die Stirn in Falten. »Sondern? Ein Haus, ein Auto, ein Boot?«

»Nein. Eine Villa. Ein Sportwagen und eine Yacht«, scherzte Merlin. »Nein, die Firma, die seit vielen Jahren in Familienbesitz ist und natürlich die Familie selbst.«

Sie drehte sich zu ihm und fragte: »Und *wer* ist die Familie?«

Er verstand ihre Frage nicht.

Nach einem tiefen Blick in seine Augen sprach sie weiter: »Jeder Einzelne, oder etwa nicht? Eine Familie setzt sich aus Individuen zusammen. Ich konnte mir nicht vorstellen, dass es eine Macht gibt, die so viel größer ist als die Liebe zur Familie, aber es gibt sie. Die mächtigste Form der Liebe findet man tief in sich selbst. Erst wenn Sie glücklich und zufrieden mit sich selbst sind, können Sie andere glücklich machen. Je mehr Sie sich selbst aufgeben, umso größer wird Ihre Verachtung für die Menschen, die Sie scheinbar dazu gebracht haben und irgendwann werden Sie entweder an der Realität zerbrechen oder sich mit einem Gewaltakt befreien. Die Folge: heftige Familienstreitigkeiten, Frustration, Scheidungen, Krisen, Depressionen, im schlimmsten Fall Selbstmord. Selbstbewusstsein bedeutet, sich seiner selbst bewusst zu sein. Es ist nicht schwer zu erkennen, dass Sie das alles hier nicht wollen. Das sind nicht Sie. Das ist das, was Ihre Familie, Ihre Kollegen, Ihre angeblichen Freunde aus Ihnen gemacht haben. Und nicht etwa, weil sie Ihnen etwas Böses wollten – nein, sie denken, dass der Weg, der für sie zum Glück führte, auch richtig für alle anderen sein muss. Sie wollen Sie beschützen und sperren Sie ein. Sie brechen nicht aus, weil Sie sie lieben und sie nicht verletzen wollen.«

Schweigend stand er vor ihr, sah in ihre grünen, mandelförmigen Augen und es wurde ihm klar, dass es doch jemanden gab, der genau wusste, was er fühlte.

»Lassen Sie sich nicht von Menschen mit kleinem Horizont erzählen, dass Ihre Träume zu groß sind. Es ist nicht falsch zu tun, was man liebt.« Sie seufzte und strich sich die

Haare aus dem Gesicht. »Ich will Ihnen nur sagen, dass Sie niemals etwas aufgeben sollten, für das Sie tief in Ihrem Inneren brennen. Vergessen Sie nicht, wer Sie sind. Werden Sie nicht aus lauter blindem Hass zu dem, was ich geworden bin.«

»Und wer bin ich?«, fragte er und erwartete eine unerfreuliche Antwort.

Ein Lächeln zog sich über ihr Gesicht. »Soweit *ich* das beurteilen kann, sind Sie ein liebender Bruder und ein unglaublich begabter Maler, der wohl zukünftig meine Kunstsammlung vergrößern wird.«

Merlin rieb sich die Augen. »Nein, leider nicht. Ich habe keine Zeit zum Malen.«

»Nehmen Sie sich Zeit. Arbeiten Sie nur acht anstelle von zehn Stunden. Hören Sie auf, mit fremden Frauen Kaffee zu trinken, und fangen Sie an. Ich komme auf jeden Fall zu Ihrer ersten Ausstellung.«

»Versprochen?«

»Versprochen.« Sie legte ihm ihre rechte Hand auf die Schulter. »Lavalle scheint in Anbetracht Ihrer derzeitigen Lebenssituation wohl nur eines Ihrer kleineren Probleme zu sein. Den schaffen Sie mit links.« Sie ließ ihre Hand über seinen Arm gleiten.

»Danke, und Sie hatten Recht.«

»Womit?«, fragte sie und lehnte sich mit dem Rücken gegen die Tischkante.

»Die Wahrheit ist wirklich mal ganz erfrischend.«

Liliana lachte. »Sie haben mir also wirklich zugehört?«

»Ja, ich arbeite noch daran, die ungehobelten Frechheiten von den Lebensweisheiten zu trennen, aber ja – ich höre Ihnen zu.«

Das Drehen eines Schlüssels beendete abrupt das Gespräch. Merlin wechselte schnell einen Blick mit Liliana. Anna Maria kam behangen mit Einkaufstüten in die Wohnung.

»Hilf mir bloß nicht. Ich bin eh gleich wieder weg, aber ich habe *meine* Karte vergessen«, ertönte ihre schrille Stimme.

»Du hast höchstens meine Karte vergessen.«

Sie stürzte an ihm vorbei und warf die Tüten schwungvoll auf die Couch. Als sie nach rechts abbog, erwartete Merlin bereits ein lautes Gekreische, aber nichts dergleichen passierte. Er hörte die Schlafzimmertür zufallen und ging zurück in den Wohnbereich. Liliana war verschwunden.

Merlin hatte keine Lust auf weiteres Gezicke, nahm seine Jacke und zog die Tür hinter sich zu. Mit dem Fahrstuhl fuhr er in die Tiefgarage. Bevor er ausstieg, hielt er noch einmal inne und überlegte, ob es richtig war, Anna Maria stehen zu lassen. Er war sich sicher, dass er es noch bereuen würde. Fest entschlossen, es auf ihre Reaktion ankommen zulassen, setzte er sich in seinen Wagen und fuhr aus der Garage. Nach wenigen Minuten hatte er sein Ziel erreicht.

# Kapitel 13

Der städtische Friedhof lag ruhig in der Mittagssonne. Die wärmenden Sonnenstrahlen taten Merlin gut, als er langsam zu Melinas Grab wanderte. Der lange Winter war vorbei. Nicht nur die Tage wurden wieder heller. Er hatte auch endlich einige Antworten auf seine Fragen.

Die Grabstätte war wie immer mit zahlreichen Blumen geschmückt. Helena kam täglich hierher und brachte frische Gestecke.

Merlin setzte sich seitlich auf den sandsteinfarbenen Grabstein und legte sein Gesicht in die Hände. »Was soll ich nur machen, Melina? Mein Gott, ich hätte dich niemals allein lassen dürfen. Niemals.«

Es vergingen Minuten. Vielleicht auch Stunden. Er hatte jegliches Zeitgefühl verloren.

»Sie sind mutiger oder törichter, als ich dachte. Kommt wohl auf den Blickwinkel an«, erklang eine Stimme hinter ihm.

Er drehte sich nicht um. Der süße englische Akzent war ihm mittlerweile vertraut. »Sie wissen schon, dass Stalking den Weg ins Strafgesetzbuch gefunden hat, oder?«

»Ich stalke Sie nicht, ich beschütze Sie.«

»Ja, das wird öfter mal verwechselt. Habe ich gehört.« Er seufzte und rückte eine Blume gerade, die irgendwie schief in ihrer Vase hing.

»Ich dachte, ich gestatte mir den Hinweis, dass es unter Umständen nicht so klug sein könnte, wenn man von Psychopathen gesucht wird, sich ausgerechnet hier aufzuhalten. Das Grab Ihrer Schwester ist wohl nicht gerade der

Ort, an dem man Sie *nicht* vermuten würde.«

Merlin lächelte schwach. »Machen Sie sich keine Sorgen. Die suchen nicht mehr mich, sondern *Sie*.«

Ihre Stimme verlor an Leichtigkeit. »Ja, danke. Wie konnte ich das vergessen? Nett von Ihnen, dass Sie mich daran erinnern.«

Er stand auf und drehte sich zu ihr um. »Es tut mir leid. Ich bin im Moment irgendwie nicht ich selbst.« Der Wind verführte ihre Haare zu einem Tanz und Merlins Schmerz erschien ihm plötzlich erträglicher. »Den ganzen Ärger haben Sie überhaupt nur mir zu verdanken.«

Sie lächelte und rückte den Kragen ihrer Lederjacke zurecht. »Geben Sie sich eigentlich immer für alles die Schuld?«

Merlin konnte ihr keine Antwort auf die Frage geben. Er hatte sie sich noch nie gestellt. *Möglich wäre es.*

»Gehen Sie nach Hause. Tot nützen Sie niemandem etwas. Ich kann nicht länger hinter Ihnen herdackeln und auf Sie aufpassen. Ich bin noch verabredet.«

»Oh, haben Sie ein Date? Dann will ich Sie nicht aufhalten. Der Glückliche wartet bestimmt schon.«

»Unwahrscheinlich. Der weiß nämlich noch gar nichts von meinem Besuch. Das arme Schwein.« Sie grinste ihn schelmisch an.

Merlin sagte, ohne nachzudenken: »Nehmen Sie mich mit, Liliana. Ich muss diesen Dreckschweinen gegenübertreten. Ich kann nicht weiter tatenlos zusehen, wie Menschen bestialisch gequält und ermordet werden. Das bin ich Melina schuldig.«

Sie schüttelte den Kopf und stemmte die Hände in die Hüften. »Nein, das ist nichts für Sie. Das könnte hässlich werden. Nichtwissen schützt Sie. Ich bin aus einem anderen Holz geschnitzt.«

Er ging einige Schritte auf sie zu. »Sie werden mich nicht umstimmen.«

»Vergessen Sie das wieder ganz schnell. Rache bringt Ihnen Melina nicht zurück und ich kann mir nicht vorstellen, dass sie gewollt hätte, dass Sie ihretwegen irgendwelche Dummheiten machen.«

»Sie wollten doch auf mich aufpassen, oder? Dann nehmen Sie mich gefälligst mit.«

»Ich habe nichts mehr zu verlieren, aber *Sie*. Sie setzen Ihre Karriere, Ihr Leben aufs Spiel.«

Er baute sich vor ihr auf. Sein Ärger nahm immer mehr zu, dabei war es vermutlich nur ein Versuch, seine eigene Hilflosigkeit zu kompensieren. »Glauben Sie im Ernst, dass mich das noch interessiert? Die Gerechtigkeit, an die ich geglaubt habe, war nichts weiter als ein Traum. Schall und Rauch. Sie können das nicht verstehen. Sie wissen nicht, wie es ist, wenn man irgendwann aufwacht und feststellt, dass alles, an das man geglaubt hat, eine Lüge gewesen ist. Die Welt ist nicht gerecht. Die Welt ist brutal und triebgesteuert.«

»Nicht die Welt, Merlin. Die Menschen. Und ich weiß sehr wohl, wie sich das anfühlt.«

Schon merkwürdig. Das sagte er für gewöhnlich auch. Es kam nur sehr selten vor, dass jemand seine Einstellung teilte. Seit Melinas Tod eigentlich niemand mehr.

Er legte ihr seine rechte Hand auf die Schulter. »Nehmen Sie mich mit. Ich will diesen Schweinen gegenübertreten. Ich muss es tun. Ich will es tun.«

Sie lächelte sichtlich besorgt. »Sie sind kein Mörder,

Merlin. Sie können niemanden verletzen. Wenn es in meiner Welt darauf ankommt, können Sie nur überleben, indem Sie schneller und skrupelloser sind als Ihre Gegner. Und ich glaube nicht, dass Sie dazu bereit sind.«

Ruckartig ließ er ihre Schulter los und ging einen Schritt zurück. »Sagen Sie mir nicht, was ich nicht bin. Sagen Sie mir nicht, was ich nicht kann. Das hat man mir lange genug erzählt. Die Polizei will mir nicht helfen. Meine Familie will mir nicht helfen. Nicht einmal meine zukünftige Frau will mir helfen. Ich werde nicht aufgeben. Ich werde jeden einzelnen dieser Mistkerle finden. Egal, was es mich kostet. Und wenn ich zu jemand anderem werden muss, dann werde ich jemand anderer, aber ich verspreche Ihnen, dass diese Bastarde für ihr Handeln zur Rechenschaft gezogen werden. Ist es nicht unsere Pflicht, einzugreifen, wenn der Rechtsstaat versagt? Ist es nicht unsere Pflicht, Korruption und Gewalt zu bekämpfen?«

Sie nickte. »Bitte. Aber ersparen Sie mir diese Theatralik. Was immer Sie wollen. Wirklich schade um Sie.«

»Wie meinen Sie das?«

»Sie sind viel zu hübsch für den Knast.«

Liliana zwinkerte ihm keck zu und Merlins Aggression verflog mit einem tiefen Blick in ihre großen Augen. Sie drehte sich um und ging den schmalen Friedhofspfad zurück. Er folgte ihr zu ihrem Auto.

Als sie eingestiegen waren, sagte er leise: »Danke.«

»Danken Sie mir nicht zu früh. Sie haben mal wieder nicht die geringste Ahnung, worauf Sie sich eingelassen haben. Aber wer nicht hören will ...«

»... muss fühlen«, bestätigte er.

# Kapitel 14

Sie hielt in einem Vorort. Er schaute sich um, während sie ihren Weg zu Fuß fortsetzten. Große, eintönige Wohngebäude reihten sich aneinander. Nach einigen Metern bog sie in einen Hinterhof ein und ging zielstrebig auf eine mit Graffiti verunstaltete Tür zu. Ein dicker Mann mit fettigen Haaren und einer Zigarette im Mund verließ nur mit einer Jogginghose und einem Unterhemd bekleidet das Haus. Vor Liliana blieb er stehen und starrte sie an. Er grinste von einem Ohr zum Anderen. Unbeeindruckt von seinen Blicken ging sie weiter und verhinderte, dass die Tür ins Schloss fiel.

»Hey, Sexy ... Wenn du mit deinem Freier fertig bist, kannst du ja noch bei mir vorbeischauen. Erster Stock. Wohnung 102. Du wirst es nicht bereuen«, sabbelte der Fette. Er leckte sich über die Lippen und griff sich in den Schritt.

»Kommen Sie?«, rief sie Merlin zu.

Dieser lief schnell zur Tür und folgte ihr durch das Treppenhaus in den zweiten Stock.

Sie zwinkerte ihm zu und klopfte an die Tür links neben der Treppe.

Eine Stimme erklang: »Wer zur Hölle ist da?«

Mit einer eindeutigen Kopfbewegung machte sie Merlin klar, dass er antworten sollte.

Er riss sich zusammen und stammelte: »Hier ist Ihr neuer Nachbar. Ich hab hier eine Kleinigkeit für Sie.«

»Moment«, antwortete die Stimme in der Wohnung.

Tatsächlich sperrte er mehrere Schlösser auf. Liliana stellte sich neben die Tür. Merlin sah sie nur unsicher an. Seine Unruhe schien sie zu belustigen, zumindest deutete er das Funkeln ihrer Augen so. Als die Tür sich öffnete, kam ein kleiner, dicklicher Kerl mit Halbglatze zum Vorschein.

Er schaute Merlin teilnahmslos an. »Was wollen Sie?«

Ehe Merlin in die Verlegenheit kam, antworten zu müssen, hatte der Mann bereits Lilianas Faust auf der Nase und taumelte in seine Wohnung. Sie ging ihm nach. Merlin folgte ihr und schloss hektisch die Tür hinter ihnen. Der Mann stolperte über seine eigenen Füße und stürzte zu Boden.

»Warum so nervös, Werner?«

Er kroch auf dem Rücken liegend rückwärts und stotterte: »Lil ... Lilly ... Liliana. Wie reizend dich zu sehen. Mit dir habe ich wirklich nicht gerechnet. Ich hab gar nicht aufgeräumt.« Er griff sich an seine schmerzende Nase und stellte mit zufriedenem Gesichtsausdruck fest, dass sie nicht blutete. »Der Schlag war nicht nötig, Schatz. Du bist hier immer herzlich willkommen.«

»Oh, da bin ich mir sicher, mein Lieber.«

Er stand langsam auf und wandte sich leicht nach rechts zu seiner Kommode.

»Wie geht's dir, Süße? Du siehst gut aus. Wir haben uns ja lange nicht gesehen.«

Sie ließ ihn nicht eine Sekunde aus den Augen. »Nicht lange genug für meinen Geschmack.«

»Oh, dann nehme ich an, dass das hier kein Höflichkeitsbesuch ist.«

»Du bist so ein Blitzmerker, Werner.«

Er wollte gerade hinter sich greifen und die Schublade öffnen, als Liliana in Bruchteilen einer Sekunde eine Pistole aus ihrer Tasche zog und auf ihn anlegte.

»Denk nicht einmal dran. Hinsetzen«, fauchte sie ihn an.

»Schon gut. Dreh jetzt bitte nicht durch. Wir werden uns

bestimmt einig.« Langsam schlich er zu seinem Sessel.

Auf dem Couchtisch lagen Hüllen von Pornofilmen und eine halbe Pizza vegetierte in der Schachtel vor sich hin. Auf einem kleinen Beistelltisch stand eine Schale mit verdorrendem Obst. Merlin stand wie erstarrt in der Mitte des Raumes.

»Und wer ist dein kleiner Freund?«, fragte Werner, nachdem er sich schwer in den Sessel fallen ließ.

Merlin setzte sich neben Liliana auf die Couch.

Liliana legte die Waffe neben sich. »Du erinnerst dich doch bestimmt an die hübsche Blonde, die ihr Anfang dieses Jahres ertränkt habt.«

Werner sah sie verstört an. »Wir haben viele ... Ach warte ... Ja, du meinst die Kleine von Falkenberg. War ein ganz schönes Aufsehen. Was ist mit ihr?«

Liliana griff ruckartig nach Merlins rechtem Unterarm, als dieser versuchte, aufzustehen. Ihr fester Druck verdeutlichte ihm, dass er sitzen bleiben sollte.

»Was habt ihr mit ihr gemacht?«, schrie er Werner an.

»Wer ist er?«

Liliana rollte sichtlich genervt mit den Augen. »Warum antwortest du nicht einfach auf seine Frage.«

»Na ja, der Chef hat mich angerufen und gesagt, dass wir wieder einmal unsere Taschendieb-Nummer durchziehen.«

Liliana merkte scheinbar, dass Merlin ihm nicht folgen konnte. »Unser Werner hier klaut hübschen Mädchen die Handtaschen und lässt sich dann von einem Komplizen fassen. Der bringt heldenhaft das gestohlene Gut zurück und verwickelt das Opfer in ein Gespräch. Dann lädt er sie zu einem Kaffee oder Sonstigem ein und so weiter.«

Werner nickte. »Ja, nur diesmal war es der Chef persönlich. Er bestand darauf.«

Liliana schaute ihn ungläubig an. »Der Hunter *himself*?«

»Ja, so war es. Ich habe mich auch gewundert. Die beiden haben sich dann wohl öfter getroffen. Es hat auf jeden Fall noch einige Zeit gedauert, bis sie dann bei uns war.«

Merlins Wut wuchs ins Unermessliche, als er Werner zuhörte, der keinerlei Reue zeigte. »Du hast sie in die Falle gelockt? Du elendes Dreckschwein hast ihr das angetan?«

Er hob entschuldigend die Hände: »Hey ... Moment mal. Ich habe gar nichts gemacht. Ich schaff die Weiber nur bei. Ich muss doch auch sehen, wo ich bleibe.«

»Hör auf zu jammern, Werner«, unterbrach Liliana ihn.

Merlin ließ nicht locker: »Wer hat sie getötet? Wer?«

Werner griff nach seinen Zigaretten. »Stört es dich, wenn ich eine rauche?«, fragte er und schaute unsicher zu Liliana.

»Es würde mich nicht einmal stören, wenn du lichterloh brennen würdest.«

»Charmant wie immer. Das mag ich so an dir. Danke.« Er zündete sich eine Kippe an und warf die Schachtel auf den Tisch.«

»Also?«, fragte sie erneut.

Werner zog an der Zigarette. »Also was?«

Liliana griff an ihrem Hosenbein hinunter und zog ein Springmesser hervor. Mit einem scharfen Klicken sprang die zehn Zentimeter lange Klinge nach oben. Sie stand auf und ging auf Werner zu. Als sie im Begriff war, das Messer zu senken, schloss er die Augen. Nachdem er sie wieder öffnete, erkannte er wohl, dass der Stich nicht ihm, sondern dem Apfel neben ihm in der Schale gegolten hatte. Sie nahm das Stück Obst hoch und zog die Klinge heraus. Schweigend ging sie zur Couch zurück, setzte sich hin, und begann die

Schale vom Apfel zu lösen. Werner schluckte. Der Schweiß lief ihm die Stirn hinunter.

»Schon gut. Alles klar. Reg' dich nicht auf. Ich hab's nicht so gemeint«, sagte er besänftigend.

Diese kleine Geste hatte gereicht, um Werner zum Sprechen zu bringen. Merlin war verwundert. Seine Angst vor der zierlichen Blondine, die ihm gegenübersaß, schien maßlos zu sein.

»Die Kleine war ziemlich widerspenstig. Lavalle hatte alle Mühe mit ihr. Sie traute ihm einfach nicht über den Weg. Irgendwann hat sie dann versucht, sich umzubringen.«

Merlin atmete tief ein und rieb sich die Augen. Liliana sah zu ihm rüber und legte ihre Hand wieder auf seinen Unterarm. Als er ihre Berührung spürte, sah er zu ihr hinüber und nickte ihr zu.

»Erzähl weiter, Werner«, forderte sie ihn auf.

»Der Doc hat sie wieder zusammengeflickt, aber irgendwie war sie danach nicht mehr dieselbe. Sie lag nur noch teilnahmslos auf der Matratze herum und wollte nichts mehr essen oder trinken. Soweit ich weiß, hat der Chef seine Mitleidsnummer ausgepackt und ihr versprochen, dass sie wieder nach Hause darf und den ganzen Mist. Er zeigte ihr Fotos und redete mit ihr über ihre Familie und bla bla bla. Na ja, irgendwann ist sie ihm dann wohl doch auf den Leim gegangen. Nach dem üblichen Prozedere hat er sie dann in einem Putzeimer ertränkt. Er wollte es unbedingt selbst tun. Das Schneckchen hatte es ihm irgendwie angetan. War ja auch ein scharfer Feger.«

»Pass auf, was du sagst. Du redest hier von meiner toten Schwester, du Mistkerl«, fuhr Merlin ihn an.

Die Kippe klebte an Werners spröden Lippen. »Oh, Herr

von Falkenberg. Welche Ehre. So hoher Besuch in meiner bescheidenen Behausung. Mein Beileid zu Ihrem tragischen Verlust.«

»Werner«, unterbrach Liliana ihn. »Werner, halt einfach dein Maul.«

Er schwieg augenblicklich. Sie ließ Merlin langsam los und stand auf. »Hattest du etwas mit ihr?«

»Na ja, du weißt ja, wie das ist, Süße ... Ich habe sie immerhin ... sozusagen ... vermittelt und da war halt auch ein kleiner Treuebonus für mich drin.«

Merlin hatte alle Mühe, sich zu beherrschen. Er hätte das verdammte Dreckschwein nur zu gerne in Stücke gerissen. Keine Strafe der Welt schien ihm angemessen für die Leiden, die seiner Schwester zugefügt wurden.

Mit einem leichten Kopfnicken in Richtung der Pistole sagte Liliana: »Wenn er irgendwelchen Quatsch versucht, schießen Sie ihm den Schädel weg.« Sie warf den geschälten Apfel knapp an Werners Kopf vorbei.

»Mit Vergnügen«.

Werner streckte die Arme von sich. »Verdammt, Lilly. Was wollt ihr denn jetzt von mir? Ich musste das tun. Ich ...«

»Ich bin nicht wegen Melina hier«, unterbrach sie ihn.

Sie verschwand ohne weitere Worte im angrenzenden Zimmer.

»Was wollen Sie?«, fragte Werner erneut.

Merlin starrte ihn nur stur an. Die Stille trieb Werner neue Schweißtropfen auf die Stirn. Nach zwei quälend langen Minuten war Liliana zurück und machte sich an Werners Schnapsregal zu schaffen.

»Was kann ich dann für dich tun, Liebes?«, versuchte er, sie sofort wieder in ein Gespräch zu verwickeln.

»Ich habe ein Ticket nach Amerika in meiner Tasche, Werner. Und eine Stange Geld. Ich will, dass du von hier verschwindest.«

Er schaute sie verdutzt an: »Oh ... ja, kein Problem. Wenn das alles ist.«

»Natürlich nicht«, erwiderte sie schroff und wandte sich ihm wieder zu.

»Das hatte ich befürchtet.«

»Bin ich etwa die Wohlfahrt? Ich möchte von dir einfach nur eine kleine Information.«

»Du weißt doch, dass ich dir nichts sagen kann. Er wird mir den Kopf abreißen.«

Sie nahm die drei Gläser, die sie mit Whisky gefüllt hatte, und ging zurück zur Couch. Ein Glas reichte sie Werner und das andere gab sie Merlin. Werner beäugte dessen Inhalt mit Skepsis.

»Das weiß ich doch, Schatz. Cheers«, sagte Liliana erschreckend freundlich. Sie hob ihr Glas und trank.

Merlin tat es ihr gleich. Er hätte sich keine bessere Gelegenheit zum Trinken vorstellen können. Auch Werner setzte das Glas an und trank es mit einem Schluck leer.

»Also? Was willst du?« Er wischte sich mit dem Ärmel den Mund ab.

»Ich will wissen, wann und wo die nächste Vernissage stattfindet.«

Werner lachte laut auf. »Guter Witz. Als wenn ich ausgerechnet dir das erzählen würde.«

Sie griff in ihre Tasche und nahm mehrere gebündelte Geldscheine heraus, die sie vor Werner auf den Tisch knallte.

Er griff gierig danach und seine Augen begannen zu funkeln. »Mehr willst du nicht? Nur einen Termin? Du weißt, dass Lavalle sich auf solchen Veranstaltungen nicht blicken lässt«, sagte er, während er die Scheine zählte.

Sie ignorierte Merlins fragenden Blick. »Ja, das ist mir bewusst. Aber es geht auch nicht um Lavalle.«

»Nicht? Ach so, sag das doch gleich. Also, ich sage dir, wann und wo und du verschwindest wieder?«

Sie nickte. »Wenn ich sicher bin, dass du hier ganz schnell verschwindest.«

Werner grinste sichtlich zufrieden. »Klingt fair.« Er zog seinen Geldbeutel aus seiner hinteren Hosentasche und kramte einen kleinen Zettel hervor. Nach kurzer Überprüfung hielt er ihr das Stück Papier hin.

Sie griff danach, betrachtete ihn kurz und steckte ihn ein. Villa Sternwald. Wie einfallsreich.«

Werner blickte zu ihr auf. »Warst du schon mal da?«

»Ja, aber unter anderen Umständen.«

Er rieb sich plötzlich die Augen und begann vermehrt zu schwitzen. Langsam knöpfte er sich sein Hemd auf. Seine Atmung wurde schwerer.

»Was zum Teufel?«, fauchte er. Er griff sich an die Brust. »Du ... *Du verdammtes Miststück*. Was hast du mit mir gemacht?«

Er versuchte, aufzustehen. Es gelang ihm nicht. Taumelnd stürzte er auf den Couchtisch und rollte über seine linke Seite auf den Fußboden. Die Pizzareste riss er mit sich hinunter. Merlin sah dem skurrilen Treiben geschockt zu. Liliana dagegen saß ganz entspannt auf der Couch und trank ihren Whisky.

Werner schnappte nach Luft und streckte seine Hand nach ihr aus. »Das wirst du bereuen, du Nutte. Er wartet schon auf dich. Er findet dich und dann ...« Seine Stimme versagte.

»Immer diese leeren Versprechungen«, sagte Liliana kühl und stand auf. Sie deute Merlin mit einer Handbewegung an, es ihr gleichzutun. »Gehen wir. Sie müssen sich das hier nicht anschauen.«

»Und wenn ich das möchte?«, entgegnete er.

Seine Reaktion schien sie zu verwirren. Wortlos nahm sie die Pistole und steckte sie wieder in ihre Tasche.

Während sie das Geld einsammelte, sagte sie: »Tun Sie sich das nicht an. Reicht es Ihnen nicht, dass Sie wissen, dass der Bastard verreckt?«

Werner wand sich vor Krämpfen schreiend auf dem Boden und keuchte, als würde er gerade ertrinken.

»Was haben Sie ihm gegeben?« Merlins Herz raste, aber er konnte einfach nicht wegsehen. Melina und ihr Leid beherrschten seine Gedanken.

»Alles, was sein Medizinschrank im Bad hergab«, erklärte sie. »Schlafmittel, Kokain und ein paar Herztabletten. Gut, vielleicht waren es auch mehr als ein paar. *Mea culpa.*« Sie hob entschuldigend die Hände und steckte ihr Messer zurück in die Halterung, die sie um ihr Bein gebunden hatte.

Werner gab nur noch gurgelnde Geräusche von sich. Ohne Hektik nahm sie die drei Whiskygläser und wischte sie sorgfältig ab. Zwei stellte sie wieder in das Regal und das Dritte gab sie Werner in die rechte, ausgestreckte Hand. Sein Greifreflex funktionierte noch und so klammerte er sich an das Glas, als würde es etwas nützen. Merlin sah sich schweigend den Todeskampf an.

Liliana stand einige Meter hinter ihm und wechselte ungeduldig von einem Bein auf das Andere. »Kommen Sie. Es wird Zeit.«

Es vergingen weitere Sekunden, bevor er seinen Blick von dem würgenden, verschwitzten Mann abwenden konnte. Langsam folgte er Liliana, die bereits an der Eingangstür stand und diese mit der Hand in ihrem Ärmel öffnete. Sie ließ Merlin vorbei und zog die Tür hinter sich zu.

Er lehnte sich erst einmal mit dem Rücken gegen die Wand und atmete tief ein.

Sie sah ihn sichtlich beunruhigt an. »Ein wunderbarer Selbstmord. Nicht wahr? Hager wird eh alle weiteren Ermittlungen zu verhindern wissen. Alles in Ordnung mit Ihnen?«

»Und Sie wollten mir weismachen, dass Rache nicht guttut? Es tat verdammt gut, diesem erbärmlichen Schwein beim Sterben zuzusehen. Sie scheinen eine gewisse Routine bei solchen Aktionen zu haben. Beneidenswert. Ich hätte das nicht ohne Weiteres fertiggebracht.«

Sie schien überrascht zu sein. »Ich entdecke ja ganz neue Seiten an Ihnen. Vielleicht werden wir doch noch *Freunde*.« Sie grinste ihn frech an und ging Richtung Treppenhaus.

Eine Etage tiefer öffnete sie die Tür zum ersten Stock und betrat den Flur.

»Was wollen Sie hier noch?«, fragte Merlin verdutzt.

Sie orientierte sich und klopfte dann an die Wohnungstür mit der Nummer 102. Nach einem kurzen Augenblick öffnete der fette Kerl im Unterhemd die Tür und grinste. Sie lächelte ihn freudig an und ging einen Schritt auf ihn zu. Seine Vorfreude wurde jedoch rasch zerstört, als ein gezielter Tritt in seine Weichteile ihn zu Boden sinken ließ. Zufrieden lächelnd wandte sie sich ab und stolzierte zum Treppenhaus zurück.

»Du Schlampe! Du Miststück! Ich mach dich fertig!«, ertönte die aufgebrachte Stimme des fettleibigen Kerls hinter ihnen.

»Sind Sie jetzt zufrieden?«, fragte Merlin.

Sie überlegte kurz. »Ja, ziemlich und Sie?«

Er schüttelte lächelnd den Kopf. »Na ja, wir haben eine Information und was fangen wir jetzt mit dieser an?«

»Haben Sie Blut geleckt? Sie sind ja gar nicht mehr zu bremsen.« Sie klopfte ihm auf die Schulter. »Ihr Freund Felix, er arbeitet doch als Journalist, oder?«

»Ja, woher wissen ...?

»Sie sagen doch selbst immer, dass ich Sie stalke. Ich nehme das sehr ernst.«

Natürlich. Warum fragte er überhaupt noch? »Ja, ist er.«

»Wundervoll.«

# Kapitel 15

*Liliana*

Liliana sah sich in der Eingangshalle um und zupfte an einer Haarsträhne ihrer schwarzen Perücke. Vor einigen Jahren war sie bereits hier gewesen. Jedoch war dieser Anlass ein normales Geschäftsessen gewesen. Seit wann die Villa für die kranken Auktionen benutzt wurde, wusste sie nicht.

Die beiden Männer ließen die kleine Gruppe nicht aus den Augen. Ganz im Gegenteil. Sie schlichen wie hungrige Hyänen ständig um sie herum.

»Willkommen, meine Damen«, ertönte eine Stimme.

Ein Mann im schicken Anzug schritt die großzügige geschwungene Treppe hinunter. »Das ist dann alles«, sagte er zu den Wachleuten.

Nörgelnd gingen diese zurück auf ihre Posten.

»Welch wunderschöner Anblick, die Damen. Wie komme ich zu dieser besonderen Ehre?«

Liliana reichte ihm die Hand zum Gruß. »Fiona, freut mich.«

»Bernd Jelling. Freut mich auch. Was führt Sie zu uns?«

»Oh, Sie wissen nicht Bescheid? Werner sagte, dass ihr ein Showprogramm gebrauchen könntet. Es wären heute einige nette Herren hier, die unterhalten werden sollen. Deshalb sind wir jetzt da.«

»Werners Freunde sind mir immer herzlich willkommen. Vor allem, wenn sie so bezaubernd sind. Ja, wir haben hohen Besuch, der sich sicherlich über eine kleine Showeinlage freuen würde, bis der geschäftliche Teil beginnt.«

»Lars!«, rief er.

Ein junges Bürschchen kam schnell näher.

»Nimm den Damen doch die Jacken ab«, wies Bernd ihn an.

Nervös half der tollpatschige Kerl den hübschen Frauen aus den Mänteln. Er zitterte richtig. Liliana schätzte ihn auf Anfang Zwanzig. Zügig verschwand er mit den Kleidungsstücken.

»Bitte sehr.« Er reichte Liliana seinen linken Arm und sie hing sich ein. Die anderen Vier folgten ihnen. Bernd öffnete eine große Flügeltür. Sieben Herren saßen verteilt auf Couch und Sesseln. Sie unterbrachen ihre Gespräche, als die kleine Gruppe den Raum betrat.

»Darf ich vorstellen ... Fiona und ihre Freundinnen«, sagte Bernd sichtlich voller Stolz.

Die Damen stellten sich in verführerischer Pose auf und winkten den Männern zu.

Liliana begutachtete die Situation und wandte sich wieder an Bernd: »Ich würde mich noch sehr gerne mit Ihnen über geschäftliche Dinge unterhalten. Hätten Sie eine Minute für mich?«

»Für Sie doch gerne.«

Im Flur angekommen überzeugte sie sich, dass keine Wachen in ihrer unmittelbaren Nähe waren.

»Was kann ich für Sie tun, meine Schöne? Was hat Werner denn ausgehandelt?«

»Werner ist tot«, sagte sie emotionslos.

Bernds Gesichtsausdruck verfinsterte sich und seine Augen starrten sie voller Fragen an.

»Ich wüsste gern, wo sich die Mädchen für die Vernissage befinden.«

»Wer sind Sie?« Er legte die Stirn in Falten.

»Jetzt enttäuschst du mich aber, Bernd. Der ganze Brandy scheint deinen grauen Zellen nicht sonderlich gut zu bekommen.«

Sie fuhr sich durch die Haare und zog ruckartig die Perücke ab. Als sie den Kopf schüttelte, fiel die blonde Haarpracht in leichten Locken ihren Rücken hinunter.

»Mein Gott«, entfuhr es Bernd.

Sie lächelte. »Liliana reicht.«

Ehe er etwas erwidern konnte, hatte sie ihn gegen die Wand gedrückt und hielt ihm die Klinge ihres Messers an den Hals.

»Was auch immer du vorhast, du Nutte ... «, er betrachtete das Messer, »es wird nicht funktionieren.«

»Genau aus diesem Grund hab ich gar nichts vor. Ich geh gerne aufs Eis, um zu sehen, wie lange es mich trägt.«

»Du bist doch vollkommen verrückt.«

»Ich bin genau das, was ihr aus mir gemacht habt. Also?« Sie drückte die Klinge fester gegen seinen Hals.

»Fahr zur Hölle, Miststück.«

»Falsche Antwort.«

Unvermittelt schlug sie seinen Kopf gegen die harte Steinwand. Benommen taumelte er zu Boden. Sie kniete sich mit einem Bein auf seinen rechten Arm und mit dem anderen auf seine Hand. Die Klinge steckte sie zwischen seinen Ring- und Mittelfinger. Ehe der benebelte Mann bemerkte, was sie vorhatte, legte sie sich mit ihrem ganzen Körpergewicht auf den Griff und drückte die Klinge ins Fleisch des Ringfingers. Das laute Knacken wurde von seinem Schrei begleitet, als das Messer unter ihrer Last seinen Knochen durchtrennte.

»Auge um Auge. Finger um Finger« stellte sie zufrieden

fest.

Sie ließ ihn los und schaute sich um. Aber niemand hatte seinen Schrei gehört. Zu einfach. Bernd kauerte am Boden und hielt sich jammernd seine Hand.

Sie kniete sich wieder zu ihm. »Das ist jetzt ganz einfach, mein winselnder Freund. Ich schneide dir jetzt eine Gliedmaße nach der anderen ab. Alle Finger, die Hände und die Füße. Dann deinen kleinen Liebling und so weiter.«

Er sah sie mit aufgerissenen Augen an.

Sie zog ein Taschentuch aus ihrem Ausschnitt und wischte damit in aller Ruhe die blutverschmierte Klinge ihres Messers ab. »Oder wir beide holen jetzt die Mädchen, und zwar ganz ohne Aufsehen.«

»Damit kommst du nicht durch, du dreckiges Miststück. Er wird dir bei lebendigem Leibe die Haut abziehen. Du solltest ihn nicht so wütend machen. Sei doch vernünftig. Lilly, verdammt, komm wieder zu dir.«

»Vernünftig«, wiederholte sie das Wort, als hätte sie es noch nie gehört. Sie griff ihn an seinem Hemdkragen und zog ihn zu sich. »Lavalle interessiert mich gerade nicht. Nur du.«

Langsam rappelte er sich auf, nahm ein Taschentuch aus seinem Jackett und band es sich um seinen Fingerstummel. Den Rest seines Fingers steckte er in seine Hosentasche. »Das wirst du noch bitterlich bereuen.«

Unbeeindruckt grinste sie ihn an und griff unter ihren Rock. Eine Pistole kam zum Vorschein, als sie den Stoff hochzog.

»Denk also nicht mal daran.« Sie deutete mit dem Kopf in Richtung der massiven Kellertür.

Widerwillig ging Bernd voraus und schloss die Tür auf.

Eine lange Treppe bahnte sich ihren Weg nach unten in einen alten, steinernen Weinkeller. Nach wenigen Metern kamen ihnen zwei Wachposten entgegen. Liliana drückte die Waffe unauffällig in Bernds Rücken. Dieser ging schweigend weiter, nickte den Aufsehern zu und grüßte sie kurz.

»Der alte Glückspilz. Warum bekommen wir nie solche Weiber ab?«, hörte sie die Wachposten miteinander tuscheln.

Ein weiterer Mann stand vor einer massiven Holztür. Er ging zur Seite, als er Bernd erkannte und schloss sogleich auf. Sein flüchtiger Blick auf das Tuch um Bernds Hand wurde schnell abgelenkt und landete auf Lilianas Dekolleté. Sie lächelte ihn verführerisch an und schob sich an ihm vorbei. Langsam zog er die Tür hinter ihnen wieder zu.

Fünf knapp bekleidete Mädchen saßen mit Handschellen gefesselt auf einem langen Holzbrett, das normalerweise zur Weinflaschenlagerung verwendet wurde. Ihre Blicke waren leer. Keine sprach auch nur ein Wort. Sie nahmen weder Bernd noch Liliana wirklich wahr. Kreidebleiche Haut, blutunterlaufene Augen.

»Wärst du so freundlich«, forderte sie Bernd auf.

Knurrend ging er zu den Mädchen hinüber und löste ihnen die Handschellen. Sie zeigten keine Reaktion. Liliana verwunderte das nicht. Er hatte sie gebrochen. Ihr Selbstwertgefühl und ihr Überlebenstrieb waren ausgelöscht. Kurze Zeit fragte sie sich, ob ihnen der Tod nicht gelegen kommen würde, aber sie entschloss sich, dass sie es herausfinden sollten, ob sie ihre zweite Chance nutzen wollten oder nicht. Bernd stand mit den Handschellen einige Meter von ihr entfernt und sah sie fragend an.

»Los! Aufstehen!«, fuhr sie die fünf Mädchen hart an.

Vier folgten ihrer Anweisung, doch eines verharrte bewegungslos auf dem Balken.

»Da machst du dir die Mühe und die wollen gar nicht. So etwas«, zischte Bernd zynisch.

Ohne ihn anzusehen, sagte sie: »Nur so weiter und bald wird dir mehr fehlen als nur ein Finger.«

Sie ging auf das blonde Mädchen zu und kniete sich vor sie. Sanft hob sie ihr Kinn an und sah ihr in die Augen. Keine Reaktion. Liliana atmete kurz tief ein und verpasste ihrem Gegenüber eine heftige Ohrfeige. Jetzt griff sich die hagere Gestalt vor Schmerz an die Wange. Liliana stand auf und zerrte sie ruckartig vom Balken. Sie stolperte und fiel hin. Zwei der anderen Mädchen halfen ihr auf.

»Wie heißt du?« Liliana wandte sich an die große Dunkelhaarige, die sofort zur Hilfe geeilt war.

»Michaela.«

»Gut, Michaela. Du entscheidest jetzt, ob du leben oder sterben willst.« Liliana entsicherte die Waffe und gab sie ihr in die zitternde Hand. »Wenn er dir blöd kommt, den Abzug betätigen.« Sie deutete auf Bernd, der sich an ein altes Weinfass gelehnt hatte. »Ich bin gleich wieder da und dann verschwinden wir von hier«.

Michaela nickte und umklammerte die Pistole mit beiden Händen.

Liliana zog ihr Messer unter ihrem Rock hervor und öffnete bestimmt die Tür. Die Wache ging einen Schritt zur Seite.

»So allein heut Abend?«, fragte sie den Wachposten.

»Ja, leider.«

Als die Tür hinter ihr ins Schloss fiel, strich sie ihm verführerisch über den Arm.

»Wieso eigentlich? Bekommst du keines der Mädchen

ab?«

Er griff nach ihrem Hals und ließ seine Hand an diesem hinunterwandern bis zu ihrem Ausschnitt.

»Natürlich lutschen die Biester mir regelmäßig den Schwanz, aber man merkt halt, dass die Schlampen keinen Bock haben. Und nebenbei bemerkt sind die auch nicht so scharf wie du.« Er griff ihr fest in den Nacken und zog sie zu sich. »Na? Willst du die Ehre der Schwanzlutscherinnen wieder herstellen?«

»Weißt du«, antwortete sie ruhig, »genau das hatte ich vor.«

Mit aufgerissenem Mund sank er wortlos an Liliana hinunter, die das Messer schwungvoll aus seinem Körper zog. Wie sehr sie solche Kerle verabscheute. Seine blutverschmierten Hände glitten über ihre Oberschenkel, bevor er leblos zusammenbrach. Sie steckte die Waffe wieder in die Halterung, öffnete die Tür und zerrte den toten Körper in die Kammer.

»Herrgott!«, erklang Bernds Stimme.

»Wie war das, Bernd? Du sollst den Namen des Herrn nicht missbrauchen?«, scherzte Liliana. »Soweit ich mich erinnere, warst du doch immer ein gottesfürchtiger Mensch. Jeden Sonntag in der Kirche. Wie wäre es mit ein wenig Nächstenliebe? Mach dich nützlich und hilf mir.«

»Das würde dir so passen.«

Sie ließ ihr Opfer los, nahm Michaela die Waffe wieder ab und zielte auf Bernd. »Wie sehr hängst du an deinen Eiern, die Gott dir geschenkt hat?«

Wortlos kam er zu ihr herüber. »Was soll ich tun?«

Rechts neben dem Leichnam befand sich eine runde Holzplatte auf dem Boden, die über Hydraulikfedern nach oben gefahren werden konnte. Die Plattform wurde einst für spektakuläre Weinpräsentation genutzt.

Bernd betrachtete die Vorrichtung und wandte sich wieder an Liliana. »Vergiss es. Ich werde ihn sicherlich nicht drapieren.«

»Gut, dann eben du selbst.«

»Warte!«, schrie er. »Ich mach ja schon. Verdammtes Dreckstück.« Mühsam zog er den toten Wachmann auf die Vorrichtung und schüttelte dabei ständig seine Hand. »Zufrieden?«, fragte er, als er die Aufgabe erledigt hatte.

Liliana schaute hastig auf ihre Uhr. »Fast. Wir sollten uns etwas beeilen. Die Show fängt gleich an.«

»*Bernd! Bernd!*«, ertönte eine Stimme aus dem Flur.

»Showtime.«

»Hilf ...«, war der letzte Laut, den Bernd hervorbrachte, bevor Lilianas Schlag ihn im Nacken traf und er benommen zu Boden sank.

# Kapitel 16

Liliana hob mahnend ihren Zeigefinger an die Lippen. Die Mädchen nickten und verhielten sich vollkommen ruhig. Zwei Wachleute betraten den Raum und schauten sich sichtlich verwirrt um. Die Tür fiel zurück ins Schloss. Der laute Knall ließ die beiden Typen herumfahren.

Liliana lächelte sie an und verschränkte die Arme vor der Brust. »Guten Abend, die Herren. Ihre Waffen, bitte.«

Beide nahmen ihre Handfeuerwaffen aus der seitlichen Halterung an ihren Gürteln.

»Danke. Sehr freundlich.«

Michaela nahm die Waffen entgegen und reichte die Pistolen weiter an die anderen beiden Mädchen.

»Die Handschellen auch. Würden die Herrschaften sich bitte mit dem Rücken aneinanderstellen?«

Die Männer taten wie ihnen geheißen.

Liliana nahm Michaela die Handschellen ab und reichte der jungen Frau ihre Waffe. Liliana freute sich über ihren Tatendrang. Lavalle hatte wohl doch nicht jeden Funken Leben aus ihnen gesaugt. Sie waren immer noch bereit zu kämpfen.

»Das klappt nicht, Blondie«, sagte einer der Kerle.

Sie würdigte ihn keines Blickes, sondern ergriff die Mitte der Fesseln und zog die Männer auf die Plattform.

»Was zum ...«, entfuhr es einem der beiden.

Sie trat ihrem Gefangenen das Bein weg, und als er stürzte, zog er den anderen mit. Sie landeten auf dem Leichnam ihres Komplizen. Mit den zwei weiteren Handschellen band sie die Männer an den Toten. Nach einem langen Atemzug kratzte sie sich am Hals und überlegte kurz, ob sie das hier wirklich durchziehen sollte. Auf einer kleinen Werkbank in der Ecke fand sie Klebeband und sorgte dafür, dass die Wachmänner schwiegen.

Ein schrilles Piepen durchdrang den Weinkeller. Liliana schaute wieder auf ihre Uhr. »Entschuldigt mich. Haltet kurz die Stellung und passt auf unseren lieben Bernd auf.«

Sie schloss die Tür hinter sich und versteckte sich hinter zwei Weinfässern. Wie erwartet führten zwei Wachmänner unter Waffengewalt die Tänzerinnen aus dem *Caprice des Dieux* in den Keller. Angelique hatte Liliana per Funksender über ihr Kommen informiert. Als sie nur wenige Meter von ihr entfernt waren, streckte Liliana neckisch ihr Bein hinter dem Fass hervor. Ihr hoher Absatzschuh wippte nach typischer *Caprice des Dieux* - Manier.

Die Männer hielten verwirrt inne. Liliana trat keck hinter dem Fass hervor und grinste die beiden Wachmänner verführerisch an. Sie zwinkerte kaum merklich und in Sekundenschnelle zückten die Tänzerinnen ihr Reizgasspray und sprühten es den abgelenkten Kerlen in die Augen, bevor sie zusammen auf sie losgingen.

In wenigen Augenblicken hatten sie die Waffen in ihrer Gewalt und die Männer lagen mit schmerzverzerrten Gesichtern auf dem Boden und hielten sich ihre Weichteile. Liliana schlug mit ihrem rechten Ellenbogen das Sicherheitsglas zu einer Notaxt ein, die neben dem Treppenaufgang hing. Nach einem kurzen besorgten Blick auf ihre Mädels stellte sie fest, dass es allen gut ging. Sie wusste, in welche Gefahr sie ihre Freundinnen gebracht hatte, und ihre Sicherheit hatte höchste Priorität. Die Zeit der Gnade war eindeutig vorbei.

Sie nahm die Axt aus der Halterung und sah die beiden

Männer am Boden an.

»Tun Sie das nicht. Wir mussten das hier tun. Wir wurden dazu gezwungen«, winselte einer der Männer.

»Ja, ist klar, Freunde. Was würdet ihr tun für euer erbärmliches Leben?«

»Alles, was Sie wollen.«

Der andere Typ kroch verzweifelt auf sie zu und ergriff ihr Bein. »Ja, verdammt. Was immer Sie wollen. Ich will nur lebendig hier raus. Bitte, ich will nicht sterben. Bitte … Bitte …«

Ruckartig befreite sie sich aus seinem Griff. »Steht gefälligst auf! Winselndes Dreckspack. Ihr bringt jetzt meine Mädels hier raus, und zwar über den Boteneingang in der Küche. Ganz unauffällig. Die Damen sind bewaffnet, und wenn ihr irgendeine Dummheit versucht, werde ich euch schneller die Axt ins Rückgrat jagen, als ihr euch umdrehen könnt. Habt ihr mich verstanden?«

»Ja, ja. Wenn das alles ist. Dürfen wir dann gehen?«

Sie nickte. »Vermutlich. Soweit plane ich nie voraus.«

Plötzlich fiel ein Schuss. Der Schall jagte durch das Kellergewölbe.

»Jetzt müssen wir uns beeilen. Beten wir, dass die da oben das nicht gehört haben.« Sie eilte zurück zu den gefangenen Mädchen.

Als Liliana die Tür öffnete, kam ihr Michaela weinend entgegen. »Sie wollte nur kurz die Waffe halten. Nur mal halten, hat sie gesagt. Oh Gott, oh Gott … Ich …«

Liliana sah zu der kleinen Blonden. Sie lag auf dem Boden. Ihr Gesicht war nicht mehr zu erkennen. Es war völlig zerfetzt.

»Sie hat einfach abgedrückt, nachdem sie sich die Pistole

vors Gesicht gehalten hat«, stammelte Michaela.

»Gut. Es ist Zeit, zu gehen.«

»Wir können sie doch nicht hierlassen«, protestierte ein anderes Mädchen.

»Die werden sie finden. Ihr müsst jetzt hier raus. Nehmt die Waffen mit und geht. Draußen steht eine Gruppe von Frauen, die euch hier rausbringen wird. *Los jetzt!*«

Ohne weitere Widerworte setzte sich die kleine Gruppe in Bewegung.

Michaela blieb vor Liliana stehen und umarmte sie fest. »Danke«, hauchte sie. »Danke.«

»Was … verflucht ...«, stotterte Bernd, der langsam zu sich kam. Er versuchte, sich aufzurichten.

Michaela folgte den anderen zügig in den Flur. Bernd schaffte es, sich hinzuknien, und sah zu seinen Kollegen hinüber, die auf der Plattform drapiert waren. Wütend starrte er Sekunden später Liliana an. Sein Blick änderte sich jedoch sofort, als er die Axt in ihrer Hand entdeckte.

»Was hast du mit dem Ding vor?«

»Erinnerst du dich, was ich zu dir gesagt habe, als du mir mit der Rohrzange die Fingerknochen gebrochen hast?«

»Nein, keine Ahnung. Woher soll ich das noch wissen? Du hast mir doch schon einen Finger abgeschnitten. Was willst du denn noch?«

»Eigentlich hätte ich dir was anderes abschneiden sollen.«

Ihr Blick erstarrte.

Bernd versuchte, rückwärts zu kriechen. »Es tut mir leid. Es tut mir leid, Lilly! Lilly, bitte!«

»Du wirst weder mich noch eine andere Frau jemals wieder anrühren. Es ist an der Zeit, deine Rechnung zu bezahlen, Bernd.«

Ein letzter Schrei durchfuhr das Kellergewölbe, als die Axt seinen Schädel spaltete. Einer der Wachmänner auf der Bühne musste sich übergeben und begann wie wild mit den Beinen zu strampeln, während er an seinem eigenen Erbrochenem zu ersticken drohte. Eher gelangweilt riss sie dem Wachmann das Klebeband vom Mund und wartete, bis sich der Mann über dem Leichnam seines Kollegen entleerte.

Sie zögerte kurz, schüttelte nach zwei Atemzügen jedoch den Kopf und rammte ihm die Axt in den Brustkorb. Seinem Kumpel erging es nicht besser. Wieder piepte ihre Uhr. Liliana wischte sich das Blut aus dem Gesicht und ging ruhig mit der Axt in der Hand zu dem Schaltpult in der rechten Ecke des Raumes. Sie betätigte den Schalter für die Plattform. Diese setzte sich langsam drehend in Bewegung und fuhr nach oben.

Ein Stockwerk höher hatten sich sicherlich die Gäste der heutigen Vernissage im Präsentationsraum eingefunden und warteten darauf, dass die Mädchen einzeln vorgeführt werden sollten.

Liliana hatte die Axt lässig über die Schulter geschwungen und lauschte dem Kratzen von Stuhlbeinen und verwirrten Stimmen ein Stockwerk über sich. *Zeit, zu gehen.* Sie betätigte den Feueralarmknopf, als sie im Flur ankam und löste somit die Sprinkleranlage aus. Nur einige Sekunden später sah sie die nassen, meckernden Männer aus dem Saal eilen. Sie schnappten ihre Jacken an der Garderobe und ließen sich nicht durch die verzweifelten Mitarbeiter aufhalten. Der Erste stürmte zur Tür und riss sie auf. Er rannte die Treppe hinunter und blieb schlagartig stehen. Sein Mund und seine Augen waren weit aufgerissen, als er feststellte, dass der gesamte Vorplatz von Reportern und Kameras nur so wimmelte. Die anderen potenziellen Kunden waren ihm gefolgt und wussten nicht, wie sie sich verhalten sollten. Schon begann das Blitzlichtgewitter.

Liliana nahm freudig zur Kenntnis, dass Merlin und sein Freund Felix Wort gehalten und die Reporter vor den Toren der Villa versammelt hatten. Perfekt.

Auf ihrem Weg durch die Küche fand sie die beiden Wachposten festgekettet am Ofen vor. Zeugen konnte sie wahrlich nicht gebrauchen, also ließ sie sie mit ihrer Axt quer in der Brust zurück.

Draußen erkannte Liliana Felix, der die erschöpften Mädchen in Empfang nahm. Alles war gut. Der Krieg war jetzt in vollem Gange, aber Lavalle würde sich diese Frechheit nicht bieten lassen. Das wusste sie besser als irgendjemand sonst.

# Kapitel 17

*Merlin*

Merlin saß im Wohnzimmer seiner Eltern und schaute fassungslos die Abendnachrichten. Die Sondermeldungen über die schrecklichen Entdeckungen in der Villa Sternwald hörten nicht auf. Auch über Melina wurde berichtet, die vermutlich ebenfalls ein Opfer dieses Machwerks geworden war. Helena standen die Tränen in den Augen. Merlin legte tröstend seinen Arm um ihre Schultern.

»Woher hat Felix das gewusst?«, fragte Helena.

»Tja, er ist halt ein guter Reporter«, war Merlins knappe Antwort.

»Der Kerl ist töricht. Er hätte mal etwas Anständiges lernen sollen, so wie du«, sagte Johann.

»Diese Männer rühren keine Mädchen mehr an, Papa. Das ist sein Verdienst.«

»Oh, vielen Dank«, erklang die Stimme von Felix.

»Hallo Felix. Schön, dass du da bist«, begrüßte Merlin seinen Freund.

»Hat eingeschlagen wie eine Bombe. Hallo Helena, Herr von Falkenberg.«

Johann nickte dem Freund seines Sohnes stumm zu. Merlin stand auf und deutete Felix an, mitzukommen. Sie gingen schweigend in die Bibliothek. Die hohen Bücherregale gaben ein imposantes Bild ab.

Felix ließ sich in einen großen bequemen Sessel fallen. »Was gibt es denn?«

Merlin zog den USB-Stick aus seiner Hosentasche.

»Was ist da drauf?«

»Namen, Bilder, Videos. Beweise für das, was du da gestern aufgedeckt hast. Aber du darfst erst alles nach und nach veröffentlichen. Ich habe dir die Dateien bereits kenntlich gemacht. Das ist sehr wichtig.«

Felix sah ihn fassungslos an. »Wie kommst du da ran?«

»Das muss dich nicht interessieren. Sei vorsichtig, wenn du dir das anschaust, bekommst du die Bilder nicht mehr aus dem Kopf. Sie sind nicht für die Öffentlichkeit. Sie sind aber da, wenn euch einer der Typen verklagen will. Gib sie nicht der Polizei. Du kannst die Informationen für dich nutzen, und falls du einem Polizisten wirklich vertrauen solltest, mach vorher eine Sicherheitskopie.«

»Verstehe. Muss ich mir Sorgen um dich machen?«

Merlin ließ sich schwer in den zweiten Ohrensessel fallen. »Ich habe den Krieg nicht begonnen, aber ich werde ihn beenden. Danke, dass du von den Frauen kein Wort erwähnt hast.«

»Habe ich dir doch versprochen. Ich hoffe, du stellst sie mir mal vor.«

»Das mache ich.«

Felix kratzte sich am Kinn und beugte sich vor. »Was ist da drin eigentlich passiert? Es war ein fürchterliches Gemetzel.«

Das war eine gute Frage, auf die Merlin keine Antwort hatte. Er wusste nicht, was Liliana vorgehabt hatte, als sie um die Journalisten bat. »Ich weiß es nicht. Ich kannte den Plan nicht, sollte es überhaupt einen gegeben haben.«

Helena betrat unerwartet den Raum.

Felix stand auf, lächelte und klopfte seinem Freund auf die Schulter. »Wir reden in den nächsten Tagen weiter. Danke für alles. Ich lass mich noch ein bisschen feiern.«

»Ich danke dir, Felix. Ich danke dir.«

»Einen schönen Abend, Helena.«

»Dir auch, Felix. Grüß die Familie.«

Er verließ den Raum. Merlin schenkte sich ein Glas Whisky ein und setzte sich auf die breite Fensterbank.

Seine Mutter kam langsam näher. »Kann ich mit dir reden?«

»Natürlich, Mama. Ich bin immer für dich da.«

»Sag mir bitte, dass du mit der Sache gestern nichts zu tun hast.«

»Ich habe mit der Sache gestern nichts zu tun.«

»Woher wusste Felix davon? Merlin, ich bin nicht blöd. Ich weiß, dass du seit Wochen deinem Vater nacheiferst und versuchst, Melinas Mörder zu finden. Sieh ihn dir an. Ich könnte es nicht ertragen, dich auch noch zu verlieren. Du wirst diesen Mann nicht finden.«

»Ich habe ihn schon gefunden«, antwortete er knapp und nahm einen Schluck Whisky. »Ich weiß, wer Melina das angetan hat.«

Helena wurde kreidebleich. »Wo hast du diese Informationen her? Woher weißt du, dass sie stimmen?«

»Das hast du doch gesehen, dass sie stimmen, oder?«

»Mein Gott, Merlin. Was hast du mit dieser schrecklichen Sache zu tun? Die Männer wurden ermordet.«

»Nachdem sie gefoltert, vergewaltigt und selbst gemordet haben.«

»Du hast doch nicht ...« Sie hielt sich die Hand vor den Mund. Tränen liefen ihr die Wangen hinunter.

»Nein, Mama. Habe ich nicht.«

»Merlin, sprich mit mir! Bei allem, was dir heilig ist,

sprich mit mir!«

»Es ist alles in Ordnung.«

»*Nichts ist in Ordnung! Gar nichts!*« Helena war außer sich und vollkommen hysterisch.

»Mama«, er nahm sie in den Arm, »ich weiß es von einer Freundin. Sie leitet die Informationen nur an mich weiter und ich an Felix.«

»Hat die mysteriöse Dame auch einen Namen?«

Merlin gab seiner völlig aufgelösten Mutter nach: »Liliana.«

»Liliana ... und weiter?« Helena wischte sich die Tränen aus den Augen.

»Riordan«, sagte Johann, der scheinbar unbemerkt die Unterhaltung verfolgt hatte. »Liliana Sophia Riordan.«

Merlin schaute seinen Vater vollkommen verwirrt an. »Woher ...?«

»Was hast *du* mit diesem Miststück zu schaffen? Dieser australischen Ratte?«, fuhr er ihn an.

Australien? Das erklärte ihren englischen Akzent. Er hatte sie nie gefragt, woher sie kam. Diese Frau, seine Hoffnung hatte ihn also tatsächlich angelogen. Ihr Wissen über seine Familie hatte sie nicht nur aus den Zeitungen. Merlin war durch die heftige Reaktion seines Vaters verunsichert.

»Riordan?«, fragte Helena und legte die Stirn in Falten. »Hieß nicht dein bester Freund so?«

»Ja, Helena. Liliana ist Declans elende Tochter, verdammt.«

»Johann! Musst du so fluchen? Was ist denn los mit dir? Ich wusste ja gar nicht, dass er Kinder hatte. Er hat nie etwas erzählt.«

»Könntet ihr mich netterweise aufklären?«, fragte Merlin

genervt.

»Da gibt es nichts zu erklären. Du hältst dich von dieser Schlampe fern.«

»Oh, solche Ausdrücke aus deinem Mund, Papa? Nicht doch. Wo bleibt deine Contenance?«

»Treib es nicht zu weit, Merlin. Du weißt nicht, mit wem du es zu tun hast.«

»Du dagegen schon. Klär' mich auf.«

Sein Vater schluckte und versuchte wohl, seine Fassung wieder zu finden. »Ich war mit Declan, Lilianas Vater, gut befreundet. Wir haben erst eine Zeitlang zusammengearbeitet und daraus hat sich eine enge Freundschaft entwickelt.«

»Und wann hat sie geendet?«

»Declan und Ann, Lillys Mutter, sind tot. Verbrannt!« Johann rang nach Luft. Er kam auf seinen Sohn zu und sah ihn eindringlich an. »Hör mir jetzt genau zu. Ich kenne Liliana, ich kenne diese Engelsaugen, aber lass dich nicht täuschen von dieser Hexe. Versprich mir, dass du dich von ihr fernhältst. Sie ist pures Gift.«

»Das kann ich nicht. Ich brauche sie.«

»Merlin, das ist kein Spiel.« Johanns Stimme wurde immer lauter. »Sie will unsere Familie zerstören. Sie hasst mich und tut alles, um einen Keil zwischen uns zu treiben. Was hat sie dir erzählt?«

»Nichts von dir.«

»Warum brauchst du sie? Warum? Erklär' es mir.«

Er rieb sich die müden Augen. »Weil sie die Einzige ist, die genau die Informationen hat, die ich brauche.«

»Was brauchst du denn für Informationen, bitte schön?«

»Ich habe Melina noch nicht aufgegeben und mich mit ihrem Schicksal abgefunden. Ich werde ihren Mörder finden und zur Rechenschaft ziehen.«

»*Melina ist tot!*«, schrie er ihn an. »Was wollte die falsche Schlange haben für die nutzlosen Informationen? Was hat sie dir abgeluchst?«

»Nichts. Sie wollte rein gar nichts von mir.«

Johanns Gesichtsausdruck wurde langsam panisch. »Sag mir bitte, dass du nichts mit dieser Frau hast. Sag mir bitte, dass du nicht mit ihr schläfst.«

»Johann!«, entfuhr es Helena.

»Es geht dich rein gar nichts an, was ich tue, aber nein. Ich bin verlobt und du müsstest mich gut genug kennen, um zu wissen, dass ich Anna Maria nicht betrüge.«

Er beruhigte sich etwas und nickte sichtlich zufrieden. »Ich kenne Lilly gut genug, um zu wissen, wie schnell man einer Frau wie ihr verfällt. Und das ist wahrlich keine Schande, bei diesem Anblick den Verstand zu verlieren. Sie war kaum zehn Jahre alt und hat den Männern als kleine Lolita schon den Kopf verdreht, das Miststück.«

»Was hat sie dir angetan, dass du so von ihr sprichst?« Merlin stand völlig neben sich. Er wusste gerade nicht mehr, was er eigentlich glauben und fühlen sollte.

»Sie hat dir nichts über sich erzählt, oder?«, fragte Johann und verschränkte die Arme vor der Brust.

»Wenig.«

Er winkte ab. »Die Riordans sind wie Ratten. Immer, wenn man geglaubt hat, dass man alle ausgeräuchert hätte, kam irgendwo wieder eine zum Vorschein. In diesem Fall ausgerechnet Satans rechte Hand.«

»Bekomme ich jetzt endlich eine Antwort, Papa?«

»Das Letzte, das ich von Liliana gehört habe, war, dass sie vor über zehn Jahren aus der geschlossenen Kinder- und

Jugendpsychiatrie geflohen ist. Sie hat ihren behandelnden Psychiater sowie einige Pfleger schwer verletzt. Danach ist sie einfach verschwunden.«

»Warum war sie in der Psychiatrie?«, fragte Merlin entgeistert.

»Nach dem fragwürdigen Tod ihrer Eltern kam sie in eine Pflegefamilie. Ein Geschäftspartner von Declan und mir nahm sie bei sich auf. Er hatte auch eine Tochter in ihrem Alter. Sie war nicht einmal ein Jahr bei ihnen, als sie ihn mit zwanzig Messerstichen bestialisch abgeschlachtet hat. Zu dem Zeitpunkt war sie gerade zwölf Jahre alt. Die Anstaltsleitung hatte mir mitgeteilt, dass sie nicht therapierbar wäre und wohl den Rest ihres Lebens in einer Klinik verbringen müsste, weil sie eine Gefahr für sich und andere ist. Merlin, sie ist verrückt. Vollkommen wahnsinnig.«

Merlin hörte seinem Vater fassungslos zu.

Helena fand als Erste ihre Worte wieder: »Glaubst du, dass sie den Brand in ihrem Elternhaus gelegt hat?«

»Das weiß ich nicht. Aber ich kann es auch nicht ausschließen. Sie hat seltsamerweise dieses Inferno überlebt und es stand kein Stein mehr auf dem anderen. Ich hab es gesehen. Ich war da. Ich bin bis ans Ende der Welt geflogen, um eine Ruine vorzufinden. Die Riordans lebten sehr abgeschieden im Norden Australiens auf einem großen Hof. Die nächsten Nachbarn waren viele Kilometer entfernt. Declan hatte viele Feinde und wollte sich und seine Familie durch die Einsamkeit schützen. Er hatte wohl nicht damit gerechnet, dass der Tod unter seinem eigenen Dach lauerte.«

»Hast du sie jemals gefragt, warum sie ihren Pflegevater getötet hat?«, fragte Merlin seinen Vater direkt.

»Ich soll eine Irre fragen, warum sie in ihrem Wahnsinn

verrückte Dinge tut?«

»Ja, das wäre nur fair. Also nicht?«

»Man hat mir gesagt, dass sie sich an ihn rangemacht hatte, aber er nichts von ihr gewollt hatte. Daraufhin hat sie ihn vor lauter Wut erstochen. Ich weiß nicht, was sie vorhat, aber ich werde es beenden, bevor sie noch mehr anrichtet. Die Morde in der Villa Sternwald ... Ich hätte ihre Handschrift eigentlich erkennen müssen. Ich dachte wirklich, dass sie mittlerweile tot sei. Anscheinend war das Wunschdenken. Du hast doch die Nachrichten gesehen. Ein Massaker. Sag mir, wo sie ist und ich melde es der Psychiatrie. Die können ihr helfen.«

»Nein. Das werde ich nicht. Die jungen Frauen wurden gerettet. Alle in diesem verfluchten Haus hatten den Tod verdient.«

»Wer bist du, dass du jetzt über Leben und Tod entscheidest?«

Merlin war sich sicher, dass er seinen Vater noch nie so aufgebracht erlebt hatte. Würde er nicht im Rollstuhl sitzen, hätte er ihn sicherlich schon am Kragen gepackt und geschüttelt.

»Ich habe nicht damit angefangen, Papa.«

»Sei doch vernünftig. Liliana kennt keinerlei Gefühle. Sie wird erst deine Beziehung zu Anna Maria zerstören, deine Beziehung zu uns und dann dich. Du kennst sie nicht. Hör auf mich.«

»Dann werde ich sie kennenlernen.« Nein, er war nicht bereit, diese Quelle versiegen zu lassen. »Sie wird mir schon Rede und Antwort stehen.«

»Sie wird dich im nächsten Wald vergraben. Reden war noch nie eine Stärke der Riordans. Sie lebten frei nach dem

Motto: *Action speaks louder than words.*«

»Taten sagen mehr als Worte? Na damit hatten sie doch vollkommen Recht. Die Familie wird mir immer sympathischer.«

»Mein Gott, Junge! Was ist nur los mit dir?«

»Warum hast du nie von deinem Freund erzählt?«

»Declan war kein Umgang für euch.« Johann winkte ab.

»Mama scheint ihn zu kennen.«

»Ja, aber nur flüchtig.«

»Waren sie nicht reich genug?«

»Du bist verdammt frech für jemanden, der keine Ahnung hat. Und nein – Geld hatten sie wahrlich genug, aber ihr Leben war geprägt von verrückten Ideen und ständigen Abenteuern. Ich hatte manchmal das Gefühl, dass sie ihre Sterblichkeit nicht wahrhaben wollten. Bis ...«. Er verstummte und schüttelte betroffen den Kopf. »Mein Gott.«

Merlin ging Richtung Tür.

»Was hast du vor?«

»Ich gehe nach Hause. Ich muss nachdenken.«

»Merlin! Eines prophezeie ich dir hier und jetzt: Wenn du dich noch weiter mit diesem Dreckstück triffst, enterbe ich dich.«

Merlin blieb stehen und wandte sich seinem Vater zu. Helena weinte mittlerweile fürchterlich.

»Du willst mich vor dieser Frau beschützen, damit du mich nicht verlierst, und schmeißt mich aus der Familie, wenn ich nicht tue, was du willst? Das macht keinen Sinn, Papa.«

Er wollte gerade gehen, als Johann weitersprach: »Sie lügt, wenn sie den Mund aufmacht. Vertrau mir.«

»Sie hat nicht gelogen, was den Mörder von Melina angeht.«

»Bitte was? Woher soll sie wissen, wer meine Tochter getötet hat?«

»Spielt das eine Rolle? Sie weiß es.«

»Und wer soll das gewesen sein? Einer ihrer imaginären Freunde?« Johann hatte sich so fest mit den Händen an die Lehne seines Rollstuhls geklammert, dass seine Knöchel weiß hervortraten.

»Nein, er ist zufälligerweise real und hat einen Namen: Philippe Lavalle.«

Johann wich die letzte Farbe aus dem Gesicht. »Lavalle?« Er ballte die Hände zu Fäusten. »Das ist nicht möglich.«

»Du kennst ihn?«, fragte Merlin erstaunt.

»Ja, sicher. Philippe hat für unsere Firma gearbeitet. Er war zwar noch sehr jung, aber überaus schlau und talentiert. Ich hatte große Hoffnungen in ihn gesetzt. Leider hat er Firmengeheimnisse verraten und uns sabotiert. Das Ende einer vielversprechenden Karriere. Declan hatte den ganzen Skandal damals aufgedeckt und ich habe Philippe fristlos gekündigt und von einer Anzeige abgesehen. Danach habe ich ihn nie wieder gesehen.«

»Lilianas Vater hat ihn überführt?«

»Ja, wieso?« Johann überlegte kurz. »Wahrscheinlich steckt sie mit diesem miesen Hund von Lavalle unter einer Decke. Erst Melina und jetzt will sie mir dich wegnehmen. Dieses dreckige Biest. Natürlich. Sie haben das alles geplant, um sich zu rächen.«

Merlin hatte erst einmal genug von den haltlosen Spekulationen seines Vaters und ging, ohne auf die Zurufe seiner Eltern zu reagieren, aus dem Zimmer. Jetzt brauchte er Antworten. Neue Antworten auf neue Fragen.

# Kapitel 18

Gedankenverloren saß Merlin auf der Eckcouch vor seinem Kamin und wartete. Mit Absicht hatte er die Balkontür offengelassen. Er wartete mit der tiefen Gewissheit, dass sie auftauchen würde. Seit zwei Stunden hockte er regungslos auf dem Sofa und trank ein Glas Wein nach dem anderen. Inzwischen war es 22:53 Uhr.

»Sie sind spät dran«, sagte er plötzlich, ohne seinen Blick von den Flammen im Kamin abzuwenden.

»Und Sie werden immer aufmerksamer. Was hat mich verraten?«

»Ihr Parfum.« Nervös trommelte er mit den Fingern auf seinen Oberschenkeln.

»Oh, ja. Das hätte mir auffallen müssen. Ich werde nachlässig. Kommt davon, wenn man nach der Arbeit unvorbereitet noch stalken geht.«

»Einer Ihrer 95 Prozent?«

»Nein. Ein vollkommener Idiot. Ich habe auch meinen Stolz. Den hätte man auf mich schweißen können und ich hätte mich losgerostet.«

Merlins Herz schlug so schnell, dass er kaum noch atmen konnte, aber er musste ruhig bleiben. »Ja, das verstehe ich. Ich steche solche Leute auch viel lieber ab. Ist besser und hält länger.« Er hatte sich immer noch nicht getraut, sich umzudrehen und sie anzusehen.

»Alles in Ordnung?«, fragte sie. »Habe ich Sie irgendwie verärgert?«

»Sagen Sie es mir, Miss Riordan.« Er stand auf und drehte sich endlich zu ihr.

Sie biss sich kurz auf die Unterlippe und schloss ihre Augen, während sie einen tiefen Atemzug nahm. »Sie haben also mit Ihrem Vater gesprochen.«

»Ja, in der Tat. Ich habe mit ihm gesprochen. Warum haben Sie mich angelogen?«

»Ich habe Sie nicht angelogen.« Sie schloss die Balkontür hinter sich.

»Sie haben behauptet, dass Sie meine Familie nicht kennen.«

»Ich glaube nicht, dass ich so etwas gesagt habe. Ich habe vielleicht einige Dinge nicht erzählt, aber Schweigen ist nicht Lügen. Was wollen Sie jetzt von mir hören?«

»Die Wahrheit und Sie müssen mich gar nicht so anschauen.«

Sichtlich amüsiert lächelte sie ihn an. »Entschuldigung, der Herr.«

Kess setzte sie sich auf das Sofa, schlug die Beine übereinander und wartete, bis Merlin sich auch wieder gesetzt hatte. Sie sah aus, als käme sie von einem Geschäftsmeeting. Zu ihrem schwarzen Hosenanzug trug sie eine weiße Bluse. Merlin fragte sich, wie sie in dem Outfit und vor allem mit diesen Absätzen auf seinen Balkon kam.

Ihre Stimme unterbrach seine Gedanken. »Die Wahrheit. Die Wahrheit ist variabel. Zwischen Schwarz und Weiß gibt es viele Grautöne.«

»Mein Vater hat ...«

»... Ihnen gesagt, dass Sie sich von mir fernhalten sollen, weil ich beabsichtige, ihn und seine bewundernswerte Familie in den Ruin zu treiben.«

»Ja, das trifft es ganz gut.«

Merlins Nervosität legte sich nicht. Er wusste viel zu

wenig. Sein Vater hätte ihm sicherlich noch einige Fragen beantworten können.

»Und dennoch lassen Sie die Tür offen und warten auf mich?«

»Ich kenne jetzt die Version meines Vaters, aber noch nicht die Ihre.«

»Wie diplomatisch.« Sie schlug die Beine in die andere Richtung übereinander.

»Liliana, wir haben eine schwere Aufgabe vor uns und unsagbares Leid hinter uns. Sie wissen mehr über mich, als ich bereit bin, zuzugeben und ich weiß rein gar nichts über Sie. Das ist nicht fair. Ich kämpfe mit Ihnen bis zum Ende. Auch gegen die Ansicht meiner Familie, aber ich kann Ihnen nicht vertrauen, wenn ich nicht einmal das Geringste von Ihnen weiß.«

»Sie wissen mehr von mir als jeder andere. Ist Ihnen das nicht bewusst?«

Erschöpft blickte er nach unten und rieb sich die Augen. Es war ihm bewusst. Er war der Erste, dem sie von ihrer Gefangenschaft erzählt hatte. Der Erste, der von Lavalles kranker Besessenheit zu ihr erfuhr und der Erste, der wusste, dass sie Angst hatte vor dem, was ihr bevorstand, sollte er sie wieder in seine Hände bekommen.

Als er wieder zu ihr aufschaute, sagte sie: »Merlin, es gibt in meinem Leben viele Dinge, auf die ich nicht stolz bin, aber ich bereue sie auch nicht. Ich würde es wieder tun. Ich hielt mein bisheriges Leben und die Verbindung zu Ihrem Vater nicht für wichtig für unsere Beziehung. Meine und auch seine Vergangenheit hätten immer zwischen uns gestanden. Wenn Sie etwas wissen wollen, hätten Sie einfach fragen können. Ich werde Ihnen ehrlicher antworten als Ihr

Vater.«

Nach kurzer Überlegung stellte er fest, dass er sich wirklich nie getraut hatte, sie etwas Persönliches zu fragen. Umso neugieriger lauschte er ihren Worten.

Liliana ergriff sein Weinglas und trank einen Schluck. »Ich bin im Norden Australiens auf einer Farm geboren. Wir hatten eine Pferdezucht und lebten allein auf einem riesigen Stück Land. Ich hatte ein deutsches Kindermädchen und bin daher zweisprachig aufgewachsen. Mein Vater und Johann waren nicht nur Geschäftspartner, sondern auch sehr gute Freunde. Ihr Vater war immer ein willkommener Gast bei uns. Er gehörte praktisch zur Familie und war wie ein Onkel für mich. Nach dem Tod meiner Eltern vor fünfzehn Jahren war ich kurzzeitig in einem Waisenhaus und kam dann ziemlich rasch zu Pflegeeltern nach Deutschland. Mein Vater hatte dafür gesorgt, dass ich hier ein Zuhause finden würde, wenn ihm und meiner Mutter etwas passieren sollte. Daher war es für ihn auch sehr wichtig, dass ich mich frühzeitig mit der Sprache vertraut machte. Mein Pflegevater war mit Johann seit längerem geschäftlich verbunden. Als ich zwölf war, kam ich in die Kinder- und Jugendpsychiatrie. Mit vierzehn bin ich ausgebrochen. Habe locker und heftig gelebt, ein düsteres Jahr in einem Kellerverlies verbracht und jetzt bin ich hier. Mal ehrlich, wären Sie so weit mit mir gegangen, wenn Sie gewusst hätten, dass ich eine Flüchtige aus der geschlossenen Psychiatrie bin?« Lächelnd legte sie ihren Kopf schief und wartete auf Merlins Reaktion.

»Das stimmt also?«, fragte er entsetzt, da er fest damit gerechnet hatte, dass sie den Aufenthalt in der Anstalt leugnen würde.

»Ja, sicher. Aber würden Sie das jedem auf die Nase

binden? Hallo. Wie geht's? Übrigens, ich bin in einer Nacht- und Nebelaktion aus dem Irrenhaus geflohen.«

Er musste ihr Recht geben. Das war kein gutes Anfangsthema, um Vertrauen aufzubauen. Und auch jetzt wusste er nicht, was er von dieser Information halten sollte.

»Sie haben also tatsächlich Ihren Pflegevater mit zwanzig Messerstichen ermordet, als Sie zwölf waren?«, fragte er fassungslos.

Entschuldigend hob sie die Hände und nickte. »Es waren einundzwanzig und es war kein Messer, sondern eine Schere«, berichtigte sie kühl.

»Sie geben das so einfach zu?«

»Ja. Er hatte es verdient. Sie wollten die Wahrheit hören. Das ist sie.«

Merlin legte den Kopf in seine rechte Hand und stützte seinen Arm auf dem Knie ab. »Und warum? Haben Ihnen irgendwelche Stimmen befohlen, das zu tun?«

Ihrem verdutzten Blick folgte ein Kopfschütteln. »Nein, für gewöhnlich bin ich selbst für mein Handeln verantwortlich. Dazu brauche ich keine Befehle von irgendwelchen Stimmen. Er war ein mieses Schwein. Ganz einfach. Er hatte den Tod verdient. Meine Motive waren ganz weltlicher Natur.«

Diesen ernsten Ton kannte er. Auch ihre Augen sprachen Bände. Sie klang immer so, wenn sie von Lavalle erzählte. Irgendetwas musste zwischen ihr und ihrem Pflegevater vorgefallen sein. Aber er hielt es nicht für angebracht, sie jetzt danach zu fragen.

»Ich bin nicht verrückt«, sprach sie weiter. »Ich wehre mich nur und das ist mein Recht in einer Welt, in der der Schwache keine Chance hat. Ich werde mich nicht ängstlich zu Füßen von irgendwelchen Machtneurotikern winden. Es gibt nur kämpfen oder resignieren und Aufgeben war nie eine Option. Mitleid schafft in den meisten Fällen neues Leid, wenn es falsch dosiert wird.«

Ihre Sprache war so ruhig. So klar. Er wusste, wie gewalttätig sie sein konnte. Er war sich sicher, dass die Morde in der Villa Sternwald auf ihr Konto gingen, aber er hatte nie erlebt, dass sie ihm gegenüber aggressiv wurde. Sollte die Gewalt in Wahrheit nur ein Verteidigungsmechanismus sein, weil sie nie etwas anderes gelernt hatte? Jetzt konnte er sie noch weniger einschätzen und die Zweifel nagten an ihm.

»Warum hassen Sie meinen Vater?«, fragte er plötzlich, als er bemerkte, dass er nichts mehr wollte, als an die Wahrheit ihrer Worte zu glauben.

»Hat er das gesagt? Interessant, dass er das denkt. Ich hasse ihn nämlich nicht. Wir waren nicht immer einer Meinung, aber ich kann mittlerweile verstehen, warum er getan hat, was er getan hat.«

»Sagen Sie mir, was passiert ist.«

Sie seufzte und trank sein Glas aus. »Bei allem Respekt. Das kann ich nicht. Das sind Themen, die Ihnen Ihr Vater persönlich erzählen sollte. Ich habe kein Recht dazu. Außerdem fürchte ich, dass Sie glauben werden, dass ich Sie gegen ihn aufhetzen möchte. Das ist nicht meine Absicht. Sie wollten eine ehrliche Antwort. Hier ist sie: Ich hasse Ihren Vater nicht. Ich will ihm, Ihnen und Ihrer Familie absolut nichts Böses. Das können Sie akzeptieren oder Sie lassen es.«

»Sie haben nicht einmal den Hauch einer Ahnung davon, wie gerne ich Ihnen vertrauen würde. Sie sind alles, was ich habe, um den Mörder meiner Schwester zu finden, und dann sagt mein Vater mir, dass Sie mich benutzen, um den Menschen, die ich liebe, zu schaden. Dass Sie mit Lavalle gemeinsame Sache machen und erst Melina getötet haben und jetzt versuchen, mich gegen meinen eigenen Vater aufzuhetzen. Was glauben Sie, welchem inneren Konflikt ich ausgesetzt bin?«

»Das hat er gesagt?« Jetzt sah sie verstört aus und schüttelte unentwegt den Kopf.

Sie ballte ihre Hände zu Fäusten, atmete einmal tief ein und sagte jetzt mit schärferem Ton: »Wenn ich Sie gegen Ihre Familie aufbringen wollte, hätte ich es lange getan. Es gäbe genügend Angriffsflächen. Wenn es mir darum ginge, Sie zu verführen und Ihre Verlobung zu sprengen, hätte ich es lange versucht. Sie sind ein wunderbarer Mensch, Merlin. Sie haben nur keine Vorstellung davon, wie grausam die Menschen sein können. Sie leben in Ihrer perfekten Fantasiewelt mit Champagner und Konzerten. Der Tod Ihrer Schwester und die Verletzungen Ihres Vaters haben Ihnen ein Tor in eine völlig neue, tiefschwarze Welt geöffnet. Aber Sie haben lediglich einen knappen Blick riskiert. Ich kann Ihnen nicht sagen, warum ich bin wie ich bin, aber ich kann es Ihnen zeigen. Ich zeige Ihnen ein Stück meiner Vergangenheit, wenn es Ihnen so wichtig ist. Danach können Sie selbst entscheiden, ob ich mit Lavalle gemeinsame Sache mache. Ist das fair?«

Sein Angriff hatte sie verletzt. Das konnte er deutlich in ihren Augen lesen. Ihr Angebot verwunderte ihn daher umso mehr.

»Dann kommen Sie mit. Wir machen einen kleinen Ausflug und ziehen Sie sich geländetaugliche Schuhe an.«

# Kapitel 19

Die Straßenbeleuchtung hatte schon vor einigen Kilometern aufgehört. Langsam grollend zog ein Gewitter näher. Der schmale Waldweg schien unendlich zu sein. Überhaupt hatte Merlin jegliches Gefühl für Zeit und Raum verloren. Vor einem Gitterzaun hielt Liliana an und stieg kommentarlos aus ihrem Auto. Merlin folgte ihr. Sie kramte noch in ihrem Kofferraum herum, während er sich bereits umsah.

»Das ist Privatbesitz«, stellte er verwundert fest.

»Ja, und?«

Er atmete tief durch. »Ich wollte es nur erwähnen.«

»Zur Kenntnis genommen.«

»Was machen Sie da?«

»Ich folge Ihrem Beispiel.«

Er drehte sich zu ihr um und betrachtete sie. Sie hatte die schwarze Hose blitzschnell gegen eine graue Jeans getauscht und zog flache Stiefel an.

»Oh, Sie haben Schuhe unter zehn Zentimeter Absatz?«, witzelte er.

»Falls wir in diesem Gelände flüchten müssten, wäre eine entsprechende Absatzhöhe grob fahrlässig.«

»Sie sind wohl immer auf alles vorbereitet«, stellte er beeindruckt fest.

»Bei meinem Lebensstil sollte ich annähernd auf alles vorbereitet sein.«

»Haben Sie da auch ein Abendkleid im Kofferraum, für alle Fälle?«

»Ja, und meine Lack- und Ledergarnitur. Man weiß nie, was kommt oder wer.«

Das musste er ihr lassen, diese Frau brachte ihn ständig zum Schmunzeln. Sie zog eine helle Strickjacke über ihre Bluse und schloss den Kofferraum. In Bruchteilen von Sekunden war sie über den Zaun geklettert. Nach zwei Anläufen hatte auch Merlin mit schmerzlichem Aufprall die andere Seite erreicht.

Liliana reichte ihm ihre Hand und zog ihn hoch. Er war froh, dass sie nur grinste, aber seinen Absturz nicht weiter kommentierte. Es war stockfinster. Irgendwo hatte sie eine Taschenlampe her, die ihnen den Weg beleuchtete. Merlin war schon wieder nervös. Das aufziehende Gewitter und der dunkle Wald waren nicht ganz unschuldig daran. Hatte sein Vater nicht gesagt, dass sie ihn vergraben würde?

Überall knackte es im Unterholz. Er wich nicht von Lilianas Seite, denn sie schien den Weg genau zu kennen und lief scheinbar mühelos durch den dichtbewachsenen Wald. Merlin hatte nach einiger Zeit ernsthafte Schwierigkeiten, mit ihr mitzuhalten. Obwohl er regelmäßig trainierte, musste sie in diesem unbarmherzigen Gelände ständig auf ihn warten.

In den letzten Jahren war er nur noch sehr selten draußen gewesen. Die Arbeit ließ keinen Raum für Waldspaziergänge und Anna Maria hasste die Natur mit ihren Mücken, Käfern und dem holprigen schmutzigen Boden, der sich einfach nicht ihren Designer-Pumps anpassen wollte. Auch wenn die Nachtwanderung mit Liliana eher einem Militärdauerlauf glich, freute er sich, dass wohl nicht alle Frauen so empfindlich zu sein schienen.

Der nächste Blitz war heller und der Donner folgte innerhalb eines kurzen Wimpernschlages. Merlin sah Melinas Gesicht vor seinem inneren Auge. Als er ihre Leiche fand, hatte es auch so schrecklich gedonnert. Seither stieg ein Gefühl der Beklommenheit in ihm auf, wenn ein Gewitter heranzog. Wie erstarrt blieb er stehen. Er versuchte, sich zu beruhigen und den leblosen Körper seiner Schwester aus seinen Gedanken zu verbannen.

»Wollen Sie da Wurzeln schlagen? Ich glaube, davon hat der Wald schon genug« holte Lilianas Stimme ihn zurück.

Das Gestrüpp wurde immer dichter und die ersten Regentropfen fielen vom Himmel. Sie blieb plötzlich stehen und Merlin stieß mit ihr zusammen. Er konnte sich gerade noch an ihr festhalten, um einen Sturz zu verhindern.

»So stürmisch, Herr von Falkenberg? Dafür haben wir doch später noch Zeit, wenn wir das hier überleben sollten. Die Nacht ist noch jung.«

»Sie flirten ja doch mit mir.«

»Ich sagte ja, dass Sie es merken würden.«

Sie lächelte ihn an und für einen kurzen Augenblick vergaß er die beängstigende Situation, in der er sich befand. Ein weiteres lautes Donnergrollen ließ ihn den Blick zum Himmel richten.

Liliana hingegen schien nicht das Gewitter zu beunruhigen. Sie blickte skeptisch einen kleinen Abhang hinunter, bevor sie ihn hinabrutschte. Merlin erkannte einen alten Bunker im Zwielicht eines weiteren Blitzes und begann ebenfalls den Abstieg in die Nische. Liliana bewegte sich jetzt langsamer und kontrollierter. Sie achtete kaum noch auf ihren Begleiter, sondern konzentrierte sich scheinbar auf jedes Geräusch in ihrer Umgebung. Als sie an einer vermoosten Treppe angekommen war, winkte sie Merlin zu sich.

»Was ist das hier?«, fragte er.

»Ein alter, verlassener Bunker aus dem Zweiten Weltkrieg. Zumindest spekuliere ich darauf, dass er verlassen ist. Ansonsten müssen wir uns ziemlich schnell etwas einfallen lassen. Helfen Sie mir mal.«

Sie schoben den schweren Eisenriegel nach oben, der die Tür verschloss. Er war von innen nicht blockiert, sodass die Tür sich einen Spalt öffnete. Liliana schlüpfte hindurch und leuchtete in den schmalen Flur. Merlin quetschte sich ebenfalls durch die Öffnung und versuchte, in der Dunkelheit etwas zu erkennen. Nach wenigen Sekunden hatte sie einen Schalter an der Wand gefunden. Tatsächlich ging das Licht an.

»Na so etwas. Da zahlt noch jemand die Stromrechnung«, stellte sie fest.

Sie folgten dem Gang bis zu seinem Ende. Links befand sich eine schäbige Küche mit einem Esstisch und vier Stühlen. Weitere Räume gingen von dort aus ab.

»Was wollen wir hier?«, fragte Merlin verwirrt.

Sie ging auf die modrige Kommode zu, die vor ihnen an der Wand stand. Mit ihrem ganzen Körpergewicht lehnte sie sich dagegen und schob das Möbelstück nach rechts. Eine Art Klappe kam in dem Mauerwerk zum Vorschein. Bevor Merlin irgendwelche Einwände hervorbringen konnte, war sie bereits verschwunden. Er bückte sich und kroch ebenfalls durch die Öffnung.

Eine schmale Treppe führte tiefer unter die Erde. Er konnte Liliana in der Dunkelheit nicht sehen. Nur der Schein der Taschenlampe verriet ihre Position. Als er unten ankam, hatte sie bereits den Schalter gefunden und das flackernde Licht gab einen breiten Steingang frei. Überall klebten dicke Spinnweben und die Luft roch muffig. Merlin schaute sich um. Zahlreiche Türen gingen links und rechts von dem Hauptgang ab. Einige einfache Holztüren, andere aus schwerem Eisen mit Verriegelungen.

»Sind das etwa Zellen?«, fragte er.

»Die meisten ja.«

Sie zögerte einen Augenblick, bevor sie die zweite Tür auf der linken Seite öffnete. »Willkommen im Sadisten-Paradies.«

Treffender hätte Merlin es nicht formulieren können. Als das Licht in der Kammer ihren Inhalt zum Vorschein brachte, lief ihm ein kalter Schauer über den Rücken. Die Wände hingen voll mit Foltergeräten aller Art. Peitschen, Eisenstangen, Sägen, Ketten und Stacheldrahtrollen. Er ging vorsichtig durch den Raum. In der Mitte stand eine Art Holztisch mit Lederbändern an beiden Enden, die wohl zum Fesseln dienten.

Der Tisch. Der Boden. Einfach überall klebte eingetrocknetes Blut. Haarbüschel und getrocknete Hautfetzen fanden sich in jeder Ecke. Eine massive Kreissäge war an einer Werkbank befestigt. Auch sie war mit Blut befleckt. Merlin wurde übel. Auf einer kleinen Anrichte lagen blutige Scheren, Zangen und Skalpelle. Auf der rechten Seite standen Holzhocker mit Lederbändern an der Seite. Merlin schaute sich perplex um. Lange Seile hingen von der Decke. Überall waren besudelte Werkzeuge verstreut. Bunsenbrenner und dicke Nadeln lagen in einer dreckigen Holzkiste auf einem alten Dessertwagen.

»Kleine Einführung in Folterkunde?«, fragte sie. »Die merkwürdigen Hocker erfüllen folgenden Zweck: Die Frauen werden zu einer knienden Position gezwungen, indem sie sich mit dem Bauch auf die Hocker legen müssen und festgeschnallt werden. Sie können sich dann nicht mehr bewegen. Er lässt sie stundenlang in dieser Position verharren und jeder seiner treuen Mitarbeiter, der gerade nichts Besseres zu tun hat, vergeht sich an den wehrlosen Bündeln. Sie können sich nicht wehren. Sie können nur warten und es ertragen.« Sie ging weiter durch den Raum und blieb vor seltsamen Gebilden stehen, die wie kleine Bügeleisen aussahen. »Das ist auch eine witzige Erfindung. Diese Heizplatten werden an den Innenseiten der Oberschenkel befestigt. Sobald man die Beine zu weit schließt, werden sie kochend heiß. Schlimmste Verbrennungen oder leichter Zugang für perverse Dreckschweine. Die Wahl fällt unter den bestialischen Verbrennungsschmerzen nicht sehr schwer und die Erniedrigung sitzt tief.«

Merlin rieb sich die Augen. Er wollte nichts mehr hören. Sein Magen rebellierte. Er wollte sich nicht mit diesen schrecklichen Dingen auseinandersetzen.

»Soll ich weitermachen?«

Sein Körper zitterte und das lag nicht nur an der Kälte hier unten. »Nein, danke. Den Rest kann ich mir vorstellen.«

»Das glaube ich nicht.«

Sie hatte wohl Recht. Seine Fantasie reichte nicht aus, um sich auszumalen, wozu diese Gegenstände benutzt worden waren und darüber war er heilfroh. »Können wir hier raus?«, fragte er verzweifelt.

»Ja, sicher. Ich kann Ihnen nur nicht versprechen, dass es besser wird.«

Zurück im Flur schnappte Merlin nach Luft, auch wenn die modrigen Gerüche in diesem Bunker kaum Raum zum Durchatmen ließen.

»Wieder am Start?« Liliana strich ihm sanft über den Arm.

»Hier hat er die Mädchen gefangen gehalten?«

»Unter anderem, ja. Der Ort ist perfekt. Selbst, wenn einem die Flucht gelingt, ist die nächste Zivilisation mindestens zwei Kilometer entfernt.«

Es war perfekt. Keine Schreie drangen durch diese Mauern und Spaziergänger würden sich durch den Zaun leicht abhalten lassen.

Sie ging zielstrebig in die Kammer nebenan. Das gesamte Zimmer war weiß gekachelt. Der Boden sowie die Wände. Es herrschte heilloses Durcheinander. In der Mitte stand ein Tisch, der ebenfalls mit diesen abscheulichen Kacheln versehen war. Sein Rand war leicht erhöht und eine schmale Rinne führte auf beiden Seiten zu einem Abfluss. Merlin kannte diese Art von Obduktionstisch von einem KZ-Besuch mit der Schule. Die Nazis hatten sie für Experimente mit den Gefangenen benutzt. Ihr Blut konnte direkt in den Abfluss fließen. Hier schien der Tisch wieder zu neuem Nutzen gefunden zu haben.

»Hier hat der Doc gearbeitet«, erklärte Liliana, während sie im Türrahmen stehen blieb.

Die staubigen Regale waren voll mit Medikamentenfläschchen und gebrauchten Spritzen. Blutige Handschuhe und Tücher füllten einen Plastikmülleimer. Merlin drehte sich nach rechts. Große Scherben lagen in einer Lache aus getrocknetem Blut. Sie gehörten zu einem Glasschrank, der einst intakt gewesen sein musste.

»Nett hier. Sieht aus wie in einem schlechten Horrorfilm«, bemerkte er.

Eine Tür weiter befand sich ein Eisengestell an der Wand und ein kleiner Generator stand in der Ecke. Es gab noch einen Wasseranschluss und mehrere Eimer. Sonst nichts.

Merlin versuchte, sich die Funktion dieses Raumes vorzustellen. Wasser. Generatoren.

»Strom«, hauchte er leise.

Sie nickte. »Unsagbare Schmerzen, aber in kontrollierter Dosis überschaubare Verletzungen. Man wird nicht entstellt und bleibt mehr wert. Je unversehrter ein Mädchen, umso mehr Geld brachte es natürlich.«

Ihre Ruhe ängstigte ihn fast. Wie kalt musste sie geworden sein, um so über diese Zellen zu sprechen? Er versuchte, seine Gedanken zu ordnen. Mit solch einem Anblick hatte er nicht gerechnet. Er hatte nie wirklich darüber nachgedacht, wie Lavalles Opfer ihre Zeit der Gefangenschaft verbrachten.

»Sie wollten mehr über mich wissen? Kommen Sie«, forderte sie ihn auf.

# Kapitel 20

Es war ein Wunder für Merlin, dass Liliana nach dieser Hölle überhaupt noch in der Lage war, in der Welt außerhalb dieser Mauern zu existieren. Sie öffnete die letzte Eisentür auf der rechten Seite und ließ Merlin vorbei. Der winzige Raum war feucht und kalt. Außer einer alten Matratze und einem merkwürdigen Eisenkreuz, das an der gegenüberliegenden Wand befestigt war, befand sich nichts in diesem Verlies. Über der Matratze waren Eisenringe in das Mauerwerk geschlagen.

»Willkommen in meiner bescheidenen Unterkunft.«

»Hier haben Sie über ein Jahr Ihres Lebens verbracht?«, fragte er ungläubig. Er drohte jetzt schon an der Enge und der feuchten Luft zu scheitern.

»Leben kann man das nicht nennen.« Sie stand immer noch in der Tür. Zögerlich betrat sie die Kammer und setzte sich auf die Matratze.

»Warum tun Sie sich das an, Liliana? Warum kommen Sie hierher zurück?«

»Ich bin hier, weil ich Ihnen nur hier meine Geschichte erzählen kann. Ich will, dass Sie mit Ihren eigenen Augen sehen, was mir widerfahren ist, damit Sie sich ein eigenes Urteil über mich und meine Taten bilden können. Ich will Ihnen den Grund zeigen, warum ich bin, wie ich bin. Vor allem will ich aber, dass Sie begreifen, was Ihnen bevorstehen kann, wenn wir scheitern. Ich will Sie darauf vorbereiten. Es ist leichter, schlimme Dinge zu ertragen, wenn man sich annähernd mit ihnen auseinandersetzen konnte. Ich sage Ihnen, wie ich überlebt habe und hoffe, dass Sie die

Informationen niemals selbst brauchen werden.«

Merlin setzte sich neben sie auf die dreckige Matratze und ließ seinen Blick durch den kleinen Raum mit dem dicken Mauerwerk wandern. Kein Fenster. Nur ein schmaler Belüftungsschacht, der nicht wirklich brauchbaren Sauerstoff transportierte. Die stickige Luft machte das Atmen schwer. Wieder galt seine Aufmerksamkeit ihren Händen, ihren Narben. Vorsichtig strich er ihr über den Arm, über ihr Handgelenk, bis zu den Fingern.

»Meine Narben erinnern mich jeden Tag daran, dass die Vergangenheit Realität war«, gab sie ihm zur Antwort, ohne seine Frage zuvor gehört zu haben.

Sie strich sich die Haare aus dem Gesicht, nickte kurz und begann zu erzählen: »Die erste Zeit hier war irgendwie zu ertragen. Zumindest, wenn man so einen verdammten Dickkopf hat. Außer einem weißen Kittel hatte ich nichts. Ich weiß bis heute nicht, wo meine Sachen von damals abgeblieben sind. Ich war ständig damit beschäftigt, auf jedes Geräusch zu achten. Jede Möglichkeit zur Flucht tausendmal zu durchdenken. Pläne zu schmieden.« Ein schwaches Lächeln zog sich über ihre Lippen. »Aber nach und nach hörte ich damit auf. Als mir bewusst wurde, dass mir niemand helfen würde, begann ich, meine Umgebung wahrhaftig wahrzunehmen. Ich hatte die Realität vollkommen ausgeblendet. Ich war also hier in diesem Raum. Anfangs auch in den anderen, die Sie ja gesehen haben. Lavalle hat aber schnell gemerkt, dass er mit seinen üblichen Foltermethoden nicht weiterkommt. Also blieb ich hier in meinem Verlies. Tage, Wochen, Monate. Das Schlimmste war, dass ich zu keinem Zeitpunkt wusste, wie viel Zeit vergangen war. Ich hatte keine Uhr. Keinen Kalender. Ich wusste nicht, ob es Tag oder Nacht war. Das machte mich verrückt. Das einzige Indiz, das ich hatte, waren meine Menstruationsblutungen. Allerdings hielt auch dieser biologische Kalender nicht lange. Ich muss zwei bis dreimal schwanger gewesen sein. Zum Glück hat kein Fötus lange überlebt. Nicht auszudenken, wenn ein Kind in dieser Hölle geboren worden wäre.« Sichtlich nervös griff sie sich in die Haare und wickelte eine Strähne um ihren Zeigefinger. »Ich vegetierte in meinem eigenen Dreck vor mich hin. Schauen Sie sich um. Es gibt kein Wasser. Von irgendeiner Art von Sanitäranlagen ganz abgesehen. Die Zellen hatten Eimer, die hin und wieder ausgetauscht wurden, wenn *Besuch* kam. Die Ketten waren gerade lang genug, dass man sich bis zu dem Eimer vorarbeiten konnte. Es gab nirgends Wasser. Nirgendwo. Dieser schreckliche Durst und dieser Dreck. Lavalle benutzte es als Bestrafung. Für jede Gegenwehr, für jeden blöden Kommentar, und das waren von meiner Seite aus viele, gab es eine Wassersperre. Ich weiß nicht, wie oft ich dehydriert zusammengesackt bin. Die Wände sind leicht feucht, wissen Sie. Bei starkem Regen drang das Wasser schon mal bis hier runter. Das war ein Segen. Man konnte aus den Steinen Flüssigkeit saugen. Es blieb mir nur abzuwarten, bis ich sogar für die *feinen Herren* zu dreckig wurde. In regelmäßigen Abständen kamen sie mit Eimern voll kaltem Wasser, das sie mir einfach schwungvoll überschütteten. Später hatten sie sich modernisiert und benutzten einen Hochdruckreiniger.«

Merlin versuchte, sich die Situation vorzustellen. Er schüttelte unentwegt den Kopf, als er ihr zuhörte. Kein Tier würde man so behandeln.

»Die Temperatur in diesem Raum war stets niedrig. Ist

man vollkommen durchnässt, spürt man die Kälte viel intensiver. Dennoch war das Wasser ein Segen. Ich konnte es aus meinen Haaren und meiner Kleidung saugen. Es war nicht viel, aber es reichte, um dieses verdammte Durstgefühl loszuwerden, und ich konnte den Dreck abschaben. Mein Körper war überall wund von dem ganzen Schmutz, der sich tief in die Haut gefressen hatte. Meine Verletzungen wollten in diesem Drecksloch auch nicht abheilen. Ständig riss ich mir die Verkrustungen wieder auf. Der einzige Vorteil am Schmerz war der erhöhte Blutdruck. Das wärmte den Körper. Es war so kalt. So entsetzlich kalt.«

Sie fing allein durch ihre Erzählung wieder an zu zittern. Und selbst jetzt fror Merlin durch seine Jacke in dieser unterirdischen Kammer.

Nach Sekunden des Schweigens besann sie sich. »Es waren nicht die Schläge. Es waren nicht die Vergewaltigungen oder Demütigungen. Es waren die andauernden, kleinen Foltermethoden, die mich allmählich fertigmachten. Ständig war das Licht an. *Immer.* Diese verfluchte Lampe. Alle zweieinhalb Minuten flackert sie.«

Merlin achtete auf die verstaubte Deckenleuchte und schielte dabei auf seine Uhr. Es stimmte. Alle zweieinhalb Minuten flackerte die Lampe kurz auf und brannte dann weiter.

»Man verfällt schnell dem Wahnsinn, wenn man allein in einem Raum ohne jegliche Beschäftigung sitzt. Noels Besuche waren nicht gerade häufig und nahmen irgendwann vollständig ab. Es ist überlebenswichtig sich etwas zu suchen, das einen ablenkt. Ablenkt von der Kälte und dem grellen Licht, das einen nicht schlafen lässt. Ich habe Spiele erfunden. Zählspiele, Fremdsprachenspiele, mathematische

Aufgaben. Egal, mit irgendetwas musste ich meinen Geist beschäftigen. Der Lebenswille schwindet, wenn man keine Aufgabe hat. Irgendwann war das Licht dann – aus. Es ging auch nicht wieder an. Ich verfiel in tiefen Schlaf. Ich konnte nicht mehr. Meine Augen waren schon viel zu lange offen, aber die Dunkelheit war danach allgegenwärtig. Niemand kam mehr. Kein Geräusch. Nichts. Ich dachte wirklich, dass sie den Bunker verlassen hätten, aber es war nur eine erneute Schikane, um mich weiter mit meinen eigenen Ängsten zu tyrannisieren. Ich fing plötzlich an, Stimmen und Geräusche zu hören, die nicht existierten. Ich fühlte mich ständig beobachtet und hätte schwören können, dass ich hier nicht alleine in diesem Raum bin.«

Sie spielte weiter mit einer Haarsträhne. Merlin beobachtete sie die ganze Zeit und seine Unterstellungen taten ihm bereits leid.

»Neben Noel, mit dem keine wirkliche Unterhaltung aufgrund seines Geisteszustands möglich war, hatte ich nur Lavalle. Die anderen Kerle kamen nicht, um mit mir zu reden. Ihre Interessen waren einfacher gelagert. Lavalle hingegen hatte immer sehr viel Zeit und liebte es, mich durch Gespräche in die Ecke zu drängen. Er kam immer dann, wenn ich am schwächsten war und teilnahmslos auf der Matratze lag. Seine Masche war so einfach wie genial. Hoffnung und Verständnis. Er brachte Wasser mit, meistens irgendwas zu essen, hin und wieder auch warmen Tee und allein die Gesellschaft eines anderen Menschen tat gut in dieser Einsamkeit. Egal, ob es der Peiniger selbst war. Ich hasste diese Momente. Er kam mir viel näher, wenn er mich nicht anrührte. Gefährlich nah. Die Chance, dass ich irgendwann aufgrund eines Gespräches zusammenbrechen würde, war weitaus höher als durch körperliche Schmerzen. Wenn man Angst hat, will man nichts mehr, als über diese Ängste sprechen und verstanden werden.«

»Und das nutzt er aus, um zu bekommen, was er will und die endgültige Todesart zu bestimmen«, ergänzte Merlin ihren Satz.

»Richtig. *Vertrau mir. Ich bin für dich da. Erzähl mir deine Sorgen und Ängste.* Wenn die Kraft langsam den Körper verlässt, zieht sie auch den Willen mit sich in den Abgrund und man antwortet schnell auf Fragen, die man noch vor wenigen Tagen absolut ignoriert hätte.«

»Was haben Sie ihm erzählt?«

»Mir war klar, dass ich ihn provozieren musste. Er hasste es. Also tat ich es bei jeder Gelegenheit. Sobald er sich angegriffen fühlt, dreht er durch. Er schlägt dann wie ein Verrückter auf den Provokateur ein. Aber mit Gewalt konnte ich umgehen. Mit freundlichen Psychospielen nicht. Also musste ich ihn ständig dazu bringen, dass er wütend auf mich wurde. Ich habe ihm also gesagt, dass das Schlimmste, was ich mir vorstellen könnte, wäre, dass ich in hohem Alter im Kreise meiner geliebten Familie friedlich einschlafen würde. Das wäre wohl viel zu unspektakulär für meinen bisherigen Lebensstil und so einen langweiligen Tod könnte ich nicht akzeptieren. Nach meinem Leben müsste ich mit einem viel größeren Knall abtreten. Dass ich seinen Plan durchschaut hatte, gefiel ihm leider gar nicht.«

»Sie haben ihn vorgeführt. Wie raffiniert. Wenn er Sie filmreif tötet, würde er Ihnen genau das geben, was Sie wollen und er hätte verloren.«

Sie nickte. »Ja. Er fand das nicht gerade lustig und das war es dann wieder mit meinem Wasser. Von den Schlägen und dem Kreuz ganz abgesehen.«

»Sie meinen das komische Ding an der Wand?« Merlin betrachtete es genauer.

»Diese Eisenvorrichtung wird dafür benutzt, die Opfer in verdrehten Körperhaltungen an der Wand zu fixieren. Arme und Beine werden taub. Wenn man dann Stunden so da hängt und plötzlich wieder abgelassen wird, sind die Schmerzen unvorstellbar.«

Merlin konnte es sich vorstellen. Er erinnerte sich an die Leiden, wenn er mit den Armen über dem Kopf einschlief und sie nach einiger Zeit wieder bewegen wollte.

»Irgendwie schaffte ich es, dass ich ständig an diesem Ding hing. Im Nachhinein betrachtet hätte ich vielleicht hin und wieder meine vorlaute Klappe halten sollen.«

Sie verfiel in ihren schwarzen Humor, um für sich selbst etwas Abstand von ihrer eigenen Geschichte zu bekommen. Das war Merlin mittlerweile klar. Diese Taktik schien erstaunlich gut zu funktionieren.

»Was ist mit Ihrer Hand passiert?«, fragte Merlin.

»Den rechten kleinen Finger hat mir einer der Drecksäcke mit einer Zange gebrochen. Er ist zwar nicht steif geworden, aber dennoch konnte die Bewegungsfähigkeit nicht mehr zu hundert Prozent hergestellt werden. Die anderen malträtierten Finger, die ich Lavalle zu verdanken habe, haben sich überraschend gut erholt.« Sie betrachtete ihre Mittelhand eindringlich, bevor sie weiter sprach: »Als ich immer mehr und mehr abmagerte, habe ich es irgendwann geschafft, mich aus den Fesseln zu winden. Ich hatte viel Zeit und so konnte ich Millimeter für Millimeter meine Hand hindurchzwängen. Als ich frei war, habe ich mich hinter der Tür versteckt und den Nächsten, der rein kam, durch einen Stoß mit derselben bewusstlos geschlagen. Allerdings kam ich nicht weit, da ich unglücklicherweise direkt dem Doc und Lavalle selbst in die Arme gelaufen bin. Das Schicksal meinte es nicht sonderlich gut mit mir an diesem Tag.« Sie biss sich auf die Lippe und atmete durch.

Merlin wusste nicht, wie er ihr das alles hier leichter machen könnte. Vermutlich gar nicht.

Liliana schaute sich um, als wolle sie Merlins Blick ausweichen. »Auf jeden Fall schien Lavalle mein kleiner Fluchtversuch zu amüsieren. Der Doc und er schleiften mich in den vorderen Raum und fixierten mich auf dem Holztisch. Meine Handgelenke und meine Finger steckten in einem Schraubstock, sodass ich sie keinen Zentimeter bewegen konnte. Lavalle nahm einen großen Nagel und einen Hammer und hielt sich wohl für einen alten Römer oder mich für den Messias. Ich weiß es nicht. Er hat den Stahlstift in der Mitte meiner Handfläche platziert. Als der Hammer den Nagelkopf traf, fuhr das spitze Ding mit ziemlicher Wucht durch meine Hand und blieb in der Holzplatte des Tisches stecken. Meine Linke erlitt dasselbe Schicksal. Er zog sie wieder hinaus und löste den oberen Schraubstock. Meine Finger waren wieder frei, auch wenn ich sie nicht wirklich gebrauchen konnte. Durch die klaffende Wunde steckte er eine Art Karabinerhaken und verschraubte ihn. Es war ihm bewusst, dass ich die festen Schrauben mit meinen Verletzungen niemals hätte aufdrehen können. Somit hatte er zusätzliche Fesseln geschaffen, aus denen ich mich nur herauswinden konnte, wenn ich mir die Hände zerriss. Allerdings verzichtete ich auf diese Option.«

»Herrgott, Liliana.« Merlin rieb sich die Augen.

»Die Schläge, die Vergewaltigungen, die unendlichen Gespräche mit Lavalle. Alles ging unaufhörlich weiter und weiter. Ich wurde schwächer. Immer und immer wieder musste der Doc mich notdürftig ein Stück zurück ins Leben holen. Meistens mit starken Antibiotika gegen meine eitrigen Wunden und er musste die ständigen Blutungen stillen. Ich war mir nicht sicher, ob ich froh über meine robuste Natur sein sollte. Ich wartete einfach nur auf den Tod. Und ich wartete lange. Jedes Mal, wenn Lavalle auf mich einprügelte, wenn er mich bis zur Bewusstlosigkeit würgte, hoffte ich, dass ich dieses Mal nicht wieder aufwachen würde, aber das Schicksal hat einen derben Humor. Der Tod erscheint sehr sympathisch, wenn das Leben die pure Hölle ist. Ich wollte irgendwann einfach nicht mehr, aber mein furchtbarer Starrkopf ließ mich nicht nachgeben. Ich hatte es mir vor langer Zeit geschworen, dass ich nie wieder aufgeben werde. Wissen Sie – wenn es anfängt, ist es schon fast wieder vorbei.«

»Und Sie haben es geschafft. Wie sind Sie entkommen?«

»Reines Glück«, hauchte sie. Zum ersten Mal seit sie diese Kammer betreten hatte, zog sich ein Lächeln über ihre Lippen. »Die Kälte, die Unterernährung und die faulige Luft hier drin hinterließen ihre Spuren. Ich wurde immer schwächer, bis mich eine Lungenentzündung niederstreckte. Lavalle hatte keine andere Wahl, als mich aus dem Loch herauszuholen und zum Doc zu bringen. Ich hatte seit Tagen hohes Fieber und lag im Delirium. Es kümmerte ihn daher nicht mehr, ob ich gefesselt war. Seine Unachtsamkeit wurde ihm zum Verhängnis. Als er mich in den Behandlungsraum tragen wollte, hatte ich einen kurzen klaren Moment. Ich hatte die Karabinerhaken noch in den Händen, aber es war keine Kette daran befestigt. Ich riss die Arme hoch und traf ihn am Kinn. Daraufhin warf er mich in die Glasvitrine.«

Der zersplitterte Glasschrank in diesem gruseligen Behandlungszimmer. Merlin erinnerte sich.

»Als er mich an den Haaren wieder hochzog und mit dem Rücken gegen die Wand drückte, kam er ganz nah an mein Gesicht und schwafelte irgendetwas, dass ich nicht verstand. Was *er* nicht wusste, war, dass ich mir eine Glasscherbe des zerbrochenen Schrankes in den Mund geschoben hatte. Ich schob sie mit der Zunge vorsichtig zwischen meine Zähne und versuchte, damit seinen Hals zu treffen. Leider verfehlte ich mein Ziel und schnitt ihm das Gesicht auf.«

Die Narbe. Er hatte sie also von ihr. Langsam fügte sich für Merlin alles zusammen.

»Beim zweiten Versuch traf ich wirklich seinen Hals. Er blutete stark. Das war meine erste und *einzige* Chance auf eine Flucht. Lavalle rief nach dem Doc und achtete nicht auf mich. Er war damit beschäftigt, im Regal nach Kompressen zu suchen, um die Blutungen zu stillen. Ich kam so unbemerkt an seine Beine und habe ihm mit der Glasscherbe die Achillessehne durchgeschnitten.«

Merlin verzog schmerzvoll das Gesicht bei dem Gedanken.

»Er sackte augenblicklich in sich zusammen. Ich zog mich an dem Tisch hoch. Als der Doc in den Raum stürzte, hatte er nur Augen für Lavalle. Ich legte meine Hände übereinander und schlug die beiden Karabinerhaken mit voller Wucht auf seinen Hinterkopf. Er fiel benommen direkt auf Philippe. Ich weiß nicht, wie ich es geschafft habe, aber irgendwie kam ich in den Flur. Die Öffnung in der Wand war nicht verschlossen. Der Doc musste aufgrund der Schreie unvorsichtig gewesen sein und hatte die Verriegelung vergessen. Ich kam in den Vorraum und erreichte die letzten Treppenstufen. Ich hustete schrecklich und brauchte eine gefühlte Ewigkeit, bis ich mich auf die vorletzte Stufe geschleppt hatte. Die Tür war verschlossen. Bevor ich jedoch überlegen konnte, wie ich dieses massive Ding in Bewegung setzen sollte, öffnete sie sich und Noel kam herein. Ich trat ihm gegen das Bein und er stürzte. Ich stieß mich auf einer der Stufen ab und streckte meinen Arm zwischen die Tür und ihren Rahmen. Als die massive Eisentür versuchte, zurück ins Schloss zu fallen, brach sie mit einem Schlag meinen Unterarm, aber es reichte. Ich konnte verhindern, dass sie ins Schloss fiel und das war jeden Schmerz wert.« Sie lächelte Merlin für einen Moment an.

Wie gerne hätte er sie einfach nur in seine Arme gezogen, aber er traute sich nicht. Ihm wurde gerade bewusst, dass diese Frau Männer doch abgrundtief hassen musste.

Liliana streckte sich. »Es war Nacht und auch, wenn die erste frische Luft nach über einem Jahr einen erneuten Hustenanfall auslöste, war es ein traumhaftes Gefühl. Meine Lebensgeister kehrten zurück. Das Fieber schien mich innerlich zu verbrennen. Ich hatte die Bäume erreicht. Circa fünfzig Meter vom Bunker ging es steil bergab. Kurz vor dem Abhang hatte Noel mich eingeholt und packte mich am Hals. Ich konnte nicht mehr kämpfen. Ich hatte keine Kraft mehr. Also nahm ich mich zusammen, unterdrückte meinen Ekel und küsste ihn. Er ließ mich sofort los und sah mich entgeistert an. Diesen Moment nutzte ich und stieß ihm mein Knie in den Bauch. Als er sich kauernd auf dem Boden wand, drehte ich mich einfach nach links und rollte den Abhang hinunter. Ich hörte Lavalle, der tobend nach Noel rief. Ich schleppte mich durch den Wald. Wurde immer wieder ohnmächtig. Im Morgengrauen hatte ich eine kleine Scheune erreicht. Ein paar Jugendliche tranken dort Alkohol. Das war mein Glück. Ich konnte ihnen irgendwie verständlich machen, dass sie Pit anrufen sollten. Mit der Aussicht auf jede Menge Geld taten sie das dann auch. Als Pit wenige Zeit später kam, gab er ihnen eine nette Summe und sie verschwanden, ohne weitere Fragen zu stellen. Danach weiß ich nichts mehr. Pit hatte mich aufgenommen. Er war der einzige Freund, den ich je hatte. Früher war er ein sehr herzlicher und aufgeschlossener Mensch gewesen, aber das Leben hat ihn verbittern lassen. Ich werde das Gefühl nicht los, dass Lavalle wusste, wer mir geholfen hat und dass Sophie meinetwegen sterben musste.«

»Der arme Mann. Er wäre nicht tot, wenn ich meinen Mund gehalten hätte.« Die Vorwürfe nagten heftig an Merlin. Er fragte sich jeden Tag, ob er hätte anders handeln müssen.

»Machen Sie sich keine Gedanken. Ich glaube, dass es Pit jetzt viel besser geht. Sein Leben war leer. Hier hielt ihn nichts mehr. Er ist jetzt wieder mit seiner Sophie vereint. Das ist schön.«

Merlin versuchte, das Gehörte irgendwie zu verdauen. Vermutlich würde ihn diese Geschichte sein ganzes Leben lang verfolgen. »Sie müssen Männer hassen, nachdem, was Sie Ihnen angetan haben.«

Liliana schmunzelte. »Nein. Nein, das tue ich nicht. Es gibt ein paar sehr kranke Dreckskerle auf dieser Welt, aber nicht alle Männer sind so. Zumindest habe ich die Hoffnung darauf niemals aufgegeben. Ich war und bin immer noch nicht bereit, ein einigermaßen normales Leben aufzugeben, nur weil mir ein paar unterbelichtete Säcke versucht haben einzureden, dass ich nichts wert bin. Ich gehe weiterhin unter Menschen, ich ziehe mich weiterhin freizügig an und ich habe Affären.« Sie pustete vorsichtig eine Spinne von ihrem Oberschenkel. »Vielleicht führe ich aufgrund der Ereignisse ein zu ausschweifendes Leben, aber ich lasse nicht zu, dass die Erinnerung an die Vergangenheit mein Leben in der Realität zerstört. Diese Kerle haben lange genug über mich bestimmt.«

»Heftige Geschichte.« Merlin hatte Schwierigkeiten irgendwelche Worte zu finden, die ihm auch nur annähernd passend erschienen.

»Ich passe schon auf, dass ich mich nur in Situationen begebe, die ich auch kontrollieren kann. Insoweit lagen Sie mit Ihrer Einschätzung, was meinen Kontrollwahn angeht, richtig.« Sie breitete die Hände aus. »Das hier wird immer ein Teil von mir sein, aber ich werde nicht zulassen, dass es der größte Teil ist.«

»Ich bewundere Ihre Stärke. Ich wäre schon beinahe an meinem Schicksal zerbrochen.«

Ihr Lächeln kam zurück. »Sie sind es aber nicht. Anstelle sich vom Psychiater gute Antidepressiva verschreiben zu lassen, sind Sie jetzt mit mir hier, obwohl es noch viele Dinge gibt, die sie fürchten, zu verlieren. Sie sind viel stärker als Sie glauben.«

Er streckte sein rechtes Bein aus. »Ich würde hier keine Woche überleben.«

»Ich werde Ihnen alles beibringen, was notwendig ist, sollten Sie jemals in so eine Lage geraten.«

»Ich glaube nicht, dass man sich auf so etwas vorbereiten kann.«

»Vertrauen Sie mir. Wissen ist Macht und das ist die einzige Macht, die Sie in so einem Verlies haben werden.«

Er nickte. Schon wieder gab er auf, bevor sich auch nur annähernd eine bedrohliche Situation ergab. Seine Schwester hatte wohl mehrere Monate überlebt und er kapitulierte schon allein von der Vorstellung, hier gefangen zu sein.

»Wissen Sie ...«, sprach sie weiter. »Bei all der Dunkelheit war die Zeit hier doch für eine Sache gut.«

Ungläubig sah er sie an. »Die wäre?«

»Mir war nicht bewusst, wie kostbar die Kleinigkeiten des Lebens sind. Ich hatte bei all meiner Arbeit, bei all meinem Geld vergessen, woher ich komme. Ich bin von Termin zu Termin gehetzt, ohne auch nur einmal stehen zu bleiben, und in den Himmel zu schauen. Immer nur Geld und Erfolg. Sonst zählte gar nichts. Hier dagegen wurde ein Tropfen Wasser zum angebeteten Heiligtum. Ich bin bis heute so dankbar für jede warme Dusche, für jede Flasche Wasser, für meine Bettdecke. All diese Selbstverständlichkeiten sind für mich kleine Wunder geworden. Mein Leben hat sich verändert. Ich bin glücklicher und zufriedener geworden. Der Verlust von materiellen Dingen schmerzt schon lange nicht mehr und ich mache schamlos von meinem Recht auf Entfaltung der eigenen Persönlichkeit Gebrauch. Freiheit ist nicht selbstverständlich und ein Stück altes Brot und ein Glas Wasser können manchmal so große Verzückung auslösen wie ein Hummer und Champagner. Es geht nicht um den Wert, den die Sachen uns vorgaukeln zu haben, es geht um den Wert, den wir den Dingen geben. Es spielt keine Rolle, ob das Glas halb leer oder halb voll ist. Wichtig ist, dass man ein Glas hat und das irgendetwas darin ist.«

»Sie sehen auch durch die schwärzesten Wolken die Sonne.«

»Ich muss sie nicht sehen. Ich weiß ja, dass sie da ist. Vertrauen Sie mir, Merlin. Irgendwann treffen auch Sie auf den Menschen, der Ihnen die Sonne wieder aufgehen lässt.« Sie legte ihre Hand auf seine und sah ihm in die Augen.

Für einen kurzen Moment schien in diesem düsteren Kellerloch wirklich die Sonne. Er legte seine rechte Hand auf ihre und drückte sie. Etwas hatte sich in den letzten Minuten in ihm verändert, denn er wollte sie nicht mehr loslassen. Sekundenlang sahen sie sich nur an.

Plötzlich zog sie ihre Hand zurück und rückte ein Stück von ihm weg. »Hören Sie gefälligst auf damit.«

»Womit?«, fragte er frech.

»Sehen Sie mich nicht so ... Nicht so.«

»Was denn? Mache ich Sie etwa nervös?«

Da war er wieder, der Blick, den Merlin erwartet hatte. Er musste erfreut grinsen. Sie stand auf und klopfte sich den Staub von der Hose.

Er tat es ihr gleich. »Sie erzählen mir vollkommen gefasst von diesen schrecklichen, traumatischen Erlebnissen und dann bringt Sie ein tiefer Blick von mir aus der Fassung? Miss Riordan, Sie enttäuschen mich.«

»Da gehört einiges mehr dazu, wenn Sie mich aus der Ruhe bringen wollen.« Noch einmal schaute sie sich um. »Sie sind ganz schön frech geworden. Na ja, Sie sind eh bald tot. So oder so. Also gönn' ich Ihnen den kleinen Spaß.«

»Spielen Sie auf meine Hochzeit an?«

»Lieber ein Jahr hier drin, als ein Wochenende mit Ihrer Verlobten.« Ihre Augen blitzten ihn herausfordernd an. »Aber machen Sie sich keine Sorgen. Nach einigen Jahren wird ein Golfspiel mit Ihren Geschäftspartnern ausreichend sein, um Sie voll und ganz zu befriedigen, und Sie müssen

Ihre Frau nicht mehr um ein kleines Küsschen anbetteln. Das vergeht.«

»Wer ist jetzt frech?«

»Nur, wenn ich mal frech bin, droht mir kein wochenlanger Sexentzug. Ganz im Gegenteil. Ich kann mir Frechheit leisten.« Mit einem kessen Zwinkern wartete sie seine Reaktion ab.

»Autsch. Na ja, schon okay. Ich verstehe, dass Sie sich ständig in bedeutungslosen Sex mit unbekannten Männern stürzen müssen, um spüren zu können, dass sie noch am Leben sind.«

Jetzt sah sie ihn völlig verblüfft an. »Autsch. Sie lernen schnell.«

Er ging auf sie zu und legte ihr eine Haarsträhne hinters Ohr. »Ich habe eine gute Lehrerin.«

»Wir sollten jetzt wirklich gehen«, lenkte sie ab.

»Nichts wäre mir lieber.«

Sie verließen die Zelle und Liliana zog die Tür hinter sich zu. »Wahrlich ein schönes Gefühl, wenn ich dieses Ding mal von außen ins Schloss fallen sehe.«

# Kapitel 21

Merlin sah sich im Flur um. Es gab noch eine weitere Holztür, die nicht gesichert war. Er sah sie fragend an, aber er bekam nur ein Achselzucken als Antwort.

»Ich kann Ihnen keine Auskunft geben. Ich war noch nie in diesem Raum.«

Er war sich nicht sicher, ob er wissen wollte, was dahinter war. Dennoch nahm er seinen Mut zusammen und öffnete die Tür. Seine Hand glitt vorsichtig an der Wand vorbei und betätigte den Lichtschalter.

Regungslos betrachtete er das Zimmer. »Was zum Teufel ...«

Liliana kam ihm nach und verharrte neben ihm. Auch sie fand im ersten Moment scheinbar keine Worte.

Die Wände waren gepflastert mit Fotos. Bilder von Liliana. Es mussten Hunderte sein, die über Jahre hinweg aufgenommen und gesammelt wurden. Merlins Blick wanderte über jedes Einzelne.

»Dieser kranke Mistkerl«, flüsterte sie.

»Er hat wohl mehr als nur eine kleine Schwäche für Sie. Herrgott, er ist ja geradezu besessen von Ihnen.« Merlin ging einige Schritte in den Raum hinein.

Auf dem Schreibtisch in der rechten Ecke lag ein weiteres Fotoalbum. Bilder aus ihrer Zeit in seiner Gefangenschaft. Seite um Seite wurden ihre Verletzungen schlimmer. Merlin konnte ihre Abmagerung fotografisch nachverfolgen. Der Dreckskerl hatte jede einzelne Woche dokumentiert. Auf den letzten Fotos war sie nur noch Haut und Knochen. Das Fieber war ihr deutlich anzusehen. Ihr Körper war grün und blau geschlagen und von blutigen Schnitten übersät. Ihre Hände stark geschwollen und unnatürlich verfärbt. Die Augen stark gerötet und eitrige Wunden überzogen ihren Hals. Er konnte seinen Blick nicht von den furchtbaren Bildern abwenden. Wer konnte einem Menschen so etwas antun?

Er erschrak, als er eine Hand auf seiner Schulter spürte, die ihn von dem Album wegzog. Ruckartig drehte er sich um und stieß Liliana von sich.

Entschuldigend hob er die Hände, als er sie wieder bewusst wahrnahm. »Ich, ich ...«

»Schon gut. Sehen Sie sich das nicht weiter an. Sie haben heute schon genug gesehen und gehört. Das reicht für ein Menschenleben. Jede Grausamkeit, die die Menschen sich vorstellen können, können sie sich auch antun.«

»Es tut mir leid«, hauchte er.

»Was tut Ihnen leid?«

»Was ich vorhin gesagt habe. Dass ich gesagt habe, dass Sie mit diesem ... mit diesem ... Ich finde kein Wort für ihn.« Er verstummte.

Es gab eine Chance. Es gab einen Weg durch diese Dunkelheit. Es gab nicht nur den Tod hier. Sie lebte und mit ihr seine Hoffnung, den Mörder seiner Schwester zu finden und zu stoppen. Seine Angst verwandelte sich in puren Hass. Liliana. Melina. Sein Vater. Und so viele andere. Dieses Schwein hielt sich für allmächtig.

»Wie können wir ihn aufhalten, Liliana? Wie?«

»Sie wollen mir immer noch helfen, obwohl Sie *das hier* gesehen haben?«

»Ja. Mehr als jemals zuvor. Wir werden das beenden. Meine Schwester soll nicht umsonst gestorben sein.« Ein lautes Knarren ließ ihn verstummen.

»Was war das?«

Unbeeindruckt antwortete sie: »Die Tür zum Bunker. Jemand hat sie aufgestoßen. Wir bekommen Besuch.«

»Woher wissen die, dass wir hier sind?«

»Ich vermute, dass die Kamera in Docs Zimmer noch funktionstüchtig ist. Der Lichtschalter war anscheinend mit der Übertragungsfunktion gekoppelt.«

»Und das fällt Ihnen jetzt ein?«

»*Mea culpa.*«

Vollkommen entgeistert sah er sie an. »Und was machen wir jetzt?«

»Wir kämpfen oder sterben. Ganz einfach.«

»Sie kämpfen und ich versuche, nichts Blödes anzustellen.« Er hatte den Ernst der Lage noch gar nicht richtig erkannt. Nie zuvor sah er sich wirklich einer Bedrohung für sein Leben gegenüber.

»Klingt nach einem vielversprechenden Plan. Bleiben Sie hier hinter der Tür. Greifen Sie sich irgendwas Schweres und ziehen Sie es dem Ersten, der hier rein will, über den Schädel.« Schon war sie verschwunden und hatte das Licht gelöscht.

Merlin sah sich um und entdeckte eine leere Weinflasche, die auf einem alten Schrank vor sich hinstaubte. Sein Herz raste wie wild. Mit der Flasche bewaffnet versteckte er sich hinter der Holztür, und lauschte dem Treiben im Flur. Neben fluchenden Männerstimmen hörte er zwei dumpfe Schläge.

Langsam öffnete sich die Tür einen kleinen Spalt und eine große Person betrat den Raum. Ohne zu zögern nahm Merlin seinen Mut zusammen und schlug die Glasflasche mit voller Wucht auf den Hinterkopf des Mannes, als dieser versuchte, den Lichtschalter zu betätigen. Das Glas zersprang in tausend Scherben und der Typ sackte in sich zusammen. Geschockt über sich selbst und seine Tat ließ er den Flaschenhals fallen und schlich um sein Opfer herum. Als er erneut einen Schatten hinter sich erkannte, drehte er sich schnell um und schlug blind in die Richtung. Sein Schlag wurde von Lilianas Unterarm geblockt.

»Herrgott, erschrecken Sie mich doch nicht so«, fluchte er.

Sie schaute an ihm vorbei und betrachtete den bewusstlosen kräftigen Mann auf dem Fußboden. »Sie scheinen alles gut im Griff zu haben. Respekt.«

»Haben Sie etwa an mir gezweifelt?«

»Nicht an Ihrem Willen, aber an Ihrer motorischen Umsetzung.«

»Na herzlichen Dank.« Er folgte ihr in den dunklen Gewölbegang. Zwei weitere Männer lagen bewusstlos am Boden. Schnell näherten sie sich der Treppe, als Liliana plötzlich stehen blieb und Merlin am Arm zurückhielt.

»Stellen Sie sich mit dem Rücken gegen die Wand und egal was passiert, Sie werden nicht eingreifen. Verstanden?« Er sah sie verständnislos an.

»Vertrauen Sie mir. Sie tun nichts, egal was jetzt hier gleich passiert. Rein gar nichts und bleiben da stehen. Auf gar keinen Fall bewegen.«

Er drückte sich mit dem Rücken gegen die Wand zu seiner Rechten. Liliana kniete sich hin und streckte die Arme von sich weg.

Merlin erkannte ihre Geste. »Noel.«

Seine Befürchtung wurde Realität. Noel kam die Treppe hinunter. In Zeitlupe setzte er einen Fuß vor den anderen und kratzte mit seinen langen Fingernägeln an der Steinwand.

Unter ihm bildeten sich kleine Pfützen. Er war komplett durchnässt. Das Gewitter musste in vollem Gange sein.

»Wie geht's dir, Kleiner?«, begrüßte Liliana ihn freundlich.

Er warf sich auf den Boden und kroch auf sie zu. Je näher er ihr kam, desto weiter zog er sein Grinsen.

Nur wenige Zentimeter vor ihr setzte er sich hin. »Warum?«, hauchte er.

Langsam und kontrolliert nahm sie die Arme runter.

»Er sucht dich ... ja ... er sucht dich. Er ist böse ...«

Liliana lächelte. »Ja, ich weiß. Kann ich ihm nicht verübeln.«

Er fuhr ihr durch die Haare und zog sie an sich. Kommentarlos ließ sie ihn gewähren.

»Mitkommen ... du musst mitkommen.«

»Nein. Das kann ich nicht. Er wird mich töten, Noel. Willst du das? Willst du, dass ich sterbe?«

»Nein ... nein, aber ...«

»Es gibt nur Leben oder Sterben. Das weißt du. Du weißt genau, was passieren wird.« Vorsichtig strich sie ihm über seine geschwollene Wange. »Hat er dich wieder geschlagen, Kleiner?«

Noel nickte und wippte mit dem Oberkörper hin und her.

»Er sollte dich nicht schlagen. Du bist sein Bruder. Man schlägt seine Familie nicht, oder?«

Merlin traute seinen Ohren nicht. Noel war Lavalles Bruder? Wie viele Psychopathen hatte diese Sippschaft denn hervorgebracht?

»Philippe ist neidisch auf dich, Noel. Du hast immer die Aufmerksamkeit eurer Mutter bekommen und er nicht. Er wollte dich loswerden. Er hat dich damals angestiftet, die

Katzen zu ertränken, oder?«

»Ja, ja ... er sagte ... er hat gesagt, dass das Mama glücklich machen würde. Tote Katzen ... tot ... hat er gesagt. Ja.«

»Was hat sie gemacht, als sie gesehen hatte, was du getan hast?«

»Sie hat mich geschlagen. Geschlagen. Geschlagen und beschimpft. Psycho ... kranker Psycho ... hasse dich ... ich hasse dich ... hat sie gesagt ... ja ... hassen ... ja.«

»Es war seine Schuld, Noel. Er war so eifersüchtig. In die Psychiatrie haben sie dich geschickt, damit er allein mit eurer Mutter sein konnte. Er wollte sie nur für sich. Du warst so allein. Es tut mir leid.«

»Diese Schlampe ... dieses Miststück ... in tausend kleine Fetzen ... habe ich sie gerissen ... ja ... als ich wieder draußen war. Hure. Ja ... Hure.«

»Sie hat dich verstoßen und zu ihrem verlogenen Sohn gehalten und du hättest alles für ihre Liebe getan. Ich weiß. Du musstest dich rächen.«

»Er hat mir verziehen ... verziehen hat er mir, ja.«

»Es gab nichts zu verzeihen. Lass dich nicht wie einen räudigen Hund behandeln. Er sollte dankbar sein, dass du nach all dem, was er dir angetan hat, noch zu ihm hältst. Noel, er benutzt dich. Ich will nicht, dass er dir wehtut. Wir sind doch Freunde und Freunde halten zusammen, oder? Du bist nicht allein. Du hast immer noch mich.«

Hinter ihnen erhoben sich die beiden Kerle langsam vom Boden. Einer hob seine Pistole auf und der andere bärtige Mann sein Messer. Sie kamen auf sie zu.

Liliana drehte sich kurz um und stellte vermutlich fest, dass sich Mitleid nicht auszahlt. Zumindest glaubte Merlin, das in ihrem besorgten Blick zu erkennen.

»Noel, du weißt, was diese Typen mit mir vorhaben, oder?«, fragte sie und schaute ihn wieder an.

»Sie werden dich ficken … ich kann es sehen ... ja ... in ihren Augen.«

»Richtig. Willst du das?«

Er schaute unruhig hin und her. Plötzlich schüttelte er den Kopf.

»Hey, du Irrer! Verschwinde von hier«, rief der Bärtige.

Der Zweite hatte die Pistole auf Merlin gerichtet. »Wen haben wir denn da? Die Schlampe hat ihren Lover dabei. Was machen wir mit ihm?«

»Wir nehmen ihn mit, aber erst werden wir uns noch etwas vergnügen.«

Er ging zu Liliana hinüber und schlug heftig gegen Noels Kopf. Dieser kroch wimmernd in Richtung Treppe. Der nächste Schlag traf Liliana im Gesicht und sie fiel nach hinten. Merlin zuckte, blieb aber stehen. Der Typ mit dem ungepflegten Bartwuchs setzte sich auf sie und streifte mit dem Messer über ihren Hals.

»Da hat sich der Boss wirklich was Hübsches ausgesucht.«

»Lass die Schlampe in Ruhe. Er bringt dich um, wenn er erfährt, dass du sie angerührt hast. Da versteht er keinen Spaß«, krächzte sein Kollege.

Die Klinge seines Messers zerschnitt dennoch Lilianas Strickjacke und die oberen Knöpfe ihrer Bluse. Noel kam langsam näher gekrochen.

»Na, du hässliche Ratte? Das findest du wohl geil, was? Was guckst du denn so, du paranoider Freak? Verpiss dich und stör echte Männer nicht bei der Arbeit.«

»Du solltest netter zu ihm sein. Er ist kein Freak«, sagte Liliana mit ruhiger Stimme.

Er packte sie am Hals und drückte zu. »Wenn ich dich reden hören wollte, hätte ich dich zum Essen eingeladen, und was diese Missgeburt da hinten will, interessiert mich einen feuchten Dreck. Ich hätte den Wichser schon lange abgestochen, wenn er nicht der missratene Bruder des Chefs wäre. Er ist ein kranker, stinkender, paranoider, widerlicher Freak, den sogar seine eigene Mutter verstoßen hat.«

Ohne Vorwarnung sprang Noel blitzschnell auf ihn zu und warf ihn von Liliana. Er schlug den Kopf des Mannes mehrmals auf den harten Steinboden, bevor er sich im Gesicht seines Gegners verbiss. Wie im Wahn prügelte er auf sein Opfer ein und riss seine Haut in Fetzen. Sein Kollege versuchte, mit der Waffe auf Noel zu zielen, aber er konnte sich nicht entscheiden, abzudrücken. Liliana war schlagartig aufgesprungen und hatte das Messer ergriffen, welches Noel dem bärtigen Mann aus der Hand geschlagen hatte. Merlin beobachte wie in Trance das Geschehen. Blut. Überall Blut und dieses Wesen, das sich im Hals dieses Widerlings verbissen hatte.

Liliana hatte derweil dem zweiten Mann die Klinge des Messers in den Oberschenkel gejagt, sodass er schreiend zusammensackte und sich an seinem Bein zu schaffen machte.

»Kommen Sie. Wir müssen hier raus. Noel kümmert sich schon um ihn.«

Merlin hatte Schwierigkeiten, seinen Blick von Noel und dessen blutverschmiertem Gesicht abzuwenden. Liliana griff ihn am Arm und zog ihn mit sich. Schnell liefen sie die Treppe hinauf, kletterten durch die Öffnung in der Wand und rannten weiter in Richtung Ausgang.

»Langsam. Da draußen werden noch mehr sein.« Sie hielt ihn am Arm zurück.

»Das soll wohl ein Scherz sein?«

»Nein, ich habe keinen Humor, von dem ich wüsste.« Sie klopfte ihm aufmunternd auf die Schulter. Vorsichtig schlichen sie die moosigen Stufen hinauf. Tatsächlich standen noch zwei Männer im strömenden Regen in der Nähe des Bunkers. Das Gewitter hatte scheinbar seinen Höhepunkt erreicht. Es blitzte und donnerte unaufhörlich, und wahre Sturzbäche preschten zu Boden.

»Die werden uns in der Dunkelheit und bei diesem Sturm doch nicht sehen, oder?«, fragte Merlin hoffend.

»Die nicht, aber ihre beiden Begleiter.« Sie deutete mit dem Kopf nach links.

Zwei große Rottweiler erweckten Merlins Aufmerksamkeit. »Das ist nicht gut.«

»Wissen Sie, ich finde, Sie sollten Anna Maria nicht heiraten.«

»Was?« Verdutzt schaute Merlin wieder zu Liliana. Wie konnte sie jetzt an Anna Maria denken?

»Sie ist nicht die richtige Frau für Sie.«

»Müssen wir das *jetzt* diskutieren?« Der Regen machte es ihm jetzt schon schwer, seine Umgebung richtig zu erkennen.

»Die Chancen, dass wir gleich von zwei Rottweilern oder Noel zerfleischt werden, sind ziemlich hoch und ich dachte, dass es meine Pflicht als Freundin ist, Sie darauf hinzuweisen.«

»Freundin?«

Aus dem Bunker näherten sich Schritte.

»Rottweiler oder Noel?«, fragte sie hastig.

Sie sahen sich in die Augen und sagten gleichzeitig: »Rottweiler.«

Die Hunde sprangen auf und bellten. Die ersten Schüsse fielen hinter Merlin. Nur die Blitze ließen annähernd die Umgebung erkennen. Äste schlugen ihm ins Gesicht und Wurzeln wurden zu unsichtbaren Stolperfallen. Das Bellen kam näher. Merlin drehte sich um, wurde aber sofort mit einem heftigen Ruck wieder nach vorne gerissen.

»Passen Sie auf, wohin sie treten«, fuhr sie ihn an.

»Der Köter ist verdammt nah ...«

Kaum hatte er den Satz ausgesprochen, rutschte der Boden unter seinen Füßen weg und er rollte ungebremst einen steilen Abhang hinunter. Ein dicker Baumstamm bremste seinen Sturz. Er drehte sich auf den Rücken und erkannte im Licht eines Blitzes einen der Rottweiler, der sich mit gefletschten Zähnen auf ihn zu bewegte. Sein Herz überschlug sich fast. Das Tier setzte zum Sprung an und Merlin hob schützend die Arme vor sein Gesicht.

Ein Schlag traf den Hund am Kopf und er kippte nach rechts weg, bevor er Merlin zu fassen bekam. Liliana stand mit einem massiven Ast bewaffnet vor ihm und beobachte den Rottweiler, der sich langsam wieder aufrappelte. Er schüttelte sich und griff jetzt sie an, bekam aber nur den Ast zu fassen. Sein Gewicht und der matschige Boden ließen sie dennoch stürzen. Der Hund ließ den Ast los und setzte zum nächsten Angriff an. Sie zog schnell ihre Strickjacke aus und warf sie nach ihm. Tatsächlich verbiss er sich augenblicklich in die Jacke. Er ließ sich jedoch nicht lange täuschen und griff erneut an. Blitzschnell drehte sie den Ast um und steckte ihn dem Hund ins weit aufgerissene Maul. Dieser rang nach Luft. Sie zog den Ast wieder zurück und traf ihn auf dem Kopf. Nach einem weiteren Schlag zog er sich tatsächlich ein paar Meter zurück.

Das Bellen des zweiten Tieres war immer noch zu hören, aber durch den starken Regen konnte Merlin seine Position nicht bestimmen. Er stand auf, um nur Sekunden später von Liliana in ein enges Loch gestoßen zu werden. Unsanft landete er auf dem Rücken. Liliana war ihm nachgesprungen und lag mehr oder weniger auf ihm.

Im grellen Licht der Blitze konnte er sie deutlich erkennen und er musste trotz aller Panik schmunzeln. »Miss Riordan, bei allem Respekt, das ist ja sehr verführerisch, aber ich bin verlobt.«

»Was?« Sie griff sich an die Brust und stellte fest, dass ihre Bluse bis zur Mitte aufgerissen war. »Wir liegen in einem verfluchten Sturm, patschnass in einem Erdloch, weil wir von Psychopathen mit Kampfhunden verfolgt werden und Sie haben nichts Besseres zu tun, als mir dreist in den Ausschnitt zu schielen? Sie sind ekelhaft.« Lachend ergänzte sie: »Und das finde ich ganz wunderbar.« Sie strich sich die Haare aus dem Gesicht und beugte sich näher zu ihm. »Vielleicht steckt ja doch noch ein echter Mann in Ihnen. Auch, wenn Sie vorher nicht gerade männlich den Abhang hinuntergekugelt sind.«

»Sie haben gesagt, dass das Mistding 50 Meter entfernt ist und das waren höchstens 40 Meter.«

»Ach was. Sollen wir ein Gutachten einholen, Herr Anwalt?«

»Sie können auch einfach anerkennen, dass Sie sich in Ihrem Fieberwahn geirrt haben.«

»Kommt nicht in Frage. Aber wir könnten uns vergleichen und uns auf 45 Meter einigen.«

»In Anbetracht des nahenden Todes ist das durchaus eine Option. Was ist mit dem zweiten Drecksköter? Findet der uns hier?«

»Der Regen dürfte ihm die Witterung erschweren.«

»Endlich mal eine gute Nachricht. Ich dachte schon, die wären Ihnen heute ausgegangen.« Merlin zitterte leicht. Vollständig durchnässt bot die laue Aprilnacht keine Behaglichkeit.

Liliana schmiegte sich an ihn. Die Wärme ihres Körpers tat ihm gut und er vergaß schnell die Kälte, während er sie im Arm hielt.

»Verrückte Nacht, was?«, fragte er.

»Nicht verrückter als sonst.«

»Nur dreckiger, vermute ich«, erwiderte er und streifte einen Matschklumpen von seiner Hose.

Sie schien kurz zu überlegen, schüttelte aber den Kopf. »Nein, eigentlich nicht.«

»Ich vergaß, mit wem ich hier in einem Erdloch liege.«

Ein Geräusch ließ ihn verstummen. Irgendetwas kratzte an der Wurzel. Als sie sich umdrehte, erleuchtete ein weiterer Blitz ihr Versteck. Es war auf einmal taghell und Merlin blickte direkt in Noels grinsende Visage. Selbst der starke Regen hatte ihm nicht das Blut seines letzten Opfers aus dem Gesicht gewischt und Hautfetzen klebten zwischen seinen Zähnen.

Er griff Liliana an der Schulter und zerrte sie aus dem Loch. Mit Schwung schleuderte er sie gegen einen Baum. Merlin kroch ihr nach und lief Noel geradewegs in die Arme, der ihn am Hals packte und ihn zu Boden riss. Er versuchte, ihn abzuschütteln, aber der Griff des Wahnsinnigen hielt seinen Hals fest umschlungen. Schreiend ließ er von Merlin ab, als ihn ein Stein am Kopf traf.

Noel stand langsam auf und fixierte Liliana, die nur

wenige Meter von ihm entfernt stand. Merlin schnappte nach Luft. Er schaute sich um und entdeckte einen der Hunde. Er wollte Liliana warnen, aber er bekam keinen Ton heraus.

Noel lachte auf. Sie breitete die Arme aus und wartete. Er stürmte auf sie zu. Seinen Angriff wehrte sie ab und traf ihn mehrmals im Gesicht und am Körper. Merlin sprang auf die Füße, doch es war zu spät. Der Irre stürmte wieder auf sie zu. Er griff nach ihr, sie drehte sich nach links weg und versetzte ihm einen heftigen Stoß. Der Rottweiler hatte zeitgleich zum Sprung auf Liliana angesetzt, fand jetzt jedoch in Noel, der taumelnd in seine Sprungbahn fiel, sein nächstes Opfer. Er verbiss sich in seinem rechten Arm.

»Los jetzt!«, rief sie Merlin zu.

Ohne auf Noel zu achten, rannten sie weiter durch den Wald.

»Vorsicht!« Sie warf sich gegen ihn und beide stürzten in ein Gebüsch, kurz bevor ein dicker Ast neben ihnen auf den Boden schlug.

»Das wird langsam peinlich«, bemerkte Merlin und streifte sich die Blätter aus dem Gesicht.

»Bitte was?«

»Dass sie mir ständig den Arsch retten.«

»Gern geschehen. Das nächste Mal stelle ich Ihnen in Rechnung.« Sie stand auf und zog ihn aus dem Busch. Nach kurzer Orientierung ging sie langsamer weiter.

»Wo haben Sie eigentlich so kämpfen gelernt?«

»Wenn man so einen Lebensstil wie ich bevorzugt, sollte man sich verteidigen können. Das Meiste hat mein Vater mir beigebracht und den Rest die Straße.«

»Ihr Vater schien zu wissen, dass Sie mal an seltsame Kerle geraten werden. Weiser Mann.«

Sie lächelte. »Ja, ich bin mir sicher, dass er genau wusste, was er da in die Welt gesetzt hatte. Kommen Sie. Wir sind gleich da.«

»Wo wollen wir eigentlich hin?«

»Raus aus diesem Mistwetter.«

Sie hatten die Absperrung rund um das Waldgelände erreicht und krochen durch eine kleine Öffnung im Zaun. Nach einem weiteren Kilometer hatten sie eine Scheune am Rande der Felder erreicht.

# Kapitel 22

Es war ein Segen, endlich aus dem strömenden Regen herauszukommen. Eine alte Öllampe spendete in der Finsternis ausreichend Licht, um sich in der Scheune orientieren zu können.

»Verfolgen die uns noch?«, fragte Merlin atemlos.

»Nein, die kümmern sich jetzt um Noel. Ich bin mir ziemlich sicher, dass er den Rottweiler zum Chihuahua gemacht hat.«

»Ist er wirklich der Bruder von dem anderen Irren?«

»Ja, Noel ist ein paar Jahre jünger als Philippe. Ihr Vater hatte sie verlassen, als raus kam, dass er eine Persönlichkeitsstörung hatte. Er wollte mit so einem Kind nichts zu tun haben. Seine Mutter hingegen hat alles getan, um ihm ein normales Leben zu ermöglichen. Philippe war gekränkt und stellte seinen Bruder bei jeder Gelegenheit bloß. Er nutzte sein Gewaltpotenzial gegen ihn aus. Noel vertraut ihm blind. Bis heute ist er ihm hörig.«

»Hat er wirklich seine eigene Mutter getötet?«

»Ja. Sie hat ihn immer als Psycho beschimpft und dass er ihr Leben zerstört hätte. Sie wünschte sich sehnlichst, dass er nie geboren worden wäre und so weiter. Das hat er nicht ertragen und dann hat er sie mit einem Beil erschlagen und in kleine Stücke zerhackt.«

Deshalb hatte er den bärtigen Mann angegriffen. Er ertrug die Beleidigungen nicht. Sie erinnerten ihn an seine Mutter. Merlin verstand nun, was ihn zu einem tödlichen Angriff bewegte.

»Woher wissen Sie das alles?«

»Einen Großteil hat Noel mir selbst erzählt und den Rest habe ich von Philippe aufgeschnappt. Er schrie seinen Bruder ständig an und konfrontierte ihn mit der Vergangenheit. Es war daher nicht schwer, sich die Geschichte aus den Bruchstücken zusammenzubauen.«

Sie nahm die Lampe und kletterte eine schmale Leiter nach oben auf den Heuboden. Merlin folgte ihr. Das Licht befestigte sie in einer dunklen Ecke, sodass kaum ein Strahl nach außen dringen konnte. Die andere Seite des Heuschobers war offen und bot einen atemberaubenden Blick auf den tosenden Sturm. Merlin lehnte sich gegen einen Pfosten und atmete tief durch, während er die zahlreichen Blitze beobachtete.

Als er sich wieder umdrehte, durchfuhr ihn eine andere Art von Blitz. »Was zum Teufel tun Sie da?«

Sie drehte sich lächelnd zu ihm um und streckte die Arme von sich. Außer ihrem weißen BH, ihrem Slip und der offenen Bluse hatte sie nichts mehr am Leib.

»Ich ziehe das nasse Zeug aus. Der Körper kühlt zwanzig Mal so schnell aus, wenn er nass ist und so warm ist es heute Nacht auch nicht, wie Sie ja in dem Erdloch eindrucksvoll gezeigt haben. Ich würde Ihnen das auch empfehlen. Hier ist genügend Stroh. Trocknen Sie sich ab.«

Er folgte ihrem Beispiel. Es tat wirklich gut, aus der durchnässten Hose schlüpfen zu können. Sein Hemd war weitestgehend trocken geblieben, da seine Jacke das meiste Wasser abgehalten hatte. Als er zu ihr rüber sah, erkannte er einen roten Fleck auf ihrer nicht mehr ganz so weißen Bluse, der sich von der linken Seite ihres Halses über ihre Schulter zog. Für einen Moment zögerte er, entschied sich dann aber doch dazu, sich das Ganze genauer anzusehen.

Liliana rieb sich gerade mit einer Handvoll Stroh durch die Haare und presste das Wasser hinaus.

Vorsichtig griff er ihr von hinten an die Schultern. »Sie sind verletzt. Ist es schlimm?«

Behutsam zog er ihr die Bluse aus und strich ihre Haare zur Seite. Ein Schnitt zog sich von ihrem Halsansatz bis zu ihrem Schulterblatt. Die Wunde hatte bereits aufgehört zu bluten.

»Ist nur ein Kratzer. Daran werde ich nicht sterben«, sagte sie und drehte sich zu ihm. Sie nahm ihre Bluse zurück und legte sie auf einen Balken neben ihre anderen triefenden Sachen.

Merlin stand regungslos vor ihr und betrachtete sie. Er wusste nicht, ob es der Restalkohol war oder das Adrenalin, das sein Körper vorhin in Massen ausgeschüttet hatte, aber er fühlte sich stärker und mutiger als je zuvor.

»Was ist?« Mit ihren Fingern kämmte sie sich durch die Haare.

»Darf ich Sie auch nicht *so* ansehen?«

»Ich weiß nicht, ob Sie sich damit selbst einen Gefallen tun. Sie sind schließlich verlobt.«

Er näherte sich ihr wieder und blieb nur wenige Zentimeter vor ihr stehen. Seine Hand strich durch ihre nassen Strähnen, glitt ihren Hals hinunter und verharrte auf ihrer rechten Schulter. »Haben Sie schon einmal etwas aus tiefster Seele gewollt, obwohl Sie wussten, dass es absolut falsch ist?«

Sie nickte. »Ja.«

»Und haben Sie es jemals bereut?«

»Ich bereue nichts. Ich lache nur hin und wieder darüber.«

Das konnte er sich lebhaft vorstellen. Sie war nicht der Typ Mensch, der seine Zeit damit vergeudete, ewig über die

Vergangenheit nachzudenken.

»Wissen Sie ...«, sagte Liliana, »genau diese Momente waren die Besten meines Lebens und ich hätte es bereut, wenn ich sie tatenlos hätte vorüberziehen lassen. Warum fragen Sie?«

»Weil ich Ihre Antwort bereits kannte.« Mit ungeahnter Selbstsicherheit legte er seine Hand in ihren Nacken und zog sie enger zu sich.

Wie hypnotisiert von ihren grünen Augen kamen alle Fantasien der letzten Tage in ihm hoch. Wie oft hatte sie seine Gedanken beherrscht. Jetzt trennten sie nur noch Zentimeter. Sein Verstand war sein Leben lang über seine Gefühle erhaben gewesen, aber als er sie küsste, schien sein bisheriges Leben meilenweit entfernt. Sie erwiderte seinen Kuss mit solch einer Leidenschaft, wie er sie noch nie zuvor gefühlt hatte. Unweigerlich drückte sie sich an ihn, während seine Hände über ihren Körper glitten. Es dauerte eine ganze Weile, bis er es schaffte, sich wieder ein Stück weit von ihr zu distanzieren. Was war denn jetzt passiert?

Entschuldigend hob er die Hände. »Tut mir leid.«

»Mir nicht.« Sie grinste ihn frech an und stupste ihn in einen großen Heuhaufen.

Feuchte Haarsträhnen schmiegten sich um ihren schönen Körper. In diesem Moment war sie alles, was Merlin wollte. Sie legte sich zu ihm, küsste ihn. Nein, es fühlte sich nicht falsch an. Ganz und gar nicht. Sie war ihm in diesem Moment auf eine seltsame Art vertrauter, als es Anna Maria in den letzten Jahren ihrer Partnerschaft gewesen war. Seinen Gedanken blieb jedoch keine Zeit zum Wachsen und entgegen seine Erwartung verspürte er keinerlei Schuldgefühle. Im ersten Moment dachte er, er wäre ein anderer

Mensch. Im zweiten jedoch erkannte er, dass er gerade er selbst wurde. Zum ersten Mal seit einer gefühlten Ewigkeit.

Ihr Duft, ihre Haut, ihr Blick. Er war ihr innerhalb weniger Augenblicke verfallen. Er zog sein Hemd aus und warf es achtlos auf den staubigen Boden. Sie würde ihm vollends den Kopf verdrehen, wenn er jetzt nicht etwas unternehmen würde. Vorsichtig legte er sich auf sie und hielt mit leichter Gewalt ihre Handgelenke fest.

»Haben Sie es sich anders überlegt?«

Ihr lasziver Blick machte es ihm nicht gerade einfach, ein Gespräch zu beginnen. Sein Gespür verbot ihm jedoch, diese Situation schamlos auszunutzen. Das war es nicht, was er wollte. Er wollte mehr von ihr. Einen tieferen Einblick als nur den, den sie sicherlich so vielen anderen gewährte.

Spielerisch wanderte er mit seinen Lippen über ihren Hals. »Im Gegensatz zu *deinen* sonstigen Bekanntschaften bin ich nicht damit zufrieden, dass nur ich auf meine Kosten komme und ich befürchte, dass ich kapitulieren muss, wenn ich dir die Zügel überlasse.« Er glaubte, einen Hauch von Verwunderung in ihrem Gesicht erkennen zu können.

»Ein wahrer Gentleman – bei jeder Gelegenheit. Gute Kinderstube oder hast *du* Angst vor mir?«

»Beides trifft wohl zweifellos zu.« Seine rechte Hand strich sanft über ihren Oberschenkel. »Ich sehe mich in der Verpflichtung, etwas gegen diesen perfektionistischen Kontrollzwang zu unternehmen. Wir sind doch schließlich *Freunde*.«

»Du willst dich wirklich mit mir messen heute Nacht, obwohl du es auch viel einfacher haben könntest?«

Er hatte also Recht. Sie war es nicht gewohnt, dass sich jemand für sie interessierte. Er tat es und er tat es aufrichtig.

»Ja, ich nehme die Herausforderung an. Ein Spiel hat keinen Reiz, wenn man bereits als Gewinner vor dem ersten Spielzug gekürt wird. Ich will *dich* und keine Fantasie.« Er spürte deutlich, dass er sie nervös machte, während er stetig mit seinen Lippen über ihren Körper streifte. Dieses kleine Spiel amüsierte ihn zutiefst.

»Du überschätzt dich. Versprich nichts, was du am Ende nicht halten kannst.«

Lächelnd ignorierte er ihre Provokation und küsste sie. Die gespielte Gelassenheit fiel ihr sichtlich schwerer. Er liebte diese neckischen Spielchen. Viel zu lange hatte er darauf verzichten müssen.

»Das werden wir ja sehen. Du bist nicht die Einzige unter dreißig, die weiß, wie man sich verkaufen muss«, erinnerte er sie.

Lächelnd nickte sie. »Arroganz kann sich nicht jeder leisten, aber bitte, tu, was du nicht lassen kannst. Von mir kannst du keine Gnade erwarten.«

Dessen war er sich bewusst. Er ließ ihre Handgelenke los und damit auch jeglichen Zweifel in sich selbst.

\*

Das Donnergrollen war nur noch in weiter Ferne zu hören, als beide erschöpft ins Heu fielen.

Merlin lag hinter ihr und hielt sie im Arm. »So außer Atem? *Mea culpa.*«

Sie drehte sich um, legte sich auf ihn und blickte ihm frech in die Augen. »Du hättest auf deinen Vater hören sollen. Leider muss ich dich jetzt umbringen.«

Er zog sie zu sich hinunter. »Gibt es einen schöneren Augenblick zum Sterben?«

Nach einem innigen Kuss strich sie ihm über die Wange.

»Aber vorher will ich noch eine Revanche.«

»Hat da jemand ein angekratztes Ego?«

»Du hast nicht die geringste Ahnung, wen du gerade provoziert hast, oder?«

»Oh doch, darum war es pure Absicht.«

# Kapitel 23

Im Morgengrauen war die Luft frisch und klar. Die ersten Sonnenstrahlen bahnten sich ihren Weg in die Scheune. Merlin öffnete die Augen und stellte erfreut fest, dass Liliana noch in seinem Arm lag. Die Pferdedecke und das Stroh hatten sich als zuverlässige Wärmequelle erwiesen.

Er schmunzelte. Selbst diese Art von Zweisamkeit war mit Anna Maria nicht möglich. Sie hasste Nähe und bestand auf ihren Freiraum, ihre Bettseite und ihre eigene Decke. Warum tat er sich das eigentlich an? Es konnte alles so einfach sein. Das hatten die letzten Stunden ihm eindrucksvoll vor Augen geführt. Er verwarf seine Gedanken an seine Verlobte und schmiegte sich wieder an Liliana. Ihre Nähe tat ihm unendlich gut. Jetzt erst wurde ihm bewusst, dass ihm nicht nur der Sex mit Anna Maria fehlte, sondern auch die Geborgenheit. Es war Jahre her, dass er sich ohne Gemecker an eine Frau geschmiegt hatte. Auch jetzt verspürte er seltsamerweise kein Gefühl der Reue.

Spielerisch strich er mit dem Zeigefinger über Lilianas Arm. Sie drehte sich zu ihm um und strahlte ihn mit ihrem herzerwärmenden Lächeln an.

»Guten Morgen. Du bist ja noch hier.«

»Hast du so ein schlechtes Bild von mir?«, fragte sie und zupfte sich einige Strohhalme aus den Haaren.

»Ich dachte, nachdem du dich zweifellos gerächt hast, wäre ich dir langweilig geworden.«

»Soweit ich mich erinnere, steht es unentschieden. Und das ist nicht akzeptabel. Wenn ich spiele, gewinne ich auch.« Sie küsste ihn mit derselben Leidenschaft, wie sie es auch letzte Nacht getan hatte.

»Du bist auch unersättlich, oder?«, stellte er freudig fest.

»Das Leben ist kurz.«

Ihre Euphorie war grenzenlos und sie steckte ihn an. Sie hatte ihn voll und ganz in ihren Bann gezogen. Der neue Morgen brachte ihm dieselbe Glückseligkeit wie die Nacht zuvor.

*

Zufrieden lehnte Merlin mit dem Rücken gegen einen Holzpfosten, während Liliana sich anzog. Er sah ihr gerne zu. Jede ihrer Bewegungen war grazil und anmutig.

»Kann ich dir mein Hemd anbieten? Wenn du mit dieser Bluse durch die Gegend läufst, befürchte ich, dass du den morgendlichen Spaziergängern den Kopf verdrehst.«

»Vielleicht ist ja was Nettes für mich dabei, während du dich noch erholen musst.«

Er griff sie von hinten um die Hüfte. »Mach dir darüber mal keine Sorgen. Noch hast du mich nicht geschafft.«

Sie schmunzelte. »Wer ist hier unersättlich? Deine Kleine hat dich wohl viel zu lange nicht rangelassen. Weiß sie, was ihr entgeht?«

»War das ein Kompliment? Von dir?«

Sie zwinkerte ihm frech zu und löste sich von ihm. Er reichte ihr sein Hemd. Die übrigen Kleider waren immer noch klamm und ließen ihn frösteln.

»Schläfst du eigentlich immer mit deinen *Freunden*?«, fragte er plötzlich, obwohl er dieses Thema nicht ansprechen wollte.

»Das kann ich dir nicht sagen. Ich habe für gewöhnlich keine *Freunde*.« Sie krempelte die Ärmel seines Hemdes hoch.

Erfreut über diese Aussage blickte er über die weiten Felder.

»Du musst dich nicht fühlen wie einer von vielen. Das hast du nicht nötig.«

Überrascht von ihrer Zuneigung fragte er: »Wolltest du mich nicht letzte Nacht noch umbringen?«

»Ich habe beschlossen, dass die Welt mit dir ein kleines Stückchen besser ist. Wir sollten jetzt los. Es ist noch ein gutes Stück und diesmal gehen wir um die Sperrzone herum.«

Sie verließen die Scheune und spazierten einen Feldweg entlang. Die Sonne stieg langsam über den Feldern empor und ihre ersten Strahlen schenkten wohltuende Wärme an diesem kühlen, klaren Morgen.

Merlins Gedankenchaos war zurück. Die paar Stunden des Friedens hatten die Realität nur verschleiert. »Kann ich dich was fragen?«

Sie schaute aufmerksam zu ihm hinüber. »Ja, natürlich.«

»Warum hast du ihn erstochen?«

Liliana legte die Stirn in Falten. »Wen? Du musst bei meiner Lebensgeschichte schon konkreter werden.«

»Deinen Pflegevater.«

»Den hatte ich bereits verdrängt.« Sie kratzte sich am Ohr. »Das ist nicht wichtig. Außerdem ist es eine lange Geschichte.«

»Der Weg ist weit und ich habe gerade sonst nichts vor«, ermunterte er sie.

Tatsächlich suchte sie nach keiner neuen Ausrede, sondern atmete nur tief durch. »Nach dem Tod meiner Eltern war ich nur ein paar Wochen in einem Pflegeheim in Australien. Ich hatte keine lebenden Verwandten mehr. Ich hatte somit nur noch Bekannte in Europa. Die deutsche Familie, ein Geschäftspartner meines Vaters, die mich eigentlich aufnehmen sollte, wollte mich nicht haben.«

»Wer wollte dich denn nicht haben?«, fragte Merlin ungläubig.

Sie lächelte schwach und sprach weiter: »Kurz nach meinem elften Geburtstag haben die Webers mich aufgenommen. Diese neue Familie hatte eine Tochter in meinem Alter. Sie hieß Melanie. Anfangs war alles in Ordnung. Ich hatte ein eigenes Zimmer und versuchte mich an all die Hausregeln zu halten. Das war nicht einfach. Ich war schon immer ein kleiner Rebell. Genauer Tagesablauf. Akribische Kontrolle. Und das Schlimmste: Ich durfte nicht raus. Nicht einmal in den Garten. Von Zuhause kannte ich nur Weite. Der Horizont war grenzenlos. Die Enge des Hauses war für mich unglaublich schwer zu ertragen. Später in der Psychiatrie erfuhr ich, dass niemand wusste, dass ich bei der Pflegefamilie war. Deshalb durfte mich keiner sehen und deshalb durfte ich nicht raus. Das Kinderheim hatte meine Unterlagen verschwinden lassen und offiziell war ich auch in den Flammen umgekommen. Ich war also tot. Niemand suchte mich oder interessierte sich für mein Schicksal. Es war ja auch keiner mehr übrig.«

»Aber warum haben sie dich dann aufgenommen? Ich ...«, er hielt inne, als er ihr in die Augen sah.

»Melanie war von Anfang an sehr verängstigt. Sie gehorchte ihren Eltern aufs Wort. Ihr Zimmer war tadellos. Sie hatte panische Angst vor ihrem Vater, die ich nicht verstand. Zumindest zu Beginn nicht. Nach zwei oder drei Wochen kam er abends in mein Zimmer, setzte sich auf mein Bett und schwafelte irgendetwas davon, dass ich mich ihm gegenüber erkenntlich erweisen müsste, weil er mich ja aufgenommen habe und den ganzen Scheiß. Als er mich anfasste, habe ich ihn gebissen und ihn ziemlich schmerzhaft getreten, woraufhin er seinen Gürtel auszog und mich dann grün und blau geschlagen hat.«

»Sag mir bitte, dass das nicht wahr ist.« Sein Herz raste.

»Ich hatte nicht sehr viel Glück in meinem Leben mit Männern«, erklärte sie kühl. »Helmut sperrte mich in sein angebliches Gästezimmer im Keller. Die Fenster waren mit Gittern verriegelt. Man muss sich heutzutage ja vor Einbrechern schützen.«

Merlin sah sie mitleidig an. Nicht noch so eine traurige Geschichte hinter diesem ständig strahlenden Gesicht.

»So lernte ich ihn also kennen: meinen Pflegevater. Rückblickend gegen die Hölle, die Lavalle mir bereitet hat, war das Gästezimmer nicht schlecht. Ich hatte ein kleines Bad, genügend zu essen und es war warm. Melanie leistete mir recht häufig Gesellschaft. Wir spielten und redeten stundenlang. Er verging sich seit Jahren an seiner eigenen Tochter, aber sie hatte viel mehr Angst vor der Einsamkeit als vor ihm.«

»Ich verstehe das nicht. Ihre Mutter hat nichts unternommen?«

»Nein. Sie war ihm hörig und ignorierte einfach, was er mit seiner Tochter anstellte. Allerdings hasste sie mich aus tiefster Seele und das ließ sie mich bei jeder Gelegenheit spüren. Ich hatte ihr den Mann weggenommen. Was er mit ihrer Tochter tat, war ihr vollkommen egal. In ihrer perfekten Welt war er der perfekte Vater. Ich war Konkurrenz. Tausendmal hätte sie mich einfach nur gehen lassen müssen, aber sie tat es nicht. Sie ertrug lieber den Schmerz und die Verzweiflung, wenn er abends zu mir kam. Es war jedes Mal ein Kampf. Ich hab ihm wirklich nichts geschenkt, diesem Drecksack. Heute glaube ich, dass es ihm richtig gefallen hat. Seine Tochter tat alles, was er wollte. Er musste sie nur ansehen und sie wusste augenblicklich, was in seinem kranken Kopf vorging. Er fand in meiner Gegenwehr wohl eine neue Leidenschaft.«

»Wahrlich eine Sternstunde für uns Männer.«

»Ein gläubiger Christ und nach außen der perfekte Ehemann und Vater. Niemand hätte damit gerechnet, was er tat, wenn die Nacht hereinbrach. Irgendwann habe ich angefangen, nachzudenken. So kam ich nicht weiter. Am Ende musste ich jedes Mal kapitulieren vor seiner Kraft. Plan A war gescheitert, aber das Alphabet hat ja noch 25 andere Buchstaben.«

Merlin lächelte schwach und schüttelte den Kopf. »Aufgeben war nie eine Option.«

»Niemals«, bestätigte sie. »Es war Weihnachten und der verdammte Hund wusste, dass ich Melanie sehr mochte. Also nahm er sie immer öfter als Druckmittel gegen mich. Was er von mir bekam, musste er sich nicht von ihr nehmen. Ich spielte mit. Ich brauchte sein Vertrauen und das konnte ich nur erlangen, wenn er sich sicher war, dass er es geschafft hätte, mich gefügig zu machen. Am ersten Weihnachtsfeiertag nahm er mich dann tatsächlich mit nach oben. Ich wollte zu diesem Zeitpunkt einfach nur verschwinden, aber was ich dann sah, hat einfach das Fass zum Überlaufen gebracht. Melanie lag, mit einem knappen Engelskostüm bekleidet, gefesselt unter dem Weihnachtsbaum. Sie sah schrecklich aus. Ich weiß nicht, was er mit ihr gemacht hatte, aber ihr Gesicht war grün und blau. Neben ihr lag eine Kiste mit irgendwelchem perversen Spielzeugmist. Er hat mich auf den Boden neben sie gestoßen und dieses Dreckschwein wollte wirklich, dass ich ihm mit seiner eigenen Tochter eine Show bieten sollte. Bis heute habe ich Melanies Gesicht vor mir. Wir hatten eine tiefe Freundschaft aufgebaut und ich wusste, wenn ich sie auch nur berühre, würde ich das letzte Vertrauen in ihr zerstören. Ich konnte nicht mehr fliehen. Ich konnte sie nicht alleine lassen.« Liliana rieb sich die Schläfen und schaute für einen Moment in den Himmel. »Melanie hat fürchterlich geweint und mich angefleht, dass ich doch tun soll, was er will. Ich habe zu Helmut aufgesehen und in diesem Moment habe ich die Schere hinter ihm auf dem Wohnzimmertisch entdeckt. Als er seinen Gürtel auszog und auf Melanie zuging, war es vorbei. Ich bin aufgesprungen, habe nach der Schere gegriffen und bevor er reagieren konnte ...« Sie hielt inne. »Er hatte es verdient. Dieser Mistkerl fasst niemanden mehr an.«

Merlin blieb stehen. Er kannte diesen Hass. Seit dem Tod seiner Schwester war ihm bewusst, was Menschen zu solch einer Tat trieb, die er noch vor wenigen Monaten verurteilt hätte. »Ja, ich verstehe. Hätte ich den Mut gehabt in dieser Situation, hätte ich es sicherlich auch getan. Manche Menschen verdienen keine Gnade. Sie hatten ihre Chance. Aber warum bist du in die Psychiatrie gekommen? Du wolltest dich und Melanie doch nur beschützen.«

Ihr gequältes Lachen versetzte ihm eine Gänsehaut.

»Was glaubst du denn? Es war ein tolles Bild, als ich von oben bis unten mit Blut bespritzt mit der Schere in der Hand, auf meinem toten Pflegevater saß. Meine liebe Pflegemutter hat schnell ihre Tochter losgebunden und nach oben geschickt, bevor sie panisch nach den Nachbarn gerufen hat, die mich dann in dieser Pose vor dem Weihnachtsbaum gefunden haben. Der Polizei hat sie erzählt, dass ich kurz vor Weihnachten aufgetaucht wäre. Die entlaufene Tochter eines Geschäftspartners, die sie über die Feiertage aufgenommen hatten. Ich hätte mich an ihren Mann rangemacht, und als er mich nicht wollte, habe ich ihn umgebracht. Melanie hat die ganze Geschichte bestätigt. Dann wurde nachgeforscht und natürlich wurde man auch auf den Brand in meinem Elternhaus aufmerksam. Ich war also nicht tot, aber meine Eltern schon. Welch Zufall.«

»Sie haben dir den Tod deiner Eltern zugeschrieben?«

»Alles passte in der Welt der Bürokratie. Erst habe ich meine Eltern ermordet und das Haus niedergebrannt und dann habe ich meinen wohlwollenden Pflegevater erstochen. Schwere Persönlichkeitsstörung.«

»Und es hat dir niemand geglaubt?«

»Erzähl mal jemandem in der Psychiatrie, dass du nicht verrückt bist. Einmal eingesperrt und unter diesen starken Medikamenten ... das Leben ist vorbei.« Sie lief langsam weiter. »Weißt du, eigentlich dachte ich, dass ich Hilfe bekommen würde. Da waren Ärzte und Pfleger. Vielleicht hätte ich über den Aufenthalt in der Anstalt einen Weg ins normale Leben zurückfinden können, aber nein. Ich bekam unglaublich starke Medikamente. Ich habe fast immer geschlafen. Manchmal mehrere Tage. Ich weiß nur, dass ich immer heftige Schmerzen hatte. Irgendwann hab ich die Pillen nicht mehr genommen und mich nur schlafend gestellt. Als mir bewusst wurde, dass mich mein behandelter Psychiater nur ruhigstellte, um da weiterzumachen, wo mein Pflegevater aufgehört hatte ... Seine Hemmungen waren gering. Er wusste, dass er nicht der erste Mann war, der mich anfasste, also hielt er es wohl nicht für so schlimm.« Sie schüttelte den Kopf und zuckte teilnahmslos mit den Schultern.

Merlin fand keine Worte.

»Mit mir konnte einfach etwas nicht stimmen. Das war nicht mehr normal. Was hatte man immer zu mir gesagt? *Du bist aber eine Hübsche. So ein schönes Mädchen. Unser kleiner Goldengel.*« Ein gequältes Lächeln zog sich über ihre Lippen. »Das war es also. Diese Schönheit. Dieser Fluch. Das musste aufhören. Am nächsten Tag in der Küche kochte das Nudelwasser in einem großen Topf vor sich hin. Ich hatte nur noch diesen Gedanken. Niemand würde mich mehr anrühren, wenn ich voller Brandnarben wäre. Da war ich mir sicher.«

»Liliana!« Merlin wurde speiübel. Welche Gedanken mussten damals nur in ihr vorgegangen sein?

»Ich weiß. Zu diesem Zeitpunkt erschien es mir als der einzige Ausweg. Ich kniete mich vor den Herd, griff nach dem Topf und zog ihn zu mir. Einer der Pflege riss mich zur Seite, bevor sich das kochende Wasser über den Fußboden ergoss. Damit hatte ich mir neue Fesseln geschaffen. Jetzt war ich in den Augen der Anstaltsleitung suizidgefährdet und wurde ständig überwacht. Mein Psychiater fragte mich natürlich nach den Gründen, und als er bemerkte, dass ich wusste, was er mit mir anstellte, ordnete er stärkere Medikamente an, da meine Psychose schlimmer geworden wäre.«

»Du warst doch verletzt. Warum hat dich niemand untersucht?«

»Es interessierte niemanden. Ich würde mir das einbilden. Ich bilde mir die Vergewaltigung durch meinen Pflegevater ein und natürlich jetzt auch durch den Psychiater. Immer die Männer, mit denen ich Kontakt hatte. Es passte wunderbar zu meinem erfundenen Krankheitsbild. Die Verletzungen hatte ich mir angeblich immer selbst zugefügt. Autoaggression. Ich war ein Geist, mit dem die Anstaltsleitung nach ihrem Belieben verfahren konnte. Irgendwann hat es mir dann gereicht. Ich habe heimlich eine Spritze mitgehen lassen und diesen sogenannten *Arzt* bei seinem nächsten *Therapiegespräch* mit dem Ding an seinem Hals bedroht. Er war ein Feigling. Ich schlug ihn mit dem Kopf gegen die Kommode und habe ihm seine Schlüsselkarte und Schlüssel geklaut. In einer halsbrecherischen Aktion bin ich dann getürmt. Mein Vater hatte mich gut vorbereitet auf diese Welt. Es klingt komisch, aber ich weiß, dass er mir den Weg in die Freiheit gezeigt hat. Er fehlt mir wirklich, der verrückte Hund.«

Merlin strich ihr zärtlich mit seiner linken Hand über den Oberarm. »Du hast deine Familie sehr geliebt, oder?«

»Sie haben mir alles bedeutet.«

»Hast du wirklich niemanden mehr?«

»Nein, ich bin die Letzte. Wir leben kurz und heftig. Dabei haben wir uns nie um Nachwuchs bemüht. Kinder machen angreifbar. Wenn man niemanden hat, den man mehr als sein eigenes Leben liebt, ist es einfach zu existieren. Man hat nichts zu verlieren.«

»Vielleicht solltest du daran etwas ändern. Du hast jetzt eine Verantwortung, als letzte deiner Familie.«

Lachend schüttelte sie den Kopf. »Unsere Zeit ist vorbei. Ich werde mich hüten. Es klebt zu viel Blut an meinen Händen. Mein verantwortungsbewusster Umgang mit Alkohol beschränkt sich darauf, nichts zu verschütten, und ich habe keinen Lebensmittelpunkt. Ich habe nicht gerade die Voraussetzungen, um eine gute Mutter zu sein. Mein Ziel besteht darin, kein Kind in diese Welt zu setzen in der es nur Leid und Tod erfahren wird, wie ich.«

»Du willst wirklich keine Familie?«

»Nein. Es ist gut so. Genau so, wie es ist.«

Tausende Fragen schossen Merlin durch den Kopf, während sie sich dem Parkplatz näherten. Jetzt hatte er endlich eine Chance, Antworten zu erhalten. »Wohin bist du nach der Flucht gegangen?«

Liliana streckte sich und schaute in den Himmel, ohne stehen zu bleiben. »Zu dem deutschen Buchhalter meines Vaters. Ich wusste, dass er käuflich war und solche Menschen waren mir lieber. Ich konnte sie einschätzen. Geld hatte ich genug. Dafür hatte mein Vater gesorgt. Ich habe viel von seinem Buchhalter, diesem Mistkerl, gelernt. Er hat mir gezeigt, wie ich den Spieß umdrehe. Wie ich mein Aussehen für meine Zwecke einsetze. Er hat mich damals schamlos ausgenutzt, der miese Hund, aber am Ende bin ich ihm dankbar. Ich habe so viel gelernt über Männer und ihre Schwächen. Ich lernte zu manipulieren. Den Beschützerinstinkt der Kerle zu wecken und jeden um den kleinen Finger zu wickeln. Es war so einfach. Als ich sechzehn Jahre alt war, ging ich für einige Zeit nach Russland. Als ich wieder zurückkam, übernahm ich den alten Job meines Vaters.«

Merlin sah sie wiederum fragend an.

Sie lächelte. »Mein Vater war spezialisiert auf Unternehmensspionage. Wir verdienen unser Geld, indem wir Verräter in Unternehmen aufspüren, andere Geschäftsleute bestechen oder auf anderem Wege aus dem Verkehr ziehen und geheime Informationen zum Wohle unserer Auftraggeber ans Licht bringen.«

Merlin blieb ruckartig stehen. »Aber ... aber ...«, seine Gedanken kamen nicht zur Ruhe. »Mein Vater sagte, dass dein Vater für ihn ...«

»... gearbeitet hat. Das ist richtig.«

Er sah sie entgeistert an. Sollte sein Vater wirklich mit solchen Mitteln an die Spitze gekommen sein? Sollte dies die Ursache seines pfeilschnellen Aufstiegs gewesen sein?

Sie bemerkte wohl seinen Schock und lenkte ein: »Merlin, unsere Familien waren vor langer Zeit mal sehr eng befreundet. Dein Vater hatte schwere Entscheidungen zu treffen und tat, was er für richtig gehalten hat. Es lief bestimmt nicht immer alles kerzengerade, aber er ist kein schlechter Mensch. Er hat niemanden auf dem Gewissen, aber er wusste gewisse Dinge vielleicht etwas früher als andere und musste sich niemals Sorgen machen, dass ihm von hinten jemand den tödlichen Stoß verpasst. Mein Vater hat euch immer beschützt. Johann war wie ein Bruder für ihn. Nun ja, jetzt verdiene ich an liebestrunkenen Großunternehmern und ihren Geschäftsideen. Als ich anfing, ging es mir schon mehr als gut. Unser kleiner pfiffiger Buchhalter stellte mich den richtigen Leuten vor und ich brachte enorme Mengen an Geld nach Hause. Eigentlich hatte er keinen Anlass, mich zu verraten, aber ...« Sie biss sich auf die Unterlippe und schlang die Arme um ihren Oberkörper. »Eines Abends kam ich zurück und trank ein Glas Champagner. Ich habe ihn gefragt, was es denn zu feiern gäbe und er meinte nur, dass er jetzt ein reicher Kerl sei. Vier Männer tauchten aus dem Nichts auf und haben mich zu Boden geschlagen. Das Dreckschwein hatte mich wirklich verraten und verkauft. Nach all der Zeit ... Nur nutzte ihm sein kurzer Reichtum nichts. Ich sah ihn noch zusammenbrechen, als ein langes Messer sich in seine Brust bohrte. Lavalle bezahlt nie mehr, als er muss. So kam ich mit achtzehn Jahren zu Lavalle. Die Geschichte kennst du ja schon.«

»Scheiße. Das muss man erst einmal verdauen.«

»Frag mich mal.« Sie lächelte und klopfte ihm auf die Schulter. »Man lebt vorwärts, nicht rückwärts.«

»Was ist aus Melanie geworden?«

»Sie hat sich während meines Aufenthalts in der Psychiatrie vor einen Zug geworfen.«

»Verdammt.«

»Sie war viel zu gefühlvoll für diese Welt. Komm, wir haben es gleich geschafft.«

Merlin fiel auf einmal der Selbstmord einer Bekannten ein. Melanie. Ja. Sie hieß Melanie Weber. Helmut Weber, ihr Vater, war ein oder zweimal bei seinen Eltern zu Besuch gewesen. Er hatte sich sehr für Melina interessiert gehabt. Schon damals war seine Schwester in Gefahr gewesen und Merlin hatte nicht einmal eine Vorstellung davon gehabt, zu welchen Taten Menschen fähig sein konnten. Warum war er nur all die Zeit so blind gewesen? Vielleicht wäre dann auch Melanie dieses Schicksal erspart geblieben, wenn nur einer mal richtig hingesehen hätte.

»Warum hat mein Vater mir das nie erzählt?«, fragte er, um die Erinnerung an seine Schwester zu verdrängen.

»Ich denke: Er schämt sich. Er wollte es immer alleine schaffen, aber es klappte nicht. Er wollte deine Mutter nicht enttäuschen. Und später war es egal. Ich glaube, dass er es verdrängt hat.«

»Ich habe ihn noch selten so wütend erlebt wie gestern, als er von dir sprach.«

»Er gibt mir für etwas die Schuld, das ihn sehr verletzt hat. Aber damit muss er alleine fertig werden. Das musste ich auch.«

Sie erreichten den Waldrand auf der anderen Seite und stellten erfreut fest, dass sie hier wohl nicht nach ihnen gesucht hatten. Der kleine Parkplatz war voller Leben. Neben der Absperrung wand sich ein normaler Waldweg. Der sonnige Morgen hatte einige Spaziergänger bereits ins Freie gerufen. So unauffällig wie möglich begaben sie sich zum Auto.

»Was sagt deine Liebe, wenn du ohne Hemd ankommst?«

Merlin setzte sich ins Auto und grinste. »Gar nichts. Sie ist mal wieder nicht da.«

»Du Glücklicher.«

»Und du? Noch Pläne für heute?«

»Ja, duschen. Ich sehe wahrscheinlich aus, als hätte ich den ersten Preis im Schlammcatchen gewonnen.«

»Du siehst wundervoll aus«, hauchte er leise.

Nach einigen Kilometern fiel ihm die erneute Verlobungsfeier am Wochenende ein. Anna Maria hatte darauf bestanden. Nach den Erlebnissen der letzten Nacht kam ihm diese Feier irgendwie nicht mehr real vor. Wie konnte er sich um Vorspeiseplatten Gedanken machen, während er gestern beinahe getötet worden wäre? Schon wieder.

»Alles okay?«, fragte Liliana, die seine Unruhe wohl wahrgenommen hatte.

»Ja. Ich dachte nur gerade an die Verlobungsfeier.«

»Am Wochenende, nicht?«

Natürlich war sie wieder informiert. Nie zuvor hatte sich jemand dermaßen für sein Leben interessiert. »Ja. Leider.«

»Du solltest das nicht tun.«

»Ich weiß.«

»Nein, ich meine die Feier. Sie haben uns schon wieder zusammen gesehen. Die Wahrscheinlichkeit, dass sie dich angreifen, ist sehr groß und du weißt, wie sehr Lavalle den großen Auftritt liebt. Es wäre geradezu perfekt, auf der zweiten Feier schon wieder so ein Chaos anzurichten.«

»Dann musst du mich wohl beschützen.« Er sah sie erwartungsvoll an.

»Ja, klar. Ich komme auf deine Verlobungsfeier. Das wäre vor der letzten Nacht schon unpassend genug gewesen.«

»Ich meine das ernst, Liliana. Seit wann interessiert dich, ob deine Anwesenheit jemandem passt?«

»Merlin ...«

»Wir sind doch Freunde, oder? In der schwersten Zeit meines Lebens war kaum jemand da. Nur Felix und du. Du hast mehr Recht auf dieser Feier zu sein, als irgendjemand sonst.«

»Danke, aber Aristokratenansammlungen sind nicht mein Ding. Damit verdiene ich mein Geld und momentan bin ich im Urlaub.«

»Dann riskierst du, dass sie mich töten?«

Sie nickte, während ihre Finger über das Leder am Lenkrad streiften. »Ja, das tue ich wohl. Man kann mir nicht trauen.«

»Ich würde mich wirklich sehr freuen.« Er wollte noch nicht aufgeben. Die Gefahr war ihm egal. Sie hatten ausreichend Sicherheitskräfte für die Feier vorgesehen. Er wollte sie einfach dabei haben.

»Ich bin kein Umgang für dich, Merlin.«

»Stimmt. Du bist ehrlich, nicht auf mein Geld aus und hast mir eine atemberaubende Nacht geschenkt. Du bist wirklich kein Umgang für mich.«

Sie ließ ihn in einiger Entfernung zu seiner Wohnung aussteigen.

»Samstagabend«, sagte er, bevor er die Tür schloss und sich umdrehte.

# Kapitel 24

Er ging zielsicher durch die Lobby des Wohnhauses.

»Mein Gott! Alles in Ordnung, Herr von Falkenberg?«

Merlin lächelte. »Ja, Jens. Es ist alles in Ordnung. Ich bin nur einen matschigen Abhang hinuntergerutscht, als ich spazieren war.« Er griff in seinen Geldbeutel und reichte Jens ein paar Scheine.

Dieser verstummte und steckte sie wortlos ein.

Im Aufzug sagte Merlin zu sich selbst: »Käufliche Menschen sind mir mittlerweile auch lieber. So berechenbar.«

*

Die warme Dusche tat ihm gut. Was war letzte Nacht eigentlich passiert? Er fühlte sich stärker als je zuvor und er fühlte genau, dass das Falsche dieses Mal genau richtig gewesen war. Keine Reue und kein Bedauern hatten sich in sein Unterbewusstsein geschlichen.

Während der Kaffee kochte, zog er sich an und betrachtete sich im großen Badezimmerspiegel. Er konnte sich selbst noch in die Augen sehen und er fühlte sich unendlich glücklich.

Das Klingeln des Telefons holte ihn aus seiner Erinnerung. »Ja, Jens?«

»Ihre Mutter ist hier«, sagte die Stimme aus dem Hörer.

»Danke.« Er legte auf und stellte eine weitere Kaffeetasse auf den Esstisch, bevor er auf Helena an der Tür wartete.

Sie fiel ihm um den Hals und drückte ihn an sich, als wollte sie ihn nie wieder loslassen.

»Schon gut, Mama. Komm rein.«

Er nahm ihr die Jacke ab und bat sie, sich zu setzen.

»Kaffee?«

»Ja, gerne. Danke.«

»Was kann ich für dich tun, Mama?« Er füllte ihre Tasse.

»Ich wollte mich entschuldigen.«

Merlin stellte die Kanne ab und setzte sich ihr gegenüber. »Wofür?«

»Für das, was dein Vater gestern gesagt hat. Niemand wird dich enterben.«

Er musste lachen.

»Warum lachst du jetzt?«

»Erbe ist so unwichtig. Damit macht ihr mir keine Angst. Ich verdiene mein eigenes Geld, und selbst, wenn ihr mich enterben würdet, was sollte schon passieren? Allein mit meinem Pflichtteil könnte ich gut und gerne ein paar Jahre im Luxus schwelgen. Aber es wäre sehr schade, wenn ich euch nicht mehr sehen würde. Außerdem müsste *er* sich doch eigentlich entschuldigen und nicht du.«

»Du kennst ihn doch.«

»Nein, ich dachte, dass ich ihn kennen würde, aber das tue ich nicht.«

»Wie meinst du das?« Helena wippte auf ihrem Stuhl hin und her.

»Ach, nichts.«

Nach einem kurzen Moment der Stille schaute sie sich um. »Wo ist Anna Maria?«

»Wellness mit ihrer Freundin. Sie will am Samstag gut aussehen.«

»Schon wieder Wellness?«

»So ist sie halt.«

Helena nickte. »Geht es dir gut? Ich habe mir Sorgen gemacht.«

»Warum?«

»Wegen dieser Verrückten.«

»Wegen Liliana?« Merlin lachte und schüttelte den Kopf. »Mama, weißt du, manchmal sollte man auch einfach mal verrückt sein.«

»Mach doch keine Witze darüber. Stell dir mal vor, wenn sie plötzlich auftaucht.«

»Das muss ich mir nicht vorstellen. Man gewöhnt sich dran.« Ein Glücksgefühl durchströmte Merlin in diesem Augenblick und er hatte alle Mühe, seine Empfindungen nicht nach außen zu tragen.

»Was redest du denn da?«

»Mama, es geht mir gut und Liliana wird mir bestimmt nichts tun.«

»Wie kannst du dir da so sicher sein?«

»Weil sie mir schon mehr als einmal das Leben gerettet hat. Wenn sie mir schaden wollte, müsste sie einfach von mir fernbleiben.«

»Merlin! Was?« Helena stützte sich mit den Händen auf der Tischplatte ab und wollte aufstehen.

Merlins Geste ließ sie jedoch innehalten. »Mama, bitte. Ich habe euch nichts erzählt, weil ich nicht wollte, dass du dich noch mehr aufregst. Ich bin diesen Schweinen wohl etwas zu nah gekommen.«

»Wir müssen zur Polizei.«

»Nein. Genau die hat mich ja in diese Lage gebracht. Vertrau mir einfach. Habe ich dich jemals enttäuscht?«

»Nein, aber ...«

»Kein aber. Dieses Mal nicht. Ihr werdet meine Entscheidungen respektieren und ich werde Melinas Mörder finden.«

»Tu es nicht, Merlin. Ich will nicht noch ein Kind beerdigen. Das schaffe ich nicht.«

»Du wirst mich nicht verlieren.« Er ergriff ihre zitternde Hand. »Ich weiß genau, was ich tue.« Zumindest hoffte er das.

Sie nickte leicht, doch die Angst stand in ihren Augen.

»Kann ich dich was fragen, Mama?«

»Ja, sicher.«

»Was weißt du über Declan Riordan?«

»Nicht viel. Er war ein sehr charmanter, höflicher Mann. Immer sehr gepflegt. Dein Vater war öfter mit ihm auf Geschäftsreise und hin und wieder waren wir gemeinsam essen. Sonst weiß ich nichts.«

»Du wusstest nicht, dass er eine Familie hatte?«

»Nein, er hat nie etwas über eine Familie erzählt. Sein Tod ging deinem Vater aber sehr nah. Er war tagelang nicht ansprechbar und ist sogar nach Australien geflogen. Vielleicht erinnerst du dich noch.«

»Ja, du hast Recht. Er saß tagelang teilnahmslos im Wohnzimmer und hat getrunken.« Verschwommene Bilder kamen wieder in Merlin hoch.

»Er war danach nie wieder derselbe. Mein Gott, unvorstellbar, wenn das eigene Kind so einen Brand legt.«

»Sie hat das Feuer nicht gelegt.«

»Was? Merlin, hast du mit ihr gesprochen? Hast du sie etwa gesehen?«

»Ich weiß es, Mama. Ich weiß, dass sie es nicht gewesen ist.«

»Woher weißt du, dass sie die Wahrheit sagt? Was ist, wenn sie wirklich mit Melinas Mörder unter einer Decke steckt und ...«

»Mama!«, fuhr er sie barsch an. »Halt den Mund jetzt. Du würdest nicht so reden, wenn du gesehen hättest, was ich gesehen habe.«

»Was? ... Wie? Wie redest du denn mit mir? Was hat dieses Biest mit dir gemacht?«

»Sie hat mir die Augen geöffnet, nachdem ich jahrelang blind durch die Welt gelaufen bin.« Er schlug mit der flachen Hand auf den Tisch.

»Versprich mir bitte, dass du dich von dieser Person fernhältst. Bitte.«

»Nein. Aber versprich du mir, dass du Menschen erst einmal kennenlernst, bevor du dir ein Urteil über sie bildest.«

»Wieso nimmst du eine fremde Frau so in Schutz und redest so mit deiner Familie? Ist das der Dank für alles?«

»Wofür? Für die teure Ausbildung? Die verkürzte Kindheit? Den Erfolgsdruck oder die fehlende Wärme?«

»Merlin, du brichst mir das Herz.«

»Ich sehe nur zum ersten Mal in meinem Leben die Dinge völlig klar. Ich liebe dich und ich liebe Papa. Mehr, als du dir vorstellen kannst, aber ich muss mein Leben leben und meine Entscheidungen treffen.«

»Was soll das heißen? Was, Merlin? Antworte mir. Sie hat dich manipuliert, dieses Flittchen. Wie er gesagt hat. Weißt du eigentlich, wie hart dein Vater gearbeitet hat, damit es uns jetzt so gut geht? Dass wir jetzt diese gesellschaftliche Stellung haben? Wie viele Opfer er gebracht hat und wie oft ich auf ihn verzichten musste? Du bekommst alles und jetzt bist du so respektlos zu deiner Mutter?« Sie brach in sich zusammen und weinte bitterlich.

Er setzte sich neben sie und nahm sie in den Arm. *Es ist einfach zu existieren, wenn man niemanden hat, den man liebt*. Lilianas Worte hallten in seinem Kopf. »Was willst du von mir, Mama?«

»Ich will meine Kinder zurück. Ich will, dass alles wieder so ist wie früher.«

»Nichts wird jemals wieder wie früher, Mama. Nichts bringt sie uns wieder.«

# Kapitel 25

Der prächtige Kronleuchter thronte über den Gästen der Verlobungsfeier. Der große Firmensaal war erneut prachtvoll geschmückt und es schienen noch mehr Menschen an den runden Tischen zu sitzen als bei der ersten Feier.

Auch Merlin stand erneut abseits des Geschehens und spielte in Gedanken versunken mit seinem Champagnerglas. Alles kam ihm wie ein unheimliches Déjà-vu vor. Wieder stand er hier und heuchelte Freude. Der Zusammenbruch seiner Mutter hatte ihn schwer getroffen. Sie hatte schon so viel durchleiden müssen. Wenn er jetzt noch die Hochzeit absagen würde, befürchtete er das Schlimmste. Er fügte sich in sein Schicksal, wie er es all die Jahre zuvor getan hatte. Nur dieses Mal war es ihm wirklich bewusst. Dennoch konnte er nicht aus seiner Haut.

Also war er hier und ließ das ganze Prozedere über sich ergehen. Zahlreiche Reden von selbstverliebten Aristokraten, die nur versteckte Lobreden auf die eigene Person zu sein schienen, durchzogen den Abend. Die Langeweile war kaum zu ertragen. Lediglich Felix heiterte ihn hin und wieder mit ein paar kessen Witzen auf. Anna Maria wedelte in ihrem langen, bernsteinfarbenen Kleid, das viel zu pompös für ihre Erscheinung war, über das Parkett. Wie üblich hatte sie ihre Mutter im Schlepptau.

Ein Geschäftspartner und seine dickliche Frau näherten sich und begrüßten ihren Gastgeber, der sich ein Lächeln aufzwang.

Die Dame klopfte ihm auf die Schulter. »Es ist alles wunderbar geworden. Alles vom Feinsten. Wie erwartet.

Schon beeindruckend, wie Sie nach all den Schicksalsschlägen immer noch so gut zurechtkommen. Ich beneide Sie wirklich, um Ihre Kraft, mit der Sie immer wieder neu anfangen.«

Merlin sah in die Runde und wandte sich dann wieder der nach süßem Parfum riechenden Dame zu. »Wissen Sie, ich beneide Sie darum, dass Sie diese Stärke nicht brauchen.«

Sie schien den Wink richtig gedeutet zu haben und verabschiedete sich höflich für den Moment.

»Na? Alles in Ordnung?«, fragte Johann, der an der letzten Treppenstufe seinen Rollstuhl anhielt.

Merlin kam zu ihm hinunter und schob ihn aus dem Getümmel an den Rand des großen Saals.

»Ja, es ist alles in Ordnung. Wenn ich noch mehr strahlen würde, müssten wir den Saal evakuieren.«

Helena kam zu ihnen hinüber. Sie sah großartig aus in diesem perfekt geschnittenen Kleid in zartem Rosé.

Lächelnd drückte sie ihren Sohn an sich. »Ich bin so stolz auf dich.« Sie gab ihm einen Kuss auf die Wange. »Anna Maria steht das neue Kleid sehr gut. Wo hat sie es her?«

»Sie hat es anfertigen lassen.«

»Mussten wir dafür Firmenanteile verkaufen?«, fragte Johann genervt vom Konsumwahn seiner künftigen Schwiegertochter.

»Hör endlich auf damit. Du bist unverschämt. Für so einen großen Tag braucht man auch ein teures Outfit«, wies ihn seine Frau zurecht. »Sie ist die zukünftige Braut. Es ist wichtig, dass sie sich in ihrem Kleid wohlfühlt und ein Kleid werden wir wohl noch verschmerzen können.«

Merlin machte sich keine Sorgen um das Kleid, sondern nur um dessen Inhalt. Wie üblich hatte sie ihn nach den

Fotos und der Begrüßung links liegen lassen. Es gab kein *Wir* und das würde es auch nie geben. Da war er sich sicher.

Die Gespräche wurden leiser und verstummten zum Teil. Merlin drehte sich von seiner Mutter weg, um der Ursache auf den Grund zu gehen. Alle blickten zur Treppe, die in den Saal hinunterführte. Sämtliche Augen waren auf den neuen Gast gerichtet.

Sichtlich unbeeindruckt von der Aufmerksamkeit kam Liliana die Treppe hinunter. Ihr enges, cremefarbenes Abendkleid funkelte mit dem Diamantencollier um ihren Hals um die Wette. Das Bandeaukleid war einfach geschnitten, aber nichtsdestotrotz stellte es alle ihre Vorzüge raffiniert zur Schau. Keine der anwesenden Damen hatte es gewagt, ein kurzes Kleid zu tragen, aber Liliana war nun einmal nicht wie die anderen. Ihre langen Haare waren teilweise hochgesteckt. Der Rest fiel in großen Locken über ihren Rücken.

Jeder einzelne Gast trat einige Schritte zur Seite, als sie durch den Saal schritt. Außer leisem Gemurmel war nichts zu hören. Sogar die Jazzband hatte kurzzeitig ihr Spiel unterbrochen. Die Männer warfen ihr bewundernde Blicke zu, die von den eifersüchtigen Frauen sofort murrend zur Kenntnis genommen wurden. Auch Anna Maria wich die Farbe aus dem Gesicht, als Liliana an ihr vorbei ging und sich ihr stolzer Blick in ein warmes Lächeln kehrte, als sie Merlin entdeckte. Er strahlte bereits, seit er sie auf der Treppe erblickt hatte und kam auf sie zu.

Unter den aufmerksamen Blicken der verwirrten Gäste gab er ihr einen Kuss auf die Wange. »Mit dir habe ich wirklich nicht gerechnet.«

»Ich bin wie Falschgeld. Ich tauche immer wieder auf.«

Er sah sie von oben nach unten an und schüttelte den

Kopf. »Verdammt, wenn du hier Unruhe stiften wolltest, ist dir das gelungen. Du siehst wundervoll aus.«

»Habe ich schnell aus dem Kofferraum gekramt. Du weißt ja, wie das ist.«

»Natürlich. Das hab ich mir gedacht.« Es dauerte einen Moment, bis er sich wieder gesammelt hatte und seine Umgebung wieder registrierte.

»Warum bist du hier? Was hat dich umgestimmt?«

»Wenn du das hier wirklich durchziehen willst, hast du mehr Mut als ich. Aber du hast mir zur Seite gestanden, also ... hier bin ich. Jeder hat das Recht darauf, sein Leben zu versauen. Ich freue mich, dir dabei zuzusehen.«

Er musste lachen. Die anderen Gäste hatten sich langsam genähert, um wenigstens einen Teil des Gespräches aufzuschnappen.

»Du willst mich nicht abhalten?«

»Nein. Mir reicht es, wenn ich nachher sagen kann: *Ich hab's dir gesagt*. Und das werde ich. Verlass dich darauf.«

»Oh, da bin ich mir sicher. Na dann, auf in den Kampf.« Er reichte ihr seinen linken Arm und sie verließen die Mitte des Raumes, gefolgt von fragenden Blicken und der vor Eifersucht blass gewordenen Anna Maria.

Die Band hatte auf Merlins Zeichen hin das nächste Stück begonnen und die anderen Gäste vertieften sich wieder in ihre Gespräche. Überall sah man fragende Gesichter und Kopfschütteln. Wer war diese fremde Frau? Woher kannten sie sich? Die wildesten Vermutungen durchquerten in Windeseile den Saal. Einer anderen Illusion gab Merlin sich gar nicht hin. Kurz vor seinen Eltern blieb er mit Liliana stehen. Helena legte ihre Hand auf die Schulter ihres Mannes, der mit eiskalten Augen den Eindringling fixiert hatte.

»Liliana ... Das ist meine Mutter«, stellte Merlin sie vor.

Helena nickte nur knapp.

»Meinen Vater kennst du ja.«

»Frau von Falkenberg.« Liliana reichte ihr die Hand und blickte dann zu Johann. »Hallo, Johann. Du sahst schon mal besser aus.«

»Das kann ich von dir nicht behaupten«, gab er schroff zurück.

»Was ist hier eigentlich los? Wer ist das?« Anna Marias Augen funkelten böse in die Runde.

»Das ist Liliana«, erklärte Merlin. »Darf ich vorstellen: meine Verlobte Anna Maria.«

»Freut mich«, begrüßte Liliana sie und reichte ihr ebenfalls die Hand.

Anna Maria schaffte es nicht, ihren Gruß zu erwidern. »Ich erinnere mich nicht, dass wir sie eingeladen haben.«

»Haben wir auch nicht. Ich habe sie eingeladen, meine Liebe.«

»Aber ... warum? ... Wieso? Und warum weiß ich davon nichts. Was ...?«

»Sie sind also Declans Tochter«, versuchte Helena scheinbar, die Situation aufzulockern. »Ihr Vater war ein bemerkenswerter Mann. Freut mich, dass ich Sie mal kennenlerne.«

»Mich auch, Frau von Falkenberg. Johann, warum hast du mir diese wunderschöne Frau so lange vorenthalten?«

»Aus demselben Grund, warum ich dir alle Menschen vorenthalte, die mir wichtig sind. Es wundert mich, dich hier zu sehen. Man munkelte, du wärest tot.«

»Weißt du, Johann, die meisten Gerüchte über mich sind

genau so falsch wie die Menschen, die sie verbreiten.«

»Was willst du hier? Findest du das nicht etwas unpassend, hier aufzutauchen?«

»Ich passe auf euch auf oder willst du noch einmal so ein Drama wie auf der letzten Feier?«

»Wenn es ein Drama geben wird, dann hast du es mitgebracht.«

»Johann, nicht so laut. Ich bitte dich«, unterbrach Helena ihn.

Liliana ging vor ihm in die Hocke und sah ihn an. »Du hättest deinen Sohn schon lange verloren, wenn ich nicht da gewesen wäre. Vergiss wenigstens mal heute Abend deinen Stolz und lass dir helfen.«

»Niemand braucht deine Hilfe, Lilly. Niemand. Lass die Finger von meinem Sohn. Ich warne dich.«

»Du drohst mir? Willst du aufstehen und mir den Hintern verhauen, wenn ich nicht artig bin?«

»Nimm mir nicht noch meinen Sohn. Ich gebe dir, was immer du willst, aber nicht ihn. Ich hab schon so viel verloren. *Dich* ertrage ich nicht auch noch in dem jämmerlichen Rest, der sich mein Leben nennt.«

»Du bist verdammt nochmal nicht der Einzige hier, der alles verloren hat.«

Er hob drohend die Hand. »Wage es nicht, Liliana. Egal, was du vorhast, ich werde es zu verhindern wissen.«

Sie stand auf, drehte sich um und blickte direkt in die Augen von Anna Marias Vater.

Merlin war ebenfalls verwundert, wo er so plötzlich hergekommen war. Nach einem kurzen Moment besann er sich und stellte die beiden einander vor. »Theodor, das ist Liliana. Eine Freundin der Familie. Das ist Theodor, mein zukünftiger Schwiegervater.«

Sie reichte ihm die Hand und er begrüßte sie mit einem übertriebenen Handkuss.

»Wo habt ihr denn dieses wunderschöne Wesen so lange versteckt?«, fragte er, während seine Blicke unweigerlich über sie glitten.

»Wissen Sie, öffentliche Auftritte sind nicht gerade mein Fall. Ich bleibe lieber ungesehen«, antwortete sie selbst auf seine Frage.

»Ja, ich verstehe. Die schönsten Blumen blühen im Verborgenen.«

»Und schützen sich mit Dornen.«

»Oh, schlagfertig sind Sie auch noch. Interessant.«

»Wenn sie mich kurz entschuldigen würden.«

»Nur sehr ungern, aber der Abend ist ja noch jung und Sie werde ich wohl kaum übersehen.«

Merlin lauschte angeekelt den Worten seines zukünftigen Schwiegervaters. Er war nicht mehr der Jüngste, aber das hielt ihn nicht davon ab, Jagd auf junge Frauen zu machen. Sein Geld musste ihm wohl einige schöne Stunden beschert haben, denn eine Augenweide für die Damenwelt war er nicht gerade. Die Halbglatze und der dickliche Bauch wirkten alles andere als attraktiv.

Liliana ging an Merlin vorbei.

»Wo willst du hin?«, fragte er besorgt.

»Weg von dem, bevor ich mich übergebe«, flüsterte sie ihm ins Ohr. »Hat mich sehr gefreut, Anna Maria. Übrigens: nettes Kleid.«

»Sonderanfertigung, speziell für mich von einem Designer aus Berlin«, flötete sie.

»Was Sie nicht sagen.« Liliana betrachtete sie genauer.

»Warum passt es Ihnen dann nicht?«

Anna Maria blickte ihr mit aufgerissenem Mund nach. »Wie hat sie das gemeint?«

Merlin musste sich das Lachen verkneifen. Er wusste genau, was sie meinte. Das Kleid war schön, aber es passte nicht zu Anna Maria. Der untere Teil war zu eng und ließ ihre Hüften breit erscheinen und die Korsage vermochte sie nicht auszufüllen, sodass sie am oberen Rand abstand. Sie bestand auf diesen Schnitt, auch wenn der Schneider sie auf die Probleme hingewiesen hatte.

*

Es dauerte eine ganze Weile, bis Merlin seine Verlobte wieder beruhigt hatte. Bei seinem Vater gelang ihm das nicht. Dieser sprach kein einziges Wort mit ihm und trank ein Glas Scotch nach dem anderen. Den ganzen Abend ließ er den ungebetenen Gast nicht aus den Augen.

Liliana dagegen kam wunderbar zurecht. Sie fand mit jedem sofort ein Gespräch und egal, wer sich mit ihr unterhielt, strahlte nach nur wenigen Sekunden. Sie brachte das Leben auf diese Feier zurück. Merlin beobachtete sie bei jeder Gelegenheit. Ihre lockere Art zog ihn mit und er fühlte sich zum ersten Mal an diesem Abend wohl.

»Du heiratest die Falsche, mein Freund.« Felix klopfte Merlin auf die Schulter und schaute mit ihm Liliana zu, die einen erheblichen Teil der Gäste um sich versammelt hatte. Vorwiegend männlichen Geschlechts.

»Und wen soll ich deiner Meinung nach heiraten?«, fragte er, ohne den Blick von ihr abzuwenden.

»Wenn du den blonden Engel nicht haben willst, versuche ich mein Glück.«

»Bei ihr brauchst du kein Glück, sondern ein Wunder.«

»Seit wann glaubst du nicht mehr an Wunder?«

»Wie meinst du das?« Neugierig erwartete er die Antwort seines besten Freundes.

»Vor wenigen Stunden wolltest du dich noch vom Balkon stürzen. Dann kam *sie* die Treppe hinunter und seitdem strahlst du nur noch und lässt sie keine Sekunde aus den Augen. Man muss kein Spezialist sein, um festzustellen, dass ...« Felix verstummte, als er Merlins warnenden Blick wahrnahm. »Geht mich ja auch nix an, aber ...«, Er hielt kurz inne und schüttelte den Kopf. »Verdammt, so etwas findet man nicht einfach in der Nachbarschaft. Wie oft im Leben trifft man auf so eine Frau?«

»Ja, sie ist, was andere nur schienen«, flüsterte Merlin kaum hörbar.

»Verdammt, Merlin. Jetzt geh da runter und vergiss die ganzen Dummschwätzer hier. Sie ist bestimmt nicht hier, weil du ihr egal bist. Los jetzt. Mach mich stolz.«

Merlin wagte sich tatsächlich ins Getümmel. Eine nette Dame kam auf ihn zu, kurz bevor er sich der Gruppe um Liliana anschließen konnte.

»Mein lieber Junge, erfüllst du einer alten Frau einen Wunsch? Du warst immer so ein begabter Pianist. Spielst du etwas für uns? Ich würde mich so freuen.«

Zustimmung von weiteren Gästen, die dem Gespräch gelauscht hatte, erfüllte den Raum.

»Das geht nicht«, ertönte Anna Marias Stimme hinter Merlin. »Er spielt nicht mehr. Macht ja auch nix. Dann müssen wir diesen riesigen, unpassenden Flügel auch nicht mit in das neue Haus nehmen. Nicht wahr, Schatz?« Sie legte ihm den Arm um die Schultern und küsste ihn auf die

Wange.

»Oh, wie schade«, sagte die ältere Dame traurig.

Nachdem Merlin einen tiefen Blick mit Liliana getauscht hatte, wandte er sich der Frau wieder zu. »Ich würde liebend gerne für Sie spielen.«

Anna Maria sah ihn geschockt an.

»Das wäre wunderbar. Wunderbar.« Die Dame klatschte freudig in die Hände.

Merlin ging zielstrebig zu dem schwarzen Flügel, der in der rechten Ecke des Saales stand. Viele der Gäste, unter ihnen auch Liliana, waren ihm gefolgt. Er schaute auf die Tasten. Fast ein Jahr war es her, dass er die letzten Töne gespielt hatte. Er spürte seinen Pulsschlag und erinnerte sich an die Nacht am See. Liliana stand nur wenige Meter vor ihm und nickte ihm aufmunternd zu. In diesem Moment bewegten seine Finger sich wie von selbst. Nach einigen Takten spielte er genauso sicher wie früher.

Der Applaus und die Lobpreisungen der anderen Gäste waren ihm egal, als er nach einigen Stücken wieder aufstand. Er schritt auf Liliana zu und drückte sie an sich. Aufgeregtes Gemurmel war von allen Seiten zu hören. Er sah ihr in die Augen und strahlte. Das Klavier war für ihn der erste Schritt zurück in *sein* Leben. Zurück zu sich selbst.

»Danke«, hauchte er ihr ins Ohr, bevor er sie losließ, um nicht noch mehr Spekulationen Raum zu geben.

»Ich habe nichts getan. Das war dein Erfolg. Ganz allein deiner. Gut gemacht.« Sie grinste in sich hinein und warf mehrere Haarsträhnen nach hinten.

»So, jetzt muss aber auch getanzt werden. Das ist doch eine Feier, oder?«, rief Felix freudig in die Menge und erhielt erstaunlicherweise Zustimmung.

Das hätte Merlin von der steifen Gesellschaft nicht erwartet.

»Los, Anna Maria. Du bist die Braut. Ihr müsst den Tanz eröffnen«, verkündete Felix euphorisch.

Alle sahen zu ihr hinüber.

»Er hat Recht, mein Schatz«, stimmte Merlin seinem Freund zu. »Darf ich bitten?«

Anna Maria konnte nicht tanzen. Sie wollte es auch nie lernen. Das wusste nicht nur Merlin, sondern auch sein Freund Felix. Er wollte sie vorführen und Merlin kam das gerade Recht. Er hatte sich lange genug schützend vor dieses Weib gestellt, das ihm seine Eltern an den Hals gehängt hatten. Zumindest heute Abend war er in Spiellaune, ohne Rücksicht auf Verluste.

Magdalena eilte ihrer Tochter bereits zur Hilfe. »Es tut mir sehr leid, aber Anna Maria darf momentan nicht tanzen. Sie hat eine Zerrung am Sprunggelenk, die noch nicht ganz ausgeheilt ist.«

»Ah, deshalb trägt sie auch diese flachen Schuhe«, warf Felix provozierend ein. »Ich hatte mich schon gewundert.«

Alle schauten nach unten auf die High Heels an Anna Marias Füßen.

»Felix!«, fuhr sie ihn an.

»Na dann müssen wir halt Ersatz finden. Nimm doch gleich die nette Dame neben dir.«

Alle Blicke waren wieder auf Liliana gerichtet.

Liliana schüttelte den Kopf. »Danke, aber ich verzichte. Mein Sprunggelenk ist zwar in bester Verfassung, aber ich denke, es wird sich passenderer Ersatz für den Eröffnungstanz finden.«

»Ich könnte zum Beispiel ...«, warf Magdalena ein.

Merlin beachtete sie nicht. Felix hatte ihm die Tür geöffnet. Jetzt musste er nur noch hindurchgehen. »Wieso denn? Als beste Freundin des Bräutigams bist du doch prädestiniert. Oder kannst du etwa nicht tanzen?«

Als sie die linke Augenbraue hochzog, wusste er, dass seine Provokation ins Schwarze getroffen hatte.

»Kannst du es?«, fragte sie ihn frech. »Nicht, dass ich dich auf deiner eigenen Verlobungsfeier bloßstelle. Das wäre mir unangenehm.«

Die Gäste fingen an zu lachen und klatschten, als sie mit ihm zur Tanzfläche ging.

Johanns Kopfschütteln ignorierte Merlin.

Natürlich konnte sie tanzen. Merlin hatte nichts anderes erwartet. In den Kreisen, in denen sie verkehrte, musste sie sich einfach auf solchen Veranstaltungen bewegen können. Zu seiner Überraschung ließ sie sich ganz damenhaft von ihm führen. Seine Gedanken schweiften immer wieder ab. Ihr Duft, ihre Augen. Immer wieder war er in der Scheune und er wusste, dass es ihr genau so ging. So nah, wie sie ihm bei diesem Tanz war, so fern war sie doch in der Realität und mit dem letzten Takt der Musik musste er sie loslassen.

Die Gäste applaudierten und begaben sich ebenfalls auf die Tanzfläche. Die Stimmung war ausgelassen. Nur Anna Maria saß trotzig auf ihrem Stuhl und wurde von ihren Freundinnen bemuttert.

Die Gäste schienen sich wirklich zu amüsieren. Allerdings hatte Merlin das Gefühl, dass es Liliana nicht so ging. Sie tanzte mit Theodor. Felix befreite sie jedoch ziemlich zügig aus seinen Armen und Merlin beruhigte sich wieder. Er war froh, als sie wieder neben ihm stand.

»Entschuldige, Theodor ist halt ...«

Sie winkte ab. »Alles gut. Ich kenne solche Männer. Sie glauben, dass ihr Geld ihnen alle Türen und alle Höschen öffnet. Irrglaube. Aber danke für die Rettung.«

»Felix hat also gepetzt, dass ich ihn geschickt habe? Toller Freund.«

»Das ist er. Ein Segen, solche Freunde zu haben.«

# Kapitel 26

Der weitere Abend verlief friedlich und auch Anna Maria hatte sich irgendwann wieder gefasst und wurde erneut zur zentralen Figur.

Nachdem Merlin sich kurz entschuldigt hatte, ging er zur Toilette. Als er am Waschbecken stand, stellte er fest, dass er nicht alleine im Raum war. Die letzte Kabinentür ging langsam auf und ein Mann mit dunklen Haaren und robuster Statur trat ins Licht. Er schaute ihn eindringlich an. Als Merlin sich umdrehte, erblickte er einen zweiten großen Typ, der eine Waffe auf ihn richtete.

Das war doch jetzt ein schlechter Scherz. Wie kamen diese Kerle hier rein? Und was wollten sie ausgerechnet von ihm?

»Kommen Sie freiwillig mit oder müssen wir nachhelfen?«, fragte einer der Typen mit tiefer Stimme.

Der andere Kerl zückte ein Messer und grinste Merlin an.

»Was wollen Sie? Geld?« Merlin versuchte, sich zu beruhigen. Panik würde ihm nicht helfen. So viel hatte er bereits gelernt.

»Wir sind nicht käuflich. Leute wie *du* glauben, dass sie alles mit Geld regeln können. Das hier ist persönlich.« Er ging auf ihn zu und hielt ihm die Waffe ans Kinn. »Also auf die harte oder auf die sanfte Tour?«

»Ups, ich habe mich wohl in der Tür geirrt. Wie peinlich.«

Der Mann drehte sich um und zielte jetzt auf Liliana, die in der Tür stand.

»Komm gefälligst her, du Schlampe.«

»Schon gut. Kein Grund, ausfallend zu werden. Immer ruhig bleiben.« Sie ging genau auf den Typ mit der Waffe zu und lächelte ihn verführerisch an.

Blitzschnell ergriff sie seine Hand, drehte sich mit dem Rücken zu ihm und warf ihn über ihre rechte Seite zu Boden. Die Pistole rutschte in eine der Toilettenkabinen. Er schrie auf, als er auf die Fliesen krachte. Ebenso schnell hatte Liliana den Messerangriff des zweiten Mannes abgewehrt und schlug seinen Kopf auf den Waschtisch. Blutend sackte er zusammen. Er stellte keine Gefahr mehr dar. Das Messer hielt sie jetzt selbst in der Hand.

Merlin konnte dem Geschehen kaum folgen. Nach einem kurzen Blick auf die Klinge warf sie es neben seinen Besitzer und wandte sich wieder dem fluchenden Kerl auf dem Boden zu. Die spitzen Absätze ihrer Schuhe bohrten sich in seine Hand, als er versuchte, seine Waffe zu greifen. Er schrie auf. Ein Schlag in seinen Nacken führte dazu, dass er sich benommen auf dem Fußboden rekelte.

Merlin holte tief Luft, während Liliana sich in aller Ruhe ein paar Haarsträhnen aus der Frisur zupfte und somit die Perfektion zerstörte.

Sie drehte den Wasserhahn auf, befeuchtete ihre Hände und rieb sich über die Augen. »Sie greifen immer dann an, wenn man sich sicher fühlt«, sagte sie sichtlich belustigt.

»Danke. Damit habe ich nicht gerechnet.«

»Meine Rechnung kommt.« Sie legte ihm die Hand auf die Schulter. »Alles in Ordnung?«

»Ja. Ich bin noch in einem Stück. Diese Typen wollten mich mitnehmen.«

»Na dann hast du jetzt nicht nur Lavalles Aufmerksamkeit geweckt, sondern auch sein Interesse an dir. Willkommen im Club der Verdammten.«

Die Tür flog auf und zwei Herren stürzten hinein. Sie

hatten wohl den Schrei gehört. Liliana warf sich schlagartig in Merlins Arme und fing erbärmlich an, zu schluchzen.

»Oh Gott, was ist denn passiert? Wir haben Schreie gehört?«, fragte einer der Männer.

»Die Kerle haben mich in die Toilette gezerrt, und ...« Sie fing doch tatsächlich an, zu weinen.

Merlin war überrascht, dass sie das überhaupt konnte, ließ sich aber nichts anmerken.

»Mein Gott, beinahe ... Wenn du nicht gekommen wärst ... sie hatten eine Waffe. Ich ...«

Merlin zog sie an sich. »Ist ja gut. Es ist vorbei. Rufen Sie bitte den Sicherheitsdienst.«

Einer der Männer lief sofort aus dem Raum und folgte der Aufforderung. Der andere war vollkommen verstört.

»Geht es Ihnen gut, junge Frau? Sind Sie verletzt?«

»Nein. Ich ... ich ...«

»Ich bringe sie erst einmal hier raus«, sagte Merlin.

»Ja, machen Sie das. Mein Gott. Ich warte auf den Sicherheitsdienst. Das ist ja unfassbar. Sollen wir die Polizei rufen?«

»Das erledigt der Sicherheitsdienst. Vielen Dank für Ihre schnelle Hilfe. Und seien Sie vorsichtig. Die Waffe liegt noch irgendwo hier herum.«

»Das ist doch Ehrensache.«

Kaum hatten sie die Herrentoilette verlassen, ließ Merlin sie los und sah sie fassungslos an. »Du hinterhältiges Miststück.«

Sie wischte sich die Tränen ab und grinste. »So schnell wird man zum Helden. Gern geschehen.«

Eine blonde Frau kam ihnen entgegen und erkundigte sich sofort nach Liliana. Es hatte sich schon herumgesprochen, dass sie überfallen worden war. Sie legte ihr tröstend den Arm um die Schultern und begleitete sie zurück in den Saal.

Anna Maria kam wie eine Wilde auf sie zugerannt und die nette Dame ging ängstlich einige Schritte zurück. Mit funkelnden Augen holte Anna Maria aus und schlug Liliana ins Gesicht, bevor sie ihr ruckartig ihr Weinglas überschüttete. Die Gäste beobachteten fasziniert das Spektakel.

»Was fällt dir ein, du Flittchen?«

Merlin hielt seine Verlobte zurück.

»Und du! Fass mich nicht an. Was machst du mit dieser Schlampe auf der Herrentoilette? Auf unserer Verlobungsfeier betrügst du mich?«

»Er hat sie gerettet«, ertönte die Stimme eines Mannes.

Liliana betrachtete ihr weinbeflecktes Kleid. »Zwei Männer haben mich angegriffen und in die Herrentoilette gezogen. Ihr Verlobter hat mich gerettet, Anna Maria. Ich weiß nicht, was sonst passiert wäre, wenn er das nicht mitbekommen hätte. Ich möchte es mir auch nicht vorstellen.« Sie zitterte und ihre Augen glänzten leicht von den Tränen.

Das Mitgefühl war den Gästen zweifellos anzusehen. Die Dame kam wieder näher und nahm sie in den Arm.

»Mein Gott. Wo sind die Kerle jetzt?«, fragte ein weiterer Gast.

»Ich habe sie überwältigen können. Der Sicherheitsdienst kümmert sich jetzt darum.«

Großes Lob und Anerkennung wurde Merlin zuteil. Alle bewunderten seinen Mut. Außer Johann, der ihn skeptisch ansah.

Helena kam zu ihnen. »Möchten Sie sich waschen, Liliana? Wir haben genügend Gästezimmer hier.«

»Das wäre sehr nett.«

»Es tut mir leid um das schöne Kleid.«

»Machen Sie sich keine Sorgen. Das war keine Sonderanfertigung von einem Designer aus Berlin.«

Anna Maria verschränkte die Arme vor der Brust. Ihre Mutter legte ihr die Hand auf die Schulter und flüsterte ihr etwas ins Ohr.

Dann setzte Magdalena ein Lächeln auf und ging auf Liliana zu. »Es tut mir sehr leid. Meine Tochter ist etwas aufgeregt. Bitte verzeihen Sie. Wir kommen natürlich für die Kosten auf.«

»Sehr nett von Ihnen, aber das wird nicht nötig sein. Ist doch nur ein Kleid.«

Magdalena nickte. »Ja. Vielleicht sollten Sie das nächste Mal mehr anziehen, und nicht als Einladung für Serientäter umherstolzieren.«

»Ich werde mir merken, dass es in Ihren Kreisen so viele davon gibt und Ihren Rat berücksichtigen.«

Liliana folgte Helena in den Flur.

Merlin holte sie zügig ein. »Du hast doch sicher noch was zum Anziehen in den Weiten deines Kofferraums, oder?«

»Hast du Angst, dass ich gehe? Schwarze Tasche. Schlüssel sind in der Jacke bei eurem netten Empfangspersonal.«

»Ich gehe schnell.«

Als Merlin die Tasche aus dem Kofferraum holte, traute er seinen Augen nicht. Zahlreiche Messer, Brecheisen, Werkzeuge, Seile und anderer seltsam anmutender Kram, dessen Sinn sich ihm nicht erschloss, befand sich in diesem Auto.

»Jetzt wird mir klar, warum sie immer vor der Polizei flüchtet. Dieses Waffendepot wollte ich auch nicht erklären müssen. Auf wen habe ich mich da nur eingelassen?«, sagte er zu sich selbst.

# Kapitel 27

Merlin klopfte an die Tür, bevor er eintrat.

»Ich hoffe, du hast dich nicht an meinem Kofferraum verletzt«, klang ihre Stimme aus dem Badezimmer.

»Nein, aber du hättest mich warnen können, dass du dich für einen Bürgerkrieg gewappnet hast.«

Er stellte die Tasche vor das große Bett und schaute sich um. Er war lange nicht hier. Die Zimmer dienten Geschäftspartnern als Übernachtungsmöglichkeit.

»Und? Kann man das Kleid noch retten?«

»Nein, aber als Putzlappen könnte es noch zu gebrauchen sein.«

»Tut mir leid. Ich ...« Er hielt inne, als er sie im Türrahmen erblickte.

»Du ...?«

Die cremefarbene Korsage schmiegte sich perfekt an ihren schlanken Körper und ging in einen gleichfarbigen Strumpfhalter über. Die hohen Pumps taten ihr Übriges. Er brachte keinen Ton mehr hervor, als sie die letzte Haarspange öffnete und sich die blonde Mähne aus der Frisur löste. Das Atmen fiel ihm schwer.

Ohne ihn weiter zu beachten, nahm sie die Tasche, die neben ihm stand, und stellte sie auf einen mit rotem Samt verzierten Stuhl. »Glück gehabt. Doch noch was Anständiges zum Anziehen in den endlosen Weiten meiner schwarzen Tasche. Die ist immer für Überraschungen gut. Man weiß nie, was man findet.« Sie drehte sich zu ihm um. »Was ist? Soll ich lieber *so* runtergehen?«

Immer noch schaute er sie wortlos an.

»Merlin?«

»Ehrlich gesagt würde ich *so* lieber mit dir hierbleiben. Du ... siehst einfach umwerfend aus.«

»Wenn ich ehrlich bin«, sie streifte sich die Haare nach hinten, »ich dachte, ich könnte dir, durchtrieben wie ich nun einmal bin, noch ein persönliches Verlobungsgeschenk machen. Unser Leben wird nicht an der Anzahl unserer Atemzüge gemessen, sondern an den Augenblicken, die uns den Atem nehmen.«

Sie raubte ihm tatsächlich den Atem.

»Du wusstest also, dass Anna Maria dir das Kleid versauen wird, damit du dich umziehen musst und dann mit mir hier endest? Allein? Welch hinterhältiger Plan.«

»Danke. Ich hätte sie schon so weit gebracht, aber sie hat besser mitgespielt, als ich dachte.«

»Du bist unglaublich.«

Sie zuckte mit den Schultern.

Er ging zu ihr herüber, drückte sie leicht mit dem Rücken gegen die Wand und küsste sie. Den ganzen Abend beherrschte nichts anderes seine Gedanken.

»Weißt du eigentlich, wie schön du bist?«

Sie lockerte seine Fliege, warf sie achtlos zu Boden und zog neckisch an seinem Hemdkragen. »Und dennoch zögerst du?«

»Das ist meine Verlobungsfeier. Ich kann nicht ...«

»Nein, du kannst alles. Die Frage ist, ob du willst. Es ist alles eine Frage des Willens.«

Seine Hände wanderten über ihren Körper, als seine Lippen wieder die ihren fanden.

»Anna Maria hat doch gerne Recht, oder?«, hauchte sie ihm ins Ohr.

»Ja, und?« Sein logisches Denkvermögen verließ ihn langsam, während ihr Duft seine Sinne benebelte.

»Sie sagte doch, dass du sie an eurer Verlobungsfeier betrogen hättest. Wäre doch schade, wenn sie damit Unrecht hätte. Wollen wir sie dieser Schmach aussetzen?«

Er sah ihr in die Augen. »Weißt du, wie viele Leute da unten sind und du willst ...?«

»Und? Glaubst du, jemand von den Geldsäcken vermisst dich? Die vermissen eher mich. Solange die ausreichend Champagner haben, ist alles in bester Ordnung in ihrer kleinen, engstirnigen Welt. Aber gut ... wie du willst. Allerdings würde ich so nicht runtergehen.«

»Bitte?«

Sie sah an ihm hinunter und zwinkerte frech.

Er hob sie lächelnd hoch und trug sie auf die große Couch, die passend zu den Sesseln ebenfalls mit rotem Samt bezogen war. Vorsichtig ließ er sich nach hinten fallen, sodass sie auf seinem Schoß saß.

»Du bist verdorben und berechnend, aber du hast Recht. So kann ich nicht runtergehen.«

Sie nickte zustimmend. »Einsicht ist der erste Weg zur Besserung. Ich dachte schon, ich müsste mein Geschenk jemand anderem geben.«

»Das kann ich nicht verantworten. Ich bin sehr besitzergreifend, was meine Geschenke angeht. Du weißt doch, ich bin ein reiches verwöhntes Kind.«

»Wäre auch schade um den netten Anlass. Außerdem bezweifle ich, dass du von der aufgebrachten Schnepfe noch eine verheißungsvolle Nacht erwarten kannst.«

Er löste langsam die Haken ihrer Korsage. »Äußerst unwahrscheinlich.«

»Na dann ist es doch gut, dass ich hier bin. Alles Gute zur Verlobung«, erwiderte sie, bevor sie ihm vollends den Kopf verdrehte.

\*

Liliana rückte ihr graues Etuikleid zurecht und packte das schmutzige Abendkleid in ihre Tasche, als es an der Tür klopfte.

»Ja, bitte?«

Helena betrat den Raum. »Entschuldigen Sie. Haben Sie alles, was Sie brauchen?«

»Ja, vielen Dank. Es ist alles wieder in bester Ordnung.«

»Das freut mich. Und entschuldigen Sie noch mal die Unannehmlichkeiten. Meine zukünftige Schwiegertochter ist sehr impulsiv.« Sie zögerte kurz. »Haben Sie vielleicht meinen Sohn gesehen?«

Liliana schüttelte den Kopf. »Er hat mir vor einer guten halben Stunde meine Tasche gebracht, aber dann weiß ich nicht, wo er hin ist. Vielleicht zum Sicherheitsdienst.«

»Gut möglich. Lassen Sie sich nur Zeit.«

»Danke.«

Helena wandte sich zum Gehen, blieb jedoch vor der Tür stehen.

»Liliana?«

Sie drehte sich um und ging auf Helena zu. »Was kann ich für Sie tun?«

»Ach, nichts. Ich ... vergessen Sie es einfach.«

Sie wollte die Tür öffnen, doch Liliana drückte sie wieder ins Schloss zurück. »Was haben Sie auf dem Herzen, Frau von Falkenberg?«

»Gar nichts. Es steht mir nicht zu ... tut mir leid.«

»Helena, ich habe nicht mit Ihrem Mann geschlafen, wenn

Sie dieser Gedanke beruhigt. Johann und ich hatten mit Sicherheit keine Affäre. Zerbrechen Sie sich nicht Ihren hübschen Kopf über Dinge, die nie stattgefunden haben.«

Helena atmete tief durch, nickte und verließ das Zimmer.

Nachdem die Tür ins Schloss gefallen war, drehte sich Liliana zu Merlin um, der gegen die Badezimmertür lehnte.

»Beruhigend zu hören.«

»Was? Dass ich nicht mit deinem Vater geschlafen habe?«

»Ja. Ich hoffe, es stimmt auch.«

Mit einem herausfordernden Grinsen kam sie auf ihn zu. »Und wenn nicht? Du weißt doch, dass ich ein verlogenes Miststück bin.« Sie schmiegte sich an ihn, küsste ihn.

»Darüber macht man keine Witze. Liliana, bitte.«

»Du kannst dich wieder beruhigen«, sagte sie sichtlich amüsiert. »Ich hatte wirklich nie etwas mit deinem Vater.«

Merlin atmete tief durch. »Erschreck mich nie wieder so.«

»Bist du eifersüchtig?«

Er kommentierte ihre Anspielung nicht. Natürlich war er eifersüchtig, aber das musste er nicht gerade *ihr* auf die hübsche Nase binden. »Geh nur schon vor. Ich komme nach«, wechselte er das Thema.

»Der Gentleman. So gehört sich das.«

»Ich wusste gar nicht, dass du so viel für Etikette übrig hast.«

»Oh, du weißt so einiges noch nicht.« Sie schnappte ihre Tasche und ging aus dem Zimmer.

Merlin rückte seinen Smoking und seine Fliege zurecht, bevor er ihr nach einigen Minuten folgte.

\*

Die meisten Gäste verabschiedeten sich innerhalb der

nächsten Stunde und nur eine kleine Runde war noch übrig geblieben. Sie saß an zwei zusammengestellten runden Tischen und lauschte Lilianas Erzählungen über ihre Reisen. Nur Magdalena ließ kein gutes Haar an ihr. Im Gegensatz zu ihrer Tochter hatte sie vermutlich lange erkannt, welch starke Konkurrenz mit am Tisch saß.

»Ich weiß nicht, ob es so gut für eine Frau ist, wenn sie sich wochenlang allein in der Wildnis herumtreibt. Man verliert doch jeden Bezug zur Realität und zu den Menschen.«

»Nirgends fühlt man die Realität stärker als allein in der Wildnis. Allein mit sich selbst«, erklärte Liliana. »Was die Menschen angeht, haben Sie vielleicht Recht, aber ich lege keinen großen Wert auf Gesellschaft.«

»Und doch sind Sie hier und scheinen nicht gerade an der Armutsgrenze zu stehen. Wie kommt das?«

»Meine Familie ist sehr vermögend und ich leite eine Abteilung für internationale Kommunikation in einem russischen Unternehmen. Dass ich heute hier bin, ist reiner Zufall. Ich war terminlich in Frankfurt. Da ist Mainz nur ein Katzensprung.«

»Welch Glück«, heuchelte Magdalena. »Sie sind nicht liiert?«

»Nein, mein Beruf eignet sich nicht für eine Beziehung.«

»Mir war die Familie immer das Wichtigste. Umso froher bin ich jetzt, dass meine liebe Tochter auch heiraten wird und hoffentlich bald kleine Enkel mein Glück vollkommen machen.«

Liliana ergriff ihr Glas und zwinkerte Merlin zu. »Auf das Brautpaar.«

Alle erhoben ihr Glas auf Merlin und Anna Maria.

Johann nutzte die Gelegenheit, um sich in das Gespräch

einzuklinken: »Ich nehme an, dass du auch nicht lange bleiben wirst, wenn du *so* beschäftigt bist.«

»Leider nein.«

»Wie bedauerlich.« Er leerte sein Glas mit einem Zug.

Nach und nach verabschiedeten sich die letzten Gäste. Auch Anna Maria und ihre Familie zogen sich zurück. Helena brachte Anna Maria in eines der Gästezimmer.

»Also«, sprach Johann Liliana augenblicklich an, als seine Frau den Raum verlassen hatte.

»Also was?«

»Was willst du?«

»Ich will, dass ihr hier verschwindet«, sagte sie ohne Umschweife. »Zumindest für eine gewisse Zeit. Ihr seid hier nicht sicher.«

»Wo sollen wir hin, Madame?«

»Ihr könntet mit zu mir kommen. Ich habe genug Platz für euch.«

»Willst du *meine* Familie jetzt auch abfackeln?«, fuhr er sie mit scharfem Ton an.

Merlin sah verärgert zu seinem Vater hinüber. »Papa, es reicht.«

Sie wirkte plötzlich wie ein zerbrechliches Kind auf Merlin.

Mit zitternden Händen strich sie sich die Haare aus dem Gesicht. »Johann, woher kommt dieser Groll auf mich? Was habe ich dir jemals getan?«

»Das fragst du noch? Du wirst nicht auch noch *meine* Familie zerstören.«

Sie lächelte gequält und schüttelte den Kopf. »Schließ nicht von dir auf andere.«

Er schlug mit beiden Händen auf den Tisch. »Was fällt dir

ein?! *Raus aus meinem Haus!*«

Sie stand wortlos auf.

»Liliana, warte.« Merlin wollte sie zurückhalten.

»Ich muss mir das nicht anhören, Merlin. Dein Vater hat sich wohl entschieden. Sie werden euch wieder angreifen. Ihr seid hier nicht sicher. Das war heute nur ein kleiner Test. Nichts weiter. Lavalle spielt. Er opfert gerne einen Bauern, um an die wichtigen Figuren heranzukommen. Du bist in Gefahr.«

»Ich werde nicht zulassen, dass du noch mehr Intrigen streust«, sagte Johann. »Lass meine Familie in Ruhe und vor allem, *lass meinen Sohn in Ruhe!*«

Sie seufzte. »Wärst du früher zu mir gekommen, könnte Melina noch leben.«

»*Nimm den Namen meiner Tochter nicht in den Mund, du Miststück!*« Johann war außer sich. »Wärst *du* doch nur verbrannt. Warum hast ausgerechnet *du* überlebt? Herrgott!«

Merlin sah seinen Vater schockiert an. »Papa, sie hat mir das Leben gerettet heute. Schon wieder. Die Männer wollten mich und nicht sie.«

»*Erzähl doch keinen Mist!*«, schrie er weiter. »Sie hat diese Typen überhaupt erst hierher geführt. Die sind nur wegen ihr hier. Du hast das Unheil durch unsere Tür hineingelassen, aber auf diesem Wege wird es uns nicht wieder verlassen. Was weißt du schon? Kaum zwinkert die Hexe dir zweimal zu, wendest du dich gegen deine Familie. Was ist los mit dir? Hast du völlig den Verstand verloren?«

»Das bildest du dir ein«, versuchte Merlin, seinen Vater zu beruhigen.

Er beachtete seinen Sohn nicht, sondern sah Liliana an. »Wie viele Leben willst du noch zerstören, Lilly? Wie viel

Blut muss noch fließen?«

Ohne jedes weitere Wort machte sie kehrt. Johann hielt Merlin am Arm zurück.

»Lass sie gehen und bete, dass wir sie nie wieder sehen.«

# Kapitel 28

Merlin hatte seit Tagen nichts mehr von Liliana gehört und er machte sich Sorgen, dass sein Vater sie endgültig vertrieben haben könnte. Johann sprach kaum noch mit ihm und seine Mutter wich ihm nicht mehr von der Seite. Sie hatte nur noch die Hochzeit im Kopf und machte ihn fast wahnsinniger als Anna Maria. Ihr Ziel war es wohl, ihn von Liliana abzulenken. Vergeblich.

Er saß am Abend mit seinen Eltern im Wohnzimmer. Die große Eckcouch bildete das Zentrum vor dem Kamin und den hohen Bücherregalen. Auf dem Tisch lagen zahlreiche Ordner. Dekorationen, Fackeln und anderer Hochzeitskram. Merlin dachte an Liliana. Schon wieder. Sie hätte ihre pure Freude an dieser Situation. Hier saß der angehende Firmenchef eines großen Unternehmens und suchte Tischdeckchen mit seiner Mutter aus. Als er so darüber nachdachte, musste er selbst schmunzeln.

»Was ist denn? Hörst du mir eigentlich zu?«

»Mama, du machst das alles wunderbar. Ich habe nichts hinzuzufügen.«

»Mit anderen Worten: es ist ihm vollkommen egal«, sagte Johann. »Unser Sohn verkehrt jetzt lieber mit Buschnattern als mit seinesgleichen.«

»Geht das schon wieder los?«, fragte Merlin. »Ich bin hier, falls du es nicht bemerkt hast.«

»Nur körperlich«, entgegnete Johann knapp.

»Ach, Johann, lass jetzt mal gut sein. Sie kommt schon nicht wieder. Sei froh, dass sie ihm geholfen und es nicht an die große Glocke gehängt hat. Das hätte unangenehm für uns werden können. So ist doch alles gut gelaufen.«

»Ich soll froh sein? Merkwürdig, dass er immer angegriffen wird, wenn diese Ratte in der Nähe ist.«

»Vielleicht ist sie auch immer in der Nähe, wenn *ich* angegriffen werde. Wie mein Schutzengel«, neckte Merlin seinen Vater.

»Hör doch auf, sie immer noch zu verteidigen. Sie hat sich wie eine läufige Hündin an dich rangemacht.«

»Bist du eifersüchtig, Papa?«

»Was fällt dir ein?«

»Hört jetzt endlich auf. Es reicht. Kümmert Euch lieber um die Bänder für die Hussen. Dann habt ihr etwas Sinnvolles zu tun.«

»Ich würde rot empfehlen. Das wäre doch sehr passend«, sagte eine unbekannte Stimme hinter ihnen.

In der großen Flügeltür stand ein Mann mit dunklem Anzug.

»Wer sind Sie?«, fragte Helena schockiert.

Johann und Merlin wussten, wer da in der Tür lehnte und Merlin hinderte seine Mutter unverzüglich daran, aufzustehen.

»Was ist denn los?«, fragte Helena, die sich unsicher zwischen ihrer Familie und dem Eindringling umsah.

»Bleib sitzen, Mama.« Er stand langsam auf und ging um die Couch herum, bis er wenige Meter vor Tony zum Stehen kam.

»Endlich lernen wir uns persönlich kennen, Herr von Falkenberg. Mit Ihrem Vater hatte ich ja schon das Vergnügen.«

Merlin versuchte, seine Unruhe zu verbergen. »Wo ist Ihr drahtiger Freund, Tony?«

»Noel? Oh, er kuriert sich aus. Einer meiner Hunde hat ihn mit einem Knochen verwechselt. Ist ja kein Wunder bei der Figur. Aber ich habe ihm heute etwas zum Spielen vorbeigebracht. Nicht besonders hübsch und etwas dicklich, aber ausreichend, um Noel glücklich zu machen.«

»Dann ist er ja schon zufrieden. Was kann ich für Sie tun?«

»Wissen Sie, es ist nichts Persönliches, aber man munkelt, dass sie eine Leidenschaft für widerspenstige Blondinen haben. Und da ich so eine suche, dachte ich, dass hier die beste Anlaufstelle wäre. Die Sache ist ganz einfach. Sie übergeben mir die Schlampe von Riordan und ich verschone das Leben Ihrer restlichen Familie. Nur Ihres nicht. Sie kommen mit mir. Der Boss hat anderweitige Pläne.«

»Verlockendes Angebot, aber ich habe nicht den geringsten Schimmer, wo sie ist.«

»Hat man Worte? Lässt sie dich nicht ran?« Tony verschränkte die Arme vor der Brust und schien recht belustigt zu sein.

»Das ist unwichtig. Mein Interesse an Frau Riordan ist rein informeller Natur.«

»Natürlich.« Er lachte auf. »Da bin ich mir sicher. Na gut, im Gegensatz zu Ihnen ist mein Interesse an dem Miststück von ganz weltlicher Art.«

Er griff in seine innere Jackentasche und holte ein Päckchen Zigaretten und ein Feuerzeug heraus. Ohne Hektik zündete er sich eine an. »Dann muss ich Ihrem Gedächtnis etwas auf die Sprünge helfen.«

Er schob die Flügel der Tür mit einem Stoß auf und Merlin erblickte drei weitere Gestalten, die sich im Esszimmer nebenan positioniert hatten. Sie betraten den Raum und stellten sich mit gezogenen Pistolen neben Tony auf.

»Beeindruckend. Hatten Sie Angst, sich alleine einer Frau, einem Krüppel und einem Unternehmersöhnchen zu stellen?«

Tonys Augen verengten sich zu Schlitzen. »Deine blöden Witze werden dir noch vergehen.« Er nickte und zwei der Männer steckten ihre Waffen ein und griffen Merlin fest an den Armen.

Tony ging zu Johann und Helena hinüber. »Bleiben Sie nur sitzen, Gnädigste. So ein Krüppel schmückt eine Frau wie Sie doch gar nicht. Vielleicht können wir beide uns nachher noch nett die Zeit vertreiben, wenn Sie mal etwas wirklich Steifes spüren möchten.« Entgeistert schaute Helena zu ihm auf. »Verdammt, Alter!« Er drehte sich zu Johann. »Mann, siehst du abgefuckt scheiße aus. Wenn ich so aussehen würde, wäre ich lieber tot.«

»Ich bin bereits tot«, erwiderte Johann.

»Dann wird dir das ja nichts ausmachen.« Tony griff ihn am Kragen und zog ihn mit Schwung aus dem Rollstuhl. Johann stürzte nach vorne und schlug mit der Stirn auf die massive Holztischplatte des Couchtisches. Helena saß regungslos mit weit aufgerissenen Augen auf der Couch und Merlin versuchte vergeblich, sich aus dem festen Griff zu befreien, der ihn zurückhielt. Johann war vollkommen benommen. Tony ging gemächlich zu Helena hinüber.

»Jetzt weiß ich, woher Melina ihr hübsches Gesicht hatte. Die Mama ist auch nicht schlecht.

»Fass sie nicht an!«, keuchte Johann.

»Ah, da ist ja noch einer wach.«

Tony stand auf und ging zu ihm hinüber. Er blies ihm den Rauch seiner Zigarette ins Gesicht.

»An deiner Stelle wäre ich jetzt ganz still. Deine Alte braucht auch mal wieder einen richtigen Kerl. Willst du zusehen, wenn ich deine Frau vernasche?«

»Was wollt ihr, verdammt?«, hauchte Johann.

»Für den Anfang: Riordan.«

»Das ist alles?«

»Fürs Erste wäre es doch nicht schlecht. Wo ist sie?«

»Ich weiß es nicht, aber ich kann sie euch schon beschaffen.«

Merlin traute seinen Ohren nicht, aber er versuchte, ruhig zu bleiben. Er konnte im Moment rein gar nichts ausrichten.

»Du weißt also nicht, wo sie ist? Wie schade. Dann brauche ich dich nicht.«

Er drückte die Zigarette auf Johanns Arm aus, bevor er ihn mit einem heftigen Fausthieb bewusstlos schlug.

»Wie fühlt es sich eigentlich an, so widerwärtig hilflos zu sein?«

Er spuckte auf Johanns Kopf und wandte sich Merlin zu.

»Also, was ist jetzt mit dir, mein kleiner Freund? Man sieht dich ziemlich häufig in Gesellschaft der Schlampe. Du kannst mir doch mit Sicherheit sagen, wo sie ist, oder?« Er baute sich vor Merlin auf, grinste und schlug ihm heftig in die Magengrube.

Als er zusammensackte, traf ihn der nächste Schlag hart am Kinn.

»Sie ist es nicht wert, Kleiner. Komm schon. Überlass sie den richtigen Männern.«

»Du bist kein richtiger Mann«, presste Merlin unter Schmerzen hervor. »Kein Mann vergewaltigt eine Frau. Kein Mann schlägt einen Krüppel. Kein Mann braucht noch drei Helfer, um sich stark zu fühlen.«

»Du bist ganz schön frech für einen in deiner Situation. Und? Fickst du sie?«

»Würde ich dann wissen, wo sie ist? Merkwürdige Logik.«

»Nein, mit Sicherheit nicht. Ich frage auch nur aus purer Neugier. Weißt du, bei mir konnte sie sich nie viel bewegen. Aber ich gehe davon aus, dass sie schon eine geile Drecksau ist.«

»Hattest du solche Angst vor ihr, dass du sie fesseln musstest?«

Tony lachte: »Ob ich ... Angst? Vor einer Frau?«

Seine Kumpels lachten ebenfalls. Er verstummte augenblicklich und schlug Merlin mehrfach ins Gesicht, bis ihm langsam das Blut über Kinn und Hals floss. »Wo ist sie?«

»Ich weiß es nicht und selbst, wenn ich es wüsste, würdest du es nicht erfahren.«

»Wie du willst. Dann werde ich mich jetzt erst mit deiner Mutter vergnügen. Vielleicht willst du mir dann was sagen.«

Schlagartig war alles dunkel. Die Beleuchtung im ganzen Haus war erloschen. Tony zog eine Taschenlampe hervor. Er ließ den Lichtkegel durch den Raum tanzen. Nichts bewegte sich.

Merlin hoffte auf Hilfe und versuchte, Tony ein Gefühl der Sicherheit zu geben. »Das kommt in letzter Zeit häufiger vor. Die Elektrik ist nicht mehr die beste und die Sicherung springt regelmäßig raus. Kein Grund, sich in die Hosen zu machen.«

Tony blitzte Merlin böse an. Der vierte Mann hatte mittlerweile ebenfalls seine Taschenlampe gezückt.

»Gut, dann beheben wir doch das kleine Problemchen. Peter! Los! Schnapp dir die Schlampe, und geh mit ihr zum Sicherungskasten und mach das scheiß Licht wieder an. Und ihr ... lasst ihn los.«

Merlin taumelte zu Boden. Die anderen beiden zogen jetzt auch ihre Taschenlampen aus dem Gürtel. Peter ging auf Helena zu und zog sie hoch. Sie war unfähig sich zu bewegen und stand steif vor ihrem Angreifer.

»Mama! Mama?«, drang Merlins schwache Stimme durch den Raum. »Geh mit ihm. Bitte. Zeig ihm den Kasten. Unten im Flur.«

Peter griff sie fest am Arm und zog sie Richtung Tür.

»An deiner Stelle würde ich mich beeilen«, fauchte Tony Helena an.

Merlin wartete geduldig auf die Dinge, die da kommen würden. Er hatte keine Ahnung, was passiert war. Konnte Liliana ihn wirklich ständig beobachten? Tat sie sich das an? Vermutlich, ja. Sie brauchte ihn in diesem Kampf und er brauchte sie.

Nach mehreren Minuten wurde die Spannung im Raum deutlich spürbar. Als das Licht wieder anging, brauchte sicherlich nicht nur Merlin einen Moment, um seine Augen an die Helligkeit zu gewöhnen.

Im Türrahmen wurde Peter sichtbar.

»Was stehst du da rum? Komm rein, du Penner«, grölte Tony.

Peter kam herein. Allerdings fiel er vorne über und blieb regungslos liegen. Ulrich taumelte als Nächster in den Raum und griff mit seinen blutverschmierten Händen nach Tony, der ihn angewidert zur Seite schob. Auch er stürzte zu Boden. Als alle den winselnden Ulrich betrachteten, der sich seinen Bauch hielt, ging im Zimmer das Licht erneut aus.

»Oh, Lilly? Darling? Wir haben dich gesucht. Wie schön, dass du hier bist«, säuselte Tony.

Merlin konnte nicht sehen, was er tat, aber er hörte, dass Tony wohl seine Waffe durchlud. Plötzlich wurde er von der Taschenlampe geblendet und spürte das Metall der Waffe an seinem Kopf.

»Verflucht, Liliana. Was soll das? Seit wann hast du es nötig, dich zu verstecken?«

Ein Schatten huschte direkt an ihnen vorbei. Jemand schoss in die Dunkelheit. Tony nahm die Waffe von Merlins Kopf weg und schoss ebenfalls. Ein dumpfer Aufprall zeugte davon, dass zumindest eine Kugel ein Ziel gefunden hatte. Ein lautes Stöhnen war zu hören. Stille folgte.

Merlin zuckte zusammen, als ihm jemand die Hand auf den Mund drückte und ihn mit sich zog. Er rutschte langsam von Tony weg, ohne, dass dieser es bemerkte. Als die Hand vor seinem Mund verschwand, spürte er für einen kurzen Moment weiche Lippen auf den seinen.

»Gerd?«, rief Tony.

Lilianas Stimme durchbrach die Stille: »Wie fühlt es sich an, so widerwärtig hilflos zu sein?«

»Wir kämpfen nicht gerade unter gleichen Bedingungen, Schatz.«

»Ja, vier Männer gegen einen einäugigen Rollstuhlfahrer war der fairere Kampf. *Mea culpa*. Aber du hast Recht. Kämpfen wir unter gleichen Bedingungen.«

Jetzt sah Merlin Liliana, die neben der Tür stand und die Hand am Lichtschalter positioniert hatte.

»Tony, Tony, Tony. Seit Jahren hast du jetzt schon dieses alte Ding. Und seit Jahren ist die Kapazität deines Magazins begrenzt und zufälligerweise kann ich zählen. Du wolltest einen fairen Kampf. Hier bin ich.«

Tony sah sich um. Seine Helfer lagen regungslos auf dem

Boden.

»Ach, Tony?«

Er sah zu Liliana zurück, die langsam auf ihn zu kam.

»Du blutest.«

Er tastete sich kurz ab und konnte nichts feststellen. »Und wo?«

»Das kannst du dir noch aussuchen.«

»Was?«

Sie zwinkerte ihm zu und mit einem gezielten Tritt traf sie seine Hand. Seine Waffe fiel auf den Boden. Bevor er scheinbar registrierte, was ihm geschah, trafen ihn weitere gezielte Schläge. Er war ein Großmaul, aber kein Kämpfer, wie Merlin feststellte. Ohne seine Schläger war er ein armes Würstchen. Der letzte Schlag ließ ihn zu Boden sinken. Tony griff sich an seine blutverschmierte Nase.

»Die Nase also«, sagte Liliana höhnisch. »Die stand dir sowieso nicht.«

»Miststück.«

Tony sprang wieder auf und griff sie an, aber sie wich ihm gekonnt aus und stellte ihm ein Bein. Wieder lag er am Boden.

»Und so etwas schimpft sich Lavalles Elite. Das ist peinlich, Tony.«

Er drehte sich auf den Rücken und sah sie frech grinsend an. »Ach, Riordan ... weißt du, ich werde dich schneller ficken, als meine Nase zum Heilen braucht. Du hast nicht die geringste Ahnung, wie tot du schon bist.« Er fing an zu lachen.

Polizeisirenen waren draußen zu hören.

»Oh, die Polizei. Huh ... jetzt hab ich aber Angst. Die klopfen mir bestimmt auf die Finger.«

Liliana ging an Tony vorbei, griff ihm in die Haare und schlug seinen Kopf heftig auf den Fußboden. Bewusstlos blieb er liegen.

»Du hast jetzt Sendepause.«

Merlin war derweil zu seinem Vater gekrochen.

»Alles in Ordnung?«, fragte Liliana, als sie zu ihnen kam.

»Ja. Mir geht es gut, aber ...« Er schaute zu seinem Vater. »Und meine Mutter?«

»Sie ist in Sicherheit. Zumindest gehe ich davon aus, dass sie den Ausgang gefunden hat.«

Liliana beugte sich zu Johann. Vorsichtig legte sie seinen Kopf auf ihre Knie und strich ihm durch die Haare. »Hey, Großer. Du hast das Beste ja verschlafen. Komm schon.«

Er reagierte auf ihre Stimme. Langsam begann er zu blinzeln. Sie beugte sich zu ihm hinunter.

Johann hob die Hand und strich über Lilianas Wange. »Ann? Ann?«

Merlin verstand das Gemurmel seines Vaters nicht wirklich. Was meinte er damit?

»Nein, Johann. Leider nicht«, flüsterte sie.

»Lilly?«

Sie nickte und hob ihren Kopf wieder etwas an.

»Lilly ... Lilly ...«, murmelte er immer wieder. »Verdammt. Geh weg von mir, du Hexe!«

»Alles in Ordnung«, sagte sie und zwinkerte Merlin zu. »Er ist bald wieder ganz der Alte.«

Im Flur hörte man lautes Gerede.

»Entschuldigt mich.« Sie legte Johanns Kopf vorsichtig auf dem Boden ab und sprang auf.

Flott ging sie Richtung Esszimmer, als die Stimmen näher kamen.

»Liliana!«, rief Merlin ihr nach.

Sie drehte sich zu ihm um und er spürte in diesem Moment, dass dieses Lächeln noch sein Untergang sein würde. »Danke. Vielen Dank.«

Sie nickte kurz verständnisvoll. »Ich habe zu danken. Jeder andere hätte mich für viel weniger als sein Leben verraten. Mein Angebot steht noch. Ihr seid mir jederzeit herzlich willkommen. Auch der mürrische alte Mann. Überlegt es euch.«

Sie schloss im selben Augenblick die Tür, wie die andere zum Wohnzimmer aufsprang und sich die Polizeibeamten mit gezogenen Waffen im Zimmer verteilten. Als sie merkten, dass keine Gefahr mehr drohte, kümmerten sie sich um Johann. Merlin stand auf und blickte Hager direkt ins Gesicht. Dieser zuckte zusammen. Sekundenlang sahen sie sich nur schweigend an.

»Chef! Der Typ lebt noch.«

Hager schaute zu Tony. »Festnehmen. Und dann raus hier.«

»Aber Chef?«

»Ich mach das und ruft den Leichenwagen.«

»Und einen Krankenwagen. Mein Vater ist verletzt«, warf Merlin ein.

»Ja, natürlich«, murmelte Hager. »Einen Krankenwagen auch.«

Die Beamten verließen mit Tony im Schlepptau den Raum. Nur Hager und ein weiterer Polizist blieben zwischen den toten Körpern stehen. Hager streifte sich verlegen die Haare aus dem Gesicht.

»Wie lösen wir jetzt das Problem?«, fragte er Merlin.

»Ich denke, Ihnen wird eine nette Geschichte einfallen. Sie

haben Ihren Tony wieder und ich denke, über die Leichen muss dann kein Wort verloren werden, oder?«

»So, Sie machen uns also keinen Ärger?«

»Räumen Sie den Mist weg, erzählen sie allen eine harmlose Geschichte und ich werde vergessen, was ich in der *Schnapsdrossel* gehört habe.«

Panik stand in Hagers Augen. »Zu viel Wissen ist nicht gut. Das habe ich Ihnen schon damals gesagt. Das Eis um Sie herum wird dünner.«

»Und ich wusste schon damals, dass Sie bestochen werden, aber das kann ich leider nicht beweisen. Noch nicht. So lange können Sie noch ihre Schonfrist genießen. Ich nehme an, diese Männer hier wird keiner vermissen.«

»Nein, niemand. Sie waren unbedeutend. Wie ich sehe, sind Sie dem Rechtssystem auch nicht mehr verbunden und das als Jurist. Welche Schande.«

»Ich glaube eher an die Unschuld einer Hure als an die Gerechtigkeit der Justiz.« Er hielt kurz inne und betrachtete Hager. »Können Sie eigentlich noch in den Spiegel sehen, Hager? Können Sie sich selbst noch ansehen? Wie viel Angst müssen Sie haben mit dem Wissen, das auf Ihnen lastet?«

Er wandte sich zum Gehen. »Ich gebe Ihnen einen gut gemeinten Rat: Sie sollten hier verschwinden. Ich werde Tony nicht lange festhalten können. Die Luft brennt bereits. Bringen Sie Ihre Familie in Sicherheit. Ich denke, nach all den traumatischen Erlebnissen würden alle verstehen, dass Sie eine kleine Familienauszeit brauchen. Sie wird nicht immer da sein, um sie zu retten. Und sie wird ihm nicht ewig auf der Nase herumtanzen können.«

Als er die Tür öffnete, standen bereits mehrere Männer

davor und warteten. Hager nickte und sie betraten das Wohnzimmer. Schnell packten sie die Leichen in Säcke und trugen sie hinaus. Merlin war sprachlos. Sie waren perfekt organisiert und die Polizei schaute dezent weg. Würde die Verbrechensbekämpfung so perfekt funktionieren wie das Kartell der Reichen und ihrer Handlanger, wäre die Welt sicher. Er schüttelte kapitulierend den Kopf, als Hager sich aus dem Zimmer schlich.

# Kapitel 29

Am nächsten Tag hatte Johann sich selbst aus dem Krankenhaus entlassen und saß mit Merlin in der Bibliothek. Die Wahrheit über Hager hatte ihn mehr als schockiert. Merlin hätte seinem Vater vielleicht früher reinen Wein einschenken sollen.

Anna Maria und Helena kamen zu ihnen. Wie immer hatten beide ihr typisches Motzgesicht aufgesetzt.

Mit verschränkten Armen ließ Anna Maria sich auf die Couch fallen. »Wir sind da. Was ist denn?«

»Guten Tag erst einmal. Ich freu mich auch, dich zu sehen«, entgegnete Johann.

»Hast du dich entschieden?«, fragte Merlin direkt.

Anna Maria sah die beiden verwirrt an und fragte: »Wofür?«

»Hier ist es zu gefährlich. Wir sollten eine Weile verschwinden. Ich bin mir sicher, dass wir auch ohne körperliche Anwesenheit unsere Arbeit erledigen können.«

»Mit Sicherheit«, bestätigte Merlin.

»Ihr denkt wirklich darüber nach, zu dieser Frau zu gehen?«, entfuhr es Helena. »Seid ihr verrückt geworden?«

»Hast du eine bessere Idee, Mama? Sie ist die Einzige, die uns helfen kann. Die Einzige, die uns nicht verraten wird.«

»Ich gehe nirgends hin«, protestierte Anna Maria.

»Doch. Du gehst. Ich werde nicht zulassen, dass sie dich noch als Geisel nehmen«, herrschte Merlin sie an.

»Die bringen sie doch eh wieder zurück«, murmelte Johann. »Wir sollten es versuchen. Zumindest für eine oder zwei Wochen.«

»Wir können auch in ein Hotel gehen oder verreisen«, schlug Helena vor.

»Da sind wir nicht sicher«, entgegnete Johann.

»Aber bei einer wahnsinnigen Brandstifterin.« Sie ließ sich aufs Sofa neben Anna Maria fallen und schlug mit beiden Händen auf ihre Beine.

»Mama, bitte. Du hast keine Ahnung, wovon du redest.«
»Aber du? Merlin, muss ich mir Sorgen machen?«

Er kratzte sich am Kinn. »Dafür brauchst du mich nicht.«

»Schluss jetzt! Wir packen jetzt die wichtigsten Sachen und machen uns auf den Weg.«

»Johann, bitte. Du sitzt im Rollstuhl. Wie soll denn das gehen? Du musst ins Bad und überhaupt wird es dort nicht behindertengerecht sein.«

»Liliana weiß um seinen Zustand und hätte uns nicht eingeladen, wenn es ein Problem geben würde«, versuchte Merlin zu schlichten.

»Ja, deine Liliana ist eine ganz tolle Frau, das Flittchen. Die will sich doch nur an dich ran machen, damit sie nicht mehr arbeiten muss«, sagte Anna Maria.

Johann schaute wieder auf und fing an zu lachen.

»Was gibt's denn da zu lachen? Merlin ist halt ein guter Fang für so eine.«

»Für so eine?«, wiederholte Johann. »Ich lache nur, weil ich mir ziemlich sicher bin, dass Liliana mindestens die Hälfte aller Anteile unseres Unternehmens aufkaufen könnte, ohne überhaupt an ihre Reserven zu müssen. Die Riordans haben noch nie gearbeitet, weil sie Geld *brauchten*, sondern immer nur aus Leidenschaft.«

»Wie bescheuert. Warum arbeiten, wenn ich genug habe?«

»Nein, dir würde das nicht passieren. Ich weiß«, bestätigte

Merlin ihre Aussage.

»Ich bin ja auch nicht blöd. Gut, dann geh ich packen. Allein fährst du mir bestimmt nicht zu dieser billigen Hure. Und wehe, wir haben kein eigenes Bad. Dann fahren wir wieder zurück.«

Helena sprang wieder auf. »Ich muss protestieren, Johann. Ich möchte meine Familie nicht so einer Gefahr aussetzen. Wir könnten die Polizei ...«

»*Verdammt, Helena!* Die Polizei war hier, damit sie alles vertuschen konnte. Mach doch endlich mal die Augen auf. Niemand sonst wird uns helfen, und wenn ich auf dem Boden schlafen muss, ist mir das lieber, als dass ich hier überhaupt kein Auge zumachen kann. Geh jetzt mit Anna Maria ein paar Sachen packen und ich telefoniere mit dem Vorstand.«

»Das werde ich dir nicht verzeihen. Verlass dich darauf.«

Helena griff Anna Maria um die Schulter und verließ mit ihr den Raum.

Merlin blickte ihnen nach. »Papa, das wird eine Katastrophe.«

»Sie werden es überleben. Die Gastfreundschaft der Riordans war immer mehr als großzügig. Darüber mach ich mir keine Sorgen.«

»So, du glaubst also nicht, dass sie uns im Schlaf erstechen wird?«

»Wenn sie uns töten wollte, dann hätte sie es lange getan. Du solltest auch ein paar Sachen zusammensuchen.«

»Und dann? Wo sollen wir hin?« Er stand auf und holte seinem Vater das Telefon.

»Ich habe einen Zettel in meiner Tasche gefunden. Sie hat mir eine Nummer aufgeschrieben. Ich denke, die wird uns weiterhelfen. Geh jetzt. Ich kümmere mich um den Anruf und die Firma.«

*

Wenige Stunden später fuhr ein großer Van in die Einfahrt. Auf seiner Seite war die Beschriftung eines Handwerksbetriebes. Ein Mann und zwei junge Damen stiegen aus. Eine der Frauen kam auf Johann zu. Die anderen beiden Personen schnappten sich sofort das Gepäck und beluden das Fahrzeug.

»Einen schönen guten Abend, Herr von Falkenberg. Ich bin Hannah. Ich und meine Kollegen werden sich in der nächsten Zeit um Sie kümmern. Ich bin Krankenschwester und spezialisiert auf Querschnittslähmungen. Es tut mir übrigens sehr leid, was passiert ist. Wenn Sie auch nur eine Kleinigkeit brauchen, dann lassen Sie es mich wissen.«

»Das ist sehr nett von Ihnen. Danke.«

Merlin war beruhigt. Sein Vater schien in mehr als guten Händen zu sein.

»Ich steige doch nicht in einen Handwerkerbus. Wer glauben Sie, wer ich bin?«, protestierte Anna Maria.

Der Fahrer kam zu ihnen hinüber. »Guten Abend. Wir sollten jetzt wirklich los.«

Johann nickte und fuhr in Richtung der bereits ausgebreiteten Fahrzeugrampe.

»Woher wissen wir überhaupt, wer Sie sind? Wohin bringen Sie uns?«, keifte Anna Maria weiter.

»Glauben Sie mir, es ist nicht so gut, wenn Sie alles wissen.«

»Das könnte Ihnen so passen. Ich will wissen, wohin es geht.«

»Dann setzen Sie sich vorne auf meinen Platz. Ich bleibe bei Herrn von Falkenberg«, sagte Hannah.

»Alleine bei dem komischen Typ?«

»Ich komme auch mit und jetzt steig bitte ein«, schlichtete Merlin.

Nach einer guten halben Stunde wurde die Umgebung immer ländlicher. Felder und dichte Wälder zierten den Straßenrand. Der Van bog in eine enge Straße ein, die direkt in den Wald führte.

»Das ist doch ein schlechter Witz«, bemerkte Anna Maria.

Merlin dagegen war nicht verwundert. Er hatte ohnehin nicht damit gerechnet, dass Liliana in einem Reihenhaus in einem Neubaugebiet lebte. Nach circa zwei weiteren Kilometern versperrte ihnen ein mit Stacheldraht gesicherter Zaun den Weg. Er war mit einem großen Schild versehen: BETRETEN VERBOTEN - Militärisches Sperrgebiet des Bundes.

Er sah sich um und erkannte Kameras an den Zaunpfosten. Amüsiert schüttelte er den Kopf.

»Machen Sie sich keine Sorgen«, beruhigte der Fahrer Anna Maria, die gerade wieder zum Protest ansetzen wollte.

Kaum hatte er die Worte ausgesprochen, bewegte sich ein Teil des Zaunes nach rechts und gab die Straße frei. Sie fuhren weiter und erreichten nach kurzer Zeit eine schmale Einfahrt, die durch ein großes Tor gesichert war. Dieses öffnete sich, als das Fahrzeug sich näherte. Sie fuhren eine kleine Anhöhe hinauf und erblickten ihr Ziel, welches einsam aus dem Wald hervorragte.

# Kapitel 30

Ein Architektenhaus, vermutete Merlin, als er sich den modernen Bau näher anschaute. Die Extravaganz war nicht zu leugnen. Das dreistöckige Gebäude war dezent beleuchtet. Der Eingang war ebenerdig, sodass es für Johann kein Problem gab und er ohne Mühe ins Haus fahren konnte. Die Tür war offen und so trat die kleine Gruppe ein. Der breite Flur hatte links eine Garderobe und das Gästebad. Rechts ging ein weiteres Zimmer ab. Am Ende des Flurs stand ein großer, asiatisch anmutender Zimmerbrunnen. Brennende Schwimmkerzen verteilten sich auf der Wasseroberfläche. Von dem Brunnen ging rechts eine Wendeltreppe hinauf und links kam man in den großen Wohnbereich.

Im Wohnzimmer brannten unzählige Kerzen. Auf der linken Seite stand zwischen zwei bodentiefen Fenstern ein Kamin mit einer großen Sitzgruppe. In der Mitte des Raumes war ein weißer Flügel der absolute Blickfang. Merlin lächelte. Damit hatte er nicht gerechnet. Sie hatte nie erwähnt, dass sie auch Klavier spielte. Das Zimmer schloss mit einer gemütlichen Leseecke und dem Übergang zum offenen Esszimmer. Die Einrichtung war in kühlem Weiß gehalten. Ein schöner Kontrast zu dem anthrazitfarbenen Marmorboden. Zahlreiche moderne Bilder mit kräftigen Farben zierten die Wände. Sie hatte wohl nicht gelogen, was ihre Kunstsammlung anging. Das Haus bot vor allem eines: jede Menge Platz.

Als sie sich umsahen, kam plötzlich eine kleine, dickliche Frau aus der Küche gesprungen. »Ah, *bienvenido*. Willkommen. Ich freue mich so. Ich bin Carla.«

Sie stürmte auf Helena zu und küsste sie auf die Wange. Die herzliche Begrüßung sollte auch Anna Maria treffen, aber diese hob sofort abwehrend die Hände und Carlas Lachen war verschwunden.

»*Carla! No tan tormentoso. Esto es demasiado amor para nuestros huéspedes.*«

Carla nickte Liliana zu, die aus der Küche kam. »War ich so stürmisch? Entschuldigung.«

Das enge grüne Kleid schmiegte sich an Lilianas Körper und sogar Zuhause trug sie hohe grüne Pumps. Ihre Haare fielen lässig über ihre linke Schulter nach vorne. Für einen Moment hatte sie die ungeteilte Aufmerksamkeit ihrer neuen Gäste.

»Carla könnte mit ihrer Herzlichkeit die ganze Welt erwärmen, aber manchmal übertreibt sie es. Nicht wahr?« Liliana legte ihr den Arm um die Schulter und küsste sie auf die Wange.

»Ich freue mich über Besuch. Du hast so selten Gäste.«

»Und wir freuen uns, hier zu sein«, erwiderte Merlin und reichte Carla die Hand.

Jetzt strahlte sie wieder übers ganze Gesicht. Er nahm Liliana in den Arm und flüsterte: »Ich danke dir.«

»Oh, *la cena*!«, rief Carla plötzlich und Merlin ließ Liliana los.

Schnell lief Carla in die Küche zurück.

»Seid mir herzlich willkommen. Carla und ihr Mann Rainer werden sich um euch kümmern, wenn ihr etwas braucht. Hannah habt ihr ja schon kennengelernt. Sie wechselt sich mit drei Kollegen im Schichtdienst ab, sodass Johann ständig einen Ansprechpartner hat. Ansonsten fühlt euch wie Zuhause. Der Keller ist voll. Der Kühlschrank auch. Bedient euch. Das Haus zeig ich euch nachher noch. Geht schwimmen, trainieren, meditieren. Was immer ihr wollt. Nur im Garten kann es schon einmal passieren, dass ein verirrter Soldat durch mein Gemüsebeet robbt. Ignoriert das einfach.«

Merlin lachte. »Das glaub ich jetzt wirklich nicht.«

»Die Bundeswehr trainiert in diesem Wald und manchmal stauben die Herren Rekruten hier ein Bier ab.«

»Nein, das verwundert mich ganz und gar nicht. Mich macht nur fertig, dass du ein Gemüsebeet hast.«

Sie schmunzelte.

»Verdammt großes Anwesen für jemanden, der immer allein ist«, stichelte Johann. »Die Geschäfte scheinen ja gut zu laufen.«

»Ach weißt du, ich kann mich nicht beklagen und irgendwie habe ich seit geraumer Zeit ein Problem mit engen Räumen.«

Sie zwinkerte Merlin zu, der nur zu gut verstehen konnte, dass sie große, offene Flächen mit viel Licht brauchte, um frei atmen zu können. Als er an das Bunkerverlies dachte, durchzog ihn ein kalter Schauer.

Carla kam zurück. »Soll ich die Zimmer zeigen?«

»Ja, bitte. Ich begleite derweil Johann«, antwortete Liliana ihr.

Carla strahlte Merlin an.

»Es tut gut, mal wieder einen netten jungen Herrn im Haus zu haben. Kommt ja sonst nie vor.«

Sie sah Liliana leicht verärgert an, die ihr nur ein höhnisches Grinsen entgegenbrachte.

»Kommen Sie. Ich zeige Ihnen Ihre Zimmer.«

»Möchten Sie bei Ihrem Mann schlafen, Helena?«, fragte

Liliana.

»Nein, ich hätte gern eine Rückzugsmöglichkeit für mich selbst. Für Johann ist ja gesorgt, wie ich sehe.«

Sie nickte. Johann sagte nichts. Er verzog nicht eine Miene.

»Gut, kein Problem. Wie Sie möchten.«

»Kommen Sie. Ich zeige Ihnen alles«, drängte Carla stolz.

Sie folgten Carla aus dem Zimmer.

Merlin war überrascht. Das Gästezimmer, das sie für ihn und Anna Maria hergerichtet hatte, war mehr als komfortabel. Die bodentiefen Fenster reichten bis unter das Dach. Man konnte in den Garten schauen und weit in den Wald hinein. Er ging auf den Balkon und atmete die frische Luft ein.

Anna Maria schaute sich um. Es gab ein großes Bett, einen Schrank und eine Kommode und das Wichtigste für sie: ein eigenes Badezimmer.

»Na ja, für ein paar Tage werde ich es wohl hier aushalten können.«

»Bist du sicher? Denkst du, das Schwimmbad ist groß genug für dich?«

»Das werden wir ja noch sehen. Wie kann sie sich so etwas leisten? Ich verstehe das nicht. Was macht die eigentlich?«

»Das weiß nur sie selbst«, antwortete Merlin knapp. Er kam wieder rein und schloss die Balkontür.

»Wahrscheinlich zieht sie ahnungslosen reichen Männern das Geld aus der Tasche.«

Anna Maria konnte seinen schelmischen Blick sicher nicht deuten, als er an ihr vorbeiging.

»Wo willst du hin?« Angriffslustig stemmte sie die Hände

in die Hüften.

»Wieder nach unten.«

»Du kannst mich doch nicht alleine lassen.«

»Seit wann brauchst du einen Babysitter?« Er ließ sie einfach stehen und ging wieder zurück ins Esszimmer.

Sein Vater blickte stumm aus dem Fenster. Seine mürrische Art ärgerte Merlin zutiefst. Er wusste, dass er daran nichts ändern konnte, dennoch hielt er es in Anbetracht der Sicherheit, die sie hier fanden, für absolut unangebracht. Seine Mutter und Carla waren noch nicht zu sehen. Er ging in die moderne weiße Küche und sog den köstlichen Duft ein. Liliana wirbelte mühelos von einer Seite auf die andere.

»Sag nicht, dass du auch noch kochen kannst?«

Sie drehte sich zu ihm um und lehnte sich mit dem Rücken gegen die Arbeitsplatte. »Hast du etwa daran gezweifelt? Na ja, für einfache Menschen reichen meine Kochkünste aus, außerdem habe ich mit Carla eine tatkräftige Unterstützung.«

Er schüttelte lachend den Kopf. »Ich werde aufhören, an irgendetwas zu zweifeln. Ich hoffe, wir stellen dein Leben nicht ganz auf den Kopf.«

»Ach, Quatsch«, erklang Carlas Stimme hinter Merlin. »Ein bisschen mehr Leben in diesem Haus kann nicht schaden.«

»Ich finde, du bringst schon genügend Leben ins Haus, Carla«, feixte Liliana.

Ihr breites Grinsen war ansteckend. Merlin mochte die fesche Frau und ihre herzliche Art.

»Passt du mal auf die Suppe auf, Carla?«

»*Si.*«

»Ich bin gleich wieder da.«

Sie ging aus der Küche und Merlin schaute ihr verträumt nach.

»Sie sind ein netter Mann«, sagte Carla.

»Das können Sie nach so kurzer Zeit beurteilen?«

»Ja, das kann ich. Ich spüre so etwas. Eine Art siebter Sinn.«

Merlin kam näher. »Kennen Sie Liliana schon länger?«

»Ja, seit einigen Jahren. Wir haben uns in Costa Rica kennengelernt. Sie hat mir das Leben gerettet und mir und meinem Mann ein neues Zuhause geschenkt. Der Mann, für den ich gearbeitet habe, hat mich wie eine Sklavin gehalten und schuften lassen. Es war die Hölle und jetzt ...« Sie strahlte übers ganze Gesicht. »Wir leben in einer schönen Wohnung hier in der Nähe. Ich helfe gern. Ich war früher Kindermädchen bei einer deutschen Familie, bevor ich zu diesem Tyrannen kam. Liliana hat viel für uns getan. Es ist das Mindeste, dass ich ihr hin und wieder unter die Arme greife. Sie ist so ein guter Mensch. Auch wenn sie das nicht hören will.«

»Was will ich nicht hören?«, fragte Liliana, die mit zwei Weinflaschen auf dem Arm zurückkam. »Zerstörst du wieder meinen hart erkämpften schlechten Ruf?«

»Ich finde, dass du dir endlich einen netten Mann suchen solltest.«

Liliana ließ ruckartig den Kopf sinken und atmete tief ein. »Geht das schon wieder los?«

Merlin grinste über beide Ohren. »Wo sie Recht hat. Du wirst auch nicht jünger.«

»Na wunderbar. Jetzt hast du auch noch einen Verbündeten, Carla. Ich freue mich, dass ihr euch so gut versteht.«

»Ich decke dann mal den Tisch. Eine alte Frau muss ja

nicht alles mithören«, sagte Carla fröhlich. Schelmisch grinsend tänzelte sie aus der Küche.

»Da will dich wohl jemand verkuppeln.«

»Da wird sie kein Glück haben.«

Merlin ging zu ihr hinüber und betrachtete die Kochtöpfe. Es roch fantastisch.

»Liebe geht ja bekanntlich durch den Magen und das sieht alles wunderbar aus.«

Liliana schnitt in rasantem Tempo mehrere Stangen Lauch und gab sie zur Suppe. »Was ist?«

»Gar nichts. Ich freue mich nur, dich zu sehen.«

»Da bist du wohl der Einzige«, seufzte sie und sah ihm wieder in die Augen.

»Ich fürchte, dass du damit Recht haben könntest.«

\*

Merlin fühlte sich wohl und freute sich über das Essen und über die Anwesenheit von Carla und ihrem Mann Rainer. Er war Landschaftsgärtner und nie um einen Witz verlegen. Während des Essens unterhielt er sich mit Merlin über Gärten und Pflanzen. Helena unterhielt sich mit Anna Maria. Liliana und Johann sprachen das gesamte Essen lang kein Wort. Auch Merlin und Rainer gingen irgendwann die Themen aus.

»Sie tragen eine wunderschöne Halskette, Anna Maria. Die war bestimmt sehr teuer«, sagte Carla. Vermutlich wollte sie die eingetretene Stille unterbrechen.

Anna Maria griff nach ihrer Kette. »Nicht wahr? Sie kostet mehr, als Sie in einem Monat verdienen. Oder vielleicht zwei. Ich kenne mich in den unteren Gehaltsklassen nicht so aus. Ich trage immer nur das Beste. Man muss ja schließlich gut aussehen, wenn man hinter so einem erfolgreichen Unternehmen steht.«

Liliana sah kurz zu ihr hinüber, bevor sie Rainer nachschenkte. »Gut aussehen muss nur derjenige, der sonst nichts kann. Unsere Carla hat so viele Talente, dass sie solche Zierde nicht nötig hat, um aufzufallen.«

Jetzt strahlte Carla wieder und ihr Mann küsste sie auf die Wange.

»Da hat sie Recht«, fügte er hinzu.

»Und was können Sie?«, fragte Anna Maria provozierend und fixierte Liliana mit herausforderndem Blick.

»Wer weiß, was er kann, muss es nicht zeigen.«

»Lassen Sie mich raten: Wahrscheinlich lassen Sie sich regelmäßig von irgendwelchen schmierigen Kerlen aufs Kreuz legen in der Hoffnung, dass ein guter Fang dabei ist, der Ihren Lebensstandard sichert. Aber erfolgreiche Männer stehen nicht auf so...«

»Anna Maria! Wir sind hier Gäste. Hör auf!«, wies Merlin sie zurecht.

»Warum sollte ich?«

»Es ist schon in Ordnung. Hier darf jeder sagen, was er will«, gab Liliana zurück.

Anna Maria hatte auch sichtlich kein Interesse daran, sich zurückzuhalten. »Verstehen Sie mich nicht falsch, Liliana. Sie können ja nichts dafür, aber mit Ihrer Art werden Sie niemals einen netten Mann finden. Männer wollen eine Frau mit Stil und Zurückhaltung und keine, die umherläuft wie eine ... Mätresse.«

»Und da sind Sie sich sicher?«, fragte Liliana ruhig, aber durchaus amüsiert nach.

»Natürlich. Sehen Sie mich an. Ich verkörpere Eleganz

und Charme und heirate einen erfolgreichen, gutaussehenden Mann. Sind wir doch ehrlich, er würde sich niemals für eine Frau wie Sie interessieren.«

Merlin verschluckte sich fast an seinem Wein.

Liliana grinste. »Sie scheinen Ihren Verlobten sehr gut zu kennen und seine Vorlieben für Frauen.« Sie nahm ihr Glas und strich mit dem Zeigefinger am Rand entlang, ohne Merlin aus den Augen zu lassen.

»Aber natürlich. Ich kann mir vorstellen, dass Sie mit zahlreichen Kerlen verkehren.«

Liliana trank einen Schluck Wein. »Wie kommen Sie auf so eine Vermutung?«

»Zumindest sehen Sie so aus. Fühlen Sie sich nicht benutzt und eklig? Muss ich eigentlich Angst haben, jede Nacht einem anderen Mann auf dem Flur zu begegnen?«

Carla mischte sich ein: »Also das ist eine Frechheit!«

»Reg dich nicht auf, Carla«, unterbrach Liliana sie. »Ärger macht nur unnötig Falten.« Sie wandte sich wieder Anna Maria zu, während Rainer versuchte, seine Frau zu beruhigen. »Nein, Sie müssen sich keine Sorgen machen. Ich bringe nie Männer mit nach Hause. Das würde ja bedeuten, dass ich sie am nächsten Morgen wieder loswerden müsste und das ist mir zu anstrengend. Sie können unbesorgt des Nachts durch den Flur schreiten.«

»Das will ich hoffen. Nicht, dass mich einer dieser komischen Typen noch schief ansieht.«

»Ja, das wäre wirklich unvorstellbar. Aber ich bin mir ziemlich sicher, dass Sie nur einmal den Mund aufmachen müssen und er in Windeseile das Weite suchen würde.«

Merlin hätte vor Scham im Erdboden versinken können. Die lähmende Stille, die danach einkehrte, wirkte bedrückend.

»Du spielst Klavier? Das wusste ich gar nicht«, erwähnte er, um das Gespräch wieder in Gang zu bringen.

Bevor sie antworten konnte, mischte Johann sich ein: »Ich hoffe, du triffst mittlerweile einen Ton.«

Kurze Zeit herrschte erneut Stille, aber dann antwortete Liliana auf Merlins Frage: »Ja, meine Mutter war eine gute Pianistin und hat mir einiges beigebracht. Allerdings spiele ich nicht mehr so gut wie früher. Meine Finger wollen nicht mehr so recht.«

Merlin erinnerte sich an die Fotos aus dem Bunker und an ihre deformierten Hände. »Das tut mir leid.«

»Das muss es nicht. Ich spiele ja noch, aber nicht mehr so lange und hin und wieder fehlt ein Ton. Aber jetzt haben wir ja wieder einen Pianisten im Haus, der mich würdig vertreten kann.«

»Oh bitte, fang nicht auch hier mit dem schrecklichen Geklimper an. Das ist furchtbar«, warf Anna Maria ein.

»Sie mögen kein Klavier?«, fragte Liliana erstaunt.

»Nein, überall nehmen die Dinger Platz weg und bitte, gute Musik kann man damit auch nicht machen.«

Liliana legte die Stirn in Falten. »Erzählen Sie das mal Arthur Rubinstein.«

»Wer soll das sein?«, fragte Anna Maria.

Merlin lächelte. »Arthur Rubinstein war ein begnadeter polnischer Pianist. Er war bekannt für seine Interpretationen von Chopin.«

»Und wer ist das schon wieder?«

Bevor Merlin darauf antworten konnte, sagte Liliana: »Frédéric Chopin war Komponist von fantastischen Klavierstücken und selbst natürlich auch ein unendlich begabter

Pianist. Einer der Besten im 19. Jahrhundert.«

»War das auch so ein Pole?«

»Tatsächlich war Chopins Mutter Polin, aber wie der Name erkennen lässt, war sein Vater Franzose. Chopin wuchs in Warschau auf, aber verbrachte später sehr viel Zeit in Paris.«

»Bist du jetzt fertig mit der Schulstunde? Dieses Geschwätz interessiert doch niemanden und ich glaube nicht, dass wir uns von dir belehren lassen müssen«, beendete Johann wieder das Gespräch.

Merlin war sichtlich beeindruckt von ihrem Wissen. So tief reichten seine Einblicke selbst nicht.

»Schon gar nicht, wenn man keinen Schulabschluss hat«, stichelte Johann weiter.

Helena sah sie erstaunt an. »Sie haben keinen Schulabschluss? Wie kommt das?«

Liliana strich sich eine Haarsträhne aus dem Gesicht. »Ganz einfach: Ich musste mich schon sehr früh selbst versorgen und sehen, wo ich bleibe. Eine reguläre Ausbildung war daher nicht drin. Ich musste irgendwie weiter existieren. Ich habe sehr, sehr viel gelesen, aber das Meiste habe ich auf meinen Reisen gelernt. Ich habe viele interessante Menschen getroffen und ich habe schon immer alles Neue aufgesogen wie ein Schwamm. Meine Neugier ist leider grenzenlos und ich habe schon früh alles hinterfragt.«

»Kein Abschluss und dennoch sprechen Sie gutes Deutsch und Spanisch, wie ich gehört habe.«

Merlin ergänzte die Ausführungen seiner Mutter: »Sowie Russisch.«

»Ja, ich bin in den Jahren viel rumgekommen. *Learning by doing.* Man lernt die Sprache schnell, wenn man es nur mit

Einheimischen zu tun hat. Ich hatte auch nicht wirklich eine andere Wahl, als zügig zu lernen und mir ein dickes Fell zuzulegen.«

»Na ja, kann nicht so schwer sein, auf mehreren Sprachen zu sagen, wie viel die Nacht kostet«, warf Anna Maria ein.

Helena wirkte immer noch verwirrt. »Wie können Sie sich das alles leisten, ohne Ausbildung?«

»Mach dir mal keine Sorgen, Helena«, antwortete Johann. »Sie arbeitet und ich bin mir sicher, dass sie hart arbeitet, aber was genau sie in den Betten reicher Geschäftsleute treibt, sollten wir nicht heute Abend erörtern. Auf jeden Fall braucht man dazu keine Ausbildung.«

»Könntet ihr versuchen, diese Sticheleien wenigstens heute Abend mal ruhen zu lassen, mein Gott«, sagte Merlin erschreckend laut in die Runde.

»Sie spielen Klavier?«, fragte Carla freudig, als wolle sie einen Streit verhindern.

Merlin nickte.

»Wie wunderschön. Spielen Sie mir nachher etwas vor?«

»Sehr gerne. Wenn Sie möchten.«

»Lass das, bitte.« Anna Maria griff sich theatralisch an die Stirn. »Du weißt doch, wie mich das nervt. Warum sind *die* eigentlich hier?« Sie zeigte auf Carla und Rainer.

»Wie bitte?«, fragte Carla.

»Hier. An unserem Tisch. Putzen Sie nicht sonst hier? Und ihr Mann macht den Garten, oder? Warum essen Sie dann mit uns?«

Liliana stand auf und ging in die Küche.

Johann rief ihr nach: »Ist der Wein schon wieder leer? Hältst du keine fünf Minuten mehr ohne Alkohol aus?«

Merlin fühlte sich wie auf einem anderen Planeten. Liliana

kam wirklich mit einer neuen Flasche Wein zurück.

Sie füllte aber Carlas und Helenas Glas nach. »Carla und Rainer sind gute Freunde und für gewöhnlich müssen meine Freunde nicht auf dem Fußboden aus einem Trog essen, denn wie Sie sehen, Anna Maria, müssen das nicht einmal die Menschen, die ich nicht als Freunde betrachte.«

»So langsam verstehe ich, warum du nie Besuch hast«, spottete Rainer. »Sind die Reichen alle so?«

»Annähernd. Hört ihr jetzt auf, mich zu nötigen, meine Bekannten einzuladen? Ihr seht ja, wohin das führt«, scherzte sie.

»Versprochen. Kein Wort kommt mehr über meine Lippen.«

»Rainer! Benimm dich.« Carla stieß ihm in die Seite.

»Das tut doch keiner hier, mein Schatz.«

Helena war das wohl alles zu viel und sie beteiligte sich wieder an dem Gespräch: »Es tut mir sehr leid, wenn meine zukünftige Schwiegertochter Sie gekränkt haben sollte. Das war sicherlich nicht ihre Absicht. Wir verkehren nur normalerweise in anderen Kreisen.«

»Und? Hat man in diesen Kreisen noch nie etwas von Anstand gehört?«

Helena sah Rainer schockiert an.

»Meine Mama hat mir beigebracht, dass man sich zu benehmen hat, wenn man irgendwo anders zu Gast ist. Ja, ich bin Landschaftsgärtner. Ich wühle mit meinen rauen Händen im Dreck. Ja, meine Frau ist Ausländerin und stammt aus ärmlichen Verhältnissen. Wir haben zu zweit mehr geschuftet als Ihre gesamte Familie zusammen. Wer sind Sie, dass Sie sich ein Urteil über mich und meine Frau bilden? Sie haben überhaupt nicht verdient, dass man Ihnen hilft. Sich an den gedeckten Tisch zu setzen ist leicht, aber dafür zu sorgen, dass auch etwas auf den Tisch kommt, ist was ganz anderes. Sie haben nicht die geringste Ahnung von harter Arbeit.« Er trank mit einem Zug sein Glas aus.

Liliana reichte ihm kommentarlos die Weinflasche und er schenkte sich nach.

Johann legte seine Hand auf Helenas Arm. »Ach, Lilly ... Wie ich sehe, umgibst du dich immer noch mit ungehobeltem Pöbel. Das passt. Ich habe auch nichts anderes erwartet.«

»Nicht wahr?«, antwortete sie. »Ich habe auch lange überlegt, ob ich euch einladen soll.«

Rainer fing schallend an, zu lachen: »Na das kann ja noch was werden, Lilly. Ich wünsch dir viel Spaß mit deinen Gästen. Gut, ich weiß ja jetzt, wo in Ihren Augen mein Platz ist und werde mich zukünftig meiner Gartenarbeit widmen.«

»Es tut mir sehr leid. Es ist eine harte Zeit für uns und auch wir wissen nicht immer, was sich gehört«, gab Merlin schlichtend zu.

Die empörten Blicke seiner Familie ignorierte er.

»Wir sind sehr dankbar für die Gastfreundschaft und ich freue mich auch sehr, Sie kennenzulernen. Zeigen Sie mir bei Gelegenheit den Garten? Vom Balkon aus sieht er einfach traumhaft aus.«

»Natürlich. Sehr gerne.«

Der Schlichtungsversuch zeigte Wirkung. Niemand wollte den Streit in Gang halten. Allerdings wollte auch niemand ein neues Thema aufgreifen. Da war sie wieder: die Stille.

# Kapitel 31

Liliana hielt sich ohnehin schwer zurück an diesem Abend. Merlin beobachtete die ganze Zeit schon, wie sie ständig ansetzte, um etwas zu sagen, sich aber sofort zurücknahm. Sie wollte wohl jeden Streit mit Johann vermeiden.

Wieder war es Carla, die einen erneuten Versuch startete: »Gefällt Ihnen Ihr Zimmer, Herr von Falkenberg? Ich hoffe, dass alles so recht ist. Wir haben uns große Mühe gegeben.«

Johann sah zu ihr auf. »Ja, danke. Es ist in Ordnung.«

»Brauchen Sie noch etwas für heute Nacht?«

»Ja, vielleicht einen Feuerlöscher. Man weiß ja nie, wann ein Feuer ausbricht.«

Liliana trank mit einem Zug ihr Weinglas aus und war sichtlich bemüht, die gezielte Provokation zu überhören. »Haben Sie Angst vor einem Brand?«, fragte Carla. Merkwürdig. Wir haben extra allerhand Schutzvorrichtungen. Überall. Lilly hat auch immer Angst vor einem Brand. Sie müssen sich aber keine Sorgen machen.«

»Seit wann hat der Teufel Angst vor dem Feuer?«

Als sich Johanns und Lilianas Blicke trafen, war die Spannung, die in der Luft lag, deutlich zu spüren.

Für jeden, außer scheinbar für Anna Maria. »Woher kennst du Sie eigentlich, Johann?«

»Das ist lange her. Ihr Vater und ich waren Geschäftspartner. Und so lernt man auch zwangsläufig die undankbare Brut kennen.«

»Oh, wie interessant. Wo ist er?«

»Er ist tot«, sagte Johann mit harter Stimme.

»Oh. Irgendeine Krankheit?«

»Nein, ermordet.«

»Mein Gott. Wie widerlich. Wer macht denn so etwas? Furchtbare Vorstellung.«

»Das hab ich mich auch all die Jahre gefragt, Anna Maria, aber es gibt eben Menschen ohne Gewissen auf dieser Welt, die nur sich selbst etwas bedeuten und die Liebe anderer Menschen nicht teilen wollen.«

Johanns Augen blitzten Liliana böse an, die immer noch nicht bereit war, sich einer Konfrontation zu stellen.

»Ja, er ist verbrannt im eigenen Haus. Schon bitter, wenn man mit der Realität konfrontiert wird, die man sonst unter Verschluss hält. Oder, Lilly?«

»Du hast keine Ahnung von der Realität«, erwiderte sie scharf.

»Die Menschen an diesem Tisch sind das Einzige, was mir noch geblieben ist und ich warne dich ... rühr einen von ihnen an und du lernst mich kennen.«

»Ich glaube, dass ich dich sehr gut kenne«, sagte sie, als sie ihr Glas auffüllte. »Wahrscheinlich besser als jeder andere hier in diesem Raum.«

»*Du weißt rein gar nichts über mich!*«, schrie er sie an und schlug auf den Tisch.

»Entschuldigt mich.« Sie stand auf, nahm ihr Weinglas und wollte gehen.

»Ist es eigentlich leichter, die Schuldgefühle zum Schweigen zu bringen, wenn man ständig betrunken ist?«, rief er ihr nach.

»War das jetzt nötig, Papa?« Merlin stand auf und wollte ihr nachgehen.

»Bleib hier. Lass sie laufen.«

»Ich habe beim besten Willen nicht die geringste Ahnung,

was genau zwischen euch beiden vorgefallen ist, außer den Vermutungen, die du geäußert hast. Aber du hast kein Recht, so mit ihr zu reden, nachdem sie so viel für uns getan hat.«

»Sie hat uns diese Kerle überhaupt erst auf den Hals gehetzt. Mich würde es nicht wundern, wenn wir morgen alle gefesselt im Keller aufwachen. Wer weiß, was sie vorhat. Du vergisst wohl, mit wem du es hier zu tun hast.«

»Hörst du dir eigentlich zu? Ich glaube, du vergisst langsam, wie man sich zu benehmen hat. Du wolltest schließlich hierher.« Merlin verließ das Esszimmer und wurde kurz vor der Treppe von Anna Maria aufgehalten, die ihm nachgelaufen war.

»Wo willst du hin?«

»Ich rede mit ihr. Wir sind hier Gäste. Und ich werde sie nicht aus ihrem eigenen Haus vertreiben.«

»Lass sie doch schmollen.«

»Nein, ich werde das jetzt klären, ob es dir passt oder nicht.«

»Du vergeudest deine Zeit. Das ist sie doch nicht wert. Verbring lieber den Abend mit uns. Wir haben noch viel zu planen.«

»Man vergeudet nie seine Zeit, wenn man sich entschuldigt. Solltest du auch mal versuchen.«

»Wieso? Warum sollte ich mich entschuldigen?«

Kopfschüttelnd ging er die Wendeltreppe hoch und ließ seine Verlobte verärgert zurück.

Er klopfte an Lilianas Schlafzimmertür. Carla hatte ihnen freundlicherweise alle Zimmer erklärt, sodass er sich ohne Weiteres zurechtfinden konnte. Er wartete einige Sekunden und betrat dann den Raum. Das Zimmer hatte die gleichen hohen Fenster wie das Gästezimmer. Nur gab es hier noch eine schmalere zweite Ebene, die über eine Treppe zu erreichen war und als begehbarer Kleiderschrank diente. Vor dem großen Bett stand ein Kamin an der Wand, auf dessen linker Seite eine Tür ins Bad führte.

»Kann ich dir helfen?«

Er schaute zu ihr hinüber und war für einen Moment nicht dazu in der Lage, einen klaren Gedanken zu fassen. Sie lehnte am Kaminsims und hatte nur ein Handtuch um sich geschwungen. Die langen, blonden Haare fielen nach vorne über ihre rechte Schulter.

»Machst du das eigentlich mit Absicht?«

Sie schaute ihn fragend an.

»Na ja, immer wenn ich zu dir komme, bist du halb nackt. Mittlerweile bin ich mir nicht mehr sicher, ob das ein Zufall ist.«

Sie schien kurz über seine Worte nachzudenken, schüttelte dann aber lächelnd den Kopf. »Auch, wenn ich dir gerne sagen würde, dass das kein Zufall ist, aber es ist einer. Ich war lediglich auf dem Weg unter die Dusche. Ich hatte das Bedürfnis, mich etwas runter zu kühlen und habe nicht mit Gesellschaft gerechnet. Nicht nach diesem Auftakt. Aber wo du schon mal hier bist ... kommst du mit?« Sie zwinkerte ihm verführerisch zu.

Gerade, als er sich gefasst hatte, brachte ihr Angebot ihn wieder ins Wanken.

Er besann sich jedoch seines Vorhabens. »Nein, ich wollte nur wissen, ob alles in Ordnung ist.«

»Ja, sicher. Ich hatte nur keine große Lust, den ganzen Abend zu streiten. Und das war erst der Anfang. Gar nicht auszumalen, was passiert, wenn wir beide weiter trinken und in einem Raum wären.«

Ihr Verständnis verwunderte ihn zutiefst. Er hätte seine Familie schon lange rausgeworfen. »Er meint das nicht so.«

Sie zuckte mit den Schultern. »Er kann so lange meckern, wie er will. Das spielt keine Rolle und ehrlich gesagt, habe ich nichts anderes erwartet. Hauptsache, er ist in Sicherheit.«

»Carla und Rainer ...«

»Auch da musst du dir keine Sorgen machen. Sie sind es leider gewohnt, dass man so mit ihnen spricht und außerdem hatte ich sie vorgewarnt. Sie werden es überstehen und irgendwann herzhaft darüber lachen.«

»Die beiden sind wirklich sehr nett. Sie haben nicht verdient, dass man so mit ihnen umgeht. Und du hast das sicherlich auch nicht.«

»Menschen wie deine Familie haben uns stärker gemacht und unser Fell ein kleines bisschen dicker. Wir kommen schon klar.«

»Dann ist alles in Ordnung?«

»Ja. Mach dir nicht so viele Sorgen. Genieße lieber deine Zeit hier. Also was ist jetzt? Ich dachte, du wolltest dich entschuldigen?«

Er verstand nicht, was sie von ihm wollte. »Was meinst du?«

»Weißt du, ich liebe es, mich nach dem Duschen dreckiger zu fühlen als vorher. Also?« Sie machte eine eindeutige Kopfbewegung in Richtung der Badezimmertür. »Außerdem muss ich doch dem Stempel, den Anna Maria mir aufgedrückt hat, alle Ehre erweisen.«

Diese Art sich zu entschuldigen klang mehr als verlockend, dennoch ließ ihn die Tatsache, dass seine engste Verwandtschaft in unmittelbarer Nähe war, zögern.

»Meine Familie sitzt nur eine Etage tiefer und du ...«

»Das hat dich neulich auch nicht abgehalten. Oh, Verzeihung. Du hast ja kein Interesse an Frauen wie *mir*.«

Merlin kannte keine andere Frau, die auch nur ansatzweise einem Vergleich mit ihr standgehalten hätte, daher fand er Anna Marias Umschreibung *Frauen wie sie* nicht gerade passend.

Er sah sie lange an, bis er ihrem herausfordernden Blick nicht mehr standhalten konnte. »Danke. Auch, wenn es mir wahrlich nicht leicht fällt, aber ich denke, ich gehe besser wieder runter.«

»Wie du willst.«

Sie ließ langsam das Handtuch über ihren Körper nach unten gleiten und ließ es schließlich los. Als es zu Boden fiel und sie nackt vor ihm stand, war er wie gefesselt von ihrem Anblick. Sie drehte sich um und stolzierte ins Badezimmer zurück. Er atmete tief durch und wollte gehen, aber er blieb nach dem ersten Schritt wieder stehen und sah zur Badezimmertür.

Achselzuckend sagte er zu sich selbst: »Was soll's. Ich komme sowieso schon in die Hölle.«

\*

Am nächsten Morgen traf Merlin Liliana schon recht früh in der Küche.
Die engen Hotpants und das Sporttop ließen ihn erahnen, dass sie bereits unterwegs gewesen war. »Guten Morgen. So früh schon sportlich aktiv?«

»Hey. Ja, ich liebe die morgendliche Waldluft. Es gibt nichts Besseres, wenn man versucht, den Kopf freizubekommen. Hast du dich gut eingelebt?«

»Ja, vielen Dank. Es ist wundervoll. Ich habe nur ...« Er

hielt inne.

»Du hast was?«

»Ich habe mir dein Zuhause nur anders vorgestellt. Nicht so ...«

»Ordentlich und strukturiert?«, scherzte sie.

Er lachte und nickte zustimmend. »Ja, das trifft es ganz gut.«

»Ich habe schon genug Chaos in meinem Kopf. Da kann ich mir nicht noch Chaos in meinem Zuhause leisten. Auch wenn das hier nicht wirklich mein Zuhause ist.«

»Du hast nie von deiner Heimat erzählt.«

»Da war es auf jeden Fall staubiger und man hat sich die Zeit mit Stallarbeit oder in der Wildnis vertrieben und nicht auf einem Laufband oder im Whirlpool. Ist auch nicht so wichtig. Komm, ich rücke dein Bild von mir wieder gerade.«

Sie nahm ihn an der Hand, ging mit ihm direkt in die Garage und stellte sich rechts neben ihr Auto. Merlin hatte keine andere Wahl, als es ihr gleich zu tun. Sie hielt ihn immer noch fest. Nach einem Druck auf ihr Handy bewegte sich der Boden und fuhr nach unten. Sie standen auf einer Hebebühne.

Merlin schüttelte den Kopf, als er die riesige Werkstatt sah. »Ja, so hab ich mir das schon eher vorgestellt.«

Überall Tische, Werkbänke und die Wände voller Waffen. Schwerter, Messer und Schlagstöcke aller Art. Sie stellte sich in die Mitte und breitete die Arme aus.

»Willkommen auf meinem Spielplatz. Hier kann ich mich so richtig schön dreckig machen.«

Am anderen Ende lagen zahlreiche Trainingsmatten auf dem Boden.

»Leb dich ein paar Tage ein und dann werde ich dich

schon auf Vordermann bringen. Dann kannst du das nächste Mal auf dich selbst aufpassen. Ich habe viel trainiert und mir einiges beibringen lassen. Jede Übungsstunde ist die Zeit wert.«

# Kapitel 32

*Liliana*

Liliana war in den letzten Tagen wenig zu Hause gewesen. Sie wollte jedem Konflikt entgehen, aber die Sorge um Johann ließ sie nicht los. Sie wusste nicht einmal, warum ihr sein Wohlergehen so am Herzen lag, aber es war nun einmal so. Sie hatte bemerkt, dass er Schmerzen hatte. Helena schien dies entweder zu ignorieren oder bemerkte es gar nicht. Er musste einsam sein und Einsamkeit kannte sie nur zu gut.

Nach langem Zögern öffnete sie die Tür zu Johanns Zimmer, welches zuvor ihr Fernsehzimmer gewesen war.

»Machen Sie denn nie Feierabend? Ich komme schon zurecht«, sagte Johann, der vermutlich Hannah erwartet hatte.

Liliana antwortete ihm nicht und schloss die Tür.

»Was willst du hier?«, fragte er.

Liliana setzte sich hinter ihn auf die große Liegefläche der Couch. Vorsichtig tastete sie seinen nackten Rücken ab. Er war von tiefen Narben überzogen. Die Klinge des Messers hatte ihm vor einigen Monaten tiefe Schnittwunden zugefügt, die seinen gesamten Körper überzogen. Er tat ihr leid. So ein Schicksal hatte er nicht verdient.

»Verdammt, lass mich in Ruhe«, fauchte er.

Sie hatte den Ursprung der Schmerzen schnell gefunden. Johann hing oft schief in seinem Rollstuhl. Kein Wunder, dass er mit Schulterschmerzen zu kämpfen hatte. Es knackte zweimal laut, aber Johann entfuhr ein erleichtertes Seufzen.

»Warum tust du das? Warum massierst du einem alten

Mann den Rücken? Hast du nichts Besseres zu tun in deinem jugendlichen Leichtsinn?«

Sie lächelte. »Was könnte ich denn Besseres zu tun haben, als einen alten Freund von offensichtlichen Schmerzen zu befreien?«

»Freund?«, fragte er erstaunt.

»Ja, Freund. Falls du dich erinnerst, hat mein Vater dir geschworen, dass er immer für dich und deine Familie da sein wird. Ich erinnere mich noch sehr gut. Du warst sein bester Freund und Freundschaft bedeutete ihm alles. Da gab es keine Kompromisse. Leider konnte er sein Versprechen nicht halten. Jetzt bin ich am Zug und ich nehme seine Versprechen sehr ernst. Er hätte das von mir erwartet.«

»Du hast also seinen Platz eingenommen. Warum wundert mich das nicht? Du hast dir ein hartes Leben erwählt. Warum tust du das? Wegen des Geldes kann es nicht sein. Davon müsstest du genug haben.«

Sie massierte seinen verspannten Nacken. »Weil ich es kann. Wenn ich nicht arbeite, muss ich mich mit mir auseinandersetzen und ich bin mein schlimmster Feind. Du müsstest das verstehen.«

»Es tut mir leid«, sagte er unerwartet.

»Was tut dir leid?« Sie wurde nervös. Johann war der letzte Bezugspunkt zu ihrer Vergangenheit und allein seine Gegenwart ließ ihr Herz schneller schlagen.

»Was ich auf der Feier zu dir gesagt habe. Ich bin froh, dass du lebst und ich bin dir dankbar für deine Hilfe.«

Sie deckte ihn zu und stand auf. Nachdem sie ihm ein Glas Wasser gereicht hatte, setzte sie sich vor ihm auf den Boden, sodass er sie ansehen konnte, ohne sich angestrengt aufsetzen zu müssen.

Er lächelte schwach. »Du bist so schön geworden. Genau wie deine Mutter.«

»Mit dem fragwürdigen Charakter meines Vaters, oder?«, entgegnete sie lachend.

Johann musste jetzt ebenfalls schmunzeln. »Du hast wirklich viel von ihm. Etwas zu viel für meinen Geschmack. Vor allem seinen Dickkopf, aber auch seinen unbeugsamen Willen.« Er seufzte. »Sie fehlen mir, die beiden. Sie fehlen mir wirklich sehr. Deine Mutter hatte die außergewöhnliche Gabe, einem zu jeder Zeit Trost zu spenden. Ihre Gegenwart allein war heilend.«

»Ja, das konnte sie.« Liliana dachte so oft an ihre Eltern und jedes Mal tat es noch so weh wie an dem Tag, als sie starben. Das wusste aber niemand und es würde niemals jemand erfahren.

Johanns Blick wurde plötzlich kälter. »Warum, Lilly? Warum mussten sie sterben? Warum hast du das getan? Was geht in deinem Kopf vor?«

Es war zwecklos. Mutlos schüttelte sie den Kopf und wollte aufstehen.

Er griff sie am Arm und zog sie zurück auf den Boden. »Warum?«, schrie er sie an. »Du bist als Einzige aus dieser Flammenhölle entkommen. Ich hab die Ruine gesehen. Alles war vollkommen zerstört. Warum du und sie nicht? Sag mir den Grund und ich werde damit leben. Sag mir nur warum?«

Sie zögerte. Es dauerte eine Weile, bis sie die Bilder ausgeblendet hatte. »Weil sie bereits tot waren, als das Feuer um sich griff«, sagte sie kaum hörbar. »Ich bin entkommen, weil ich noch genug Leben in mir hatte, um mir einen Weg durch die Flammen zu bahnen. Sie hatten das nicht mehr.«

Johann sah sie mit offenem Mund an.

Sie kniete sich vor ihn und sah ihm direkt in die Augen. »Sieh mich an, Johann. Sieh mich genau an und frag mich noch einmal, ob ich meine eigenen Eltern ermordet habe.«

Er schwieg. Liliana war bewusst, dass er einen Sündenbock brauchte. Seine Wut brauchte ein Ziel und das hatte er in ihr gefunden.

»Manchmal ist es einfacher, eine Lüge zu glauben, als der Wahrheit ins Auge zu blicken. Das ist mir bewusst und das verstehe ich.« Sie ergriff seine völlig vernarbte Hand und drückte sie.

Er zog sie an sich und legte ihre Hand an seine Wange.

Als er wieder aufblickte, betrachtete er *ihre* vernarbten Hände. »Habe ich dir das angetan? Hätte ich das verhindern können?« Er strich über ihr Handgelenk.

Sie seufzte. »Nein. Es war mein Schicksal. Ich musste erleben, was ich erlebt habe, um das zu werden, was ich heute bin. Du hast mich nicht eingesperrt. Du hast mich nicht misshandelt. Du wolltest mich lediglich nicht haben und selbst das werfe ich dir schon lange nicht mehr vor. Wir müssen tun, was wir für uns und die Menschen, die wir lieben, für richtig halten. Du hast damals eine Entscheidung getroffen, die du nicht mehr rückgängig machen kannst.«

»Als wir uns das letzte Mal gesehen haben, hast du mich so voller Hass angeschaut, dass mich dein Blick über Jahre verfolgt hat, Lilly. Was ist passiert? Was ist aus dem ganzen Zorn geworden?«

Sie strich sich die Haare aus dem Gesicht. »Es steht mir nicht zu, über dich und dein Verhalten zu urteilen. Mir bestimmt nicht. Damals war ich viel zu jung, um auch nur annähernd zu verstehen, was dich angetrieben hat. Heute verstehe ich es sehr wohl. Ich habe meinen Frieden gefunden.

Schon seit langer Zeit. Warum kannst du nicht mit dir Frieden schließen?«

»Ich war nicht für dich da, als du mich gebraucht hast. Ich habe dich im Stich gelassen. Ich hab es mir so einfach gemacht. Ich wollte dir die Schuld an meinem Leid geben. Es tat so gut, die Verantwortung abzugeben. Mein Gott, du warst noch ein Kind.«

»Das spielt keine Rolle mehr. Du hast es für deine Familie getan.«

»Ich hab es für *mich* getan. Ich konnte dich einfach nicht ansehen. Du hattest den gleichen vorwurfsvollen Blick wie einst dein Vater. Das hätte ich nicht auf Dauer ertragen.«

Sie nickte. »Wie du siehst, bin ich mehr oder weniger gut zurechtgekommen.«

»Es gibt immer einen Grund, um aufzustehen ...«

»... und zu leben«, beendete sie seinen Satz.

»Wie oft hat dein Vater mir das gesagt, wenn ich alles hinwerfen wollte?«

»Bestimmt nicht so häufig, wie er es mir gesagt hat.«

Liliana erinnerte sich an die harte Schule ihres Vaters. Er hatte ihren Willen gestärkt. Er hatte sie zur Kämpferin gemacht. Sie liebte diesen Mann bedingungslos und er fehlte ihr jeden einzelnen Tag.

»Tut gut, mit jemandem zu reden, der mich wirklich kennt. Da gibt es ja nicht so viele«, sagte Johann fast wehmütig.

»Unsere Vergangenheit holt uns immer wieder ein. Man kann sich nicht verstecken. Der Schmerz findet einen. Du hast es deiner Familie nie erzählt, oder?«

»Nein. Kein einziges Wort. Sie würden es nicht verstehen.«

»Das heißt, du gibst ihnen nicht einmal die Chance dazu?«

»Was spielt das jetzt noch für eine Rolle? Sieh mich an. Ich bin ein Krüppel. Mein Leben ist vorbei.«

»Hörst du dir eigentlich selbst zu?«, fragte sie mit hartem Ton.

»Wie bitte?«

»Du kannst nicht mehr laufen, hast ein Auge verloren und brauchst Hilfe, um dir den Arsch abzuwischen. Na und?«

Jetzt sah er sie fassungslos an.

»Johann, was dich ausmacht, ist dein Herz und dein Verstand. Beides ist noch vollständig intakt, auch wenn Zweites manchmal fragwürdige Entscheidungen trifft. Also hör auf zu jammern. Jeder schwänzelt mitleidig um dich herum. Von mir kannst du das nicht erwarten. Du hast dich wunderbar in deine Opferrolle eingefügt. Auch wenn du dich für verstorben hältst, du hast noch eine lebendige Familie, die dich braucht. Du hast ein florierendes Unternehmen. Ich muss dich wohl nicht daran erinnern, wie hart du für diese Firma gekämpft hast. Was du alles geopfert hast. Alles, was du brauchst, um ein guter Vater zu sein, um ein guter Unternehmer zu sein, um ein guter Freund zu sein. All das kann dir keiner nehmen. Seit wann geben wir so einfach auf? Mein Vater würde sich im Grabe umdrehen, wenn noch etwas von ihm übrig wäre.«

Ein kleines Lächeln machte sich auf seinem Gesicht breit. »Du hast Recht. Danke für den Tritt, Lilly. Den hatte ich nötig.«

»Immer wieder gerne, mein Freund.« Frech grinste sie ihn an.

»Du bist wohl die Einzige, die mich nicht für einen alten, nutzlosen Trottel hält.«

»Nein, ganz bestimmt nicht. Du hast einen wunderbaren

Sohn, der viel von dir hält. Der zwar nicht die geringste Ahnung von deinen dunklen Seiten hat, aber dich mit Schild und Schwert verteidigt.«

»Ja, er ist wunderbar.« Johann rieb sich sein Auge.

»Und du weißt nicht das Geringste von ihm. Habe ich Recht?« Liliana zog die linke Augenbraue hoch.

»Ich wollte immer nur das Beste für meine Kinder. Aber ich werde den Gedanken nicht los, dass ich Melina in die Arme dieses Schweins getrieben habe. Ich wollte zu viel von ihr. Merlin hat alles wunderbar gemeistert. Ohne jede Klage. Ohne Widerworte. Nichts war ihm je zu viel oder zu schwierig gewesen, aber mit Melina war alles immer nur ein Kampf.«

»Kommt dir das nicht bekannt vor? Dein Vater ist so gewesen. Nicht einmal auf dem Totenbett wollte er dir seine Firma anvertrauen.«

»Ja, das ist wahr. Ich hatte es geschafft. Das Unternehmen war an der Spitze, aber mein Vater war bereits tot. Ich konnte ihm nie beweisen, dass ich seinen Ansprüchen genügen konnte.«

»Merlin bettet deine Fehler weicher, als du es verdienst, Johann. Er liebt dich und würde alles für dich tun. Sogar sehenden Auges in eine lieblose Ehe spazieren.«

Johann zuckte zusammen. »Wie kommst du zu so einer Annahme? Hat er was gesagt?«

»Das braucht er nicht. Sieh' ihn dir an. Er liebt sie nicht genug, um mit ihr glücklich zu werden und dich zu sehr, um sich das einzugestehen.«

»Ich hab es nicht gesehen«, sagte Johann zögerlich.

»Du wolltest es nicht sehen«, korrigierte sie ihn.

»Was läuft eigentlich zwischen dir und meinem Sohn?

Warum ergreifst du so Partei für ihn? Sonst interessiert dich doch auch niemand außer dir selbst?«

»Jemand muss es ja tun.« Ihr Schutzschild fuhr wieder hoch. Sie hatte ihn überschätzt. Er war noch nicht so weit. Weder für ihre, noch für seine eigene Wahrheit.

»Lass ihn in Ruhe, Liliana. Du tust ihm nicht gut.«

»Sie ihm auch nicht.«

»Anna Maria ist ein trotziges kleines Mädchen, aber sie ist harmlos. Was man von dir nicht behaupten kann.«

Sie stützte ihre Arme auf der Bettkante ab. »Sie ist falsch, Johann. Sie wird ihm das letzte Fünkchen Leben aussaugen. Du solltest ihn warnen. Auf dich würde er hören. Halt ihn davon ab, sein Leben gegen die Wand zu fahren.«

»Wenn ich ihn warne, dann vor dir. Dein Vater war bekannt dafür, dass er das Herz so mancher Frau gebrochen hat und irgendwie hab ich das Gefühl, dass das bei dir mit dem anderen Geschlecht auch der Fall ist. Du hast Recht, dass ich wirklich nicht viel über meinen Sohn weiß, aber ich weiß, dass er aufrichtig ist und seine Familie über alles liebt. Dir dagegen ist nichts heilig außer deiner Freiheit. Du würdest ihn belügen, betrügen und dann spurlos verschwinden. Er würde an dir zerbrechen oder du würdest ihn mit in den Abgrund ziehen. Du bist hart wie Stahl und auch genauso kalt, Liliana. Dein Lebensstil, deine Arbeit ... Nichts davon lässt sich auch nur annähernd in ein normales Leben, in eine Familie integrieren. Deine Mutter litt unter deinem Vater und seiner Definition von Freiheit. Freiheit bedeutet doch nicht frei sein von den Menschen, die man liebt. Sie war so einsam. Ich werde nicht zulassen, dass Merlin sich von deinem Anblick täuschen lässt und genau so endet wie sie.«

»Ich bin nicht mein Vater.« Seine Worte verletzten sie

schwer, aber sie musste sich jetzt zusammenreißen.

»Ich habe großen Respekt vor dir und vor deinem Kampfgeist, aber du bist kein Umgang für meinen Sohn. Wenn das Ganze hier vorbei ist, wäre ich dir sehr verbunden, wenn du dich von meiner Familie fernhältst. Du brichst ihm nicht das Herz, wie dein Vater das deiner Mutter.«

»Das haben schon andere getan.«

Er atmete tief ein und schüttelte den Kopf.

»Ich will nichts von deinem Sohn, Johann«, sagte sie verzweifelt. »Wer immer nur nimmt, und nie gibt, wird einsam bleiben. Das ist mir bewusst. Außer Asche ist mir von den Menschen, die ich geliebt habe, nichts geblieben. Ich weiß sehr wohl, wer oder was ich bin. Unsere Taten entscheiden das.« Sie stand langsam auf. »Sprich mit ihm. Das Leben ist so kurz. Sag ihm die Wahrheit. Er wird es verstehen. Das bist du ihm schuldig.«

»Was soll das jetzt noch bringen, außer, dass er mich hasst?«

»Das wird er nicht. Er wird es verstehen. Es ist nie zu spät, das Richtige zu tun. Der Vorhang ist noch nicht gefallen. Geh nicht mit diesem Gewissen ins Grab. Ich bin keine Gefahr für dich, denn ich werde dir diese Bürde nicht abnehmen. Du bist nur jemand, wenn da noch ein Mensch ist, der dich liebt, Johann. Ansonsten bist du nur ein Schatten. Sieh mich an.«

Ohne ein weiteres Wort ging sie aus dem Zimmer und zog die Tür zu.

# Kapitel 33

*Merlin*

Merlin konnte nicht schlafen. Er drehte sich ständig von einer Seite auf die andere. Irgendwann entschloss er sich, aufzustehen. Die Uhr zeigte 03:15. Leise schloss er die Tür hinter sich, um Anna Maria nicht aufzuwecken. Ein schwacher Lichtschein drang nach oben. Er war verwundert, ging vorsichtig die Treppe hinunter und begab sich ins Wohnzimmer.

Liliana saß auf dem Boden vor ihrem Kamin und lehnte mit dem Rücken gegen die Couch. Neben ihr stand eine Flasche Wein und eine weitere auf dem Tisch neben dem Sofa. Sie schien einfach nie zu schlafen. Es war nicht das erste Mal, dass er bemerkt hatte, dass sie bis tief in die Nacht an irgendetwas arbeitete oder trainierte. Er überlegte einige Sekunden, ob er zu ihr gehen oder sich lieber wieder heimlich nach oben stehlen sollte.

»Kann ich was für dich tun?«

Ihre Stimme ließ ihn aufschrecken. Sie hatte ihn natürlich wahrgenommen. Jetzt konnte er auch zu ihr gehen.

»Alles in Ordnung?«, fragte er besorgt.

Sie starrte regungslos in die Flammen.

»Liliana?«, versuchte er, vorsichtig ihre Aufmerksamkeit zu erregen.

»Ja, sicher. Es geht mir gut.«

Er setzte sich neben sie auf den Boden. »Gut. Und jetzt ...«, er hielt kurz inne und wartete, bis sie ihn ansah, »sagst du mir, wie es dir wirklich geht.«

Ein schwaches Lächeln zog sich über ihre Lippen.

Er sah den inneren Kampf in ihren Augen, aber sie würde ihm ihr Inneres nicht offenbaren. Das wusste er. Sie beugte sich zu ihm, küsste ihn zärtlich, dann forscher.

Er erwiderte ihren Kuss und zog sie an sich. Auch, wenn er nichts mehr wollte, als seinem Verlangen nach ihr nachzugeben, schob er sie vorsichtig ein Stück zurück.

»Glaubst du, ich merke nicht, dass du mich verführen willst, um nicht mit mir reden zu müssen?«

»Das war mein Plan. Du hast mich erwischt.«

»Das ist ein ziemlich heimtückischer Plan. Wie viel hast du eigentlich getrunken?«

Sie hob die Flasche hoch. »Nicht genug. Ich trinke nie genug, weil ich am nächsten Morgen immer wieder aufwache.« Sie stellte die Flasche wieder neben ihr Glas auf den Boden.

Er beugte sich zu ihr und küsste sie. Diesmal hielt er sie leicht am Hinterkopf fest und drückte seinen Kopf gegen ihre Stirn. »Lass mich dir helfen, Lilly. Du musst nicht alles allein tragen. Das ist mehr, als ein einzelner Mensch ertragen kann.«

»Ich werde es ertragen. Ich ertrage es, weil ich überhaupt keine andere Wahl habe. Du weißt erst, wie stark du bist, bis Starksein das Einzige ist, was dir noch geblieben ist.«

»Sag mir, wie ich dir helfen kann. Bitte.«

»Ich habe viel zu viel getrunken, um mit dir ein ernsthaftes Gespräch zu führen.«

»Betrunkene Worte sind nüchterne Gedanken.« Zärtlich strich er ihr über den Arm.

»Warum bist du eigentlich auf den Beinen, um diese Uhrzeit?«

Merlin gab sich ihrem Starrkopf geschlagen. »Ich konnte nicht schlafen. Zu viele Dingen schwirren durch meinen Kopf und ich scheine nicht allein damit zu sein.«

»Wir müssen alle Dinge einstecken, für die wir keine Taschen haben.« Sie reichte ihm ihr Weinglas.

Dankend nahm er es entgegen und trank einen Schluck. »Was ist das? Der ist fantastisch.«

»*Verite La Desir.*«

Er sah sich das Etikett auf der Flasche an. »Nett. 200 Euro die Flasche?«

»430.«

»Wenn du dich hoffnungslos betrinkst, dann aber mit Stil, wie ich sehe.«

»Man gönnt sich ja sonst nichts. Was machen wir jetzt mit der angebrochenen Nacht und der angebrochenen Flasche sündhaft teuren Weins?«

»Was schlägst du denn vor?«

Sie setzte sich auf seinen Schoß. »Wir könnten da weiter machen, wo wir vorhin aufgehört haben, weil ein *gewisser Jemand* lieber reden wollte.«

Ihr koketter Blick ließ ihn der Dinge erahnen, die auf ihn warteten. Dennoch nahm er sich zusammen. »Ich weiß nicht, ob ...«

»Was gut für mich ist, entscheide immer noch ich«, unterbrach sie ihn.

»Und wenn wir erwischt werden? Mal ganz nebenbei: Wir sitzen hier geradezu auf dem Präsentierteller.«

Er schaute sich im Wohnzimmer um. Jederzeit konnte jemand rein kommen.

Sie lachte und nahm ihm das Weinglas ab. »Na ja, dein Vater wird dich enterben und deine Mutter würde sich vor lauter Scham aus der Öffentlichkeit zurückziehen, aber das würde dich nicht mehr interessieren, weil du bereits von Anna Maria mit bloßen Händen erwürgt worden wärst. Also die Risiken sind überschaubar.«

Er schmunzelte. »Bestehen Chancen, dass du mich vor diesem Schicksal bewahrst?«

»Wenn ich Anna Maria vorher erwürgen darf, ja.«

»Einen einzigen Tag deine Leichtigkeit und ich wäre vollkommen glücklich.«

Sie stellte das Glas ab, nahm seinen Kopf in ihre Hände und flüsterte: »Nimm sie von mir, zumindest für heute Nacht. Ich halte mich auch zurück und mache nicht so einen Krach.«

»Und das schaffst du?«

»Ich dachte, du wolltest nicht mehr an mir zweifeln?«

»Ich befürchte eher, dass ich dann an mir zweifle.«

Ihr nächster Kuss war so voller Leidenschaft, dass er all seine Bedenken in den Wind schlug. Keine Regeln. Keine Verbote. Nur ihre Zügellosigkeit, die er bis zum Ende genoss.

\*

Glücklich und erschöpft rang er nach Atem und lehnte sich gegen das Sofa. Liliana lag auf seinem Schoß und strich sich die Haare aus dem Gesicht. Er drehte sich nach hinten und zog die Decke von der Couch. Behutsam hüllte er sie darin ein und streichelte ihr über den Arm. Belustigt stellte er fest, dass sie eingeschlafen war. Sie, die sonst schlaflos durch die Nacht wandelte, war tatsächlich eingeschlafen. Langsam verstand er. Das war die einzige Art von Nähe, die sie bereit war, zuzulassen. Damit konnte sie umgehen. Er strich weiter über ihren Rücken und betrachtete die zahlreichen Narbenmale, die sich immer noch auf ihrer sonst makellosen Haut abzeichneten.

Eine Weile saß er so da und blickte ins Feuer.

»Weißt du eigentlich, dass du mich langsam verrückt machst?«, sagte er lächelnd, bevor er sie hochhob und in ihr Schlafzimmer trug.

# Kapitel 34

Am nächsten Morgen war Merlin tatsächlich vor ihr wieder auf den Beinen. Der Alkohol und ihre beeindruckende Aktivität letzte Nacht hatten wohl auch Liliana an ihre Grenzen gebracht. Er kochte Kaffee und räumte das Wohnzimmer auf.

Johann kam nur Minuten später in die Küche.

»Kaffee, Papa?«

»Ja, bitte. Wo ist denn unser Wachhund?«

Merlin reichte ihm eine Tasse. »Liliana? Keine Ahnung. Ich habe sie heute noch nicht gesehen.«

»Merkwürdig.«

»Sie hat sich auch mal ein bisschen Ruhe verdient. Findest du nicht?«

»Was Liliana verdient, weiß nur der Teufel«, murmelte Johann.

»Fängst du schon wieder an?«

»Nein, so war das nicht gemeint.«

»Wie geht es deinem Arm?«

Johann rollte mit den Schultern. »Sehr gut heute. Die Schmerzen sind fast verschwunden.«

»Das ist ja wunderbar. Renkt sich wohl alles wieder ein.«

Eine Viertelstunde später kam auch Liliana schwankend in die Küche.

Merlin lachte. »Harte Nacht gehabt?«

Sie warf eine Schmerztablette ins Wasser und trank das Glas aus. »Die Nacht war super. Der Morgen ist es, der mich fertig macht.«

»So eine teure Flasche Rotwein und Kopfschmerzen? Ich

würde mich beschweren.«

»Zwei Flaschen Rotwein und etwaige Schätze aus meiner Scotch-Sammlung.«

»Okay, *du* machst mich fertig«, entgegnete er.

»Frag mich mal. Nüchtern betrachtet war es betrunken besser. Wie geht's deinem Arm, Johann?«

»Gut, danke. Heute Morgen scheint es mir sogar besser zu gehen als dir.«

»So weit würde ich mich nicht aus dem Fenster lehnen, aber schön, dass es dir besser geht.«

»Ja, mein Schutzengel scheint es gut mit mir zu meinen. Vielleicht sollte ich mir einen Sportrollstuhl zulegen, was meint ihr?«

Merlin verstand an diesem Morgen die Welt nicht mehr. »Du? Sport? In deinem Zustand?«

»Was denn? Meine alten Zellen werden zwar langsam grau, aber mein Kopf funktioniert noch prima und meine Arme könnten ein bisschen Training vertragen. Ich bin doch noch nicht tot.«

Er lächelte Liliana an, die sein Lächeln erwiderte und da verstand Merlin, dass die beiden wohl endlich miteinander gesprochen hatten. Nach ihrer Trinkorgie gestern schien das Gespräch für sie aber nicht so positiv ausgefallen zu sein. Aber immerhin war es ein Schritt in die richtige Richtung.

Merlin half Liliana, den Tisch zu decken. Kurze Zeit später kam auch Helena in die Küche und streckte sich. »Wo ist Anna Maria?«

»Ich nehme an, dass sie noch im Bad ist«, antwortete Merlin. »Das kann bis zu zwei Stunden dauern.«

»Aber sie geht doch heute nicht aus?«

»Was macht das für eine Frau wie sie für einen Unterschied? Es reicht schon die Wahrscheinlichkeit, dass sie überhaupt einer anschaut, um sich rauszuputzen.«

Liliana schmunzelte: »Ja, einen wahrhaft schönen Menschen kann nichts entstellen.«

Merlin schenkte ihr erst einmal eine Tasse Kaffee ein, nachdem sie sich auf den Stuhl fallen ließ.

»Ich hoffe, der erweckt Tote«, sagte er, als er ihre roten Augen bemerkte.

»Was hast du letzte Nacht eigentlich getrieben, dass du so fertig bist?«, fragte Johann.

»Wenn ich das nur wüsste.«

Für einen Augenblick zuckte Merlin zusammen. Sollte sie tatsächlich letzte Nacht vergessen haben? Er stellte die Kaffeekanne ab und setzte sich ihr gegenüber. Fragend blickte er zu ihr hinüber.

»Hast du dich nicht langsam an diesen Zustand gewöhnt? Ich meine, dass du durch deinen massiv übersteigerten Alkoholkonsum alles vergisst?«, erwiderte Johann.

»So viel kann ich gar nicht trinken, wie ich vergessen möchte. Andererseits wäre es auch schade, wenn ich manche Dinge vergessen würde.«

Sie grinste und zwinkerte Merlin zu, der erleichtert den Kopf schüttelte.

»Vielen Dank übrigens fürs Abschleppen.«

Merlin nahm einen Schluck Kaffee. »Gern geschehen.«

»Muss ich das verstehen?«, fragte Johann nach.

»Nein, Merlin war so nett, mich gestern Abend unter Einsatz seines Lebens die Treppe hochzuschleppen«, erklärte sie.

»So, die Treppe hoch. Was du nicht sagst.«

»Ja, Johann ... die Treppe hoch – und stell dir vor, er hat

mir sogar die Schlafzimmertür aufgemacht. Das war natürlich, nachdem wir es schamlos wie die Karnickel vor dem Kamin getrieben haben.«

Helena wurde rot und stocherte auf ihrem Teller herum, während Merlin kurz die Luft anhielt.

Johann hob die Hände. »Ist ja schon gut. Ich hab's verstanden. Entschuldige. Ich behalte meine Unterstellung zukünftig für mich.«

Merlin freute sich, dass das Eis zwischen Liliana und seinem Vater langsam zu tauen schien. Anna Maria tauchte topgestylt im Esszimmer auf. Schicke weiße Bluse zur grauen Nadelstreifenhose und die Haare perfekt zurückgesteckt. Ohne auch nur ein Wort des Grußes fiel sie mehr oder weniger elegant auf den Stuhl neben Merlin.

»Guten Morgen. Na? Gut geschlafen?«, begrüßte Liliana sie direkt.

Sie zuckte zusammen. Merlin musste sich das Lachen verkneifen.

»Nein, habe ich nicht. Wie auch? Ich drehe mich in diesem Bett nur von einer Seite auf die andere. Ich habe bisher nicht eine Nacht richtig geschlafen.«

»Dann täuschst du es aber gut vor, meine Liebe. Gestern Nacht warst du tief im Schlaf versunken, als ich kurz in der Küche war.«

»Vortäuschen ist ja auch eine Art *Talent*«, sagte Liliana. »Habe ich gehört.«

»Hat Sie irgendjemand nach Ihrer Meinung gefragt?«, fauchte Anna Maria.

»Anna Maria. Wir sind hier Gäste. Ich bitte dich. Fang nicht schon wieder an.«

»Nein. Wenn ich irgendwo Gast bin, werde ich anders behandelt.«

Liliana stellte ihre Kaffeetasse ab. »Oh Verzeihung, ich habe vergessen, Ihre Pantoffeln aufzuwärmen. Welch Fauxpas. Ziehen Sie es mir einfach vom Lohn ab. Ach, nein. Das geht ja gar nicht. Mein Fehler. Ich bin ja gar keiner Ihrer Dienstboten. Muss mir wohl entfallen sein.«

»Das liegt wahrscheinlich daran, dass Sie sich die letzten Gehirnzellen auch noch weggesoffen haben.«

»Sie müssen ja wissen, wie sich ein Mangel an Gehirnzellen anfühlt.«

»Was fällt Ihnen ein? Das muss ich mir von ...«

»Von was?«

»Anna Maria, es reicht«, wies Merlin sie zurecht.

»Was machst du mich an? Sie hat doch angefangen.«

»Trink erst einmal einen Kaffee und iss was.« Merlin hatte die ewigen Streitereien endgültig satt.

»Was ist das für komischer Kram da?«

»Jerky Beef ist mariniertes Dörrfleisch und Damper ist typisches australisches Buschbrot«, erklärte Liliana.

»Ich werde diesen Mist bestimmt nicht essen«, beklagte sich Anna Maria bereits im Voraus.

»Ich könnte Ihnen eine Biotomate im Wasserbad anbieten.«

»Merlin, muss ich mir das anhören?«

Langsam bekam auch er Kopfschmerzen. Das konnte alles nicht wahr sein.

»Regen Sie sich nicht so auf. Das gibt Falten. Wäre doch schade um Ihre Ausstrahlung«, neckte Liliana sie.

Johann legte seine Hand auf Lilianas Unterarm und lächelte sie an. »Langsam weiß ich wieder, was mir die ganze Zeit gefehlt hat.«

»Hier darf jeder sein, wie er will. Daran hat sich nie etwas geändert, Johann.«

»Wie ich sehe, hat die Gastfreundschaft der Riordans nicht abgenommen.«

»Nein, nur die Gäste sind weniger geworden. Vielleicht sollte ich nicht immer gleich jedem aufs Maul hauen.«

Johann grinste. »Du bist wie dein Land, Lilly, ungeschliffen, unverwüstlich und wunderschön. Du kannst dich zwar in der feinen Gesellschaft bewegen, aber dein Herz schlägt für die Weiten des *Northern Territory*. Du wirst keinem Streit aus dem Wege gehen und du wirst dich auch nicht anpassen. Du kannst genauso wenig leugnen, wer du bist, wie du die Sonne daran hindern kannst, hinter dem Horizont zu versinken.«

»Dir fehlt *Speargrass Hills*, oder?«

»Ja. Seit es abgebrannt ist, ist nichts mehr, wie es war. Ich bin nicht mehr, wer ich war.«

Merlin blickte voller Mitgefühl zu seinem Vater. Bisher war ihm nie wirklich bewusst gewesen, wie viel die Aufenthalte in Australien bei seinem Freund Declan seinem Vater bedeutet hatten. Er dachte immer, dass er auf Geschäftsreise gewesen wäre, aber anscheinend hatte er sich geirrt.

Liliana nahm Johanns Hand. »Man sagt, wer kalte Hände hat, hat ein warmes Herz. Du warst immer so voller Lebensfreude. Lass sie wieder in dein Herz, Johann.« Sie stand auf, klopfte ihm auf die Schulter und räumte ihr Geschirr weg.

In Merlins Kopf schwirrten mal wieder hunderte Fragen. Er war sich nicht mehr sicher, ob er seinen Vater auch nur annähernd kannte.

\*

Merlin war froh, dass Anna Maria an diesem Abend früh

ins Bett gegangen war. Helena saß wohl in ihrem Zimmer und las. Er gesellte sich zu Liliana und seinem Vater auf die Terrasse. Mehrere Fackeln brannten und es war einfach nur friedlich. Ein Friede, den er im Inneren weiterhin vergeblich suchte.

Er musterte Liliana, die bereits wieder ein Glas Scotch in der Hand hielt. »Hat dir dein Absturz gestern nicht gereicht? Musst du schon wieder trinken?«

»Man hat erst ein Problem, wenn man aufhört zu trinken.«

»Allerdings«, bestätigte Johann und erhob sein Glas. »Prost.«

Merlin lachte und setzte sich den beiden gegenüber. »So gelassen kenne ich dich gar nicht, Papa. Ich glaube, du hast mir bei Gelegenheit einiges zu erzählen.«

Johann winkte ab. »Manche Dinge schweigt man besser tot.«

»Zum Beispiel die zwei Blondinen auf dem Billardtisch in Duncans Bar«, sagte Liliana beiläufig.

Merlins ungläubiger Blick traf Johann.

»Woher weißt du das schon wieder?« Johann schlug ihr spielerisch auf den Arm. Er hatte anscheinend zu tief ins Glas geschaut.

»Ich weiß so einiges.«

Ihr freches Zwinkern veranlasste Johann dazu, tief Luft zu holen.

»Sieh mich nicht so an, Merlin. Da war nichts auf dem Billardtisch. Zumindest nicht, was du wieder denkst.«

»Nein, sie haben nur Kugeln suchen und einlochen gespielt.«

»Lilly, du hilfst mir gerade überhaupt nicht.«

Sie zwinkerte Merlin zu. »Schon gut, lass dich von mir

nicht verunsichern. Unsere Väter neigten zu neckischen, aber harmlosen Spielchen in ihrem jugendlichen Leichtsinn, wenn sie ohne ihre Frauen auf Tour waren.«

»Warum warst du hier nie so locker«, fragte Merlin.

»Hier hatte ich eine Familie. Einen Ruf. Eine Maske, die ich um alles in der Welt aufrecht erhalten wollte. Was ich am anderen Ende der Welt tat, war meine Sache und ich musste niemandem Rede und Antwort stehen. Man kann nicht locker sein, wenn man ständig Angst hat, dass jedes Wort oder jede kleine Tat gleich eine unaufhaltsame Lawine auslöst. Ich konnte meine Position nicht opfern, nur weil ich meinen Spaß haben wollte.«

»Ja, das kann ich durchaus verstehen. Trotzdem finde ich es nicht sonderlich gut.«

Die Mainacht war überraschend warm, sodass sie noch lange zusammensaßen und über das Leben philosophierten.

»So, morgen fangen wir an«, sagte sie zu Merlin.

»Muss ich mir Sorgen machen?«

Sie lächelte und nickte. »Ich werde dir in den nächsten Tagen ein paar grundlegende Dinge beibringen. Sozusagen Überlebensregeln für den Fall, wenn es schon zu spät ist.«

»Warum sollte er überhaupt in so eine Situation kommen?«, fragte Johann. »Sie werden ihn töten, bevor er überhaupt auch nur nachdenken kann.«

»Nein, dann hätten sie es schon getan.«

»Wirst du das Dreckschwein finden, dass mein kleines Mädchen getötet hat?« Seine Augen sahen sie voller Hoffnung an.

»Ja, das werde ich. Aber ich brauche Hilfe.«

Johann nickte und sah Merlin an. »Ich wünschte, dass ich nicht an diesen verdammten Rollstuhl gefesselt wäre. Dann würde ich mit dir gehen und müsste nicht meinen Sohn schicken. Ich hätte auf deinen Vater hören sollen. Er hat mich gewarnt. Er hatte mit allem immer Recht. Wir hätten den elenden Bastard töten sollen, als wir noch Gelegenheit dazu hatten. Er wusste, dass er noch Ärger machen würde, aber ich war zu naiv.«

»Du bist kein Mörder, Johann. Damals nicht und heute nicht. Es macht jetzt keinen Sinn mehr, sich zu fragen, ob es hätte anders laufen können. Es ist, wie es ist, aber wir werden diesen Fehler nicht noch einmal machen. Das verspreche ich dir.«

»Sei vorsichtig. Ich bitte dich. Ihr seid zu zweit und er hat ein ganzes Imperium.«

»Ich werde dafür sorgen, dass sich die Zahl seiner Fürsprecher drastisch reduziert.«

»Das hast du mit der Aktion in der Villa Sternwald wohl schon geschafft.«

»Ja, das war ein guter Anfang, aber ich muss ihn da treffen, wo es wirklich weh tut. Und da habe ich schon eine Idee.«

# Kapitel 35

Liliana machte ihre Drohung wahr und verbrachte die nächsten Tage fast ausschließlich mit Merlin. Er war dankbar für ihre Hilfe und Ratschläge. Über viele Dinge, die sie ihm zeigte und erklärte, hatte er sich niemals zuvor Gedanken gemacht. Ihm war klar gewesen, dass er innerhalb weniger Tage kein wirklicher Kämpfer werden würde, aber die Übungen und kleinen Handgriffe gaben ihm Sicherheit.

Mit jedem Tag wurde ihm seine Umgebung bewusster. Er bewegte sich kontrollierter und schneller. Immer wenn er glaubte, dass er nicht mehr weitermachen könnte, in den Momenten, in denen sein Körper ihm jede weitere Kraft verweigerte, trieb Liliana ihn wieder an. Bald war sein Körper von Blutergüssen und kleineren Wunden überzogen, aber er ignorierte sie. Es stimmte: *Sobald die Schmerzen kommen, sind sie schon fast wieder vorbei.* Dinge, die er in Filmen immer bewundert hatte, wurden für ihn leicht. Blitzschnell konnte er Handschellen öffnen, wenn er das richtige Werkzeug vorher geschickt versteckt hatte. Er lernte die Grundzüge im Umgang mit verschiedenen Waffen und verlor immer mehr die Angst vor unbekannten Situationen, denn es gab immer einen Weg. Wirklich immer. Nichts war aussichtslos.

Die knappen Trainingspausen dienten selten zur Erholung, denn er war begierig darauf, Neues auszuprobieren. Dinge, um die er Anna Maria niemals gebeten hätte. Liliana erfüllte ihm Wünsche, von denen er nicht mal geahnt hatte, dass er sie hatte. Diese Woche war von mehr Leben erfüllt, als Merlins letzten sieben Jahre.

Früh morgens war er bereits auf den Beinen und war oft bis spät in die Nacht mit Liliana verschwunden. Die Zeit drängte. Lavalle konnte aus dem Nichts wieder in ihr Leben treten und er wollte vorbereitet sein. So gut es eben ging. Er würde ihn zur Strecke bringen. Das hatte er an Melinas Grab geschworen.

Jeden Abend war Merlin dreckig, verschwitzt oder von oben bis unten verkratzt. Anna Marias Gemecker ließ ihn kalt. Zufrieden mit sich selbst duschte er und fiel nach kurzer Zeit in tiefen Schlaf.

\*

Nach einem weiteren langen, harten Tag schwamm er die letzten Bahnen im Pool und hielt sich am Rand fest. Liliana saß auf dem Boden und betrachtete die untergehende Sonne, die langsam hinter den Baumkronen verschwand.

»Mit welcher Plage wirst du mich heute noch heimsuchen?«, fragte er sie scherzhaft.

»Keine Plagen. Grundregeln.«

»Ich höre.«

»Egal, was du Lavalle erzählst«, sie sah ihn eindringlich an, »unter keinen Umständen sagst du ihm, dass du jemals mit mir geschlafen hast.«

Er nickte. Lavalle wollte sie mehr als alles andere. Sein Ego hätte es nicht verkraftet, dem Mann gegenüberzustehen, der bereits alles bekommen hatte, was er wollte. Diese Auskunft würde den sicheren Tod bedeuten.

»Regel Nummer Zwei: Nicht panisch werden.«

»Wie meinst du das?«

Sie sprang in voller Montur in den Pool und drückte ihn unter Wasser.

Nach einer halben Minute drückte er sich an ihr vorbei und nahm einen tiefen Atemzug. »Und wann genau darf ich panisch werden?«

»Sie werden dich nur foltern, wenn es Erfolg hat. Gerade beim Ertrinken ist es wichtig, dass du ruhig bleibst. Der Körper wehrt sich und will auftauchen. Wenn er es nicht kann, beginnt er zu kämpfen. Die Folge ist Panik und ein enormer Kraftverlust. Das wollen sie. Das geben wir ihnen nicht. Sei dir bewusst, dass sie dich nicht umbringen werden. Das wollen sie nicht. Sie wollen Antworten auf ihre Fragen. Sie werden dich nicht töten. Ruhig und konzentriert bleiben. Denk an etwas anderes und atme nur sehr langsam aus. Das kannst du auch trainieren. Es klingt befremdlich, aber du musst deinen Feinden vertrauen.«

»Ja, ich verstehe. Es macht keinen Spaß jemanden zu ärgern, den es nicht interessiert.«

»Es geht vorbei. Du musst so schlau sein, dass du so wenig wie möglich Schaden nimmst. In manchen Situationen ist es einfach besser, die Gegenwehr aufzugeben, um sich schlimmere Verletzungen zu ersparen.«

Er rieb sich das Wasser aus den Augen. »Und wie erträgt man die Schmerzen?«

»Schreien hilft. Ich bin jemand, der meistens versucht, seine Schmerzen zu unterdrücken und gerade nicht zu schreien, aber es hilft. Sehr gut sogar. Der Schmerz muss nach außen.«

Anna Maria kam auf die Terrasse. »Was zur Hölle treibt ihr da?«

»Ich dachte, dass ich eine Runde in meinen Kleidern schwimme. Dann muss ich nicht extra waschen.« Liliana drückte sich am Rand ab und sprang elegant aus dem

Wasser. Sie schnappte sich ein Handtuch und ging zurück ins Haus.

Merlin war überrascht, dass Anna Maria ihn noch nicht anschrie. Sie hatte sich richtig hübsch gemacht. Ihr rotes, enges Kleid schmeichelte durchaus ihrer Figur und ihre lockigen, dunklen Haare wehten im Wind.

»Willst du noch weg? Du hast dich so schön gemacht.«

»Oh, das ist dir aufgefallen? Wie nett. Nein, ich dachte, wir beide könnten einen netten Abend verbringen.«

Merlin war verwundert. Einerseits aufgrund ihres Aufzugs und andererseits aufgrund ihrer Idee. »Gerne, aber wie kommst du denn jetzt auf diese Idee?«

»Brauche ich einen Grund, um Zeit mit dem Mann zu verbringen, den ich liebe?« Sie lächelte ihn an und reichte ihm die Hände.

Er setzte sich auf den Beckenrand und ergriff sie. »Nein, natürlich nicht.«

»Siehst du ... du kannst ja noch nach unten duschen gehen und ich bereite noch eine kleine Überraschung vor. Wie wäre das?«

»Wie du möchtest.«

Jetzt strahlte sie übers ganze Gesicht und klatschte in die Hände. »Wie schön. Gut, dann mach ich mich mal an die Arbeit.«

Sie hüpfte ins Haus zurück und Merlin ahnte Schreckliches. Das letzte Mal führte sie sich so auf, als sie ihn gerade erst kennengelernt hatte. Mit ungutem Gefühl trocknete er sich ab.

Als er nach oben kam, stand Anna Maria bereits am Geländer.

»Was ist?«, fragte er.

»Ich bräuchte noch ein paar Kleinigkeiten. Wo finde ich Liliana?«

Ungläubig starrte er sie an. »Wir sind seit fast zwei Wochen hier und du kennst dich im Haus nicht aus?«

Sie zuckte mit den Schultern und lächelte.

Merlin seufzte und klopfte an Lilianas Zimmertür.

»Komm nur rein«, hörte er ihre Stimme.

Er öffnete die Tür und trat ins Zimmer, dicht gefolgt von Anna Maria, die sich mit großen Augen umsah.

»Was kann ich für euch tun?«

Merlin schaute Anna Maria an und räusperte sich.

Endlich schaute sie Liliana an, die auf dem Bett saß und wohl gerade dabei gewesen war, ihre feuchten Haare zu kämmen.

»Wir möchten einen netten Abend verbringen und bräuchten noch ein paar Kleinigkeiten.«

Liliana grinste schelmisch. »Okay. Ich nehme nur an, dass Sie andere Kleinigkeiten meinen als die, die mir für einen gelungenen Abend zu zweit einfallen würden.« Sie blickte kurz zu Merlin. »Was brauchen Sie?«

Er musste sich das Lachen verkneifen und war gespannt auf Anna Marias Wünsche.

»Eine Flasche Champagner, Gläser und Kerzen wären nett.«

Liliana stand auf. »Ich zeige Ihnen, wo Sie alles finden.«

Anna Maria folgte ihr und wühlte sich durch den Schrank, der zahlreiche Kerzen enthielt. Liliana stand neben Merlin und hielt sich immer wieder die Hand vor den Mund. Er wollte gar nicht wissen, was gerade in ihrem Kopf vorging. Es schien ihr auf jeden Fall ebenfalls sehr schwerzufallen, nicht einfach laut loszulachen.

»Ich begebe mich mal auf die Suche nach einem passenden Champagner«, sagte sie schließlich und schlug Merlin auf den Hintern, während Anna Maria mit den Kerzen beschäftigt war.

Merlin schaute ihr nach und allmählich wurde er mehr als nervös. Anna Maria lief insgesamt dreimal mit Kerzen bewaffnet hin und her. Im schwante Böses.

Liliana kam kurze Zeit später mit einer Flasche und zwei Gläsern zurück. »Warum stehst du immer noch hier rum?«

»Angst. Panik. So etwas in der Art«

Sie lachte. »Die ehelichen Pflichten. Selbst schuld.« Sie schob ihn in Richtung des Gästezimmers. »Los jetzt.«

Als Merlin und Liliana das Zimmer betraten, hielten beide zeitgleich inne.

»Wow«, entfuhr es Liliana, während Merlin keinen Laut hervorbrachte.

Überall waren Kerzen. Auf dem Boden. Auf den Schränken. Auf den Nachttischen. Rosenblätter, Herzen aus Papier und rote Seidentücher waren perfekt abgestimmt zwischen den Lichtern drapiert. Überall funkelten kleine Diamanten aus Glas.

Anna Maria nahm ihr erfreut die Sachen ab und betrachtete stolz ihr Werk.

»Der Feuerlöscher ist übrigens im Bad neben dem Waschbecken«, bemerkte Liliana beiläufig.

»Wie finden Sie es? Es ist doch ganz außergewöhnlich geworden.«

»Ja, ganz außergewöhnlich ...«, den Rest des Satzes schenkte sie sich.

»Ich hoffe, dass Sie ihn morgen früh in Ruhe lassen und nicht wieder so früh aus dem Bett werfen.«

»Unter diesen Umständen bestimmt nicht. Hiervon wird er sich erholen müssen. Das Training kann warten. Ja, welcher Mann freut sich nicht über Rosen, Kerzen und Herzchen überall«, heuchelte Liliana mit einem amüsierten Gesichtsausdruck und grinste Merlin an.

Er rieb sich die Augen, aber es wurde nicht besser. Flucht war sein einziger Gedanke.

»Ich finde, dass das unglaublich verführerisch ist. Finden Sie nicht?«

Liliana zuckte mit den Schultern. »Davon verstehe ich nichts. Meine Männer sind einfach gestrickt.«

Merlin legte die Stirn in Falten und atmete theatralisch aus.

Anna Maria schaltete die passende Musik ein. »Nein, ich finde das Ambiente, die Musik und der Rest müssen romantisch sein. Wie verführen Sie denn sonst einen Mann, wenn ich so dreist fragen darf?«

Höhnisch lächelnd antwortete sie: »Für gewöhnlich betrete ich den Raum. Viel Spaß.«

»Was machst du?«, fragte Merlin und wollte einfach nur mitkommen.

»Ich schiebe mir jetzt eine Pizza in den Ofen, setze mich mit einer Flasche Scotch vor den Fernseher und sehe mir irgendeinen kranken Horrorfilm an.«

»Das klingt wunderbar«, flüsterte Merlin, bevor Liliana die Tür zuzog.

*

Merlin torkelte am nächsten Morgen todmüde in die Küche und war nicht wirklich verwundert, dass Liliana gerade von ihrer Jogging-Runde zurückkam. Es war kurz vor sechs Uhr.

»Guten Morgen. So früh schon ... auf ... den ... Beinen?«, sie sprach immer langsamer, als sie Merlins genervten Blick wohl richtig deutete. »Alles in Ordnung? Du siehst aus, als hätte dich eine Horde Büffel überrannt.«

»Morgen. Merkwürdig, ich fühle mich nämlich, als wären es Elefantenbullen gewesen.«

Er setzte sich auf einen der Hocker an der Küchentheke. Liliana brachte ihm eine Tasse Kaffee. »Was ist denn passiert?«

Er sah sie an, rieb sich die Augen und stützte seinen Kopf in seine Hände. Vollkommen fertig sagte er: »Ich habe mit meiner Freundin geschlafen.«

Liliana konnte sich ein breites Grinsen wohl nicht verkneifen. »Oh, das tut mir leid. Geht's dir gut?«

Er trank einen Schluck Kaffee. »Mach du nur Witze. Das ist doch alles deine Schuld.«

»Was du nicht sagst. Soweit ich weiß, habe ich dich nicht auf sie gebunden.«

»Du hast mich für immer für die Frauenwelt verdorben.« Seine Finger umkreisten den Rand der Tasse, während er ihr in die Augen sah.

»*Mea culpa*. Ich kann ja nichts dafür, dass ich die Latte etwas höher lege. War es so schlimm im *Glitzer-Röschen-Palast*?«

Er seufzte. »Du machst dir keine Vorstellungen.«

»Ich kann mir viel vorstellen. War der Sex wenigstens so kreativ wie die Dekoration?«

»Die Dekoration war ein Geniestreich dagegen.«

Sie fing an zu lachen. »Jetzt brauch ich auch erst einmal einen Kaffee.«

Merlin musste jetzt auch grinsen, als er Liliana betrachtete, die schwungvoller mit einer Tasse Kaffee zu ihm zurückkam, als Anna Maria sich die ganze letzte Nacht gegeben hatte.

»Was ist?«, fragte sie und stützte sich mit den Ellenbogen auf dem Küchentresen ab.

»Ich habe mich gerade gefragt, ob ich bei ihr irgendetwas richtig machen kann. Irgendwie scheint alles in ihren Augen falsch zu sein.«

»Beim richtigen Partner kann man nichts falsch machen. Und beim Falschen nichts richtig.«

Nachdenklich nickte er und hielt seine Tasse umklammert. Er atmete tief durch. »Weißt du, solange ich an dich gedacht hatte, war auch alles in Ordnung. Dummerweise habe ich mich wohl zu tief in meine Fantasie geflüchtet und vergessen, dass ich Anna Maria nicht einfach so anfassen darf. So ging der Krach dann los.«

Liliana zuckte mit den Schultern. »Sie weiß, was sie will.«

»Sie weiß genau, was sie nicht will. Da wären zum Beispiel Berührungen aller Art, die nicht zwangsläufig sein müssen. Bewegungen, die von ihr kommen. Licht ...«

Liliana nahm seine Hand und lächelte ihn an.

Augenblicklich breitete sich ein warmes Gefühl in ihm aus. »Entschuldige. Ich will dich nicht mit meinem Gejammer nerven.«

»Das tust du nicht. Hört sich nur alles ziemlich frustrierend an. Hast du mal mit ihr gesprochen?«

»Ja, sicher. Aber sie mag halt nur immer denselben Ablauf. Besteht eine Beziehung nicht eigentlich aus Nehmen und Geben?«

Liliana schien zu überlegen. »Na ja, ich dachte immer das

heißt: *nimm mich und gib's mir*. Aber von Beziehungen hab ich eh keine Ahnung.«

»Du bist unverbesserlich.« Seine Stimmung hellte sich allmählich auf. »Was hast du dir eigentlich gedacht, als du gestern dieses Zimmer gesehen hast?«

»Zuerst hab ich überlegt, ob die Feuerlöscher aufgefüllt und funktionstauglich sind. Dann dachte ich, dass man für dich wohl keinen Feuerlöscher brauchen wird. Es war ihre Idealvorstellung und sie dachte, dass Männer im Allgemeinen auch auf diesen Plüsch-Kram stehen.«

»Es war wirklich eine Quälerei.«

»Aber du hast es geschafft. Respekt.« Sie legte sich eine Haarsträhne hinters Ohr.

»Ja, mit den Gedanken bei dir und dem eisernen Willen, meine Hände unter Kontrolle zu halten. So kann das doch nicht weitergehen. Meine ganze Beziehung ist eine einzige Lüge.«

»Ich bin vielleicht nicht der beste Gesprächspartner, wenn es um Beziehungen geht, aber ich habe gehört, dass Sex nicht alles ist.«

»Hast du gehört?«

Sie nickte. »Ich weiß, wie du dich fühlst. Es ist frustrierend. Mir ist das nicht unbekannt. Nur muss ich diese Männer halt nie wieder sehen, aber im Grunde genommen muss die Liebe in einer Beziehung stimmen. Es ist wichtig, dass man für einander da ist und über alles reden kann und ja, ich denke auch, dass es wichtig ist, auf Wünsche Rücksicht zu nehmen. Wenn man dazu nicht bereit ist, sollte man allein bleiben. Wie ich. Ich habe dieses Problem nicht. Ich muss mich nach niemandem richten, wenn ich es nicht will. Mir steht es frei, mir zu nehmen, was ich will.«

Merlin sah sie an. Diese wunderschöne Frau, mit der alles so unkompliziert, so leicht zu sein schien. Sie hatte zu viel erlebt, um sich über Kleinigkeiten den Kopf zu zerbrechen oder sich gar aufzuregen. Ihre Lust am Leben hatte ihn schon seit ihrem ersten Treffen fasziniert und seit er ihre Geschichte kannte, beneidete er sie um diese Lebensfreude, die ihm nicht gelingen wollte.

Sie sprach nach einem kurzen Moment der Stille weiter: »Sie ist eifersüchtig und versucht jetzt, dich wieder an sich zu binden. Das ist ganz normal. Bewerte das nicht über. Es wird auch wieder besser werden.« Sie strich sich über die Wange. »Was wir beide haben, ist sehr selten. Wir ergänzen uns halt perfekt auf jeglichem Gebiet, weil wir dieselben Leidenschaften teilen.«

»Ja, das erwarte ich auch nicht von ihr. Aber es war nie anders. Auch nicht, als wir uns kennengelernt haben. Am Anfang hat sie sich zwei- dreimal bemüht, aber danach kam nichts mehr. Ich habe das immer hingenommen, weil ich dachte, dass das so ist. Dann kamst du und hast mir gezeigt, dass es nicht so sein muss.«

»Ich bin immer noch hier. Daran muss sich nichts ändern. Sie heiratet dich wegen deines Ansehens und deines Titels. Du musst kein schlechtes Gewissen haben. Wenn du ihr etwas bedeuten würdest, würde sie dich anders behandeln. Lass dich nicht fertigmachen. Sie wird dich eh nicht verlassen. Heirate sie, wenn es sein muss, aber mach dich nicht zu ihrem Sklaven und bevor sie dir den letzten Funken Leben aussaugt ... komm zu mir.«

»Du nimmst mich trotzdem noch, auch, wenn ich sie heirate?«

»Was würde sich für mich ändern?«

Sie hatte Recht. Ob er verlobt oder verheiratet wäre, machte keinen Unterschied. Er war ihr dankbar, dass sie ihn nicht verurteilte. Es war ihm bewusst, dass er einen Fehler machte, aber er hatte noch keinen Ausweg aus seiner Situation gefunden. Für das Ansehen seiner Familie stand sehr viel auf dem Spiel. Merkwürdigerweise verblasste dieser Grund immer mehr. Nur die Sorge um seine Eltern hing noch wie ein scharfes Schwert über ihm.

»Wolltest du wirklich nie eine Beziehung?«, fragte er, weil es ihn brennend interessierte.

»Was ist so Besonderes an einer Beziehung?«

»Du hast einen Menschen, mit dem du alles teilen kannst. Deine Freude, aber auch dein Leid. Jemanden, der immer für dich da ist. Ein wahrlich guter Freund, mit dem man auch noch wundervolle Nächte teilen kann.«

»Und was genau ist jetzt der Unterschied zu unserer jetzigen Situation?«

Darauf wusste er keine Antwort. Aus dieser Perspektive hatte er es noch nie betrachtet.

»Der einzige Unterschied ist, dass wir aus Sicht der Gesellschaft etwas Unanständiges tun. Nicht, weil unser Verhältnis einer Beziehung sehr nahe kommt, nein, sondern weil es noch Anna Maria gibt, die nicht mal die Prüfung zur Beziehungstauglichkeit bestehen würde. Deshalb ist das, was wir haben nichts wert und dass, was du mit ihr hast, bewundernswert und richtig.«

»So schlecht bist du doch gar nicht in Beziehungsthemen. Warum hast du es denn nie versucht?«

Sie winkte ab. »Den Stress tu ich mir nicht an.«

»Den Stress mit der Treue?«

»So.« Sie verschränkte die Arme vor der Brust. »Du willst

mir etwas von Treue erzählen?«

Er lachte. »Ich bin immer noch der Meinung, dass Treue sehr wichtig ist, aber nur gegenüber den Menschen, die man wirklich liebt.«

»Ich glaube, dass Treue eine Folge von wahrer Liebe ist. Ich kann mir nicht vorstellen, dass ich den Menschen, der mich vollkommen macht und den ich liebe betrügen würde. Es gäbe keinen Grund. Warum sollte ich zu einem anderen gehen, der mir nicht einmal den Bruchteil von dem geben könnte, was ich bereits habe? Kein anderer Mann könnte mich glücklicher machen.«

Merlin war überrascht. Damit hatte er nicht gerechnet. Das klang nicht nach der Frau, die er bisher kennengelernt hatte. »Glaubst du, dass es einen Mann gibt, der perfekt ist?«

»Er muss nicht perfekt sein. Nur perfekt für mich.«

»Und deine Arbeit? Könntest du dir vorstellen, auch die beruflichen 95 Prozent aufzugeben für jemanden, der es wert ist?« Was tat er hier eigentlich?

»Meine Arbeit macht mir keinen Spaß. Das wäre das kleinste Problem.«

»Warum tust du es dann?« Er strich mit seinen Fingern über den Henkel der Tasse.

»Weil ich es gut kann. Und ja, natürlich würde ich das.«

»Du glaubst also doch an die Liebe?« Hatte er das wirklich gefragt?

»Ja, aber ich mag sie nicht.«

»Das habe ich auch noch nicht gehört.« Er nahm seinen Mut zusammen. »Waren deine Eltern verliebt?«

Wie erwartet zögerte sie und strich sich verlegen durch die Haare.

Überraschenderweise antwortete sie: »Mein Vater hat in

erster Linie sich selbst geliebt. Dann kam ich. Dann kam lange, lange nichts. Dann kam seine Arbeit und dann wieder lange nichts und dann irgendwann meine Mutter. Er hat sie geliebt auf seine Art und Weise, aber nicht so, wie sie es verdient hatte.«

»Wie war sie?«

»Meine Mutter?«

Sie lächelte und in Merlin machte sich eine wohlige Wärme breit. Ihre ganze Härte verschwand plötzlich aus ihren Gesichtszügen.

»Meine Mutter hatte die wundervolle Gabe, jeden neben sich groß aussehen zu lassen. Sie drängte sich nie in den Vordergrund und hatte für jeden ein aufbauendes Wort. Ihre ganze Natur war einfach nur liebenswürdig. Sie arbeitete sich krumm, ohne sich auch nur ein einziges Mal zu beschweren. Sie war immer da, wo sie gebraucht wurde, ohne jemals ein Wort des Dankes zu erwarten. Jetzt würde sie sich im Grabe umdrehen, wenn sie sehen könnte, welch verruchtes Luder aus ihrer einzigen Tochter geworden ist. Sie hätte mir mehr als einmal die Leviten gelesen. Rückwirkend betrachtet habe ich wohl zu wenig von ihr abbekommen.«

»Das finde ich nicht. Du hast auch viele kleine Talente, die den Menschen in deinem Umfeld unglaublich guttun.«

»Ich wollte auch nie wie meine Mutter sein«, gestand sie. »Dass sie kein Vorbild für mich war, habe ich sie auch oft genug spüren lassen. Sie war so einfühlsam, so verletzbar, so ...«

»Schwach?«

Sie sah Merlin in die Augen und nickte. »Damals dachte ich das. Heute glaube ich, dass sie sehr stark gewesen sein muss, um so lange bei meinem Vater zu bleiben. Solange in sich selbst gefangen zu sein, ohne auszubrechen. Er wusste gar nicht, welches Glück er mit ihr hatte.« Sie seufzte. »Und ich wusste es auch nicht. Sie hatte sich aufgegeben für ihn. Für mich. Aber ich war zu jung, um das zu begreifen. Sie hätte jemanden verdient gehabt, der sie auf Händen trägt. Leider war ihr das nicht mehr vergönnt.« Sie machte eine Pause und schaute aus dem Fenster in den Garten.

»Du sprichst nicht oft über sie, oder?«

»Nein, das muss ich auch nicht. Ich habe sie im Herzen. Das reicht.«

»Wenn man niemanden hat, den man liebt, kann man auch niemanden verlieren.«

»Jetzt hast du es verstanden.«

Merlin dachte nach. Er freute sich, dass sie ihm überhaupt etwas von ihren Eltern erzählt hatte, aber ihre Traurigkeit und die Folgen für ihr eigenes Leben machten ihn nachdenklich.

»Merlin?«

Ihre Stimme ließ ihn aufblicken. »Oh, entschuldige. Ich war in Gedanken.«

»Ja, ist mir aufgefallen.« Sie nippte an ihrem Kaffee.

»Liliana, ich will nicht, dass du dich von mir benutzt fühlst. Ich will nicht einer dieser Männer sein, die dich nur ...«

Ihre Augen blitzen ihn frech an. »Benutz mich nur. Ich bestehe darauf und nein, du wirst niemals wie die anderen sein, denn die benutze ich.« Sie zwinkerte ihm zu. »Lass dir von niemandem einreden, dass du weniger als perfekt bist, denn für mich bist du das. In jeglicher Hinsicht.«

Merlin bedeuteten ihre Worte viel. Er war es nicht gewohnt, dass ihn jemand dafür schätzte, dass er nur er selbst war. Die bereits aufgestiegene wohlige Wärme machte sich in ihm breit und er freute sich. Er hatte sie wohl nervös gemacht, denn sie spielte mit einer ihrer Haarsträhnen.

Um ihr die Sicherheit zurückzugeben, fragte er: »Da ich eh nicht mehr schlafen kann, könnten wir die Zeit auch sinnvoll nutzen. Lektion des Tages?«

»Oh, ich habe mir schon was überlegt.«

Er spürte ihre Dankbarkeit für den Themenwechsel.

»Na dann, los«, forderte er sie auf.

# Kapitel 36

Das morgendliche Training gestaltete sich härter als sonst. Nach einer knappen Stunde war Merlin vollkommen fertig. Aber er machte weiter. Zum ersten Mal gönnte er sich keine Pause und ignorierte seine schmerzenden Glieder. Er zwang sich, immer wieder aufzustehen, wenn sie ihn zu Fall brachte. Seine Sinne wurden schärfer. Die ständigen Wiederholungen begannen, sich auszuzahlen. Seine Konzentration galt nicht mehr seinen Schmerzen, sondern nur noch dem bevorstehenden Angriff. Auch wenn er gegen Liliana erneut die Segel streichen musste, war er stolz auf seine Erfolge. Es war kein Hexenwerk. Er musste sich niemandem unterwerfen, solange er den Willen hatte, zu kämpfen.

Nach fast zwei Stunden lehnte er sich erschöpft gegen die Werkbank.

»Verdammt. Heute warst du unglaublich frech«, hauchte er immer noch außer Atem.

»Ach, wirklich?« Sie kam zu ihm hinüber und schaute ihn lüstern an.

Sie hob die rechte Hand und Merlin erkannte ein paar Handschellen.

»Na dann bestraf mich doch, wenn du noch kannst.«

»Miststück.« Höhnisch grinsend schnappte er sich die Handfesseln und vergaß die letzte Nacht mit Anna Maria.

\*

Gegen neun Uhr bereitete Liliana das Frühstück zu, während Merlin müde, aber in bester Laune den Tisch deckte. Sie lachten und scherzten.

Liliana warf ein Handtuch nach Merlin, als Johann in die Küche fuhr.

»Guten Morgen. So gute Laune zu so früher Stunde? Wie verdächtig.«

»Früh? Vor drei Stunden habe ich schon um mein Leben gekämpft«, witzelte Merlin.

»Du hast schon trainiert?«

»Von nichts kommt nichts.«

»Was treibt ihr eigentlich immer da unten?« Skeptisch schaute er zu Liliana hinüber.

Sie zuckte mit den Schultern: »Was ist? Komm ... nur weil ich blond bin.«

»Deine Haarfarbe macht mir nicht so viele Sorgen wie deine Abstammung. Muss ich mir Sorgen machen, Lilly?«

»Um Merlin auf jeden Fall nicht mehr. Der isst jetzt Typen wie Tony zum Frühstück.«

Merlin war stolz, dass sie seine Erfolge honorierte.

»Darf man fragen, was ihr eigentlich vorhabt?«

»Natürlich. Allerdings wirst du das nicht gerne hören«, antwortete sie ihm auf seine Frage.

»Das habe ich auch nicht erwartet. Deine Ideen waren schon immer wahnsinnig, aber auf eine eigenartige Weise haben sie immer funktioniert.«

»Tja, die tollsten Frauen sind immer ein bisschen verrückt«, ergänzte Merlin. Er zwinkerte Liliana zu.

»Mag sein, aber *bisschen* ist die Untertreibung des Jahres«, sagte Johann, als er die Geste seines Sohnes deutete.

»Ich hab dich auch lieb, Johann.« Liliana kam zu ihm hinüber und küsste ihn auf die Wange.

»Verdammt, sieh mich nicht so an, Lilly. Da wird einem ja

ganz anders. Merlin, du gehst nicht wieder mit dieser Frau in den Keller.«

»Aber es ist schön im Keller«, neckte er ihn.

»Das liegt aber sicherlich nicht am Keller«, stellte Johann fest.

Liliana schmunzelte. »Wenn wir nicht mehr in den Keller dürfen, hab ich ja noch genügend andere Räume und eine Garage und einen Garten und einen Werkzeugschuppen ...«

»Mach mich nur fertig.«

»Ich nehm ihn dir schon nicht weg. Mach dir keine Sorgen.«

Merlin schob seinen Vater an den Frühstückstisch und ignorierte dessen fragende Blicke. Anna Maria kam gut gelaunt ins Esszimmer und umarmte Merlin. Ein seltenes Bild. Vor allem Johann schien an diesem Morgen die Welt nicht mehr zu verstehen. Sie grüßte zum ersten Mal überhaupt in die Runde und beäugte Liliana akribisch, die ihr Kaffee einschenkte.

»Danke für den Champagner. Er war wundervoll, wie der Rest der Nacht.«

Anna Maria lehnte sich gegen Merlin, der Liliana einen verlegenen Blick zuwarf.

Sie zeigte jedoch keinerlei Reaktion, sondern lächelte Anna Maria freundlich an. »Das freut mich, dass ich Ihnen wenigstens eine Nacht hier versüßen konnte.«

»Eigentlich könnten wir gerade so weiter machen. Noch jemand Interesse an einem Sektfrühstück?«

Skeptisch wurde sie von ihrer zukünftigen Familie angeschaut.

»Gern doch. Noch ein paar Erdbeeren?«

»Ja, das wäre prima.«

Ohne Widerworte spazierte Liliana in die Küche. Selbst Anna Maria schien verwundert, dass sie sich kommentarlos ihren Wünschen beugte.

Merlin stand auf und wollte ihr nachgehen.

»Wo willst du denn hin? Du kannst mich doch nicht alleine lassen.«

Er lächelte sie an und küsste sie auf die Wange. »Du bist ja nicht alleine und ich bin gleich zurück. Ich hole nur eine Flasche aus dem Keller.«

»Ich denke, dass sie das auch ohne dich schafft.«

»Ja, da bin ich sicher, aber wenn wir ihr schon mehr Arbeit aufladen, können wir auch helfen.«

»Arbeit? Sie freut sich doch sicherlich am meisten, wenn sie ihren Alkoholpegel halten kann.«

»Wie ich sehe, hast du deinen Charme mit nach unten gebracht, meine Liebe.«

Er ließ sie mit seinen Eltern allein und ging in die Küche. Liliana schnitt die grünen Stängel der Erdbeeren ab und grinste vergnügt in sich hinein.

»Warum tust du das?« Er lehnte sich gegen die Küchenzeile.

»Ich mag Erdbeeren.«

»Sehr witzig. Du weißt genau, was ich meine.«

»Ach Merlin, sie will mich doch nur eifersüchtig machen, aber den Spaß gönne ich ihr nicht. Daher bekommt sie mal ausnahmsweise, was sie will.«

»Kannst du mir mal sagen, warum ich so ein schlechtes Gewissen habe?«

»Du heiratest bald und hast eine ziemlich heiße Affäre, wenn ich das bemerken darf. Da kommt es schon einmal vor, dass sich das Gewissen regt. Nehme ich an.«

»Nein, ich habe ein schlechtes Gewissen dir gegenüber.«

Jetzt hielt sie inne und sah ihn an. Sie zuckte mit den Schultern. »Das hat mir auch noch keiner gesagt. Außerdem ist das nicht nötig. Die Nacht mit Anna Maria scheint ja Strafe genug gewesen zu sein. Ich verzeihe dir.«

»Danke. Wie gnädig.«

»Linker Kühlschrank. Unteres Fach.«

»Bitte?«

»Der Sekt. Darum bist du doch gekommen, oder?«

Natürlich wich sie immer wieder aus. Er begab sich ohne weitere Worte in den Keller und holte zwei Flaschen Sekt, aber er bereute es den ganzen Morgen. Anna Maria ließ keine Gelegenheit aus, um Liliana zu schikanieren und bloßzustellen, während sie keine Sekunde die Finger von ihm ließ.

»Für wen spielen Sie eigentlich Klavier? Ihr Freundeskreis scheint ja überschaubar zu sein«, fragte Anna Maria.

»Ich spiele nicht mehr viel. Wie gesagt: Meine Finger machen leider nicht mehr so gut mit. Zumindest mein kleiner Finger der rechten Hand. Mein Spiel ist nicht mehr so flüssig, wie es mal war und daher spiele ich nur noch für mich alleine.«

Merlin war aufgefallen, dass ihre Hände ihr regelmäßig Schwierigkeiten bereiteten. Beim Training hatte sie einzelne Handpartien immer mit Tape fixiert. Die Bilder aus dem Bunker fanden den Weg in sein Gedächtnis. Ihre Verletzungen, ihr Fieber. Es schauderte ihn.

»Was ist denn passiert? Hat Ihnen ein Mann auf die Finger gehauen, weil Sie ihm an die Wäsche wollten?«

»Nein, man hat mir auf die Hände geschlagen, weil ich einem Mann gerade nicht an die Wäsche wollte.«

Ihre Ruhe ängstigte Merlin. Er ahnte, welche Bilder gerade durch ihren Kopf wandern mussten und es tat ihm leid, dass Anna Maria ausgerechnet in diese Wunde stach.

Ein kurzes Piepen unterbrach das Gespräch und Liliana griff nach ihrem Handy und las wohl eine Nachricht. Merlin beobachtete sie. Innerhalb einer Sekunde verfinsterte sich ihr Blick. Wortlos stand sie auf und marschierte zielsicher zum Schnapsregal. Sie machte sich nicht einmal die Mühe, nach einem Glas zu greifen, sondern setzte die Flasche direkt an.

Merlin stand jetzt auch auf. »Alles in Ordnung?«

Sie antwortete erst nicht, sondern trank erneut.

Anna Maria stand plötzlich neben ihnen. »Sie haben wirklich ein Problem, meine Liebe.«

»Ja, und das wohnt seit kurzem unter meinem Dach«, erwiderte Liliana scharf.

»Wie darf ich das verstehen?«

»Wie alles andere auch ... gar nicht. Dürfte Ihnen nicht schwerfallen.«

»Lilly?«

Merlins besorgter Blick ließ sie einlenken. »Entschuldigt, aber ich muss weg. Jetzt gleich.«

»Du trinkst erst eine halbe Flasche Scotch und willst dann weg? Bist du verrückt geworden?«, versuchte Johann, sie zur Vernunft zu bringen.

»Wenn ich nicht trinke, überlege ich es mir vielleicht noch einmal anders. Und ich habe nur diese eine Chance. Außerdem kann ich *dafür* gar nicht betrunken genug sein.«

»Wo willst du hin?«, fragte Merlin.

»Ich gehe jetzt Lavalle ärgern.«

»Du gehst sicherlich nicht allein.«

»Versuch, mich aufzuhalten.«

Er tat es nicht, als sie an ihm vorbei ging. Es hätte auch keinen Sinn gehabt.

»Lass sie nur, Merlin. Sie passt schon auf sich auf«, beruhigte Johann ihn.

»Du hast nicht die geringste Ahnung davon, was sie so treibt. Bei ihrem normalen Alltagstrott lauert schon der Tod an jeder Ecke und was immer sie auch vorhat, ist nicht alltäglich.«

»Wie schön«, unterbrach Anna Maria die beiden Männer. »Die Hexe ist aus dem Haus. Dann kann es ja ein richtig schöner Tag werden.«

# Kapitel 37

*Liliana*

Liliana hatte sich schnell umgezogen, bevor sie sich auf den Weg machte. Kurzer Rock, High Heels und ein mehr oder weniger aus Stoff bestehendes Oberteil.

Diesmal kletterte sie nicht über den Zaun. Die Absperrung war nur notdürftig mit einer Kette verknotet, sodass es ein Leichtes war, dass Tor zu öffnen und den Weg zum Bunker mit dem Auto zurückzulegen. Ein schicker Geländewagen parkte vor dem Eingang in der Senke.

Im Inneren klirrte es. Langsam ging sie durch das unheimliche Gemäuer. Gemurmel drang durch das düstere Kellergewölbe. Aus dem weiß gekachelten Zimmer drang ein Lichtschein in den Flur. Ein kleiner dicklicher Mann packte Medikamentenfläschchen in einen Sack und inspizierte alte Kanülen auf ihre Gebrauchstauglichkeit.

Ihr Klopfen unterbrach abrupt seinen Einpackvorgang, und als der Doc sich umdrehte, verharrte er. Nachdem er Liliana im Türrahmen erkannt hatte, stolperte er über einen umgefallenen Hocker und stürzte. Mit seiner rechten Hand fiel er in die Glasscherben.

»Ganz ruhig, mein Freund. Nicht so stürmisch. Du bist nicht mehr der Jüngste.«

Er zog sich an einem Apothekerschrank hoch und betrachtete sie mit Skepsis. »Hallo Lilly. Welche Überraschung dich zu sehen. Du siehst ...«

Ihr Outfit hatte seine Wirkung nicht verfehlt. Das sah sie ihm deutlich an.

Ohne die Augen von ihr abzuwenden, tastete er neben sich nach einem alten Lappen und band ihn sich um seine blutende Hand.

»Wie ich sehe, freust du dich, mich zu sehen.«

Er nickte.

Ihr war bewusst, dass sie es ihm schon immer angetan hatte und dass er sie wollte. Ohne Fesseln, ohne Medikamente.

»Was willst du hier?«

»Ich habe gehört, dass du hin und wieder noch hier bist. Und da dachte ich, ich könnte ja mal vorbeischauen. Du hast mir gefehlt.«

Vollkommen verdutzt sah er sie an. »Ich?«

»Ja, du.« Sie wickelte spielerisch eine Haarsträhne um ihren Zeigefinger.

»Wie nett von dir. Was willst du?«

»Die Frage ist: Was willst *du*?«

»Wenn ich dich so ansehe, fällt mir einiges ein, was ich will.«

»Wir beide haben uns doch immer gut verstanden. Ich hatte immer das Gefühl, das es so eine Art *unsichtbares Band* zwischen uns gibt. Nenn mich verrückt, aber ich fand dich immer schon ziemlich geil. Von all den Männern warst du mir immer der Liebste, aber das konnte ich dir ja nicht sagen.«

Sie näherte sich ihm und es dauerte keine Minute, bis er alle Zweifel in den Wind schlug und sich auf dem Obduktionstisch nahm, worauf er so lange gewartet hatte.

# Kapitel 38

*Merlin*

Merlin tigerte den ganzen Tag durchs Haus. Seine Gedanken kamen keine Sekunde zur Ruhe. Als Liliana am späten Nachmittag durch die Haustür fiel, war er erleichtert. Sein Frohsinn hielt aber nicht lange. Vollkommen zerzaust und massiv betrunken tastete sie sich an der Wand entlang. Sie würdigte ihn keines Blickes und taumelte in Richtung Treppe.

»Lilly?« Er griff sie am Arm.

»*Fass mich nicht an!*«

Merlin zuckte zusammen. Sie hatte ihn noch nie angeschrien. Bevor er überhaupt wusste, wie ihm geschah, hatte sie ihn um seine eigene Achse gedreht und drückte ihn gegen die Wand. Ihr rechter Unterarm ruhte vor seiner Kehle. Auch wenn sie nicht mehr aufrecht stehen konnte, funktionierte ihr Verteidigungsmechanismus reibungslos.

»Liliana! Lass ihn los!« Johann kam in den Flur. »Verdammt, Liliana! Er ist nicht der Grund, warum du so betrunken bist. Also lass ihn in Ruhe.«

Erst, als er sie auf Englisch erneut anfuhr, reagierte sie und ließ Merlin los. Schockiert blickte er ihr nach, als sie sich die Treppe hoch schleppte.

»Genau das meinte ich«, sagte Johann. »Man weiß nie, wann sie austickt. Geht es dir gut?«

»Ja, sie hat mich nicht verletzt. Das wollte sie auch nicht.«

»Das sah für mich gerade ganz anders aus.«

»Nein, sie hat Angst vor Fragen und versteckt sich hinter

ihrer Gewalt.« Er rieb sich über seinen Hals. »Sie hat wohl irgendetwas getan, wofür sie sich nicht rechtfertigen will.«

»Bist du jetzt ihr Psychiater?«

»Nein, aber wenn sie sich so erheblich betrinkt ... erzähl bitte Mama nichts.«

»Ist vielleicht besser so. Versprich du mir nur, dass du heute nicht mehr zu ihr gehst?«

»Nein. Keine Sorge. Ich lasse sie in Ruhe.«

\*

Am nächsten Tag schien Liliana wieder ganz die Alte zu sein. Der morgendlichen Kopfschmerztablette folgte freundliche Konversation. Johann und Merlin hatten sich entschlossen, kein Wort über ihren Absturz letzte Nacht zu verlieren. Ihre Augen strahlten nicht wie sonst und ihre Höflichkeit war deutlich gespielt. Nach einem kurzen Gespräch zog sie sich für den Rest des Tages zurück.

Am Abend schaute Johann Nachrichten, als Merlin zu ihm kam.

»Und? Brennt die Welt wieder?«, fragte er seinen Vater.

»Die Welt nicht, aber ein Internist aus unserer Gegend.«

Merlin wurde hellhörig und setzte sich zu seinem Vater auf die Couch.

»Schau mal, da ist Felix. Immer am richtigen Ort.«

»Welch Zufall«, bemerkte Merlin.

*Am frühen Nachmittag wurde die Leiche des Internisten Elmar Schorndorf bestialisch zugerichtet in seiner Praxis gefunden. Nach Angaben der Polizei ist die Leiche schwer verstümmelt. Es wurden ihm die Gliedmaßen sowie die Geschlechtsteile abgetrennt.*

»Nur noch Verrückte auf dieser Welt«, gab Johann von sich und schüttelte den Kopf.

»Warum sollten die Täter besser sein als ihre Opfer?«

»Wie meinst du das?«

Merlin erinnerte sich nur zu gut an Dr. Schorndorf oder kurz: den Doc.

*Die Motive für das Verbrechen sind bisher noch unklar. Jedoch scheint der Täter aus den eigenen Reihen zu kommen. Es ist uns aus sicherer Quelle bekannt, dass Dr. Schorndorf Verbindungen zum Menschenhandel unterhalten hat. Die Polizei hat bereits eine Durchsuchung seiner Villa angekündigt. Er soll in ein illegales Netzwerk verstrickt gewesen sein, das junge Mädchen und Frauen zur Prostitution zwingt. Er war mit allen überführten Sexualstraftätern aus der Villa Sternwald eng und langjährig befreundet.*

»Sag mal, kennst du den Mann?«

»Das ist der Doc. Einer von Lavalles treuesten Anhängern«, erklärte Merlin.

»Also hat Lilly da schon wieder ihre Finger im Spiel. Mein Gott, sie hat ihn ja richtig abgeschlachtet.«

»Sie hat sicherlich etwas damit zu tun, aber sie hat ihn nicht getötet. Das passt nicht zusammen.«

»Nach dem Chaos in der Villa Sternwald passt das sehr gut dazu.«

*Beobachtet wurden vier Männer, die die Praxis am Nachmittag aufsuchten. Eine der Sprechstundenhilfen sagte, dass Dr. Schorndorf Patienten, sowie Personal nach Hause schickte. Seine Mörder waren ihm demnach vertraut. Bei einer der Personen handelt es sich um Philippe Lavalle, der ...*

»Und wieder triumphiert die Gemeinschaft. Was die Polizei nicht geschafft hat, schaffen die Medien«, stellte Merlin mehr als zufrieden fest.

Und tatsächlich. Die Bilder von Lavalle und allen seinen bekannten Helfern wurden eingeblendet. Merlin kannte alle Fotos von Lilianas Stick. Im Anschluss an die Nachrichten wurde eine Sondersendung ausgestrahlt.

Merlin traute seinen Augen nicht. Felix war am Nachmittag nicht untätig gewesen. Er war mit einem Kamerateam in den Bunker eingefallen und zeigte jetzt der Öffentlichkeit erschreckend ehrlich, welchen Torturen die Opfer des *Hunters* ausgesetzt waren.

Verdutzt stellte Merlin fest, dass nicht ein einziges Bild von Liliana mehr im letzten Zimmer hing. Die Wände waren kahl. Sie hatte Lavalle verraten, ihn bloßgestellt und sogar in die Öffentlichkeit gelockt. Ohne sich zu verstecken, hatte er den Doc getötet. Einen seiner treuesten Verbündeten. Es war ein raffinierter Schachzug, aber wie hatte sie das angestellt? Und zu welchem Preis?

Merlin stand auf.

»Wo willst du jetzt hin?«

»Ich muss mit ihr reden.«

»Warum musste sie ihn so provozieren? Lavalles Rache wird schrecklich sein, wenn er jetzt überall bekannt ist.«

»Jemand muss etwas tun, sonst geht das Leiden und Sterben ewig weiter.«

»Jetzt müssen sie tätig werden, diese Polizisten und Staatsanwälte. Sollte Melina doch noch Gerechtigkeit widerfahren?«

»Ja, Papa, ich werde nicht eher aufgeben, aber jetzt muss ich mich um Lilly kümmern. Das hätte ich schon viel früher tun sollen.«

Johann nickte und ließ seinen Sohn kommentarlos das Zimmer verlassen.

\*

Merlin fand Liliana in der Werkstatt. Sie drehte sich zu ihm und legte das Voltmeter zur Seite.

»Alles in Ordnung? Du siehst besorgt aus.« Ihre Stimme klang irgendwie leblos.

»Gestern Abend wolltest du mich umbringen. Jetzt nähere ich mich dir vorsichtiger. Ich wollte dir nur helfen.«

»Ich habe dich nicht um deine Hilfe gebeten.«

»Ach so, das nächste Mal werde ich höflich fragen.«

Sie rieb sich die feuerroten Augen. »Was willst du eigentlich?«

»Mit dir reden.«

»Gut, das hast du geschafft. Mission erfüllt. Noch etwas?«

Merlin streckte die Arme von sich weg. »Was ist los mit dir? Du bist gestern aus dieser Tür gegangen und nicht wieder zurückgekommen.«

»Und was kümmert dich das?«

»Was hast du getan, Liliana? Ich habe die Nachrichten gesehen.«

Ihr bösartiger Gesichtsausdruck machte Merlin für einen Moment wahrhaftig Angst.

»Er hat bekommen, was er sich gewünscht hat und anschließend, was er verdient hat.«

Er überlegte fieberhaft, was sie meinen könnten und als er seine Gedanken geordnet hatte, starrte er sie einfach nur fassungslos an. »Sag mir bitte nicht, dass du mit diesem ... Liliana, sag mir bitte, dass du nicht mit diesem kranken, perversen Schwein ...«

»Doch. Genau das. Ich hab mit dem Alten gevögelt. Jetzt zufrieden?«

»Warum?«

Sie biss sich auf die Unterlippe. »Ich wusste, dass Lavalle ihn vor Eifersucht ermorden wird. Ich wollte, dass er sich selbst seinen nächsten Verbündeten nimmt und das in aller Öffentlichkeit. Wie du siehst, hat er auch perfekt mitgespielt. Er konnte nicht abwarten. Der Drang war zu groß.«

»Wie hat er es erfahren?«

»Ganz einfach: Ich habe ihn zusehen lassen. Du weißt doch, dass die Kamera im Behandlungsraum noch aktiv war. Dann habe ich die Bilder abgehängt und Felix angerufen. Den Rest kennst du ja.«

»Hätte es nicht gereicht, den Menschen die Bilder und den Bunker zu zeigen?«

»Nein, der Schock wäre nicht groß genug gewesen. Sie mussten sehen, dass der Irre unter ihnen ist. Kein Phantom, sondern ein Mensch wie sie, der durch die Straßen läuft und am helllichten Tag einen Arzt auf bestialische Weise ermordet.«

»Ja, deine Show war perfekt. Wie immer.«

Sie trat einen Schritt auf ihn zu. »Wie darf ich das jetzt verstehen?«

»Hat es wenigstens Spaß gemacht?«

»Mein Gott, Merlin! Hörst du dir zu?«

»Ich ertrage nur den Gedanken nicht. Du und dieses

Dreckschwein. Allein die Vorstellung treibt mich in den Wahnsinn und Lavalle, der sich das alles anschaut.«

»Bist du eifersüchtig? Das glaub ich jetzt nicht.«

»Nur weil es mir nicht passt, dass dich irgendein Widerling ... ich ...«

»Merlin, was ich tue und mit wem, entscheide immer noch ich. Das geht dich einen Dreck an.«

»Ja, ich vergaß, dass du es ja mit den Männern nicht so genau nimmst.«

Sie kam noch ein Stück näher und sah ihm direkt in die Augen. »Nur weil du mich fickst, hast du noch lange kein Recht dazu, über mein Leben zu bestimmen.«

»Wenn du dich nach jedem richten müsstest, der dich fickt, hättest du auch Probleme, deinen Tagesablauf zu koordinieren.«

»Was bildest du dir eigentlich ein? Ich krieche nicht sofort zu einem anderen ins Bett, wenn ich mit *dir* fertig bin.«

»Dafür aber mit dem nächsten Psychopathen, den du findest.«

Sie griff sich in die Haare und atmete aus. »Ja, es war wirklich der pure Spaß mit dem Doc. Jetzt zufrieden?«

»Du tust auch alles, um deine Ziele zu erreichen, oder?«

»Ich schlafe nur hin und wieder mit Kerlen, um meine Ziele zu erreichen, aber ich heirate sie nicht gleich, nur weil es von nutzen sein könnte. Du bist keinen Cent besser als ich. Ich bin gewissermaßen eine Hure, aber du bist nicht weniger eine Dirne der Gesellschaft.«

»Wie viele, Liliana?«

»Wie viele was?«, fuhr sie ihn im scharfen Ton an.

»Du bist ständig unterwegs. Wie viele gibt es noch neben mir?«

Jetzt wich der Zorn aus ihrem Gesicht und es schien, als würde sie resignieren.

»Keinen«, antwortete sie kalt. »Seit der Nacht auf dem Heuboden warst du der Einzige.« Sie ging ohne weitere Worte an ihm vorbei und ließ ihn in der Werkstatt stehen.

Merlin wollte keinen Streit. Vor allem nicht mit ihr. Er konnte sich nicht einmal erklären, wie es jetzt so weit gekommen war. Sie hatte Recht. Es dürfte ihn eigentlich nicht interessieren, was sie tat und mit wem. Aber die Eifersucht ließ ihn nicht los. Er war nicht mehr bereit, sie zu teilen. Schon gar nicht mit Männern, die sich lediglich an ihr abreagierten, um sich stark und männlich zu fühlen. Männer, die das Rückgrat eines Regenwurms hatten. Allein die Vorstellung, dass ein anderer Mann sie berührte, machte ihn nahezu verrückt und dennoch war er im Begriff, Anna Maria zu heiraten. Liliana hatte ihn nicht angelogen, was die anderen Kerle anging. Da war er sich sicher und er war auf einmal unendlich glücklich, dass sie sich mit niemandem sonst vergnügte. Jetzt plagte ihn sein Gewissen wie stetige kleine Nadelstiche.

Nach einem kurzen Moment besann er sich und ging ihr nach. So durfte das Gespräch nicht enden. Er lief eilig die Treppe hinauf. Ohne anzuklopfen, betrat er ihr Schlafzimmer.

Sie stand regungslos mit einem Glas Scotch in der Hand am Fenster und blickte in die Nacht. »Hast du immer noch nicht genug?«

»Ich bin nicht hier, um zu streiten«, erwiderte er und schloss die Tür hinter sich.

Im Zimmer brannten nur zwei Kerzen und der Kamin.

»Alkohol löst keine Probleme«, sagte er, um irgendwie

einen Einstieg zu finden.

»Das tut Milch auch nicht.«

Sie kämpfte schwer mit sich selbst, das war ihr deutlich anzusehen. Auch wenn sie ihn immer noch nicht ansah.

»Liliana, ich ...«

»Was?«, fuhr sie ihn aggressiv an.

Er ließ sich nicht beirren und ging sicher auf sie zu.

»Fass mich nicht an!«, fauchte sie, als er sich ihr näherte.

Er ignorierte vollständig ihre Aussage, griff sie an der linken Schulter und drehte sie zu sich. Zum ersten Mal überhaupt, seit Merlin sie kannte, stand Verzweiflung in ihren Augen. Sie glitzerten leicht, aber sie weinte nicht. Er nahm ihr wortlos das Glas ab und stellte es auf die Kommode, bevor er sie fest an sich zog.

»Merlin, lass mich sofort los.«

»Nein, das werde ich nicht. Du kannst tun, was du willst, aber ich werde dich mit Sicherheit nicht loslassen. Die stärkste Seele wird mal schwach und das ist keine Schande, Liliana.«

»Tu mir einen Gefallen und lass mich in Ruhe mit deinem Geschwätz.«

»Du weißt, dass ich jede deiner Entscheidungen respektiere, aber ich werde dich jetzt unter keinen Umständen allein lassen. Sprich mit mir. Bitte.«

Sie schüttelte den Kopf und versuchte, sich aus seinen Armen zu lösen, aber es gelang ihr nicht. Sein Griff hielt sie fest, auch, wenn Merlin bewusst war, dass er keine Chance gegen sie hätte, wenn sie sich wirklich befreien wollte. Aber dieses Risiko war er bereit, einzugehen.

»Lilly, sieh mich an. Jedem Gespräch weichst du aus. Warum? Du bist nicht allein. Nicht mehr.«

Sie zitterte, als die erste Träne ihre Wange hinunter floss und wohl ihr Unterbewusstsein anfing, mit ihr zu sprechen. Und es war nicht die Einzige in dieser Nacht. Merlin setzte sich mit ihr aufs Bett und hielt sie still im Arm. Ihr gesamter Körper verkrampfte sich, als der jahrelang unterdrückte Schmerz nach außen trat. Zu viel Leid. Zu viel Angst.

Merlin war fast froh, sie so zu sehen. Es gab viel mehr hinter dieser harten Fassade, als sie bereit war preiszugeben und er war ihr dankbar für diesen Einblick. Nach einiger Zeit hatte sie sich wieder gefangen und wischte sich die Tränen ab. Langsam ließ er sie los und strich ihr die Haare aus dem Gesicht.

»Entschuldige, ich weiß auch nicht, was mit mir los ist. Du solltest mich so nicht sehen.«

»So, wie du bist?«, fragte er. »Du musst dich nicht entschuldigen. Es reicht wirklich für ein Menschenleben. Menschen weinen nicht, weil sie schwach sind, sondern weil sie für eine unerträglich lange Zeit stark sein mussten.«

»*Don't complain, fight*«, sagte sie leise zu sich selbst.

»Du hast so lange, so hart gekämpft. Ich glaube, dass es dein gutes Recht ist, auch mal zu klagen.

»Nein. Klagen bringt einen nicht weiter und für Schwäche gibt es keinen Platz in dieser Welt. Und dir damit die Ohren vollzujammern, hilft auch niemandem. Das sind meine Abgründe. Meine Dämonen.«

»Ich ruhe mich sonst an deiner Seite aus. Das hier ist nur fair. Wie lange hast du nicht geweint? Ich meine aus Traurigkeit und nicht aus schauspielerischer Taktik.«

Sie überlegte lange, bevor sie antwortete: »Seit 15 Jahren, schätze ich.«

Er sah sie mitleidig an und strich ihr über den Rücken.

»In dieser Nacht, vor 15 Jahren, ist alles in mir kälter geworden und danach tat nicht einmal der Schmerz noch weh. Nicht mal die Traurigkeit war mir geblieben. Es gab keinen Grund zum Weinen. Es gab nur noch eine unendliche Leere in mir, die ich versuche, mit Alkohol, halsbrecherischen Aktionen und ständig wechselnden Affären zu füllen. Das weiß ich selbst. Aber nichts hatte je Bedeutung für mich außer ein Versprechen, das ich meinem Vater bei seinen letzten Atemzügen gegeben habe.«

»Du warst bei ihm, als er gestorben ist?«

»Er starb in meinem Arm.« Erneut lief still eine Träne über ihre Wange. »Es ist lange her und nicht weiter von Bedeutung. Meine Vergangenheit ist ein Teil von mir und ich bin nicht bereit, mich mit ihr auseinanderzusetzen. Ich weiß nicht, ob ich je bereit sein werde, über diese Nacht zu sprechen. Diese Wunde will einfach nicht heilen. Auch nach all den Jahren nicht.«

Merlin fragte nicht weiter. Er spürte, dass der Schmerz noch zu tief saß. Sie hatte ihm ihr halbes Leben erzählt, aber über den Tod ihrer Eltern schwieg sie weiterhin.

Sie wischte sich die Träne von der Wange und schüttelte den Kopf. »Das ist mir noch nie passiert. Sitz ich hier und flenne rum wie ein Mädchen.«

»Keine Sorge. Ich werde es keinem verraten«, sagte Merlin mit einem Schmunzeln.

»Das will ich dir auch raten.«

Er lächelte und legte seine Hand auf ihre.

Sie sah ihm in die Augen. »Ich habe Angst, Merlin. Ich habe fürchterliche Angst. Als dieser Drecksack mich angefasst hat, war alles wieder da. Jahrelange Verdrängungsarbeit für 'n Arsch. Ich habe ihn gehasst, dieses Schwein. Aus tiefster Seele wollte ich, dass er elendig zu Grunde geht.«

Erst jetzt wurde ihm bewusst, welches Opfer sie gebracht hatte, um Lavalles stärksten Mitstreiter auszuschalten. Es wäre einfach gewesen, ihn zu töten, aber so war es ein derber Schlag für Philippe. Es war nur eine Frage der Zeit, bis sich weitere Verbündete von ihm lossagen würden. Jetzt hatte er seinesgleichen angegriffen und auf schreckliche Art und Weise zugerichtet. Die Flucht seiner Anhänger würde nicht lange auf sich warten lassen. Die Öffentlichkeit war informiert und das Wichtigste war: Lavalles Gesicht war in allen Nachrichten. Sie hatte ihn in die Enge getrieben. Mit dieser Narbe würde er nicht unentdeckt bleiben. Felix hatte reagiert und die Daten über den Doc verwendet, um sein wahres Gesicht der Öffentlichkeit zu zeigen. Die Trauer um den toten Arzt wich dem blanken Entsetzen der Bevölkerung, als Bilder von ihm und mehreren jungen Mädchen über die Fernsehbildschirme flimmerten. Die Aussagen der bereits inhaftierten *Kunden* und jetzt die gefundenen Aufzeichnungen des Docs waren helle Lichter in Lavalles gut versteckter Welt. Das Eis wurde dünner und die sogenannten Freunde waren nicht mehr bereit, ihn zu decken. Ein Sündenbock musste her.

Liliana hatte eine Kettenreaktion ausgelöst, deren Erfolg beträchtlich war, und trotzdem wusste Merlin nicht, warum sie diesen Weg gewählt hatte. »Warum hast du das getan? Warum hast du dir das angetan?«

»Ich musste mir beweisen, dass ich stark genug bin, um selbst das durchzustehen. Ich wollte wissen, ob ich stark genug bin, mich Lavalle erneut zu stellen. Und wenn ich bereits vor dem Doc zurückgewichen wäre, hätte eine erneute Gefangenschaft den sicheren Tod für mich bedeutet. Ich habe getan, was ich tun musste und ich habe es überstanden. Man muss sich seinen Ängsten stellen, damit sie verschwinden.« Sie strich ihm über die Wange und küsste ihn.

»Lilly?« Er war verwirrt. Wollte sie ihn wieder von sich selbst ablenken?

Ihre tiefgrünen Augen funkelten ihn fragend an.

»Willst du mich wieder verführen? Den Trick kenne ich schon. Du musst dir wohl was anderes einfallen lassen«, sagte er unsicher.

Mit einem herzerwärmenden Lächeln schüttelte sie den Kopf. »Nein. Ich will dich um etwas bitten.«

»Alles, was du willst«, antwortete er, ohne sich ihren Augen entziehen zu können.

»Hilf mir, dieses Dreckschwein aus meinem Kopf zu bekommen. Erinnere mich daran, wie schön das Fliegen ist.«

Er legte seine Stirn an ihre und strich ihr über die Haare. »Vertraust du mir?«

Sie schloss die Augen und nickte leicht. »Ja. Heute Nacht werde ich mich ergeben, wie ich mich noch nie jemandem ergab. Ich schenke mich dir.«

*

Die Nacht war anders. Liliana war anders. Dieses Mal spielte sie nicht. Sie war ganz bei ihm. Mit ihrem Körper und ihrem Geist. Ohne Kontrolle und ohne Misstrauen. Er hatte bereits viele schöne Stunden voll Freiheit und Leidenschaft mit ihr verbracht, aber in dieser Nacht lernte er eine neue Seite von ihr kennen und lieben. Und auf eine merkwürdige Art und Weise wusste er, dass er der Erste war, mit dem sie eine solche Innigkeit teilte. In diesem Augenblick gab es keine Dunkelheit.

# Kapitel 39

Mit den ersten Strahlen der Morgensonne, die Lilianas Haar zum Leuchten brachten, sah Merlin sie an. Als sie ihre Augen öffnete und ihn anstrahlte, wusste er, dass er den Rest seines Lebens mit ihr verbringen wollte. Er war glücklich. Sie legte sich auf seine Brust und er strich ihr über den Arm.

»Gut geschlafen?«, fragte er.

»Ich habe vom Frieden geträumt«, sagte sie noch schlaftrunken. »Wenn ich das alles hier überleben sollte, gehe ich nach Hause und baue wieder auf, was sie niedergebrannt haben.«

Sie hatte neuen Mut gefasst. Ihr Wille war stärker denn je. Merlin freute sich über ihre Worte.

»Wie war dein Zuhause? Mein Vater hat mir einiges erzählt, aber von dir habe ich noch nichts gehört.«

Sie lächelte. »Es war einer der Orte, an dem man nicht traurig sein konnte. Der Himmel war weit und das Land grenzenlos. Alles duftete nach Heu. Wir schwammen im Fluss am Fuße eines riesigen Wasserfalls. Jeden Abend ritt ich in den roten Sonnenuntergang. Klingt wie eine schlechte Schnulze, aber es war das pure Leben. Jeder Tag war voller Arbeit, aber sie machte Freude. Niemand machte uns Vorschriften. Manchmal wanderten wir mehrere Tage durch den Dschungel und jagten unser Abendessen. Mehr oder weniger erfolgreich. Die böse Welt war so weit entfernt. Damals wusste ich noch nicht, wie gesegnet ich war, dort aufzuwachsen. Mitten in der Einöde. Wir züchteten Pferde als Deckmantel für die eigentlichen Aktivitäten meines Vaters. Meine Mutter kümmerte sich nur um unsere Ranch und wollte von den Geschäften ihres Mannes nichts wissen. Immer, wenn er von seinen Reisen zurückkam, gab es ein großes Feuer und wir tanzten in der Scheune bis zum Morgen.

»Klingt nach einem wundervollen Ort.«

»Nirgendwo sonst fühlt man so die Freiheit. In meiner Gefangenschaft bin ich regelmäßig in Gedanken durch die Täler und Hügel geritten und habe versucht, mich an jede Kleinigkeit zu erinnern. An den Duft des Windes und die Hitze der Sonne im Sommer. Dann war ich frei und die Kälte wurde erträglich.«

»Ich hätte es gerne in seiner Blütezeit erlebt. Warst du nochmal da?«

»Ja, vor drei Jahren. Unsere ehemaligen Haushälter geben immer noch acht auf das Land. Bisher habe ich jedes Kaufangebot abgelehnt. Ich habe das Träumen nie aufgegeben. Wunder sind so leise, aber sie passieren. Irgendwann werfe ich den ganzen Mist hier hin und gehe nach Hause. Aber zuerst muss ich mit meiner Vergangenheit abschließen.«

Sie schaute auf die Uhr. »Du solltest jetzt gehen, bevor dein kleiner Engel aufwacht.«

Da war sie wieder. Die Realität stand mit einem breiten Grinsen vor Merlins wunderbarer Seifenblase. Liliana stellte sich hin und schüttelte ihre Haare auf.

Er folgte ihr und griff sie von hinten an den Schultern. »Lilly, ich ...«

Sie drehte sich um und entfernte sich ein Stück von ihm. »Merlin, was da letzte Nacht passiert ist, darf nicht wieder passieren. Es tut mir leid. Ich hätte nie ... ich war nicht ich selbst. Es war ein Fehler.«

»Was meinst du?«

»Ich bin nicht gut für dich. Du bist wunderbar und es ist absolut nichts falsch an dir, aber an mir ist so einiges verquer. Ich werde nicht zulassen, dass du dein Leben in die Tonne trittst.«

»Durch dich habe ich erst wieder ein Leben.«

»Wir beide können uns gerne zusammen die Zeit vertreiben, aber letzte Nacht war ein Fehler und es war eine einmalige Sache.«

»Merkwürdig, dass deine Augen was ganz anderes sagen.«

Sie wollte protestieren, aber er legte ihr bereits zwei Finger auf die Lippen. »Belüg dich nur weiter, wenn es dir Spaß macht. Jeder braucht ein Hobby.«

»Immerhin heirate ich meine Lüge nicht in wenigen Wochen.«

Ihre Worte trafen ihn hart. Dennoch war er ihr nicht böse. Die Wahrheit war schon immer schwerer zu ertragen als jede Lüge. Er nahm ihr Gesicht in seine Hände und küsste sie auf die Stirn. Als er ihr in die Augen sah, drohte er, sich vollkommen in ihrem Blick zu verlieren. In diesem Moment hätte er alles für sie aufgegeben, ohne auch nur eine Sekunde nachzudenken.

»Sieh mich bitte nicht so an. Tu dir das nicht an«, holte sie ihn zurück.

»Lilly ...«, er kämpfte hart mit sich, um Worte zu finden, und dabei schallten sie in seinem Kopf. »Lilly ... ich ...«

Sie drückte sich von ihm weg und schüttelte den Kopf. »Nein, tust du nicht. Lass es gut sein.«

Und zum ersten Mal überhaupt hatte sie keine Kontrolle mehr. Sie stand ihm fast hilflos gegenüber.

»Merlin, für Menschen wie mich empfindet man nichts. Mit Menschen wie mir verbringt man ein paar nette Stunden, bevor man sich wieder ins gemachte Nest legt.«

»Du verkaufst dich unter Wert.«

»Nur für einen.« Nach schier endlosen Sekunden wandte sie sich ab und sagte: »Die anderen bezahlen meist einen hohen Preis für meine aufgesetzte Höflichkeit und bekommen nicht annähernd die gleiche Aufmerksamkeit.«

»Gut, dann heirate ich Anna Maria«, entschärfte er die Situation.

Sichtlich dankbar über den indirekten Themenwechsel nickte sie.

»Was hab ich auch für eine andere Wahl, wenn du mich nicht willst? Oder würdest du mich heiraten?«, scherzte er.

»Nein.«

Ihre erwartete Antwort kam schnell. Zu schnell für seinen Geschmack.

»Ich fühle mich wohler zwischen den Stühlen«, fügte sie hinzu.

»Siehst du. Da haben wir es wieder. Du bist einfach nur feige. Unendlich feige, wenn es darum geht, dich auf jemanden einzulassen. Dabei hast du so viel zu geben.« Er schmunzelte. »Warst du denn nie verliebt?«

Jetzt zog sie die Stirn in Falten und schüttelte den Kopf. »Hör mir auf mit diesem widerlichen Wort. Und nein. Ich war nie verliebt und habe es auch zukünftig nicht vor. Mit so perversem Kram habe ich nichts zu tun.«

»Ah ja, und wie willst du das anstellen?«

»Bisher hat es wunderbar funktioniert. Mach dir mal keine Sorgen.«

»Irgendwann ist immer das erste Mal.«

Er zog sich gemütlich an, während er mit ihr sprach, als ihn ein Kissen am Kopf traf. »Au! Was ...?«

»Mir fällt schon was ein, um es zu verhindern.«

Merlin schnappte sich das Kissen und warf es zurück, bevor er über das Bett auf sie zu sprang. Die morgendliche Kissenschlacht endete in einem langen Kuss. Diesmal ließ sie sich jedoch nicht betören und stupste ihn schwungvoll von sich.

»Wie wäre es, wenn du jetzt rüberwanderst und deinen morgendlichen Elan bei deiner Verlobten auslebst?«

»Der war gut. Ruinier mir nur den Tag.«

Er stand auf, knöpfte sein Hemd zu und gab ihr einen letzten Kuss, bevor er aus der Tür ging.

\*

Anna Maria schlief noch. Das war nichts Ungewöhnliches. Sie hatte natürlich nicht bemerkt, dass er nicht da war. Wie sollte sie auch? Er ging ins Bad und stellte die Dusche an. Was sollte er nur tun? Er wusste immer, dass Anna Maria nicht die Liebe seines Lebens war, aber nie war es ihm so bewusst wie an diesem Morgen. Die ganze Zeit über war er sich nicht sicher, ob es für Liliana nur ein Spiel war. Sie waren gute Freunde geworden. Kein Blatt Papier passte zwischen sie, aber nie hatte sie ihm das Gefühl gegeben, dass es mehr als nur Freundschaft sein könnte. Auch ihre Affäre schien in Lilianas Welt nichts daran zu ändern. Bis letzte Nacht. Ihr Rückzug am Morgen hatte ihn nicht verwundert. Nähe fürchtete sie mehr als jeden anderen Gegner. Merlin dagegen war froh, dass er es geschafft hatte, sie aus ihren Winterschlafgedanken zu holen. Auch wenn er befürchtete, dass sie sich jetzt ganz von ihm zurückziehen würde. Er verstand nicht, warum sie solche Angst vor ihm hatte.

Er ging nach unten und begrüßte seinen Vater, der die

Morgensonne auf der Terrasse genoss.

»Schon auf den Beinen?«

»Ja, Anna Maria schläft noch.«

»Wer hätte das gedacht?«

Liliana kam zu ihnen. Ihr eng anliegendes weißes Kleid führte Merlin erneut einige Stunden zurück. Sie wurde langsam zu einer Besessenheit. Früher gab es nur die Firma und die Arbeit in seinem Kopf. Jetzt verdrängte das Verlangen nach ihr jeden klaren Gedanken.

»Guten Morgen.«

»Guten Morgen. So voller Lebensfreude? Du strahlst heute so«, stellte Johann erstaunt fest.

»Die Sonne scheint. Ich habe nette Gesellschaft. Kann ein Tag besser anfangen?«

»Bitte tu dir keinen Zwang an. Ich war nur verwundert, weil du die letzten Tage doch sehr in dich gekehrt warst. Aber ich freue mich, dieses strahlende Lächeln wieder zu sehen. Wir sind jetzt fast drei Wochen hier. Merlin und ich müssen heute in die Firma. Ist das möglich?«

»Alles ist möglich.«

Sie gab Johann einen Kuss auf die Wange. »Ich telefoniere gleich und dann kann es losgehen. Ich stelle euch noch zwei fähige Leute zur Seite. Dann passiert euch nichts. Ich persönlich bleibe lieber hier. Es ist nicht gut, wenn man uns zusammen sieht.«

»Das trifft sich gut«, erklang Anna Marias Stimme. »Ich bräuchte nämlich Ihren Rat.«

Liliana sah sie verdutzt an, als sie auf die Terrasse trat und auch Merlin wusste nicht, was Anna Maria im Schilde führte. Sie war dieses Mal noch ungeschminkt und musste gerade erst aufgestanden sein.

»Ich habe heute einen Termin in einer bekannten Boutique und könnte eine Beratung gebrauchen. Begleiten Sie mich, Liliana?«

»Wieso wollen Sie ausgerechnet meinen Rat? Soweit ich das beurteilen kann, haben wir einen unterschiedlichen Stil. Zumindest, was Mode angeht.«

»Ja, das mag sein, aber ich denke, dass Sie mich ganz gut beraten könnten, weil ich auch noch Schmuck benötige. Ich würde mich auf jeden Fall sehr freuen, wenn wir beide uns mal etwas näher kennenlernen würden. Immerhin haben Sie so viel für uns getan. Ein Frauennachmittag wäre doch genau das Richtige. Finden Sie nicht?«

Liliana zögerte. Johann und Merlin wechselten ebenfalls einen kurzen Blick.

»Heute Morgen sind wohl alle gut gelaunt«, stellte Johann fest.

»Scheint so«, gab Liliana knapp dazu.

»Wenn Sie einen Termin haben, werde ich Sie begleiten. Nicht, dass wir Sie noch verlieren. Ihr Verlust wäre für alle hier unerträglich.«

»Danke. Das weiß ich zu schätzen.«

Anna Maria ging zu Merlin hinüber und küsste ihn. Es war eine gefühlte Ewigkeit. Johann wandte sich bereits ab und beobachtete lieber die Vögel in den Hecken. Liliana hatte von der Show irgendwann auch genug und spazierte in den Garten. Augenblicklich ließ Anna Maria von ihm ab und schaute ihr nach.

»Was soll das, Anna Maria?«

»Was meinst du?«

»Warum willst du etwas mit ihr unternehmen? Ich dachte, du magst sie nicht.«

»Ich sollte ihr eine Chance geben. Immerhin dürfen wir hier wohnen.«

Merlin nickte ungläubig.

»So, jetzt gehe ich mich umziehen und hübsch machen. Bis später.« Sie küsste ihn auf die Wange und ging zurück ins Haus.

»Ich werde mal schauen, ob Hannah schon Kaffee gekocht hat. Kommst du mit?«, fragte Johann.

»Ich komme nach.«

Johann nickte und verschwand ohne ein weiteres Wort im Haus.

Merlin folgte Liliana in den Garten und fand sie am Teich neben der großen Weide. Sie blickte gedankenverloren ins Wasser. Er verlangsamte seinen Schritt, als er sich ihr näherte. Sie drehte sich zu ihm um, lächelte und lehnte sich mit dem Rücken gegen die Weide.

»Kann ich etwas für dich tun?«

Er stützte sich mit der rechten Hand am Baumstamm ab. »Du könntest mit mir reden.«

»Kommt darauf an.«

»Worauf?«, fragte er und kam noch ein Stück näher.

»Worüber du reden möchtest.«

»Willst du mir schon ausweichen, bevor ich auch nur in die Nähe deines Egos gekommen bin?«

»Ich denke, wir haben das geklärt.«

»Nein, du hast das für dich geklärt. Mir hast du die Tür sprichwörtlich vor der Nase zugeschlagen und jetzt bist du wieder verschlossen. Was habe ich dir jemals getan?«

Sie atmete tief ein und schaute an ihm vorbei. Ein leichter Wind wehte den Duft der Frühlingsblumen hinüber. Es war ein herrlicher Maitag.

Als sie ihn wieder ansah, fragte sie: »Merlin, was willst du von mir hören?«

»Die Wahrheit. Ich gäbe so viel dafür, nur ein einziges Mal in deinen Gedanken zu sein.«

»Es geht mir gut. Du weißt doch, dass du dir um mich keine Sorgen machen musst. Ich stehe auf. Egal, ob ich gewinne oder verliere.«

»Es geht dir nicht gut.«

Sie hielt seinem Blick nicht stand. Mit den Händen streifte sie über die Rinde der Weide. Sie suchte Halt. Alle ihre Fluchtinstinkte waren geweckt. Das spürte er, aber sie blieb stehen.

»Es tut mir leid. Ich hätte Anna Marias Spielchen vorhin nicht unterstützen sollen.«

»Anna Maria ist mir egal.«

Mit einem warmen Lächeln sagte er: »Nein, das ist sie nicht. Das war mehr als taktlos und es tut mir leid.«

»Du bist ein freier Mann. Du kannst tun, was und mit wem du willst. Du bist mir sicherlich keine Rechenschaft schuldig.«

»Und dennoch musstest du gehen?«

»Ich habe andere Sorgen, als auf Anna Maria eifersüchtig zu sein. Auch wenn ich gestehen muss, dass ich nicht verstehe, was dich jemals an ihr fasziniert hat.«

»Gut, lassen wir das so stehen. Was ist los?«

Nach kurzem Zögern erklärte sie: »Es ist ganz einfach. Ich habe Angst. Einfach eine scheiß Angst. Dieses Mal bin ich zu weit gegangen. Lavalles *Kunden* anzugreifen und bloßzustellen war eine Sache, aber ihn persönlich zu demütigen durch meine Aktion mit dem Doc, war ein anderes Kaliber. Das wird er nicht so leicht wegstecken.«

»Dann sollten wir die letzten Vorkehrungen treffen.«

Sie lächelte knapp. »Wenn es nicht funktioniert, ist dies das Ende. Noch einmal werde ich das nicht überstehen. Er kennt mich viel zu gut und wird sicherlich nicht wieder denselben Fehler machen. *Game over.*«

»Nur dieses Mal bist du nicht allein.«

Sie legte für einen Augenblick das Gesicht in ihre Hände. »Wie auch immer. Halten wir uns an unseren Plan und hoffen das Beste. Wir sollten uns langsam an die Vorbereitungen machen. Du hast Recht. Falls er einen von uns unverhofft erwischt, sollten wir nicht ohne Ausrüstung dastehen. Hast du alles, was du brauchst?«

Er nahm ihre Hand. »Jetzt habe ich alles, was ich brauche.«

»Merlin.« Ihre großen Augen sahen ihn fast flehend an. »Versprichst du mir etwas?«

Er nickte: »Alles, was du willst.«

»Wenn das Ganze hier schief geht und mir etwas passiert, möchte ich, dass du weiterlebst. Behalte mich in Erinnerung, wie ich jetzt bin und nicht, wie ich in diesem Keller sitze und vor mich hinvegetiere. Bleib weg und überlass mich meinem Schicksal. Heirate. Lass dich scheiden und heirate endlich eine, die dich mehr verdient hat als Anna Maria. Macht ein paar hübsche Kinder. Fang wieder mit dem Malen an und sei glücklich. Es gibt ein Leben nach dem Kampf für dich. Egal, wie er für mich endet. Riskiere nicht dein Leben für jemanden, der dich nur enttäuschen wird.«

Er lächelte sie an und streifte ihr die Haare aus dem Gesicht. »Du hast Recht. Wir werden nicht ewig kämpfen müssen. Es wird auch ein Leben für dich nach Lavalle geben.«

Ihr knappes Lächeln verdeutlichte ihm, dass sie nicht an seine Worte glaubte.

»Ich werde dich nicht aufgeben. Weder, wenn unser Plan versagt, noch wenn alles gut geht.«

Sie seufzte und schüttelte den Kopf. »Das habe ich befürchtet. Ich kann dir nicht geben, was du suchst.«

»Und was, wenn alles was ich jemals wollte, in diesem Moment vor mir steht?«

»Das bildest du dir ein. Ich bin ein totaler Freak. Ich habe versucht, normal zu sein. Kaum zu glauben, oder? Das waren die langweiligsten zehn Minuten meines Lebens. Nimm mich doch, wie ich bin. Beziehungsunfähig, alkoholsüchtig und einfach verrückt.«

»Deine Scherze in Ehren, aber es ist verdammt schwer einen Menschen so zu nehmen, wie er ist, wenn er sich anders gibt, als er wirklich ist.«

»Wie tiefgründig. Glaub mir, du hast schon viel zu viel von mir gesehen.«

»Ja und das waren die besten Einblicke meines Lebens. Macht dir das solche Angst?«

»Ich kann mir keine Gefühle leisten, Merlin. Die Zeiten sind lange vorbei.«

»Den Kampf gegen deine Gefühle wirst du verlieren. Du kannst nur aufgeben und weglaufen. Aber seit wann ist das wirklich eine Option für dich?«

Er strich ihr über den Arm und kam ein Stück näher.

»Und wenn ich jetzt damit anfange?«

Schmunzelnd erwiderte er: »Du läufst schon viel zu lange weg, aber egal, wo du dich versteckst, sie holen dich ein. Du willst es dir nur nicht eingestehen. Du bist bei Weitem nicht so kalt, wie du vorgibst zu sein. Unter deinem bemerkenswerten Busen schlägt doch ein Herz.«

»Ich folge keinem Weg. Ich plane nicht, wohin die nächste Reise geht. Ich wache morgens auf und versuche, das Beste aus meinem Tag zu machen. Könntest du dir das vorstellen? Nie zu wissen, was du als Nächstes tust?«

»Nein, aber ich könnte mir durchaus vorstellen, dich in deiner Welt zu besuchen. Wer hat denn gesagt, dass sich einer immer für den anderen aufgeben muss? Es ist mir egal, was du tust. Es ist mir egal, wo du hingehst. Und es ist mir egal, wie lange es dauert. Ich werde immer hier sein und auf dich warten.«

»Hast du mit den Sprüchen auch Anna Maria weich bekommen?«

Er blinzelte sie leicht verärgert an, aber als sie lächelte, war sein Ärger sofort wieder verflogen. »Nein, ich sage so etwas nur, wenn ich es auch meine. Und das weißt du.«

Nachdenklich schweifte ihr Blick über die sanften Wellen des Teiches. »Wir haben uns verirrt, Merlin. Wir beide. Hier kreuzt sich unser Weg. Genau hier. Genau jetzt.«

»Das ist das Beste, was uns überhaupt passieren konnte. Auch wenn alle sagen, dass ich mich verändert habe, so glaube ich, dass ich nur ich selbst geworden bin. Dank dir.« Er legte seine Stirn an ihre und glitt mit seinen Händen über ihre Arme.

»Versprichst du es mir? Versprichst du mir, dass du mich nicht in alle Ewigkeit suchen wirst?«, fragte sie leise.

Er küsste sie auf die Stirn. »Ja, bei allem, was mir heilig ist. Ich verspreche es dir. Aber eine kleine Bedingung habe ich auch noch.«

Sie entfernte sich einige Zentimeter von ihm und drückte sich fest gegen den Baumstamm hinter sich.

Er nahm ihr Gesicht in seine Hände. »Ich werde das alles tun, aber nur, wenn du Ehrengast auf meiner ersten Ausstellung bist.«

»Du bist ein schlechter Lügner.«

»Ich werde dich nicht im Stich lassen, aber wenn es zum Schlimmsten kommt, verspreche ich dir, dass ich weitermache.«

Nach einem innigen Kuss sah er ihr tief in die Augen und vergaß für den Moment alles um sich herum. Er vergaß die Angst, das Leid, den Kampf. Sogar seine Familie und Anna Maria, als er sie ansah und flüsterte: »Ich liebe dich.«

»Ja. Ja, ich weiß. Genau das ist das Problem.« Im selben Moment drehte sie sich von ihm weg. »Da sucht dich jemand.«

Merlin drehte sich um und sah, dass Anna Maria den kleinen Gartenpfad entlanglief und ihm zuwinkte. Liliana war mal wieder in Bruchteilen von Sekunden verschwunden. Er wusste nicht mehr, was er tun sollte. Die Verpflichtung seiner Familie gegenüber steckte ihm wie ein spitzer Dolch im Rücken. Einen ungeeigneteren Moment hätte seine Verlobte sich kaum aussuchen können. Aber es passte. Er sah sie an und empfand nicht das Geringste für diese Frau, aber ihre Bedeutung für das Unternehmen und für seine Eltern war unendlich groß.

Andererseits ging es ihnen nicht schlecht und er fragte sich, ob die Welt sich nicht auch ohne diese Hochzeit weiterdrehen würde. Anna Marias Vater war Einkäufer bei einem ihrer größten Kunden und hatte deutlichen Einfluss auf den Vorstand. Ihn zu verlieren würde erhebliche Einbrüche bedeuten, aber sie würden es mit Sicherheit überstehen. Zumindest versuchte er, sich langsam mit diesem Gedanken anzufreunden.

»So schwungvoll unterwegs? Was gibt es denn?«, fragte er sie, obwohl er wusste, dass sie ihn kontrollieren wollte.

»Ach, nichts Wichtiges. Ich wollte nur sagen, dass das Frühstück fertig ist und ihr danach starten könnt wegen des Geschäftstermins. Deine Mutter kommt auch mit.«

»Ja, ich komme. Du gehst heute einkaufen?«

»Ja, genau. Ich brauche etwas Abwechslung. Ich sitze schon so lange hier rum.«

»Wäre es dir irgendwie möglich, Liliana nicht allzu sehr zu piesacken?«

Mürrisch starrte sie ihn an. »Wie kommst du darauf? Ich piesacke sie doch nicht. Ich will sie nur näher kennenlernen und einen netten Frauennachmittag verbringen. Außerdem tut es ihr vielleicht auch mal ganz gut, mit kultivierten Menschen unterwegs zu sein.«

Resignierend antwortete Merlin: »Ja, bestimmt. Sie wird sich freuen.«

Er ging mit ihr zurück auf die Terrasse. Johann besprach mit seiner Frau alles Wichtige für das anstehende Geschäftstreffen. Merlin bekam nur die Hälfte mit.

Liliana ließ sich nicht blicken. Dieses Mal war er zu weit gegangen, aber er bereute es auch nicht. Dennoch quälten ihn unzählige Fragen. Vielleicht sollten sie einfach verschwinden. Weg von hier. Weg von all der drohenden Gefahr. Lavalles Zorn würde maßlos sein. Darüber war auch er sich im Klaren. Seine Angst um sie war grenzenlos. Aber sie wollte nicht mehr weglaufen und sich verstecken. Jeden Tag ihres Lebens musste sie auf der Hut sein und er konnte verstehen, dass sie diesem Zustand ein Ende setzen wollte.

Die geplante Hochzeit dagegen verlor immer mehr ihren

Schrecken. Er war sich nicht sicher, ob er sie überhaupt heiraten würde und falls doch wäre das nicht das Ende der Welt in dieser modernen Gesellschaft. Scheidungen gehörten fast schon zum guten Ton. Seine Gedanken verwirrten ihn. Er war kälter geworden. Berechnender. Aber er wusste auch endlich, was er selbst wollte. Er wusste nur noch nicht, ob er den leichteren, verlogeneren Weg wählen würde oder die harte Wahrheit, die ihn alles kosten könnte, wofür er so hart gearbeitet hatte.

Liliana würde nie Akzeptanz in seiner Familie finden. So reich und gebildet sie auch war. Sie war keine von ihnen und würde es auch nie sein. Und Merlin war unendlich froh darüber. Für den Moment stellte er seine Gedanken zurück. Seine Eltern brauchten jetzt seine Hilfe, aber es war ihm bewusst, dass er sich auch endlich mit sich selbst auseinandersetzen musste, um diesem Dämmerzustand zwischen Wollen und Können ein Ende zu setzen.

»Sag mal, mein Sohn, seit wir hier sind, könnte die Firma auch Insolvenz anmelden und du würdest es nicht einmal registrieren. Habe ich Recht?«, holte ihn Johann schmunzelnd aus seinen Gedanken.

Helenas zustimmendes Nicken kannte Merlin bereits aus Kindertagen. »Ja, dein Vater hat Recht und ich halte das für sehr bedenklich. Es wird Zeit, dass wir nach Hause kommen. Mittlerweile dürfte sich das Aufsehen gelegt haben.«

»Damit ich wieder zwölf bis sechzehn Stunden arbeiten kann. Ja, schon klar.«

»Man muss etwas leisten, wenn man Erfolg haben will.«

»Und was habe ich von dem Erfolg?«

Helena schien verwirrt über diese Frage. »Geld, mit dem du dir alle Wünsche erfüllen kannst.«

»Und wann?«

»Wie bitte?«

»Wann, Mama? Wann soll ich mir bitte auch nur einen Wunsch erfüllen, wenn ich sieben Tage die Woche bis spät in die Nacht arbeite? Wann, wenn ich nur wenige Tage Urlaub nehmen kann, weil sich sonst der Berg von unerledigten Akten bis unters Dach stapelt? Wann, wenn ich nur fertig ins Bett falle, um ein paar Stunden zu schlafen? Wenn ich alt bin? Ach nein, so alt werde ich bei meinem Lebenstempo nicht werden. Ich bin froh, wenn ich das Rentenalter erreiche, falls ich mich vorher nicht totgesoffen habe, um dem Büroalltag zu entkommen.«

»Das ist unglaublich. Was hat diese Schnepfe eigentlich für einen Einfluss auf dich, dass du nach wenigen Tagen hier alles in Frage stellst?«

»Einen Guten, Mama. Einen wirklich Guten.«

»Jeder braucht mal eine kleine Auszeit, Helena. Er sollte nicht so enden wie wir«, unterstützte Johann seinen Sohn, der ihn verwundert ansah.

Nicht nur Merlin hatte sich hier verändert. Auch sein Vater schien ein anderer geworden zu sein.

»Fällst du mir jetzt auch noch in den Rücken? Ich glaube, ich werde langsam verrückt. Bin ich denn in einem Irrenhaus?«

»Reg' dich doch nicht auf. Er wird uns schon nicht im Stich lassen, aber es gibt auch ein Leben neben der Firma, mein Schatz. Da hat er Recht.«

»Seit wann denn, Johann?«

Johann ließ sein Messer auf den Tisch fallen. »Wer hart arbeitet, sollte sich auch mal dafür belohnen.«

»Im Schoße einer widerlichen Dirne?«

»Helena, bitte. Davon redet doch keiner.«

»Hört auf. Ich werde die Firma nicht verlassen. Ich habe lediglich gesagt, dass Arbeit und Erfolg nicht das Wichtigste im Leben sind und dass ich mir sicher bin, dass der Mittelweg für alle Lebensbereiche der bessere ist.«

»Macht doch, was ihr wollt. Ich gehe mich jetzt umziehen.« Helena stand auf, warf Johann einen strengen Blick zu und verschwand im Haus. Anna Maria folgte ihr wie ein Dackel.

»Danke, Papa.«

»Wofür?«

»Du hast noch nie zu mir gehalten, wenn es um die Firma ging. Was ist passiert?«

Er lächelte schwach. »Ich habe mich daran erinnert, dass mein Vater auch nie zu mir gehalten hat. Das fand ich nicht gut. Ich habe viele Fehler gemacht und ich erwarte keine Vergebung, aber ich kann versuchen, dieselben Fehler nicht weiterhin zu machen. Ich will, dass du glücklich wirst.«

»Das ist sehr nett von dir, aber gehe ich recht in der Annahme, dass das nur so weit gilt, wie Liliana damit nichts zu tun hat?«

»Merlin, Lilly ist gefährlich und ich werde nicht zulassen, dass dir auch noch etwas passiert. Daher tu, was immer du willst, aber nicht mit ihr.«

»Schön, dass wir darüber geredet haben, Papa.« Merlin stand auf. »Übrigens: Verständnis und Toleranz beziehen sich auch auf die Aspekte, die man selbst anders machen würde. Du beruhigst nur dein eigenes Gewissen. Was ich wirklich will, ist dir immer noch egal. Du willst nur nicht an meinem Unglück schuld sein.«

Er ließ seinen Vater allein zurück.

# Kapitel 40

*Liliana*

Liliana wartete auf Anna Maria. Ihre Freude war von gemäßigter Natur.

»So, ich bin so weit.« Anna Maria kam ins Wohnzimmer geschwebt.

Ihr schwarzes Kostüm ließ sie biestig erscheinen. Liliana atmete einmal tief ein und folgte ihr in die Garage.

»Wo möchten Sie hin?«

»In die Innenstadt. Ab da kenne ich den Weg.«

»Wie Sie möchten.«

Es dauerte einige Kilometer, bis Anna Maria anfing zu plappern. »Was machen Sie eigentlich den ganzen Tag mit Merlin?«

»Erzählt er Ihnen das nicht?«

»Doch, aber ich höre meistens nicht zu. Klingt nicht wirklich interessant.«

»Dann kann ich Ihnen wohl auch nichts Aufregenderes erzählen.«

Anna Maria schaute aus dem Fenster. »Finden Sie es nicht komisch, wenn Sie sich als Frau für solche Themen interessieren? Kämpfen, Technik, Waffen, Verbrecher ... ich kann dem nichts abgewinnen.«

»Und doch stehen Sie bald an der Spitze eines Unternehmens, dessen Grundfeste von diesen Dingen abhängen. Ohne Verbrecher und die Verteidigung gegen dieselben bräuchte man keine Sicherheitstechnik.«

»Ja, das mag sein, aber ich repräsentiere nur und habe mit

den Produkten nichts zu tun.«

»Interessante Auffassung.«

»Haben Sie eigentlich viele Männer?«

Liliana schaute kurz zu ihr hinüber. »Wie meinen Sie das?«

»Sie haben ja keinen festen Partner und so allein will man ja auch nicht immer sein.«

»Sie meinen, ob ich viele Affären habe?«

»Ja, so könnte man es auch ausdrücken. Ich kann mir das ja gar nicht vorstellen, dass mich ein Mann berührt, den ich kaum kenne. Irgendwie unheimlich.«

»Was Sie nicht sagen.«

»Ja, ich finde schon. Außerdem will ich auch gar keinen anderen außer Merlin. Er ist einfach perfekt.«

»Einflussreich und vermögend.« Liliana dachte sich den Rest. Auf eine Grundsatzdiskussion hatte sie wahrlich keine Lust.

»Ja, das auch. Positiver Nebeneffekt. Wir passen wirklich perfekt zusammen.«

»Davon gehe ich aus. Warum sollten Sie sonst heiraten?«

»Oh, es wird eine Märchenhochzeit«, verfiel sie ins Schwärmen.

»Mit Glitzer, Rosen und Kerzen?«

»Ja, ich werde eine echte Prinzessin sein. Wollen Sie nicht auch mal heiraten?«

»Nein, ich bin zu egoistisch für die Ehe.«

»Die Männer sind doch da, um uns jeden Wunsch von den Augen abzulesen und uns auf Händen zu tragen. Sie dürfen dafür ja auch an unserer Seite sein, die Glücklichen.«

Liliana war noch nie so froh gewesen, endlich ihr Ziel zu erreichen und Anna Maria in die Hände des Fachpersonals zu übergeben. Die Boutique war exklusiv und sofort schwänzelten drei Verkäuferinnen um die Kundin herum.

Liliana saß wie eine Statue in der Ecke und betrachtete das Treiben. Nach geschlagenen zwei Stunden hatte Anna Maria endlich alles zusammen und Liliana war froh, dass die Kreditkartenabrechnung nicht zu ihr ins Haus flattern würde.

Aber die Kleidung reichte Anna Maria noch nicht. Die nächste Anlaufstelle war der Juwelier um die Ecke. Anna Maria begrüßte ihn mit Küsschen und drückte ihn.

Liliana wurde allerdings höchstens skeptisch, als sie den Juwelier betrachtete. Ein kalter Schauer lief ihr den Rücken hinunter, den sie sich nicht erklären konnte. Irgendetwas schien merkwürdig an diesem Mann. Er war höchstens dreißig Jahre alt und passte nicht in solch ein Geschäft. Alles an ihm wirkte übertrieben gekünstelt.

»Kommen Sie und beraten Sie mich. Sie hatten ein so wundervolles Collier an meiner Verlobungsfeier. Sie scheinen Geschmack zu haben. Zumindest, was Schmuck angeht.«

Liliana setzte sich neben sie und versuchte, die aufdringlichen Blicke des Jungjuweliers zu übersehen. Nach einer weiteren Stunde hatte Anna Maria sich ein Diamantarmband ausgesucht. Sie betrachtete es mit einem breiten Lächeln. Der Juwelier brachte Champagner. Anna Maria ergriff die Gläser und reichte eines an Liliana weiter, die es skeptisch beäugte.

»Was ist? Sie sind doch sonst dem Alkohol nicht abgeneigt.«

»Nein, aber heute sollte ich auf Sie aufpassen. Wollen Sie, dass ich betrunken bin, wenn Sie jemand überfallen will?«

»Ach, bitte. Für mich. Es ist doch nur ein Glas. Das dürften Sie doch locker wegstecken. Ist doch schön, dass wir uns jetzt so gut verstehen und außerdem muss ich doch den Neuerwerb feiern.«

Liliana nahm den Champagner entgegen und prostete Anna Maria zu, um den Frieden zu wahren.

»Heute ist ein wunderbarer Tag und dieses Armband wird mich immer daran erinnern. Ach, das Leben ist schön.«

Unter dem ständigen Blick des Juweliers tranken die beiden Frauen ihren Champagner und unterhielten sich über Schmuck. Sie standen in der Mitte des Geschäfts umringt von Glasvitrinen voll edlem Geschmeide. Liliana fühlte sich nach wenigen Minuten seltsam. Ihr Kreislauf schien stetig eine Stufe mehr in den Keller zu sacken. Ungewöhnlich für ihre ansonsten recht gute körperliche Verfassung. Ein ungutes Gefühl beschlich sie.

»Geht's Ihnen nicht gut?«, fragte Anna Maria fast fröhlich.

»Doch. Danke. Alles in Ordnung.«

»Wissen Sie, dass sie mir schon seit unserem ersten Zusammentreffen auf die Nerven gehen?«

Liliana war über ihren plötzlichen Wandel verwundert. Mit der zunehmenden Benommenheit wurde sie auch stetig nervöser. »Ja, das denke ich mir. Sie haben mir immerhin eine geklatscht.«

»Oh ja, ich vergaß. Das war nett.«

»Kann ja mal vorkommen. Ich vergesse auch so einiges.«

»Es gefällt mir ganz und gar nicht, wie Sie um meinen Merlin herumwedeln.«

»Seit wann ist er Ihr Eigentum?« Sie rieb sich die Augen, aber der Schleier wollte nicht verschwinden.

»Sie haben keine Ahnung wie Macht funktioniert, Liliana.«

»Macht braucht nur, wer herrschen will.« Ihre Übelkeit nahm zu. Jetzt musste sie sich abstützen. »Warum, Anna Maria? Warum tun Sie das?«

»Ganz einfach: Ich dulde keine Frauen neben mir.«

Langsam gaben Lilianas Beine nach und sie stürzte zu Boden, bevor sie endgültig das Bewusstsein verlor.

# Kapitel 41

Liliana fand langsam wieder zu sich. Verschwommen nahm sie ihre Umgebung wahr. Sie versuchte, sich zu bewegen, aber es gelang ihr nicht. Es dauerte einen Moment, bis sie begriff, dass sie an einem von Lavalles Eisenkreuzen an der Wand hing. Zu vertraut war ihr die Situation.

Ihre Arme waren seitlich ausgestreckt. Glücklicherweise stellte sie fest, dass wenigstens ihre Beine dieses Mal nicht unnatürlich verdreht waren. Ein kleiner Trost. Aber bewegen konnte sie sich trotzdem nicht. In der Mitte der Kammer hing eine alte Lampe, die von dicken Spinnweben überzogen war. Ihr schwaches Licht gab den Blick auf einen weiß gekachelten Raum frei. Außer zwei schäbigen Holztüren gab es nichts.

Liliana hatte schreckliche Kopfschmerzen und die Kälte nagte an ihr. »Oh, verdammt. Das ist nicht gut«, entrann es leise ihren Lippen.

Sie versuchte, sich zu erinnern. Der Juwelier. Anna Maria.

»Wie konnte ich nur so naiv sein?«, sagte sie ungläubig zu sich selbst, als sich bereits die Tür vor ihr öffnete.

Kaum hatte sie sich orientiert, stolzierte Tony höhnisch grinsend in den Raum und schloss die Tür hinter sich. Er hatte immer noch ein Pflaster auf seiner Nase.

»Wen haben wir denn da? Ich hab dir doch gesagt, dass wir uns wiedersehen, bevor mein Näschen abgeheilt ist.« Er zündete sich eine Kippe an und kam näher. »Weißt du, ich freu mich schon richtig. Der Chef hat wunderbare Dinge mit dir vor. Gott, was werden wir einen Spaß haben. Ich wahrscheinlich mehr als du, aber na ja. Das Leben ist kein Ponyhof.« Er blies ihr den Zigarettenqualm ins Gesicht und begrapschte sie mit seiner freien Hand.

»Tony, sag mal, tut deine Nase eigentlich noch weh?«

Er fuchtelte mit dem Glimmstängel umher, sodass sie die Wärme der Glut spüren konnte.

»Nein, so hart hast du mich jetzt auch nicht getroffen. Du schlägst halt doch nur wie ein Mädchen.«

»Schade. Nächstes Mal gebe ich mir mehr Mühe.«

Als er sich an sie drückte, schlug sie mit dem Kopf nach vorne und traf erneut seine blessierte Nase. Vor Schmerzen schreiend ließ er von ihr ab und drückte sich die Hände ins Gesicht. Erneut floss Blut.

»Und? Diesmal besser?«

Er sprang auf sie zu und packte sie fest am Hals. »Du dreckiges Miststück. Das wirst du noch bereuen.«

In seiner Wut schnürte er ihr die Kehle zu.

»Lass sie verdammt noch mal los«, zischte eine Stimme in den Raum.

Er gehorchte sofort. Liliana rang nach Atem.

»Das Dreckstück hat mir vermutlich schon wieder die Nase gebrochen«, fluchte er lauthals.

»Gut, dann muss ich das wenigstens nicht übernehmen. Und jetzt raus hier.«

Tony verschwand ohne Widerworte und Lavalle betrachtete ruhig, wer sich in seinem Spinnennetz verfangen hatte. Er stand eine gefühlte Ewigkeit regungslos im Türrahmen und starrte sie an.

Als sich ein breites Lächeln über sein Gesicht zog, sagte er: »Wie schön dich zu sehen, Lilly. Mir scheint, dass du noch hübscher geworden bist in den letzten fünf Jahren. Unfassbar.«

»Das liegt an der frischen Luft, die ich genießen durfte.«

Sein Lächeln war augenblicklich verschwunden. Sie schauderte unter seinem kalten Blick.

»Weißt du, Lilly ... Es war recht einsam hier ohne dich. Ja, ich würde sogar so weit gehen, dass ich sage: Du hast mir gefehlt.«

»Das kann ich umgekehrt nicht behaupten.« Sein finsterer Gesichtsausdruck machte sie langsam nervös und als er auf sie zukam, spürte sie, wie ihr Magen sich zu drehen begann.

Seine stahlgrauen Augen entzogen ihrem Körper die letzte Wärme.

»Und, Philippe? Was machen wir jetzt? Alles wieder auf Anfang?«

Er strich ihr über die Wange und legte seine Hand an ihren Hals, während er mit der Linken ihre Kontur nachzeichnete.

»Nein, diesmal habe ich mir etwas ganz Besonderes einfallen lassen. Ich hatte ja viel Zeit, um nachzudenken und zu experimentieren. Viel zu viel Zeit.« Er drückte sich an sie. »Du riechst so entsetzlich gut, mein Engel.«

Für Sekunden passierte nichts. Er war wohl wie in Trance.

Er schaute ihr wieder in die Augen. »Das mit dem Doc war wirklich frech. Wie konntest du mir das antun?«

»Ich dachte, es gefällt dir. Wie oft hast du es dir denn angeschaut?«

Er grinste sie verhöhnend an. »Wie lange hast du unter deiner Entscheidung gelitten? Ich muss dir schon viel bedeuten, wenn du dich so demütigst, nur um mir eins auszuwischen. Aber ich muss gestehen, du hast es geschafft. Ich war eifersüchtig. Ich habe diesen illoyalen Mistkerl in kleine Fetzen gerissen. Du hast mich wirklich gekränkt.«

»Ja, ich hörte davon.«

Langsam leckte er ihr über den Hals und die altvertraute Übelkeit kroch in ihr hoch.

»Was ist eigentlich mit deinem kleinen reichen Freund?«, fragte er, ohne von ihr abzulassen.

»Ich habe keine Freunde.«

»Fickt er dich?«

»Mich ficken so einige, Philippe. Nur du nicht.«

Ihre Provokation zeigte Wirkung. Sein Griff wurde fester und er sah sie wieder an.

»Du weißt ganz genau, wen ich meine. Ich habe mich allerdings sehr gewundert, dass du dich ausgerechnet mit einem spießigen Akademiker rumtreibst. Das passt nicht zu dir. Also? Was läuft da zwischen dir und dem reichen Söhnchen?«

»Eifersüchtig?« Ihre Arme brannten wie Feuer. Sie wollte sich bewegen, aber das war reines Wunschdenken.

»Ich teile nicht. Das dürftest du wissen.«

»Nicht einmal deine Mutter mit deinem Bruder?«

Sein Griff wurde unweigerlich fester, aber er ließ sich nicht weiter auf ihre Anspielung ein.

»Was ist jetzt zwischen euch?«

»Nur du, Philippe. Nur du. Er will deine Eier und ich will deine Eier. Schön zerquetscht und fertig für die Hunde. Da du zwei hast, werden wir teilen. Wir sind eine nette, kleine Zweckgemeinschaft. Nichts weiter.«

»Oh, ist er mir böse, weil ich mit seinem Schwesterlein gespielt habe? Der kleinen Schlampe hat es doch richtig gefallen. Sie hat mir wirklich viel Freude gemacht. Nicht so wehleidig wie die anderen, aber auch kein Vergleich zu dem, was wir beide immer hatten.« Er sah sie an, als würde er eine Bestätigung in ihren Augen suchen. »Wir werden sehen, ob du es wagst, mich anzulügen. Er gibt nämlich einen feuchten Dreck auf dich. Wir hatten einen kleinen Deal. Ich lasse ihn und seine Familie in Ruhe, wenn ich dich bekomme. Da hat er wohl Glück gehabt und darf sein langweiliges Leben noch ein bisschen behalten.« Er lockerte seinen Griff, ohne seine Hand wegzunehmen.

Liliana glaubte ihm kein Wort. Es wäre nicht das erste Mal, dass er sie anlügen würde, um ihr jegliche Hoffnung zu nehmen, aber sie rechnete auch nicht mit Hilfe von außen. Also spielte es am Ende keine Rolle, wer sie verraten hatte. Zumindest war Anna Maria nicht unschuldig an ihrer misslichen Lage. Dass ausgerechnet diese Schnepfe ihr Schicksal besiegeln könnte, traf sie am schwersten.

»Ich habe viele schlaflose Nächte wegen dir gehabt«, sprach Philippe weiter.

»Du ahnst ja gar nicht, wie leid mir das tut.«

»Immer dieser Sarkasmus« Er küsste sie auf die Wange. »Ich lag in meinem Bett, betrachtete dein Bild und mich quälte eine Frage: Wie kann ich meine Lilly davon überzeugen, dass es besser ist, wenn sie nachgibt? Womit kann ich sie nur ängstigen? Und geht das überhaupt? Es musste etwas geben. Jeder Mensch hat eine Schwäche. Eine Furcht, die er nicht überwinden kann. Ich musste jemanden finden, der dich gut kennt. Jemanden, der deine Ängste, deine Vergangenheit und deine Persönlichkeit kennt. Aber, wie du ja sicher am besten weißt – alle, die dir irgendwann mal in irgendeiner Form etwas bedeutet haben, sind tot. Und dann, nach langen, dunklen, einsamen Nächten fiel es mir ein. Hach. Einfach so.« Er schnippte mit den Fingern.

»Jetzt bin ich aber gespannt, Philippe.«

Ihr Versuch, ruhig und gefasst zu wirken, ging ins Leere,

da er ihren Puls sicherlich spüren konnte.

»Ich habe mich mit einem alten Freund von dir unterhalten und der hat mich auf die Idee gebracht. Das Einzige, das dich hier am Leben gehalten hat, war dein Verstand. Du hast eine unglaubliche Willenskraft und genau die werde ich dir jetzt nehmen. Wir werden sehen, wie viel du bereit bist, von dir selbst zu opfern.«

Tausende Gedanken schossen ihr durch den Kopf. Ruhig bleiben, sachlich. Keine offensichtliche Angst in seiner Gegenwart. »Und wie genau willst du das anstellen?«

»Immer noch so neugierig?« Er strich ihr durch die Haare. »Herr Schumann?«, rief er, ohne den Blick von ihr zu lassen.

Das hatte er jetzt nicht gesagt. Ihr Herz stockte ebenso wie ihr Atem. Ein schlanker, hochgewachsener Mann mit Glatze betrat den Raum. Er trug einen weißen Arztkittel.

»Ich nehme an, du erinnerst dich an Herrn Schumann. Psychiater seines Zeichens und das, mein lieber Herr Schumann, ist Ihre Aufgabe für die nächste Zeit.«

Der Kerl im weißen Kittel begaffte sie wie ein Löwe seine Beute. »Freut mich sehr. Mit diesem Wiedersehen habe ich nicht gerechnet. Aber umso schöner, dich jetzt hier zu haben. Wie lange haben wir uns nicht gesehen? Zehn Jahre? Du hast mir ganz schön Ärger gemacht, als du aus der Psychiatrie getürmt bist. Keine andere meiner Patientinnen war so wie du. Keine Einzige.«

»Wurden Sie von Ihrer Mutter nicht gestillt oder warum werden sie jetzt zum Folterknecht?«

Er sah zu Lavalle hinüber, der ihm nur zunickte.

»Humor ist eine der besten Arten, Angst zu überspielen, die du zweifellos und berechtigterweise hast. Du hast jetzt zwei Optionen: Entweder du gibst dich gleich geschlagen und ersparst mir und dir eine lange aufwendige, unter Umständen sehr schmerzhafte Prozedur, oder ich werde dich so fertigmachen, dass du nicht einmal mehr dein Spiegelbild erkennst.« Er zog eine Spritze aus seinem Kittel.

Ungläubig sah sie Lavalle an. »*Das* ist dein Plan? Du setzt mich unter Drogen, damit ich gefügig werde? Philippe, jetzt bin ich enttäuscht.«

Er verschränkte die Arme vor der Brust. »Du verstehst nicht ganz. Natürlich wird es ganz nett werden, wenn du unter diesen wunderbaren Medikamenten stehst und mir bedingungslos gehorchst, aber das ist nicht das Ziel. Das ist nur die kleine, süße Spitze des Eisberges. Herr Schumann hier wird schon dafür sorgen, dass dir dein geistiger Zerfall durchaus bewusst bleibt. Zuerst wird dein Gedächtnis leiden. Du fängst an zu vergessen. Freunde, Familie, kostbare Erinnerungen. Gefolgt von den Wahnvorstellungen. So wunderschöne Wahnvorstellungen. Grausige Szenarien, die sich in deinen Verstand einbrennen und zur Realität werden. Es gibt so viele bezaubernde Drogen auf dieser Welt. Du wirst nicht glauben, was du bereit sein wirst, zu tun, ohne auch nur mit der Wimper zu zucken. Ich werde dich systematisch in den Wahnsinn treiben, bis dir deine Zelle die einzig vertraute Wirklichkeit ist, an die du dich klammern kannst. Ich weiß, dass kein körperlicher Schmerz dich brechen wird, aber wie weit gehst du, wenn ich dir deinen Verstand raube? Wenn ich dir das nehme, was dich immer davon abgehalten hat, aufzugeben?«

»Tu, was immer du willst, aber außer meinem Körper wirst du auch dieses Mal nichts bekommen. Wenn du dir eine leblose Hülle erschaffen willst, dann fang an und quatsch mich nicht voll.«

Er kam wieder zu ihr und ließ seine Hände über ihren Körpern wandern. »So schön. So starrköpfig.«

»Wo ist eigentlich Noel?«, fragte sie ablenkend.

»Der leckt seine Wunden.« Sie konnte sich ihm keinen Millimeter entziehen.

Sie musste ihn provozieren. Das musste aufhören. »Wolltest du eigentlich was von deiner Mutter? Glaubst du, sie hätte dich rangelassen, die irre, alte Schachtel?«

Seine Faust traf sie heftig und ohne Vorwarnung im Gesicht. Ihre Lippe platzte augenblicklich auf. Atmen war jetzt unmöglich. Sein Griff war jetzt so fest, dass ihr Körper sich bereits mit aller Macht gegen den Sauerstoffmangel zur Wehr setzen wollte.

»Seien Sie kein Narr, lassen Sie sie los. Sie geben ihr nur, was sie will. Merken Sie das nicht? Lassen Sie sich doch nicht von der Schlampe provozieren.«

Die Worte des neuen Docs zeigten Wirkung. Tatsächlich entfernte er sich einige Schritte von ihr.

»Lassen Sie sich nicht zu Schlägen hinreißen, wenn sie es will. Sie will, dass Sie sie schlagen. Sie müssen lernen, Ihre Aggressionen zu zügeln, wenn Sie mehr erreichen wollen.«

Liliana war sprachlos und das lag nicht nur an ihrem schmerzenden Hals. »Grundsätzlich finde ich es sehr gut, dass du dich endlich in psychiatrische Hände begeben hast, Philippe ... Meinen Glückwunsch«, hauchte sie und atmete wieder durch. »Allerdings zweifle ich an der Qualifikation deines Arztes.«

»Deine Besorgnis in Ehren, aber Herr Schumann ist nicht für mich hier, sondern für dich.«

Für ein paar Sekunden schloss sie die Augen. »Das wäre doch wirklich nicht nötig gewesen. Das hat damals schon nicht funktioniert.«

»Für dich ist mir nichts zu teuer, mein Engel. Es stimmt schon, dass Herr Schumann dazu neigte, sich zu tief in seine Patientinnen zu versetzen und daher leider vor zwei Jahren seine Approbation verloren hat. Die Gesellschaft wollte ihn nicht mehr praktizieren lassen. Eine Schande, nicht? Jetzt arbeitet er indirekt für die Leute, die ihm draußen keine Chance geben wollten. Ich finde, du schuldest ihm etwas. Immerhin war es deine Schuld, dass es so gekommen ist.«

»Hab ich ihn dazu gezwungen, Frauen zu vergewaltigen, die seiner Obhut anvertraut waren? Mich zu vergewaltigen? Ich glaube nicht.«

»Darf ich?«, fragte Schumann.

»Ich bitte darum.« Lavalle trat zwei Schritte zurück.

Der Psychiater baute sich vor ihr auf. Er schüttelte den Kopf und fing an, zu lachen. »Du bist wirklich ein ansehnliches Stück deiner Gattung. Das muss ich dir lassen. Du warst früher schon eine Schönheit, aber sieh dich jetzt an. Aus meinem kleinen Mädchen ist tatsächlich eine Frau geworden.«

»Und das ganz ohne Ihre Hilfe. Wie habe ich das bloß geschafft?«

»Du hast mich damals einfach verrückt gemacht. Ich konnte nicht anders. Ich musste dich haben.«

»Haben Sie schon mal daran gedacht, sich selbst zu behandeln?«

»Ich habe dich niemals vergessen können. Du hast meine Ehe zerstört, weil du ständig in meinem Kopf warst. Deine Augen. Dein Lachen. Du hast mich verfolgt. Immerzu. In zahlreichen Patientinnen habe ich eine wie dich gesucht, erfolglos. Am Ende habe ich alles verloren. Jetzt bin ich am

Zug, mich zu rächen.«

»Machen Sie sich keine Hoffnungen. Sie werden zwar das gleiche Schicksal erleiden wie ihr Vorgänger, aber Sie werden vorher nicht so viel Spaß mit mir haben.«

»So frech und doch so eine scheiß Angst. Ich kann sie ja schon fast riechen. Du bist ganz schön manipulativ, aber das wird sich bald ändern. Ich kenne deine ganze Geschichte. Ich kenne dich und deine Schwächen. Du wirst schon sehen.« Er ging einige Schritte zurück und drehte sich zu Lavalle. »Morgen also?«

Dieser nickte, ohne den Blick von Liliana zu lassen. »Ja, morgen. Heute Nacht brauche ich sie noch bei vollem Bewusstsein.«

Allein seine Stimme sorgte dafür, dass sich die feinen Härchen auf Lilianas Arm aufstellten.

»Na dann wünsche ich Ihnen viel Spaß.« Mit diesen Worten ließ er sie mit Lavalle allein.

Sie befeuchtete ihre spröden Lippen. »Du gibst ihm also eine neue Chance. So viel soziales Engagement hätte ich dir gar nicht zugetraut.«

»Man muss die Menschen verbrauchen, wie sie einem über den Weg laufen.« Philippe pfiff laut und zwei muskelbepackte Männer betraten den Raum. »Holt sie da runter.«

Die Kerle lösten die Halterungen ihrer Fesseln. Nur die beiden engen Armbänder verblieben an ihren Handgelenken. Als Liliana wieder festen Boden unter den Füßen hatte und ihre schmerzenden Arme rieb, sah sie verwundert zu Lavalle hinüber. Die Hände in den Hosentaschen erwiderte er ihren Blick. Nur war er bei Weitem gelassener als sie. Es war eine merkwürdige Situation. Da stand sie inmitten eines leeren Raumes umkreist von drei Männern und niemand sagte oder tat etwas.

»Soll ich jetzt so lange hier stehen bleiben, bis ich willig bin?«

Ihre erneute Provokation ließ seine Augen aufblitzten. Er lächelte nicht mehr, sondern sein Gesicht hatte bedrohliche Züge angenommen.

»Ausziehen.«

Liliana nickte. »Ja klar. Soll ich auch noch für dich tanzen?«

»So verlockend das auch klingt, aber nein.«

Sie machte nicht die geringsten Anstalten, seiner Aufforderung nachzukommen.

»Ich nehme an, dass ich wohl nicht mit irgendeiner Art von Kooperation rechnen kann?«

Ein verzweifeltes Lächeln war alles, was sie sich aufzwingen konnte. »Wie lange kennst du mich?«

»Wie du willst.«

Er nickte einem der Männer zu, der sich auf Liliana zubewegte. Instinktiv wehrte sie seinen Arm ab, der nach ihr greifen wollte. Im selben Augenblick durchfuhr ein unsagbarer Schmerz ihren Körper und sie stürzte zu Boden. Schwer atmend lag sie ihrem Widersacher zu Füßen. Was war denn jetzt passiert? Es dauerte, bis ihr Verstand wieder einen Gedanken zuließ.

»Ich sagte doch, dass ich viel experimentiert habe und das Ergebnis lässt sich sehen und – spüren. Nicht wahr?« Er zog einen kleinen Funksensor aus seiner Hosentasche und kniete sich neben sie.

»Die Armbänder sind umgebaute Elektroimpulsgeräte. Du weißt ja, ich habe schon immer gerne gebastelt. Und? Immer noch Einwände gegen meinen Vorschlag?«

»Fahr zur Hölle, Lavalle.«

Er betätigte erneut den Knopf. Der Strom fuhr durch ihren Körper, der sich unter den Schmerzen krümmte. Vollkommen benommen lag sie auf dem Boden. Sie spürte fremde Hände, hörte das Reißen von Stoff, aber sie konnte nichts dagegen tun. Nach dem Schmerz folgte ein allumfassendes Taubheitsgefühl. Hatte man sie hochgehoben? Ja, die Umgebung bewegte sich. Das Licht änderte sich.

Es dauerte Minuten, bis sie wieder zu sich kam. Sie fand sich auf einem kalten, weißgekachelten Fußboden wieder. Nach ihrer Kleidung tastete sie allerdings vergebens. Sie spürte Lavalles Blick in ihrem Rücken, als sie sich aufsetzte. Auf der rechten Seite des Raums befand sich ein altes Bett. Dem gegenüber war ein Fernseher in die Wand eingelassen.

Kopfschüttelnd betrachtete sie den einsamen Eimer. »Wie charmant. Ich bekomme einen neuen Eimer? Eigentlich hing ich sehr an dem Alten. Wir hatten eine so innige Beziehung. Ich weiß nicht, ob ich schon bereit für einen Neuen bin.«

»Immer noch zu Späßen aufgelegt?«

»Ja, was wäre das Leben ohne Spaß.«

Lavalle nickte seinen zwei Helfern zu, die Liliana heftig packten und schwungvoll auf das Bett schleuderten. Es traf sie ein Schlag im Gesicht und wieder brauchte sie einige Augenblicke, um wieder zu sich zu kommen. Diese Zeit war ausreichend für die Typen, um sie an Händen und Füßen fest an den Bettpfosten zu fixieren.

Philippe setzte sich zu ihr aufs Bett.

»Was ist?«, fragte sie ihn barsch.

»Du bist so scheiß perfekt, Liliana. So unglaublich schön, dass es schon fast eine Beleidigung für alle anderen Frauen ist.«

Jetzt war es vorbei. Sie kannte diesen Blick nur zu gut.

Mit dem Handrücken strich er ihr über die glühende Wange. »Ich war auch mal ein ganz hübsches Kerlchen. Erinnerst du dich? Bis du dachtest, du müsstest mir mein Gesicht zerschneiden. Jetzt denke ich jedes Mal an dich, wenn ich in den Spiegel sehe. Ich denke an dich, wenn Menschen mich mitleidig anschauen. Und du? Du stolzierst immer noch mit deiner Perfektion, mit diesem makellosen Antlitz durch die Welt. Findest du das fair?«

»Nein, in Anbetracht der Umstände hätte ich dir die Haut abziehen und deinen Kopf in ein Ameisennest stecken müssen. Das wäre annähernd fair gewesen.« Sie wollte hier weg. Sie wollte schreien. Sie wollte ... egal, was sie wollte. Sie war jetzt hier und sie würde hierbleiben. Vermutlich bis zum letzten Schlag ihres Herzens.

»Auge um Auge, Lilly. Findest du nicht?«

»Auge um Auge und die ganze Welt wird blind sein.«

»Gandhi, wenn ich nicht irre?«

Sie nickte und war nicht weiter verwundert. Solche Dinge wusste er. Überhaupt hätte er es weit bringen können, wenn seine Intelligenz ihn nicht in den Wahnsinn getrieben hätte.

»Und jetzt? Wirfst du mich wieder in einen Glasschrank und zerschneidest mir mit einer Scherbe das Gesicht?«

»Nein, nicht ganz«, antwortete er, während er die Ärmel seines weißen Hemdes hochkrempelte. »Sebastian, wärst du so nett und holst mir den Bunsenbrenner?«

Ein breites Grinsen zog sich über Sebastians Gesicht und er folgte sofort der Aufforderung.

»Ich habe mir ein nettes kleines Brandeisen anfertigen lassen«, erklärte Lavalle ruhig.

Der andere Handlanger reichte ihm eine kurze Eisenstange, an deren Ende sich ein Muster befand. Sie erkannte seine Initialen, die ineinander verschlungen waren.

»Vieh, Sklaven ... alles, was zwar einen Wert, aber keine Rechte besaß, hat man gebrandmarkt und ich dachte, da du wieder hier bist und mein Eigentum ... soll es auch jeder sehen.«

»Glaubst du nicht, dass das deine Kunden stören wird?«

»Du gehörst mir. Sonst interessiert mich nichts. Und ich mache, was ich will.«

Sebastian kam zurück und übergab Lavalle das gewünschte Gerät. Er zündete die Flamme an und hielt das Eisen hinein.

»Links oder rechts?«

»Ich hatte schon interessantere Gespräche mit Wollpullis, Lavalle.«

»Gut, dann rechts.«

Auf sein Kopfnicken hinsetzte sich Sebastian neben ihn und hielt ihren Kopf fest. Sie betrachtete zwangsläufig das rotglühende Eisen und umklammerte mit ihren Händen die Bettpfosten, als er seine Drohung wahr machte und sich das 1000 °C heiße Metall tief in ihre Haut fraß. Der brennende Schmerz zog sich über ihre gesamte rechte Gesichtshälfte. Die Brandwunde musste wohl auf ihrem Wangenknochen, unmittelbar unter ihrem Auge thronen. Sie hatte keinen Laut von sich gegeben.

»So schnell verliert man seine Vollkommenheit.«

Er sah seine zwei Komplizen streng an, die sich an der massiven Tür positionierten.

»Raus hier. Heute Nacht will ich keinen mehr hier sehen.«

Sie nickten stürmisch und sofort.

»So, mein Engel, und jetzt zu uns beiden.«

# Kapitel 42

*Merlin*

Merlin war mittlerweile krank vor Sorge. Eine Woche der absoluten Stille war vorüber. Er wollte nichts essen. An Schlaf mochte er erst gar nicht denken. Kein Lebenszeichen von Liliana. Er hatte sich bereits auf die Suche nach ihrem Auto gemacht, aber weder in der Nähe des Juweliers, noch sonst wo wurde er fündig. Anna Maria hatte ihm erzählt gehabt, dass Liliana aufgrund eines Anrufs plötzlich wegmusste, aber wohin? Warum?

Regungslos saß er am Teich, als sich Carla zu ihm setzte. »Alles in Ordnung?« Carla strich ihm tröstend über den Rücken. »Wir werden sie schon finden. Sie müssen Vertrauen haben.«

»In wen oder was?«

»In Ihr Schicksal. Wenn Sie sie finden sollen, dann werden Sie es auch.«

»Carla?«

Sie blickte ihn mit ihren großen Augen an.

»Hatte sie keine Freunde? Irgendwen, der wissen könnte, was passiert sein könnte? Wo sie hin wollte?«

Ihrem Gesicht entglitt das Lächeln und sie schüttelte betroffen den Kopf. »Nein. Niemanden. Vor Ihnen und Ihrer Familie habe ich außer den Mädels aus dem *Caprice des Dieux* niemanden kennengelernt. Sie brachte nie jemanden mit und hat auch über niemanden je gesprochen.«

»Das muss ein einsames Leben gewesen sein.«

Carla nickte. »Ja, aber sie wollte es so. Sie hat nie jemanden an sich rangelassen. Mich leider auch nicht. Sie strahlte immer. Es war ganz gleich, ob es ihr schlecht ging. Sie hat uns immer zum Lachen gebracht. Leider hat sie nie begriffen, dass das Leben vieler Menschen ohne sie viel dunkler wäre. Sie hat so viel riskiert, um anderen zu helfen, aber sie selbst hat nie Hilfe angenommen.«

»Ja, das kann ich mir sehr gut vorstellen.« Merlin legte das Gesicht in seine Hände.

»Das *Caprice des Dieux* ist ein Hafen für gescheiterte Mädchen, wissen Sie. Viele Ex-Prostituierte, Drogensüchtige oder junge Mütter arbeiten dort. Sie hat ihnen die Chance auf ein neues Leben gegeben. Auch viele Künstlerinnen kommen zu ihr. Einige bleiben nur kurz und andere haben dort ein neues Zuhause gefunden. Die meisten arbeiten hinter der Bühne als Visagisten oder Schneider. Sie hat in jedem immer ein verborgenes Talent entdeckt. Viele haben ein völlig neues Leben begonnen. Das war allein Lilianas Verdienst.« Carla verstummte und fing an, zu weinen. »Und dann haben diese miesen Kerle alles niedergebrannt.«

Die Erinnerung an die Zerstörung versetzte auch Merlin einen Stich. Es steckte so viel Herzblut im *Caprice des Dieux* und innerhalb von Minuten war alles dahin.

»Carla, wissen Sie etwas über den Tod ihrer Eltern?«

Sie schüttelte den Kopf. Tränen liefen über ihre Wange. »Leider nein. Sie hat nie ein Wort über sie verloren. Das war das einzige Thema, das sie regelmäßig auf die Palme brachte, wenn ich nicht locker ließ.«

»Ich muss sie finden, bevor es zu spät ist.«

»Wenn ich Ihnen irgendwie helfen kann, dann lassen Sie es mich wissen.«

»Danke, Carla.«

Sie nahm ihn in den Arm. Ihre herzliche Art tat ihm unendlich gut. Sie war die liebevolle Mutterfigur, die ihm nie vergönnt gewesen war.

»Sie hat Sie sehr gern. Glauben Sie mir.«

Merlin verstand nicht wirklich, was sie ihm sagen wollte.

»Liliana. Auch wenn sie es nicht zugibt. Ich konnte es sehen. Sie haben ihr sehr gutgetan. Seit Sie hier angekommen sind, hat sie sich verändert. Meiner Meinung nach zum Besseren.«

Seit einer Woche machte sich das erste kleine Lächeln auf seinem Gesicht breit. »Ja, ich weiß. Nur scheint sie das nicht zu wollen.«

»Sie haben sie durcheinandergebracht. Lassen Sie ihr Zeit. Sie hat viel durchgemacht und kann mit Liebe nicht umgehen. Ihr Leben war ein einziger Kampf. Geben Sie nicht auf. Geben Sie ihr nicht nach.«

Er verstand nur zu gut, was sie ihm sagen wollte. Geduld war nie eine seiner Stärken gewesen. Jetzt musste er sie aber zuerst finden. Jeder Tag, den er verstreichen ließ, brachte sie näher an ihr eigenes Grab. Er drückte Carla noch einmal, der mittlerweile pausenlos die Tränen über die Wangen liefen. Er ließ sie allein am Teich zurück und machte sich erneut auf den Weg. Irgendjemand musste etwas gehört haben. Aufgeben war noch lange keine Option.

# Kapitel 43

*Liliana*

In der beißenden Kälte ihres Verlieses drohte Liliana bereits nach wenigen Tagen den Verstand zu verlieren. Ihre Arme waren von den ständigen Spritzen zerstochen und der stetige Nachschub an starken Medikamenten vernebelte ihr die Sinne. Sie konnte nicht schlafen und war doch nie wirklich wach. Bereits nach wenigen Stunden ohne Medikamente begann ihr Körper unkontrolliert zu zittern und sie musste sich ständig übergeben.

Sie war seit Beginn der *Therapie* des neuen Docs nicht mehr sie selbst. Jegliches Zeitgefühl war unauffindbar. Hunger, Durst, Kälte ... mit jeder neuen Spritze waren diese Gefühle verschwunden, um dann mit doppelter Härte zurückzukommen, wenn die Wirkung nachließ. Ihre gesamte Energie schien sich davonzustehlen. Nur noch dieses Zittern. Nur noch diese ständige Übelkeit bis zur nächsten Spritze. Sie fantasierte häufig. Sah Menschen aus ihrer Kindheit. Dann grausige Fratzen. Die einzige Konstante war die Wand hinter ihrem Bett. Sie berührte sie ständig, um zu wissen, dass sie sich noch im selben Raum befand.

\*

Nach anderthalb Monaten wartete sie jedoch vergebens auf den Doc. Der plötzliche Medikamentenabbruch traf sie wie ein Schlag. Unerträgliche Kopfschmerzen und Krämpfe plagten sie, während sie kaum noch genügend Kraft hatte, um sich zu ihrem Eimer zu schleppen. Und die ganze Mühe nur, um sich erneut zu übergeben. Sie verlor rasant an Gewicht und an Selbstvertrauen.

In ihre dünne Decke gehüllt lehnte sie mit dem Rücken gegen die weiß gekachelte Wand und starrte ins Leere. Wieder schienen Stunden oder gar Tage vergangen zu sein. Keine Uhr. Kein Sonnenlicht. Sie hatte keinen Bezugspunkt zur Außenwelt.

Die Tür öffnete sich langsam und der Doc betrat den Raum. Immer im Schlepptau zwei seiner muskulösen *Wachhunde*, die auf ihn aufpassten. »Und? Spaß beim Entzug?«

Sie gab ihm keine Antwort mehr. Jedes dumme Gespräch strengte sie zu sehr an.

»Gut, dann eben nicht. Ich hab dir etwas Schönes mitgebracht. Ich dachte, ein bisschen Spaß würde dir guttun.«

Ihr verächtlicher Blick hielt ihn nicht davon ab, sein Tuch auszurollen und mehrere Spritzen und Kanülen zum Vorschein zu bringen.

»Und? Wieder das Theater wie jedes Mal oder können wir vernünftig miteinander reden?«

»*Vernünftig*«, wiederholte sie, als wollte sie sich an die Bedeutung dieses Wortes erinnern.

»Ich will dir nur helfen, um dir deine Entscheidung leichter zu machen. Du solltest mir dankbar sein.«

»Ja, ich schicke dir einen Strauß Alpenveilchen und eine Flasche Dornfelder.«

»Wir können sofort damit aufhören, Lilly. Keine Medikamente mehr. Keine Schmerzen. Du musst hier nicht sitzen.«

»Danke, aber ich sitze hier gut.«

»Wie du willst.«

»Was ist das eigentlich für ein Zeug? Methamphetamin?«

»Du bist ein schlaues Mädchen. Ja, zum Großteil schon.

Fühlt sich gut an, oder? Ich mische es nur je nach Bedarf und ich glaube, dass es an der Zeit für eine stärkere Dosis ist.« Er nickte seinen Helfern zu, die sie innerhalb von Sekunden fixiert hatten.

Ihre eigene Machtlosigkeit widerte sie zutiefst an. Jede Gegenwehr wurde von den kräftigen Männern im Keim erstickt. Und bevor sie wusste, was geschah, bohrte sich schon die nächste Nadel in ihren Arm.

Irgendetwas hatte sich verändert. Es ging ihr plötzlich richtig gut. Es ging ihr – zu gut. Nur Minuten nach der Spritze fühlte sie sich wie berauscht. Die Schmerzen waren fast verschwunden. Selbst ihre rechte Wange ließ sie nur noch ein leichtes Ziepen vernehmen. Sogar die Kälte war aus ihren Gliedern gewichen. Kein Hunger. Kein Durst.

Lavalles Stimme vernahm sie nur im Hintergrund. Er musste dazugekommen sein. Die Welt um sie herum war verschwommen. Sie konnte sich nicht mehr bewegen, aber es dauerte, bis sie begriff, dass sie jemand gefesselt hatte. Ganz langsam konnte sie wieder klar sehen, aber das eigenartig warme Gefühl war geblieben. Als ihr die Decke weggezogen wurde und Lavalles Hände über ihren Körper strichen, störte es sie nicht. Ganz im Gegenteil. Ihr Körper reagierte auf jegliche Art positiv auf die Berührungen, nur ihr Verstand erlitt den nächsten harten Schlag, als ihr bewusst wurde, dass sich sogar ihr eigener Leib und seine Empfindungen gegen sie und ihren Willen verbündet hatten. Jegliche Bemühung, ihre aufsteigenden Gefühle zu unterdrücken, waren zwecklos. Jetzt machte sich nur noch ein grenzenloses Schamgefühl in ihr breit, dass ausgerechnet er es schaffte, sie zu erregen. Diese Demütigung saß tief. Sie war nicht mehr Herrin ihrer Empfindungen, aber wach genug, um genau zu registrieren, was mit ihr passierte. Sie wollte raus aus ihrem Körper. Sie wollte diese Gefühle nicht, aber jede Anstrengung, die Kontrolle über ihre Empfindungen zurückzuerlangen, ließ sie nur tiefer in den Sumpf sinken.

# Kapitel 44

*Merlin*

Es waren bereits zwei Monate vergangen und Merlin war mit seinem Latein am Ende. Er war überall gewesen und hatte mit jedem gesprochen. Keine Gestalt war ihm zu düster und kein Ort zu bedrohlich, aber nichts brachte ihn auch nur einen Zentimeter weiter. Er trank viel zu viel und musste sich beurlauben lassen. Die Sorge um Liliana beherrschte ihn.

Er saß in dem kleinen Café, das Johann und Melina so mochten. Schweigend setzte sich Felix ihm gegenüber.

»Hallo Felix«, begrüßte Merlin seinen Freund nach einigen Minuten der Stille.

Felix nickte verständnisvoll. »In Gedanken wieder bei ihr?«

»Ja. Mir fehlen die kleinen Gespräche mit ihr. Danach wusste ich immer, was ich zu tun habe.«

»Wir finden sie, Merlin. Sie wird nicht aufgeben und wir auch nicht.«

Ein schwaches Lächeln, zu mehr war er gerade nicht in der Lage.

»Na also. So gefällt mir das schon besser. Weiß sie eigentlich, dass du sie liebst?«

Merlin fühlte sich ertappt und rieb sich die Augen.

»Das ist doch keine Schande. Ich würde dich auch für verrückt erklären, wenn sie dich kalt lassen würde. Mann, sie ist schon eine Ansage.«

Jetzt lächelte er wieder: »Ja, und was für eine.«

»Sei froh, dass ihr Euch nicht näher gekommen seid, sonst wärst du ihr noch mit Haut und Haaren verfallen«, witzelte Felix.

Merlin seufzte und sah Felix hilfesuchend an.

»Moment mal ... du und Liliana ... ihr? Verdammt, du elender Hund!« Felix schlug auf den Tisch. »Und so etwas erzählst du mir nicht? Du bist mir ein Freund.« Lachend fügte er hinzu: »Das glaube ich einfach nicht. Ich rede mir monatelang den Mund fusselig, dass du deine Geldgeile-Hohlbrot-Tussi in die Prärie jagen sollst und du techtelmechtelst mit einer der schönsten Frauen, die je auf dieser Erde wandelten. Ich habe mir wohl unnötig Sorgen um dich gemacht. Ich bin stolz auf dich.«

Kopfschüttelnd und schmunzelnd über Felix' Reaktion musste Merlin erst einen Schluck Wein trinken, um sein eigenes Geständnis zu verdauen. Er hatte mit niemandem zuvor über seine Affäre gesprochen. Felix' fragender Blick amüsierte ihn. Auch das hatte sich seit ihrer frühen Jugend nicht verändert. Er wollte immer alles wissen. Und er wollte es in allen Einzelheiten wissen.

»Sag mir bitte nur eins ...«, flehte Felix fast. »Sag mir, dass sie unendlich mies ist und du dich schrecklich gelangweilt hast mit ihr. Bitte!«

Eine gesprochene Antwort war nicht nötig. Felix konnte in Merlins Gesichtszügen wohl genug lesen.

Er biss sich auf die Lippe. »Verdammt. Ich hab's doch gewusst. Du unglaublicher Glückspilz.«

»Ja, ich konnte mir auch nicht vorstellen, dass das Leben so schön sein kann mit der richtigen Frau an meiner Seite.«

»Ihr zwei verdient euch. In jeglicher Hinsicht. Ich werde mich dezent zurückhalten und sie nicht anbaggern. Na ja, vielleicht hin und wieder mal, aber dann musst du mir verzeihen. Was machst du eigentlich immer noch mit Anna Maria?«

»Mein Pflichtbewusstsein meiner Familie gegenüber zwingt mich dazu, diese Lüge aufrechtzuerhalten.«

»Ich glaube, dass du gewaltig einen an der Waffel hast. So eine Frau trifft man nur ein einziges Mal im Leben. Ich würde zehn Anna Marias, die Firma und all meinen Besitz eintauschen, wenn mich eine Frau wie Liliana auch nur ansehen würde. Vergiss deine Familie. Ich kenne dich besser als deine sogenannte Familie. Wenn sie nicht wollen, dass du glücklich bist, dann brauchst du sie nicht an deiner Seite und schon gar nicht in deinem Rücken.«

»So einfach ist das nicht, Felix.«

»Doch, das ist es. Wer etwas will, findet Wege. Wer etwas nicht will, findet Gründe.«

Merlin dachte kurz über seine Worte nach.

»Du hast Angst.«

»Bitte?«

»Du hast Angst, dass Liliana dich zum Teufel jagt und Anna Maria ist deine Sicherheit, damit du deiner feinen Familie gegenüber keine Rechenschaft ablegen musst. Manchmal muss man im Leben etwas riskieren, ohne Seil und doppelten Boden. Es lohnt sich fast immer.«

»Was kann ich einer Frau wie ihr schon bieten? Sie hat selbst mehr als genug. Sie hat die ganze Welt gesehen und alle möglichen verrückten Dinge gemacht. Soll ich sie zu Tode langweilen? Wie könnte ich sie halten?«

»Du könntest ihr etwas Beständiges geben. Ein bisschen Halt in dieser unsicheren Welt. Gib ihr die Ruhe, die sie selbst nicht findet. Das braucht sie wohl mehr als alles andere, nachdem, was du mir von ihr und ihrem Highspeed-Leben erzählt hast.«

Darüber hatte er noch nie nachgedacht. Ruhige Momente waren in ihrem Leben wirklich dünn gestreut. Er erinnerte sich an ihre letzte Nacht und wie sie keinen Zentimeter von seiner Seite gewichen war. Ihre Fassade hatte Risse bekommen. Und er hatte einen tiefen Blick gewagt. Zu tief, wie er am nächsten Morgen feststellen musste. Langsam fügten sich die rätselhaften Puzzleteile zusammen.

Ihre Kindheit hatte ein abruptes Ende genommen und auch ihre Jugend war ein einziger Kampf ums Überleben gewesen. Misshandelt, verachtet und verraten. Nichts hatte sie jemals zerbrechen lassen. Aber ihre inneren Wunden schienen nie zu heilen. Die endlose Aneinanderreihung bedeutungsloser Liebschaften. Der extensive Sport. Der Alkohol. Die harten *Survivaltouren* durch die Wildnis. Die schlaflosen Nächte. All die lebensgefährlichen Freizeitaktivitäten, von denen sie ihm berichtet hatte, waren nur Ausflüchte, um den stillen Momenten zu entgehen, die ihr ihre eigene Vergangenheit wieder vor Augen führten. Ihre Dämonen wurde sie nicht los. Felix hatte Recht. Auf ewig könnte sie diesen rasanten Lebensstil nicht durchhalten und Merlin kam der Verdacht, dass sie das auch gar nicht beabsichtigte. Er hatte sich geirrt. Sie hatte keine Angst vor ihm. Sie hatte Angst vor sich selbst und vor dem, was Merlin aus ihr machte. Er brachte sie sich selbst wieder näher.

»Merlin«, sprach Felix weiter. »Es spielt doch alles keine Rolle, wenn du diese Frau liebst, dann findet ihr einen Weg. Du bist ihr nicht egal.«

Das war ihm bewusst. Umso mehr schmerzte es ihn, dass er sie immer noch nicht gefunden hatte. Er wollte sie nicht im Stich lassen wie all die Anderen.

»Was hat eigentlich Anna Maria gesagt? Die hat sie doch als Letzte gesehen.«

»Nicht viel.«

»Kommt dir das nicht komisch vor?«

»Anna Maria hat gar nicht das Zeug, um etwas gegen Lilly auszurichten.«

»Aber vielleicht ist sie hinterhältig genug, um etwas ausrichten zu lassen.«

Merlin wurde nachdenklich. Er musste sich eingestehen, dass auch er schon diesen Gedanken hatte. Aber alle seine Anspielungen in diese Richtung liefen ins Leere. Anna Maria blieb bei ihrer Geschichte.

»Sei bitte vorsichtig mit diesem Luder. Ich traue ihr absolut nicht.«

»Das kann ich verstehen, aber ich glaube nicht, dass sie einen anderen Menschen opfern würde, um ihre Ziele zu erreichen.«

»Da wäre ich mir nicht so sicher.«

Anna Maria stand unter dem Einfluss ihrer kaltherzigen Mutter. Ihr traute Merlin alles zu. Sie wusste genau, was sie wollte und ihr war jedes Mittel recht, es auch zu bekommen. Vielleicht war sie des Rätsels Lösung.

»Sag mal ... woher kennst du Liliana überhaupt? Wie kommt man zu so einer Frau?«

»Nein, die Frage ist: Wie hole ich sie mir zurück?«

Darauf wusste auch Felix keine Antwort.

# Kapitel 45

*Liliana*

Langsam öffnete Liliana die Augen. Ihre Glieder waren schwer wie Blei. Sie wusste nicht, ob sie nur Minuten, Stunden und gar Tage geschlafen hatte, aber sie fühlte sich zum ersten Mal seit Ewigkeiten klar im Kopf. Ihre Augen brannten und nur ganz langsam nahm sie ihre Zelle wieder bewusst wahr. Sie zwang sich, sich zu erinnern. Immer wieder von vorne, bis die ganze Geschichte einen Sinn ergab, aber Einzelheiten verblassten. Das Einzige, was geblieben war, war die stetige Übelkeit. Kaum war sie wach, spielte ihr Magen verrückt.

Verwundert stellte sie fest, dass sie nicht mehr dreckig war. Sie fuhr sich durch ihre frisch gewaschenen Haare. Keine einzige Strähne war mehr verfilzt. Selbst ihre Nägel waren perfektionistisch gefeilt. Sie erkannte den Duft des Shampoos und des Hautöls. Es waren zweifellos die gleichen Essenzen, die sie sonst auch verwendete. Für einen kurzen Augenblick verstand sie die Welt nicht mehr. Außer einem Schwung kaltem Wasser aus einem Eimer war ihr für gewöhnlich nichts vergönnt. Sie erinnerte sich an gar nichts und das machte sie langsam verrückt. Als sie sich über die Wange strich, fühlte sie die tiefe Brandnarbe. Auch ihre Arme waren von Nadelstichen übersät und blau-gelb verfärbt. Sie hatte sich die letzten Wochen nicht eingebildet. Zumindest sprachen ihre Verletzungen dafür. Sie hatte ein schlichtes grünes Kleid an. Immerhin ein wenig Stoff, der sie schützte. Jetzt musste sie sich nicht mehr in ihre dünne

Decke wickeln, um sich angezogen zu fühlen.

Nur wenige Minuten nach ihrem Erwachen bekam sie Besuch. Sie wusste, dass sie ständig überwacht wurde. Zwei Kameras hatten jede Nische der Zelle im Fokus. Dass sie die Augen aufgeschlagen hatte, bereute sie schon jetzt.

Lavalle war äußerst gut gelaunt, als er die Tür hinter sich schloss und sich zu ihr setzte. Er betrachtete sie, als sie mühsam versuchte, sich aufzusetzen. Die kleine Anstrengung reichte aus, um ihren Körper unkontrolliert zittern zu lassen. Die letzte Spritze schien eine Weile her zu sein. Die Signale waren deutlich. Ihr Körper brauchte wieder Medikamente.

»Was ist? Ich bin nicht mehr so schnell wie früher. Herzlichen Dank dafür«, sagte sie mit dünner Stimme.

Jetzt lächelte er sie an. »Du bist ja wieder ansprechbar. Wie schön.«

»War ich das in letzter Zeit nicht? Du musst mir schon auf die Sprünge helfen. Mein Gedächtnis hat Lücken.«

Eigentlich kamen die Lücken ihr eher wie große schwarze Löcher vor. Sie lehnte sich mit dem Rücken gegen die Wand und erwartete neues Drangsalieren durch ihren *Besuch*.

Lavalle hatte den Oberkörper zu ihr gedreht und grinste in sich hinein. Irgendetwas stimmte nicht, aber egal was es war, sie würde es weder aufhalten noch ändern können. Schon das Sitzen fiel ihr schwer.

Als er sich nicht die Mühe machte, mit ihr zu reden, fragte sie: »Welchem hohen Anlass habe ich es denn zu verdanken, dass ich mich nicht mehr hinter Schmutz und Dreck verstecken kann?«

»Nur eine kleine Aufmerksamkeit. Ich habe eine nette Dame hier, die sich jetzt um alle Mädchen kümmert. Die Kunden werden anspruchsvoller. Und ich habe ein paar

Filmchen gedreht, in denen du ordentlich aussehen solltest.«

Filmchen? Auch davon wusste sie rein gar nichts. Was war nur passiert?

Angestrengt ruhig fragte sie weiter: »Und woher weiß sie, was ich für Öl benutze? Für gewöhnlich gibt es das nicht in jedem Drogeriemarkt.«

»Das weiß sie auch nicht, aber ich.«

Ungläubig sah sie ihn an.

»Glaubst du ernsthaft, dass ich nicht weiß, was du an deine Haut lässt? Monoi-Öl ist hier wirklich nicht ganz einfach zu bekommen, aber wie du siehst ...«, er strich ihr über den Oberarm. »Ich habe fünf Jahre ohne dich verbracht und da brauchte ich wenigstens kleine Erinnerungen an dich und wenn es nur der unverwechselbare Duft der Tiareblüten war, der dich immer umgeben hat. Die anderen Mädchen waren zwar in keiner Weise mit dir vergleichbar, aber immerhin hatte ich einen kleinen Trost, wenn sie mich an dich erinnerten.«

»Du bist kranker, als ich dachte.«

»Wer im Glashaussitz, Lilly. Wer von uns beiden war denn in der Psychiatrie?«

»Die Frage ist: Wer von uns beiden gehört da eher hin?«

Er setzte sich im Schneidersitz genau vor sie. Die Wand im Rücken und Lavalle nur wenige Zentimeter vor sich sitzend, blieb ihr nichts anderes übrig, als still zu verharren.

»Du hast keine Ahnung, was die letzten zwei Wochen passiert ist, oder?«

Zwei Wochen? Zwei ganze Wochen? Nein, sie wusste wirklich überhaupt nichts. Sein fröhlicher Gesichtsausdruck gefiel ihr ganz und gar nicht.

»Kann ja mal vorkommen, wenn man sich so verausgabt.«

»Was redest du eigentlich schon wieder für einen absurden Quatsch?«

»Wir beide haben eine wunderschöne Zeit zusammen verbracht. Ich dachte mir ja, dass du einiges zu bieten hast, aber selbst ich war überrascht.«

Sie verstand nicht, was er ihr sagen wollte. So sehr, wie sie sich auch bemühte, die Erinnerung blieb fern. Ängstlich und hilflos wartete sie auf seine Erklärung.

»Weißt du Lilly ... du hast wirklich alles friedlich mitgemacht, was ich von dir wollte. Es war so berauschend, dich auch mal auf diese Art zu erleben. Für einen kurzen Moment hatte ich sogar überlegt, ob ich dich nicht in diesem Zustand lassen sollte.«

»Könntest du mir endlich sagen, wovon du redest?«, fuhr sie ihn an.

Er kam näher und griff sie am Kinn. »Lilly, du hast mit mir geschlafen und das ganz freiwillig. Mit mir. Mit dem Doc, mit Tony und so weiter. Und zumindest mich hast du durchaus mehr als nur einmal ziemlich glücklich gemacht.«

Er ließ sie wieder los und wich einige Zentimeter zurück, um ihre Regungen genau verfolgen zu können. Sie sah ihn nicht an. Immer wieder schüttelte sie den Kopf.

»Ich dachte mir schon, dass du das nicht wahrhaben willst. Deshalb glaube ich, dass es besser ist, wenn ich dir zeige, was wir so alles getrieben haben.«

Die Hitze stieg ihr in den Kopf. Kleine Schweißperlen traten auf ihre Stirn und ihre Atmung wurde schwer. Was hatte sie getan? Lavalle drehte sich wieder um und winkte in die Kamera. Der Fernseher in der Wand schaltete sich unverzüglich ein. Liliana rutschte jetzt ganz vorsichtig nach vorne und setzte sich neben ihn auf die Bettkante. Mit starrem

Blick betrachtete sie das Geschehen der letzten Tage. Ihre Hand wanderte wieder zu ihrer Narbe. Sie sah sie zum ersten Mal. Unaufhörlich schüttelte sie den Kopf, als sie sich selbst zusah. Es dauerte keine zwei Minuten, bis ihr Kreislauf kollabierte und sie sich mit Mühe zum Eimer retten konnte.

Nachdem ihr Magen etwas ruhiger wurde, sackte sie auf den weißen Fliesen neben dem Kübel zusammen. Sie lag mit angewinkelten Beinen auf dem Rücken und hielt sich die Hände vors Gesicht. Das konnte einfach nicht sein? Wie war es möglich, dass sie jegliche Kontrolle über sich selbst verlieren konnte? Was hatte sie getan? Während die Gedanken sich festbrannten, musste sie sich erneut übergeben.

Nach weiteren zehn Minuten lag sie endgültig regungslos auf dem Boden. Er stand auf, zog sie an den Haaren hoch und stieß sie wieder aufs Bett. Gemütlich setzte er sich wieder neben sie.

»Die Welt dreht sich immer noch, wie du siehst«, sagte er und strich ihr die Haare aus dem Gesicht. »Warum willst du dich weiter quälen? Ich hatte jetzt alles, was ich wollte. Was macht es für dich jetzt noch für einen Unterschied? Warum gibst du nicht auf und wir beide verbringen ein paar nette Tage zusammen? Alles ist besser, als vor sich hin zu vegetieren. Jetzt spielt es doch keine Rolle mehr. Manchmal muss man sich eingestehen, dass man verloren hat, Liliana.«

Sie fing an zu lachen und setzte sich wieder auf. Frech schaute sie ihm in die Augen. »Wer hat verloren, Philippe? Du dich oder du mich? Was du da gefickt hast, war eine Hülle ohne Sinn und Verstand. Mein Körper, ja ... aber nicht mich. Hätte ich auch nur eine Sekunde klar denken können, würdest du jetzt sicherlich nicht hier so höhnisch grinsend sitzen können. Du hast gar nichts gewonnen. Wenn das alles ist, was du mir entgegensetzen kannst, wirst du auch dieses Mal kläglich scheitern. Tu es, wenn es dir ausreicht, mich zu betäuben. Das war nicht ich und das weißt du. Ich hoffe, du bist stolz auf dich. Nein, so einfach bekommst du mich nicht.«

Er funkelte sie für einen kurzen Augenblick böse an, aber innerhalb von Sekunden war sein Ärger wie verflogen. »So einfach habe ich mir das auch nicht vorgestellt. Du kannst dich so hart und unerschütterlich geben, wie du willst, aber innerlich hat es dich tief getroffen, das zu erfahren. Das weiß ich. Denk einfach darüber nach. Aufgeben ist ganz einfach. Niemand wird dir helfen. Niemand erinnert sich auch nur an dich. Und entkommen wirst du mir dieses Mal auch nicht. Also, Lilly ... Wie lange du hierbleibst und leidest, entscheidest nur du allein. Du hast allein gelebt und wirst auch allein sterben. Ich kann warten.« Mit diesen Worten stand er auf und ging zur Tür.

Er verharrte kurz. »Weil es so schön war, lasse ich die Bänder doch einfach mal laufen. Dann wird es dir hier nicht so langweilig. Und gegen die Stille können wir auch etwas tun.«

Lavalle nickte kurz in die Kamera und der Ton zu den abscheulichen Videos drang viel zu laut durch den kleinen Raum. Grinsend zog er die Tür hinter sich zu.

Lange Zeit saß sie bewegungsunfähig auf ihrem Bett und betrachtete ihre letzten zwei Wochen. Sie wollte es eigentlich nicht sehen, aber irgendetwas in ihr zwang sie dazu. Diese Gedächtnislücken. Sie musste wissen, was er mit ihr gemacht hatte.

\*

Das Band lief und lief. Stunden. Tage. Sie wusste es nicht.

Die Krämpfe, das Zittern überschatteten alles. An die ständige Geräuschkulisse hatte sie sich gewöhnt. An Schlaf war nicht mehr zu denken, die Drogen hielten sie erbarmungslos wach. Sie lag mit dem Rücken zum Bildschirm und zeichnete mit den Fingern Kreise an die Wand.

Der Doc betrat den Raum. Es kümmerte sie nicht weiter. Zittern und Kreise malen. Magenkrampf aushalten. Zittern. Kreise malen.

»Na? Immer noch zufrieden in diesem Kellerloch?«

Sie gab ihm keine Antwort. In ihrem Leben hatte sie schon zu oft vergebens mit diesem Mann gesprochen.

Als er versuchte, nach ihr zu greifen, drehte sie sich um und schrie ihn an: »Fassen Sie mich nicht an!«

»Oh, so viel Energie. Alle Achtung. Du steckst das Zeug super weg. Also?«

Mit müden Augen sah sie ihn teilnahmslos an.

»Du willst also hierbleiben? Immer noch nicht genug? Es gab mal eine Zeit, in der du sehr gerne gestorben wärst. Erinnerst du dich?«

»Die gab es nie. Ihr habt mir eingeredet, dass ich das will.«

»Und der Kochtopf voll heißem Wasser?«

»Der hätte mich nicht getötet, nur unansehnlich gemacht.«

»Das wäre aber auch wirklich eine Verschwendung gewesen.« Er griff wieder nach ihr, aber diesmal schneller und mit mehr Kraft. Mühelos konnte er sie festhalten und sich auf sie legen.

»Nicht doch, Lilly. Hör auf. Wem willst du jetzt noch irgendetwas beweisen?«

Ihr Widerstand ließ nach. Die Kraft war ihr schon lange ausgegangen, dennoch wehrte sie sich bei jeder Gelegenheit.

Mehr war ihr nicht geblieben.

»Komm schon. Worauf wartest du denn? Auf ein Wunder? Auf den Tod? Der wird so schnell nicht kommen, wenn du dich weiterhin so anstellst. Nun ja, dann lässt du mir keine andere Wahl.«

»Noch mehr von Ihren Psychospritzen?«

Er schmunzelte. »Ja, mit dem Unterschied, dass du mit dieser Mischung nicht so viel Freude haben wirst, im Gegensatz zu den vorigen.«

Seine rechte Hand umklammerte ihre beiden Handgelenke, während er mit der linken Hand eine Spritze aus dem Kittel zog und sie ihr ruckartig in den Oberschenkel stieß.

»Die Kuschelzeiten sind vorbei. Du hattest deine Chance auf ein angenehmes Ende. Jetzt wird es nur noch ein Ende geben.«

Die Psychopharmaka verteilten sich in ihrem Blut. Er ließ sie los, dennoch blieb sie regungslos liegen. Nach nur wenigen Sekunden nach der Injektion fühlte sie sich benebelt. Ihre Augen schafften es nicht mehr, einen Punkt zu fokussieren. Die Stimme des Docs hallte nur noch dumpf in ihren Ohren, aber sie verstand ihn nicht mehr. Als sie die Augen schloss, schossen ihr schreckliche Bilder in den Kopf. Erinnerungen von früher gepaart mit scheußlichen Grimassen. Panisch öffnete sie die Augen wieder, aber sie wusste nicht mehr, wo sie sich befand. Die grauenerregenden Fratzen waren überall, und als sie eine Berührung spürte, zuckte sie zurück. Der Doc stand neben ihr und lächelte zufrieden, als zwei Männer ebenfalls den Raum betraten.

»Seid vorsichtig. Sie kann die Realität nicht mehr von ihren Wahnvorstellungen unterscheiden. Also packt sie nicht zu zaghaft an.«

Sie hörte die Worte noch, aber um ihre Bedeutung wollte sie sich keine Gedanken mehr machen. Sie würde sie schon spüren.

# Kapitel 46

*Merlin*

Anna Maria legte schon Tage vor der geplanten Hochzeit ihren Schmuck zurecht. Auch das Diamantarmband, das sie vor drei Monaten unter ominösen Umständen erstanden hatte.

Merlin redete auch nicht viel mit ihr in der letzten Zeit. Für sie gab es nur die perfekte Märchenhochzeit. Die Hochzeit sollte zwar nur standesamtlich stattfinden, aber dennoch ließ der geplante Rahmen eine kirchliche Trauung vor Neid erblassen. Die Feier sollte in einem bekannten Nobelhotel abgehalten werden. Die Zeremonie ebenfalls. Die Hochzeitsplaner hatten einen Fulltime-Job. Auch heute dirigierte Anna Maria wieder ihre *Untertanen*.

Merlin saß auf seiner Terrasse. Die Sonnenstrahlen des frühen Nachmittags wärmten ihn. Das Wetter wurde besser. Für das Hochzeitswochenende wurden strahlender Sonnenschein und heiße Temperaturen angekündigt. Er wollte diese Hochzeit nicht. Das wusste er. Und mit jedem Tag entfernte er sich weiter von seinem *Ja*-Wort. Jeder Versuch, ein ernstes Gespräch mit Anna Maria oder seiner Mutter zu führen, war kläglich gescheitert. Er hatte sich dazu entschlossen, die beiden Frauen in Ruhe planen zu lassen. Ihre stetige Beschäftigung machte ihm den Weg frei, um Nachforschungen anzustellen.

Er litt unter den Nächten mit Anna Maria. Kurz nach Lilianas Verschwinden hatte sie ihn praktisch überfallen gehabt. Jetzt war wieder alles beim Alten. Seine Einsamkeit nahm mit jedem Tag zu. Was hätte er für eine Umarmung gegeben. Unweigerlich musste er schmunzeln. Er jammerte schon wieder über sein Leben. Es wäre eine Leichtigkeit gewesen, alles abzusagen und Anna Maria zum Teufel zu jagen. Liliana dagegen konnte ihr Leben nicht so leicht wieder hinbiegen, aber er war sich sicher, dass sie nicht im Selbstmitleid ertrank. Es war an der Zeit, sich zusammenzureißen. Er erinnerte sich an den Bunker. An die kleine Zelle. Würde es ihr wieder so ergehen? Hätte der Irre sich was anderes einfallen lassen? Wartete sie auf ihn oder hatte sie die Hoffnung auf Rettung längst aufgegeben? Drei Monate waren vergangen. Jeder Tag zog sich endlos in die Länge.

Anna Maria kam auf die Terrasse und hielt sich die Hand vors Gesicht. »Diese Sonne ist schädlich für meine Haut.« Sie ging wieder einige Schritte zurück und stellte sich in den Türrahmen, der im Schatten lag.

»Anna Maria?«

»Was ist denn?«

»Was habt ihr gemacht, als du mit Liliana unterwegs warst?«

»Fängst du schon wieder an? Was soll das? Jeder bekommt halt, was er verdient.«

»Wie meinst du das jetzt?« Er drehte sich zu ihr um.

»Sie musste doch mit jedem Kerl in die Kiste hüpfen. Vielleicht hat sie einer behalten. Woher soll ich das wissen? Ich vermisse sie bestimmt nicht, dieses Flittchen.«

»Anna Maria, ist dir nichts aufgefallen? Hat sie was gesagt?«

»Merlin, verdammt noch mal. Wir haben das alles schon hundert Mal besprochen. Nein. Sie wurde angerufen, hat sich kurz verabschiedet und verschwand. Das war alles.«

»Entschuldige, ich weiß nur nicht, was ich noch machen soll.«

»Vielleicht ist sie auch mit irgendeinem dahergelaufenen Bastard durchgebrannt. Womöglich schlürft jetzt irgendeiner Champagner aus ihrem Bauchnabel und du machst dir unnötig Sorgen.«

»Vielleicht hast du recht.«

»Natürlich hab ich das. Dass du immer noch an diese komische Frau denkst. Ich versteh dich wirklich nicht.«

Sie drehte sich um und widmete sich wieder ihrer Schmuckauswahl. Merlin fragte sich, ob Felix' Vermutung stimmte. Sollte sie doch mehr wissen und verhinderte absichtlich, dass er weiterkam? Er befürchtete, sich in seinem Wahn an jeden noch so dünnen Strohhalm zu klammern. Aber solange es Hoffnung gab, musste er weitersuchen.

# Kapitel 47

*Liliana*

Nach Tagen voller Halluzinationen, Gewalt und Erniedrigungen fand Liliana einige Stunden unruhigen Schlafes. Als sie erwachte, fühlte sie sich zwar unendlich erschöpft, aber ihre Umgebung war greifbar. Sie fühlt die raue Decke. Die kalten Wände. Das Bettgestell. Auch ihre Augen lieferten ihr die entsprechenden Bilder dazu. Die Horrorvisionen hatten sich in ihr Gehirn gebrannt. Ihr Körper schmerzte.

In ihrem Verlies brannte nur eine Kerze, die neben dem Bett auf dem Boden stand. Der Fernseher war aus. Sie richtete sich vorsichtig auf. Zentimeter um Zentimeter, damit ihr Kreislauf sie nicht augenblicklich wieder zu Boden streckte.

Als sie sich umsehen wollte, erschrak sie heftig und drückte sich gegen die Wand. »Noel. Hey, Kleiner. Du hast mich erschreckt.«

Noel saß auf dem Boden neben der Tür. Der schwache Kerzenschein flackerte auf seinem Gesicht. Er stand auf und setzte sich zu ihr aufs Bett.

»Wie geht's dir?«, fragte sie, als er keine Anstalten machte, etwas zu sagen.

Er reichte ihr eine Flasche Wasser. Mit einem schwachen Lächeln nahm sie diese entgegen und betrachtete ihn. Den verrückten Noel, dessen Gesicht von Schnitten und Blutergüssen überzogen war.

»Nicht gut. Nicht gut«, hauchte er.

»Das tut mir leid. Noel ...«

»Er wird dich töten. Das wird er.«

»Ja, ich weiß.« Sie streckte sich und hätte am liebsten vor Schmerzen geschrien.

»Das will ich nicht. Nein. Das will ich nicht. Nein.«

»Wir können nichts dagegen tun. Wir wissen beide, dass du mir nicht helfen wirst. Also mach dir keine Gedanken. Es ist nicht deine Schuld.«

Er wackelte mit dem Oberkörper hin und her. »Ich kann nicht. Ich kann nicht. Nein.«

»Ich weiß. Ist schon gut.«

Er griff sich an die Wange. »Ich auch. Ich auch.«

»Was hast du auch, Kleiner?«

Vorsichtig zog er sein vergilbtes T-Shirt hoch. Auf seiner Brust zeichnete sich eine tiefe Brandnarbe ab. Die gleiche Brandmarkung, die auch sie im Gesicht trug. Das verschlungene *P* in einem *L*.

Sie nickte verständnisvoll und Noel ließ sein T-Shirt los. Die Eigentumslage war somit geklärt. Sie trank einen Schluck Wasser und verdrängte die aufsteigenden Bildfetzen, die wieder von ihr Besitz ergreifen wollten. Noel rutschte näher an sie heran und lehnte sich ebenfalls mit dem Rücken gegen die Wand. Liliana musste schmunzeln. Da saßen sie nun. Zwei Verrückte. Zwei Sklaven des gleichen Mannes. Beide hatten sie mehr als nur ein Menschenleben auf dem Gewissen und so bizarr die Situation auch war, sie wusste, dass er genauso einsam war wie sie. Langsam sank sein Kopf auf ihre Schulter und sie legte ihren Arm um ihn. Minutenlang saßen sie schweigend so da.

Noel hob auf einmal den Kopf und sah sie mit großen Augen an, als wäre ihm gerade etwas sehr wichtiges eingefallen. Der irre Ausdruck in seinem Blick machte Liliana wieder nervöser.

»Er kommt gleich. Ja. Er kommt gleich. Ich hab ihn gesehen. Ja. Er ist bei meinem Bruder. Sie unterhalten sich. Über dich. Ja. Ganz sicher.«

»Wer denn, Noel?«

»Ein merkwürdiger Mann. Merkwürdig. Könnte ihn in Stücke reißen. Mag ihn nicht. Nicht gut für dich. Nein. Ich mag ihn nicht.«

»Kennst du ihn schon länger?«

»Hab ihn gesehen. Manchmal.«

»Wo?«

»Melina. Melina. Immer Melina.«

Melina. Der Name hallte in ihrem Kopf. Melina. Merlin. Johann. Sie erinnerte sich. Deshalb war sie hier. Diese verdammte Anna Maria. Anna Maria. Die Hochzeit. Sie bekam Kopfschmerzen. Dennoch versuchte sie, eine Verknüpfung zwischen dem Besucher und Melina herzustellen. Es gelang ihr nicht.

»Du erinnerst dich an Melina?«, fragte sie Noel und erhoffte sich weitere Informationen.

»Melina. Ja. Melina. Viel bezahlt. Ja. Viel bezahlt. Melina.«

»Der Mann, der hierherkommt?«

»Ja. Hat sie gekauft. Sehr viel Geld. Unhöflich. Unhöflich. Widerling. Ich mag ihn nicht.«

»Wir werden sehen.«

»Er kennt dich. Ja. Erzählt hat er von dir. Ja. Nur von dir.«

Ihr fiel niemand ein. Wer kannte Melina und sie? Sie war ihr nie begegnet.

»Wie der neue Doc. Widerling. Pfui. Ich mag ihn nicht.«

Liliana wurde hellhörig. Jeder gemeinsame Feind machte sie zu engeren Verbündeten.

»Ich auch nicht. Er ist ein schrecklicher Mensch. Mir geht es immer sehr schlecht, wenn er hierher kommt.«

Noel bewegte jetzt seinen Kopf aufmerksam hin und her. »Böser Mann. Ja. Widerling.«

»Es sollte ihm jemand die Kehle durchschneiden. Dann wäre Ruhe.«

»Ja. Umbringen. Abstechen. Erwürgen. Widerling.«

Ruckartig wurde die Tür aufgestoßen und Lavalle hatte seinen Bruder innerhalb von Sekunden am Hals gepackt und schleuderte ihn gegen die Wand. Er griff nach der Kerze und warf sie nach ihm. Das Licht in der Zelle ging an und Liliana war einen kurzen Augenblick geblendet. Als sie erkannte, dass Lavalle erneut ausholte, um auf Noel einzudreschen, stieß sie sich an der Wand ab und fiel schwankend auf ihn. Ihr Körpergewicht brachte ihn nicht einmal ins Taumeln, aber es verhinderte einen weiteren Schlag in Richtung Noel.

Jetzt packte er sie an den Haaren und zog sie zu sich. »Was willst du eigentlich?«

Mit einem heftigen Stoß warf er sie zurück aufs Bett. Ihr Kopf prallte gegen das Gestänge.

Philippe zog seinen Bruder hoch und drückte ihn gegen die Wand. »Hab ich dir nicht gesagt, dass du hier nichts verloren hast! Ich hätte dich als Baby ertränken sollen, du wertlose Ratte. Fass sie noch einmal an und ich schlage dir deinen nichtsnutzigen Schädel ein, du erbärmliches Knochengerüst, und jetzt raus hier.«

Er schleuderte ihn von sich weg. Noel prallte gegen die Tür und fiel hin. Mit großen finsteren Augen stand er langsam auf, schaute kurz zu Liliana hinüber, die sich mittlerweile wieder aufgesetzt hatte, und verschwand.

Philippe drehte sich zu ihr um und schrie sie an: »Was hast

du mit diesem verkommenen Subjekt zu schaffen? Willst du ihn wieder gegen mich aufbringen?«

Sie schüttelte den Kopf. »Auch wenn es mir ewig ein Rätsel bleiben wird, aber kein Stück Papier passt zwischen dich und deinen Bruder. Er hält dir die Treue. Egal, wie du ihn behandelst. Aber jeder geschlagene Hund beißt irgendwann seinen Herrn.«

»Dann hat der Herr ihn nicht gut genug erzogen.«

Unbeeindruckt von seiner Anwesenheit trank sie die Wasserflasche leer und warf sie in die Ecke. »Eines habe ich von dir gelernt, Philippe: Ich verbrauche die Menschen auch so, wie sie kommen.«

»Der kleine Drecksack hat sich ziemlich in dich verguckt.«
»Und du nicht?«

Er trug immer noch ihre Haarsträhne um den Hals. Liliana legte sich wieder hin. Die kurze heftige Anstrengung war zu viel gewesen.

Sie lag lang auf der Seite und schaute den schweigenden Mann an, der sie nicht aus den Augen ließ. »Warum hast du ihn nicht getötet, als er eure Mutter ... zerfleischt hat?«

Sein Blick verfinsterte sich. »Weil ich ihn so schön manipulieren kann. Bei mir ist er ein Schoßhund, aber draußen eine Bestie. Eine bessere Abschreckung als ihn gibt es nicht. Und er ist meine Familie.«

»Du liebst es, ihn zu demütigen. Das ist deine Strafe für ihn. Du weißt, dass du ihn so mehr treffen kannst als durch den Tod. Du willst ihn quälen, um dich zu rächen.«

»Er war mir immer im Weg. Brauchte immer Aufmerksamkeit. Meine Mutter hatte nur noch Augen für ihn. Und als sie tot war, sollte er nur noch Augen für mich haben.«

»Gratuliere, du hast dir ein gehorsames Monster erschaffen.«

Fast zaghaft schritt er auf sie zu, setzte sich und nahm ihr rechtes Handgelenk.

»Was wird das jetzt schon wieder?«

»Du bist mir etwas zu wach, um dich ungesichert auf deinen Gast loszulassen.«

Der Besuch. Der ominöse Mann, der wohl auch Melinas Schicksal besiegelt hatte, als er ihre letzte Nacht kaufte. Sorgsam zog er die Stricke oberhalb ihrer Elektroarmbänder fest. Sie kannte seine Knoten und versuchte schon längst nicht mehr, diese zu lösen. Bereitwillig überließ sie ihm auch ihre linke Hand.

»Was ist denn mit dir los? So friedlich?«

»Ich spare meine Kräfte für meinen Besuch. Wäre doch schade, wenn ich gleich einschlafen würde, oder?«

Lavalle lachte.

Sie begann wieder, zu zittern.

»Auf die nächste Spritze musst du noch etwas warten. Der Herr hätte gern, dass du weißt, wer er ist. Das ist von großem Wert für ihn.«

»Du teilst mich auch mit jedem dahergelaufenen Wichser, der genügend zahlt, oder?«

Seine Hand strich über ihr Gesicht, ihren Hals und seine Finger spielten mit dem Träger ihres Kleides. »Ich würde einfach jeden auf dich hetzen, wenn es dich ein Stückchen näher zu mir bringt. Ich wünsche dir viel Spaß.«

Immer noch überlegte sie, wer ihr nur bevorstehen könnte. Sie hatte keine Idee. Keine Ahnung. Als Lavalle die Tür öffnete und der gut gekleidete Mann die Zelle betrat, lief ihr vermutlich endgültig die letzte Farbe aus dem Gesicht.

»Nein, das ist jetzt nicht wahr. Das darf einfach nicht wahr sein.«

Außer einem höhnischen Kopfnicken bekam sie keine Reaktion von ihm.

Lavalle zog hinter sich die Tür ins Schloss und zum ersten Mal ersehnte Liliana sich ihn zurück, während der Mann sein Jackett auszog.

# Kapitel 48

*Merlin*

Es war ein heißer Augusttag. Johann saß verloren auf seiner Terrasse und starrte auf etwas in seiner Hand, als Merlin hinaustrat. Nur noch zwei Tage bis zur geplanten Hochzeit und er fühlte sich schlechter denn je. In seinem Kopf beherrschten Liliana und ihr ungewisses Schicksal alles. Es war, als würde er jeden einzelnen ihrer Schmerzen mitempfinden. Dabei wusste er nicht einmal, ob sie noch lebte. Ein normales Leben war seit ihrem Verschwinden nicht mehr möglich. In seinem Kopf herrschte das pure Chaos. Er musste mit jemandem reden.

Bedächtig näherte er sich seinem Vater und grüßte ihn kurz. Johann reagierte nicht, sondern starrte weiter auf ein Foto, das er in seinen Händen hielt. Merlin zog sich einen Stuhl herbei und setzte sich seitlich vor ihn.

Johann atmete tief durch. »Sie hat heute Geburtstag.«

»Wer hat Geburtstag, Papa?«

»Liliana.« Johann hielt inne. »Lilly hat heute Geburtstag.«

Merlin rieb sich die Augen. Das wusste er nicht. Er hatte sie nie gefragt. »Ich glaube nicht, dass sie das weiß. Wo immer sie auch ist.«

»Wahrscheinlich ist es auch besser so.«

»Wenn sie überhaupt noch am Leben ist.«

Johann kratzte sich am Kinn. »Sie lebt. Lilly ist zäh. Sie wird sich so schnell nicht geschlagen geben. Mach dir keine Sorgen. Sie findet schon einen Weg. Wie immer.«

»Du hast diese Hölle nicht gesehen, Papa. Du kennst nur

wenige Bilder aus dem Fernsehen. Ich habe es gesehen und so etwas überlebt man nicht zweimal. Ich bin mir sicher, dass Lavalle diesmal kein Fehler unterlaufen wird. Sie ist auch nur ein Mensch. Sie wird sich ihm nicht ewig widersetzen können. Ich muss sie finden. Ich muss sie endlich finden.« Verzweifelt strich er sich durch die Haare. »Und was mache ich? Ich plane die Anordnung von Glasuntersetzern!«

»Was habt ihr euch eigentlich gedacht? Ihr zwei gegen einen korrupten politischen Apparat?«

Er seufzte. »Es war immer Teil des Planes, dass sie sich einsperren lässt. Nur so wäre sie an Lavalle herangekommen. Wir wollten ihm so viele seiner Mitstreiter nehmen wie irgendwie möglich und ihn zu Fehlern zwingen. Das funktionierte auch wunderbar, wie du in den Nachrichten gesehen hast. Allerdings hätte ich sie nicht schutzlos einer solchen Situation ausgesetzt. Wir haben alles vorbereitet. Von kleinen Messern bis zu winzigen Funksensoren. Ein riesiger Apparat von kleinen Hilfsmitteln. Ich hätte sie gefunden und sie hätte sich wehren können. Sie hätte zumindest eine Chance gehabt. Wie konnte das nur passieren?«

»Du hast alles getan, was du konntest. Sie weiß das.«

»Sie hätte mich schon lange gefunden. Ich bin mir sicher, dass sie alles stehen und liegen gelassen hätte, um das zu tun, was nötig ist.« Eine Biene setzte sich kurz auf seine Hand und flog wieder friedlich ihres Weges.

Johann beugte sich vor. »Warum quälst du dich mit diesen Gedanken? Du bist kein Kämpfer. Sie hat sich dieses Leben erwählt. Sie wusste, was sie aufs Spiel setzte, als sie in die Fußstapfen ihres Vaters getreten ist. Es war nur eine Frage der Zeit, bis sie so endet.«

»Das spielt doch keine Rolle«, fuhr er seinen Vater an. »Sie braucht meine Hilfe und ich lasse sie im Stich. Ich sollte die ganze Welt anhalten, um sie zu finden, und ich sitze hier!« Resignierend fügte er hinzu: »Und wer bin ich denn, ohne sie? Nach all dem Leid hat sie mir das Leben zurückgebracht. Wie soll es weitergehen, wenn ich sie jetzt verliere?«

Johann sah seinen Sohn an. »Du liebst sie also wirklich.«

Merlin nickte. »Ja. Mehr als alles andere auf der Welt.«

»Von allen Frauen auf dieser Erde, warum ausgerechnet Lilly?«

»Wir suchen uns nicht aus, in wen wir uns verlieben, Papa.«

»Du machst einen Fehler. Lass die Finger von ihr. Lass sie gehen.«

Zum ersten Mal in seinem Leben gab er nichts auf die Meinung seines Vaters. »Mein Leben. Meine Entscheidungen. Meine Fehler. Das hat nicht das Geringste mit dir zu tun.«

Johann verschränkte die Arme vor der Brust, als er sich wieder gerade hingesetzt hatte. »Was wäre, wenn du sie wirklich retten könntest? Was wäre, wenn du Anna Maria nicht heiraten würdest?« Er sah ihm fest in die Augen. »Glaubst du wirklich, Liliana Riordan würde mit dir in einem Reihenhaus leben und kleine Babysöckchen stricken? Merlin, wach auf. Sie liebt nur sich selbst. Sie ist ein Miststück, wie es im Buche steht. Für eine Weile würde es vielleicht sogar funktionieren. Wer weiß. Zumindest, bis du ihr langweilig wirst. Sie wird dich ausnutzen und betrügen. Dann wird sie dir das Herz brechen und dich verlassen, und außer deiner Trauer und der Erinnerung an ein paar nette

Nächte wird dir nichts geblieben sein. Sie kennt keine Gefühle. Du hättest keine Zukunft mit ihr. Sie ist wie der Wind. Und den kannst du auch nicht festhalten.«

Merlin atmete die heiße Luft ein und fühlte die Strahlen der Sonne auf seiner Haut. »Ich will sie nicht festhalten. Ich will, dass es ihr gutgeht. Ich will, dass sie glücklich ist, weil es genau *das* ist, was sie verdient. Und wenn ich sie nicht glücklich machen kann, dann werde ich sie gehen lassen. Es steckt bei weitem mehr in ihr als das, was du mir immer weismachen willst. Du hast nicht die geringste Ahnung davon, wer sie ist. Du hast sie vor über zehn Jahren zum letzten Mal gesehen. Menschen verändern sich. Menschen entwickeln sich. Allein ihre Gegenwart gibt mir das Gefühl, dass ich alles erreichen kann. Ich habe mich nie stärker gefühlt als an ihrer Seite. Ich kann nicht erklären, was es ist, aber ich habe so etwas noch nie erlebt. Ich will sie nicht besitzen.«

»Das klingt ja alles wunderbar. Deine Absichten in allen Ehren, aber was sagt Lilly eigentlich dazu?«

Merlin verstummte.

Johann grinste frech. »Das dachte ich mir. Sie liebt dich nicht, Merlin. Dazu ist sie gar nicht fähig. Komm wieder zur Vernunft. Diese Engelsaugen haben dir übel mitgespielt, aber du kommst darüber hinweg. Sei froh, dass sie es dir gleich von Anfang an gezeigt hat, dass sie kein Interesse an einem gemeinsamen Leben hat. Menschen, die so oft verletzt wurden wie sie, sind gefährlich, denn sie wissen, dass sie alles überleben können. Sie wird keine Rücksicht auf dich nehmen. Du hast was Besseres verdient.«

»Du verstehst das nicht. Manche Dinge muss man nicht aussprechen, um zu wissen, dass sie wahr sind. Ich habe es in ihren Augen gesehen. Sie ist eine gute Lügnerin, aber auch sie hat schwache Stunden.«

»Ja, meistens sterben dann Menschen, wenn sie mal wieder einen schwachen Moment hat. Ihr Gewaltpotenzial war schon immer stark ausgeprägt. Vielleicht hat sie ihre Eltern wirklich nicht getötet, aber ihren Pflegevater schon und die Männer in der Villa Sternwald. Sie ist eine eiskalte Mörderin. Sieh das endlich ein. Sie wird uns alles kosten.«

»Du hast ja keine Ahnung«, fuhr er seinen Vater verärgert an. »Willst du die Wahrheit hören, über Liliana und ihren tollen Pflegevater? Die Wahrheit über die Psychiatrie?«

Johann sah ihn skeptisch an, aber er ließ seinen Sohn erzählen. Merlin überlegte kurz und erzählte ihm dann die ganze Geschichte, die Liliana ihm anvertraut hatte. Er ließ keine Einzelheit aus. Johann wurde immer stiller und bewegte unentwegt die Pupille seines gesunden Auges. Seine Gedanken schienen sich zu überschlagen. Er sagte kein Wort. Hörte nur zu.

Nachdem Merlin geendet hatte, fragte er: »Woher weißt du, dass sie nicht lügt? Woher weißt du, dass sie nicht auf dein Mitleid spekuliert hat?«

»Mitleid ist wohl das Letzte, was sie möchte und sie hat nicht gelogen.«

»Was macht dich da so sicher?«

»Ihre Augen.« Merlin rieb sich seine schmerzende Stirn. »Wenn sie von Lavalle gesprochen hatte, ist das Leuchten ihrer Augen in Sekundenbruchteilen erloschen. Das passierte auch, als sie von ihrem Pflegevater und ihrem Psychiater gesprochen hatte. Genau in derselben Weise. Das kann niemand spielen und ich glaube, dass ich sie mittlerweile besser kenne als du.«

Als Merlin mit seiner Erklärung zu Ende war, zitterte Johann.

»Papa?«

»Was habe ich getan? Was habe ich nur getan?« Immer und immer wieder wiederholte er diese Worte.

»Papa, bitte. Rede mit mir. Egal, was zwischen euch vorgefallen ist, Liliana hat dir lange verziehen. Was hält dich jetzt noch zurück? Sprich mit mir. Wir sind eine Familie.«

»Ich will dich nicht auch noch verlieren«, flüsterte Johann.

»Wieso sollte das passieren? Sag mir die Wahrheit und ich verspreche dir, dass ich dich nicht verurteilen werde. Versuch es, Papa. Für mich. Das bist du mir und ihr schuldig.«

Merlin wurde nervös. Diesen Blick hatte er noch nie gesehen. Das schlechte Gewissen ließ Johann scheinbar unentwegt das Foto in seiner Hand drehen.

Er schluckte. »Ich weiß genau, was in dir vorgeht, Merlin. Ich weiß, was du für sie empfindest. Ich weiß genau, was du durchmachst und ich wollte dich von Liliana fernhalten, damit du nicht dasselbe Leid empfinden musst wie ich.«

Er hob das Foto in seinen Händen wieder hoch, betrachtete es und reichte es ihm.

Merlin nahm das Bild an sich. Er erkannte Liliana sofort. Sie war noch sehr jung, aber ihre Augen hatten sich bis heute nicht verändert. Die andere Person kannte er nicht. Sie hatte blonde Haare und strahlend blaue Augen. Ihr wunderschönes Lächeln ließ auch ihn nicht kalt.

»Das ist Ann«, erklärte Johann. »Lilianas Mutter.«

Merlin sah ihn an. »Warum hast du ein Bild von ...« Er verstummte, als er zu ahnen begann, was sein Vater all die Jahre versuchte, vor ihm zu verstecken.

»Papa, du und ...?«

Verlegen blickte Johann ins Tal hinunter. »Ann ... ja. Ich habe es nie jemandem erzählt. Sie war die Liebe meines Lebens. Mein Trost und mein Rückenwind. So eine Liebe gibt es nur einmal im Leben. Deine Mutter konnte ihr nicht einmal annähernd das Wasser reichen. In keinerlei Hinsicht.«

Merlin wusste nicht, wie er reagieren sollte. Die Ehe seine Eltern hatte in seiner Vorstellung nie auch nur einen Zentimeter gewackelt und jetzt war er sich nicht mehr sicher, ob er jahrelang in einer Lüge gelebt hatte.

»Erzähl es mir. Bitte. Ich möchte es gerne wissen«, sagte er mit ruhiger, motivierender Stimme. »Ich bin nicht in der Position, über dich zu urteilen. Ich habe auch nicht geplant, dass ich mich kurz vor meiner Hochzeit in eine andere Frau verliebe. Das Leben hat seine eigenen Pläne mit uns.«

Johann nickte. »Ich lernte Declan in einer alten Bar kennen. Normalerweise ging ich nicht in solche Läden, aber an diesem Abend war mir alles total egal. Ich hatte meinen Vater mal wieder enttäuscht und Streit mit Helena gehabt. Wie üblich. Ich wollte nur noch weg und mich betrinken. Declan saß neben mir an der Bar. Wir kamen schnell ins Gespräch und er bot mir seine Hilfe an, nachdem ich ihm all mein Leid geklagt und er aufmerksam zugehört hatte. Verständnis war mir fremd und das Gespräch hatte mir sehr geholfen. Allein war ich nicht in der Lage, es meinem Vater rechtzumachen. Er traute mir nichts zu und keine meiner Interaktionen war jemals gut genug für ihn. Ich war verzweifelt. Ich hatte eine junge Frau, die stolz auf mich sein sollte und ich wollte das Familienunternehmen keinem Fremden überlassen. Ich hätte alles getan, um meinem Vater zu beweisen, dass ich die Firma zum Erfolg führen konnte. Declan baute mich auf. Er schenkte mir neue Hoffnung. Wir trafen uns danach regelmäßig. Sprachen über die Geschäfte und neue Ideen und nach einer Weile hatten wir eine geschäftlich gut funktionierende Beziehung.«

»Betriebsspionage«, ergänzte Merlin.

Johann trank einen Schluck Wasser. »Ja. Declan beschaffte mir alle Informationen, die ich brauchte, um die Firma gedeihen zu lassen. Er bestach Händler und Käufer und war immer über den Entwicklungsstand der Konkurrenz informiert. Auch in unserem eigenen Unternehmen spürte er jede undichte Stelle auf. Unser Umsatz stieg und stieg. Seit er an meiner Seite gewesen war, hatte er die Firma geradezu an die Spitze katapultiert. Mein Vater starb einige Monate, bevor ich es endgültig geschafft hatte. Als ich ihn das letzte Mal sah, waren seine letzten Worte, dass ich die Firmenleitung dem Vizepräsidenten übertragen und nichts Blödes anstellen sollte. Er hatte niemals Vertrauen in mich. Nicht einmal auf seinem Totenbett.«

»Das tut mir sehr leid, Papa.«

Er winkte ab. »Auf jeden Fall verbrachte ich sehr viel Zeit mit Declan und wir wurden gute Freunde. Natürlich hat er auch Philippe Lavalles falsches Spiel durchschaut. Er hat uns an allen Ecken und Kanten sabotiert. Declan hat mich vor ihm gewarnt, aber ich habe ihn lediglich fristlos entlassen. Ich dachte doch niemals daran, dass er sich so an meiner Familie rächen würde, wegen einer *Entlassung*. Nach all den Jahren hatte ich ihn komplett vergessen. Melina könnte noch leben, wenn ich damals auf Declan gehört hätte. Überhaupt wäre alles anders gekommen, wenn er und Ann nicht – ich schweife ab. Declan stand mir auch privat immer zur Seite. Unsere wöchentlichen Trinkgelage waren mir heilig. Er hatte viele Frauen und hielt nicht viel von Beziehungen. Eines Abends hatte er sich jedoch verändert. Er erzählte mir von Ann. Ich hatte ihn noch nie so von einer Frau reden hören und war amüsiert. Natürlich, die Liebe macht blind. Die Ehe zu deiner Mutter war bereits nach einem Jahr sichtlich ausgekühlt und ich dachte, dass das vollkommen normal sei. Ich dachte, mehr als gegenseitigen Nutzen dürfte man von einer Ehe nicht erwarten, aber als Declan über seine Ann sprach ...« Ein warmes Lächeln zog sich über sein Gesicht. »Auf jeden Fall besuchte ich ihn regelmäßig in Australien auf der Ranch. Ich liebte diese Ausflüge in die Einöde. Sie waren jedes Mal eine Flucht aus meinem mir aufgedrängten Leben. Helena war froh, wenn ich mal wieder ein paar Wochen nicht da war. Ich glaube, sie hat mich nie wirklich vermisst. So lernte ich natürlich auch Ann kennen und bei allem, was mir heilig ist: Ich habe sie angeschaut und war ihr verfallen. So eine Anziehung hatte ich noch nie erlebt. Dieses Lächeln.«

Er hatte seinen Vater noch nie so erlebt. Johanns gesundes Auge hatte einen Glanz angenommen, den Merlin nie für möglich gehalten hätte. »Sprich weiter.«

»Meine Gefühle für Ann behielt ich für mich. Als sie mit Liliana schwanger gewesen war, hatte sie Declan geheiratet. Er liebte sie wirklich und wollte sie schützen, aber er konnte nicht aus seiner Haut. Er war kein Familienvater, auch, wenn er Lilly über alles in der Welt liebte. Er arbeite nach wie vor wie ein Verrückter und war selten zu Hause. Und wenn er es war, hatte er nur Augen für seine Tochter. Ann vereinsamte zusehends. Wir telefonierten häufiger und nach und nach schüttete sie mir ihr Herz aus. Bei meinem nächsten Besuch konnte ich mir das Ganze dann ansehen. Declan verschwand nach wenigen Tagen wieder mit Liliana ins Buschland und Ann saß weinend auf der Couch. Ich habe sie getröstet und es kam eines zum anderen. Sie hatte so viele unerfüllte Sehnsüchte in sich und mir ging es genauso. Zwischen Helena und mir war seit langer Zeit nichts mehr passiert und in dieser Nacht verstand ich, was Leidenschaft wirklich bedeutet. Ich war nicht allein mit meinen Gefühlen. Ihr ging es genauso, aber auch sie hatte eine Familie. Ich hatte euch.« Johann schüttelte den Kopf und nahm noch einen Schluck Wasser.

Merlin rückte näher zu seinem Vater, um der prallen Sonne zu entgehen.

»Ich habe deine Schwester und dich immer geliebt. Vom Tag Eurer Geburt an. Declan war mein bester Freund. Mein Gewissen zerfraß mich. Aber meine Liebe zu Ann wuchs und wir trafen uns bei jeder Gelegenheit heimlich. Zumindest dachten wir das. Liliana war schon immer sehr intelligent und durchschaute bereits mit ihren jungen Jahren unser Spiel. Wir hatten sie unterschätzt. Bei jedem meiner Besuche wurde sie mir gegenüber misstrauischer. Sie spürte die Spannung zwischen mir und ihrer Mutter, aber sie sagte nie etwas. Auch nicht zu Declan. Ihr Schweigen beruhigte uns. Wir dachten, dass sie vielleicht doch nicht begriff, was offensichtlich war. Wir wurden nachlässig und unvorsichtig. Eines Abends hat sie uns dann gesehen, als ... na ja, Ann versuchte, mit ihr zu reden, aber es war zwecklos. Lilly liebte Declan über alles und unser Verrat an ihm war für sie nicht entschuldbar. Dennoch sagte sie ihm weiterhin kein Wort, aber wir beschlossen, dass es so nicht weitergehen konnte. Ich war in meiner absolut lieblosen Ehe gefangen und wollte mit Ann ein neues Leben beginnen. Ich bat sie unendliche Male, Declan zu verlassen und mit Lilly zu mir zukommen. Ich gebe es zu. Ich wollte weg hier. Weg von Helena und weg von der Firma und ich war bereit, euch dazu zu verlassen. Ich wollte alles hinter mir lassen. Raus aus diesem Gefängnis. Jedes Opfer war mir recht. Ich wollte diese Freiheit, die ich nur mit Ann fühlte. Ich liebte sie. Sonst interessierte mich nichts. Es tut mir leid. Ich weiß, wie grausam und herzlos sich das für dich anhören muss.«

Merlin hörte ihm weiterhin still zu.

»Kurz vor ihrem Tod rief sie mich an und sagte, dass sie schwanger wäre. Sie wollte dieses Kind. Unser Kind. Sie würde Declan verlassen. Aber sie wollte erst mit Liliana sprechen, bevor sie es Declan beichtete. Ich war der glücklichste Mensch auf der Welt. Meine Ann wollte bei mir sein und wir bekamen ein Kind. Ich ignorierte mein schlechtes Gewissen Declan gegenüber und vertraute darauf, dass er es verstehen würde. Ich verschloss meine Augen vor der Realität. Was hatte ich für eine Wahl?« Er griff sich in die Haare. »Ich habe nach diesem Telefonat nie wieder etwas von ihr gehört. Ein gemeinsamer Freund rief mich vier Tage später an. Er erzählte mir, dass Speargrass Hills abgebrannt war und das Declan und Ann tot seien. Verbrannt. Es traf mich wie ein Schlag. Irgendetwas in mir ist in tausend Stücke zerbrochen und ich habe mich sofort auf den Weg gemacht. Ich habe nur noch Trümmer vorgefunden und Lilly, die mit starrem Blick vor der Ruine saß. Es regnete. Sie hatte sich seit Tagen keinen Millimeter wegbewegt. Die Arbeiter der Ranch waren ratlos. Ich war so voller Hass und Zorn. Ich hab sie angeschrien. Ich wollte wissen, was passiert war, aber sie sagte kein Wort. Sie sah mich nur mit vollkommen leerem Blick an. In meiner Verzweiflung habe ich sie geschlagen, aber selbst das änderte rein gar nichts. Ich kann dir gar nicht sagen, wie leid mir das alles tut. Sie war zehn Jahre alt und ich habe meinen ganzen Hass auf sie projiziert. Es war so naheliegend, dass sie in ihrem Zorn auf ihre Mutter den Brand gelegt hat.« Er hielt inne und eine Träne lief ihm über die Wange.

Merlin ordnete seine Gedanken. »Liliana hatte keine Verwandtschaft mehr. Das hat sie mir erzählt. Declan war dein bester Freund. Hattest du dann die Vormundschaft für sie?«

Es dauerte eine Weile, bis Johann ihm antwortete. »Ja, ich hatte Declan versprochen, dass ich Lilly zu mir nehme, wenn ihm und Ann etwas passieren würde, aber ich habe es nicht getan. Als sie hier ankam und mich so vorwurfsvoll ansah, habe ich es nicht ertragen. Ich habe immer Declan in ihr gesehen. Ich habe meinen Verrat an ihm in ihr gesehen. Also habe ich sie einfach abgeschoben zu meinem Geschäftspartner Weber. Wie das abgelaufen ist, weiß ich ja jetzt. Mein Gott, ich habe sie diesem Dreckschwein geradezu aufgedrängt. Er wollte erst nicht, aber als er sie sah, hatte er plötzlich seine Meinung geändert. Ich war nur froh, dass ich das *Problem* los war. Ich wollte nicht, dass jemand von euch etwas davon erfährt. Lilly wusste zu viel. Die Gefahr, dass sie mich verraten würde, war einfach zu groß.«

»Deshalb musste sie weg? Du wolltest alles vertuschen und so weitermachen wie vorher?«

»Ja, das wollte ich. Alleine, ohne Ann, hatte ich keine Kraft und ich wusste, dass mich Declan ständig aus Lilianas Augen angesehen hätte. Das hätte ich nicht ertragen, aber ich dachte, dass es ihr gutgehen würde. Ich wollte ihr nichts antun.«

»Hast du dich jemals nach ihr erkundigt?«

Er schüttelte den Kopf.

Merlin war fassungslos. Jetzt wurde ihm bewusst, wie berechnend seine Familie doch war.

»Ich war feige«, sprach Johann weiter. »Ich war entsetzlich feige. Ich bin zu Helena zurückgekrochen und habe einfach weitergemacht, als wäre nichts passiert. Ich habe mit niemandem je darüber gesprochen.«

»Ich bin froh, dass du es jetzt tust.«

Johann sah seinen Sohn an, aber Merlin schüttelte den Kopf. Er konnte das alles nicht glauben.

»Sag doch bitte was.« Johann verschränkte die Finger ineinander.

»Du hattest also keine Angst um mich. Du hattest Angst, dass Liliana dein kleines Geheimnis verraten würde. Nur deshalb wolltest du sie von mir fernhalten.«

»Nicht nur. Ich dachte wirklich, dass sie verrückt wäre und sich an mir rächen will. Ich hatte Angst um dich. Und ich hatte Angst, dass dir das Herz gebrochen wird. Kein Riordan hat es je ins Rentenalter geschafft. Sie gehen nicht gerade sorgsam mit ihrem Leben um. Ich wollte nicht, dass du denselben Verlust erleidest wie ich, wenn Liliana – stirbt. Und das ist nur eine Frage der Zeit.«

»Es ist, wie es ist. Man sagt immer, dass die Zeit alles ändert, aber das stimmt nicht. In Wirklichkeit muss man es selbst tun. Ich kann verstehen, wie du dich gefühlt hast. Ich kann verstehen, dass du ausbrechen wolltest. Ich kann verstehen, dass du dich verliebt hast und schwachgeworden bist, aber ich kann nicht verstehen, warum du dich so lange versteckt hast. Ich kann nicht verstehen, warum du ein kleines Mädchen im Stich gelassen hast, das außer dir niemanden auf dieser verdammten Welt mehr hatte. Wir hatten genug Platz. Wir hatten genug Geld. Sie hätte bei uns eine Zukunft gehabt. Die Menschen hätten verstanden, dass du eine Waise adoptierst. Herrgott, sie war die Tochter der Frau, die du geliebt hast. Wie konntest du ihr das antun? Du warst alles, was sie noch hatte.«

»Hasst du mich? Ich könnte es verstehen.« Er senkte den Kopf.

»Nein, das tue ich nicht. Ich werde über all das in Ruhe nachdenken müssen, aber zuerst muss ich Lilly finden.«

»Ihr Leben liegt in Scherben. Du kannst nicht wieder gutmachen, was ich zerstört habe.«

»Aber ich kann es versuchen. Und es geht nicht um dich und Lilly, sondern um mich und sie. Hilfst du ihr wenigstens jetzt?«

»Ich werde dir helfen, Merlin. Vertrau mir.«

»Gut. Dann mach das. Ich vertraue dir.« Er stand auf, klopfte seinem Vater auf die Schulter und wollte gehen.

»Wo willst du jetzt hin?«

»Ich springe von einem Felsen ... in ... einen ... See.« Er sagte es so langsam, als müsse er es sich selbst erst klarmachen.

»Lass den Quatsch. Nachher schlägst du noch mit dem Kopf auf einen Stein und bist tot.«

»Was würde das für einen Unterschied zu jetzt machen? Aber stell dir mal vor, wenn ich es unbeschadet überstehe ... Was kann ich dann alles erreichen?«

»Merlin, du machst mir Angst. Was redest du für einen Blödsinn?«

»Wer etwas will, findet Wege. Wer etwas nicht will, findet Gründe.«

# Kapitel 49

*Liliana*

Lavalle war wenig entzückt über das, was er am nächsten Morgen vorfand. Das konnte Liliana in seinen Augen erkennen. Sein letzter *Kunde* hatte keinen Zentimeter von ihr verschont. Neben den großflächigen Blutergüssen war ihr Körper von Biss- und Kratzspuren überzogen. Ihr Kleid lag zerrissen auf dem Boden. Sie war fast froh, dass sie ihr Gesicht gerade nicht sehen konnte. Sie hätte sich vermutlich eh nicht erkannt. Ihr Feuer war erloschen und lediglich ein Häufchen Glut fand sie noch in ihrer Seele.

Der Doc kam dazu und hatte neue Spritzen mitgebracht. Ruhig setzte er sich neben sie, während sie versuchte, ein Stück von ihm wegzukommen, aber die Fesseln hielten sie schmerzlich an Ort und Stelle gefangen. Er ergriff ihren rechten Arm und strich an ihm entlang.

»Tun Sie es nicht. Bitte«, sagte sie kaum hörbar.

Lavalle kam näher. »Was? Was hast du gesagt?«

»Ihr sollt mit dem Scheiß von mir wegbleiben.« Kaum hatte sie weitere Worte gesprochen, wurden die Schmerzen in ihrem Hals unerträglich.

Stolz grinsend sah der Doc zu seinem Chef auf. »Na also, es wird doch.« Unbeeindruckt zog er eine Spritze auf.

»Nein. Bitte. Nicht schon wieder.«

Der Doc stand auf und machte Lavalle Platz, der sich dicht neben sie setzte und ihr durch die Haare strich.

»Lilly? Was ist das denn? Das hab ich ja noch nie von dir gehört.«

Ihre schwache Minute wurde ihr schlagartig bewusst, als seine Stimme zu nah an ihrem Ohr klang. Was redete sie da eigentlich? Diesmal waren es nicht die Drogen, die sie zittern ließen, sondern die Erkenntnis, dass ihr Wille langsam zu schwinden begann. Sie wollte nicht mehr kämpfen. Ihre Kraft war verbraucht. Der Tod erschien ihr sympathischer als je zuvor.

»Es ist ganz einfach«, hörte sie Lavalles Stimme. »Aufgeben ist so einfach, Lilly. Warum quälst du dich so?«

Diese Frage holte sie aus ihrer Lethargie. Wofür hatte sie so lange gekämpft? Die Antwort war einfach: für ihren Vater. Sie hatte es ihm versprochen. Kurz vor seinem Tod hatte sie ihm versprochen, dass sie nicht aufgeben würde. Sie hatte ihm versprochen, dass sie sich niemals wieder zu etwas zwingen lassen würde.

*'Die Menschen haben nur so viel Macht über uns, wie wir bereit sind, ihnen zu geben'*, hatte er gesagt. *'Es gibt immer einen Grund, um aufzustehen und zu leben. Lass dir von niemandem etwas anderes einreden.'*

Dennoch war er in ihrem Arm gestorben. Und jetzt war sie kurz davor, ihr Versprechen nicht einhalten zu können oder nicht einhalten zu wollen?

»Also? Können wir dieses Theater hier abbrechen und uns einen netten Tag machen, mein Engel?«

Ihr Herz schlug noch. Sie musste es sich bewusst machen, dass sie noch lebte. Ihr Atem floss durch ihren schmerzenden Körper.

Sie sah ihm tief in die Augen. »Nicht, solange ich noch einen Atemzug machen kann.«

Lavalle zuckte desinteressiert mit den Schultern und stand auf. Mit einem Kopfnicken gab er dem Doc zu verstehen, dass er weitermachen sollte wie bisher und er ging ohne ein weiteres Wort.

Der Doc legte die Spritze auf den Boden und setzte sich wieder zu ihr. Mit starrem Blick betrachtete er ihren nackten Körper und strich darüber.

»Der Kerl hat dich ganz schön zugerichtet. Merkwürdig, auf was Menschen alles so stehen. Ich würde dir nie so weh tun.«

Sie schaffte es immer noch, sich wegzudrehen, als er sich neben sie legte und seine Hände nicht von ihr lassen konnte.

»Keine Sorge ... ganz ruhig ... ich tu' dir nicht weh ... ich mach' alles wieder gut.«

Wie in Trance legte er sich auf sie und schnürte ihr die Luft ab.

Nein. Nicht er. Nicht jetzt. Nicht nach dieser Nacht. Mühelos hielt er sie mit seinem Körpergewicht ruhig. Sie schafft es nicht mehr, die Schmerzen zu unterdrücken und aus Angst, dass Lavalle sein Treiben mitbekommen könnte, packte er sie fest um den Hals und blockierte jedem Laut den Weg an die Oberfläche.

Das letzte Beben seines Körpers bemerkte sie nicht mehr. Kurz, bevor sie drohte, das Bewusstsein zu verlieren, ließ er von ihr ab. Schwer atmend griff er nach der aufgezogenen Spritze auf dem Boden und stach sie ihr in die Beinarterie.

# Kapitel 50

*Merlin*

Den letzten Abend vor seiner Hochzeit verbrachte Merlin alleine. Er fuhr ziellos durch die Gegend und fand sich irgendwann auf dem kleinen Wandererparkplatz wieder.

Als die Sonne die letzten wärmenden Strahlen an den Horizont abgab, ging er langsamen Schrittes zu dem Waldsee und setzte sich auf den Felsen. Hier hatte er seine ersten Antworten erhalten. Hier hatte er die erste wirkliche Hoffnung auf Hilfe geschöpft. Hier saß er nun. Allein und hilflos.

Er starrte so angestrengt auf den See, als wartete er auf eine Erscheinung, die ihm den Weg weisen würde. Nichts passierte. Gar nichts. Und dennoch stieg sein Puls unweigerlich an, als er in die Tiefe schaute. Er funktionierte wie ein Schweizer Uhrwerk. Auch wenn er seit einiger Zeit Urlaub von seiner Arbeit nehmen musste, tat er ansonsten genau das, was die Gesellschaft von ihm erwartete. Und morgen würde er heiraten. Er würde die Frau heiraten, die alle erwarteten, um eine Geschäftsbeziehung zu festigen, die alle für sinnvoll hielten. Immer brennender wurde der Schmerz in ihm. Wenn er morgen gleichgültig vor den Altar schritt, würde er alles verraten, wofür Liliana eingetreten war. Vor allem würde er sich selbst verraten. Er liebte Anna Maria nicht. Wehmütig musste er sich eingestehen, dass er sie nicht einmal mochte. Umso mehr fragte er sich, wie er so lange Zeit mit ihr zusammen sein konnte. Sein Leben musste jetzt eine drastische Wendung nehmen oder er musste es akzeptieren. Wieder sah er nach unten. Seit Lilianas Verschwinden fühlte er sich leer und einsam. Es kam ihm vor, als würde er sich von außen selbst zusehen. Er hatte nicht nur sie verloren, sondern er hatte auch sich selbst verloren.

Merlin erinnerte sich an ihre Worte. Sie hatten sich in seinem Gedächtnis eingebrannt:

*Wenn Sie sich nicht mehr sicher sind, ob Sie leben oder bereits verstorben sind, Herr von Falkenberg, stellen Sie sich an einen Abgrund und sehen Sie hinunter. Die Angst wird kommen und mit Ihnen in die Tiefe schauen. Sie wird versuchen, Sie zurückzuziehen. Genau jetzt dürfen Sie keinen Schritt zurückweichen. Überwinden Sie ihre Angst. Spüren Sie den steigenden Pulsschlag ihres Herzens und springen Sie. Wenn Sie wieder auftauchen, wird sich die Welt verändert haben, denn dann wissen Sie wieder, dass Sie noch am Leben sind und wie es sich anfühlt, über seine Angst erhaben zu sein.*

»Das ist doch verrückt. Ich werde jetzt nicht von diesem Felsen springen.«

Er konnte sich nicht vorstellen, dass ihm das wirklich helfen sollte. Seine Angst stieg an. Sein Herz pochte. Kurz, bevor er aufstehen und gehen wollte, geschah etwas Eigenartiges. Er fing an, zu lächeln. Langsam stand er auf und zog seine Sachen aus. Selbstsicher trat er an den Abgrund. Er schloss die Augen, und während er sich auf seinen Herzschlag konzentrierte, ließ er sich fallen.

\*

Die Sonne strahlte von einem wolkenlosen Himmel. Es war der Tag. Der Tag, an dem alle Wünsche wahr werden sollten. Die Gäste versammelten sich bereits aufgeregt in der Lobby des Hotels. Die Floristen flitzten aufgeregt hin und her und schleppten die riesigen Gestecke. Johann beobachtete das bunte Treiben und hielt eine weiße Lilie in der Hand, als Merlin ihm entgegenkam. In einfacher schwarzer Stoffhose und weißem Hemd.

Das warme Lächeln seines Vaters tat ihm gut. »Guten Morgen. Hast du deine Liebe zu Blumen entdeckt?«

Johann strich über die großen Blütenblätter. »Guten Morgen. Nein, das waren Anns Lieblingsblumen.«

»Lilien? So was aber auch.«

»Ja, über Lillys Namen gab es daher keine Diskussion«, sagte er mit einem Schmunzeln. »Ich wollte mich an sie erinnern. Sie tat immer das Richtige, auch, wenn es der steinigere Weg war. Ich habe viele Fehler gemacht, aber das bedeutet nicht, dass ich damit weitermachen muss. Deinem Outfit nach wird heute nicht geheiratet.«

»Nein, heute wird nicht geheiratet.«

Johann nickte sichtlich zufrieden. »Meinen Segen hast du.«

»Danke, Papa. Jetzt muss ich nur noch Anna Maria finden.«

»Ich komme mit. Das musst du nicht alleine durchstehen.«

Er klopfte seinem Vater auf die Schulter und schob ihn vor sich her. Ohne anzuklopfen, öffnete er die Tür und schob Johann in das Ankleidezimmer der Braut. Schockierte Augen sahen ihn aus allen Ecken des Zimmers an. Anna Maria kam aus dem Bad. Das pompöse Prinzessinnenkleid mit den zahlreichen Rüschen und kleinen Diamanten ließ sie fast verschwinden.

»Was machst du denn hier? Du kannst doch ...«

»Anna Maria, sei jetzt bitte still.«

»Einen Scheißdreck werde ich sein.« Sie baute sich vor

ihm auf.

»Halt deinen Mund«, fuhr er sie scharf an. »Und alle anderen hier könnten uns bitte einen Moment alleine lassen.«

Murmelnd gingen Anna Marias Freundinnen aus dem Raum. Nur Magdalena blieb wie angewurzelt stehen.

»Was hat das zu bedeuten? Hast du den Verstand verloren?«, fragte sie entgeistert.

»Nein, ich bin zum ersten Mal seit Jahren bei Verstand. Es tut mir leid Anna Maria, aber es wird keine Hochzeit geben.«

»Was fällt dir eigentlich ein?«

»Du hast mich viel zu lang drangsaliert, gedemütigt und ausgenommen. Ich hab dir alles gegeben. Alles, was du wolltest und ich war blind. Ich habe absichtlich die Augen verschlossen, weil ich dachte, dass es das Beste für die Firma wäre, aber ich werde nicht mein Glück für ein seelenloses Unternehmen opfern.«

»Das Miststück hat dich verhext! Hab ich Recht? Diese elende Schlampe.«

»Lass Lilly aus dem Spiel.«

Sie grinste bösartig. »Deine Lilly ist Geschichte. Da kannst du dir sicher sein.«

»Was meinst du jetzt damit?«

Magdalena wechselte einen strengen Blick mit ihrer Tochter und kam dann auf Merlin zu. »Sie meint nichts damit.«

In diesem Moment kam Theodor abgehetzt durch die Tür und stieß fast mit Johann zusammen. »Was ist hier los?«

Erbärmlich schluchzend fiel Anna Maria ihrem Vater in die Arme. »Papi! Papi! Er will mich nicht mehr!«

»Ach, Blödsinn. Männer werden immer nervös, wenn sie heiraten. Hast du eine Minute für mich, mein Sohn?«

»Eigentlich nicht, Theodor.«

»Oh, ich bin mir sicher, dass dich interessiert, was ich dir zu sagen habe. Macht nur weiter. Die Zeit rennt und wir wollen pünktlich anfangen.«

Johann wechselte einen misstrauischen Blick mit Merlin. Dieser nickte seinem Vater kurz zu und folgte Theodor auf den Balkon. Die Sonne brannte.

»Du willst also meine Tochter nicht heiraten.« Theodor stützte die Hände in die Hüften.

»Richtig. Das wird nicht funktionieren.«

»Das interessiert mich nicht.«

Merlin legte die Stirn in Falten. »Das Glück deiner Tochter interessiert dich also nicht?«

»Mich interessieren meine Geschäfte, mein Geld und was Ordentliches in der Kiste. Ach, wo wir gerade beim Thema wären ... deine kleine Nutte ist schon ein geiler Fick. Ich kann verstehen, dass du meine frigide Tochter gegen sie eintauschen möchtest, aber das Leben ist kein Wunschkonzert.«

Perplex musterte Merlin seinen zukünftigen Schwiegervater. »Was willst du mir jetzt damit sagen?«

»Ich habe deine kleine Freundin neulich besucht. Sie hielt sich für *so* stark und für *so* schlau. Und jetzt? Jemand musste sie in ihre Schranken weisen und genau das habe ich getan. Mehrere Stunden lang. Es wurde Zeit, dass ihr jemand Manieren beibringt, der Schlampe. Wie heißt sie noch? Lilly, richtig?«

»Liliana«, flüsterte Merlin, bevor er verstand, was Theodor ihm gerade offenbart hatte. Kurzerhand hatte er ihn am Kragen gepackt und schleuderte ihn gegen die Hauswand.

»Merlin. So eine starke Emotion wegen dieses Miststücks? Ich hatte ja keine Ahnung. Das hätte ich dir gar nicht zugetraut. Sie hat wohl öfter die Beine für dich breitgemacht. Meinen Glückwunsch.«

»Wo ist sie?«

»Vielleicht sage ich dir das.«

»Nein, vielleicht würde bedeuten, dass du noch eine Wahl hast.«

»Jetzt lässt du mich erst los oder willst du, dass es Blondie noch schlechter geht?«

Er ließ ihn tatsächlich los und trat einen Schritt zurück.

»Pass auf, Merlin. Ich dachte mir schon, dass die Schnepfe dir den Kopf verdreht hat. Das kann ich verstehen. Ich habe sie gesehen und musste sie haben. Ich habe ihr ja gesagt, dass ich kein *Nein* akzeptiere, als ich mit ihr getanzt habe, aber sie wollte ja nicht auf mich hören.«

In Merlins Kopf rauschte es. Er musste sich beruhigen. Atmen. »Was hast du mit ihr gemacht?«

»Nur das, was man mit Weibern macht: Man fickt sie, schlägt sie und genießt ihre Schwäche.«

»Du bist widerwärtig.«

»Noch geht es ihr gut, aber ich weiß nicht, wie es aussieht, wenn heute nicht geheiratet wird.« Er wippte mit dem Kopf hin und her.

»Willst du mich erpressen?«

»Also, so würde ich es nicht formulieren, aber ja ... ich will dich erpressen. Du heiratest meine Tochter und unterschreibst brav die geänderten Verträge, die ich mitgebracht habe und Lilly darf ihr erbärmliches Leben noch ein wenig behalten.«

»Du darfst deinen Kopf behalten, wenn du mir sagst, wo sie ist.«

Schallendes Gelächter entrann Theodor. »Lilly ist da, wo

sie hingehört, und zwar bei Lavalle. Wir sind gute Freunde. Das heißt, dass ich von hier aus bestimmen kann, ob sie leidet oder nicht. Tötest du mich, hast du gar nichts mehr. Heiratest du heute nicht, wird sie leiden. So lange bis du dich von deinem hohen Ross geschwungen hast. Und wer weiß ... vielleicht bring ich dich ja zu ihr. Lavalle würde gern mit dir reden.«

»Du bringst mich zu ihr.«

»Darüber sprechen wir, wenn du jetzt brav heiratest. Ich gewinne so oder so. Wenn unser Geschäft nicht läuft, muss deine süße Lilly mir das Geld wieder einbringen. Genug Potenzial dazu hat sie ja. Deine Entscheidung.«

Arrogant stolzierte er davon und ließ einen schockierten Merlin allein auf der Terrasse zurück.

# Kapitel 51

*Liliana*

Im stetigen Schein der kleinen Lampe lag Liliana hellwach auf ihrer Matratze und hatte sich in ihre dünne Decke verkrallt. Seit einigen Stunden nahmen die Halluzinationen ab, aber sie traute sich immer noch nicht, die Augen zu schließen. Das Licht, das sie früher in den Wahnsinn getrieben hatte, war lebensnotwendig geworden. Mit der Dunkelheit kamen die Fantasien und die wollte sie auf jeden Fall vermeiden. Sie hatte nicht einmal bemerkt, dass sie ein neues Kleid hatte. Ihre Schmerzen nahm sie nicht mehr bewusst wahr. Regungslos lag sie da. Stunde für Stunde. Sie ignorierte jeden, der zu ihr kam. Selbst die Flasche Wasser rührte sie nicht an. Sie war irgendwo gestrandet, zwischen Leben wollen und sterben.

Lavalle hob sie leicht an, setzte sich und legte ihren Kopf wieder auf seinem Schoß ab.

Fast behutsam strich er ihr übers Haar und ihren Arm. »Du solltest etwas trinken. Die Medikamente entziehen dir schon genug Flüssigkeit.«

Sie gab ihm keine Antwort. Notfalls würde er ihr schon Flüssigkeit einflößen. Seine Sorgen waren daher in ihren Augen unbegründet.

»Übrigens, erinnerst du dich an deinen kleinen Freund? Wie hieß er noch? Ach ja, unser Zauberer ... Merlin. Er hat gestern geheiratet. Es muss ein wundervolles Fest gewesen sein.«

Jetzt hob sie leicht den Kopf an und biss sich auf die

spröde Lippe.

»Also, falls du dachtest, dass sich irgendjemand außerhalb dieses Raumes für dich interessiert, hast du dich getäuscht. Es gibt nur dich und mich. Alle, die du je geliebt hast, sind tot. Erinnerst du dich? Deine Mami und dein Papi. Der alte Pit. Niemand sucht dich. Niemand wird dir helfen. Warum quälst du dich so?«

Sie sackte wieder in sich zusammen.

Er hob sie an und hielt sie im Arm, sodass ihr Kopf auf seiner Brust ruhte. »Du hast keine Freunde mehr. Ich habe dank deiner Aktionen auch keine Freunde mehr. Wir sind alles, was wir noch haben. Es ist sinnlos, Lilly. Wofür kämpfst du noch?«

Ihr Körper begann wieder, zu zittern. Langsam lief ihr eine einzelne Träne übers Gesicht. Eine zweite Träne folgte und eine Dritte.

Zum ersten Mal in seiner Gegenwart weinte sie. Ihre Hand krallte sich in seinem Hemd fest. Sie war am Ende. Körperlich und mental.

»Lilly? Nicht doch. Wir bekommen das alles wieder hin.« Er küsste sie auf die Stirn und strich ihr über den Arm. »Ein kleines Wort von dir und all das hier ist Vergangenheit.« Seine Hand strich ihr über die vernarbte Wange und zog sie näher an sich heran. »Lass uns diesen ewigen Streit beilegen. Wem willst du was beweisen?«

Als er versuchte, sie zu küssen, hielt sie für einen kurzen Moment still, aber dann zog sie ihr Gesicht zurück.

Plötzlich ließ sie ihn los und setzte sich auf. Sie wusste, dass sie wieder halluzinierte, aber sie sah ihren Vater deutlich vor sich. Sie suchte die Bestätigung in seinen Augen, dass es in Ordnung sei, wenn sie nach all dem aufgab, aber sie fand keine Zustimmung. Nur der eiskalte Blick aus ihren Kindertagen, wenn sie jammernd zu ihm lief, weil sie sich verletzt hatte. Ihre Schmerzen interessierten ihn nicht.

*'Du kannst mir dein Leid ja noch klagen, also kann es nicht so schlimm sein'*, hätte er gesagt.

Nie hatte er ihr die Hand gereicht gehabt, wenn sie am Boden lag. Sie hatte alleine aufstehen müssen. Jedes Mal. Nein, sie würde seinen Segen auch jetzt nicht bekommen. Er würde ihr nie erlauben, aufzugeben. Nicht, solange sie noch einen Atemzug tat. Ihre Liebe zu ihm war immer noch grenzenlos und allgegenwärtig. Sie konnte ihn nicht enttäuschen. Sie konnte ihr Versprechen nicht brechen. Selbst über die Affäre ihrer Mutter mit Johann hatte sie ihm gegenüber geschwiegen gehabt. Sie brachte es einfach nicht übers Herz, es ihm zu sagen, und als er in ihren Armen gelegen hatte und seine Lebensgeister ihn verließen, hielt sie es nicht mehr für wichtig.

*'Ich bin so stolz auf dich. Du bist das Beste, was ich in meinem Leben zustande gebracht habe.'*

Seine letzten Worte hallten in ihrem Kopf. Was würde er sagen, wenn sie jetzt aufgab? Nein, er würde es nicht verstehen. Sie wusste, was er von ihr erwartete und sie würde ihn auch dieses Mal nicht enttäuschen.

Lavalle fasste sie von hinten an den Schultern, glitt ihre Arme hinunter und von ihrem Bauch aus wieder nach oben, während er ihren Hals küsste.

Ihre Tränen waren versiegt. Als ihr Blick sich von purer Verzweiflung in einen brennenden Lebenswillen verwandelte, veränderte sich auch das Bild von ihrem Vater. Er lächelte sie an und verschwand. Lavalle bekam ihre Wandlung in Form eines gezielten Ellenbogenstoßes in seine

Magengrube zu spüren und ließ von ihr ab. Er stand auf und kniete sich vor sie.

»Das war wohl ein *Nein*.«

»Fahr zur Hölle.«

»Nein, das überlasse ich dir.«

Sie kannte diesen Blick und er bedeutete für gewöhnlich nichts Gutes.

»Gut, dann vertreiben wir uns eben auf die harte Tour die Zeit. Ich habe heute nichts mehr vor.« Sein plötzlicher Schlag traf sie hart im Gesicht und sie fiel aufs Bett zurück.

»Weißt du, der Doc mag ja Recht haben mit seinen Methoden, aber die gute alte Schule hat manchmal auch Wunder bewirkt und falls nicht ... hatte ich trotzdem meinen Spaß.«

Sein Gürtel glitt durch die Schlaufen. Sorgsam machte Philippe einen dicken Knoten oberhalb der Gürtelschnalle.

»Müssen wir wirklich wieder zurück zum Anfang, Lilly? Es ist deine Entscheidung.«

»Du warst noch nie so weit von deinem Ziel entfernt wie heute, Philippe.«

Kaum hatte sie den Satz beendet, hob sie wie automatisiert ihre Hände vors Gesicht und rollte sich zusammen. Die Schläge trafen sie härter als erwartet. Die Haut an ihren Armen, ihren Beinen und ihrem Rücken platzte auf. Wie im Wahn schlug er unaufhörlich auf sie ein. Als er nach Minuten aufhörte, machte sich eine lähmende Stille breit. Ruhig setzte er sich wieder zu ihr und malte mit ihrem Blut kleine Muster auf ihre Haut. Seine Hand wanderte unter ihr Kleid und als sie versuchte, sich auch nur einen Zentimeter von ihm zu entfernen, hatte er sie am Hals gepackt und drückte ihr die Luft ab.

Er beugte sich zu ihr und flüsterte ihr ins Ohr: »Weißt du

eigentlich, dass du mir mein ganzes Leben versaut hast? Als ich dich zum ersten Mal sah, hattest du bereits Besitz von mir ergriffen. Ich habe lange geglaubt, dass ich dich getötet hätte, aber nein ... du warst noch am Leben. Und ich musste dich finden. Es gab keine andere Aufgabe mehr. Ich musste dich haben. Für mich. All die anderen waren mir egal, aber nicht du. *Nicht du.* Dann hatte ich dich hier und wieder hast du mir den Verstand geraubt, weil ich dich nicht haben konnte. Ich musste dich fesseln und betäuben, um in deiner Nähe zu sein, nach der es mich so verlangte. Aber du ... du hast mir dieses hübsche Aussehen verpasst und bist geflohen. Zum Glück bist du wieder da, mein Engel. Ich kann warten, wenn du noch Zeit brauchst. Ich kann warten.«

»Du bist auch nicht mehr der Jüngste. Wie lange willst du das hier noch machen?«

Keine Reaktion. Sie bewegte sich auf ganz dünnem Eis. Er stierte sie stumm an.

»Tu, was du willst, aber tu es und sieh mich nicht an wie ein Stück Fleisch. Oder hat es deiner Mami gefallen, wenn du sie so angeschaut hast?«

Als er ihren Kopf auf das Bettgestell schlug, verlor sie für ein paar Sekunden das Bewusstsein. Mami war eindeutig das falsche Thema, aber außer diesem kurzen, schmerzlichen Gewaltakt passierte nichts. Benommen nahm sie zur Kenntnis, dass er sie fesselte. Dieses Spiel hatte sie verloren. Seine Bewegungen waren viel zu ruhig und kontrolliert. Sie wollte, dass er sie verprügelte. Danach ging er immer und ließ sie in Ruhe, aber dieses Mal hatte ihre Provokation bei weitem nicht ausgereicht. Mühelos zerriss er das dünne Kleid.

Jede Vergewaltigung war eine Tortur, aber kein anderer

Mann zelebrierte es so wie er. Normalerweise kamen sie in die Zelle, lebten ihre Geilheit aus und gingen wieder. Nicht so Philippe. Er hatte immer Zeit. Stundenlang quälte er seine Opfer, bevor er sich nahm, was er eigentlich wollte. Sie hasste jede seiner Berührungen und die ewigen Spielereien mit ihrem Körper. Tausendmal hatte sie ihn bereits angefahren, aber jedes Mal ohne Erfolg. Sie würde ihn erdulden müssen, und zwar so lange wie er es wollte. Und das konnten mehrere Stunden sein.

Ihr kurzzeitig wiederbelebter Wille wurde schwächer, als er sie überall anfasste und küsste. Sie konnte nicht einmal ihre Augen schließen. Denn da waren die Monster, die ihr Unterbewusstsein erschaffen hatte. Also sah sie ihm zu und bereute bereits jetzt, dass sie nicht nachgegeben hatte. Sie drehte den Kopf zur Wand und betrachtete die weißen Kacheln, während er sich auszog.

Fast freundschaftlich legte er sich neben sie, stützte seinen Kopf in seine Hände und sah sie an. »Mein Hemd darfst du gerne behalten. Also?«

»Ich halte dich wohl kaum auf. Also was?«

»Erzählst du mir jetzt von deinem Treiben mit Merlin?«

Sie verstand nicht, warum ihn das so brennend interessierte. Ihr irritierter Blick änderte nichts daran, dass er eine Antwort erwartete.

»Ich kann dir auch von all den anderen Männern in meinem Leben erzählen, aber was sollte das bringen?«

»Die interessieren mich nicht.«

»Du kannst sie schließlich nicht alle umbringen, oder wie darf ich das verstehen?«

Ihre Stimme war leise und schwach geworden und die Konzentration auf ihre Worte verlangte ihr viel Kraft ab.

Jedes längere Gespräch mit ihm brachte sie in Gefahr.

»Wie ich hörte, habt ihr sehr viel Zeit zusammen verbracht und ich kann mir nicht vorstellen, dass ...«

»Nicht jeder ist so triebgesteuert, wie du es bist. Ich kann dir nichts erzählen, weil es nichts zu erzählen. gibt.« Sie schloss kurz die Augen und zuckte erschrocken zusammen. Nein, die Drogen beherrschten immer noch ihren Kopf. Als ihr bewusst wurde, dass sie ihm gerade eine Schwäche offenbart hatte, begann ihr Herz stärker zu schlagen.

»Angst vor den eigenen Gedanken, wenn es dunkel wird?«

Es war ihm nicht entgangen. Das Glück schien sie vollständig verlassen zu haben. Schwungvoll zerriss er den Stoff des Kleides in kleinere Fetzen und verband ihr damit die Augen. Jeglicher Versuch sich unbeeindruckt zu zeigen schlug fehl. Mit jeder Bewegung schnitten die Fesseln ihr tiefer in ihre bereits wundgescheuerten Handgelenke. Die Panik wurde von Sekunde zu Sekunde schlimmer. Realität und Wahn verschwammen.

Sie vernahm seine Stimme: »Wenn ich keine Antwort bekomme, gehen wir das einfach durch. Was hat er mit dir gemacht? Hat er ...«

Bei allem was er tat, fragte er unaufhörlich nach Merlin. Sie hätte es nur zugeben müssen und zumindest die Fragen würden aufhören, aber sie konnte nicht. Er hatte sich so auf ihn eingeschossen, dass ihn das gleiche Schicksal erwarten würde wie den Doc. Auch jetzt noch wollte sie ihn beschützen. Die Nachricht von seiner Hochzeit hatte ihr einen Schlag versetzt. Sie konnte sich selbst nicht mal erklären, warum. Er tat genau das, was sie von ihm wollte, aber trotzdem hatte es sie tief verletzt.

*Merlin.* Sie versuchte, sich zu erinnern. An ihre Gespräche. An ihre gemeinsame Zeit und tatsächlich wurden die schaurigen Bilder weniger und wandelten sich in Erinnerungen an ihn. Lavalle hatte bemerkt, dass sie ruhiger wurde und er nahm ihr die Augenbinde ab.

»Schwelgst du in Erinnerungen?«

Müde sah sie ihn an. »Nein, die Wirkung deiner Drogen lässt nur allmählich nach.«

»Dann muss ich dich wohl auf anderem Wege berauschen.«

# Kapitel 52

*Merlin*

Theodor hatte Merlin wirklich mitgenommen. Was ihn nun erwarten würde, wusste er allerdings nicht.

Er saß mit Theodor zusammen an einem runden Tisch in einer Art Kellergewölbe. Zumindest roch es muffig. Außer dem Tisch gab es nichts. Weiße Wände, eine Tür.

»Sag mal, Theodor ...«, fing Merlin an. »Wenn du so groß im Geschäft bist, dann kannst du mir doch sicher sagen, wie Lavalle es geschafft hat, an Lilly ranzukommen.«

»Natürlich kann ich das.«

»Also?«

»Das werde ich dir doch bestimmt nicht erzählen.«

Merlin stand langsam von seinem Stuhl auf. Die beiden Wachposten neben der Tür nahmen zwar Notiz von ihm, aber machten keine Anstalten, sich zu bewegen.

Er legte Theodor seine Hand auf die Schulter. »Warum denn nicht? Wir sind doch jetzt eine Familie.«

»Nur dass du bald nicht mehr dazugehörst.«

»Ich bekomme also keine Antwort?«

»Wenn ich darüber nachdenke ... nein. Du bekommst keine Antwort. Vielleicht will Lavalle ja aus dem Nähkästchen plaudern.«

Merlin nickte und griff Theodor an den Hinterkopf. Mit voller Wucht schlug er seinen Kopf auf die Tischplatte. Mit beiden Händen vor seinem Gesicht fiel Theodor von seinem Stuhl und kauerte winselnd auf dem Boden.

Fast gelangweilt setzte Merlin sich wieder hin und schaute

ihm zu. »Bekomme ich jetzt eine Antwort?«

Theodor rappelte sich auf und sah ihn fassungslos an. Das Blut floss ihm in einem stetigen schmalen Rinnsal aus der Nase.

»Die können Sie von mir bekommen.«

Merlin erhob sich wieder, als Philippe Lavalle im schicken weißen Hemd und schwarzer Hose den kahlen Raum betrat.

»Herrgott, Philippe! Er hat mich geschlagen, dieser Dreckskerl!«

»Ist mir gar nicht aufgefallen, Theodor. Soweit ich weiß, solltest du auch nicht hier sein.«

Ohne sich weiter um ihn zu kümmern, kam er auf Merlin zu. Dieser hatte sich geschworen, dass er ruhig bleiben würde. Keine Fehler. Keine Schwäche. Nicht im Angesicht seines größten Gegners.

»Herr von Falkenberg, welch Umstand verschafft mir diese außerordentliche Ehre?«

»Ein sehr menschlicher Umstand. Ich möchte mich verabschieden.«

Lavalle legte die Stirn in Falten. »Sie wollen uns verlassen?«

»Wie man es nimmt.«

Theodor hatte sich wieder auf seinen Stuhl gezogen und quatschte dazwischen: »Ach Quatsch! Der hat es auf die Schlampe abgesehen. Sollen sie doch beide hier verrecken.«

Lavalle lächelte knapp. »Sie müssen Theodor entschuldigen, Merlin. Bei ihm brennt zwar Licht, aber irgendwie ist nie jemand zu Hause.«

»Bitte was? Was soll das?«

Ein Blick von Philippe ließ ihn schweigen.

»Oh, Verzeihung ... ich habe Ihnen ja noch gar nicht zu

Ihrer Eheschließung gratuliert.«

»Danke, aber das ist nicht nötig. Ich habe nicht geheiratet.«

Theodor drückte sich ein Taschentuch auf die Nase. »Was meinst du damit?«,

Ruhig lächelnd antwortete Merlin: »Nun, mein Vater hat in seinem Leben viele fragwürdige Dinge getan, aber im richtigen Moment konnte ich mich immer auf ihn verlassen. Auch bei seiner Auswahl des richtigen oder *falschen* Standesbeamten.«

Lavalle lachte. »So, Sie haben sich also vor einem ... sagen wir ... Schauspieler das *Ja*-Wort gegeben. Nicht schlecht.«

»Und was soll das bitte bedeuten?«, fragte Theodor.

»Nichts außer heiße Luft im Schädel, oder? Das bedeutet, mein lieber Theodor, wenn die Ehe nicht vor einem Standesbeamten geschlossen wurde, dann ist sie ungültig.«

Theodor wurde schneeweiß im Gesicht.

Lavalle drehte sich in bester Laune wieder zu Merlin. »Dann darf ich Ihnen wohl zu ihrer Freiheit gratulieren.«

Er nickte kurz zustimmend.

»Aber das geht doch nicht«, raunte Theodor. »Das kann er doch nicht machen.«

»Worüber machst du dir denn solche Sorgen?«, fragte Merlin belustigt. »Du hast doch hier alles unter Kontrolle und bestimmst alles. Du hast doch selbst gesagt, dass die Mädels hier genug Geld einbringen und du diese Hochzeit gar nicht brauchst.«

Lavalle wurde aufmerksam. Ruckartig stieß er Theodor seinen Ellenbogen ins Gesicht und dieser stürzte erneut schmerzlich zu Boden.

»Theodor ... hast du dich wieder mit fremden Federn geschmückt? Das mag ich aber gar nicht.«

Diesmal kreischte er wie ein kleines Ferkel.

Merlin wandte sich wieder an Lavalle. »Ist es denn nicht so?«

»Nein. Wir hatten nur einen kleinen Deal. Ich überlasse ihm für ein paar Stunden meine Lilly und er bringt Sie zu mir und zahlt noch ein nettes Sümmchen. Das war alles.«

»Ich kann ihn aber jetzt nicht hierlassen. Wir müssen ...«, keuchte Theodor.

Lavalle schüttelte den Kopf. »Theodor, Theodor, Theodor. Deine Probleme sind mir ... vollkommen egal.«

»Aber du musst mir helfen. Bitte.«

»Weißt du, ich denke, wir beide sind mehr als quitt. Was du mit meinem zauberhaften Engel angestellt hast, war wirklich nicht nett. Sie sah fürchterlich aus. Weißt du eigentlich, wie lange es dauert, bis das alles wieder abgeheilt ist? Weißt du, wie viel Geld ich in dieser Zeit verliere, weil ich sie so niemandem präsentieren kann?«

»Das tust du doch eh nie. Du bist doch besessen von ihr.«

Merlin versuchte hartnäckig, nichts zu sagen. Er würde ihr nicht helfen können, wenn er jetzt Lavalles Zorn auf sich ziehen würde. Regungslos hörte er den beiden Männern zu.

»Mein Gott, Philippe. Sie ist auch nur eine Fotze. Was soll das? Du, der verwöhnte Sack hinter dir. Was interessiert euch die Schlampe eigentlich so?«

Wieder schüttelte Lavalle den Kopf und setzte sich auf den Stuhl, den vorher Theodor nutzte. Er bat Merlin mit einer Handbewegung, sich ebenfalls wieder zu setzen.

»Das verstehst du nicht. Fast bereue ich meine Entscheidung, dich zu ihr gelassen zu haben. Du hattest sie wirklich nicht verdient. Na ja, es war ihr hoffentlich eine Lehre. Nun zu Ihrer Frage.«

Erwartungsvoll sah Merlin den eleganten Mann an. Er hatte seine Schwester getötet. Jetzt hatte er ihm auch Liliana genommen, aber immer noch saß er still da und wartete.

»Ich wundere mich, dass ihr Liebchen Ihnen nichts erzählt hat.«

Merlin war verwirrt. »Wie darf ich das verstehen?«

»Oh, Theodor bot mir an, dass seine Tochter in Begleitung von Liliana einen kleinen Ausflug machen könnte. Wir gaben ihr ein starkes Betäubungsmittel mit. Lilly hat ihr wohl vertraut und das Zeug ohne Widerworte getrunken, und aufgewacht ist sie im schlimmsten Albtraum ihres Lebens. Ihre Familie ist wirklich reizend, Merlin.«

»Ihre auch.«

Wieder lachte er. »Ja, mit meinem Bruder haben Sie ja schon Bekanntschaft gemacht. Er ist ein netter Junge. Nur etwas schüchtern, und für meinen Geschmack zu sehr auf Lilly fixiert.«

»Dann wären wir ja schon drei.«

Jetzt verfinsterte sich Lavalles Blick zum ersten Mal. Felix hatte Recht gehabt. Anna Maria wusste die ganze Zeit, was passiert war. Er atmete tief durch. Mit diesem Gedanken konnte er sich jetzt nicht auseinandersetzen. Anna Maria und Magdalena waren längst weg.

»Was wird jetzt mit mir?«, fragte Theodor, der sich mit dem Rücken gegen die Wand lehnte.

Lavalle sah fragend zu Merlin hinüber.

»Nun ja, deine Frau und deine Tochter sind weg. Sie haben alle deine Besitztümer mitgenommen, außer deinem Laptop. Du weißt schon, den mit den Bildern und Filmen. Den hat die Polizei – und ich meine nicht deine treuen Freunde und

Helfer, sondern noch ehrbare Vertreter ihres Berufsstandes.«

Lavalle war sichtlich beeindruckt. »Jetzt stellen Sie meine Kunden schon in meiner Gegenwart an den Pranger. Sie sind tollkühn, mein junger Freund.«

»Ich habe nichts zu verlieren. Er dagegen alles.«

»Du verfluchter Bastard!«, fuhr Theodor ihn an. Er hatte sich wieder auf die Beine gestellt. »Du machst mich nicht fertig! Du nicht! Ich bekomme immer, was ich will. Ich habe deine kleine blonde Dirne bekommen und dein süßes Schwesterlein. Ich habe beide gefickt und es war ein riesiger Spaß.«

Merlin saß nach außen unbeeindruckt auf seinem Stuhl. »Toll. Gut gemacht. Soll ich dir jetzt einen Preis verleihen?«, fragte er Theodor, dessen Gesicht feuerrot war. »Es ist, wie es ist. Es ist vorbei. Du kannst mich damit nicht mehr treffen.«

Hilflos blickte Theodor zu Lavalle, den die ganze Situation lediglich zu belustigen schien.

»Wissen Sie eigentlich, warum ich Ihre Schwester ausgesucht hatte?«, fragte er, um vermutlich weiter in der Wunde stochern zu können. »Eigentlich hatte ich gar nicht mehr an Ihre Familie gedacht. Gut, wie Sie sicherlich mittlerweile wissen, hat ihr Vater mir gekündigt, aber schuld daran war allein Declan. Dieser elende Dreckskerl. Aber der hat bekommen was er verdient, und ich habe bekommen, was mir gebührt: seine Tochter. Daher waren wir eigentlich miteinander fertig, aber unser Theodor hier hat mir wochenlang mit Melina in den Ohren gelegen. Melina hier. Melina da. Und dann habe ich mir das kleine Goldstück mal angeschaut. Und wahrhaftig ... ein Engelsgesicht. Da musste ich sie haben. Man begehrt, was man regelmäßig sieht. Sehen Sie, ohne Theodor hier wäre ich wohl nie wieder auf Ihre Familie aufmerksam geworden. Aber nachträglich betrachtet war es Melina, die mich wieder zu meiner Lilly geführt hat. Welche Ironie. Finden Sie nicht? Sie haben nach Gerechtigkeit für Ihre Schwester gesucht und haben das gefunden, was ich so lange gesucht habe. Vielen Dank dafür. Theodor hatte mir dann von dem netten, kleinen Schauspiel auf Ihrer Verlobungsfeier berichtet. Da musste Tony ja mal auf einen Besuch vorbeischauen, aber perfekt war es wirklich erst, als Liliana Sie und vor allem die nette Anna Maria zu sich eingeladen hatte. Es dauerte nicht lange, bis Anna Maria mit ihrem Vater telefonierte und wir diesen wunderbaren Plan ausgeheckt hatten. Anna Maria wollte Lilly loswerden. Ich wollte sie haben.«

Theodor, dieser alte geile Bock. Er wusste, wo Melina war. Er wusste es die ganze Zeit und saß trotzdem mit ihnen an einem Tisch. Diese Wahrheit brachte das Fass zum Überlaufen. Es war kein Racheakt für die Kündigung vor fast sechzehn Jahren. Die Geilheit eines alten, perversen Mannes hatte Melina den Tod gebracht. Und dieser kam aus den eigenen Reihen. Sogar aus dem engsten Familienkreis.

»Bei allem Respekt, Philippe, gestatten Sie mir zwei Minuten mit Theodor, ohne, dass Ihre Wachhunde eingreifen?«

Sichtlich überrascht, aber wohl nicht abgeneigt nickte dieser und streckte die Arme seitlich von sich weg. »Bitte. Tun Sie sich keinen Zwang an.«

Merlin ging auf Theodor zu. »Die ganze Zeit haben wir sie gesucht. Mein Vater wurde zum Krüppel geschlagen, als Melina irgendwo in einer dreckigen Zelle lag.«

»Ja, ich hab es ihr erzählt. Danach wollte sie sich umbringen«, gab er schroff zurück.

»Du wusstest nicht nur, wo sie war ... du wusstest alles von ihr. Du hast an Weihnachten mit uns gegessen ... du hast das alles angezettelt und konntest mir noch ins Gesicht sehen? Du hast dann auch dafür gesorgt, dass ihre Leiche auf die Treppenstufen gelegt wurde, ohne, dass ein Dritter zusieht. Du krankes Schwein hast meiner Familie das alles angetan?«

»Du hättest mal dein Gesicht sehen sollen. Es war herrlich. Und ja ... ich habe sie gesehen und wollte sie besitzen, aber sie hat mich ja ständig abblitzen lassen. Sie hätte es auch viel einfacher haben können. Auch die kleine, blonde Bitch hätte es einfacher haben können. Was hatte ich denn für eine Wahl, wenn ich mir nicht selbst die Hände schmutzig machen wollte?«

Merlin zog sein Jackett aus und warf es auf den Boden.

»Und jetzt? Will das Muttersöhnchen mir auf die Finger klopfen oder bringst du mich jetzt gleich eigenhändig um? Da hab ich aber Angst.«

»Nein, den Gefallen werde ich dir nicht tun. Ich hörte, dass mit Kinderschändern im Knast auf eine nette Art und Weise verfahren wird und dass du einwanderst, steht außer Frage.«

Ein heftiger Faustschlag traf Theodor am Kinn. Taumelnd fiel er gegen die Wand. Unaufhörlich prasselten jetzt Schläge auf ihn ein. Theodor hatte keine Zeit, auszuweichen und wurde stetig getroffen. Ein Kniestoß in die Magengrube ließ ihn zusammenbrechen und er musste sich übergeben.

»Wie ist es, blutend und voller Schmerzen in seinem eigenen Dreck zu liegen?«

Theodor senkte seinen Kopf und lag in seinem eigenen Erbrochenem. Er hatte das Bewusstsein verloren.

Lavalle hatte nichts Besseres zu tun, als zu applaudieren.

Er war sichtlich verwundert über die präzisen Schläge seines Gastes. »Respekt, mein junger Freund. So eine Show hätte ich Ihnen gar nicht zugetraut. Kommen Sie ... hier drin ist es ja nicht auszuhalten.« Er schaute seine Wachleute an. »Schmeißt ihn irgendwo hinter einen Müllcontainer und brecht sämtliche Kontakte mit ihm ab.«

Die beiden Männer nickten und schleiften Theodor aus dem Raum. Im selben Atemzug kam Tony dazu und beäugte angeekelt die Sauerei auf dem Boden. Lavalle ging gemütlich in Richtung Tür.

»Ähm, Chef?«

»Was ist, Tony? Mal wieder ein Problem? Dann löse es.«

»Nein, nicht direkt.«

»Na dann. Kommen Sie, Merlin. Wenn Sie schon den Weg auf sich genommen haben, können wir uns auch nett bei einem Glas Wein unterhalten.«

Merlin stolzierte an Tony vorbei und würdigte ihn keines Blickes. Sie gingen eine schmale Treppe hinauf, durch einen Flur und kamen in ein schönes mit alten Holzmöbeln eingerichtetes Wohnzimmer.

Lavalle bat Merlin, sich auf einen der Ledersessel zu setzen. Kaum hatte er Platz genommen, kam eine durchaus attraktive, junge Dame ins Zimmer und brachte ihnen ein Glas Rotwein. Dieselben vernarbten Hände wie Liliana. Ein teilnahmsloser Blick. So rasch, wie sie aufgetaucht war, war sie auch wieder verschwunden. Nach einem kurzen Wortwechsel mit Tony setzte sich Philippe ihm gegenüber.

»So, dann erklären Sie mir mal, was genau ich für Sie tun kann.«

Merlin zuckte lässig mit den Schultern. »Sie wollten mich hier haben, wenn ich nicht irre.« Er hoffte inständig, dass man sein pochendes Herz nicht durch sein Hemd sehen konnte.

Philippe nickte. »Ja, das stimmt. Nur kommt selten jemand freiwillig zu mir.«

»Es gibt für alles ein erstes Mal.«

Merlin konnte die Blicke seines Gegenübers nicht deuten. Dieser Mann machte es ihm mehr als schwer, die Fassung zu behalten.

»Ich nehme an, dass Lilly nicht ganz unschuldig an Ihrem Besuch ist.«

»Das ist richtig.« Merlin trank einen Schluck Wein. »Wir wurden unverhofft auseinandergerissen, und ich könnte mir nicht verzeihen, wenn ich mich nicht anständig von ihr verabschieden könnte.«

»Sie sind ein seltsamer Mann.« Philippe ergriff ebenfalls sein Glas, das auf dem niedrigen Tisch vor ihm stand. »Glauben Sie ernsthaft, dass ich Sie zu Lilly lasse und Sie dann wieder gehen können?«

»Ich bin kein Narr, Philippe. Aber der Preis ist es wert, wenn ich sie noch einmal sehen kann.«

»Warum ist Ihnen das so wichtig?«

»Weil sie mir so wichtig ist.«

Philippe zuckte zusammen. Merlins Aussage schien ihn tatsächlich zu verwirren. »Hört sich an, als hätte sie Sie um den Verstand gevögelt.«

»Nein.« Lächelnd schüttelte er den Kopf. »Nein, so ist es nicht.«

»Nicht?« Er nippte an seinem Wein, ohne Merlin aus den Augen zulassen.

»Ich habe nie mit Liliana geschlafen.«

»Ach, wirklich?« Ein amüsiertes Grinsen zog sich über

seine Lippen.

Seine stahlgrauen Augen machten jetzt auch Merlin nervös, denn in ihnen glaubte er, etwas ganz anderes zu erkennen.

»Na, wenn das so ist, dann will ich mal nicht so sein.« Er stellte sein Glas zurück auf den Tisch.

Merlin sah sich die Haarsträhne an, die immer noch um Lavalles Hals baumelte. »Darf ich Sie was fragen, Philippe?«

Er schlug lässig das rechte Bein über sein linkes. »Natürlich.«

»Ich würde es gerne verstehen. Warum tun Sie, was auch immer Sie tun?«

»Weil mich niemand aufhält. Und ganz ehrlich: Warum sollte ich auf all diese wunderschönen Frauen, die mir zu Willen sind, verzichten?«

»Und nachdem sie Ihnen langweilig werden, machen Sie sie zu Geld?«

»Von irgendetwas muss man ja leben. Sie als Geschäftsmann dürften das verstehen.«

Merlin beugte sich nach vorn. »Und Liliana? Auch nur ein Spaß und eine Einnahmequelle wie meine Schwester?«

»Lilly.« Wie automatisiert streiften seine Finger durch die Haarsträhne. »Nein, Lilly ist was ganz Besonderes. Das war sie schon immer. Schon als junges Mädchen. Ich habe sie gesehen und es war um mich geschehen. Auch das dürften Sie verstehen.«

»Die Erste, die sich Ihnen bis jetzt widersetzt hat?«

Scheinbar perplex schaute er ihn an und lachte. »Hat sie das gesagt? Wie ich sehe, haben Sie nicht die geringste Ahnung von meiner wahren Beziehung zu Lilly. Das überrascht mich nicht.«

»Wie darf ich das verstehen?«

»Das werden Sie noch früh genug erfahren. Und jetzt würde mich doch interessieren, in welcher Beziehung Sie zu meiner Lilly stehen.«

Merlin stellte sein Glas ab. »Wie gesagt, wir sind Freunde.«

»Und warum kann ich Ihnen das nicht glauben? Wollten Sie sie nie berühren?«

»Was ich *wollte*, ändert nichts an den Tatsachen.«

Lächelnd nickte er. »Da kommen wir der Sache schon näher. Wenigstens geben Sie es zu. Sie ist wunderschön, nicht?«

»Ja, das ist sie. Zweifellos.«

»Es ist wundervoll, sie zu berühren. Ihr Hals, ihre Beine, ihre wohlgeformten Brüste.«

»Sie reden von ihr wie von einem Stück Fleisch.« Merlin hatte allmählich genug, aber er musste erst wissen, wo Liliana war.

»Merkwürdig, dass Sie diesen Ausdruck verwenden. Das hat sie mir kürzlich auch vorgeworfen.«

»Also lebt sie?«

»Ja, durchaus. Sie lebt.«

Das war die beste Nachricht seit langer Zeit. Er hatte noch eine Chance. Sie kämpfte noch und das würde er auch tun.

»Theodor hat mir erzählt, dass Lilly und Sie auf Ihrer Verlobungsfeier einen sehr innigen Eindruck gemacht haben.«

»Wir haben getanzt, ja. Inwieweit das für einen Mann wie ihn schon sexuell angehaucht ist, mag ich allerdings nicht zu beurteilen.«

»Sie hat Sie mit nach Hause genommen. Das sieht ihr gar

nicht ähnlich.«

»Mich und meine Familie. Worauf wollen Sie hinaus?«

Er schüttelte den Kopf und trank sein Glas aus. »Ich werde wohl nie verstehen, warum sie Johann beschützt, aber so sind die Frauen. Ein unergründliches Rätsel. Wie ich aber weiter erfahren habe, waren Sie stundenlang mit ihr unterwegs. Und das jeden Tag ... ohne Anwesenheit Ihrer Familie.«

»Haben Sie immer sofort Sex, wenn ihr Bruder nicht in der Nähe ist?«

»Ich denke, unser netter Smalltalk neigt sich dem Ende zu. Ich glaube Ihnen kein Wort, aber da Sie so beharrlich sind, muss ich wohl andere Geschütze auffahren. Ich gebe Ihnen einen guten Rat: Sagen Sie mir jetzt einfach, was zwischen Ihnen und Lilly war und warum Sie wirklich hier sind.«

»Gerne. Es war nichts und ich bin hier, weil Sie mich sehen wollten.«

»Wie Sie wollen, Merlin. Wie Sie wollen.«

Er stand auf und ließ ihn allein zurück. Langsam stand auch Merlin auf und erwartete Tony und seine Handlanger, die bereits auf ihn lauerten.

# Kapitel 53

Mal wieder musste Merlin feststellen, dass es durchaus Sinn machte, einen Rat von Liliana zu befolgen. In diesem Fall war es das Schreien. Nachdem die Typen ihn grün und blau geschlagen hatten, übernahm jetzt ein Lederriemen mit Tony am anderen Ende die Funktion ihrer Fäuste und fraß sich in Merlins Haut auf seinem Rücken. Lavalles Methoden waren in den letzten Jahren nicht kreativer geworden, denn er wusste bereits im Ansatz, was sie vorhatten. Liliana hatte ihn wahrlich gut vorbereitet. So schaffte er es, nicht in Panik zu verfallen. Sie würden ihn nicht töten. Jetzt musste er nur dafür sorgen, dass er ihnen langweilig wurde. Ruhe bewahren und es ertragen.

Melina hatte es mehrere Monate ausgehalten. Liliana sogar über ein Jahr. *Wenn die Schläge kommen, dann sind sie fast schon wieder vorbei.* Es kam ihm wie eine Ewigkeit vor. Niemals zuvor musste er auch nur annähernd solche Schmerzen ertragen. Er drohte immer häufiger, das Bewusstsein zu verlieren. Bedusselt stellte er fest, dass er keine Luft mehr bekam und als er atmen wollte, fühlte er nur eiskaltes Wasser in seinen Lungen. Jemand zog ihn zurück. Ein heftiger Hustenanfall transportierte das Wasser wieder an die Oberfläche, aber bevor er wieder tief durchatmen konnte, tauchten sie ihn erneut in einen Eimer mit Eiswasser und hielten ihn erbarmungslos fest. Er wollte sich wehren, aber dann beruhigte er sich.

'*Wissen ist die einzige Macht, die du hier unten haben wirst.*'

Jetzt machten ihre Worte zum ersten Mal Sinn. Ruhig bleiben. Keine unnötige Energie verschwenden. Er musste diesen kranken Mistkerlen vertrauen, so schwer es ihm auch fiel. Langsam ausatmen. Er hatte lange trainiert und jetzt war er dankbar dafür. Als sie keinen Widerstand mehr feststellten, zogen die Kerle ihn aus dem Wasser und Tony schaute sichtlich verdutzt in die Runde.

»Sie hat Ihnen viel beigebracht«, vernahm Merlin Lavalles Stimme, der sich wieder zu ihnen gesellt hatte.

Er ignorierte ihn und schnappte nach Luft. Zitternd rieb er seine Hände aneinander. Das Wasser war schrecklich kalt und er nass bis auf die Knochen.

»Chef ... wir ... äh ...«

»Halt die Klappe, Tony. Ich habe unseren jungen Freund hier lediglich unterschätzt. So viel Schmerzen für eine Frau? Ist sie das wert?«

»Sagen Sie es mir? Ich habe keine Haarsträhne von ihr um den Hals hängen.«

Einen kurzen Moment funkelten Philippes Augen ihn bedrohlich an. In seiner Stimme fand sich jedoch keine Aggression. »Es ist schon merkwürdig. Lilly, die von außen hart wie Stein ist, unnahbar und kalt, hat mehr als nur eine Träne vergossen, als ich ihr von Ihrer Hochzeit erzählt habe. Zum ersten Mal überhaupt. Sie hätten sie beinahe in meine Arme getrieben. So schwach habe ich sie noch nie erlebt. Ich danke Ihnen recht herzlich für diesen Moment.«

Merlin traf seine Aussage hart. Er hätte niemals damit gerechnet, dass sie von seiner Hochzeit erfahren würde und sie verletzen war das Letzte, was er wollte. Nicht in dieser Hölle und vor allem nicht ohne Grund.

Lavalle bemerkte natürlich, dass ihn seine Aussage nachdenklich gestimmt hatte. »Wo Sie schon mal hier sind, könnte ich mir vorstellen, dass Sie mir doch noch von großem Nutzen sein könnten.«

Er wandte sich an Tony. »Was macht mein Engel?«

Tony sah besorgt aus und druckste erst rum, bevor er mit einigem Abstand zu seinem Chef antwortete: »Na ja, ich bin mir nicht sicher.«

»Das bist du doch nie. Und das heißt im Klartext?«

»Sie hat sich seit mehreren Stunden keinen Zentimeter bewegt und ich weiß nicht, ob ...«

Merlin schauderte.

Lavalle dagegen sah Tony mit einem breiten Grinsen an. »Na und?«

Ohne Eile ging er an Merlin vorbei, schnappte sich den Eimer mit dem Eiswasser und deutete Tony an, dass er Merlin aufheben sollte. Unsanft drehten Tony und seine Helfer ihm die Hände auf den Rücken und legten ihm Handschellen an.

Es ging wieder nach unten. Nach einigen Metern kamen sie in einen weißgekachelten Lagerkeller. Die Gruppe näherte sich dem Ende des Ganges und zwei weitere Männer sprangen von ihren Stühlen auf und sperrten die Tür auf. Lavalle stolzierte in die Kammer und Merlin blieb nichts anderes übrig, als ihm zu folgen.

Sein Blut gefror, als er die regungslos zusammengekauerte Frau entdeckte, die mal Liliana gewesen sein musste. Sie lag mit dem Rücken zu ihnen. Ihre Beine waren in eine dünne Decke gewickelt. Ansonsten trug sie nur ein schlichtes weißes Hemd. Kein Laut. Keine Bewegung.

Die Tür fiel hinter ihnen ins Schloss und Merlin fuhr zusammen. Ungerührt von Lilianas Anblick hob Lavalle den Eimer und schüttete ihr schwungvoll das Eiswasser über, bevor er den Behälter in die Ecke warf und sie grob umdrehte. Zwei Schläge ins Gesicht und der Kälteschock führten zu kaum wahrnehmbaren Lebenszeichen, aber sie reichten, um Merlin neue Hoffnung zu geben. Ruckartig stieß Philippe sie vom Bett.

Langsam drehte sie sich auf den Rücken und Merlin konnte ihr Gesicht erkennen. Geschockt nahm er das Brandzeichen wahr, das unter ihrem rechten Auge rotbläulich thronte. Sie war so dünn geworden. Ihre Arme waren zerstochen. Ihre Beine ebenfalls. Wunden überzogen ihren gesamten Körper.

Grob zog Lavalle sie an den Haaren hoch.

»Verdammt, lassen Sie sie los!«, fuhr Merlin ihn an.

Tatsächlich ließ er sie los und sie prallte erneut heftig auf den kalten Fußboden. Zitternd kroch sie zum Bettgestell und zog sich hoch. Mit dem Rücken gegen das Bett gelehnt schaffte sie es annähernd, gerade zu sitzen. Das nasse weiße Hemd schmiegte sich an ihren Körper und erfreute sichtlich die anderen Männer im Raum.

Lavalle ging in die Hocke und schnippte mit den Fingern vor ihren Augen. »Hey. Guten Morgen. Du hast Besuch.«

Jetzt sah sie ihn endlich an. Er strich ihr über die Wange, und als seine Hand sie berührte, drehte sie unweigerlich den Kopf zur Seite. Lavalle sah Merlin an, der keine Worte fand. Nach drei Monaten war Liliana nur noch ein Schatten ihrer selbst.

»Lilly«, sprach Merlin sie an.

Ein kurzer Blitz zuckte in ihren Augen und sie hob den Kopf. Lange sah sie ihn an, ohne auch nur ein Wort zu sagen.

»Ihr Gedächtnis ist nicht mehr das Beste«, erklärte Philippe.

Nach weiteren schweigsamen Sekunden schüttelte sie den Kopf und hauchte mit schwacher Stimme: »Merlin?«

Er nickte leicht und hätte vor Freude weinen können, als er ihre Stimme vernahm.

»Kannst du nicht wenigstens ein einziges Mal auf mich hören?«

Jetzt musste er sogar schmunzeln und auch ihr huschte ein knappes Lächeln übers Gesicht.

»Nicht unter diesen Umständen.«

Er erkannte die Dankbarkeit und gleichzeitig die Angst in ihren Augen. Sie konnte nicht wissen, was er vorhatte und eigentlich wusste Merlin selbst nicht, was er tat.

Auf Lavalles Kopfnicken hin wurde Merlin hart gegen die Wand gestoßen und fiel hin. Mühsam rappelte er sich wieder auf und kam gegenüber von Liliana zum Sitzen.

»Brennt ihm das Auge aus«, sagte Lavalle vollkommen kalt und im selben Moment zündete Tony den kleinen Bunsenbrenner an und erhitzte einen Schraubenzieher.

Lilianas Blick wechselte ständig zwischen Tony und Merlin hin und her. Merlin hatte lange erkannt, dass Philippe nur Augen für sie hatte. Er wartete ihre Reaktion ab. Damit hatte er nicht gerechnet. Er wollte sicherlich nicht als Druckmittel dienen.

Die beiden Helfer hielten Merlin fest, während Tony sich mit dem glühenden Schraubenzieher näherte. Nur wenige Zentimeter vor Merlin hielt er inne und wechselte noch einen kurzen Blick mit seinem Chef, der zustimmend nickte. Bevor Tony wusste, wie ihm geschah, hatte Liliana ihn am Handgelenk gepackt. Die Spitze des Schraubenziehers drehte sich schwungvoll nach oben und verbrannte seine

Haut auf der Stirn. Schallend fiel das Werkzeug zu Boden und Tony griff sich an die schmerzende Stelle. Nur Sekunden später sackte Liliana vor Merlin zusammen, der noch nicht verstand, was gerade passiert war.

Lavalle lachte. »Unglaublich. Kaum genug Kraft, um auf den eigenen Beinen zu stehen, aber genügend, um sich wie eine Löwin vor Sie zu stellen. Wer hätte das gedacht?«

Sie atmete schwer. Ihre Muskeln zuckten unkontrolliert.

»Elektroimpulsgeräte«, erklärte Lavalle, der Merlins geschockte Blicke wohl amüsant fand. »Dieses Mal war ich etwas vorsichtiger. Wunderbar, nicht? In weniger als einer Sekunde ist sie wieder lammfromm.«

»Ja, Sie können wahrlich stolz auf sich sein.«

Lavalle griff Liliana in die Haare, zog sie hoch und ließ sie wieder fallen.

»Und? Immer noch keine intime Beziehung gehabt?«

Merlin gab ihm keine Antwort. Er hätte alles gesagt, wenn er dadurch verhindern könnte, dass der Verrückte wieder auf Lilly losgeht.

Liliana hob den Kopf und sah Philippe an. »Warum ist das so wichtig für dich? Selbst, wenn es so gewesen wäre, gäbe es noch zahlreiche andere.«

Er beugte sich zu ihr hinunter. »Für die würdest du aber nicht in die Presche springen, mein Schatz. Für ihn schon und ich will wissen wieso.«

»Weil er es wert ist und verdient hat, dass jemand für ihn kämpft.«

»Dann würde mich wirklich mal interessieren, wie du das anstellen willst. Du ... allein gegen eine Übermacht.«

»Ich bin nicht allein. Nicht mehr.«

Ihr tiefer Blick zu Merlin machte Lavalle sicherlich klar,

dass es viel mehr zwischen ihnen war, als er anfangs vermutet hatte und jetzt hatte er sie genau da, wo er sie wollte. Wieder nickte er kurz und Merlin trafen mehrere Schläge ins Gesicht.

Liliana ergriff Philippe am Bein. »Hör auf damit. Verdammt! Hör auf!« Ihre Stimme war nur noch ein leises Wimmern.

»Was wolltest du noch sagen?«

»Hör auf«, hauchte sie. »Ich bitte dich. Lass ihn in Ruhe.«

Er beugte sich zu ihr. »Und jetzt, Lilly? Ich werde ihn lange, lange leiden lassen, bevor er endgültig verrecken wird. Oder hast du eine Idee, die sein Leiden beträchtlich abkürzen könnte?«

Nach kurzem Zögern setzte sie sich auf. »Ich hätte einen Deal für dich.«

Er richtete sich wieder auf. Seine Jungs ließen von Merlin ab und stellten sich wieder neben die Tür.

»Ich glaube nicht, dass du in der Position bist, mit mir zu verhandeln, Liliana.«

»Wieso nicht? Du willst doch etwas von mir.«

»Das bekomme ich auch so. Verlass dich drauf.«

»Weißt du, Philippe, es macht einen beträchtlichen Unterschied, ob ich dir nur deine Wünsche erfülle oder auch die Wünsche, von denen du nicht einmal wusstest, dass du sie hast.« Sie kniete sich vor ihn und verzog das Gesicht.

Merlin konnte nur ahnen, welche Schmerzen sie haben musste.

Sie streifte sich die feuchten Haare aus dem Gesicht. »Was macht es für einen Unterschied? Lass ihn hier und versorge ihn notdürftig, wie alle anderen auch. Oder töte ihn und ich schwöre dir, bei dem Stern der mich führt, dass du niemals auch nur ein Fünkchen Entgegenkommen von mir erwarten darfst.«

»Du ergibst dich? Seinetwegen?« Absolutes Unverständnis stand in seinen Augen, während er auf Merlin zeigte.

»Ja, du hast gewonnen. Ich tue alles, was du willst.«

Er lachte laut auf. »Woher kenne ich diese Situation nur? Ich dachte nicht, dass ich das noch einmal erleben darf, aber schön, dass sich die Dinge immer wieder wiederholen. Habe ich dich nicht vor Mitgefühl und Liebe gewarnt?«

»Lieber sterbe ich hier, als dass ich meinen letzten Funken Menschlichkeit verliere.«

Merlin schauderte. »Lilly, bitte. Tu das nicht. Du hast viel zu lange gekämpft, um meinetwegen aufzugeben. Tu dir das nicht an. Bitte.«

Lavalle lachte jetzt schallend. »Lilly, ich bin überrascht. Ihr beide habt so eine innige Beziehung und du hast ihm nie von uns beiden erzählt?«

Merlin wusste einfach nicht, auf was er anspielte.

Lavalles Blick wanderte über die junge Frau zu seinen Füßen. »Nein, natürlich hast du es niemandem erzählt. Das hätte ich mir denken können.«

In Windeseile war jegliches Leben wieder aus ihren Augen verschwunden.

»Wissen Sie, Merlin, es ist ja nicht so, als wären wir zum ersten Mal an dieser Stelle. Unsere Lilly hat mir schon wunderbare Stunden geschenkt. Nicht wahr? Es ist nicht das erste Mal, dass ich alles bekommen werde, was ich will. Nur dieses Mal dürfte es durchaus interessanter werden.«

Verdutzt sah Merlin sie an. Sie biss sich auf die wunde Lippe und hielt die Augen geschlossen. Lavalle griff sie wieder an den Haaren und schleifte sie vor das Bett. Er setzte sich auf den Boden, lehnte sich gegen die Matratze und zog Liliana in seine Arme. Sie hatte keine andere Möglichkeit, als sich mit ihrem Rücken gegen seine Brust zu lehnen. Er umklammerte sie mit beiden Armen.

»Gut«, sagte er sodann und küsste sie auf die Schläfe. »Dann erzähle *ich* Ihnen eben, wie ich Lilly kennengelernt habe. Es ist so eine wunderbare Geschichte, nicht?«

Bevor er begann, öffnete er zwei der mittleren Knöpfe ihres Hemdes und fuhr mit seiner Hand unter den Stoff. Mit der anderen freien Hand glitt er über ihren Oberschenkel.

»Eine unüberlegte Bewegung, und ich werde dafür sorgen, dass er dich bald nicht mehr ansehen kann. Haben wir uns verstanden?«, hauchte er ihr ins Ohr.

Sie nickte leicht.

»Ich kann dich nicht hören.«

»Ja.«

»Na also. Du musst mir schließlich helfen. Ist ja schon ein Weilchen her. Wie lange eigentlich, Lilly?«

Als sie ihm nicht antwortete, machte er eine Kopfbewegung in Merlins Richtung und die beiden muskulösen Schläger setzten sich in Bewegung.

»Fünfzehn Jahre«, antwortete sie augenblicklich.

Die Kerle hielten inne, wechselten einen kurzen Blick mit ihrem Boss und gingen auf sein Nicken hin zurück zur Eingangstür.

»So lange schon? Du hast so viel vergessen hier drin, aber das weißt du noch so genau?«

»Wie könnte ich das vergessen?« Ihr Blick war fest auf einen Punkt auf dem Boden gerichtet.

Merlin hatte alle Mühe, diesen Anblick zu ertragen. Lavalles Hände streichelten unentwegt über ihren Körper, während ihr langsam die Tränen in die Augen traten.

»Wie Sie sicherlich wissen, hat Declan meine Pläne durchkreuzt und dafür gesorgt, dass ich erst einmal auf der Straße stand und auch so schnell keine andere Anstellung mehr finden würde. Das konnte ich natürlich nicht auf mir sitzen lassen. Im Büro Ihres Vaters habe ich zahlreiche Briefe gefunden. Er korrespondierte wohl seit längerer Zeit mit einer *Ann* Riordan. Niemand wusste, wo sich Declans Familie aufhielt, außer Ihr Vater und die Briefumschläge mit dem Absender. Also habe ich mich ins Flugzeug gesetzt und habe eine lange Reise gemacht. Nach wenigen Tagen wusste ich auch, wo genau ich suchen musste, und siehe da ... schon stand ich vor der Tür.«

Liliana verkrampfte sich plötzlich, als er scheinbar seinen Griff um ihren Oberschenkel verstärkte. »Ein Sturm zog auf. Es war Regenzeit und alle Arbeiter waren unterwegs und sicherten die Hänge vor herabstürzenden Fluten. Für mehrere Tage wäre niemand auf der Ranch. Das hatte ich erfahren. Niemand außer Declan und Ann.«

Liliana wurde immer unruhiger. Merlin erkannte, dass sie sich seinen Händen entziehen wollte, aber er hielt sie fest.

»Lilly? Ganz ruhig. Ist ja schon gut.« Er zog sie fester an sich und küsste sie auf die Wange. Dann wanderte er langsam mit seinen Lippen weiter. Vorbei an ihrem Ohr und ihren Hals hinunter.

»Hör auf, Liliana. Hör auf«, flüsterte er und sie tat es. Lediglich das Zittern ihres Körpers war noch deutlich zu erkennen, als er ihr unbeirrt wieder unter das nasse Hemd griff.

»Da war ich nun. Ich stand da und betrachtete diesen wundervollen Hof. So groß hatte ich es mir gar nicht vorgestellt. Es war beeindruckend. Mitten im Nichts erhob sich *Speargrass Hills*. Ich betrat problemlos das Haus. Alle Türen waren offen. Die schöne Ann saß weinend auf der Couch und fuhr hoch, als sie mich und meine Männer wahrnahm. Meine Lilly hier hat viel Ähnlichkeit mit ihr, aber Ann war nicht gerade so verrucht. Nicht wahr? Sie wollte weglaufen, aber sie kam nicht weit. Gleich im Wohnzimmer brachten wir sie zu Fall. Sie hat mich angefleht, ihr nichts anzutun. Jämmerlich gefleht. Sie wäre schwanger, sagte sie. So was aber auch. Warum hat sie eigentlich geweint, Lilly? Das hast du mir nie erzählt.«

»Wir haben uns gestritten.«

»Wirklich?« Er streifte ihr die Haare aus dem Gesicht. »Was war der Auslöser?«

Merlin nahm tief Luft und antwortete für sie: »Ann wollte Declan verlassen und mit Lilly weggehen.«

Überrascht sah Philippe ihn an. Auch Liliana blickte ihm wieder in die Augen und nickte.

»Wer hätte das gedacht. Merkwürdig, dass Sie das wissen. Von wem war das Kind?«

»Von meinem Vater.«

Jetzt schien er vollends verblüfft zu sein. »Johann? Unser nobler und ehrwürdiger Unternehmer? Das hätte ich ihm nicht zugetraut. Vögelt einfach die Frau seines besten Freundes. Hast du das gewusst?«

Wieder nickte sie knapp. »Das stimmt. *Sie* wollte nach Deutschland. *Sie* wollte zu Johann. *Sie* wollte dieses Kind. *Ich* wollte meine Familie behalten. Also haben wir uns ziemlich heftig gestritten und ich habe ihr sehr schlimme Dinge gesagt. Ich habe es nicht verstanden. Ich habe sie schwer verletzt und ich konnte mich niemals mehr dafür entschuldigen.«

»Oh, wie rührend. Na ja, auf jeden Fall war ich dann da. Ich konnte Declan wahrlich verstehen. So eine hübsche junge Frau hätte ich auch vor Männern wie mir versteckt gehalten. Und, wie ich jetzt erfahren musste, hätte er sie wohl auch besser vor seinem besten Freund verstecken sollen. Wir sahen uns also um. Einer meiner Männer wollte ihr wohl die Bluse zerreißen, als er ohne ersichtlichen Grund zusammensackte. Tod. Können Sie sich das vorstellen? Ein langes Küchenmesser steckte ihm im Rücken. Also suchten wir den Grund und zogen unseren kleinen, süßen Engel hier unter einem Sekretär hervor. Diese grünen Augen. Diese zierliche Gestalt. So unschuldig. So absolut rein. So wunderschön. Und ... so frech. Kaum hatten wir sie in die Mitte des Raumes gezerrt, hörten wir draußen ein Fahrzeug. Wie passend. Papi war zurück. Wir knebelten unsere hübschen Damen und warteten, bis Papi kam, überwältigten ihn und fesselten ihn. Um seine liebe Frau hat er sich große Sorgen gemacht, aber als ich seiner Tochter durch die langen Haare fuhr, dachte ich wirklich, dass es ihn gleich zerreißt. Schon merkwürdig. Sie erinnern mich gerade irgendwie an ihn. Er hat mich genau so angesehen. Es passt Ihnen auch überhaupt nicht, was ich hier tue, oder?«

Merlin sagte nichts, sondern wurde sich nur langsam dem Grauen bewusst, das Liliana so viele Jahre tief in sich vergraben hatte.

»Nachdem ich diese grünen Augen gesehen hatte, war es um mich geschehen. Ann interessierte mich nicht. Nur Lilly. Declan erkannte das schnell und hat mich regelrecht angebettelt. Es war herrlich. Und ja, ich habe ihm nachgegeben. Ich hätte seine kleine Tochter zu Boden werfen, ihr die

Kleider zerreißen und über sie herfallen können. Das habe ich aber nicht getan.«

Liliana schüttelte den Kopf und fing an, zu lachen.

»Was denn? Stimmt doch. Ich habe nichts dergleichen getan. Ich ging zu Declan hinüber und zog das Messer aus der Halterung an seinem Gürtel. Ich ging damit zu seiner Ann, nahm ihr den Knebel aus dem Mund und zerschnitt ihr das Gesicht. Lilly hat mich angefleht, dass ich aufhören solle. Also stand ich auf, legte das Messer zur Seite und wartete, bis einer meiner Kumpels mir eine Axt brachte. Ich schnappte mir meine kleine Lilly und stellte sie vor ihre Mutter, bevor ich Ann die linke Hand abschlug. Lilly stürzte zu ihr, nahm ihr Halstuch und band Anns Arm damit ab. So jung, so verletzlich und doch so geistesgegenwärtig. Was hab ich dir gesagt, Süße?«

»Du würdest sie nach und nach verstümmeln, wenn ...« Liliana sprach wie in Trance. Die Augen weit geöffnet, starrte sie unentwegt auf den Fußboden.

»Wenn? Wenn was, Lilly?«

»Wenn ich nicht genau das tue, was du willst.«

»Richtig. Oh, dein Vater. Seinen Blick werde ich nie vergessen, als ich mir an seinem kleinen Engel zu schaffen machte oder besser gesagt sie an mir. In diesem Moment ist er gestorben. Ich konnte es sehen. Sie war so gehorsam. So unvorstellbar unterwürfig. Alles hat sie gemacht. Ohne auch nur ein einziges Mal zu zucken. Ich war der erste Mann in ihrem Leben und damit gehörte sie mir.«

Merlin schloss kurz die Augen. Das Atmen fiel ihm schwer und jede Faser in ihm wollte Philippe augenblicklich in der Luft zerreißen.

»Ich hatte Zeit. Ich hatte eine Menge Zeit. Also hatten

Lilly, ich und meine Jungs jede Menge Spaß. Außer leisen Tränen zeugte nichts von ihrem Leid. Ich werde nie diesen Blick vergessen, den sie ihrem Vater zuwarf, als Heiner grunzend auf ihr lag. Sie sah Declan an und trotz aller Schmerzen lächelte sie und er tat mit Tränen in den Augen das Gleiche. So eine Stärke, so eine Liebe zu ihrem nichtsnutzigen Vater, der ihr das gerade angetan hatte. Da war ich ihr verfallen.«

»Er hat mir nichts angetan«, sagte Liliana, während Tränen ihr übers Gesicht liefen. »Das warst *du* ganz alleine. Es war nicht seine Schuld.«

»Papi hat mich zu dir geführt und Papi war zu schwach, um dich zu beschützen.«

»Nein, dank ihm habe ich noch genug Lebenswillen, um dich auch ein zweites Mal zu ertragen, Philippe. Ich werde an dir nicht zerbrechen. Das habe ich ihm versprochen.«

»Das werden wir ja noch sehen. Und jetzt hätte ich ganz gern einen Kuss, bevor ich weiter erzähle, oder lieber wieder die Axt?«

Anstandslos drehte sie sich zu ihm, schaute ihm in die Augen und tat, was er verlangte. Wie einst vermutlich Declan war es jetzt Merlin, der zu zerbrechen drohte. Sichtlich zufrieden über die Entwicklung ließ Lavalle von ihr ab und wandte sich wieder an Merlin. »Wir hatten also alle unseren Spaß und Papi musste sich das ganze Spektakel ansehen. Wir hatten sie geschlagen, missbraucht und gedemütigt. Sie hat alles ohne Widerworte ertragen, für ihre Familie. So tiefes Vertrauen in die Menschen. Was habe ich zu dir gesagt, mein Engel? Wie war das noch?«

Sie wischte sich die Tränen ab und versuchte, jeden Blickkontakt mit Merlin zu vermeiden. Er sah ihr an, dass sie sich zutiefst schämte. Wie gerne hätte er sie in den Arm genommen und ihr gesagt, dass sie absolut nichts falsch gemacht hatte.

Nach mehreren tiefen Atemzügen sagte sie schließlich: »Ich bringe dir jetzt die wichtigste Lektion deines Lebens bei: Vertraue niemandem.«

»So, habe ich das gesagt? Wie lyrisch. Auf jeden Fall nahm ich wieder Papis Messer, zog die verzweifelte Ann hoch und schnitt ihr mit der Klinge ihres Mannes ganz langsam die Kehle durch. Zack! Und in diesem Moment konnte ich sehen, wie das Vertrauen eines Kindes sich in Luft auflöste. So viel Macht hat nicht einmal Gott.«

Merlin war einfach nur fassungslos. Wie kalt, wie grausam war dieser Mann?

»Dann nahm ich die mitgebrachten Benzinkanister und verteilte ihren Inhalt im gesamten Haus. Meine Jungs taten dasselbe in der Scheune und im Stall. Lilly saß schweigend neben ihrer Mutter und kam nicht einmal aus ihrer Lethargie, als ich ihr das Benzin überkippte. Nur Declan rief nach ihr. Immer und immer wieder, bis sie reagierte. Ich hatte keine Ahnung, was er sagte. Diesen fiesen australischen Akzent habe ich nie verstanden. Irgendwann drehte sie sich um und sah zu ihm hinüber. Meine Leute banden ihn los und hoben ihn von seinem Stuhl. Ich ging zu ihm hinüber, bedankte mich für die Gastfreundschaft und stach ihm sein Messer tief in die Brust.«

Merlin stierte ihn einfach nur noch mit offenem Mund an. Ihm war mittlerweile speiübel. Das konnte doch nicht wirklich passiert sein. Liliana hatte mittlerweile ihren Kopf auf seiner Brust liegen. Sie musste resigniert haben.

Philippe strich ihr weiter über den Oberschenkel. »Außer

Lillys Schrei war es totenstill. Kannst du dir das vorstellen? Liliana kroch zu ihrem Vater und ich betrachtete sie. Ihre Augen hatten sich verändert. Seit diesem Augenblick hat sie diesen kalten Ausdruck im Blick. Ich höre noch den Donner, als ich das Haus verließ. Draußen angekommen zündeten wir alles an. Der niederpreschende Regen konnte nichts ausrichten gegen die lodernden Flammen. Alles war aus Holz und es brannte lichterloh. Insgeheim habe ich immer gehofft, dass sie das Inferno überlebt hat. Kein Tag verging, ohne, dass ich an sie gedacht hatte. Und tatsächlich: Fünfzehn Jahre später bekomme ich nach dem Mädchen auch die Frau.«

Unerwartet stieß er sie von sich weg, sodass sie knapp vor Merlin auf dem Boden lag. Philippe stand auf und wechselte ein paar Worte mit Tony.

Merlin hatte nur diese eine Chance, auch wenn er wusste, dass Philippe sie im Augenwinkel beobachten würde. »Lilly? Sieh mich an. Bitte.«

Zögerlich hob sie den Kopf und zog sich die letzten Zentimeter zu ihm heran.

Mit einem warmen Lächeln strich sie ihm über die geschwollene Wange. »Was machst du hier?«

»Ich habe nicht geheiratet, Liliana.«

Verwirrt legte sie den Kopf leicht schief. »Aber warum nicht? Was hat dich umgestimmt?«

»Ich dachte, ich sterbe lieber mit dir hier, als ein trostloses Leben mit Anna Maria zu führen. Nachdem du nicht mehr da warst, fühlte ich nichts mehr außer einer gähnenden Leere. Ich war tot. Und jemand sagte mir vor einiger Zeit, dass ich springen muss, bevor es zu spät ist. Also bin ich von diesem verdammten Felsen gesprungen.«

Sie lächelte. »Und? Hat sich die Welt verändert?«

Jetzt musste auch er lächeln. »Ja, alles ergab einen Sinn und genau deshalb bin ich hier.«

Sie senkte wieder den Blick. »Ich weiß, ich habe dir gesagt, dass Aufgeben nie eine Option ist und es tut mir leid, dass es jetzt meine einzige Wahl ist.«

»Nein, Aufgeben ist immer noch keine Option. Der Vorhang ist noch nicht gefallen.« Er hob vorsichtig ihr Kinn an und küsste sie.

Vorsichtig schob er ihr mit der Zunge die in Folie verpackte Rasierklinge zu.

Mit Tränen in den Augen nickte sie. »Danke, dass du mich nicht aufgegeben hast.«

Er strich ihr über die Wange und küsste sie auf die Stirn. »Nicht eine Sekunde. Ich bin nur spät dran.«

»Du bist vollkommen verrückt. Sei bitte vorsichtig. Ich will dich nicht auch noch an dieses Schwein verlieren.«

»Mach dir um mich keine Sorgen. Ich komme schon zurecht. Es ist kein guter Plan, aber es ist ein Plan. Machen wir das Beste daraus.« Er lächelte knapp. »Es gibt immer einen Grund, um aufzustehen und zu leben.«

»*Don't complain, fight.*«

»Habt ihr jetzt ausgeturtelt?«, fragte Philippe scharf und zog Liliana von Merlin weg. »Ich habe beschlossen, deinen Vorschlag anzunehmen. Unter einer Bedingung.«

»Lass mich raten: Du willst, dass ich dir hier und jetzt ...«

»Du kennst mich wirklich sehr gut.«

»Was soll das bringen? Hier im Dreck vor diesen erbärmlichen Schleimscheißern.«

»Hier vor ihm.«

Ruhig nickte sie und kniete sich vor ihn.

Merlin wollte protestieren, aber sie hob augenblicklich ihre Hand und brachte ihn mit dieser Geste zum Schweigen.

»Lass gut sein. Bitte. Ist schon okay.«

Hilflos lehnte er sich wieder an die Wand.

»Zieh das Hemd aus.«

Unter den hocherfreuten Blicken von Tony und den beiden anderen Widerlingen knöpfte sie sich langsam das Hemd auf und ließ es über ihre Schultern nach hinten gleiten. Sprachlos nahm Merlin die zahlreichen Biss- und Kratzspuren wahr, die das Hemd bisher verdeckt hatte. Er konnte ihre Rippen zählen, so abgemagert war sie.

Ohne ein Wort des Widerstandes machte sie sich an Lavalles Gürtel zu schaffen.

Merlin fühlte sich wie in einem Albtraum, der einfach nicht enden wollte. Die schreckliche Wahrheit um den Tod von Lillys Eltern, seiner ungeborenen Halbschwester oder seines Halbbruders und das kranke Spiel, das sich jetzt vor seinen Augen abspielte, ging ihm unter die Haut.

*'Ich ertrage es, weil ich gar keine andere Wahl habe.'*

Jetzt verstand er auch diese Worte und er fühlte sich mehr als schuldig an ihrer misslichen Lage, aber das war der einzige Weg gewesen, um zu ihr zu kommen. Tausende Male hatte er mit Felix andere Möglichkeiten durchdacht, aber es war mehr als schwierig, hierher gebracht zu werden. Vor allem wollte er Felix nicht weiterhin in Gefahr bringen. Er hatte schon genug riskiert.

Es dauerte nicht lange, bis Merlin Theodor überredet hatte, ihn mitzunehmen. Theodor war so stolz auf seinen perfiden Plan, dass er es kaum erwarten konnte, Merlin bei Lavalle abzuliefern. In einem Lieferwagen ohne Fenster wurden sie direkt in eine Garage gebracht. Er wusste nicht einmal, wo er sich ungefähr befand. Nein, es gab keinen anderen Weg und er hoffte, dass sie ihn nicht hasste, für das, was er ihr abverlangte. Seine Gedanken schweiften immer wieder ab. Lavalles Anblick war für ihn kaum zu ertragen. Sein Magen drehte sich stetig.

Nach einer gefühlten Ewigkeit sackte Liliana zitternd vor ihm zusammen. Sie drehte sich von ihm weg, zog den Eimer bei und übergab sich. Ihr Körper zitterte und Merlin befürchtete, dass sie im nächsten Moment einfach leblos zusammenbrechen würde.

»Ach, Lilly ... So schlimm war das jetzt auch nicht.«

Merlin sah schwarze Punkte vor seinen Augen. Sein Herz klopfte so wild, als wollte es seine Rippen durchbrechen und flüchten. Als er seinen Blick von Philippe abwandte, merkte er, dass Liliana nicht nur aufgrund ihrer Tat oder der Kälte zitterte. Ihre Panik konnte er förmlich spüren. Sie musste die Rasierklinge verloren haben. Sie schloss kurz die Augen und griff in den Eimer.

Merlin musste ihr Zeit verschaffen. »Ist es das wert, Philippe? Leben zu zerstören, für ...«

Lavalle drehte sich zu ihm. »Es geht nicht um Sex, Merlin. Das hier ist viel größer.«

»Macht? Ausleben eines Gottkomplexes?«

»Jeder versucht doch in seinem Leben, Herr und Meister zu sein. Ich bin das eben nicht nur in meinem Leben.«

Merlin schielte zu Liliana. Sie hatte die Klinge gefunden. Für einen Augenblick hielt sie sich die Hand vor den Mund, schob dann aber ihre einzige Chance wieder unter die Zunge.

Sie ließ sich auf die Seite fallen und griff nach dem Hemd, um sich annähernd sauber zu machen.

»Bist du fertig mit dem Theater?«, fragte Philippe barsch. »Schafft sie hier raus und ruft Annegret.«

Die Männer ergriffen ihre Arme und schleiften sie aus der Zelle. Philippe folgte ihnen, ohne Merlin weiter zu beachten.

Schleunigst drückte er den kleinen Dietrich aus seinem Lederarmband.

# Kapitel 54

Nach mühseligen Minuten hatte Merlin den Dietrich aus dem Lederband geschält und hoffte, dass er genug geübt hatte, um die Handschellen ohne große Anstrengung öffnen zu können. Gerade, als er zum ersten Versuch ansetzen wollte, öffnete sich die Tür und er verharrte. So schnell hatte er wahrlich nicht mit Besuch gerechnet und den konnte er jetzt absolut nicht gebrauchen. Schleichend kam ein Schatten näher. Eine hagere Gestalt folgte.

»Hallo, Noel. Wie geht es dir? Wir haben uns noch gar nicht richtig kennengelernt. Ich bin Merlin.«

Noel ließ die Tür ins Schloss fallen und kam fast zögerlich näher. Sein starrer Blick ließ Merlin schaudern.

»Lilly hat mir viel von dir erzählt. Sie mag dich wirklich sehr gerne. Schade, dass sie nicht hier ist.«

Abrupt blieb er stehen. *Weiter reden*, dachte Merlin. *Einfach nur weiterreden.*

»Lilly hat sich immer sehr gefreut, wenn du sie besucht hast. Das hat sie mir erzählt und sie hat es gehasst, dass dein Bruder immer so gemein zu dir gewesen ist. Ich freue mich wirklich sehr, dass wir uns jetzt auch mal in Ruhe kennenlernen können.«

Tatsächlich setzte Noel sich vor ihn. Er versuchte, seine Nervosität zu zügeln. Er war noch nicht frei und einen Angriff von Noel hätte er nicht überlebt.

Zahlreiche Narben zogen sich über den dürren Körper. Blutergüsse und frische Wunden vollendeten das Kunstwerk des Leids.

Ohne es zu wollen, fragte er: »Warum lässt du das mit dir

machen? Warum gibst du ihm so viel Macht über dich, wo er dir doch alles nehmen will, was dir je etwas bedeutet hat?«

Noels Kopf bewegte sich langsam hin und her. Er kroch auf Merlin zu. Ruhig bleiben. Seinen widerlichen Gestank hatte er nie vergessen können und auch jetzt wurde ihm speiübel, als Noel näherkam. Die fettigen Haare, die verkümmerten fauligen Zähne und das verkrustete Gesicht.

»Warum lässt du zu, dass er ihr das antut?«

Er setzte sich in den Schneidersitz und starrte Merlin aus fast schwarzen Augen an.

»Wir müssen Lilly helfen, Noel. Sie braucht uns«, flüsterte Merlin.

# Kapitel 55

*Liliana*

Liliana blickte in ein ihr unbekanntes Gesicht. Nachdem Tony sie schmerzhaft auf den Boden geworfen hatte, fand sie sich in einem modernen Badezimmer wieder. Die Wände. Die beiden Waschbecken. Die Badewanne. Alles war aus rötlichbraunem Marmor. Ein riesiger Spiegel thronte über dem Waschtisch.

Mitten in diesem Badtraum saß eine ältliche Frau auf einem Wäschekorb. Kurze, graue Haare ließen ihre knochige Hexennase wie ein Schwert aus ihrem Gesicht hervorstechen. Tiefe Falten zeichneten ihr Antlitz. In ihrem schwarzen Rock und dem grauen Pullover konnte man sie kaum erkennen.

Die hagere Gestalt stand auf und beugte sich zu Liliana herunter. »Na? Erinnerst du dich noch an mich, Schlampe?«

Liliana musterte jeden Zentimeter ihres Gegenübers. Nein, sie kannte die Frau nicht.

»Das dachte ich mir. Außer sündigen Gedanken und Drogen nichts im Hirn, diese verfluchten Drecksweiber. Wie siehst du eigentlich aus? Schon wieder, Miststück. Ich bin Annegret.« Sie schlug Liliana heftig mit der flachen Hand ins Gesicht.

So schlank sie auch war, aber Kraft hatte sie wie ein Bauarbeiter. Ohne große Mühe stieß sie Liliana in die Dusche. Das kalte Wasser ließ sie augenblicklich ihre schmerzenden Glieder vergessen. Den Armbändern schien das Wasser nichts anhaben zu können. Schade.

Unbeeindruckt von dem eisigen Wasserstrom kniete Annegret sich neben sie und drehte ihr den Arm auf den Rücken. »Mach dich sauber oder ich übernehme das, du Luder.«

Sie ließ sie los, warf einige Fläschchen nach ihr und setzte sich wieder auf ihren Wäschekorb. Unter ihren strengen Adleraugen zog Liliana sich in eine sitzende Position hoch und lehnte sich gegen die Wand. Ihr Shampoo. Ihr Duschöl. Natürlich. Es dauerte eine ganze Weile, bis sie fertig war. Alles strengte sie an. Allein die Tatsache, dass sie ihre Hände ständig über den Kopf heben musste, um ihre Haare auszuwaschen, war eine Tortur für ihren geschwächten Körper.

Annegret schnappte sich ein Handtuch und rieb sie trocken. Ruppig kämmte sie ihr die Haare.

»Warum tun Sie das? Sie sind auch eine Frau«, fragte Liliana, die die Ruhe nicht mehr ertrug.

»Euch Schlampen gebührt nichts anderes. Ihr wollt es doch so. Draußen für jeden die Beine breitmachen und hier rumzicken. Nein, Fräulein, so läuft das nicht. Dreckschlampen wie du, ihr haltet euch doch für den Nabel der Welt. Aber jetzt ist Schluss mit der Schönheit, Püppchen. Du nimmst keiner Frau mehr den Mann weg.« Sie spuckte Liliana ins Gesicht, bevor sie aufstand. Eilig kam sie mit einem Haartrockner zurück und kümmerte sich um die mittlerweile knotenfreie Mähne.

»Warum sind Sie so verbittert?«, fragte Liliana, nachdem Annegret den Stecker zog und die Lärmquelle erloschen war.

»Das geht dich einen Scheißdreck an. Steh gefälligst auf.«

Barsch packte sie Liliana am Arm und half ihr hoch. Sie stützte sich mit den Unterarmen am eingelassenen Waschbecken ab und sah zum ersten Mal seit vielen Wochen in den

Spiegel. Jetzt erst erkannte sie das Ausmaß der Verbrennung. Ungläubig fuhr sie sich an die Wange. Überhaupt erkannte sie sich nicht. Sie war dünn geworden und um Jahre gealtert. Ihre Hände zitterten, aber es lag nicht an der Kälte oder ihrem Anblick. Sie brauchte die nächste Spritze.

»Na? Nicht mehr ganz so hübsch wie früher.« Annegret lachte und kam zu ihr rüber. Sie warf ihr die Haare über die Schulter und besprühte ihren Rücken und ihre Beine mit Öl.

Liliana stand regungslos da und betrachtete sich. Es war alles so unwirklich. Annegret bugsierte schwungvoll ihre Haare wieder nach hinten und machte weiter, während Liliana versuchte, sich irgendwo in diesem Spiegel zu finden. Das Zittern wurde schlimmer.

Langsam erwachte sie aus ihrer Trance. Die Rasierklinge. Annegret durfte sie nicht finden. Bestimmt nahm sie ihr die Sprühflasche ab. Ohne auf sie zu achten, rieb Liliana ihre Arme ein, bevor sie sich ihrem Gesicht widmete. Vorsichtig entfernte sie die letzten eingetrockneten Blutflecken. Die Sauberkeit tat ihr unendlich gut und sie wollte aus diesem Moment neue Kraft schöpfen. So ruhig wie möglich richtete sie sich wieder her.

»Es geht doch. Zieh' was an. In der Hölle kannst du noch lange genug deinen nackten Körper zur Schau stellen.«

Schweigend nahm sie die Sachen von der kleinen Bank, die nur zwei Meter hinter ihr stand. Die Frage nach ihren Kleidern von damals hatte sich damit erledigt. Fein säuberlich lagen sie in einem Karton. Jetzt zog sie an, was er ihr damals weggenommen hatte. Die schwarze Seidenunterwäsche. Das schwarze, schulterfreie Kleid. Ihre Erinnerung kam blitzschnell zurück.

Annegret nahm ihr das Kleid ab und zog es ihr über den

Kopf. »Passt doch. Wegen dir konnte ich die ganze Nacht noch nähen, du Fotze.«

Ungläubig schüttelte Liliana den Kopf. Selbst das Kleid musste wieder passen. Sie wollte gar nicht wissen, wie oder wann Annegret ihre jetzigen Maße genommen hatte. Erschlagen von der irrealen Situation setzte sie sich auf die Bank, während Annegret ihr die schwarzen Pumps anzog.

»Verdammtes Hurenpack.«

»Ist ja gut. Ihre Botschaft ist mittlerweile angekommen. Wie alt war sie denn?«

»Wer?«, fauchte Annegret sie an.

»Die Kleine, mit der ihr Mann durchgebrannt ist.«

Eine heftige Ohrfeige war die Antwort.

»So jung also. Der Glückliche.«

Die Tür flog auf, bevor Annegret erneut ausholen konnte, der Doc spazierte gut gelaunt ins Badezimmer und verbeugte sich übertrieben tief vor Liliana. »Meine Verehrung, meine Schöne. Was macht der Entzug?«

Ein Blick auf ihre zitternden Hände genügte ihm wohl als Antwort.

»So schlimm. Da kann der Onkel Doktor aber sicherlich helfen.«

»Sie können ja nicht mal sich selbst helfen.«

Wieder war es Annegret, die sie fest packte. Schnell zauberte der Doc eine Spritze aus seinem Jackett und stach sie Liliana in den Hals.

»Hab ich doch noch eine brauchbare Stelle gefunden und so eine Schöne.« Seine Hand glitt ihren Hals entlang und folgte dem kleinen Blutstropfen.

»Fass mich nicht an.«

Er hob entschuldigend die Hände. »Reg' dich nicht auf.

Das Zittern wird gleich aufhören. Die Dosis war sehr gering, aber fürs Erste werden die Entzugserscheinungen verschwinden. Wie wäre es mit einem kleinen Dankeschön?«

Schade, dass Blicke nicht töten konnten.

»Nicht? Auch gut. Ich werde gleich mal deinen Freund besuchen. Mal sehen, wie drogenfest die Akademiker sind. Nein, war nur ein Scherz. Außer, du überlegst es dir wieder anders. Dann bin ich am Zug. Ich wünsche einen netten Abend.«

Mit widerwärtig breitem Grinsen machte er sich wieder auf den Weg. Die Wärme breitete sich in Lilianas Körper aus und das Zittern nahm ab.

Annegret kramte in einer kleinen Tasche und brachte allerhand Kosmetikkrempel zum Vorschein. »Das schaffst du jetzt doch wohl alleine. Von dem Mist verstehe ich nichts.«

»Würde Ihnen aber sicherlich nicht schaden.«

Wütend ergriff Annegret ihre Haare und schleuderte sie von der Bank vor das Waschbecken.

Liliana fing an, zu lachen. Die Drogen hellten auch eindeutig ihre Stimmung auf. »Sagen Sie, waren Sie eigentlich auf einer katholischen Mädchenschule? Das würde einiges erklären.«

»Du machst keine Witze über unseren Herrn. Der Teufel hat Miststücke wie dich auf die Erde geschickt, um unsere Männer zu testen. Verbrennen sollte man seine Brut. Euch alle«, schrie sie mit ihrer unangenehmen Stimme.

Liliana rappelte sich langsam auf und zog das Kleid zurecht. Immerhin stand sie wieder, wenn auch mehr als wackelig. Die hohen Schuhe machten es nicht gerade einfacher. Ohne einen weiteren Wortwechsel mit Annegret begann sie, sich zu schminken. Das Brandmal stellte sie allerdings vor eine unlösbare Aufgabe. Nichts würde diesen Makel je überdecken können. Die blauen Flecken in ihrem Gesicht dagegen konnte sie geschickt verstecken. Das hatte sie mit den Jahren gelernt. Nachdem ihre Hände ihr wieder gehorchten, konnte sie ihr Make-up auch sorgfältig beenden. Sie schüttelte ihre Haare auf und atmete tief durch. Es war kein Vergleich zu früher, aber wenigstens sah sie nicht mehr ganz so erbärmlich aus.

# Kapitel 56

*Merlin*

Erbärmlich fühlte sich dagegen Merlin, der immer noch Noels furchtbarem Gestank ausgesetzt war, aber immerhin unterhielt er sich mit ihm. Seit fast zwei Stunden saßen beide nun so da und redeten. So gut man halt mit Noel reden konnte. Sein paranoides Grinsen war vollständig verschwunden.

Er rieb sich immerzu die Hände. »Lilly. Lilly. Lilly.«
»Noel?«
Er sah Merlin mit großen, leeren Augen an.
»Wir müssen ihr helfen. Er wird sie töten.«
Nervös wackelte er hin und her. »Nein. Nicht töten. Lilly. Nein.«
»Ihr seid doch Freunde und Freunde helfen einander.«
»Lilly. Lilly.«
Die Tür öffnete sich, der Doc tauchte auf und betrachtete das ungleiche Paar, das sich gegenübersaß. »Was ist hier denn los?«
»Männer-Selbsthilfegruppe. Wir haben noch Plätze frei«, antwortete Merlin, ohne zu wissen, mit wem er es zu tun hatte.
»Warum sind Sie eigentlich noch nicht tot?«
»Oh, Verzeihung, habe ich etwa Ihren Tagesplan durcheinandergebracht?«
Noel hasste den Typ. Merlin sah es in seinen Augen. Langsam zogen sich Noels Mundwinkel wieder zu einem Grinsen, während er den Kerl fixiert hatte.

Merlin fragte: »Mit wem habe ich das Vergnügen?«

»Doc. Doc. Ja. Der neue Doc. Widerling«, krächzte Noel.

»Mein Name ist Schumann. Ich bin Psychiater und habe früher Liliana behandelt.«

Jetzt wusste Merlin genau, mit wem er es zu tun hatte. »Behandelt«, wiederholte er. »Interessante Umschreibung für sexuellen Missbrauch von Schutzbefohlenen.«

»Was Liliana sagt und was ihrer Fantasie entsprungen ist, kann sich schon einmal vermischen.«

»Und jetzt? Behandeln Sie Lavalle? Wenn ja, scheinen Ihre Erfolge auszubleiben.«

»Nein, ich bin wegen Liliana hier.«

Natürlich. Ihr blieb auch nichts erspart. Vor allem ihre Vergangenheit nicht. Merlins Wut wuchs ins Unermessliche.

»Gut, wenn Noel dazu nicht fähig ist, muss ich wohl Ihrem Ableben etwas auf die Sprünge helfen, aber das wird nicht sehr schön werden.« Er drehte sich auf dem Absatz um, klopfte gegen die Tür und wartete, bis ihm geöffnet wurde.

»Widerling«, raunte Noel, als die Tür wieder ins Schloss gefallen war.

Und in Noels Hass auf den Doc erkannte Merlin seine Chance.

# Kapitel 57

*Liliana*

Mit Mühe und Not hangelte Liliana sich aus dem Badezimmer. Eine Hand zur Stütze immer an der Wand. Nachdem sie den Kopf hob, fand sie sich in einem großen Schlafzimmer mit bodentiefen Fenstern wieder. Ihr Blick wanderte unaufhaltsam nach draußen. Bäume und ein sich langsam rotfärbender Himmel. Seit drei Monaten hatte sie nur weiße Fliesen gesehen. Die untergehende Sonne kam ihr wie ein Wunder vor.

Auf der rechten Seite stand ein großes Bett. Vor den beiden Fenstern zwei Sessel und ein kleiner Tisch. Alles passend in dunklem Nussbaum. Annegret hielt sie am Arm fest, als sie in die Mitte des Raumes gingen. Hinter ihnen schloss sich die Tür. Liliana hatte kein Interesse daran, sich umzudrehen. Sie wusste, dass Philippe hinter ihr stand. Als sie keine Anstalten machte, sich zu bewegen, sorgte Annegret dafür, dass sie es tat.

»Wer hätte das gedacht? Ein bisschen Wasser und Seife, und das Ergebnis ist atemberaubend.«

Annegret ließ sie plötzlich los und Liliana brauchte einen kurzen Moment, bis sie einigermaßen sicheren Stand gefunden hatte.

»Danke, Annegret.«

Mit einem breiten Lächeln umarmte sie Philippe.

Sie legte ihre Hand an seine Wange. »Mein lieber Junge, Gott schütze dich.«

Mit einem letzten verächtlichen Blick auf Liliana ließ sie

die beiden allein.

»Wie kommt man zu solch einer Perle, Philippe?«

»Annegret? Sie war unser Kindermädchen.«

Liliana nickte. »Und du warst ihr Liebling.«

»Ja, ganz offensichtlich. An Noel gibt es ja nicht so viel Liebenswertes. Sie hat ihn verabscheut, aber wer kann ihr das verübeln?« Er zog sein Jackett aus und legte es auf die Bank, die am Fußende des Bettes stand.

»Wann hat ihr Mann sie verlassen?«, fragte Liliana.

»Hat sie das gesagt?«

»Nein, aber ihr Hass auf jüngere Frauen ist wohl nicht zu leugnen.«

»Er ist mit seiner blutjungen Sekretärin durchgebrannt, während sie in der Kirche war.«

»Ja, die Katholiken. Immer für einen Spaß zu haben.«

»Genau wie du.«

Als er sich ihr näherte, hatte sie keine andere Wahl, als stehen zu bleiben, wenn sie ihm nicht taumelnd in die Arme fallen wollte.

»Alles in Ordnung?«

Ihre Beine zitterten und ihr Kreislauf drohte ebenfalls, ihr seinen Dienst zu versagen. Um nicht hinzufallen, stützte sie sich an ihm ab. Sie war fast dankbar für seinen Arm, der sie hielt und einen weiteren schmerzlichen Aufprall verhinderte.

»So schwach auf den Beinen?«

»Leider ja.« Es kostete sie erhebliche Überwindung, aber sie musste fragen. »Philippe?«

Behutsam hob er ihr Kinn und zwang sie, ihn anzusehen.

»Ich ...«, druckste sie.

»Sag mir doch einfach, was dich bedrückt. Ich tu dir nichts.«

Da war sie sich sicher. Jetzt wäre sicherlich der falsche Moment, um grob zu werden. Das passte nicht zu seinem Spiel.

»Ich glaube nicht, dass ich aufgrund meiner jetzigen körperlichen Verfassung ...«

Er ließ ihr Kinn los und strich ihr über die Wange. »Lilly, schon gut. Alles ist gut. Ich verlange überhaupt nichts von dir. Ganz ruhig.«

Dieser freundliche Tonfall passte ihr überhaupt nicht.

»Ich glaube, wir setzen uns erst mal hin, bevor du mir noch zusammenbrichst.«

Beschämt von ihrer eigenen Schwäche fragte sie: »Kannst du mir helfen? Ich komme keine zwei Meter weit.«

»Aber natürlich, meine Liebe.«

Sie drehte sich um und hielt sich an seinem Arm fest, während sie langsam in Richtung der Sessel gingen. Als sie sich endlich hinsetzen konnte, war sie froh, dass er seine Hände von ihr nahm. Er setzte sich zu ihr auf die Lehne und strich ihre Haare zur Seite.

»Der Doc.« Er fuhr über die Einstichstelle an ihrem Hals.

»Er hat wohl sonst keine Stelle für die Injektion gefunden«, erklärte sie.

»Dann muss ich mal ein paar Worte mit ihm wechseln.« Er stand auf und ging zum Regal rechts von ihm.

Liliana schaute aus dem Fenster in einen herrlichen blutroten Sonnenuntergang. Die Freiheit sah so unwirklich aus.

»Kann ich dir was anbieten?«

Sie schaute zu Philippe. »Einen Strick und einen Stuhl.«

»Scotch, wie dein alter Herr?«

»Ja, danke.«

»Wie der Vater, so ...«

»Ja, der Apfel fällt nicht weit vom Stamm.« Dankend nahm sie das Glas entgegen und wartete, bis er sich gesetzt hatte.

»Die Drogen haben dir ganz schön zugesetzt. Erstaunlich, was einem so kleine Mengen Methamphetamin antun können.«

Ein müdes Lächeln zog sich über ihre Lippen. »Erstaunlich, was die Menschen einander antun können.«

»Bist du mir böse?«

»Nein, bin ich nicht. Du bist du.«

»Du machst dir Sorgen«, stellte er fest. »Um ihn? Es geht ihm gut.«

»Sicherlich.« Lilianas Nerven waren zum Zerreißen gespannt. Die Angst um Merlin ließ sie nicht mehr los.

»Vertraust du mir nicht?«

Beinahe hätte sie laut losgelacht. »Verwundert dich das?«

»Weißt du, ich habe lange nachgedacht und irgendwie wäre es doch sehr schade, wenn wir beide auf so unschöne Weise auseinandergehen.«

»Wie darf ich das verstehen?«

»Seit fünfzehn Jahren spukst du in meinem Kopf herum und ich bin nicht gewillt, das zukünftig zu ändern. Warum bleibst du nicht einfach bei mir?«

Sie zog die linke Augenbraue hoch. »Als Haustier?«

»So würde ich das nicht nennen. Ich muss ja schließlich auch an die nächste Generation denken.«

»Ja, klar. Du, ich, zwei Kinder und ein Hund. Wundervolle Vorstellung, Philippe.«

»Wer weiß ... vielleicht änderst du deine Meinung noch. Vor wenigen Tagen hast du es auch nicht für möglich gehalten, dass du jetzt mit mir hier sitzt.«

# Kapitel 58

*Merlin*

»Er ist schuld an Lillys Lage, oder?«, fragte Merlin Noel.

Dieser nickte. »Widerling. Hat sie betäubt. Spritzen. Ja. Immer Spritzen. Hat sie gefickt. Ja. Ja. Ich weiß es. Hab es gesehen. Hurenbock. Hasse ihn.«

Merlin verzweifelte langsam. Was hatte Anna Maria ihr angetan? Die Tür sprang wieder schwungvoll auf und der Doc kam zurück. Das zusammengerollte Tuch mit seinen zahlreichen Spritzen trug er unterm Arm.

»Was haben Sie mit ihr gemacht?«, fuhr Merlin ihn augenblicklich an.

»Mit Lilly?«

»Noel hat mir erzählt, dass sie ...«

»Noel ist nur ein dummer, zurückgebliebener Junge. Was weiß der schon.«

»Noel ist ein Mensch wie Sie und ich. Reden Sie nicht so von ihm.«

»Warum beschützen Sie diesen kranken Bastard?«

Jetzt stand Noel auf und Merlin versuchte wieder, seine Fesseln zu öffnen.

»Was ist denn, Noel? Warum schaust du mich so an?«

»Noel und Lilly sind Freunde«, erklärte Merlin. »Sie haben ihr wehgetan. Jetzt ist es nicht notwendig, auch noch ihn zu beleidigen.«

»Sind Sie verrückt? Diese kleine Missgeburt war verschossen in Lilly, aber stellen Sie sich mal vor, wenn rauskommen würde, dass dieser schleimige Frosch sie anfasst. Nicht vorstellbar.«

»Aber Sie durften Sie anfassen?«

»Sie vergleichen mich mit diesem ... *Ding*.«

»Er ist kein *Ding*, Sie kranker Dreckskerl.«

Noel blickte Merlin an.

»Du hast was Besseres verdient, Noel. Sie sind Abschaum, nicht du.«

Allmählich drehte Noel den Kopf und fixierte den Doc. Merlin hatte es geschafft. Die linke Handschelle sprang auf und im selben Moment setzte Noel sich in Bewegung. Der Doc wurde nervös und wollte zur Tür laufen, aber er kam nicht weit. Blitzschnell hatte Noel ihn gepackt und schleuderte ihn auf den Boden. Mit breitem Grinsen warf er sich auf den verdutzten Psychiater und schlug auf ihn ein. Er zerriss ihm die Kleidung und vergrub seine langen Fingernägel im Oberkörper des Docs, bevor er ihm in den Arm biss.

Merlin hatte sich jetzt vollständig von den Fesseln befreit und stand auf. Jetzt erst nahm er seinen schmerzenden Rücken wahr. Der Doc schrie und die beiden Wachleute stürzten in die kleine Zelle. Bevor der erste Noel greifen konnte, versetzte Merlin ihm einen Schlag und er ging zu Boden.

Der Zweite nutzte die Gelegenheit und packte Merlin. Sein Griff war fest und er konnte sich nicht befreien. Ehe er sich was einfallen lassen konnte, ließ sein Angreifer schreiend von ihm ab. Noel hatte sich in sein Bein verbissen. Der muskulöse Mann trat Noel ins Gesicht und er fiel nach hinten. Sofort stand er wieder auf den Beinen und hatte problemlos den weitaus korpulenteren Mann zu Fall gebracht. Er riss seine Haut in Fetzen. Die Schreie verstummten schnell und jetzt trennte nur der leblose Körper, auf dem

Noel saß, Merlin von der Tür.

Mit blutverschmiertem Gesicht drehte er sich zu ihm. Merlin bewegte sich nicht. Der Doc machte nur noch gurgelnde Geräusche und Noel ging wieder auf ihn zu. Er trat mehrmals gegen den Kopf des Psychiaters. Dorthin, wo mal sein Gesicht gewesen sein musste.

Er drehte sich wieder zu Merlin. »Geh. Helfen. Lilly. Geh.«

Es hatte wirklich funktioniert. Merlin nahm schnell den Schlüsselbund des toten Wachmannes, lächelte Noel dankend an und rannte aus der Zelle.

# Kapitel 59

*Liliana*

Kapitulierend stützte sich Liliana auf der Sessellehne ab und zog sich hoch. Sie ertrug sein Gerede nicht mehr. Es war schlimmer als jede Folter. Vor dem Fenster blieb sie stehen und betrachtete die letzten Strahlen der Sonne. Nach kurzer Zeit spürte sie seine Hände auf ihren Schultern. Sie glitten über ihre Arme nach unten und ruhten dann auf ihrer Hüfte.

»Was hat er vor, Lilly?«, hauchte er ihr ins Ohr.

»Wer?«

»Du weißt genau, was ich meine. Seit Stunden lasse ich alles überwachen. Aber keine Polizei, keine Medien. Selbst dieser dreckige Journalist vögelt irgendwo eine Schlampe. Niemand ist auf dem Weg hierher. Also warum spaziert er hier einfach her?«

»Da musst du ihn schon selbst fragen. Ich weiß seit einigen Stunden erst wieder, wie ich heiße. Ich fürchte daher, dass ich nicht mit einem Plan dienen kann.«

Seine Lippen wanderten über ihre Wange und ihren Hals, während er sich von hinten an sie drückte.

»Dann nehme ich an, dass ich weiter rätseln muss oder weiter suchen.«

Ohne jede Regung ließ sie zu, dass er den Reißverschluss des Kleides öffnete. Als es zu Boden fiel, drehte sie sich zu ihm, strich ihm durch die Haare und küsste ihn. Die Klinge sicher unter ihrer Zunge verborgen. Berauscht von der Situation zog er sie an sich. Plötzlich hielt er inne und umschloss fest ihr rechtes Handgelenk. Ein stechender Schmerz durchzog ihren Arm. Ihre Wunden waren noch nicht annähernd abgeheilt und der feste Griff schmerzte mehr, als ihr lieb war. Er zog ihre Hand aus seiner Hosentasche und betrachtete den Funksensor für ihre Armbänder, den sie ihm abluchsen wollte. Lächelnd nahm er ihn wieder an sich.

»Lilly, ich habe grundsätzlich nichts dagegen, wenn du dir an meiner Hose zu schaffen machst, aber das ...«

Er ging ein Stück zurück und drückte auf den Sensor. Nach einem kurzen Aufschrei fiel sie zu Boden und wand sich vor Schmerzen.

Er hob sie hoch und trug sie zum Bett. Sie versuchte, sich zu bewegen. Vergebens. Ihre Muskeln versagten ihr den Dienst. Ruhig legte er sich neben sie. Sie konnte sehen, dass er den Sensor auf den Nachttisch legte. Er setzte sich auf sie und wartete geduldig, bis sie wieder zu sich fand.

»Beim nächsten Mal breche ich dir und *ihm* sämtliche Knochen. Es reicht, Liliana. Ich hätte wissen können, dass das alles nur wieder ein schlechter Versuch ist, von mir wegzukommen. Glaubst du, ich wüsste nicht, wie du deinen Pflegevater getötet hast? Auch er wiegte sich in Sicherheit. Er dachte, er hätte dich unter Kontrolle. Hast du wirklich geglaubt, ich würde deinen kleinen Plan nicht durchschauen? Und jetzt gibst du mir, was immer er dir zugeschustert hat. Zwing mich nicht, dass ich selbst nachschauen muss.«

Unbeeindruckt von seiner Drohgebärde sagte sie: »Weißt du Philippe, in Anbetracht der Tatsache, dass das hier nicht funktionieren wird, weil ich um nichts in der Welt mit dir schlafen werde, denke ich, dass es nur fair ist, wenn ich dir die Wahrheit über Merlin und mich erzähle.«

Sie stützte sich mit den Händen auf der Matratze ab und drückte sich hoch, bis sie ganz nah an ihn herankam. Er hielt ihrem frechen Blick stand und machte keine Anstalten, etwas mehr Abstand zwischen sie und sich zu bringen. Zu groß war die Neugier auf ihre Worte. Die Vorsicht, die er noch vor wenigen Sekunden über alles gestellt hatte, schien fast vergessen zu sein.

Ihr Herz pochte. Ihr Geist war so klar wie seit Ewigkeiten nicht mehr. Sie musste handeln oder sie würde die Sonne nie wieder aufgehen sehen.

Sie befeuchtete ihre Lippen und sah ihm frech in die Augen. »Er hat mich gefickt, Philippe. Nach unserer Flucht aus dem Bunker, auf seiner eigenen Verlobungsfeier und jeden, verfluchten Tag bei mir zuhause. Manchmal auch zweimal und es war großartig. Jetzt zufrieden?«

Die erste, leichte Regung von ihm nutzte sie aus, um schnell ihr Knie dichter zu ihrem Körper zu ziehen und ihn damit noch ein kleines Stück näher zu sich zu schieben.

Jetzt spürte sie, dass er versuchte, nicht die Beherrschung zu verlieren. »Dann war es ja gut, dass ich ihn meinem Bruder überlassen habe.«

»So viel zum Vertrauen, Philippe. Wie schön, dass sich die Dinge immer wiederholen und man sich darauf einstellen kann«, hauchte sie.

Der Abstand zwischen ihnen war immer noch zu groß, um ihn gezielt zu treffen, aber sie hatte keine andere Wahl. Sie musste reagieren, bevor er ihr jegliche Möglichkeit zur Gegenwehr nehmen konnte. Schnell zog sie ihr Knie weiter an und griff nach der Rasierklinge. Als er drohte, durch den plötzlichen Ruck auf sie zu fallen, zerschnitt sie ihm die Wange. Das scharfe Metall blieb in seinem rechten Auge stecken. Laut kreischend griff er sich ins Gesicht und zog die Klinge aus seinem stark blutenden Auge.

Liliana versuchte, den Sensor zu greifen, aber er fiel zu Boden. Ein heftiger Schlag schleuderte auch sie von der Matratze.

Schon stürmte Tony ins Zimmer, der die Schreie seines Chefs wohl vernommen hatte. »*Verdammtes Drecksstück! Was hast du jetzt wieder angerichtet? Komm her!*«

Ruppig hob er sie hoch und stieß sie in die Mitte des Raumes, bevor er nach seinem Handy griff. Sie kroch zur Kommode und schaffte es, sich mühsam hochzuziehen. Tony erreichte scheinbar niemanden und kümmerte sich um Lavalle. Aber dieser hatte kein großes Interesse an seiner Hilfe, sondern stieß ihn ruckartig von sich. Als Tony bemerkte, dass Liliana aufgestanden war, ging er schleunigst auf sie zu und wollte sie von hinten packen. Sie drehte sich zu ihm und sah noch, dass er in seiner Hektik stolperte und auf sie zu fiel. Er stieß mit ihr zusammen, hielt sich an ihr fest und ein plötzliches Zucken durchfuhr ihn.

»Es ist zwar keine Schere, aber nicht weniger effektiv«, sagte sie leise und ließ den Brieföffner los, den Tony sich schwungvoll selbst in den Bauch gerammt hatte.

Ungläubig starrte er sie an. Langsam zog er den Brieföffner heraus, betrachtete ihn und brach vor Liliana zusammen.

Bevor Liliana auch nur einen weiteren Schritt tun konnte, traf sie ein goldener Kerzenhalter am Kopf. Taumelnd stürzte sie über Tonys toten Körper. Für einen kurzen Moment konnte sie vor Schmerzen nicht atmen. Blut lief ihr ins Auge, und als sie sich an ihre Stirn fasste, ertastete sie eine große Platzwunde. Sie drehte sich um und erschauderte, als sie Lavalle und sein zerschnittenes Gesicht sah. Seine linke Hand hatte schnell ihre beiden Handgelenke ergriffen und sein Gewicht hielt sie mühelos am Boden. Mit seiner rechten Hand fasste er hinter sich und Liliana hörte das Klicken eines Springmessers.

»Erinnerst du dich daran?« Mit der Klinge strich er ihr über die Wange.

Natürlich erinnerte sie sich. Es war das Messer ihres Vaters. Das Messer, das ihren Eltern den Tod gebracht hatte.

»Schon merkwürdig. Ein Messer löscht eine gesamte Familie aus.« Jetzt beugte er sich ganz nah zu ihr herunter. »Warum, Lilly? Warum musste das jetzt sein? Warum muss es so enden?«

»Wenigstens gibt es ein Ende. Du sagtest Auge um Auge. Das war für Johann. Jetzt sind wir quitt.«

Die Tür sprang auf und einer von Lavalles Helfern stolperte in den Raum und stürzte, gefolgt von Merlin. Er sprang wieder auf die Füße und ging auf Merlin los.

Lavalle war sichtlich verwirrt. Er ließ sich jedoch nicht weiter beirren. Akribisch genau setzte er das Messer unter Lilianas linkem Ohr an und schnitt ihr langsam ins Fleisch.

Der plötzliche Stromschlag, der durch Lilianas Körper schoss, verschonte auch Lavalle nicht. Sie stützte sich auf den Unterarmen ab und sah, dass Merlin den Sensor in der Hand hielt. Sein Angreifer lag regungslos auf dem Boden.

Merlin kam zu ihr hinüber und zog sie von Lavalle weg.

»Du blutest.«

Sie griff sich an den Hals. »Das ist zu wenig Blut. Das war nicht die Hauptschlagader. Alles gut«, hauchte sie.

»Sie sind hartnäckiger, als ich jemals gedacht hätte.« Lavalle stand schon wieder auf den Beinen und hatte das Messer aufgehoben.

»Verschwinde, Merlin! Geh!«, schrie Liliana ihn an, so

laut es ihre Stimme zuließ.

Er ließ sie los und stand auf.

»Du solltest auf sie hören, mein Freund. Das wird ein böses Ende nehmen.«

»Du fasst sie nicht mehr an. Nie wieder.«

»Und du willst mich davon abhalten?«

Er sprang auf Merlin zu, der schnell auswich. Gekonnt blockte er die ersten Angriffe. Selbst einäugig hatte Lavalle keine Probleme, geschickt jeglichen Treffern aus dem Weg zu gehen. Dagegen bekam Merlin einen harten Schlag ab und taumelte gegen die Kommode.

Liliana schlüpfte aus den hohen Schuhen und quälte sich auf die Beine. Kaum stand sie, drehte sich alles in ihrem Kopf. Es spielte keine Rolle. Mit drei schnellen Schritten hatte Merlin ihn erreicht und in dem Moment, als sie sich zu Lavalle umdrehte, spürte sie den Schmerz in ihrem Bauch. Die Übelkeit dominierte innerhalb von Sekunden alles.

Lavalle lachte. »So was aber auch. Du musst mir auch bis zum letzten Atemzug das Leben schwermachen, oder?« Ruckartig zog er das Messer zurück und schlug ihr heftig mit dem rechten Handrücken ins Gesicht. Als sie Richtung Fenster wankte, versetzte er Merlin ebenfalls einen harten Schlag.

Er ergriff Lilianas Haare und zog sie zu sich. »Engel haben doch Flügel, oder?«, hauchte er ihr ins Ohr. »Ob das stimmt?« Schwungvoll stieß er sie gegen die Fensterscheibe des alten Hauses. Das Glas sprang und gab nach. Sie stürzte und für einen Moment war alles dunkel.

Die Schwärze lichtete sich jedoch. Mit einem gequälten Stöhnen drehte sie sich auf den Bauch. Der Arm war gebrochen. Egal, sie musste sich auf die Blutung konzentrieren.

Sie robbte ein Stück vom Haus weg und drückte mit der rechten Hand auf die Wunde.

Als sie Glas springen hörte, hob sie den Kopf und sah, dass Philippe ebenfalls aus dem ersten Stock stürzte. Den Aufprall hatte er mit Sicherheit überlebt. Sie musste weg, aber wohin? Es war ohnehin zu spät. Sie sah Lavalle bereits auf sich zu humpeln, und bevor sie irgendetwas tun konnte, trat er ihr auf den gebrochenen Arm. Ihr Schrei durchdrang die noch junge Nacht. Ruhig strich er ihr über die Wange, bevor er ihr die Kehle zudrückte. Sie griff neben sich in den Dreck und warf ihm eine Handvoll Sand ins Gesicht, aber außer einem kurzen Kopfnicken passierte gar nichts. Als sie drohte das Bewusstsein zu verlieren, wurde er plötzlich von ihr gezogen und schrie.

Sie drehte den Kopf nach links und erkannte Noel, der seinem Bruder durchs Gesicht kratzte. Philippe hatte ihn jedoch schnell unter Kontrolle und warf ihn zu Boden. Nachdem ein heftiger Tritt gegen Noels Kopf diesen wohl benebelt hatte, hob sein Bruder einen Stein auf.

»Das hätte ich schon sofort nach deiner Geburt tun sollen, du dreckiges Stück Scheiße.«

Ohne mit der Wimper zu zucken, schlug er mehrfach auf den Kopf seines Bruders ein.

Erhaben über alles Leben hob er die Hände zum Himmel und drehte sich wieder zu Liliana, die keuchend zu seinen Füßen lag. »Du hättest es so einfach haben können. Du hättest einfach nur aufgeben müssen.«

»Vielleicht«, hauchte sie. »Aber da draußen gibt es noch Menschen, die ich liebe.«

Mit dem blutigen Stein in der Hand kniete er sich neben sie. Als er ihn über seinen Kopf hob, schloss sie die Augen und dachte an ihren Vater ... ihre Mutter ... und an Merlin. Jetzt lächelte sie wieder, als sie den letzten Schlag erwartete.

Der Stein schlug nur weniger Zentimeter von ihrem Kopf entfernt auf dem Boden auf und sie öffnete irritiert die Augen. Philippe sah sie noch einmal an, bevor er leblos neben ihr zusammensackte. In seinem Rücken steckte Declans Messer.

Ihr Blick wurde trüb. Sie hatte zu viel Blut verloren. Merlin hob sie vorsichtig an und legte ihren Kopf auf seine Beine. Er zog sein Hemd aus und drückte es fest auf ihre tiefe Wunde. Er lebte.

Mit letzter Kraft hob sie ihre Hand, strich ihm über die Wange und lächelte. Mit einem tiefen Blick in seine Augen wisperte sie: »Ich liebe dich.«

»Ja, Lilly, ich weiß.«

Sie spürte die Wärme seines Körpers, bevor sie in der Dunkelheit versank.

# Kapitel 60

*Merlin*

Die ersten Schneeflocken fielen an diesem 21. Dezember leise vom Himmel. Die letzten Gäste waren gerade gegangen.

Merlin stand allein in dem wundervoll dekorierten Ausstellungssaal und betrachtete gedankenverloren seine Bilder. In den vergangenen Monaten hatte er weniger gearbeitet und jede freie Minute mit seiner Kunst verbracht. Und wahrlich: Es hatte sich gelohnt. Die ersten Werke würden am nächsten Tag bereits den Besitzer wechseln. Sogar sein Vater hatte nicht schlecht über das Talent seines Sohnes gestaunt. Merlin und er hatten sich lange ausgesprochen und ihr Verhältnis war besser denn je.

Helena dagegen hielt nicht viel von seiner Künstlerseele. Sei es drum.

Anna Maria war zum Glück weit weg. Er hatte nichts mehr von ihr gehört. Nachdem er ihr und ihrer Mutter eine nette Stange Geld gegeben hatte, sind beide auf und davon. Magdalena wollte unter keinen Umständen in die Geschäfte ihres Mannes hineingezogen werden und so war es eine Leichtigkeit, sie gegen verhältnismäßig geringe Kosten aus seinem Leben zu verbannen. Er wollte sich nicht an Anna Maria rächen. Keine Rache würde Lilianas Leid ungeschehen machen und von Melina wussten weder Anna Maria noch ihre Mutter etwas. Theodor hatte seine Geschäfte all die Zeit gut vor seiner Familie versteckt. Anna Maria hatte keine Vorstellung von der Welt und von dem, was sie getan hatte. Die geplatzte Hochzeit und der Luxusentzug waren die schlimmste Strafe für sie.

Auch Theodor hatte versucht, zu flüchten, aber dank Felix waren nicht nur die Staatsanwaltschaft, sondern auch die Beamten am Flughafen informiert. Ein Urteil wurde Anfang nächsten Jahres erwartet.

Der Presserummel war gigantisch gewesen, als die ganze Geschichte um Lavalle und seine Helfer bekannt gemacht wurde. Merlin hatte keine große Mühe, unbeschadet aus der Situation hervorzugehen. Hager und seine Mannschaft hatten alles ohne Widerworte geregelt, sodass es in den öffentlichen Stellungnahmen Noel war, der durchgedreht ist und alle getötet hatte. Einzelheiten würden eh niemals ans Licht kommen. Danach hatte Hager den Dienst quittiert und Merlin verzichtete darauf, ihn an den Pranger zu stellen. Lavalles Machtwerk war zerfallen und die letzten seiner Anhänger versuchten mit allen Mitteln, ihren Kopf aus der Schlinge zu ziehen. Über Liliana wurde niemals ein Wort verloren.

Merlins gespielte Hochzeit hatte man als notwendige Täuschung verkauft, um Ermittlungen gegen seinen Schwiegervater zu ermöglichen. Die feine Gesellschaft, die sich seine Freunde schimpfte, hatte das falsche Spiel wortlos akzeptiert. Die Geschäfte liefen daher weiter wie zuvor. Sowie die Pressemitteilungen verschwanden, verschwand auch das Interesse der Menschen.

Die Welt war wieder ruhig geworden. Fast zu ruhig. Merlin passte nicht mehr in sein altes Leben. Dafür hatte er zu viel erlebt, gesehen und getan. Er war nicht bereit, so weiterzumachen wie bisher. Dessen war er sich bewusst.

Seine Freunde wollten eigentlich an diesem Abend mit

ihm feiern, aber er wollte lieber allein sein und so stand er da. Schweigend in dem Traum, den er sich selbst erfüllt hatte.

Als er Schritte vernahm, schloss er kurz die Augen und wartete einen Moment, um sicherzugehen, dass er nicht von seinem Wunschdenken an der Nase herumgeführt wurde.

Nein, es war keine Halluzination. »Du kommst spät.«

»Ich dachte mir, pünktlich oder gut aussehen. Seien wir ehrlich: Pünktlich kann halt jeder.«

Er drehte sich um und blickte in funkelnde, grüne Augen.

»Ich habe es dir doch versprochen«, begrüßte Liliana ihn.

In ihrem langen, weißen Mantel mit dem Pelzkragen und den roten Pumps stand sie tatsächlich vor ihm und grinste in sich hinein. Er hatte sie seit Monaten nicht gesehen. Lediglich zwei Wochen hatte sie sich von ihren schweren Verletzungen erholt. Danach blieb Merlin nur ein Brief von ihr. Heimlich, still und leise war sie einfach verschwunden.

»Wohin hat der Wind dich denn geweht?«, fragte er und war immer noch unfähig, sich zu bewegen, während er sie betrachtete. Seit einer gefühlten Ewigkeit hatte er auf diesen Tag gewartet. Immer in der Hoffnung, dass sie ihr Versprechen einhalten würde. Und jetzt war sie wirklich gekommen.

»Zuhause«, antwortete sie leise. Ihre Augen begannen zu leuchten.

»Heißt das, du baust alles wieder auf?«

Sie nickte. »Ja, aber genaugenommen steht schon fast alles wieder. Ich war fleißig. Es wird wieder genau wie früher. Wenn du eine kleine Auszeit aus deinem Spießerleben brauchst: *Speargrass Hills* wartet auf dich.«

»Nichts würde ich lieber sehen.«

Jetzt ging er zögerlich auf sie zu. Fünf Monate hatte er sie nicht gesehen. Sie hatte sich erstaunlich gut erholt und an ihre Strapazen der vergangenen Monate erinnerte nur noch das Brandmal in ihrem Gesicht.

Wenige Zentimeter vor ihr blieb er stehen und sah ihr in die Augen. »Du glaubst gar nicht, wie schön es ist, dich zu sehen.«

»Ich musste erst meine Wunden lecken, bevor ich zurückkommen konnte.«

Verständnisvoll nickte er. Er wusste, wie sehr sie Mitleid verabscheute und dass dieser Rückzug unendlich wichtig gewesen war.

»Es hat einige Zeit gedauert, bis ich wieder auf den Beinen stand, aber dann gab es kein Halten mehr.«

»Ich habe nichts anderes erwartet. Wie hast du den Entzug überstanden?«

»Wie alles andere auch: mit einem Lied auf den Lippen und Sonne im Herzen.«

»Mein Gott, du hast mir so gefehlt«, flüsterte er.

»Nach all der Zeit wartest du immer noch auf mich?«

»Ich werde immer hier sein und auf dich warten. Auch ich halte meine Versprechen.«

»Du bist verrückt.«

»Das sagst du zu *mir*?«, erwiderte er lachend.

Sie biss sich sichtlich verlegen auf die Unterlippe. »Weißt du denn nicht, dass du mich immer verrückt gemacht hast? Seit dem Tag im *Caprice des Dieux* hast du mein Leben komplett auf den Kopf gestellt. Du hast alles verändert. Du hast *mich* verändert. Und ich denke, dass ich mich zum Besseren verändert habe. Es ist kein Tag vergangen, an dem ich nicht an dich gedacht habe.«

»Bist du deshalb hier?«, fragte er voller Hoffnung.

Zögerlich nickte sie. »Wenn du mich noch haben willst. Mich und mein kaputtes Leben.«

»Ich wollte immer nur dich und daran hat sich nichts geändert. Ich hatte lange genug ein normales Leben und das hat mich nicht wirklich glücklich gemacht. Mal sehen, wie viel Spaß wir haben können, bevor wir in die Hölle wandern.«

»Dann lassen wir die Vergangenheit hinter uns und fangen neu an?«

»*Wir*?«

»Wir.«

Ihrem herzerwärmenden Lächeln konnte er nicht weiter widerstehen. Jetzt nahm er sie fest in die Arme und wollte sie nicht mehr loslassen. Es dauerte auch eine ganze Weile, bis er es tat. Als sie ihn küsste, war er endlich angekommen und sämtliche Anspannung des letzten Jahres fiel von ihm ab.

»Was ist aus deinen guten Vorsätzen geworden«, fragte er, als sie ihn wieder ansah.

»Jeder muss sich irgendwann geschlagen geben und für mich war es jetzt an der Zeit, meinen Stolz aufzugeben. Du hattest Recht. Ich war lange genug auf der Flucht. Mehr, als es wieder zu versauen, kann ich wohl nicht anrichten.«

»Wenn du ein Tyrann wie Anna Maria werden willst, musst du dich aber noch etwas anstrengen.«

Sie verharrte kurz und schaute ihn an. »Du bist wirklich mutig, ausgerechnet mich zu lieben.«

»Eher tollkühn, aber das Risiko gehe ich gerne ein.«

»Und wie besiegt die Liebe fast 14.000 Kilometer und deine Familie? Sie werden es nicht akzeptieren.«

»Wir haben einen harten Weg hinter uns. Was sind dagegen 14.000 Kilometer? Und was meine Familie angeht ... sie werden es akzeptieren müssen oder ich verkaufe meine Anteile und suche mir einen anständigen Beruf. Vielleicht züchte ich Pferde im *Northern Territory*.«

»Du musst das Unternehmen wegen mir nicht aufgeben. Trotz allem Stress hängst du sehr daran. Ich weiß das. Du musstest schon zu oft Dinge aufgeben, die du geliebt hast. Wir werden einen anderen Weg finden.«

»Hört sich ja fast an, als wolltest du eine Lüge leben.«

»Was wäre daran so schlimm? Das hat die ganze Zeit wunderbar funktioniert. Zumindest für eine Weile sollten wir es ihnen nicht auf die Nase binden.«

»Ich habe nicht vor, dich zu verleugnen, Liliana. Weder vor meiner Familie, noch vor irgendjemandem sonst.«

»Das macht mir nichts aus und die Zeit arbeitet für uns. Man muss nicht immer alles sagen, wenn die Wahrheit die Menschen nur verletzen würde, obwohl sie kein Recht dazu haben, verletzt zu sein. Belassen wir es bei einer *Sach-Zwangs-Reduzierten-Ehrlichkeit*.«

Vielleicht hatte sie wirklich Recht. Sie brauchten jetzt Zeit füreinander und nicht eine erneute Konfrontation mit der Familie. Irgendwann würden sie wohl einen Weg finden. Er musste nur Geduld haben. Das Schicksal hatte sie zusammengeführt und es würde auch entscheiden, ob es so bleiben würde. Auch wenn er sich nichts sehnlicher wünschte, als nie wieder von ihrer Seite zu weichen. Nie zuvor hatte sie jemanden so nah an sich herangelassen und er war freudig überrascht über ihren unerwarteten Sinneswandel.

»Ich nehme an, dass ich dich nicht überreden kann, unserem Unternehmen etwas mehr Schwung zu verleihen?«

Sie schüttelte den Kopf. »Nein. Zum einen glaube ich,

dass alles mehr als gut läuft und zum anderen habe ich beschlossen, meinen fragwürdigen Nebenerwerb an den Nagel zu hängen.«

»Das ist nicht dein Ernst!«

»Die Welt war immer ein Spielplatz für das Kind in mir. Aber das Caprice des Dieux reicht jetzt vollkommen, um mich auszutoben und ehrlich gesagt, liegt mir nichts mehr am Herzen als *Speargrass Hills*. Ich fühle mich im Staub und Dreck meiner Ranch wohler als in den Kingsize-Betten erfolgreicher Männer. Ich war lange genug wie mein Vater. Ich denke, dass es an der Zeit ist, mehr wie meine Mutter zu werden. Das Einzige, das uns je wirklich verbunden hatte, war die Liebe zu *Speargrass Hills*. Vielleicht habe ich jetzt die Chance auf ein wirkliches Leben. Genug Platz dazu habe ich ja wieder.«

»Ich freue mich wirklich sehr, dass du dich entschieden hast, nach Hause zu gehen. Auch wenn du mir sehr gefehlt hast.«

»Dank dir weiß ich wieder, wer ich bin und wo ich hingehöre.«

»Und das *Caprice des Dieux*?«

»Nun, ich bräuchte einen Teilhaber. Meine Mädels kann ich nicht so oft allein lassen. Das ist schon richtig. Falls du Interesse an einer netten kleinen Investition hast.«

»Sehr gern. Es würde mich freuen.«

»Gut, dann wäre das geklärt. Ich gebe *Speargrass Hills* nicht auf und du das Unternehmen nicht. Das kann ja nur in die Hose gehen. Na dann, gehen wir das Unmögliche an. Die Welt gehört den Mutigen oder in unserem Fall den Verrückten. Wir haben uns wahrlich verdient.«

Er nickte, küsste sie.

Freudig schaute sie sich um. »Zeigst du mir deine Bilder? Ich bin immerhin so was wie dein Groupie.«

»Nein, du bist meine Inspiration.«

Sie war sichtlich begeistert von den Kunstwerken und Merlin freute sich unendlich, ihr Lachen wieder um sich zu haben. Heute strahlte sie aus sich selbst heraus. Sie versteckte sich nicht mehr vor ihm und sie war frei von Lavalle.

Er beobachtete sie und schmunzelte: »Wunderschön – und dieses Mal meine ich nicht die Bilder.«

»Trotz der minimalen Narbe im Gesicht?«, witzelte sie wohl verlegen.

»Welche Narbe? Ich sehe dich und der Rest interessiert mich nicht. Du hast nichts von deiner Schönheit eingebüßt. Nicht für mich.«

»Liebe macht wohl auch blind.« Mit einem frechen Zwinkern wandte sie sich wieder den Bildern zu. Sie ging ein paar Schritte weiter und blieb vor ihrem eigenen Porträt stehen. »Wie hast du …«

»Du hast gesagt, ich solle dich so in Erinnerung behalten, wie du warst und das ist meine Erinnerung.«

Er hatte keine Vorlage gebraucht. Ihre Züge waren ihm so vertraut, dass er das Porträt aus seiner Erinnerung heraus gefertigt hatte. Ohne Narben und strahlend, wie er sie kannte.

»Und so sehe ich dich auch heute und werde es immer tun.«

»Es ist wunderschön. Danke.«

»Lass dir von niemandem einreden, dass du weniger als perfekt bist, denn für mich bist du das.«

»Herzlichen Glückwunsch zu dieser bemerkenswerten Ausstellung. Du hast in der kurzen Zeit Großes geleistet. Jean Paul sagte mal: *Die Kunst ist vielleicht nicht das Brot, wohl aber der Wein des Lebens.«*

»Das ist auch dein Verdienst. Ohne dich hätte ich das niemals gewagt.«

»Es wäre eine Verschwendung von Talent gewesen. Du kannst stolz auf dich sein.«

Ihre Worte bedeuteten ihm unheimlich viel. Sie bedeutete ihm unglaublich viel. »Kann ich dich zur Feier des Tages einladen? Essen, Champagner, Scotch?«

Verführerisch lächelte sie ihn an. »Klingt verlockend, aber ich fürchte, ich bin nicht angemessen angezogen.«

»Das würde mich bei dir wundern. Für gewöhnlich bietet dein ominöser Kofferraum doch wahre Schätze.«

»Ja, aber du weißt doch: Von *gewöhnlich* halte ich rein gar nichts und ich denke, dass ich *so* nicht in ein Restaurant gehen sollte.«

Quälend langsam löste sie den Gürtel ihres Mantels, danach einen Knopf nach dem anderen und ließ ihn über ihre Schultern nach hinten gleiten. Er fiel schwungvoll auf den Boden. Zum Vorschein kam ein Hauch von ... Nichts. Die knappe, rote Unterwäsche mit dem weißen Pelz hätte auch den Weihnachtsmann nicht kaltgelassen.

Merlin lachte auf und schüttelte den Kopf. Sie war wieder da und hatte sich kein bisschen verändert.

»Ich dachte, so eine kleine Bescherung vor der Bescherung, die wir uns antun werden, wäre nicht schlecht. Und ich wollte dir mein Geschenk schon etwas früher geben. Ist doch immer schön, wenn man schon vor Heilig Abend etwas zum Auspacken hat, oder nicht? Frohe Weihnachten.«

Gebannt schaute Merlin sie an, während sie auf ihn zukam. Ihn durchfuhr dieselbe Leidenschaft, dieselbe Euphorie, die ihn bereits bei ihrem ersten Kuss gepackt hatte.

»Nein, du hast Recht. Wir sollten das Essen verschieben«, wisperte er, als sie sich an ihn schmiegte. »So teile ich dich sicherlich mit niemandem.«

»Das musst du auch nicht mehr. Habe ich mich je bei dir bedankt, dass du mich gerettet hast?«, fragte sie und blickte ihm tief in die Augen.

»Du musst dich nicht bei mir bedanken. Du bestimmt nicht. Mein Leben verdanke ich mehr als einmal dir. Ich liebe dich, Lilly.«

Unendlich glücklich, sie wieder im Arm zu halten, machte Merlin die Hauptbeleuchtung aus und betrachtete ihr Gesicht, das ihm so vertraut war. Er strich ihr die Haare hinters Ohr und fuhr vorsichtig über die dicke Narbe an ihrem Hals. Für einen kurzen Moment wollten die Bilder der Vergangenheit in ihm aufsteigen, aber sie nahm liebevoll sein Gesicht in ihre Hände und schüttelte den Kopf.

»Es ist vorbei. Nur noch ein Relikt aus alten, düsteren Zeiten.«

Im Schein der angestrahlten Kunstwerke verbrachten sie ihre erste Nacht ohne Angst und Zweifel.

Und mit den Strahlen der aufgehenden Sonne wusste er, dass es keine Rolle spielte, was er im Leben tat, sondern nur, wer dabei an seiner Seite war. Die Zukunft war nicht mehr dunkel und leer. Rein gar nichts war an diesem Morgen unmöglich.

# Danke

Liebe Leserin, lieber Leser,

herzlichen Dank fürs Lesen. Wenn Ihnen das Buch gefallen hat, würde die Autorin sich sehr über eine Bewertung freuen.

Die beiden Folgebände werden zurzeit lektoriert und erscheinen 2018 / 2019 ebenfalls im Rabenwald Verlag.

*Im Staub erfroren – Liliana 2* (Fortsetzung)
*Von Stille so taub – Liliana 3* (Vorgeschichte)

www.rabenwald.de


Weitere Bücher der Autorin
*Perfidie – Die Bosheit der Macht*
*Perfidie – Die Bosheit in uns*
*Leere Realität (Friday Nightmares – Part I)*

Zusammen mit Susanne Ertl
*Süßsaurer Weihnachtszauber*

Unter dem Pseudonym Philine Malet:

*Valentina - Auf dem Weg nach oben*
Eine erotische Shortstory aus dem Caprice des Dieux

# Über die Autorin

So vielseitig wie ihre Geschichten ist auch deren Schöpferin. Im Mai 1987 im saarländischen Saarlouis geboren, brachte Vanessa schon früh erste Gedichte und Kurzgeschichten zu Papier.

Ein Jurastudium, die anschließende Zulassung als Anwältin und ihre spätere Tätigkeit als Verlegerin, konnten sie nicht davon abhalten, die Schriftstellerei weiter zu verfolgen.
Ihr Debütroman *Im Regen verbrannt* erblickte 2013 das Licht der Welt.

Seitdem gibt es regelmäßig Neues von Vanessa zu lesen. Nicht nur in ihren Romanen und Kurzgeschichten widmet sie sich ernsten Hintergründen und harten Schicksalen, auch persönlich ist sie in verschiedenen Initiativen, etwa zur Hilfe für Opfer sexuellen Missbrauchs oder dem Kampf gegen Menschenhandel, engagiert.

Aktuell lebt die erklärte Tierliebhaberin gemeinsam mit Mann und Hund in der Rosenstadt Zweibrücken.

# Leseprobe

**Perfidie – Die Bosheit der Macht**
*Sie war eine Mörderin, die sich vor nichts mehr fürchtete als dem Leben*

**Kapitel 1**

Der feuchte Waldboden ließ sie nur langsam vorankommen. Dennoch konnte nichts die kleine Gruppe aufhalten. Zielsicher schritten sie voran, ohne auch nur einen Laut von sich zu geben. Wie Geister einer anderen Welt. Ein eisiger Wind wehte, der so kalt war wie ihre finster gewordenen Seelen. Sie kamen - und sie würden Entsetzen und Tod zurücklassen, wenn sie wieder gingen. Das allein war ihre Aufgabe, ihr Ziel, ihre Bestimmung in dieser Nacht und in so vielen anderen. Die drei Männer und die junge Frau in ihrer Mitte machten sich bereit. Der Grund für ihr Handeln war simpel. Ein Befehl. Namen spielten keine Rolle. Ihre Ziele waren keine Menschen, sondern Objekte, die es zu vernichten galt. Die Firmenpolitik war einfach. Schnell zu verinnerlichen, damit der eigene Status als menschliches Wesen aufrechterhalten werden konnte.

Stumm näherten sie sich der kleinen Scheune am Waldrand, die lediglich noch zur Lagerung von Heu- und Strohballen genutzt wurde. Die lähmende Stille tat fast in den Ohren weh, wäre da nicht das stetige Rauschen des eigenen unruhigen Blutes gewesen, welches die letzte Brücke zur Realität darstellte. Einzig der Wind pfiff bedrohlich durch die Baumwipfel, als wollte er das nahende Unheil ankündigen oder ihm gar die Richtung weisen?

Wie automatisiert positionierten sie sich um die Scheune und luden ihre Waffen durch. Dasselbe Schauspiel. Immer und immer wieder. Jeder kannte seine Rolle und jeder würde diese ohne einen Millimeter abzuweichen, ausführen. Hunderte Male schon hatten sie solche Aufträge erledigt, doch eine Routine hatte sich nicht eingestellt. Der Tod akzeptierte keinen bis ins kleinste Detail geprobten Auftritt in seinem Theater. Das Unerwartete, die Improvisation war sein bevorzugtes Genre. Das Schicksal, sein engster Verbündeter, hatte des Öfteren einen derben Humor bewiesen. Nicht einmal der nächste Atemzug erschien selbstverständlich im Angesicht der Ungewissheit einer unberechenbaren Situation. Menschen würden sterben, aber auf welcher Seite würde sich erst entscheiden, wenn der Vorhang die Bühne freigab. Keine Flagge hinderte jemals ein Projektil daran, sein Ziel zu finden und ein schlagendes Herz innerhalb eines Wimpernschlages für immer zum Stillstand zu bringen.

Der Adrenalinstoß, der ihren Körper erschaudern ließ, war ein treuer Begleiter geworden. In ihrem jungen Leben hatte Sophia bereits genug gesehen und getan, um mit einem Lächeln durch die Hölle zu gehen, die schon so lange ihr Zuhause war. Sie spürte, wie sich ihr Brustkorb unter ihrem angestrengten Atem hob und senkte. Ihre Nerven waren zum Zerreißen gespannt. Ein Auftrag. Eine Chance. Präzision und Schnelligkeit würden ihr das Leben retten und ihren Gegnern den Tod bringen, wenn sie keinen Fehler zuließ.

Zwischen den großen Männern kam sie sich verloren vor. Wieder einmal fühlte sie sich viel zu klein für solch eine große Aufgabe. Dennoch war sie eine von ihnen. Schon fast ihr ganzes Leben lang. Sie wusste, wie Menschenleben endeten, bevor sie auch nur den Hauch einer Ahnung davon hatte, wie sie anfingen.

Nach einem tiefen Atemzug, der alle ihre Sinne für das Hier und Jetzt mobilisierte, griff sie nach ihrer Waffe. Mit ihrer Lebensversicherung in den Händen zwang sie sich, das Machtgefühl heraufzubeschwören, welches ihr das todbringende Instrument normalerweise verlieh.

Vorsichtig schlich die kleine Gruppe um das marode Gebäude, das im schummrigen Mondlicht seltsam bedrohlich wirkte, als wäre es selbst der Feind. Sophia betrachtete die alte Scheune mit argwöhnischer Skepsis. Irgendwie hatte sie das Gefühl, dass der Inhalt ein anderer als erwartet war. Nur ein dünner Lichtschein fiel durch die Ritzen der modrigen Holzwände. Aufgeregtes Gemurmel drang nach draußen. Mit einem weiteren tiefen Atemzug verdrängte sie die aufkeimende Angst und verbannte ihren Fluchtinstinkt in eine hintere Ecke ihrer selbst. Ihr war nicht bewusst, warum die Menschen in dieser Scheune sterben mussten. Tatsache war, sie würden die Sonne nie wieder aufgehen sehen, weil irgendjemand dies so entschieden hatte. Jemand, der im Augenblick ihres letzten Atemzuges nicht anwesend sein würde.

Sophia würde gleich in panische Augen blicken, die jeglichen Glanz verlieren und sich tief in ihr Unterbewusstsein brennen würden, um sie jede Nacht für den Rest ihres Lebens heimzusuchen. An die Geister in der Finsternis ihres Bewusstseins hatte sie sich gewöhnt. Sie erinnerte sich nicht daran, wann sie das letzte Mal gut geschlafen hatte, ohne mindestens einmal in der Nacht schweißgebadet aufgewacht zu sein. *Alles eine Frage der Zeit*, hatten sie gesagt. *Es wird besser werden*, hatten sie gesagt, aber seit langem sagten sie nichts mehr. Was hätten Worte auch schon geändert?

Plötzlich verstummten die letzten Laute, die vor Sekunden noch so lebendig an Sophias Ohr drangen, und das schwache

Licht aus der Scheune erlosch, als hätte der auffrischende Wind es ausgepustet. Robin legte beruhigend seine Hand auf Sophias Schulter und nickte ihr aufmunternd zu. Robin. Der einzige Freund, den sie jemals hatte. Ihre Familie. Ihr Rückenwind. Er war der Funken Menschlichkeit in einem von Macht und Geld blind gewordenem Gefüge ohne jegliche Barmherzigkeit. Aber auch dieses Mal würde er sie nicht zurückhalten oder sich schützend vor sie stellen. Kämpfen musste sie allein. In Anbetracht des nahenden Todes war sich jeder selbst der Nächste. Sophia war die Vorhut. Das beste Ablenkungsmanöver.

Ihre jugendliche Erscheinung sollte ihre Gegner in Sicherheit wiegen. Das allein war ihre Aufgabe in diesem Spiel. Verwirrung stiften, um kostbare Sekunden zu gewinnen, die ihren Mitstreitern Tür und Tor öffnen würden. Langsam löste sie ihre Haarspange und schüttelte ihre braunen, gewellten Haare auf. Da stand sie nun, die Unschuld in Person und steckte ihre Waffe wieder in die Halterung am Gürtel, um sie mit ihrer langen Strickjacke zu verbergen. Vorsichtig machte sie sich auf den Weg zum großen Scheunentor. Es verunsicherte sie, dass keine Stimmen mehr zu ihr vordrangen. Irgendetwas war mehr als merkwürdig. Warum hatten sie plötzlich das Licht gelöscht? Wurden sie erwartet? Nein, das konnte nicht sein. Überhaupt war es seltsam, dass sich durchaus bekannte Handlanger verschiedener Untergrundorganisationen in einer schäbigen Scheune trafen, als müssten sie ihre Macht verstecken, die sie sonst wie ein Schild vor sich trugen. Am Ende spielte es keine Rolle, warum sie hier waren. Sie würden diesen Ort nicht mehr verlassen. Höchstens in einem billigen Plastiksack, wenn man es gut mit ihnen meinte.

Sophias Hände zitterten leicht. Ihr eigener Tod war so

nah. So greifbar. Allein der Gedanke, alles hinter sich zu lassen, gab ihr neuen Mut. Jeder hatte Angst zu sterben, da bildete Sophia keine Ausnahme. Aber konnte der Tod wirklich schlimmer sein, als das Leben? Nein, sie war noch nicht bereit, diese Frage zu beantworten. Aus einem ihr nicht greifbaren Grund wollte sie leben und ihr Ende lag für sie noch in weiter Ferne.

Der auffrischende Wind zerzauste ihre Haare und der eisige Schauer, der ihr über den Rücken lief, rief ihr die Aufgabe ins Gedächtnis. Alle ihre Warnsensoren schlugen plötzlich an, aber sie ignorierte ihre Intuition und legte die rechte Hand an den Griff des Tores. Es gab kein Zurück. Die Schwelle war längst überschritten. Sie musste jetzt blitzschnell die Reaktion ihrer Gegner abschätzen und dementsprechend handeln. Gnade war Schwäche und würde ihr unsägliches Leid bringen, wenn sie dem Drang nach Mitgefühl nachgeben würde.

## Kapitel 2

Sie zog am Griff und schlüpfte durch die schmale Öffnung, die sich ihr darbot. Finsternis empfing sie. Sie sollte eigentlich wahrgenommen werden. Dies war Teil des Plans. Das Erscheinen eines jungen Mädchens sorgte meistens für Verwunderung und diese musste zur Erreichung des Endziels ausgenutzt werden. Aber jetzt? Sophia konnte nicht einmal ihre eigene Hand vor Augen erkennen. Um den Einsatz nicht zu gefährden, verhielt sie sich wie geplant.

»Hallo? Ist da jemand? Ich habe mich verlaufen und das Licht gesehen. Hallo? Können Sie mir helfen? Bitte.«

Ihre Stimme klang verloren und ängstlich. Genauso, wie sie es einstudiert hatte. Keine einzige Regung war zu vernehmen. Sie wusste ganz genau, dass sie da waren. Genauso wusste sie auch, dass sie bis zu den Zähnen bewaffnet waren und ihr sofort ohne Vorwarnung eine Kugel zwischen die Augen jagen würden, wenn sich in ihnen auch nur ein leiser Verdacht regte. Oder auch einfach nur aus reiner Mordlust. Die Situation war nicht zu kontrollieren. Sie wurde erwartet, aber ein Rückzug kam nicht in Frage. Im Zweifel würden ihre Leute die Scheune niederbrennen, ohne Rücksicht darauf, ob sie ebenfalls ein Opfer der Flammen werden würde. Also blieb nur die Flucht nach vorn.

»Ich bin Anna«, log sie und versuchte, irgendetwas in der Dunkelheit zu erkennen.

Ein finsteres Lachen ließ sie ruckartig zusammenzucken. Es wurde immer lauter und ausgelassener. Sophia wusste sich in diesem Moment keinen Rat. Gehen? Bleiben? Die Waffe ziehen und jegliche Zweifel an ihrer Harmlosigkeit zunichtemachen? Die Ereignisse ließen jedoch keinen Raum, um ausführliche Pläne zu schmieden. Das plötzlich aufflammende Licht sorgte für einen kurzen Moment der Blindheit.

Zögerlich zwang sie sich, die Augen wieder zu öffnen. Da stand er. Groß, schlank und mit dem diabolischsten Grinsen im Gesicht, das Sophias Augen je wahrgenommen hatten. Sie kannten diesen Mann. Unzählige Bilder hatte sie von ihm gesehen und die blutrünstigsten Geschichten über die Gestalt mit den tiefblauen Augen gehört. Wie todbringende Gletscherspalten wirkten sie, aus denen niemand je wieder auftauchen würde, sollte er an ihrem Rande den Halt verlieren. Aamon wurde er genannt. Niemand kannte seinen richtigen Namen und das war in einer Welt der totalen Überwachung ein absolutes Glanzstück. Man sagte, er habe einen Pakt mit dem Teufel geschlossen. Sophia erinnerte sich an die Sage des mächtigen Dämonenfürsten Aamon, der ganze Legionen befehligte. Der Mann, der nun selbstgefällig vor ihr stand, hatte weder einen Wolfskörper, noch den Schwanz einer Schlange, wie es alte Überlieferungen berichteten, dennoch sprang die Bedrohlichkeit beider Tiere Sophia geradezu an. Sie war auf vieles vorbereitet gewesen, aber nicht auf einen lebendig gewordenen Mythos. Ihr Atem ging schwer und sie versuchte, das Surren in ihrem Kopf zu ignorieren. Er sollte nicht hier sein und doch stand er nur wenige Meter von ihr entfernt. Allmählich dämmerte ihr, dass sie ihn wohl kaum zufällig angetroffen hatte. In ihrem Inneren wusste Sophia längst, dass er ihre Herkunft erkannt hatte. Jegliche gespielte Tarnung wäre nur blanker Hohn gewesen. Seine Stimme riss sie aus ihrem Gedankenchaos.

»Was haben wir denn da? Entzückend.«

Drei weitere Männer tauchten scheinbar aus dem Nichts auf. Sophia musste handeln und umklammerte den Sender in der Tasche ihrer Strickjacke. Wenn sie sicher war, dass die Männer ihr die volle Aufmerksamkeit schenkten, würde sie das Signal zum Angriff geben. Jeder in dieser Hütte sollte sterben. Auch für den unerwarteten Gast würde es keine Sonderbehandlung geben. Aber im Moment fühlte sie sich noch wie die Beute in einer Schlangengrube.

»Das setzt die Sektion mir entgegen? Ein Kind?«, fragte er fast belustigt. »Wie alt bist du, Kleine?«

Sophia überlegte kurz, ob eine Antwort verfänglicher wäre, als die andere, bevor sie sich geradeaus für die Wahrheit entschied. »Vierzehn.«

Seine Blicke taten ihr förmlich weh, aber es blieb ihr nichts übrig, als sie zu ertragen.

»Ich bin von Zuhause abgehauen und irgendwie hab ich mich verlaufen. Dann habe ich das Licht gesehen. Ich wollte keinen Ärger machen. Es tut mir leid, wenn ich störe.«

Unter ihrem ängstlichen Blick hätte sich jeder männliche Beschützerinstinkt sofort zu Wort melden müssen, aber das Gegenteil war der Fall. Diese Männer würden ihr keinen Schutz gewähren, und als sie dies erkannte, übermannte sie die Angst, die ihr bereits seit einer gefühlten Ewigkeit wie ein widerlicher Käfer im Nacken saß. Unbemerkt betätigte sie den Sender und machte sich bereit, auch ihre Waffe zu ziehen, sobald der Angriff beginnen würde. In Gedanken zählte sie die Sekunden. Vier. Fünf. Sechs. Allmählich drohte ihr Kopf, unter dem Druck ihres rasenden Blutes zu zerspringen. Zehn. Elf. Zwölf. Höhnisch grinsend setzte sich ihr Gegenüber auf einen Strohballen.

»So, du weißt also angeblich nicht, wer ich bin, Mädchen?«

Gespannt blickte Sophia immer wieder hin und her, aber nichts rührte sich. Nur der Wind rüttelte aufdringlich an den alten Holzbrettern. Sie musste Zeit gewinnen. »Nein. Woher sollten wir uns kennen?«

Er schüttelte den Kopf. »Und die Waffe? Rüstest du dich

für einen Bürgerkrieg?«

Woher wusste er, dass sie eine Waffe trug? Hatte sich denn das gesamte Universum gegen sie verschworen?

»Wie lange machst du das schon?«

»Ich weiß nicht, wovon Sie reden.«

»Anna, sofern das überhaupt dein Name ist, du beleidigst meine Intelligenz und ich glaube nicht, dass deine angeblichen Freunde es wert sind, dass du ihretwegen dein Leben wegwirfst. Das wäre doch sehr schade, wenn du überhaupt weißt, was leben bedeutet.«

»Ich bin allein hier. Außer meinen Eltern sucht mich bestimmt keiner und Freunde habe ich auch nicht. Ich habe auch nichts gesehen und kenne euch nicht. Kann ich jetzt gehen?«

»So, so. Interessant. Dass jemand wie du keine Freunde hat, glaube ich sofort. Wann hast du deine Eltern denn zum letzten Mal gesehen?«

Die Frage stach ihr tief ins Herz. Sie erinnerte sich kaum noch an ihre Eltern. Sie hatten sie verstoßen, als sie gerade fünf Jahre alt war. Wie ein Stück Sperrmüll hatten sie ihre Tochter dem Nächsten angeboten, der sie haben wollte. Zumindest hatte man ihr das später erzählt. Die Erinnerung schmerzte, obwohl die Gesichter ihrer Eltern in ihrem Gedächtnis nur noch schemenhaft zu erkennen waren. Der Verrat an ihrer Kinderseele war geblieben.

»So schweigsam? Du hast doch nicht etwa Angst vor mir? Die Geschichten über mich sind nicht wahr. In Wirklichkeit bin ich viel grausamer. Kleines Beispiel?«

Ihr Kreislauf drohte nun völlig zusammenzubrechen, als zwei weitere Männer Bernard in den Raum zerrten. Er war der Größte und Stärkste ihrer Einheit und jetzt versuchte

Sophia sein Gesicht unter dem ganzen Blut und der zerfetzten Haut zu erahnen. Die Hände waren auf seinem Rücken gefesselt und nur sein schwerer, pfeifender Atem, der hin und wieder durch ein leises Stöhnen unterbrochen wurde, zeugte noch von Leben in dem zusammengesackten Körper.

»Na los. Erschieß ihn«, wurde sie von Aamon aufgefordert. »Ihr seid eine Einheit. Du solltest sein Leid beenden.«

Fassungslos starrte sie ihn an. Beinahe unfähig sich zu bewegen, hatte sie den schwer verletzten Mann auf dem Fußboden fixiert. Sie konnte ihn nie wirklich leiden. Er war aufdringlich und vulgär, aber Aamon hatte Recht, er gehörte zu ihrer Einheit.

»Nicht? Gut, dann fangen wir mal an.«

Sophias Augen folgten einem dicklichen Mann, der eine alte, große Zange aus seinem Beutel holte, und sich Bernard näherte. Dieser wurde aufgesetzt und gezwungen den Mund zu öffnen. Als der Dicke Bernard die Zange in den Mund steckte und den ersten Zahn umklammerte, begann dieser, panisch zu wimmern und sich unter seinen Gegnern zu winden. Bevor Bernards Zahn sich jedoch einen Millimeter bewegte, ließ Aamons Lachen seinen Schergen innehalten. Sophia hatte ihre Waffe gezogen und visierte den Mann mit der Zange an.

Mit zittriger Stimme sagte sie: »Lass ihn sofort los.«

Verdutzt sah das dicke Etwas zu seinem Boss hinüber, der keinerlei Regung zeigte. Das Nächste, was Sophia vernahm, war das mehrfache metallische Klicken um sie herum. Jetzt wurde auch auf sie angelegt und die Kugeln würden sie durchlöchern, bevor sie überhaupt das nächste Ziel gefunden hätte. Unbeeindruckt von dem Waffenaufgebot um ihn herum beendete der Folterknecht seine Aufgabe, und Sophia zuckte bei dem widerwärtigen Knacken zusammen, als Bernards Zahn aus seinem Kiefer gerissen wurde. Sein Schrei hallte viel zu laut in ihrem Kopf. Die Zange umgriff nun fest die Zunge ihres wehrlosen Opfers und zog diese unaufhörlich in die Länge. Bernards Kopf wurde von seinen Feinden wie in einem Schraubstock festgehalten. Wie hypnotisiert beobachtete Sophia den Weg der Gartenschere, die sich Bernards Zunge näherte. Ruhig hob sie die Waffe und zielte nun auf Aamon selbst.

Selbstgefällig grinsend kommentierte er: »Jetzt verstehen wir uns.«

...

**PERFIDIE – Die Bosheit der Macht als Taschenbuch und Kindle eBook**